叶永烈/著

出没风波里

| 修订版 |

天地出版社 | TIANDI PRESS

图书在版编目（CIP）数据

出没风波里 / 叶永烈著 . —成都：天地出版社，2023.2（2023.7 重印）
ISBN 978-7-5455-7199-8

Ⅰ.①出… Ⅱ.①叶… Ⅲ.①纪实文学—作品集—中国—当代 Ⅳ.①I25

中国版本图书馆CIP数据核字（2022）第140344号

CHUMO FENGBO LI

出没风波里

出 品 人	杨　政
作　　者	叶永烈
责任编辑	杨永龙　李建波
责任校对	杨金原
封面设计	尚上文化
内文排版	九章文化
责任印制	王学锋

出版发行	天地出版社
	（成都市锦江区三色路238号　邮政编码：610023）
	（北京市方庄芳群园3区3号　邮政编码：100078）
网　　址	http://www.tiandiph.com
电子邮箱	tianditg@163.com
经　　销	新华文轩出版传媒股份有限公司

印　　刷	北京文昌阁彩色印刷有限责任公司
版　　次	2023年2月第1版
印　　次	2023年7月第3次印刷
开　　本	710mm×1000mm　1/16
印　　张	37.25
字　　数	668千字
定　　价	88.00元
书　　号	ISBN 978-7-5455-7199-8

版权所有◆违者必究

咨询电话：（028）86361282（总编室）
购书热线：（010）67693207（营销中心）

如有印装错误，请与本社联系调换。

题　记

江上往来人

但爱鲈鱼美

君看一叶舟

出没风波里

［宋］范仲淹：《江上渔者》

目 录

第一章 上海的"北京作家"

最熟是北京 /2
在中南海采访陈云夫人于若木 /6
京华访刘少奇夫人王光美 /10
王稼祥夫人朱仲丽印象 /17
访问张闻天夫人刘英 /24
田家英夫人忆田家英 /36
对胡乔木夫人抢救式的采访 /52
访任弼时夫人陈琮英 /61
武光回忆华国锋 /66
走访共青团中央原书记胡克实 /71
采写《邓小平改变中国》 /79
在吕正操将军家中 /91

第二章　上海的"海"也很深

温馨的上海　　　　　　　　　　　　　　/ 96
查清傅雷夫妇死因　　　　　　　　　　　/ 98
寻找"戴大口罩的姑娘"　　　　　　　　/ 106
含泪写下《斯人独憔悴》　　　　　　　　/ 118
"上海王"柯庆施之死真相　　　　　　　/ 124
闯入托派禁区　　　　　　　　　　　　　/ 139
一位特殊的历史老人　　　　　　　　　　/ 158
上海豪门叛逆　　　　　　　　　　　　　/ 171
为上海女作家戴厚英写下《非命》　　　　/ 182
听沈寂聊前尘旧事　　　　　　　　　　　/ 197

第三章　红色之路

"红色三部曲"的来历　　　　　　　　　/ 202
破解《红色的起点》的难题　　　　　　　/ 207
中共一大代表的"座次"　　　　　　　　/ 212
采访茹志鹃的长兄　　　　　　　　　　　/ 216
采访两位九旬历史老人　　　　　　　　　/ 221
追寻神秘的侦探　　　　　　　　　　　　/ 226
在南湖"红船"上　　　　　　　　　　　/ 231
历史的误区和被遗忘的角落　　　　　　　/ 235
主线·谜团·细节　　　　　　　　　　　/ 239

来到天下第一山——井冈山	/ 246
访问"红都"瑞金	/ 250
庐山浓缩着一部中国现代史	/ 254
在革命历史名城遵义	/ 261
在西安"八路军办事处"	/ 264
千里迢迢访延安	/ 267
寻觅重庆谈判的历史踪迹	/ 276
在美国看蒋介石日记	/ 284

第四章　追踪1957

采写傅鹰使我注意起"反右派"	/ 290
反右派运动的导火线——匿名信事件	/ 293
《人民日报》质问：这是为什么？	/ 297
《这是为什么？》的内幕	/ 302
对《这是为什么？》起草者的考证	/ 305
"左派人士"卢郁文	/ 307
"左派"父亲与"右派"儿子	/ 312
追踪匿名信的来龙去脉	/ 316
来到"大右派"葛佩琦的小屋	/ 322
赵君迈忆罗隆基	/ 332
章伯钧夫人病榻上的谈话	/ 335
与"右派诗人"流沙河一席谈	/ 338

采写"诤友"彭文应 / 343
闯进"极右派禁区" / 349
在美国采访"带刺的玫瑰"林希翎 / 358
飞往西南采访"小右派" / 370
推出《反右派始末》 / 377

第五章 采写《"四人帮"兴亡》

花费心血最多的一部著作 / 386
着手探索"文革"进行曲 / 392
《浩劫》一书在桂林受挫 / 395
王张江姚传记相继问世 / 400
千方百计查找"文革"档案 / 405
走南闯北寻访"文革"见证者 / 411
走访"文革"重灾户陆平 / 419
写下《常溪萍之死》 / 424
寻访"炮打张春桥"主炮手 / 429
"高干医疗小组"透露重要信息 / 434
终于找到黄敬胞妹俞瑾 / 438
韩哲一回忆"安亭事件" / 443
走访王洪文的"死对头" / 449
采访王洪文贴身秘书 / 454
查清江青的年龄以及入党之谜 / 459

"江青保姆"秦桂贞的回忆　　　　　　　　　　/ 464
三访张耀祠将军　　　　　　　　　　　　　/ 470
走近江青历史的知情人　　　　　　　　　　/ 473
寻访毛远新　　　　　　　　　　　　　　　/ 478
采访关锋始末　　　　　　　　　　　　　　/ 485
戚本禹给我的印象　　　　　　　　　　　　/ 496
出版《王力风波始末》　　　　　　　　　　/ 504
采访陈伯达的曲折过程　　　　　　　　　　/ 514
姚文元获释与"法新社事件"　　　　　　　/ 525

第六章　采写万里传记

《改革开放大功臣——万里》缘起　　　　　/ 532
最初我说"容我考虑"　　　　　　　　　　/ 534
万里其人　　　　　　　　　　　　　　　　/ 537
采访"万老大"　　　　　　　　　　　　　/ 540
前往中南海拜访万里　　　　　　　　　　　/ 543
万里妹妹万云的回忆　　　　　　　　　　　/ 547
采访万里次子万仲翔　　　　　　　　　　　/ 551
万里女儿谈父亲　　　　　　　　　　　　　/ 556
走访万里的秘书们　　　　　　　　　　　　/ 561
"房地产博士"孟晓苏谈万里　　　　　　　/ 565
安徽省原省长王郁昭的回忆　　　　　　　　/ 569

寻访万里故居 / 574
来到万里母校曲阜师范 / 578
完成《改革开放大功臣——万里》 / 582

| 第一章 |

上海的"北京作家"

最熟是北京

一晃,从北京大学毕业分配到上海工作已经半个多世纪。我常说,上海是我的第二故乡。尽管我并不是上海人,可是我出去,人家都称我"上海作家叶永烈"。

如此说来,对于我,最熟的是上海。

我却摇头。

莫非最熟的是故乡——温州?

其实,我在高中毕业之后便离开了温州。此后,虽说隔几年也回一趟温州,却总是来去匆匆,只住三五天就走。所以,故乡留给我的仍是童年时代的印象。1994年我回温州,写了篇温州散记,题目就是《不识故乡路》——因为温州这些年已经大大地改变了,除了市中心旧城区,我"不识故乡路"了!

最熟的究竟是哪里?

我说:"最熟是北京。"

这倒并不因为当年我在北京大学上了六年学。其实,做学生时,我忙于学业,再说穷学生也没有多少钱消费,难得从郊外的学校到市区——那时叫"进城"。一个学期进城三四回,就算不少了。所以,那时我并不熟悉北京城。

如今我说"最熟是北京",是因为一趟趟出差老是去北京。妻子甚至说我一年中去北京的趟数比去上海南京路的趟数还多。

老是去北京,早就去腻了。在北京,早上办完事,我下午以至中午就回上海。我巴不得别去北京。

我希望最好是到没有去过的地方出差,那样富有新鲜感。可是身不由己,我依然老是去北京。

总是"黏"着北京,其中的缘由便因为北京是首都:

全国性的会议,大都在北京开;

出差办事,上这个"部"那个"委"、这个"办"那个"会",都得去北京;

还有，最为重要的是，我的采访对象大多在北京。说来也怪，虽然人家称我是"上海作家"，可是我的作品却大都是北京题材。北京作家们笑我"侵入"他们的"领地"。

作为上海作家阵营中的一员，我常常被文友们称为"上海的'北京作家'"。这里面，倒也有几分道理：除了我的采访对象大都在北京，我的作品也大都在北京出版。

在这"几分道理"背后，有着这样的理所当然的原因：一是我所从事的是当代重大政治题材纪实文学创作，北京是中国的首都、政治中心，我的采访对象理所当然大都在北京；二是我的作品很多需要报审，在北京出版便捷一些。

其实，我也深感"远征"北京比写"近水楼台"的上海题材要吃力得多，但是，我却非得一趟趟去北京采访不可。

为什么我要"远征"北京呢？我曾说，这是因为中国的"百老汇"在北京。当然，我所说的北京的"百老汇"，并非美国纽约"百老汇"（BROADWAY）那样的大街。我所关注的是中国现代史、当代史上的重大事件和重要人物。由于北京是首都，那些饱经风霜的"历史老人""风云人物"汇聚在北京，成了中国的"百老汇"。我奔走于这样的白发世界，进行一系列采访。在我看来，北京的"百老汇"是我的创作之源。

于是，我不断地去北京，有一年甚至去了十来次，有时一个月内要去两次。

我去过纽约。那里的百老汇大街又宽又长，相当于北京的长安街，宽达40来米，长达25千米。北京的"百老汇"，却"汇"在几处。记得，有一回我在北京三里河一个高干大院采访，那里是北京的"百老汇"之一。被采访者问我：你是第一次上这儿？我说来过好多回，随口说出这里七八户人家的名字。又有一回，在北京另一处"百老汇"——木樨地的一幢高干大楼——被采访者得知我曾来这里多次进行采访，建议我索性对每一家都进行采访——如果把这座楼里每家的命运都写出来，那就写出了中国半个多世纪的缩影！

大抵是我反反复复去北京，北京某部门一度要我调到北京工作。我觉得这可以考虑。可是，对方只调我一人进北京。我是一个家庭观念很重的人，我无法接受这样的条件。于是，调北京工作只得作罢，我依然一趟趟出差北京。

每一回去北京，差不多住处都不相同。这回住东城，下回也许住西城；上次住北郊，这次住南郊。这样，我几乎住遍了北京的东南西北，住遍了各个角落，而不像在上海，总是固定地住在一个地方。

也正因为这样，我对北京的大街小巷，对于北京的变迁比上海更熟悉：我踏勘过五四运动中火烧的赵家楼，我细察过当年林彪所住的毛家湾，我寻找过北京大学"梁效"写作组的所在地，我曾在清华大学"井冈山"红卫兵总部"旧址"前踯躅，我也曾研究过当今的钓鱼台国宾馆哪几座楼是当年中央文革小组的所在地……

每一回我去北京，都发现北京在变，这里冒出一幢新高楼，那里崛起一座新立交桥……

北京，浓缩着中国的现代史；北京的"百老汇"，聚集着中国现代史的见证人。

所以我说，最熟是北京。

应一家杂志之约，我写过《出差的一天》一文，记述1988年2月29日这一天在北京的经历：

> 像穿梭似的，我往返于京沪之间。昨天，我又从上海来到北京，住在人民文学出版社招待所。屋里开着暖气，比上海舒服多了。我"如卧春风"，睡了一个好觉。
>
> 清早一醒来，我就打开半导体收音机，一边听新闻节目，一边整理床铺。
>
> 刚刚吃过早饭，人民文学出版社的责任编辑就来了。我的长篇《风雨琴声》（后来改名为《爱国的"叛国者"——马思聪传》）经人民文学出版社三审通过，在发排前要作些小的修改。这一回到北京，主要就是为了与责任编辑交换修改意见。
>
> 与责任编辑谈完之后，我就开始打电话。我在北京的朋友太多了，无法一一拜访，每一次来京，我只好进行"电话拜访"。比起上海来，北京的电话好打多了，接通率甚高。在一个多小时里，我一下子"拜访"了十几位朋友。从听筒里传来许许多多新的信息，使我如同"小灵通"一般，了解各界最新动态。
>
> "他下班了""他吃中饭去了"，几次打通电话，都传来这样的声音。我看了看手表。哦，快12点了。我也赶紧去食堂吃中饭。
>
> 撂下饭碗，穿上大衣，我就出发了。在电话中，我定下三个约会。时间很紧。
>
> 下午1点多，我到达团结湖，拜访中国音乐家协会副主席李凌。走进他家的客厅，还是老样子，到处放满盆花。他还是那样的随和。为了写马

思聪，我曾采访过他。这次，我离沪之前，收到马思聪女儿马瑞雪从美国费城寄来的信，表达了希望回国看一看、走一走的愿望。李凌是马思聪挚友。我把马瑞雪的要求向他转达，商议如何安排她的归国之行。……当年的被迫出走者，如今愿意重返故国，这清楚地表明结束那场浩劫之后，知识分子对祖国充满"向心力"。

告别李凌，我走向毗邻的一幢楼，拜访老作家楼适夷——他正在客厅里练书法呢。五年前，我写《傅雷一家》一书时曾采访过他。那时，他住在北京站附近的四合院里。他是一个阅历非常丰富、记忆力强且又待人热忱的长者。这一回，我拿出录音机，请他回忆与姚蓬子的交往。一提起姚蓬子，他马上说，他已从《新观察》上看过连载的我的近作《姚氏父子》(姚蓬子和姚文元)。我说，我正在修改这部近30万字的长篇，所以请他谈谈姚蓬子——如今健在的熟知姚蓬子的老人已不多。楼适夷很详细地回忆了当年姚蓬子的种种情况，尤为重要的是谈及他当年在南京狱中见到姚蓬子的情形。

匆匆从团结湖赶往北京饭店，正好4点半——这是英籍作家韩素音女士与我约定的见面时间。我离开上海前夕，收到她从瑞士寄来的信，告知2月24日抵京，并说这一次不去上海。真巧，我来北京了！她在电话中听见我的声音，显得非常高兴，想约我谈谈。她穿一件黑毛衣，一条茜红色的裙子，年已古稀，还是那样健谈。我们随便聊着。她谈起自己正在写作之中的《周恩来传》……我用录音机录下她的谈话。7点多，我们一起步入餐厅，吃过便饭之后，她又继续谈着。

一直到8点，我告辞了。我取出一份清样给她——那是她关于中国沙漠问题的一篇论文，去年秋天她经过上海时送给我，如今已译成中文，并排出清样。她看着清样，很高兴地说："不仅我的小说被译成中文，我的科学论文现在也译成中文——我是一个既喜欢文学也喜爱科学的人！"

回到招待所已是晚9点多了。一进大门，服务员便递给我一张字条，上面写着好几个电话号码，那是下午打来找我的电话。我忙着给他们一一回电。

打完电话，才回到房间。刚坐下，一位编辑敲响了房门，随后与我谈到深夜。我送走了他，赶紧整理今天的采访笔记和录音磁带。然后，又把从上海带来的关于梁实秋的资料重看一遍，因为明天已约好采访梁实秋的长女梁文茜——我已答应为《上海文学》写梁实秋。

哦，已不是"今天"——我一看手表，已是凌晨1点。

在中南海采访陈云夫人于若木

我第一次接触陈云,是在1978年。当时,我在采写20多万字的《高士其传》。听高士其说,陈云在延安时曾称高士其为"红色科学家"。为了慎重起见,我希望能够得到陈云的证实。

于是,我前往北京三里河,拜访陈云夫人于若木。当时的于若木每日骑自行车上班,她在办公室里很热情地接待我。她谈了自己对高士其的印象之后,对于"红色科学家"之称表示无法肯定,要回家问一下陈云……

两天后,我给于若木打电话。她在电话中说,已经问过陈云,他不记得曾称高士其为"红色科学家"……

陈云的记忆力极好。他说"不记得",其实也就是说,他没有讲过那样的话。这是陈云给我的最初的直接印象。

此后,我在各种采访中不断接触关于陈云的生平史料,很多人谈起了陈云。我开始注意起陈云,做了写作陈云传记的种种准备:

我曾专程前往陈云家乡——上海青浦练塘——采访,受到热情接待;

我在江西南昌,来到陈云在"文化大革命"中"下放"的工厂采访,还拜访了当时负责陈云生活的马骏以及陈云所住招待所的所长;

我在北京采访了陈云的老秘书……

在陈云去世之后,由于香港明报出版社的"催逼",于是我坐到电脑前,把有关陈云的词组如"于若木""青浦""练塘"等等输入电脑。

那一段时间,我主要在上午与夜晚写作,下午则用来处理其他工作。

那一段时间,明报出版社不断来电话询问进度。他们告诉我,《明报》已经刊出"叶永烈新著《陈云全传》"的大幅广告,还刊登了《陈云全传》的封面。这新书广告,在香港《明报》登了几次。

那段时间,妻帮助我把书中的引文——陈云的文章——从《陈云文集》中输入电脑。

一个星期之后，明报出版社便要求我把已经完成的部分"拷"入软盘[1]，以特快专递寄去，以便编辑能够早日着手工作。那时候，还没有"伊妹儿"——"E-Mail"——所以只能寄特快专递。

从1995年4月12日着手写作《陈云全传》，到4月27日完成《陈云全传》，正好半个月！

我按时交出25万字《陈云全传》的全部软盘。

明报出版社以一个星期的速度推出《陈云全传》。据明报出版社总经理朱令华小姐说，这是明报出版社成立以来从未有过的出版速度。

这样，陈云去世还不到一个月，《陈云全传》已经在香港各书店里出现了。

当我把《陈云全传》送给陈云夫人于若木的时候，她告诉我，她在香港工作的女儿早已托人把《陈云全传》送到她的手中。

于若木对《陈云全传》十分满意，使我深感欣慰。

《陈云全传》毕竟是在短时间内赶写而成，未免匆促成书。之后，我又对《陈云全传》进行全面修订、补充，写成40多万字的《陈云之路》。

我前往北京中南海，对陈云夫人于若木进行详细采访。她回忆了她与陈云

采访陈云夫人于若木

---

[1] 软盘，U盘出现之前的一种可移动式存储介质。

在延安结识的全过程、陈云的家庭生活、陈云的经历以及陈云晚年的生活，还谈了于家的身世。她说，她是第一次谈这些问题。我非常感谢陈云夫人于若木的支持，她使我获得了独家的第一手的访谈资料。

她的谈话，我除了写入《陈云之路》，还写成长篇专访《访陈云夫人于若木》。

写罢，我把专访初稿航寄于若木审阅。

1995年7月13日傍晚，我接到于若木从北京打来的电话。她告诉我，文稿已经收到，翌日她要去北戴河，可以带到那里看，不过，要到7月18日回北京才能寄给我。

我在7月21日收到她的来信和修改过的文稿。我看了一下她的信，果真是18日从北京寄出的。

她改得很仔细。有的细节，经她补充后，非常生动。

比如，文章中写及，陈云在家中总是喊她"陆华"——她原名于陆华。她则补充了一笔，说她在给陈云写信时，称他"云兄"。

又如，初稿中提及，她生了大女儿，"陈云为女儿取名陈伟力"。她改成"于若木为女儿取名陈伟力"。她补充了一句："儿子的名字为陈云所取，女儿的名字则为于若木所取。"他们家这样的"取名规则"鲜为人知。这样，我后来再度去京，又请她详细谈了陈云和她给孩子取名的经过，"挖"出了许多新的故事。

再如，初稿中提及，陈云不记日记。于若木补充了这么几句："但每天气象他都记录，每天生活起居也作记录，大便的时间、量的多少都记。"这又从一个小小的角度反映出陈云的细心。

连初稿中的用词，于若木都很细心地加以斟酌：

文章中写及陈云生活"简朴"，她改为"俭朴"；

写及她父亲"主办"山东第一师范，她改为"创办"；

写及1994年春节陈云在荧屏上亮相，"海外舆论普遍认为陈云健康情况良好"，她把"海外"改为"海内外"……

这些一字之易，显得更为准确，也表露出她的认真。

她是营养学家，连医学名词都帮我改正。

比如，文章中提及陈云晚年患吸入性肺炎，大夫不得不使用抗菌素杀菌，可是这么一来，把肠内有益的"双曲杆菌"也杀死了，减弱了消化力。她把"双曲杆菌"改为"双歧杆菌"。

又如，文章中写及陈云晚年从喝牛奶改为喝豆浆，"这主要是考虑到豆浆的胆固醇低,更适宜于老年人饮用"。她把"胆固醇低"改成"无胆固醇"。

这些科学方面的改动,充分表明她对自然科学的熟悉。

她送给我三封很珍贵的信的复印件,并同意在文中加以引用。这三封信是陈云去世后才在北京集邮市场上发现的。这三封信,是陈云、她和她的妹妹在1939年从延安寄给正在英国伦敦的她的大哥于道泉的。不知是什么原因,这些信居然流落到北京的集邮市场。幸亏被薄一波的儿子薄熙成发现,买了下来,送给于若木。由于于若木的帮助,我有幸得以首次公开披露了这三封信。

陈云

8月8日,我又对她进行补充采访。她回答了我一批新的问题。其中,她谈到一些文章,由于已是好几年前发表的,她怕我查找费事,后来就复印寄我。

这篇专访发表之后,在海内外产生广泛的影响,海外诸多报纸转载。于若木告诉我,当她后来前往法国访问的时候,巴黎的《欧洲时报》特地选择了她到达巴黎的那一天,以整版篇幅刊登我的这一专访。

《陈云之路》在北京安排出版,按照规定,必须办理报审手续。经过前后将近四年的时间,有关部门终于完成对这本书的审阅,并给予肯定。在《陈云全传》出版之后五年,《陈云之路》于2000年1月由中共中央党校出版社出版。上海《解放日报》闻讯,全文连载了《陈云之路》。

此后,我对《陈云之路》作了很多修改,增加许多新的内容,书名改为《他影响了中国——陈云全传》,于2014年由新华文轩北京出版中心策划、四川人民出版社出版。

京华访刘少奇夫人王光美

许久没有露面,听说王光美身体欠安。1991年7月7日,我出差北京时,正值她从外地回京,我便去拜访她。

她与中国共产党同龄,那年七十大寿,看上去仍非常敏捷,步态轻盈。时值盛暑,她理着短发。虽然白发不少,但她不染发。她爽快、直率,谈笑风生,心态依然年轻。

她拿出一本英文版精装书 THE LONG MARCH—THE UNTOLD STORY(即《长征——前所未闻的故事》),扉页上有作者题签。那是作者——美国记者哈

王光美晚年照片

里森·索尔兹伯里——送给她征求她意见的。书上夹着许多回形针，那是她的阅读记号。

王光美出身名门。父亲王治昌，字槐青，曾留学日本早稻田大学，回国后曾在北洋军阀政府农商部任工商司司长，还曾出使英国、美国。

王槐青曾两度丧妻，有过三次婚姻，三位夫人生下十一个子女：前两位夫人生三子，即长子王光德，次子王光琦，三子王光超。王槐青第二次续弦，夫人名叫董洁如，她生下八个子女，即王光杰、王光复、王光英、王光美、王光中、王光正、王光和、王光平。其中王光英在王槐青出使英国时出生，王光美则在王槐青出使美国时出生。

王家子女中，王光杰在清华大学电机系学习时，结识了中共党员姚依林（后曾任国务院副总理）。姚依林是一二·九学生运动领导者之一，任北平市学联党团书记。受姚依林影响，王光杰投身于一二·九运动。1938年5月，王光杰加入了中国共产党。

姚依林在1936年后出任中共天津市委宣传部部长、市委书记。1938年9月，姚依林安排王光杰在天津英租界伊甸园建立秘密地下机关，设置电台。为了掩护秘密工作，姚依林调来一位女中共党员，和王光杰装扮成夫妻住在那里。这位女党员名叫王新，1936年11月16日加入中共，比王光杰还早。

不料，弄假成真，这对假夫妻朝夕相处，产生爱慕之情。经中共地下组织批准，他俩于1938年12月26日正式结婚。这么一来，在王槐青子女婿媳之中，有了两位中共党员。

王光杰和王新在家中产生影响，使王光超、王光美、王光和、王光平都倾向中共，有的参加了中共地下工作。在王槐青子女之中，也有倒向国民党的，如王光复报考了国民党空军航校。

王光美考入辅仁大学，1945年，她在辅仁大学理科研究所获理学硕士学位。经王光杰、王新介绍，崔月犁结识了王光美。崔月犁是中共北平市委负责人之一（后来在1982年4月至1987年3月任卫生部部长）。

1945年12月，美国政府派前陆军参谋长马歇尔为总统特使来华，"居中"调解国共军事冲突。

于是，在重庆成立了国、共、美三方代表组成的"军事调处三人小组"，即张群（后换为张治中）、周恩来、马歇尔。不久，在北平成立了"军事调处执行部"，由国民党代表郑介民、共产党代表叶剑英和美国代表罗伯逊组成。军事调处执行部需要翻译，经中共北平市委刘仁指示，崔月犁通知王光美，调她去那里担任中共方面的翻译（虽然这时王光美尚不是中共党员）。

1946年8月，马歇尔的"调处"宣告失败，之后王光美赴延安。

1948年，王光美加入中国共产党，并和刘少奇结婚。对于刘少奇来说，这是他的第六次婚姻：

他的第一任妻子是周氏，属于包办婚姻，不久刘少奇即提出断绝婚姻关系；

他的第二任妻子是何宝珍，生刘允斌、刘爱琴、刘允若两子一女；

第三任妻子谢飞没有留下子女；

第四任妻子王前，生刘涛、刘允真一女一子；

第五任妻子王健，结婚半年便离婚；

第六任妻子便是王光美。

其中，刘少奇的第四任妻子王前离婚后，跟聂真结婚。聂真之妹，即聂元梓，是"文化大革命"中的"明星"江青手下的"大将"。

王光美和刘少奇结婚后，翌年生刘平平，此后又生刘源、刘亭亭和刘小小（即刘潇潇）。王光美性格温和，她善于使这个由多位母亲生育的多子女（同父异母）的家庭和谐幸福，视刘少奇几位前妻所生子女如同己生。

新中国成立后，王光美在中共中央办公厅工作，担任刘少奇秘书。

王光美对我说，红军长征时，她还不过是个学生而已，但《长征》一书多处涉及少奇同志，她尽自己间接所知的情况对书中有关少奇同志的史实加以校核，转告作者，以求在再版时改正讹误。

她说起刘少奇，总是称刘少奇为"少奇同志"。她说，少奇本名刘绍选，由于长期从事地下工作的缘故，他有20多个化名、笔名，"少奇"原本是他的一个笔名。他用得较多的化名是"胡服"，后来，竟以笔名"少奇"传世，而他的本名反而鲜为人知。少奇同志参加过长征，而且担任"筹粮委员会主任"——这也是鲜为人知的。那时，粮食是头等重要的。党中央要少奇同志出任"筹粮委员会主任"，为的是替全军筹集粮食，确保红军顺利长征。

她拿出《刘少奇画册》说道，由于白区工作时不可能拍照，长征途中又没有条件拍照，那一段时间少奇同志的照片很少。直到进入延安，他才有一些照片。少奇同志的工作环境很艰苦，工作担子又很重，所以在1948年，少奇同志的体重只有48公斤。长期的艰辛困苦，使他患上了胃病。

她说，少奇同志是个沉默寡言的人，喜欢思索。他的眉间有很深的川字纹，陷入沉思时，他总会皱起眉头。他不像毛主席那样幽默、爱开玩笑，但也不是不苟言笑的人。他有时也会大笑，但不会像周总理那样仰天大笑。他是一个思想深邃的人，一旦考虑成熟了，会在会议上清楚地阐述自己的见解。在路线斗争中，他的态度历来是鲜明的。他作报告前，大都事先拟好提纲，但讲话时并不照本宣科，往往会阐述许多新的见解。正因为这样，他在一次重要会议上所作的讲话记录稿和他会前亲笔所写的发言稿，都收入他的文集。

她说起现在的电影里，一出现刘少奇便是皱着眉头在那里吸烟。她指了指屋里的一张照片说："这张流传很广的照片上，正巧他在吸烟，演员们都按这张照片上的姿势学他吸烟的样子。"刘少奇同志固然常吸烟，她跟他一起生活处于"被动吸烟"状态。不过，他也并非一开会就吸烟，不必老是塑造他的"吸烟形象"。不要简单地模仿他的某些动作，要着重表现出他的气质。他深沉，不轻易说话，但一旦说话，见解是经过深思熟虑的。他性格温和，没有大幅度的动作，塑造他的形象相对来说难一些——不过，不能老是皱眉头，老是抽烟。

王光美比江青小7岁，她的入党时间比江青晚了15年，论革命资历比江青浅。

然而，在1962年9月，当印尼总统苏加诺挽着夫人的粉臂款款步下舷梯踏上北京机场时，作为外交礼节，刘少奇偕夫人王光美前去迎接。9月24日，《人民日报》刊登了刘少奇夫妇和苏加诺夫妇在一起的照片。翌日，又登载了王光美和苏加诺夫人在一起的照片。

江青看着《人民日报》，妒火中烧。她，作为"第一夫人"，从未在《人民日报》上露过面。她迫切希望"战胜"王光美。

终于，她得到毛泽东的允许，第一次以毛泽东夫人的身份参加会见贵宾——苏加诺总统和夫人。这样，毛泽东、江青和苏加诺夫妇的照片醒目地出现在《人民日报》第一版。众多的中国读者，头一次从《人民日报》见到了江青的照片。

江青一直嫉妒着王光美，特别是王光美作为刘少奇夫人，一次次出访：
1963年4月12日至4月20日，刘少奇和夫人王光美访问印尼；
1963年4月20日至4月26日，刘少奇和夫人王光美访问缅甸；
1963年5月1日至5月6日，刘少奇和夫人王光美访问柬埔寨；
1966年3月26日至3月31日，刘少奇和夫人王光美访问巴基斯坦；
1966年4月4日至4月8日，刘少奇和夫人王光美访问阿富汗；
1966年4月17日至4月19日，刘少奇和夫人王光美访问缅甸。

这六次出访，使王光美名声大振。拍电影，上电视，各报、各电台竞相报道，尤其是印尼街头，出现巨幅王光美画像……

江青的心中不是个滋味儿。中国的"第一夫人"明明是她，可是王光美却四面风光，在海外出尽"第一夫人"的风头。尤其是王光美英语精熟，又擅长交际，海外声誉颇佳。

江青决心要与王光美比高低。江青在《人民日报》上以毛泽东夫人身份出现在与外国贵宾的合影中，是这种比高低的初次尝试。江青在上海搞"纪要"，借毛泽东的支持和声望，以中共中央文件的形式下达全党。

"文化大革命"使天平朝江青倾斜：江青崛起而成为"中央首长"，王光美则随刘少奇的垮台而一落千丈。

江青，终于得以借助红卫兵揪斗王光美，使王光美受到凌辱。

王光美说，在"文化大革命"中，专案组混在红卫兵之中前来刘宅抄家，那抄家的"水平"很高，抄走了刘少奇的全部手稿。原本是为打倒刘少奇提供"炮弹"，如今却为编选刘少奇选集提供了完整的资料。历史如此神奇，完全超出了当年专案组的意料，仿佛开了个不小的玩笑。

王光美的母校辅仁大学，建校于 1925 年。原本是意大利罗马教廷在中国开办的辅仁社，辅仁社是大学预科，后来改为辅仁大学，开设文、理、教育三院。

1949 年，中国人民解放军高射炮部队驻扎在北平庆王府，对面便是辅仁大学。那时，辅仁大学里确实有特务，他们发出的关于高炮部队的情报被截获了。

辅仁大学在 1950 年被接管，不久并入其他学校。这所在北京一度颇有名气的大学也就逐渐被人淡忘，以致后来很少有人知道辅仁大学。

审查王光美，使辅仁大学一下子变成了"热点"。1967 年 7 月 15 日，中国人民大学教授杨承祚和妻子袁绍英突然遭到拘捕，其原因是杨承祚原是辅仁大学教授，跟王光美有点瓜葛。

拘捕杨承祚夫妇是"先斩后奏"的。拘捕之后，"王光美专案组"于 1967 年 7 月 18 日向戚本禹、江青递交了报告。

戚本禹在 7 月 19 日批："此事重要，应送江青同志批准执行。"

同日，江青批："照办。"

同日，戚本禹又批："立即执行。"

于是，杨承祚夫妇成了重要案犯，受到"王光美专案组"的反复审问。

杨承祚夫妇为什么忽遭逮捕？其中的瓜葛，不过是如此而已：王光美在辅仁大学读书时跟杨承祚妻子袁绍英的妹妹熟悉，因此就常去杨家。袁绍英的弟弟袁绍文在美国从事航空工业研究。

在"王光美专案组"的眼里,这是极为重要的一条线索,因为航空工业即"军工工业",在美国从事"军工"研究那就很可能是"美国特务"。倘若袁绍文是"美国特务",杨承祚夫妇理所当然也可能是"美国特务"。王光美常去杨家,可能是前去"交换情报",加入了"美国特务组织"!何况,在辅仁大学发生过特务情报案。

依据这般荒唐的推理,杨承祚夫妇成了"要犯"!

"王光美专案组"逼着杨承祚承认自己是"美国特务",接着,再承认王光美是"美国特务"。1967年9月7日,"王光美专案组"给谢富治、江青的报告中写道:"遵示,我们加强了对王光美特务问题的审查工作,昨天对美特杨承祚进行突击审讯。杨犯进一步交代了王光美与美国战略情报局的情报关系。"

江青看了报告,批道:"富治同志:请提醒专案的同志,杨承祚可能不单纯是一个美国特务,应多想想,再进行调查研究。"

江青"启发"专案组"多想想",杨承祚还可能是"日本特务""国民党特务"!照此推理,王光美也可能是"三料特务"——"美、日、蒋特务"!

1972年8月18日,王光美子女刘平平、刘源、刘亭亭第一次获准去监狱见妈妈。这时,王光美在狱中已被关押五年。见面时,他们惊呆了,因为出现在他们面前的母亲王光美如此这般:"五年不见,妈妈已经瘦弱不堪,满头灰白头

在北京王光美家中

发，连腰也伸不直，穿着一身旧军装染的黑衣，神情麻木、迟钝……"

历史终于翻过苦难的一页。

王光美家的玻璃书柜里放着整套的马克思、列宁著作，毛泽东著作，鲁迅全集。王光美说，少奇同志是个喜欢读书的人，在发还的抄家物资之中，书是最主要的"物资"。最近，子女要从国外回来，王光美不得不把许多暂时不用的书堆放在走廊上。

王光美健谈、开朗，身体已经复原。她不日又将离京，我很庆幸当她在家小住时见到她。

在王光美病逝之后，我又一次来到她的家中。她的女儿接待了我，并让我翻拍了许多刘少奇、王光美的照片。我发现一个细节，在许多的照片背后，王光美用铅笔写上拍摄日期、地点，有的与友人合影则注明是谁。这种随手而记的习惯，为后人省去了许多"考证"功夫。

王稼祥夫人朱仲丽印象

记得,香港一位朋友曾寄赠我港版《江青秘传》一书,书的作者为"珠珊"。当时我不知"珠珊"为何人。后来,我从报上的介绍文章中得知是王稼祥夫人朱仲丽的笔名。

1991年7月8日,我在北京一座宽敞的花园洋房里拜访了她,请她说明"珠珊"的含义,这才恍然大悟:原来,"珠"是由她的丈夫的"王"姓和她的"朱"姓"合二而一"!至于"珊",也是"王"字旁,而"册"象征着两人之书。

虽说她头发已经花白,但穿了一件玫瑰红连衫裙,步履轻捷,仍显得年轻。她带着湖南口音,非常健谈,从上午9时一口气谈到下午1时多,毫无倦色。她一边聊着,一边还嗑几颗瓜子。

采访王稼祥夫人朱仲丽

她跟毛泽东主席是世交。她的父亲朱剑凡是杨开慧父亲杨昌济的密友，曾一起留学日本。朱剑凡先生回国后，在长沙开办了周南女校。1920年，毛泽东在长沙一师附小主事时，经朱剑凡先生介绍，寄宿于周南女校。据朱仲丽回忆，她在8岁时，见过又瘦又高的青年来她家看望她父亲，那青年便是毛泽东。

朱仲丽曾在上海东南医学院学习，又在南京的中央医院工作过两年，后来辗转来到革命圣地延安，便从事医务工作，给毛泽东、朱德等许多中央首长看过病。跟王稼祥结婚后，她一直生活在政治高层圈子里，丰富的阅历成为她退休之后的创作源泉。于是，她由医生成为作家，写出一部又一部长篇，《江青秘传》是其中的一部，而《黎明与晚霞》则是关于王稼祥的长篇文学传记。

从1931年起，王稼祥历任中国工农红军总政治部主任、中央革命军事委员会副主席、中央政治局委员、中共中央军事委员会副主席等。王稼祥是第一个建议召开遵义会议的人，主张把当时主持中央工作、执行王明"左"倾路线的博古"轰下来"，曾为在党内、军内确立毛泽东的领袖地位起了重要作用。

我请朱仲丽谈王稼祥。她谈了许多、许多，其中有两件事给我印象最深。

第一件事是在毛泽东与王明的斗争之中，王稼祥立了大功。

1937年11月29日，王明夫妇从苏联乘飞机飞回延安。

虽说当时毛泽东已经是中共的领袖，然而，王明却是共产国际的执行委员会委员、主席团委员、政治书记处书记。

新来乍到，王明俨然钦差大臣，他在延安作长篇报告，毛泽东等"洗耳恭听"。

回国不久，王明和陈云、康生一起被增补为中共中央书记处书记。1937年12月15日，中共中央成立了筹备中共七大的委员会，以毛泽东为主席，以王明为书记。

三天之后，王明和妻子孟庆树同周恩来夫妇及博古一起去武汉，同国民党代表陈立夫进行国共合作秘密谈判。从此，王明任中共中央长江局书记。

之后，王明和毛泽东之间的分歧和斗争日益表面化。

毛、王之间不光是政见不同，而且王明明显地表现出对毛泽东领袖地位的觊觎。他擅自拟定了中共中央委员名单。在武汉，他经常以中共中央名义，擅自对外发布宣言，甚至以毛泽东名义发表谈话。他还提出要求，把中共中央机关刊物《解放》从延安迁往武汉……由于他的政见与毛泽东不同，他在武汉擅自发表的中共中央宣言，与延安毛泽东的主张不同，在外界造成恶劣的影响。

王明深知欲取毛泽东而代之，最为关键的一步棋是共产国际的表态。

就在这时，有一位苏联人要从武汉回莫斯科，王明暗中托他密告季米特洛夫和斯大林，毛泽东的《论持久战》存在原则性的错误……

王明期待着来自莫斯科的指示。

1938年8月，又一架军用运输机从莫斯科飞往中国，上面也坐着一位重要人物。此人从莫斯科带回共产国际的重要指示。

他，便是王稼祥。

王稼祥是1936年底出发前往莫斯科的。他拖着病体，好不容易爬雪山、过草地，到达陕北。由于病情越来越严重，中共中央决定派红军总卫生部部长贺诚陪同他去莫斯科治病。

当时，王稼祥穿过国民党军队的封锁线来到上海。在上海，潘汉年通过宋庆龄的关系，说一位植物学教授要去比利时考察，弄到了国民党政府的护照。这位"植物学教授"，便是王稼祥。

1937年6月下旬，王稼祥在贺诚的陪同下终于来到了莫斯科。在苏联，王稼祥得到了精心的治疗，身体日渐复原。

当王明决定回国时，王稼祥接替王明，出任中共驻共产国际代表团团长。王稼祥的这一任命，是共产国际总书记季米特洛夫决定的。

当时56岁的季米特洛夫，是国际共产主义运动中富有声望的活动家。他原本是保加利亚共产党的领袖，后来，出任共产国际总书记并主管中国事务。

季米特洛夫非常正直。他曾跟王明共事，很快就发觉王明和中国国内领导人关系紧张，而且王明夸夸其谈，又没有实际工作经验。

正因为这样，当王明回国之际，季米特洛夫特地把王明和接替王明的王稼祥一起找来谈话。

据王稼祥回忆："季对王明说：你回中国去要与中国同志弄好关系，你与国内同志不熟悉，就是他们要推你当总书记，你也不要担任。"

王稼祥回国的时候，从莫斯科带来共产国际极为重要的指示——中共应该以毛泽东为领袖。王稼祥还随身带着一只皮箱，里面装着30万美元现钞——共产国际支援中国革命的一笔经费。

飞机降落在新疆迪化（今乌鲁木齐）之后，不能再飞往兰州，一支八路军车队前来接他以及他带回的一批军用物资。车队取道兰州赴延安。

车队离开兰州之后，在茫茫黄土地上前进。途中，突遭土匪拦劫。为首的土匪络腮黑胡，双目射出凶光。车上那30万美金现钞，顿时处于最危险的境地。

王稼祥在土匪头子手枪的逼迫下，先是打开几只大木箱。打开一看，箱里尽是一些俄文书籍和杂志，土匪们毫无兴趣。他们的目光，集中在一只小皮箱上。王稼祥镇定自若地打开那只小皮箱，取出自己的衣物及一些国民党银行印行的纸币，送给土匪们，又摘下手表，送给土匪头子。他说明自己是八路军，没有钱财。土匪见他和车队的人都一色灰布八路军军装，就叫他们转过身去。过了好久，背后没有动静，王稼祥回头一看，土匪早已不见了踪影。

幸亏王稼祥机智，在迪化把30万元美金转移到大木箱里，上面铺了书籍，这才躲过了飞来横祸。

自从受土匪惊扰之后，车队加快车速，日夜兼程，不敢在路上逗留。司机极度疲惫。车近延安时，王稼祥乘坐的那辆卡车的司机打起瞌睡来，车子一下子翻进沟里。众人大吃一惊，赶紧停车，跳进山沟，把王稼祥从车内拉出。王稼祥居然安然无恙，他从地上拾起眼镜，眼镜片也没有摔碎。原来，那辆卡车翻下去时，正好有一棵大树挡了一下……

王稼祥经过两番"历险"，终于安抵延安。

中共中央决定召开六届六中全会，因为自1934年1月在瑞金召开六届五中全会以来，已经相隔四年多没有开过中央全会，许多重大的事情需要讨论解决，尤其是王稼祥带来了共产国际的重要指示。

中央决定由王稼祥发电报给王明，要他来延安听取共产国际的指示并出席中共六届六中全会。毕竟王明在莫斯科多年，可能他已从其他途径获悉共产国际指示的精神，所以拒绝前来延安。他复电王稼祥，要王稼祥到武汉向他个别传达，甚至要中共六届六中全会迁到武汉召开。

王稼祥把王明复电交给毛泽东看，经毛泽东同意，又以王稼祥名义，给王明发去措辞强硬的电报："请按时来延安参加六中全会，听取传达共产国际重要指示。你应该服从中央的决定，否则一切后果由你自己负责。"

到了这等地步，王明不得不于9月15日前来延安。

这样，中共六届六中全会从9月29日起在延安召开。会议开了近40天，到11月6日才结束。王稼祥担任了中共六届六中全会秘书长。会上，王稼祥详细传达了共产国际文件和季米特洛夫的口头指示。王稼祥所传达的季米特洛夫的指示使王明颓然失色，王明从此失去他的"王牌"——来自莫斯科的"尚方宝剑"。

中共六届六中全会，实际是毛泽东战胜王明的会议。

遵义会议确立了毛泽东在中共的领导地位，而中共的这一领袖的更换，在当时尚未得到共产国际的认可。共产国际，又称"世界共产党"。须知，

1922年中共二大时，中国共产党开始成为共产国际的一个支部。中共领袖的更换，照理是必须得到共产国际的批准。遵义会议是在特殊的情况下召开的——中共和红军处于危急之中，而当时又与共产国际失去了联系——中国共产党第一次不经共产国际批准而自己选择了自己的领袖。也正是由于缺乏共产国际批准这一组织手续，毛泽东才一直让张闻天担任中国共产党名义上的最高领袖——因为张闻天毕竟在苏联学习过，受到过共产国际直接培养。

到了中共六届六中全会，情况就大不一样：遵义会议之后，毛泽东领导中国共产党和红军走出了最困难的境地，赢得了很大的胜利，毛泽东的领袖地位不仅在中国共产党内得到一致公认，而且得到了共产国际的认可。在毛泽东面临王明的严重挑战时，共产国际明确支持毛泽东。从此，毛泽东在党内的领袖地位完全巩固——尽管这时中共中央负总责的，名义上还是张闻天。

正因为这样，毛泽东在中共七大时，曾高度评价中共六届六中全会所起的作用：

"大家学习党史，学习路线，知道中国共产党历史上有两个重要关键的会议。一次是一九三五年一月的遵义会议，一次是一九三八年的六中全会。

"六中全会是决定中国之命运的。六中全会以前虽然有些著作，如《论持久战》，但是如果没有共产国际指示，六中全会还是很难解决问题的。共产国际指示就是王稼祥同志从苏联养病后回国带回来的……"

朱仲丽向我讲述的第二件事，是王稼祥最早提出"毛泽东思想"这一提法的。

以前我一直以为"毛泽东思想"是刘少奇同志最早提出的。朱仲丽给我看了新出的《王稼祥文集》，其中收入王稼祥1943年7月8日在延安《解放日报》发表的重要文章《中国共产党与中国民族解放的道路》。文中明确指出："中国民族解放整个过程中——过去现在与未来——的正确道路就是毛泽东同志的思想，就是毛泽东同志在其著作中与实践中所提出的道路。毛泽东思想就是中国的马克思列宁主义，中国的布尔塞维主义，中国的共产主义。……"

正因为这样，建党70周年时关于党的知识测验题中，大都有一道"谁最早提出毛泽东思想？"的题目，答案是"王稼祥"。

朱仲丽向我详细谈及王稼祥提出"毛泽东思想"这一概念的过程……

最早提出"毛泽东同志的思想"这一概念的是中共的一位理论工作者，名叫张如心。他在1941年3月出版的《共产党人》杂志上发表《论布尔什维克的教育家》一文，提出党的教育人才"应该是忠实于列宁、斯大林的思想，忠实于毛泽东同志的思想的"。

1942年7月1日《晋察冀日报》头版以醒目的标题刊出社论：《纪念七一，全党学习掌握毛泽东主义》。

社论是由社长兼总编邓拓撰写的，他提出了"毛泽东主义"这一概念，但是没有得到毛泽东的认可。

一年之后，在中共22周年诞辰即将来临之际——1943年6月下旬——王稼祥和妻子朱仲丽刚吃过晚饭，听见警卫员前来报告"毛主席来了！"。

毛泽东住的窑洞与王稼祥住的窑洞离得很近，他和江青朝这边走过来，王稼祥和朱仲丽赶紧迎上去。王稼祥的窑洞门口有一张石桌、四个石凳，四个人就在那里坐了下来。

据朱仲丽回忆，那天四个人聊了几句之后，毛泽东便说明来意："建党的22周年快要到了，抗战6周年也快到了，你能不能写一篇纪念文章？"王稼祥当即一口答应下来。于是，毛泽东跟王稼祥谈了起来，谈中国共产党的历史，谈抗日战争，谈了很久。

毛泽东和江青走后，王稼祥就开始忙起来。朱仲丽记得，王稼祥那几天一直在思索，在写写、勾勾。大约经过一个星期，王稼祥终于写出一篇7000多字的文章，标题为《中国共产党与中国民族解放的道路》。

王稼祥的文章，详细回顾了中国共产党22年的历史，指出这"也是寻找、确定和充实中国民族解放正确道路的历史"。论述中国共产党的22年历史，大致上就是毛泽东那天跟他一起研究的内容。

而且，王稼祥对这22年中共党史加以概括，明确地提出了"毛泽东思想"的概念——已不再是"毛泽东同志的思想"，也不是"毛泽东主义"。王稼祥把"毛泽东思想"作为一种理论体系，加以论述：

> 中国民族解放整个过程中——过去现在与未来——的正确道路就是毛泽东同志的思想，就是毛泽东同志在其著作中与实践中所提出的道路。毛泽东思想就是中国的马克思列宁主义，中国的布尔塞维主义，中国的共产主义……
>
> 以毛泽东思想为代表的中国共产主义，是以马克思列宁主义的理论为基础，研究了中国的现实，积蓄了中共二十二年的实际经验，经过了党内党外曲折斗争而形成起来的……
>
> 它是创造的马克思列宁主义，它是马克思列宁主义在中国的发展，它是中国的共产主义，中国的布尔塞维主义。

王稼祥写毕，把手稿交给警卫员张志，让他送到毛泽东那里。

又是傍晚，毛泽东从他的窑洞来到王稼祥那里。依然坐在石凳上，他谈及了对王稼祥文章的意见。

两个月前，毛泽东在给凯丰的信中曾说过"我的思想（马列）自觉没有成熟"。此时，由于王稼祥的坚持，他还是同意了文中关于"毛泽东思想"的提法。

毛泽东说："不能提'毛泽东主义'。我是马克思、列宁的学生，怎么可以跟他们并列？马克思有马克思主义，列宁有列宁主义，我不能提'毛泽东主义'。我没有'主义'。我的主义，就是马克思主义、列宁主义。你们一定要提，还是你提的'毛泽东思想'好。每一个人都有自己的思想嘛，不能随便地提'主义'。不过，我仍然以为，作为一种思想体系，我还没有成熟。这不是谦虚，事实如此。"

朱仲丽见天色渐晚，请毛泽东在他们家吃晚饭。毛泽东笑道："可惜你们家的菜里没有辣椒！"

毛泽东在大笑声中离去。

几天之后，王稼祥的文章在7月8日延安《解放日报》全文发表。

这样，"毛泽东思想"一词的首创权，便属于王稼祥——尽管在他之前，已有很多类似的提法。特别是邓拓所写的社论，是早年全面论述毛泽东思想的重要文章，只是他所提的"毛泽东主义"（其实也就是"毛泽东思想"）未被毛泽东所接受。1948年，吴玉章也曾提出"毛泽东主义"，毛泽东未予同意；在"文化大革命"中，红卫兵重新起用"毛泽东主义"一词，毛泽东仍不予同意。

"毛泽东思想"这一概念的提出，表明毛泽东作为中共领袖已日渐进入成熟的阶段，即形成一整套自己的思想体系，有了一整套自己的理论、策略、方针。

访问张闻天夫人刘英

没有搽乌发膏，没有用染发剂，86岁的她奇迹般没有一根白发。1991年7月3日，我在北京采访张闻天夫人刘英，她思维的敏捷更令我惊讶。

坐在她家宽敞的客厅里，只见壁上挂着陈云手书的鲁迅诗句：

横眉冷对千夫指，俯首甘为孺子牛。
回忆张闻天书赠刘英　陈云时年八十一

刘英的资历颇深，只消列举一件事便可说明：长征途中，中共中央机关所在的中央纵队的秘书长最初是邓颖超。邓大姐肺病日重，由邓小平接替了她。遵义会议后，邓小平调往前方工作，接替邓小平的则是刘英。

采访张闻天夫人刘英

跟刘英谈了一两句话，便可判定她是湖南人，因为至今她仍乡音未改。1905年，她出生在长沙。其实她不姓刘，而是姓郑，单名杰。她从湖南进入江西中央苏区时，临时取了个化名叫刘英。姓刘是随便改的，"英"则是"杰"的延伸——"英雄豪杰"嘛！从此，刘英这名字叫惯了，以至她的身份证上也写着"刘英"。早年在党内，知道她本名郑杰的只有两个人，一是当年中共湖南省委领导人李维汉，二是她进入中央苏区时的接头人周恩来。新中国成立后，她一度想改用本名郑杰，可是改不过来了。此外，她留学苏联时，还用过一个俄文名字，叫"尤尔克娜"。

采访刘英，气氛是很愉快的。她的记忆力是惊人的，远远超过她的同龄人，而她又健谈，富有幽默感。第一回采访没有谈完，7月11日我便再度采访她。

她不仅思维、谈吐富有条理，所收集的资料也井井有条。说到什么事，她会随手去取出一本书，加以补充说明。有一次，说到某某人，她建议我去采访。她拿出自己编写的通讯录，上面的人名按汉语拼音顺序排列，一查就查到地址、电话号码……

细细听她用湖南口音追溯往事，我如同去到那血与火的年代，在隆隆炮声之中，却轻轻地奏响着一支爱的浪漫曲……

1935年4月，中国的"铁流"——中央红军——正在"地无三里平"的贵州艰难地前进着，个子娇小的刘英穿着一身灰布军装，裹着绑腿，也走在红军"地方工作部"的队伍里。忽地，通讯员奔来，递给她一张条子，上面写着："刘英同志：决定你接替邓小平同志工作，即去中央队报到。"落款是李富春。

中央队，也就是党中央机关所在的队伍，是"铁流"的核心。刘英奉命赶到中央队，李富春告诉她，中央队的秘书长原是邓小平同志，因工作需要邓小平调往前线，组织上决定由她担任中央秘书长。

"这工作我干不了。"刘英说道，"我的工作能力，比小平同志差多了。"

"你怎么客气起来了呢？"李富春笑了起来，然后话里有话地说道，"反正有人帮助你嘛！"

刘英不明白这"有人"指的是谁，因无法推辞，也就服从组织分配，来到了中央队。

她在中央队遇见了毛泽东，他用神秘的口吻问她道："刘英，你知道谁把你调到中央队来的？"

"富春同志呀！"刘英答道。

"点子是鄙人出的！"毛泽东大笑道，"把你调来，可以让小平上前线，那里正需要他。除此之外，还可以'公私兼顾'——你工作上有什么困难，找洛甫！"

这下子，刘英明白了其中的缘由，脸颊像火烧一般。毛泽东所说的"洛甫"，也就是张闻天。那时，刘英常常到中央队找张闻天，毛泽东已经敏锐地发觉他俩之间"有意思"，于是也就当"促进派"，干脆把刘英调到中央队里来。

毛泽东跟刘英很熟。她是湖南长沙人，跟毛泽东算是大同乡。她在湖南女子师范上学时，好几位老师是湖南省立第一师范的毕业生，是毛泽东的同学。这样，刘英跟毛泽东有着许多共同的话题。

刘英告诉我，在江西南部于都河畔，有一座小县城叫于都。1934年9月下旬，作为中华苏维埃共和国临时中央政府主席，毛泽东来到于都检查工作，住在于都北门小巷深处一幢灰砖房子里，那儿当时是赣南省苏维埃的所在地。灰砖房朝南，三间，毛泽东住左厢房。当时在于都县委工作的刘英，每天要向毛泽东汇报"扩红"（扩大红军）的数字。她记得，那阵子正是毛泽东人生最困难的时刻，他受到党中央总负责人博古和共产国际派来的军事顾问李德的排斥，加上又得了疟疾。有一回，毛泽东发高烧，达到40摄氏度。张闻天接到于都县委打来的电话，急急从瑞金派出大夫傅连暲赶往于都。傅连暲骑着骡子走了一天一夜，来到于都，马上给毛泽东打针……

毛泽东愿为刘英当"月下老人"，是因为他跟张闻天有着不寻常的友情。

张闻天是江苏南汇（今属上海）人。早在1919年底，张闻天就加入了"少年中国学会"。翌年初，毛泽东也加入了这个进步组织。他们虽然远隔千里，但是从"少年中国学会"办的刊物《少年中国》上读到彼此的消息。

此后，张闻天先是留日，接着留美，然后又去苏联莫斯科中山大学学习。1931年1月，他和杨尚昆一起从莫斯科回到上海，出任中共中央宣传部部长。1933年初，他进入中央苏区，结识了毛泽东。用他的话来说，他最初跟毛泽东关系"平常"，甚至"不重视毛泽东同志"。这是因为当时的中共中央由博古主持，张闻天和他是莫斯科中山大学同学，都是"二十八个半布尔什维克"中的人物。博古进入中央苏区，推行王明"左"倾路线。那时的张闻天也"左"，瞧不起山沟沟里的毛泽东，不过如他所言："我对他历来无仇恨之心。"博古极力排斥毛泽东。本来，中华苏维埃共和国中央政府主席和人民委员会主席（后者相当于总理）都是毛泽东，但博古让张闻天担任人民委员会主席，力图架空毛泽东。

然而，由于同在政府部门工作，张闻天跟毛泽东的接触日益频繁，他开始了解毛泽东，认识到毛泽东的正确。这样，"老朋友"博古恼怒了，把张闻天派往闽赣做巡视工作,把他从中央排挤出去……

当张闻天从闽赣巡视回来,这时,博古和李德推行的一套"左"倾路线使红军在第五次反"围剿"中惨败,眼看中央苏区都快保不住了,不得不准备"西征"(也就是后来的长征)。

张闻天和毛泽东同住在瑞金郊区白云山的一座古寺里,两个人朝夕相处,思想越发接近。如张闻天所回忆:"我当时感觉得我已经处于无权的地位,我心里很不满意。记得在(长征)出发前有一天,泽东同志同我闲谈,我把这些不满意完全向他坦白了。从此,我同泽东同志接近起来……"

那时,刘英就去白云山古寺看望过张闻天。自然,毛泽东注意到了刘英的"动向"。

张闻天曾回忆:"长征出发后,我同毛泽东、王稼祥二同志住在一起。毛泽东同志开始对我们解释反五次'围剿'中中央过去在军事领导上的错误,我很快地接受了他的意见,并且在政治局内开始了反对李德、博古的斗争,一直到遵义会议。"

1935年1月在遵义召开的中共中央政治局扩大会议,在紧急的关头挽救了中国共产党,挽救了红军。张闻天和王稼祥在会上坚决站在毛泽东一边,共同批判了李德、博古的"左"倾错误。遵义会议确立了毛泽东在党内、军内的领导地位。遵义会议后,博古从党内负总责的职务上退下来。众望所归,大家推举毛泽东接替博古。毛泽东却说,还是请洛甫负总责。这样,张闻天接替了博古,积极支持毛泽东的工作,毛泽东笑称他是一位"明君"。

政治上的密切合作,使毛泽东、张闻天的友谊甚笃。于是,毛泽东也就当起"月老"来。长征途中,毛泽东把刘英调到中央队来,跟张闻天一起长征,彼此间日渐了解,两人关系迅速亲密。

有一天,毛泽东遇见刘英,故意问道:"刘英,中央队有那么多男子汉,你看中哪一个呀?"

刘英不响。毛泽东笑道:"洛甫不错嘛!"

刘英依然不作声。毛泽东道:"你默认啦!"

刘英略略笑了。毛泽东问:"你既然看中了洛甫,我就等着吃你们的喜糖!"

刘英连忙声明:"我暂时不准备结婚。"

毛泽东问:"为什么?还要'考验'一番?"

刘英这才说出原因:"一结婚,就会生孩子。我看许多女同志怀孕了,在长征中行动很不方便,所以暂时不想结婚。"

毛泽东一听,点头道:"小刘英,你很有头脑。等以后你决定和洛甫结婚时告诉我,我替你宣布!"

红军经过艰难的二万五千里长征,终于到达陕北。这时,刘英才和张闻天决定结婚。

毛泽东得知喜讯,要张闻天和刘英"请客"。毛泽东还风趣地说:"当年,'风流天子李三郎,不爱江山爱美人'。而今的洛甫,既爱江山又爱美人!"他的话,逗得大家大笑不已。

他所说的"李三郎"便是唐明皇。

据刘英回忆,她早在苏联莫斯科留学时便认得张闻天。那时,张闻天是老师,在她的学校讲过课。不过,张闻天并未注意到这个娇小的湖南姑娘。

后来,她在中央苏区遇见张闻天,说起当年在莫斯科曾是他的学生,彼此间觉得很亲切,于是,就有了些来往。她去瑞金白云山看望张闻天,也是出于这样的原因。不过,当时只是同志间的交往。

自从长征时毛泽东把她调到中央队,她跟张闻天朝夕相见,开始对张闻天有了真切的了解。张闻天沉默寡言,学者风度,擅长思索,讲话不快、不多,但颇深刻。虽然遵义会议后他成为党的总负责人,却很容易接近。他年长刘英5岁,像大哥哥一般照料刘英。他为人正派、正直,戴一副深度近视眼镜,喜欢读书、写作,钻研马列主义理论。他富有才华,24岁时就在《小说月报》

1935年冬,张闻天和刘英在瓦窑堡结婚

上连载长篇小说《旅途》，还写了三幕话剧《青春的梦》。他懂英文、俄文、日文，为人谦逊，作风民主。他不喝酒、不抽烟，唯一的嗜好是喝茶。在毛泽东的"促进"之下，刘英爱上了文文雅雅的"书生"张闻天。这一爱，情深意切，彼此相爱了一生。

张闻天自从遵义会议后出任中共中央负总责，主持中共中央领导工作达八年之久。如毛泽东所言："洛甫这个同志是不争权的。"那一时期，实际上是毛泽东领导工作。1943年3月，毛泽东出任中共中央政治局主席。

此后，在中共七大，张闻天仍担任中共中央政治局委员。新中国成立后，张闻天出任中国驻苏特命全权大使，直至1955年初回国出任外交部常务副部长。在中共八大，他被选为中共中央政治局候补委员。

1959年，张闻天在庐山会议上支持彭德怀，遭到批判、撤职，从此跌入逆境。

然而，历史却证明了张闻天的正确：在遵义会议上，他支持毛泽东，批判王明、博古的"左"倾路线，他做对了；在庐山会议上，他支持彭德怀，批判毛泽东晚年的"左"倾错误，他又做对了！

在庐山会议上，张闻天被诬为"反党集团""军事俱乐部"成员，而这"俱乐部"据云是以彭德怀为首的。张闻天面对这种无端指责不屑一顾，他对刘英说："哼，说我是'文化俱乐部'成员倒还差不多！"

从此，张闻天失去种种官职，成了中国科学院经济研究所的一名"特约研究员"。

刘英说，张闻天是一位"书生"，书卷气十足。他的可贵，在于坚持真理而不动摇。不论作为中共中央负总责，还是作为普通一兵，他都以坚持真理为原则，不计较个人得失。

张闻天的爱好是打网球、下围棋。他在家里下围棋，对手是刘英。他也喜欢跟陈毅下围棋。平日他爱吃青菜和鱼，不吃辣，而刘英嗜辣。

他喜欢音乐。担任驻苏大使时，凡是有音乐会，他总是尽量去。对莎士比亚戏剧他也有浓厚兴趣。

他也喜欢散步。特别是在晚年，身处逆境，他每天坚持散步，一边散步，一边思考问题。

他把自己的思索不断写入笔记本。晚年，他写了一本又一本笔记。这些笔记，如今已成了弥足珍贵的文献——因为在"文化大革命"席卷中国大地之际，他在笔记中仍坚持对"左"的批判，难能可贵。

刘英说，张闻天性格文静，从不急躁。毛泽东讲话，幽默生动，而张闻天讲话，哲理性强，条理清楚，但不太生动。跟毛泽东在一起，毛泽东常常开玩笑，而张闻天讲话总是很正经。

张闻天作报告，一般事先拟个提纲。他写东西，写得很快，一般先打草稿，然后左改右改，很认真，遣词造句很考究。

虽说张闻天是位"书生"，但绝不懦弱，在关键时刻，显示出他的品格。比如，在"文化大革命"中，江青、康生煽动红卫兵抓"叛徒"，搞所谓"六十一人叛徒集团"。他们要把薄一波、刘澜涛、安子文等打成"叛徒"，并且追究责任，说成是刘少奇搞的，推行"招降纳叛的组织路线"。张闻天挺身而出，承担了责任。他说，他当时是中共中央负总责，此事经他批准，该由他负责任。像他这样在最困难的时刻，仍挺身保护战友刘少奇及那61人，是很可贵的。

在"文化大革命"中，刘英和张闻天一起受尽折磨。

从1969年5月16日起，张闻天和刘英双双被"监护"在北京景山后街寓所。据刘英回忆："我和闻天住的房子只隔一堵壁，但咫尺天涯。每天只放风一次，时间错开，不让我们碰面。"即便如此，担心妻子个子小，拿不动浸了水的大拖把，张闻天总是把拖把洗净，晾在那里。这样当刘英被允许进入盥洗室时，拖把已半干，不太重又好拖，她不会因拖把不干净而拖不净地板遭看守的斥骂。刘英呢，见到张闻天的衣服泡在盆子里，总要放上洗衣粉，为他搓干净。如此这般，他们被囚禁523天，夫妇俩"人不见面心相见"。

结束了囚禁生活之后，他俩被"遣送"到广东肇庆，在那里度过漫长的流放生活。张闻天被迫改名为"张普"——那是张闻天自己取的，意即"普通劳动者"。

经受长期折磨，张闻天已病魔缠身。经再三请求，夫妇俩总算获准回到无锡"闲居"。到了无锡，已是1975年8月。

年逾古稀的张闻天已是垂暮之人，冠心病、肺气肿、心绞痛，一齐向他袭来。他自知不起，在1976年4月下旬向刘英嘱咐道："我不行了，别的倒没有什么，只是这十几年没能为党工作，深感遗憾。我死后替我把补发给我的工资和解冻的存款全部交给党，作为我最后一次党费。"张闻天要妻子当场写下了一张字条："二人生前商定：二人的存款，死后交给党作为二人最后所交党费。"下面的署名是"张、刘"。

这年7月1日，是刘英永远难忘的日子。早上，张闻天听罢关于中国共产党成立55周年的"七一"社论广播后，对刘英说："很失望，讲来讲去还是那些东西。"那时，姚文元把持着宣传大权，讲来讲去是"文化大革命形势大好，到处莺歌燕舞"之类的空话、套话、假话。

他喝了几口米汤。

下午5时许，张闻天心脏病突发，病情十分危险。刘英急请护士来，打了强心针，无效，76岁的张闻天就这样离开了人世。如果他再多活三个多月，便可亲耳听见"四凶"被擒、乾坤扭转的喜讯……

1979年8月26日，中共中央在北京隆重举行追悼会，悼念张闻天，陈云主持追悼会，邓小平致悼词。刘英以张闻天夫人身份出席大会，一个个中央领导人走过来，紧握她的手，向她致以最亲切的问候。

经过时间的淘洗，张闻天终于被历史所承认——他是闪光的金子！一切横加在他身上的污言浊语被洗清了，他的高贵品格受到了尊重，刘英为此感到无限宽慰。

刘英晚年忙于完成张闻天的未竟之业。在那乌云压城的日子里，张闻天把列宁的一句话写在台历上，作为座右铭："为了能够分析和考察各个不同的情况，应该在肩膀上长着自己的脑袋。"张闻天以"自己的脑袋"思索，写下大量力透纸背的论文和笔记。因为害怕文稿落入"四人帮"爪牙手中，王震对刘英说："放在我那里吧！"这些闪耀着真理光芒的论稿，在雨过天晴之际，收入《张闻天选集》问世。系统收集张闻天著作的《张闻天文集》，也在刘英和编辑组的努力下一集接一集出版。

刘英和张闻天婚后，在1939年有了儿子张虹生。张虹生有两个女儿。另外，张闻天遭"贬"后，1960年曾和刘英住在青岛。当时正值三年困难时期，一个3岁的小女孩饿得慌，挣扎在死亡线上，被张闻天夫妇收养，取名小倩，以纪念青岛。儿子后来在南京工作，养女和大孙女在刘英身边。

刘英虽然早已离休，但仍很忙碌。她有着丰富的革命阅历，而在她的同龄人中像她这样思维敏捷、记忆清晰的人是不多见的。她成了历史的见证人。美国著名记者索尔兹伯里曾访问过她，他在《长征——前所未闻的故事》一书中，这样写及对刘英的印象："刘英的个子虽小，但她具有钢丝一般坚韧的精神。"

刘英在中央高层领导圈里生活了多年，我请她回忆领袖们的往事，她答应了。她谈笑风生，说起了她的种种见闻。

很自然的，她从毛泽东说及了朱德。

"朱老总肚量大、胸怀广，可以称得上'海量'！"刘英谈起对朱德的印象。

朱德是一个很朴实的人，身为总司令，却没有半点架子。刘英和小青年们要朱德讲故事，他马上就讲，跟年轻人挺合得来。朱德的衣着很俭朴，甚至曾被人误认为伙夫！

朱德的业余爱好是下象棋。长征时，战事倥偬，没有工夫下棋；在延安，朱德空暇之际便跟战友下起象棋来。有一回，刘英在一侧观战，朱德败北，看样子输定了。忽地，刘英见朱德偷了一枚棋子，当场"揭发"。朱老总哈哈大笑，那副天真的憨态，真像个孩子。那时，朱德的对手常常是彭德怀、任弼时。他不肯输，也不服输，总想赢棋，所以连偷棋子也"在所不惜"。

在刘英的印象中，长征时康克清是最"神气"的巾帼英雄。当时康克清担任总司令部警卫连的指导员，她身体非常棒，腰间挂一支驳壳枪，肩上背着米袋，走起路来脚底生风。按规定，她有一匹马，但她很少骑，总是把马让给伤病员，自己步行。

贺子珍跟毛泽东结婚后，一连生了六胎，体质变得很虚弱。康克清从未生养。1940年，朱德前妻所生的女儿、14岁的朱敏从家乡四川来到延安，康克清非常高兴，视同己出。

新中国成立后，张闻天出任中国驻苏大使，刘英随张闻天赴苏。朱敏在苏联留学。周末，中国大使馆举行舞会，朱敏常来，结识了使馆随员刘铮，彼此相爱了。康克清赴苏开会，见到刘英，知道女儿在恋爱，便向刘英打听："你们使馆那个刘铮怎么样呀？"刘英说："这小伙子不错。"

康克清又问："照你看，他爱的是我的女儿，还是爱的是女儿的爸爸？"刘英笑道："这个问题，你要问你女儿了！"康克清也大笑起来："我相信女儿的眼光是不错的。"后来，刘铮和朱敏结婚，康克清很高兴，祝贺他们幸福。

刘英跟刘少奇也很熟悉，都是湖南人，谈得拢。不过，刘少奇沉默寡言，而且态度总是那么严肃。刘英说，陈云平日话也不多，但说起话来挺风趣，而刘少奇没有幽默感。

不过，刘英发现，一旦跟刘少奇讨论理论问题，他的话就多了，简直滔滔不绝。刘英记得，有一回刘少奇跟她谈人的社会性、自然性，谈得头头是道，概念很清楚，又富有逻辑。

刘少奇的嗜好是抽烟。一边抽烟，一边思索，他的眉头紧皱着，留下很深的川字纹。他也爱散步，一边散步，一边思索。刘少奇写的《论共产党员的修养》刘英读过多遍，很受教益。

给刘英印象颇深的一件事，是刘少奇的儿子刘允若在苏联留学时由于所学的专业不适应，想换一个系。当时，中国留学生在苏联学习，学什么专业是由组织上统一安排、分配的，每个学生都必须服从分配。刘少奇知道儿子的情况，一次又一次给他写长信，要求他服从组织分配，不能特殊。刘少奇还写信给中国驻苏使馆，希望组织上对他的儿子进行教育。在驻苏使馆工作的刘英看了刘少奇的信，觉得很有教育意义。她想公布刘少奇给使馆以及给儿子的信，以便对留学生们进行服从组织分配的教育。刘英打长途电话给刘少奇，征求他的意见。出乎意料，刘少奇不同意公布这些信件。刘少奇说，这些信件是私人通信，如果公布了，会伤刘允若的自尊心。作为父亲，他可以写信劝说儿子，但也充分尊重儿子……刘英遵从刘少奇的意见，没有公布刘少奇的家信。

此事过去好多年，"文化大革命"之后，教育部的李涛忽地告诉刘英，在教育部档案馆中发现了刘少奇当年的那些家信，很受感动。时过境迁，这些信到了可以公之于世的时候，终于公开发表，成了教育年轻一代的好教材。

刘英曾在陈云手下工作，陈云跟她同庚。长征途中，陈云担任地方工作部部长，刘英、贾拓夫、吴亮平、蔡畅等都在这个部。

地方工作部是做群众工作的，用毛泽东的话来说，那就是宣传群众、组织群众。每打下一座城市，地方工作部要派出一支先遣队，进入城市做群众工作。陈云全身心投入工作，办事很细心，经常是先开会布置，然后严格地进行检查。陈云平时话不多，不抽烟、不喝酒，穿着也很朴素。他喜欢听评弹，可是在长征途中，哪有评弹可听？

刘英记得，在过大渡河的时候，岸边挤了许多部队，都想早点过河，秩序有点乱。这时，陈云担任总指挥，有条不紊地指挥过河。他很沉着、冷静，大家都佩服他，听他指挥。

陈云办事有条有理，讲话也是如此。他原是上海商务印书馆的学徒，很早就跟书打交道，养成读书的习惯。陈云看书，不是东翻西翻，而是一本一本地钻研。他很稳重，肯学习，本来不懂经济，后来很仔细钻研经济理论，成了党内的经济专家。

刘英说，那时对毛泽东习惯于称"主席"，对朱德称"朱老总"，对刘少奇、陈云则称"少奇同志""陈云同志"，而对邓小平则直呼"小平"。

邓小平很随和，爱热闹，喜欢摆"龙门阵"。毛泽东也喜欢聊天。跟他们在一起，从不会感到寂寞。在江西时，"邓、毛、谢、古"（即邓小平、毛泽覃、谢唯俊、古柏）受到"左"倾路线的批判、打击，邓小平仍很坦然，一派"大将风度"。正因为这样，后来在"文化大革命"中受打击，又在"批邓"中遭罢官，他也都坦然。他宽广的胸襟，在江西中央苏区就显现出来了。

邓小平跟朱德、刘伯承、杨尚昆在一起那就更热闹了，他们都是四川人，爱摆"龙门阵"。

擅长讲故事、讲笑话，大约是四川人的特点吧。刘伯承讲起笑话来一串一串的，他还喜欢用歇后语，诸如"屁股上长疖子——坐立不安""外甥打灯笼——找舅（照旧）"，等等。刘伯承一度也受"左"倾路线排挤，被撤了职。在遵义会议前夕，刘伯承被任命为红军总参谋长。他很机智，一路上夺关斩将，立了大功。遵义城就是他用计策智取的。

杨尚昆跟张闻天的交情不错。早在1924年，张闻天从上海到重庆，便住在杨尚昆的四哥杨闇公家中。那时，杨闇公是四川地下党的负责人。后来，1927年，杨尚昆到莫斯科留学，张闻天已经在那里担任助教，所以杨尚昆称张闻天为老师。

杨尚昆的妻子李伯钊更活跃，她是红军中的"工农剧社"社长。长征途中，大家都很累，她却组织剧社为大家演活报剧，忙前顾后的。

叶剑英是广东人，给刘英的印象是"文武全才"，能指挥作战，也会妙手写诗。他风度翩翩，又冷静沉着。不论是在长征中跟张国焘作斗争，还是后来一举粉碎"四人帮"，他都立了奇功。不过，新中国成立后刘英去广东，叶剑英请她吃饭，那些菜叫她受不了，什么"龙虎斗"等，她实在不敢恭维。

刘英谈起了林彪。林彪的城府颇深，平时沉默寡言，叫人捉摸不透。林彪能打仗，确实是有战功的。在战争中他受过伤，得了怪病，怕风、怕水，见了血就会拉肚子。不过，他也有"政治病"，形势对他不利就称病不出。他最积极的时候，是反对彭德怀，在庐山会议上很活跃。

博古也是有功有过，但博古是坦诚的人，知错认错，表里如一，不像林彪那么阴险。

博古是一位天才的宣传鼓动家。他的嗓门大，讲话富有鼓动性。他的报告，很受工农分子欢迎。他一边说，一边做手势，动作很大。王稼祥讲话则小声小气，显得很斯文。

不过，博古那时刚从苏联回来，起着"留声机"作用。他照搬来自莫斯科的指令，成为王明的亲密伙伴。

博古作报告时喜欢来几句俄语或者英语，他的俄语、英语确实不错。但是，来几句"洋文"，不知出于他的习惯还是显示自己的才能——他的确是"才子型"人物。张闻天作报告，则从无这种习惯——虽然张闻天不仅留学苏联，而且留学美国。

哪儿有博古，哪儿就有他洪亮的声音。他很开朗、活跃，属于开放型、外露型的，作起报告来，理论一套又一套。

在遵义会议之后，博古下了台。他的优点是很快认识了自己的错误，诚恳地在毛泽东领导下工作。到延安之后，博古不论是做统战工作还是宣传工作都很出色。

刘英记得，有一回开会时毛泽东对博古说，《解放日报》可否发表一篇社论，批驳一下"原子弹万能论"。会上，毛泽东讲了自己的观点。会议还没有结束，博古便把社论草稿递了毛泽东，真可谓"倚马可待"。

在中共七大，博古曾很坦率地检查自己过去所犯"左"倾错误，得到了大家的谅解。

很可惜，博古后来死于空难，不然，他还可以为党多做工作。

长征初期，红军连吃败仗，是因为博古把军事指挥权拱手让给"洋顾问"——李德。李德是德国人，号称"街垒专家"，他所擅长的是阵地战。他来指挥红军，一不懂中国国情，二不懂游击战，怎么不连连败北呢？

李德喜欢喝酒，特别是打了败仗便闷头喝酒，借酒浇愁。但是，红军规定，不能喝老百姓的酒。有一回，刘英见到李德喝得醉醺醺的，一检查，他的酒是从老百姓那里拿的。身为中央秘书长的刘英发现"洋顾问"违反纪律，便毫不留情地当面批评他。牛高马大的李德见这个娇小的中国妇女批评他，借着酒力，拔出手枪，朝天啪啪开枪，吓唬她。谁知刘英不怕他的恫吓，向总政治部主任王稼祥作了报告。王稼祥过来批评了李德，李德才不作声、不耍酒疯。从此，李德见到刘英爱理不理的。刘英呢，只要你违反纪律，还是照样批评。

刘英还提及了邓发，当年的国家政治保卫局局长（国家安全局的前身）。邓发跟博古于1946年4月8日由重庆飞返延安时同机遇难。邓发是水手出身，会做一手好菜。在延安时，邓发常常"露一手"，比如他做的"白斩鸡"，确实又嫩又鲜。不过，他在肃反工作中过"左"，误伤了不少同志。这样，在中共七大时，他没有被选入中央委员会。虽然如此，他仍积极工作，毛泽东也给他许多鼓励。不料，他突然死于空难，才40岁。

跟刘英结束了长谈，向她告别之际，我对这位"具有钢丝一般坚韧的精神"的长辈充满深深的敬意……

田家英夫人忆田家英

一个很好记的"双十二"之日——1942年12月12日,在延安的一个普通的窑洞里,入夜,一盆炭火旁围着三个人。炭火上架着个铁锅,正在冒着热气,喷溢着红枣的清香。

滚烫的红枣汤盛入三只搪瓷杯,三个人喜笑颜开,边吃边聊,婚礼就这样进行着。

这可以说是世界上最简朴的婚礼:除了新郎、新娘,唯一的"来宾"便是证婚人——党支部组织委员彭达章。枣子汤是"婚宴"上唯一的一道"菜"。

新郎和新娘都是中共党员、延安中央政治研究室政治组干部。新娘24岁,叫董边;新郎20岁,叫曾正昌,常用笔名田家英,后来以笔名闻世。他们的结婚手续极其简单。结婚的当天,董边给党支部书记周太和写了个纸条:"我和家英今天结婚,请组织上批准。"周太和看罢,微笑地朝她点点头,就算是表示批准了。

新房还没着落,怎么办?党支部书记主动让房。周太和原本和党小组组长一起住一个窑洞,两人分别搬到别的地方去,腾出的窑洞,成了田家英和董边的"洞"房。田家英和董边把自己的铺盖卷搬过来,那"洞"房的布置就算停当了。

到了傍晚,消息传进同事王惠德的耳朵里。他走进窑洞,见到田家英和董边正在看书,似乎毫无结婚的迹象,将信将疑问道:"听说你们要结婚?"

田家英没吭声,董边答道:"哪有这回事,我们在工作呢!"说罢,照旧看书。王惠德信以为真,走了。待王惠德走远,田家英和董边这才忍不住大笑起来……

这是田家英夫人董边向我讲述的故事。

我去北京拜访田家英夫人董边,头一回是在1988年隆冬,我在北京给她家挂电话,不巧,她去南方休养了。

采访田家英夫人董边

1989年9月我去北京，一打电话，耳机里传出来的正是她的声音："欢迎你来！"

9月16日下午，我应约去她家。她住在一幢高层公寓里，客厅内一大排玻璃书橱，整整齐齐摆放着一本本书。

71岁的她坦率、热忱，可毕竟曾经沧桑，便又显得深沉。她直梳短发，方脸，戴一副深咖啡色边框眼镜，延安老大姐的气质。已经离休在家的她患哮喘，但谈锋甚健，一口气谈四个来小时，常常朗朗大笑。

她向我详尽地回忆田家英。那天没有谈完，17日我又去作录音采访，她再度回忆往事……

我在采访董边时，顺口问了一句："在家里，你喊他'家英'吗？"

不料，这句话引出她与田家英奇特婚恋的话题。

"不、不，在家里我从来没有喊他家英。只有现在，跟别人谈起他，才说'家英''家英同志'。"董边说道。

随后她把话题拉向那远逝的岁月……

田家英并不姓田，本名曾正昌。在中国共产党诞生的翌年——1922年1月4日——他出生在四川成都的一个小康之家。父亲曾国融开一家中药店，母亲姓周，生了三子一女，田家英是最小的一个。

随着父母的早逝，小康之家跌入贫困的泥沼。田家英3岁丧父，12岁丧母。才念了初中一年级的他，在母亲病逝之后，不得不离开课堂到药铺里当学徒。

贫困是砥砺意志的磨刀石。失学的他，在帐子上挂起对联，表达自己的心愿：

走遍天下路，读尽世上书。

1935年，只有13岁的他开始向报刊投稿。他取了好多个笔名，其中"田家英"是他最常用的。他在报上发表散文，也写点诗、小说及书评，得到了一些稿费。他14岁考入成都县立中学，继续求学。他一边读书，一边仍用田家英这笔名发表文章。14岁的他已经显露出才华，也显露出超人的意志。艰难人世，使他早熟。他的同龄人尚在一片混沌之中，他已能在迷雾中判明正确的航向。年仅14岁，他便加入了"海燕社"——中共领导下的抗日救亡团体。

15岁那年，他加入了"成都中华民族解放先锋队"——中共的外围组织，简称"民先"。

加入"民先"不久，他便要求奔向那光明的所在——延安。中共党员侯方岳为他办理了前往延安的手续，中共早期领袖人物赵世炎之姐赵世兰，亲笔为他写了给八路军武汉办事处以及延安的介绍信。于是，15岁的田家英便进入了红星照耀下的圣地……

到了延安，几乎没有人知道曾正昌其人——他改名田家英了。从此，田家英这笔名成了他的名字，而他的原名倒鲜为人知。后来，另一个也叫田家英的人进入延安，为了避免同名同姓带来的麻烦，那个田家英改名为陈野苹，后来曾任中共中央组织部部长。

田家英进入陕北公学学习。陕北公学是延安大学的前身，是抗日战争时期中国共产党培养革命干部的学校，校长成仿吾。

在陕北公学学习才几个月，1938年2月，16岁的田家英加入了中国共产党。

3月，田家英结束了学习，被组织上留在陕北公学工作。他最初的两项职务便显示出他日后的特色：一是担任中共陕北公学总支秘书——他办事细致、认真，后来被毛泽东看中，毕生从事秘书工作；二是担任中国近代史教员——喜欢文史，让他和毛泽东有了共同兴趣。

一年之后，田家英进入延安马列学院学习，在那里学习了一年，留在那里的中国问题研究所工作。

1941年9月，中央决定成立中央政治研究室。研究室主任由毛泽东兼任，副主任为陈伯达，下设几个组，政治组组长为邓力群，国际组组长为张仲实，等等。中央政治研究室成立伊始，从各处选拔研究工作人员，总共选了四十来人，其中就有19岁的田家英。田家英被分配在经济组，后来调往政治组。在那里，田家英结识了董边——她在政治组。

其实，董边也在陕北公学、马列学院学习过，该算是田家英的同学，但是那时他们不认识。

董边，这个1918年出生在山西五台山附近的姑娘，有着一番传奇经历：

她的父亲是商人，"二掌柜"。她的母亲一连生了两个女儿，她的父亲非要个儿子不可，就讨了小老婆。这时，她的母亲又怀孕了，父母都盼望着这一回生一个儿子。母亲临盆了。当时山西农村的习俗，女人生孩子时蹲在尿盆上分娩。一看生下来的又是个丫头，母亲失望了，盖上尿盆的盖子，不想要这女孩。幸亏给隔壁的崔大妈知道了，从尿盆里救起这女婴。崔大妈说："丫头也是人呀！"这个女婴便是董边。

不过，由于在尿盆里受凉，被崔大妈救起后放在炕上也没人理会，女婴挨了冻，从此落了个病根——哮喘。直至我采访她的时候，哮喘仍折磨着她。

就因为是丫头，董边从小就受气，母亲也受气。董边心中憋着这口气，发誓要为妇女争气。她的两个姐姐小学毕业后就嫁人了，她在村里没念完小学，却一定要到城里上高小。父亲不答应，她就在家里绝食，非达目的不可。父亲无可奈何，只得送她到忻县县城里读高小、初中。后来，她还到太原女子中学念了高中。

太原毕竟是山西省会，到了太原，她眼界大开。她开始读胡愈之夫人沈兹九主编的《妇女生活》杂志，读《世界知识》《东方》杂志，思想日趋进步。后来，她到山西临汾，投奔那里的八路军办事处。当时担任山西临汾八路军学兵队女生队队长的，是杨尚昆的夫人李伯钊。李伯钊收下了董边。这"学兵队"是训练青年的学校，有600多人。在那里，杨尚昆给学兵队讲游击队的政治工作，彭雪枫（八路军作战处处长兼驻晋办事处主任）讲游击战术，陈克寒讲现代史，等等。

经过两个多月的训练，1938年1月，董边被分配到山西前线作战。她随部队过了黄河，进入延安，邓颖超把她分配到陕北公学学习。1938年4月，她在陕北公学加入中国共产党——田家英比她早两个月在那里入党。

最初，分配给她的工作是在油印室刻蜡纸。每天清早，为了做准备工作，她总是拿着钢板来到窑洞外边，用汽油刷洗得干干净净。不料，在寒风中吸着那汽油味，诱发了她的气喘病，她一下子病倒了，病到来年春暖才好了些。她无法再去刻蜡纸。

于是，1939年3月起，她被调到女子大学学习了一年，毕业后在那里的干部处工作。跟她一起工作的有叶群、余文菲（后来成为陈伯达第二任妻子）。

1941年7月，延安中央研究院（前身为马列学院）成立，董边和叶群、余文菲、夏鸣、诸有仁（陈伯达当时的妻子）等一起去报考。她们来到了考场——杨家岭大礼堂。

除了笔试，还有口试。董边在口试时，居然逗得考官哈哈大笑。

那考官，乃马列学院教务长邓力群。

邓力群问："你看过《红楼梦》吗？"

董边答："看过。"

邓力群问："你最喜欢《红楼梦》里哪一个人物？"

董边答："我喜欢贾宝玉。"

考官一听，忍不住笑了——这是"严肃"的考场里从未有过的。

笑毕，邓力群又问："你为什么喜欢贾宝玉，不喜欢林黛玉呢？"

董边答："因为贾宝玉反对封建，林黛玉哭哭啼啼。"

董边这么一答，考官满意了。

不久，董边跟叶群、夏鸣、余文菲等一起考入中央研究院。整整三个月，她的任务就是一个——读《共产党宣言》。为了读懂这本薄薄的马列经典著作，她找了许多参考材料。

三个月后，她被调入刚刚成立的中央政治研究室，分配在政治组。这时，她认识了田家英。

那时候，田家英已经结婚。

田家英最初的妻子叫刘成智，是他在成都读中学时的同学，一起搞抗日救亡运动，并奔赴延安。到了延安，田家英在马列学院工作时和刘成智结婚。婚后一年多，彼此的性格不融洽，感情产生了裂痕，刘成智主动提出与田家英离婚。

田家英陷入苦闷之中。

研究室的同事们知道这事儿，想办法劝合。那时，刘成智和董边都喜欢跳舞，但田家英是个从不入舞场的人。跳完舞，董边和研究室的女同事送刘成智到田家英住的窑洞里去。但是，刘成智还是走了。

组织上知道田家英思想极度痛苦，想派人前去劝慰，做他的思想工作。派谁去呢？董边跟他在同一个组工作，就派董边去！

于是，董边奉组织之命，前去看望田家英。一进窑洞，田家英正在闷闷地抽烟。一闻到烟味儿，就像刷钢板时闻到汽油味，董边连连咳嗽起来，田家英赶紧掐灭了烟头。

"去跳跳舞吧！"董边见田家英如此苦闷，想用跳舞使他驱除烦恼，"好多人在那里跳舞呢，多热闹。我是个'跳舞积极分子'。"

不料，田家英的嘴里蹦出一句话："跳啥子舞？顶肚皮罢了！"

董边一听田家英把跳舞说成"顶肚皮"，便哈哈大笑，笑罢，又跟他争论起来，说他这是"侮辱跳舞"。

他和她都是爽直的人，如此"争论"一番，反而意外地发现——彼此挺谈得来！

这样，奉命做田家英思想工作的董边，无意之中坠入了爱河！虽然田家英结过婚，虽然董边比他大4岁，但彼此都不在乎。

这真是奇缘！

天天同在一个组工作，朝夕相处，田家英和董边的感情日深。那时，董边研究国民党统治区的教育工作，田家英研究中国近代史。

两颗心越挨越近，他俩决定结婚。

董边说，她与田家英的婚礼虽然那样的简朴，没有任何排场，没有金钱和美貌的交易，然而有的是赤诚，是真正的爱情。婚前，董边曾郑重地向田家英提出三条"夫妻公约"：

第一，一切为了进步；

第二，两个人的事，女方做主；

第三，不能因日后分开工作（在战争岁月，夫妻分在两地工作是常有的事）而感情破裂。

田家英一口答应了。后来，他俩果真都信守这三条——他俩的"夫妻公约"。

如此简单的婚礼，没有任何排场，有的是赤诚、真正的爱情，这样的爱情不是"飞鸽牌"，而是"永久牌"。董边对刘成智也不介意，曾与田家英一起去看望她——她在枣园医务室工作。

结婚之后，董边头一回使用"夫妻公约"所"赋予"的权利，即第二条："两个人的事，由女方做主。"

那是因为董边怀孕了，"由女方做主"，董边不要这个孩子。虽说对于他和她都是第一个孩子，可是在战争年月，只有首长及烈士的孩子才可能由保育员带养。通常，女同志生孩子，组织上就让她不工作，在家带孩子。董边不愿意放弃工作，决计不要孩子。田家英虽然很想要个孩子，但还是服从"约法三章"。

1944年6月，临产的董边住进中央医院。跟她住在一起的一个产妇是枣园乡西沟村的，叫桂花。桂花已经生了四个孩子，都没有成活。这一回生第五胎，生下来又死了，桂花正哭哭啼啼。

董边决定把小孩送给桂花，对她说："不管我生下的是男孩还是女孩，都给你！"

"给我了？！"桂花吃惊地睁大了眼睛。

"一言为定！"董边用很坚决的口气说道。

没一会儿，桂花的丈夫来了。她的丈夫一听，自然喜出望外。不过，他还是有点顾虑，问董边道："你真的不要孩子？孩子长大了，你也不要？"

"口说无凭，立字为据！"董边说道，"我可以写一张永远不要这个孩子的字据给你们。"

这下子，桂花和她的丈夫相信了这位女干部说的是真话。

董边分娩了，生下一个胖小子——她的母亲因为只生女孩、没生男孩，一辈子受气；她自己也因为是个女孩，一生下来差点被剥夺生的权利；然而，如今她生下了男孩，只看了一眼，连奶都未喂一口，就送人了！田家英来了，也只看了一眼孩子。在那战火纷飞的岁月，他们哪有一个安定的小窝？哪有精力照料孩子？

董边是个说话算数的人。她完全遵从她的诺言，没有再向那个老乡要回自己的孩子。不过，作为母亲，她总牵挂着儿子的命运。她自己去看儿子不方便，曾托中央政治研究室同事褚太乙在下乡时去看望过，听说孩子长得很好，她也就放心了。

新中国成立后，她从未去查找过那个孩子的下落。尽管要找的话，是不难找到的，因为孩子所在的那家有名有姓，地点也清清楚楚。但是她立过"永远不要"的字据，她说应当"取信于民"，永不反悔。

那些日子里，田家英从中央政治研究室调往中共中央宣传部，在胡乔木的领导下，他和曾彦修（笔名严秀）一起编写小学课本。

田家英成了延安的"秀才"，为延安《解放日报》写了许多杂文。他的杂文确实"杂"，古今中外，旁征博引，反映出作者是一位道地的"杂家"，有着政治、历史、文学、哲学的广博知识。

他和董边在努力地工作着,"一切为了进步"!

自从和董边结婚之后,田家英便戒烟了,因为董边闻不得烟味儿,怕抽烟引发她的气喘病。只是喝酒无碍于妻子的气喘病,他仍喜欢喝两盅。

不过,在生了孩子之后,身体虚弱,董边的气喘病还是发作了。延安缺医少药,董边一病就病了半年多。

董边病好以后,也调到中共中央宣传部工作。

艰苦卓绝的十四年抗战终于结束,延安处于兴奋之中,大批干部离开延安,去开辟新的天地。

董边跟田家英商量,报名到前线去。董边给蔡畅大姐写了一封信,表示了自己的决心。第二天,蔡大姐就复信同意。于是,董边告别了田家英,融入了那支浩浩荡荡开赴前线的队伍。

不料,这一别,竟三年未见面。

董边来到冀东,活跃于京、津、唐三角地区。她在那里参加"清匪反霸""复查土改"工作,担任党的区委书记。

田家英仍留在延安工作。夫妻间,远山阻隔,消息杳无。冀东和延安之间隔着一大片国民党统治区,邮路阻断。偶尔,有人前往延安开会,才能捎上一封信。三年之中,两人只通过两三回信。

一天,田家英正在给理发员们上课,忽听得窗外喊:"田老师,信!"

田家英一看信封上是董边的笔迹,真是"家书抵万金",顿时泪水模糊了眼眶。他是一个感情容易冲动的人,喜怒哀乐马上"显影"。可是,学生们傻眼啦,怎么老师连信都没拆,光看到个信封,就如此激动?

"今天不上课了,我没办法上课啦!"田家英对学生们说道,"明天,我一定给大家补上。好,下课!"

这件事在延安传为笑谈。就连董边对我重忆此事,也笑得前仰后合。

三年别离,一千多个日日夜夜,不论田家英还是董边,都恪守"约法三章"中的第三章:"不能因日后分开工作而感情破裂。"

在那些日子里,田家英曾到晋绥解放区静乐县参加土改工作团。他先是在汾河流域一个很偏僻的村子里住了半年,后来又到了晋察冀解放区。每到夜晚,土改中那些火热的场面在他的脑海中不断翻腾着。他居然诗兴大发,创作了一首反映土改运动的长诗《不吞儿》。如他在《〈不吞儿〉校后记》中所言:

每天夜里在煤油灯下,写四五十行,二十来天的时间,居然写成了这

"上部"和"下部"的三节。……

他的这首长诗，带有浓烈的陕北民歌信天游色彩和乡土气息，受到了诗人萧三的赞许。他爱诗——这后来又成了他和毛泽东的共同点。

1948年，已处于全国胜利的前夜。5月，中共中央移至河北西柏坡村，田家英也随中央到了那里。

1948年12月，有一批在东北工作的干部要前往西柏坡，路过冀东。组织上考虑到董边和田家英已三年未见，便让她搭上大卡车，和那批干部一起前往西柏坡。

她兴冲冲来到了西柏坡，以为能够见到久别的丈夫。可是，田家英竟不在那里——他到东北去了。

董边被安排在东柏坡住下来。她的住处离陈伯达住处很近。她听说，陈伯达已"换"了"两任"夫人，正在物色"第三任"夫人：他和诸有仁离异之后与余文菲结合，此时又与余文菲离异了……董边和诸有仁、余文菲都认识，对于陈伯达喜新厌旧的生活作风很看不惯。

到了东柏坡之后，邓颖超把董边安排到中央妇委工作。当时，正忙于筹备召开中国妇女第一次全国代表大会，董边参加了编书小组，编了12本书。从此，董边一直做妇女工作。

大约过了半个月的样子，一天，两个二十几岁的男青年一起走入董边所住的院子。前边的一个见到董边，恭恭敬敬地鞠了一躬，喊了一声："师娘好！"

董边从未听过"师娘"的称呼，顿时涨红了脸，不知道是怎么回事。见到后面那位在哈哈大笑，她才明白了几分——后面那位正是田家英。

经田家英解释原委，董边终于清楚是怎么回事：原来，田家英被调到毛泽东身边工作，先是担任毛泽东长子毛岸英的教师，后来成为毛泽东的秘书。刚才向董边鞠躬的，便是毛岸英。

毛岸英是在1936年经中共上海地下组织安排送到苏联学习的，直到1946年才回国。由于在苏联多年，他汉语都讲不好了。毛泽东请一位教师来教毛岸英，教语文、教历史。他选中了田家英。从此，田家英来到毛泽东身边工作。

田家英最初引起毛泽东的注意，是在1942年1月8日。那天，田家英在延安《解放日报》上发表了《从侯方域说起》一文。毛泽东读后，颇为赞赏。虽说那只是一篇千余字的杂文，但是可看出作者的文史功底和敏锐的思想。

侯方域是明末的"四公子"之一，入清后参加河南乡试，中副榜，曾向清总督出谋献策。田家英对于这个"生长在离乱年间的书生"，作了精辟的剖析。他写道：

> 两年前读过《侯方域文集》，留下的印象是：太悲凉了。至今未忘的句子"烟雨南陵独回首，愁绝烽火搔二毛"，就是清晰地刻画出书生遭变，恣睢辛苦，那种愤懑抑郁，对故国哀思的心情。
>
> 一个人，身经巨变，感慨自然会多的，不过也要这人还有血性、热情。不作"摇身一变"才行，不然，便会三翻四覆，前后矛盾。比如侯方域吧，"烟雨南陵独回首"，真有点"侧身四顾不忘故国者能有几人"的口气。然而曾几何时，这位复社台柱，前明公子，已经出来应大清的顺天乡试，投身新朝廷了。这里自然我们不能苛责他的，"普天之下"此时已是"莫非"大清的"王土"，这种人也就不能指为汉奸。况且过去束奴的奴才已经成为奴隶，向上爬去原系此辈常性，也就不免会企望龙门一跳，跃为新主子的奴才。"后之视今，亦犹今之视昔。"近几年来我们不是看得很多：写过斗争，颂过光明，而现也正在领饷作事，倒置是非的作家们的嘴脸。……

文笔如此老辣深沉，而作者竟然只有20岁！毛泽东听说作者田家英的大概情况之后，在他大脑的记忆仓库里，也就留下"田家英"三个字了。

此后，毛泽东注意起这个"少壮派"来。当需要一位教师教毛岸英时，毛泽东想起了田家英——田家英熟悉文史，年纪又与毛岸英相仿，请他教语文、历史是最合适不过的了。

就这样，毛岸英的同龄人——田家英——成了毛岸英的老师。田家英兢兢业业完成毛泽东交给他的任务。他选用鲁迅的著作作为毛岸英的语文课本。至于历史常识，他则是凭借自己"肚皮"里的学问讲给毛岸英听。他很认真地备课，很认真地教——虽然只有一个学生。

毛岸英非常喜欢他的老师。这两"英"简直如影随形，平时一起出去，一起散步，一起聊天，甚至连上厕所也一起去。师生如同兄弟。正因为这样，当田家英从东北一回到西柏坡，听说董边在东柏坡，急急赶去，毛岸英也随他一起去看董边。

西柏坡和东柏坡相隔不过半里地。当天晚上，董边搬到西柏坡田家英那里住。阔别三个春秋，夫妻这才有时间互道别后情形。

田家英告诉董边，自从担任毛岸英的老师之后，跟毛主席的接触也就日渐增多。那时候，正处于历史性胜利的前夜，毛泽东的工作变得异常繁忙，秘书工作也明显加重了。当时担任毛泽东秘书的陈伯达、胡乔木忙不过来，需要增加新的秘书。胡乔木向毛泽东推荐了田家英，一则田家英工作认真细致，颇有才华，二则田家英只有26岁，是"壮劳力"。

胡乔木过去在中共中央宣传部曾与田家英共事，对田家英相当了解。他俩曾合写过《东北问题的真相》等文章。

于是，田家英应召来到毛泽东那里。毛泽东口授一段意思，要田家英当场拟一电文。

显然，这是一次特殊的"面试"。田家英一挥而就，毛泽东看后表示满意。

组织上经过研究，决定调他担任毛泽东的秘书。

田家英用六个字形容他最初的心态："拘束""害怕""紧张"。他生怕自己难以胜任这一重要的工作。

他向胡乔木请教，向萧三请教。他们告诉田家英，要做好毛泽东的秘书，最根本的一条是学好毛泽东著作，领会毛泽东思想。

田家英拿出一本本用土纸装订的本子给董边看，那上面分门别类抄录着毛泽东著作以及他的学习心得——他听从了胡乔木、萧三的意见，非常认真地学习毛泽东的著作（后来，中国青年出版社曾把田家英的学习笔记以《一个同志的读书笔记》为题，作为内部读物印制）。

毛泽东还让田家英"实习"，派他前往东北调查工商业情况。田家英奉命经大连去东北。虽然他对经济问题并不在行，但还是圆满地完成了毛泽东交给的任务。此刻，他刚从东北归来，此行就是他作为毛泽东秘书的第一次"实习"。

经过"面试"、经过"实习"，田家英从此正式担任毛泽东的秘书，最后达18年之久。

就在担任毛泽东的秘书不久，田家英便接到一项重要任务：1949年1月31日，天未破晓，一架神秘的飞机降落在石家庄机场上。那是一架苏联军用飞机，从飞机上下来四位客人，在机场上等候的吉普车载着客人直奔西柏坡。

毛泽东、周恩来、刘少奇、朱德、任弼时一起会见了客人。这来自远方的贵客，便是米高扬。担任工作翻译的是师哲，担任生活翻译的是毛岸英，而担任会谈记录的则是田家英。

田家英飞快地记录着，然后又连夜誊清，整理成会谈纪要，送呈毛泽东。田家英高效率而准确无误的记录，使毛泽东对这位新秘书感到满意。

一个多月后——1949年3月23日——田家英随毛泽东离开西柏坡，朝北平进发。

北平那时刚刚解放，城里还不安定，毛泽东住在西郊香山的双清别墅。田家英也住那里，而董边在城里工作。

董边记得，那一阵子每个星期天她都赶往香山。

"来，董边，交给你任务。"每一回，田家英总是拿出一大堆信封，叫董边帮他写。

原来，群众给毛泽东写信，由田家英处理。每星期收到二三十封的样子（后来远远超过此数）。其中重要的群众来信，田家英挑选出来送给毛泽东批阅，其余的由他代拟回信。事务冗杂，他写好了回信，每星期天抓董边的"差"，要她用毛笔写信封上的地址、收信人姓名。

"呵，田家英，你老婆成了你的秘书啦！"人们见了，都这么笑道。

董边还用两块白布缝了个信插，便于田家英把群众来信分门别类地插在上面。虽说已经进入大城市，他们还保持着当年延安窑洞里的办公风格。

那时，他和她只有一只手表——那是田家英的一位同学到香港做地下工作，回北平时送他的。考虑到田家英更需要表，手表由他戴着。

不久，董边生下大女儿，田家英硬是把手表让给妻子，因为喂奶要定时，需要手表……

新中国呱呱坠地。新政府诞生伊始，毛泽东主席忙着颁发一张张委任状。

为毛泽东主席掌印的，是他的秘书田家英。田家英因此博得了一个雅号，曰"掌印大臣"。

中央人民政府委员会主席颁发的委任状，是权威性、历史性的证件。田家英"掌印"一丝不苟：每一个印，都横平竖直，落在正中，绝无半点歪斜；印油均匀，印章上的一笔一画都盖得一清二楚；盖毕，要等印油完全干燥才算完工。

毛泽东秘书田家英

平日工作中很注意节俭的他，为毛泽东买印泥时却不顾高价。那天，他骑着自行车来到北平琉璃厂，对那里的印泥挑三拣四，直至寻到一盒货真价实的清朝皇宫用的八宝印泥，这才买下。这种印泥不仅色泽鲜红，有股麝香清香，而且可历经数百年而不变色，配得上那一张张极为庄重的委任状。

毛泽东一见这盒高贵的印泥，果真非常喜欢。印泥保存在"掌印大臣"手头，用了多年，从未加过印油，那印色依然鲜艳、纯红、均匀、细腻。

董边拿出一本亲手剪裁、装订的田家英印谱——这是"掌印大臣"自己的印章印谱。

我翻阅着印谱。我发觉，这是田家英品格的缩影，是他座右铭的汇集。

其中有十几个印章都刻着"小莽苍苍斋"字样，让我不解其意。经董边解释，我才明白："家英崇拜谭嗣同。谭嗣同的书斋叫'莽苍苍斋'。他步谭嗣同的'后尘'，把自己的书斋叫作'小莽苍苍斋'。谭嗣同'莽苍苍'的原意是博大宽宏。"

在田家英的藏书上，都盖着"小莽苍苍斋"印章，他买了字、画，也盖上"小莽苍苍斋"印章。难怪，他的"斋章"多达十几个。

"另一个受家英崇拜的人是林则徐。谭嗣同和林则徐都是爱国爱民、忧国忧民、气贯长虹、刚正不阿的历史人物，家英敬佩他们。这是刻着林则徐诗句的印章。"董边指着另一页，向我说明道。

那一枚印章，刻着两句诗：

苟利国家生死以，
岂因祸福避趋之。

1850年，林则徐在病中奉诏南征。这位钦差大臣在广东潮州病危时，仍执意征战，哼出了这两句诗。田家英请人篆刻这两句诗，用以激励自己。

在印谱中，有用田家英自己拟的格言刻成的印章：

理必归于马列
文必切于时弊

此外，还有"实事求是""忘我"等。

在"忘我"之侧，盖着"无我有为斋印"。那"无我有为斋"，是田家英的又一斋名。

我看了田家英的许许多多格言印章，对其中一句"向上应无快活人"不解。

"他的意思是说，干事业的人没有多少时间去'快活'——玩儿、娱乐。"董边解释道。

"掌印大臣"自己竟有那么多"印"。透过这些印章上的一句句格言，可以窥见逝者当年的内心世界和精神脊梁。哦，那是田家英的心声！

毛泽东不仅把大印交给田家英，而且把存折也交给田家英保管。毛泽东的稿费，由田家英存着。来了毛泽东的亲友，毛泽东就给田家英写条子，这个送200元，那个送300元，由田家英取出存折，勤务员王福瑞去银行取钱，然后交田家英送到毛泽东亲友手中。

新中国成立之初，田家英住在中南海静湖，董边在全国妇联工作，平常住在椿树胡同。那时，进出中南海很严格，要凭特殊的出入证才予放行。董边在星期六晚上才回中南海，在那里度过星期日。

田家英由于工作一丝不苟，受到毛泽东的器重，得到不断的提拔，先后担任了中共中央办公厅秘书室主任、中共中央政治局主席秘书、中华人民共和国主席办公厅副主任、中共中央政治研究室副主任、中共中央办公厅副主任。

由于田家英熟知毛泽东的著作，他参加了《毛泽东选集》的编辑工作。从选定文章，到写作注释，直至校对、印刷，不分巨细，他都一一去做，不差丝毫。他是《毛泽东选集》四卷987条注释的主编，他意识到，这不是一套普通的书，是一部影响亿万人民思想的著作，是一部具有世界影响的著作，是一部传世之作。

在编辑委员会（田家英是其中一员）的努力之下，《毛泽东选集》第一卷在1951年10月12日出版，第二卷在1952年4月10日出版，第三卷在1953年4月10日出版，第四卷在1960年10月1日出版。

田家英还参加了《毛泽东选集》第五卷的编辑工作。这本书虽然直至1977年4月15日才正式出版，但是实际上在1964年就已经编好，排出清样。

他作为毛泽东的助手，曾帮助编辑了那本在1955年曾轰动一时的《中国农村的社会主义高潮》。

他编辑了《毛主席诗词十九首》和《毛主席诗词》（三十七首）。

1956年9月15日，中国共产党第八次全国代表大会在北京隆重召开，在暴风雨般的掌声中，毛泽东和他的战友们步上主席台。毛泽东从衣袋里掏出开幕词，抑扬顿挫地念了起来：

"同志们：中国共产党第八次全国代表大会，现在开幕了。……"

毛泽东的开幕词很短，不过两千多字。根据当时记录，毛泽东致开幕词时，曾34次被热烈的掌声所打断。其中有5次是"长时间的热烈鼓掌"，足见开幕词在代表们心中引起极其强烈的反响。开幕词中的"华彩段落"，被人们作为"毛泽东格言"反复引用：

> 国无论大小，都各有长处和短处。即使我们的工作得到了极其伟大的成绩，也没有任何骄傲自大的理由。虚心使人进步，骄傲使人落后，我们应当永远记住这个真理。

谁都以为，这篇充满"毛泽东风格"的开幕词，当然出自毛泽东手笔。

可是，当代表们赞许这篇开幕词时，毛泽东却坦诚地说道："这不是我写的，是一个少壮派，叫田家英，是我的秘书。"

如果不是毛泽东说出"底细"，那开幕词完全是"毛派"笔调，谁也未曾想到是别人代笔。毛泽东是著作巨匠，毛泽东著作出自他的笔下。不过，在筹备中共八大的那些日子里，毛泽东事忙，委托陈伯达起草开幕词。

"陈老夫子"洋洋洒洒写了一大篇。毛泽东一看，摇头了。

可是，这时离开幕之日已经很近。

"田家英，你来写吧。写得短些，有力些。"毛泽东把起草开幕词的任务，交给了田家英。

田家英干了一个通宵，写出来了。

毛泽东一看，笑了。开幕词经中共中央政治局讨论，个别处作了一些修改。毛泽东把改定的开幕词装进衣袋里，然后拍了拍衣袋说道："开幕词落实了，我放心了！"

1963年，田家英在农村调查时，发觉农村干部文化水平有限，通读《毛泽东选集》四卷有困难。为此，他向中央建议，出版《毛泽东著作选读》。他的建议被中央所接受。为了适合一般干部学习的需要，《毛泽东著作选读（甲种本）》在1964年6月出版了。另外，为了适合战士学习的需要，还编辑出版了《毛泽东著作选读（乙种本）》。这两种选读本，实际上是毛泽东著作的通俗本、精华本。田家英的这一建议，为普及毛泽东思想做出了贡献。

1965年，田家英编辑了《毛泽东著作索引》一书。这本书便于人们查找毛泽东著作。

在各种各样的中央会议上，田家英还是一位"记录大臣"。毛泽东在许多场合随口而讲的话，经田家英记录成文字、整理成文章。例如，毛泽东1962年在七千人大会上的讲话，就是田家英记录、整理的。

田家英甚至还为毛泽东保管日记。

毛泽东记日记，这是迄今为止所有关于毛泽东的文章中从未透露过的。董边曾见过毛泽东在1958年前后写的日记。

我请她详细回忆。据她说，毛泽东不用市场上所售的那种日记本记日记。他的日记本与众不同，是用宣纸订成的，十六开，像线装书。

毛泽东从来不用钢笔记日记。平日，秘书总是削好一大把铅笔，放在他的笔筒里。他的日记常用铅笔写，有时也用毛笔。

毛泽东的日记本上没有任何横条、方格，一片白纸而已。毛泽东写的字很大，一页写不了多少字。

毛泽东的日记很简单，记述上山、游泳之类生活方面的事。他的日记不涉及政治，不写今天开什么会，作什么发言。

毛泽东的日记从未公布过。随着时光的推移，世人有朝一日总会见到公开出版的别具一格的毛泽东日记。

对胡乔木夫人抢救式的采访

1992年10月,第五届全国书市在成都开幕,我应邀在那里签名售书。

晚上,我疲惫地回到宾馆,却忽地接到来自北京的长途电话。那是中共中央党校出版社编辑杜世伟打来的。他先是打到上海我家中,知道我在成都,便打到了成都。他在电话中告知,81岁的胡乔木在1992年9月28日刚去世,他们打算组织采写一本关于胡乔木的书,问我是否愿意承担。

我略加考虑,答应下来。

说实在的,胡乔木早就在我的采访"视野"之中。我同意采写胡乔木,是因为胡乔木符合我的选择传主的原则,即"知名度高而透明度差""透过传主折射中国当代史的重要侧面""没有人写过"。

不过,关于胡乔木晚年的一些问题,海外颇有微词,海外种种对于胡乔木的尖锐批评我也曾见到。正因为这样,对于写胡乔木我曾有过顾虑。在我看来,倘若写胡乔木的一生,他的晚年是无法回避的。这会使作者左右为难:照实写吧,各方面困难不小;说假话吧,又是我所不齿。

我与中共中央党校出版社商量,把书名定为《毛泽东与胡乔木》。这样,全书偏重于写毛泽东与胡乔木的关系,也就是着重写20世纪40年代、50年代以及60年代的胡乔木。

我决定写胡乔木,还有另外的原因:我采写过《陈伯达传》。陈伯达与胡乔木同为毛泽东的政治秘书,相当于毛泽东的左右手。所以,我在写陈伯达的传记时,对胡乔木也有了许多了解。

每当着手新的采访的时候,我总是首先查找有关的背景资料。令我惊讶的是,我只是查到1949年海外一篇简短的介绍胡乔木身世的资料,以及胡乔木去世之后新华社所发的《胡乔木生平》。可以说,关于胡乔木本人身世的资料,少得可怜!

我从上海前往北京。

中共中央党校出版社社长兼总编辑赵广和责任编辑杜世伟设宴招待胡乔木亲属和我,当场谈定了采访意向和计划。

此后,我来到胡乔木家,采访胡乔木夫人谷羽、女儿木英和儿子石英。他们详细回忆了胡乔木的生平。尤其是谷羽,刚从失去亲人的痛苦中走出来,仍坚持逐一答复我的问题。

如今回想起来,那的确是抢救式的采访,因为在采访时,谷羽的身体状况已经不好,正在就医。不久,1994年12月10日,77岁的谷羽便在北京病逝。

记得,我来到胡乔木家中,见到墙上挂着胡乔木的巨幅彩色照片,上面披着黄、黑两色纱布。这张照片原是胡乔木和美籍物理学家李政道的合影,强烈的逆光勾出鲜明的轮廓,胡乔木穿一件普通的夹克衫,露出方格衬衫领子,面带笑容——他生前喜欢这张照片,家属也就从中把他放大,作为"标准照"。胡乔木的遗照下放着他的骨灰盒,上面覆盖着中国共产党党旗。

在他的书房里,书桌仍保持原样,笔筒里插着一大把毛笔,旁边是三瓶墨水、一大沓文件,一望而知是这位"中共中央一支笔"伏案劳形的所在。

他的夫人谷羽以及女儿、儿子跟我聊着,追溯那消逝的岁月。谷羽满头飞霜,但双眉尚黑,她和他一起从战争的烽火中走过来,从时代的风风雨雨中走过来。

采访胡乔木夫人谷羽

她叫谷羽，常被人误写为"谷雨"，其实"谷雨"是二十四节气中的一个。她原姓李，名桂英。据她说，"谷羽"这名字，是她跟胡乔木结婚时胡乔木为她取的。我问起了"谷羽"的含义，由此又引出了"乔木"的来历……

其实，胡乔木本名胡鼎新，"乔木"是他的笔名。据谷羽说，这笔名取自《诗经·小雅·伐木》中："出自幽谷，迁于乔木。"乔，高也。乔木，亦即高大、挺直之树。类似的话，还见于《孟子·滕文公上》："吾闻出于幽谷迁于乔木者，未闻下乔木而入于幽谷者。"

至于"谷羽"的出典，就是指"出自幽谷，迁于乔木"的鸟。羽即鸟。这样，胡乔木也就给妻子改名"谷羽"。夫妇之名，皆出于"出自幽谷，迁于乔木"一句，可谓"秀才本色"。

不过，胡乔木给孩子取名，却是"大白话"：

长女曰"胜利"，生下她时盼望抗日战争的胜利；

长子曰"幸福"，希冀在胜利之后过上幸福生活；

次子曰"和平"，企望世界和平。

1963年夏日，胡乔木带三个孩子来到中南海游泳池跟毛泽东一起游泳，毛泽东问起三个孩子的名字，然后加以一番"评论"："'胜利'当然很好，'幸福'也不错，只是'和平'不'和平'。"

毛泽东随口而出的戏言，使"和平"心中不安。回家之后，这孩子宣称自己不再叫"和平"，而是改名"海泳"——取自"中南海泳池"，以纪念毛泽东在中南海游泳池说的那番话。

此后，"胜利"学弟弟，也自己改名——虽说毛泽东说"'胜利'当然很好"。她改名"木英"——"木"取自胡乔木，"英"取自李桂英（母亲本名）。

"幸福"步"胜利"的后尘，自己改名"石英"。

如此这般，我在跟胡乔木家属交谈之初，弄清了他们一家名字的来历——只是那位"海泳"没有参加谈话，他在"文化大革命"中不幸去世……

谷羽向我讲述了她与胡乔木在"安吴青训班"认识的过程，把我的思绪带到久远的岁月……

关于胡乔木是怎样成为毛泽东的秘书，我记得，过去在采访陈伯达的时候，陈伯达曾说起他向毛泽东推荐了胡乔木。

然而，我后来在查阅一些资料时，发现都闪烁其词，从不提陈伯达三个字。不言而喻，在陈伯达成了"林彪反革命集团"成员之后，人们"习惯"地"避讳"了。

第一章　上海的"北京作家"

我在采访谷羽的时候，她很坦率，如实地叙述了胡乔木是怎样来到毛泽东身边的。

谷羽指着坐在一侧的女儿木英说："木英是1941年1月23日出生的。我记得，在生下木英后半个多月，也就是2月上旬吧，那时，我们住在延安大砭沟的窑洞里，泽东青年干部学校就在大砭沟，中共中央宣传部、中共中央组织部也在那里。乔木当时已到中共中央宣传部工作。忽然，王若飞来窑洞看乔木，我也在场，所以知道他们谈话的内容……"

王若飞当时任中共中央秘书长，他对胡乔木郑重其事地说道："毛主席那里需要人，决定调你到他那里做秘书工作。"

王若飞的话完全出乎胡乔木的意料，他怎么也没想到毛泽东会调他当秘书。

胡乔木思索了一下，说出了心中的顾虑："给毛主席当秘书，我怕当不好。我从来没有做过秘书工作。"

为了打消胡乔木的顾虑，王若飞说出了毛泽东"点将"的来历：

"你发表在《中国青年》杂志上纪念五四运动20周年的文章陈伯达看了，很欣赏。他推荐给毛主席看，毛主席说，'乔木是个人才'。所以，毛主席很早就注意你了。最近，毛主席那里人手不够，他点名调你去当秘书，你同时也兼任中共中央政治局秘书。"

那时，陈伯达担任毛泽东的政治秘书，他跟胡乔木并不认识。既然是毛泽东点名要调胡乔木去当秘书，胡乔木只得从命了。

胡乔木从大砭沟前往延安的"中南海"杨家岭，那里是当年中共中央首脑人物聚居的地方。杨家岭位于延安城西北约三公里的地方，是个小山村。毛泽东住在小山坡的三眼窑洞里，左侧是刘少奇的窑洞，右侧是朱德、周恩来的窑洞。

谷羽说，胡乔木之前没有做过秘书工作。新来乍到，被任命为文化秘书（后来成为政治秘书）的他，一时竟不知做些什么。毛泽东跟他谈过一次话——那是他平生头一回跟毛泽东谈话。48岁的毛泽东，只是问了问这位29岁的年轻人的大致经历，便忙于工作了。胡乔木无从插手，只得在自己的办公室里坐着。他不敢直接去问毛泽东该做些什么。如此这般，胡乔木心中十分不安。后来，他终于鼓足勇气走向毛泽东的窑洞。本来，他想去问毛泽东该做什么工作，一进去见毛泽东正埋头校对文件清样，就说道："让我来校对吧！"毛泽东笑道："好呀！"于是，胡乔木从毛泽东手中接过清样，拿到自己办公室校对。这是他头一回学做秘书工作。胡乔木所校对的是《六大以来》清样。《六大以来》是中共中央书记处编印的一本"大部头"文献集，由毛泽东主持编选工作。此书于1941年12月在延安正式出版。胡乔木当时所校对的，是这本书文件活页文选的清样……

从此，胡乔木便在毛泽东身边工作。他常为毛泽东整理讲话稿，例如毛泽东著名的《在延安文艺座谈会上的讲话》，就是胡乔木整理的。他也常常根据毛泽东的意见为中共中央起草文件，还为中共中央机关报《解放日报》写了50多篇社论。

谷羽当时也在毛泽东身边帮忙做些秘书工作。她记得，毛泽东也亲自动手写新闻、写评论、写社论。她舍不得把毛泽东的手稿交出去油印，总是抄写了一遍，把手稿留下。这样，她手头保存了一大批毛泽东手稿。毛泽东当时喜欢用毛笔或铅笔写作，写在宣纸上。新中国成立后，谷羽把自己精心保存的毛泽东手稿上交，后来存于中央档案馆。由于谷羽保存了这些毛泽东手稿，倒是为确定哪些新闻、评论、社论是毛泽东所写提供了最权威的依据……

谷羽是重要的当事人，她的回忆，把胡乔木成为毛泽东秘书的来龙去脉说得一清二楚。正因为这样，我认为，及时地采访谷羽使我得到了极为珍贵的第一手资料。

当得知胡乔木的文集正在编辑之中，于是我希望得到编辑组的支持。很遗憾，他们说，有关文献在出版之前是不能提供参考的。

我注重采访。我相信，从胡乔木的亲属、从胡乔木的身边工作人员那里一定能够获得大量口碑资料。这些鲜活的资料，很多是档案上所没有的。

胡乔木的妹妹方铭在早年和胡乔木一起从事革命活动。尽管她身体欠佳，但她慢慢地谈着、谈着，终于分几次谈完她所了解的胡乔木早年革命活动的情况，以及胡家的身世。她的谈话，非常重要。

我去看望胡乔木的老战友、中共中央宣传部原副部长林默涵。他的第一句话就使我非常吃惊。他说："叶永烈，你害得我好苦！"

我如同丈二和尚——摸不着头脑。

他笑道："前几天晚上，我看你那本《张春桥传》，本想随便翻翻，谁知道一拿起来就放不下去，看了一夜。第二天，我一整天昏头昏脑，叫你害苦了！"

说罢笑话，林默涵言归正传，详细地回忆了他和胡乔木的多年交往。

胡乔木的老秘书商恺也给了我很大的帮助。

在采访中，我发现胡乔木在"文化大革命"初期的遭遇知道的人很少，即便是谷羽,她也只能说个大概,记不清具体日期,何况她后来也被隔离审查,不在家中,也不知其详。

我偶然得知,有一个胡乔木的老警卫员,当时每天陪着胡乔木。每次胡乔木被红卫兵、造反派揪斗,他总是陪同前往。只是此人早已调往其他单位工作。

我紧追这一线索,经过多方打听,知道了这个老警卫员的住址。

在一个晚上,在曲里拐弯的胡同里,我终于找到这个老警卫员的家。

老警卫员跟我说起他在胡乔木身边工作的情况。他的一句话,引起我的注意:他说,在"文化大革命"中,周恩来总理非常关心胡乔木的处境。总理办公室经常打电话来问胡乔木的情况,他必须随时回答。为了便于答复,他找了个本子作记录,记下胡乔木每天被揪斗的情况,包括日期、揪斗地点、揪斗单位名称、揪斗单位负责人名字及电话。

我一听,马上追问这本子在哪里。他翻箱倒柜,找到了那个本子。我一看,如获至宝。

这个本子,是藏于民间的珍贵的历史记录。借助这个本子,我才在书中写下胡乔木在"文化大革命"初期挨斗的真实情况:

1967年1月5日下午,胡乔木被文字改革委员会的造反派揪去,作了检查。

1月9日下午,中国科学院应用地球物理研究所"革命造反司令部"把胡乔木揪去,召开"斗争胡乔木大会"。

1月10日,夫人谷羽也遭打击,要"留住办公室两天,写检查",要家中送去被子、梳洗用具。

1月11日下午,人民日报社造反派把胡乔木揪去,要他"低头认罪"。当夜,胡乔木吃了三回安眠药,也只睡着两小时。

1月12日下午,被揪到北京邮电学院批斗,至6时半才回家。夜,胡乔木又失眠,精神变得很差。

花样不断翻新,批斗不断升级。1月17日上午10时多,北京邮电学院红卫兵们又来到胡宅,把胡乔木押上一辆敞篷大卡车,在凛冽的寒风中,在高音喇叭不断呼喊"打倒胡乔木"口号声中,来了一次街批。卡车过西单,过新街口,驶到北京矿业学院门口,再去北京钢铁学校、北京邮电学院。然后,整整一下午,在北京邮电学院批胡乔木。接着,又是游街——

这一天，胡乔木算是领教了"一月革命"的滋味儿。

回到家中，胡乔木的鼻孔便不通气了，感冒颇重。可是，他还得写交代——按编号，他已给北京邮电学院写了六份交代了。

翌日，中国科学院"红旗总部"派人前往北京八宝山，砸了胡乔木父母的坟……

紧接着，1月19日上午，"全国中等学校首都战斗团西城区分团"又来揪胡乔木。在批斗会上，红卫兵嫌胡乔木弯腰的"度数"不够，打了他一拳。批斗会结束时，他因弯腰过久、"度数"太大而双腿麻木，无法走路，只得由两个人挽着，才勉强走出会场上了车……

胡乔木哭了！

关于胡乔木在"文化大革命"中的遭遇，有一个重要问题需要弄清，那就是毛泽东在"文化大革命"中曾去看望胡乔木，由于事先没有打招呼，结果没有见到胡乔木。不过，这消息一传开来，红卫兵和造反派也就再不敢去揪斗胡乔木了。

在采访中，很多人跟我谈起此事，都是"听说"如何如何，没有谁能够说清楚毛泽东是在什么情况下决定去看胡乔木的，以及为什么毛泽东没有见到胡乔木。

后来，我经过多方调查、核实，特别是采访了当事人、当时担任中共中央办公厅副主任的张耀祠，并把张耀祠的回忆跟谷羽的回忆加以对照，这才弄清这一重要史实。

那是1967年5月1日，国际劳动节。毛泽东要上天安门城楼。本来，毛泽东并没有打算去看胡乔木，他的轿车从中南海出来，驶向天安门城楼，途中经过胡宅。虽说毛泽东从未到过胡宅，他却知道胡乔木住在这里。据说，毛泽东见到胡宅墙上贴着北京邮电学院红卫兵4月1日凌晨所贴"打倒胡乔木"的大字标语，知道胡乔木住此。而北京邮电学院红卫兵冲击胡宅，则由于胡乔木的儿子胡石英当时在这个学院学习。

"停车！"毛泽东见到"打倒胡乔木"大字标语，突然发出了这一命令，使中共中央办公厅副主任、中央警卫团团长张耀祠感到意外——因为在出发前，毛泽东并未说过要在半途停车。

"去看看胡乔木！"毛泽东说了这话，张耀祠才明白过来。

张耀祠当即下车，去敲胡宅的门。

张耀祠从未去过胡宅，下车后，他径直向临街的东大门走去。

胡宅有两扇大门：朝东的大门是原先大使馆用的，自从胡乔木搬进去之后，东大门一直紧闭着，从未启用，胡家平时进出走胡同朝北的大门。

张耀祠"咚咚"敲东大门，胡宅里谁都没注意。张耀祠敲了一阵子，四周许多人跑过来围观毛泽东。张耀祠见无人开门，以为胡乔木不在家，加上围观者迅速增加，毛泽东只得吩咐开车。

在围观者之中，有不少是胡乔木的邻居，他们迅速把这一消息告诉胡家工作人员。胡乔木知道了，又激动，又深感遗憾！

胡乔木不敢奢望毛泽东来看他，但多么期望毛泽东能够接见他一次，哪怕是对他作一次批示，或者关于他说几句话也成。在那"一句顶一万句"的年代，毛泽东的一句话，就能把他从逆境中救出。然而，毛泽东居然来看望他，这无疑也是天大的喜讯。

可是，张耀祠敲错了门，使胡乔木遗憾万分。

翌日，胡乔木正在草拟致毛泽东的感谢信时，忽地几位中南海的警卫人员来到他家察看四周的地形。胡乔木接到通知，毛泽东说昨日走错门，今日再来！

毛泽东到底没有忘记他这位做了25年的政治秘书，使胡乔木心中非常宽慰。

他忙着整理客厅。自从抄家之后，家中乱糟糟的。他把一张大沙发整理好，安放在客厅中，以便让身材高大的毛泽东坐。

胡宅上上下下像迎接盛大节日一般，等待着毛泽东的光临。

晚饭后，中共中央办公厅主任汪东兴来了，跟胡乔木一起在客厅里等待着毛泽东。

等着，等着，却一直不见动静。直到夜12时，从中南海来电话，毛泽东不来了！

后来才知道，据说那天毛泽东要来看胡乔木，江青大吵了一通。

毛泽东虽然没有来，但是说了一句话："我心到了。"此言后来传进胡乔木的耳朵，他也说了一句话："我心领了。"

胡乔木发出了致毛泽东的感谢信。他在信中说，如果主席无时间，他可以去看主席。然而，他再也没有机会见到毛泽东。

不过，消息迅速在北京城里传开，即使是红卫兵、造反派，也不敢再去揪斗胡乔木了。从此，胡乔木有了真正的"免斗牌"。

就连陈伯达也知道毛泽东仍尊重胡乔木。当中共中央办公厅向中央文化革命小组请示今后如何处理胡乔木问题时，陈伯达说："中央文革的意见是背靠背地斗，不要揪他。如有人问是谁说，可告是陈伯达同志。如不问，就算了。"照中央文革的意见，胡乔木仍要"斗"，只是"背靠背地斗，不要揪"罢了。

关于毛泽东在"文化大革命"中看望胡乔木一事，经过采访几位当事人，经过比较、核对他们的回忆，终于弄清了。

《毛泽东与胡乔木》一书由中共中央党校出版社出版时，书名改为《胡乔木》。这本书的香港版则仍用原书名《毛泽东与胡乔木》。

胡乔木亲属为《胡乔木》一书提供了大批照片。胡乔木夫人谷羽对《胡乔木》一书十分满意，自费买了300册，给中共中央顾问委员会委员们每人送了一册。

1999年，这本书收入人民日报出版社出版的《叶永烈文集》，书名改为《中共中央一支笔——胡乔木》。

第一章 上海的"北京作家"

访任弼时夫人陈琮英

那胶卷才拍了一半，我就去美国了。在美国，又继续拍下去，直至把这一卷拍光。

一冲出来，那几张在上海东湖宾馆拍摄的照片，引起美国朋友莫大的兴趣。

"她是谁？你们中国现在还有人戴红星帽？"美国朋友们几乎都这样问。

照片上的她确实太与众不同：瘦瘦小小的个子，身高不到一米五，不及我的肩膀，却头戴一顶灰色的八角帽。帽子正中是一颗红色的五角星，帽子下方露出两绺灰白色的头发。她戴的那顶红星帽亦即红军帽。在那些描述井冈山斗争的影片中，在那些关于长征的影片中，常可以见到红军将士戴着这样的红星帽。美国记者斯诺曾给毛泽东拍过一张流传甚广的照片：毛泽东穿一

采访任弼时夫人与她的儿子

身灰布军装，站在保安窑洞前，微笑地看着前方。毛泽东的头上，也戴着这么一顶红星帽。

毕竟半个多世纪过去了，如今的女士们风行戴假发或者巴黎草帽，没有谁去戴红星帽。

大约也正因为这样，那位老太太戴上红星帽，引起了一片诧异声。

其实，当我和她在上海东湖宾馆合影时，我也颇为惊讶。记得，就在我拿出照相机的时候，她忽然说："等一下！"然后，她从客厅进卧室去了。我想，如今，即便是老太太，大约也要略施粉黛吧！

一会儿，她居然戴着一顶红星帽出来了。她指着帽子道："现在可以拍照了！"

看得出，她对那顶红星帽充满深情，即便在羁旅之中，仍带着这顶心爱的帽子。

1993年11月，她从北京来到上海。那时，我正忙于准备远行，过一个星期便要飞往美国洛杉矶。

就在这时，我接到中共上海市委办公厅的电话，说她来上海了，有些事要跟我谈。

她叫陈琮英，这名字并不是人们很熟悉的；然而，她已故的丈夫任弼时却是大家所熟知的。中共七大所确定的五大书记，便是毛泽东、刘少奇、朱德、周恩来、任弼时。只是他由于过分操劳，1950年10月病逝于北京，终年仅46岁。

我问起她的年龄，她说她比任弼时还大两岁。年逾九旬的她，行动十分灵活，视力、听力也都不错。

我问起她跟任弼时的结合。她说，那是"娃娃亲"哪。原来，任弼时的父亲和原配夫人陈氏感情甚笃，只是陈氏在婚后一年便去世了。父亲怀念陈氏，后来，给儿子任弼时订了"娃娃亲"，那对象便是陈氏的亲戚陈琮英。陈琮英12岁时作为童养媳来到任家，那时任弼时不过10岁而已。

此后，随着任弼时走上了红色之路，这位来自农村的姑娘也随他奔波，经历了风风雨雨。他们的爱情之路是那么的不平常：

当17岁的任弼时去苏联莫斯科接受红色教育时，陈琮英则在长沙老家半工半读了四年，终于摘掉了文盲帽子。

任弼时回国后，在上海已经买好船票准备去接陈琮英来上海，突然接到党组织通知要他去北京，他立即遵命。这样，陈琮英又等了两年，才算和阔别六年的任弼时结了婚。

两年后，任弼时在安徽被捕，陈琮英赶去营救。好不容易，任弼时总算出狱，可是，他们的长女却因风寒而死去。

她跟随任弼时在上海从事秘密工作。1931年3月，陈琮英即将分娩，任弼时却奉命前往江西苏区。任弼时走后才七天，陈琮英生下一个女儿，没多久就被捕入狱，关押在龙华。

陈琮英这次被捕，是由中共中央总书记向忠发叛变引起的……

那是1931年6月23日凌晨1时，上海恒吉里一幢石库门房子突然响起急骤的敲门声。显然，来者不善。

开门之后，大批穿藏青色制服的中西巡警拥入。中共中央机要主任张纪恩和妻子张越霞当场被捕，被巡警用手铐铐在一起。

巡警在半夜突然逮捕了张纪恩夫妇，是因为在6月22日发生了中共党史上一桩大事——中共中央总书记向忠发在上海被捕。

那是在22日上午9时，向忠发在上海市中心静安寺英商所办的探勒汽车行叫出租车时，被密探扭捕，关入善钟路（今常熟路）巡捕房。尽管向忠发自称名叫"余达强"，但是巡捕却笑道："你明明是中共总书记向忠发，何必装蒜！"

巡捕指着向忠发右手断了一节的食指说："你不是向忠发，谁是向忠发？"

向忠发被捕，则是因为中共中央政治局候补委员顾顺章于这年4月25日在武汉被捕。之后顾顺章叛变了。由于顾顺章是中共特科负责人之一，知道中共各秘密机关的所在地以及中共中央领导人的秘密住所，所以顾顺章的背叛，对中共造成极大的威胁。幸亏潜伏在国民党中统机关内的中共地下党员钱壮飞截获了顾顺章叛变的紧急情报，迅速报告在上海的周恩来，中共中央急忙转移，这才避免了一场大灾难。

但是，顾顺章从武汉来到了上海，为了向国民党邀功，还是尽力在暗中对中共中央领导人进行跟踪。他终于从一个女佣那里得知与向忠发同居的杨秀贞的线索，从而查到向忠发的行踪。这样，向忠发落入了巡捕之手。

陈琮英曾这样回忆："记得在旅馆只住了几天。向忠发在一个晚上来到旅馆，来时说：只待一会儿。但至夜12点，我去敲门催他走时，他说明早走。向忠发在旅馆住了一夜，第二天早上离开旅馆后即被捕。"

向忠发在上午9时被捕，下午就跪在国民党代表前求饶，供出了中共中央的秘密机关和许多领导人的秘密住所。

当天下午，陈琮英和杨秀贞在旅馆被捕。

周恩来的警惕性甚高。他迅速获知向忠发被捕的消息,立即通知与向忠发有联系的中共中央有关领导人和机关转移。

邓颖超曾这样回忆道:"我就迅速地通知他所知道的几个地方的同志马上转移。下午又得到他叛变的消息。当时,我还有些怀疑,紧接着又得到内部消息他已带领叛徒、军警到他唯一知道的中央机关(看文件的地方)……"

邓颖超所说的向忠发"唯一知道的中央机关",就是张纪恩夫妇所在的恒吉里那幢石库门房子。

于是,半夜,响起了急骤的敲门声……

据陈琮英回忆:"周恩来同志得知向忠发被捕的消息后,立即组织人营救。执行任务的同志刚刚出发,得知向忠发已叛变,就回来了。为了证实这个消息是否准确,周恩来同志亲自到小沙渡后头的高堤上,这个地方能看到他住房的窗户,只见窗帘拉开(这是暗号),晓得出事了。向忠发确实叛变了。"

向忠发在被捕的翌日——6月23日——被引渡到上海龙华的淞沪警备司令部。又过了一天——6月24日向忠发就被处决。尽管向忠发苦苦哀求也无济于事。就这样,向忠发从被捕、叛变到处决,前后不到三天。

向忠发一案,淞沪警备司令部军法处的案卷上写着"赤匪向忠发",此案的"同案犯"共四名,即黄寄慈(张纪恩当时的化名)、黄张氏(即张越霞)、陈琮英和杨秀贞。

陈琮英回忆道:"向忠发被捕当天,我和向的小老婆也同时被捕,被押到巡捕房。我被捕当天见到向忠发,见面时,当着敌人他对我说:'你什么都可以讲,他们(指敌人)早知道了,你不要瞒。'我当时抱着刚出生三个月的小女儿,装糊涂说:'讲什么呀?我是农村来的,我什么也不知道。'"

也许由于匆忙,向忠发并未说及张纪恩、张越霞的中共党员身份。这样,张纪恩、张越霞虽被列为"赤匪向忠发"的同案犯,但是张纪恩、张越霞在狱中仍以事先编好的口供应付,并未暴露政治身份。

张纪恩和张越霞被捕之后被送往上海戈登路巡捕房,未经审问,便于翌日转往上海浙江路的"特区法院",然后又转往位于上海南市白云观的国民党侦缉队拘留所。

到了白云观的第二天,张越霞在上厕所时遇见陈琮英。陈琮英悄悄告诉她,是向忠发被捕、叛变使她和张纪恩被捕,她这才明白了是怎么一回事。当时,在拘留所,陈琮英还带着李立三的女儿。

后来,张越霞获释,而张纪恩以"窝藏赤匪,隐而不报"(指把楼上厢房转租给"赤匪")被判处五年徒刑。

杨秀贞虽不是中共党员，却因与向忠发同居关系，被判两年半徒刑。

宣判后，张纪恩与杨秀贞被用一副手铐铐在一起，押往上海漕河泾监狱（又名江苏第二监狱）。杨秀贞当时穿一件黑色香云纱衣服。后来逢"大赦"，张纪恩提前获释。

坐了三个多月的牢，经周恩来派人营救，陈琮英这才出狱，秘密前往江西苏区，终于第一次戴上了红星帽；

个子娇小的她，戴着红星帽，艰难地走完长征之路；

在红都延安，她戴着红星帽，双手不停地摇着纺线车，成为大生产运动中的能手；

她随着任弼时经过千难万险，终于以胜利的步伐迈入北京城；

她正要过几天安定的日子，任弼时却因脑出血离开了人世；

她抹干了泪水，带着女儿远志、远征，儿子远远，继续在红色的道路上前进……

每一个时代，都给每一个女性打上深深的时代烙印。陈琮英漫长而曲折的一生是在红星照耀下度过的。正因为这样，她深情地爱着那颗红星，爱着那顶红星帽。也正因为这样，当我拿出照相机时，她拿出了红星帽。

在旧金山，《星岛日报》的记者来采访我的时候见到了那几张戴红星帽的照片，露出惊奇的目光。当得知她是任弼时夫人时，他立即问我能否送他一张。没多久，这张照片就出现在旧金山的《星岛日报》上……

武光回忆华国锋

1996年5月26日，我采访了华国锋的老上级——武光。

我穿着长袖衬衫在北京步入武光的住处，84岁的他竟只穿一件汗背心。他当时担任北京市人大常委会副主任，居然每天还去上班呢！

武光出生于1912年，河北深泽县人氏，1930年加入中国共产主义青年团，1931年加入中国共产党。他是九一八事变后的北平团委书记，而当时胡乔木是北平团委宣传部部长。在抗日战争时期，武光担任中共北平市委书记。

武光说，他认识华国锋时，华国锋还是个小伙子。那时候，武光担任中共晋中区党委副书记。所谓"晋中区"，是指山西太原周围的几十个县，而华国锋自1947年起担任中共山西阳曲县委书记兼县武装大队政委，属于中共晋中区党委领导。这样，华国锋便成了武光的下属。

这时，周小舟担任中共晋中区党委宣传部部长，华国锋在这时结识了周小舟。后来，从1953年10月起，周小舟被任命为中共湖南省委第一书记，成为华国锋的"顶头上司"。

我问起武光对那时华国锋的印象。武光如实地说："华国锋是个老实人，好同志。那时华国锋给我的印象便是正派、老实。"

武光说，1949年1月，华国锋从中共晋中区第一地委宣传部副部长升为中共晋中区第一地委宣传部部长。就在这个时候，华国锋和地委机关干部韩芝俊举行婚礼。当时中共晋中一地委机关在山西盂县傅家大院，华国锋与韩芝俊的婚礼就在离傅家大院不远处的阎家四合院举行。

武光说，在华国锋新婚的那些日子里，中国正处于大转折的关头，正在发生翻天覆地的巨变。在1949年初，中国人民解放军吹响了向全国进军的号角。中共中央决定从华北抽调5万名干部准备随军南下，以便接收南方的城乡。

中共中央于1948年9月在河北省西柏坡召开了政治局会议，史称"九月会议"。会议分析了全国解放战争的形势，高瞻远瞩地指出："夺取全国政权的任务，要求我党迅速地有计划地训练大批能够管理军事、政治、经济、党务、文化教育等项工作的干部。"

1948年10月28日，中共中央根据"九月会议"确定的基本方针，作出了《关于准备夺取全国政权所需要的全部干部的决议》。

《决议》指出，从1948年10月至1950年6月，中国人民解放军可能夺取的国民党统治区域大约包含有1.6亿左右的人口、500个左右的县及许多中等城市和大的城市，并在这些新的区域建立政权。《决议》认为，新解放区共需中央局、区党委、地委、县委、区委等五级及大城市的各项干部5.3万人左右，并将抽调干部的任务作了分配：华北1.7万人，华东1.5万人，东北1.5万人，西北3000人，中原3000人。

《决议》清楚地表明，以毛泽东为首的中共中央深谋远虑，非常周全，在一个师、一个师地消灭国民党军队的同时，准备好一个县、一个县，一个市、一个市的干部班子去接收旧的地方政权，建立新的地方政权。

在中共中央华北局所抽调的1.7万名南下干部之中，就有新婚不久的华国锋伉俪。

1949年2月，中共晋中南下区党委在山西省榆次县成立。不久，在盂县的华国锋和韩芝俊接到了南下的通知，这让他们非常兴奋。

当时诸多山西的南下干部跟华国锋一样，从来没有去过中国南方，甚至没有出过山西省。据与华国锋同时南下的晋中干部李仲喜回忆：

> 亲友们知道我要去南方，所以整天人来人往，问这问那。有的讲："全国要解放了，蒋光头要完蛋了，打天下，就是要出去见见世面嘛！"有的讲："自古以来是少不南下，老不北上。"还有不少谣言，如南方的蚊子有手指大，墙壁上能烤熟烧饼，等等，我不知真假，怎能反驳？

在南下前，中共晋中一地委决定，南下干部有20天的假期，以便处理个人事务。

1949年3月，华国锋从盂县回到交城老家探望年迈的母亲。母亲知道小儿子成家了，而且要到南方闯一番新事业，在恋恋不舍之中又深感欣慰。

1949年3月10日，华国锋与晋中南下工作团合影留念。

1949年3月17日，华国锋、韩芝俊与盂县中共晋中一地委委员们话别、合影。在合影中，可以看到韩芝俊的三舅、中共盂县县委书记田泽仁。

武光回忆说，当时华北的干部差不多是"走一半、留一半"。武光和华国锋都是属于"走"——南下的。

当时的中共晋中区委一分为二，一半走，一半留。武光奉命把走的干部组建成六套地委班子，每套班子都包括党、政、武装部、工、青、妇六方面的干部。这样，便于南下时可以接收、成立六个地委。

1949年3月，尽管湖南还在国民党统治之下，还飘扬着青天白日旗，在长沙的湖南省主席府里还坐着一身"国民革命军"戎装的省主席程潜，但是在天津已经组建了南下中共湖南省委，黄克诚为书记，王首道、金明、高文华为副书记，已经摩拳擦掌准备接收湖南省了。

1949年3月21日，华国锋和韩芝俊在战友们的热烈欢送声中，乘坐火车平生第一次离开山西。翌日中午，他们到达河北省的石家庄（当时叫石门市），当晚被安排住在石家庄八条胡同的悦来客栈——当时晋中的很多南下干部都住在那里。

石家庄是在1947年11月12日解放的。在当时，石家庄是中国人民解放军从国民党军队手中夺取的第一个大城市，柯庆施被任命为第一任市长，而张春桥则出任石门日报社社长。

据武光告诉我，来自老区的干部3000多人集结于石家庄。本来，还有2000名北平的学生跟他们一起南下，只是后来由于北平学生要先进入华北革命大学短期学习，然后才南下，所以没有与干部们同行。

华国锋和韩芝俊来到石家庄之后，穿上了新发的黄色制服，面目为之一新。在石家庄的革新戏院，华国锋和韩芝俊听了两个关于南下问题的报告，作报告的分别是南下湖南省委的领导武光和周小舟。武光作题为《关于开展新区工作任务》的报告，周小舟作题为《目前的形势与任务》的报告。然后开始为期40天的南下集训，其中花20天的时间着重学习1949年3月5日至13日刚刚在河北西柏坡举行的中共七届二中全会文件：

一、确定了促进革命迅速取得全国胜利的各项方针；
二、决定将党的工作重心由乡村转到城市；
三、决定了党在全国胜利后的一系列基本政策；
四、强调要加强党的思想建设，防止资产阶级思想的腐蚀。

毛泽东主席在中共七届二中全会上告诫全党：

"因为胜利,党内的骄傲情绪,以功臣自居的情绪,停顿起来不求进步的情绪,贪图享乐不愿再过艰苦生活的情绪,可能生长。……

"可能有这样一些共产党人,他们是不曾被拿枪的敌人征服过的,他们在这些敌人面前不愧英雄的称号;但是经不起人们用糖衣裹着的炮弹的攻击,他们在糖弹面前要打败仗。……

"务必使同志们继续地保持谦虚、谨慎、不骄、不躁的作风,务必使同志们继续地保持艰苦奋斗的作风。"

对于准备南下的华国锋来说,中共七届二中全会无疑是一场及时雨。毛泽东主席提出的"两个务必",为广大南下干部敲响了警钟。

据与华国锋同时南下的晋中干部李仲喜回忆:

> 端阳节那天,南下工作团组织了文娱晚会,自演了"夫妻识字""光荣花""兄妹开荒"等歌舞剧,我还是个配角呢。这一天,寿阳县委原书记王一平在动员大会上宣布了新调整的第一中队,分配在湖南一分区(后为湘潭地委)的湘阴县。他介绍了该县的基本情况之后,宣布了领导班子和干部名单:县委书记华国锋,副书记王一平,县长张国权。全县八个区(办事处),一区(城关)区委书记苏克(后改为李青),区长李养令,计十人,我为宣传委员。

也就是说,还在石家庄集训的时候,华国锋就已经被任命为中共湖南湘阴县委书记——尽管湖南湘阴县远在千里之外,而且还处于国民党的统治之下。不光是县委书记已经确定,连县长、区长也都已经确定,中共组织工作之缜密,由此可见一斑。

1949年4月23日,红旗在蒋介石政权的"首都"南京飘扬。"五一"节前后,中共晋中南下区党委所率南下干部们离开石家庄分批南下,途经开封市时做短暂停留。

华国锋当时的上级武光对我回忆说,开封当时是中共中原局所在地。中共中原局书记邓子恢热情地接待了他们。邓子恢告诉武光,山西的南下工作团被安排前往湖南接收。不过,邓子恢向武光透露说,湖南省委、省政府的干部都已经配齐,因此,南下工作团的干部们到了湖南,恐怕只能"往下压"。

什么是"往下压"呢?比如,武光原本是安排为省级干部的,"往下压"为地委级干部;华国锋原本安排为地委级干部,"往下压"为县委级干部。

5月中旬，南下工作团抵达河南省巩县（今巩义市），在那里待命约一个月，进行了组织整编。这时，新组建了南下长沙地委。中共晋中的南下干部大部分被分配在南下长沙地委，准备派到长沙、衡阳、会同等地区。武光被任命为中共长沙地委书记，地委机关设在湘潭。

1949年5月16至17日，连传捷报，武汉三镇全部解放。6月15日，南下湖南省委到达汉口后，决定了长沙行政专员公署领导班子组成人员。

华国锋等南下长沙地委干部在武汉待命，伺机进入湖南。当时武汉解放不过两个月，社会秩序尚未正常，为了防止发生意外，他们只在驻地学习，唯一的一次集体外出，就是到武汉民众乐园看了一场"古为今用"的京剧《李闯王进京》，警示干部们在胜利时保持冷静的头脑。

第一章 上海的"北京作家"

走访共青团中央原书记胡克实

忽然收到印着"胡克实治丧办公室"的信封,打开一看,里面是一份讣告:共青团中央书记处原常务书记胡克实于2004年6月27日在北京病逝,终年83岁。

2004年9月28日,胡克实夫人从北京来电告知,我为胡克实写的采访文章将收入胡克实纪念文集。

一提起胡克实,我的第一反应便想及他是"三胡"之一。共青团中央的"三胡",曾经闻名全国:在20世纪五六十年代,共青团中央第一书记是胡耀邦,常务书记是胡克实,候补书记则是胡启立。

我记得,2001年5月31日,当我在北京步入胡克实家,我发现这位当年

采访胡克实夫妇

的共青团中央常务书记、青年领袖已垂垂老矣。也真巧，前一天正是他的八十大寿。虽然他当年满头乌发如今已经变成灰白色，但是精神仍不错。客厅的墙上挂着他与老伴于今在海中游泳的照片，也挂着"宁静致远"的横匾。

采访胡克实，就从"三胡"这一话题"切入"。

他告诉我，在"文化大革命"之前，连他本人都没有听说过"三胡"。"三胡"之称，其实是红卫兵们在"文化大革命"中批判他们的时候叫出来的，见之于大字标语、大字报以及红卫兵小报，这才传遍全国。

"三胡"，实际上是共青团中央的三个梯队：

胡耀邦是第一梯队。"红小鬼"出身的胡耀邦，14岁就加入中国共产主义青年团，19岁参加二万五千里长征，此后先后担任过少共中央局秘书长、宣传部部长、组织部部长。少共中央局也就是后来的共青团中央。

正因为这样，在1952年9月，毛泽东"点将"37岁的胡耀邦负责团中央工作，也就顺理成章了。那时候，青年团改名为"中国新民主主义青年团"（从1957年改为中国共产主义青年团），胡耀邦担任团中央书记。尽管当时还没有加上"第一"二字，胡耀邦实际上就是团中央第一书记。从1957年起，明确地加上了"第一"二字，胡耀邦担任团中央第一书记，直到"文化大革命"中他被打倒。

1952年，胡克实与胡耀邦同时担任团中央书记。从此，他与胡耀邦在团中央并肩工作了14个年头，直到"文化大革命"中一起被打倒。

胡克实比胡耀邦小6岁，在团中央，他算是第二梯队。他与中国共产党同龄，1921年5月30日出生于武昌，毕业于湖北省立高中。

胡克实跟胡耀邦一样，早就跟青年、青年团的工作紧密相连：他在1935年就投身一二·九学生运动，翌年加入中国共产党外围组织——武汉秘密学联。1937年9月加入中国共产党，负责组建青年救国团，主持武昌团部工作。1938年8月调赴延安中央党校学习。此后他历任晋西南根据地区党委青年委员、晋西边区党委常委、青联常委、区地委青委书记、四分区青联主席……

1948年秋，胡克实调任中共中央晋绥分局青委书记，从此"专业"从事青年工作。1949年春任中共中央中南局青委副书记。

1952年，31岁的胡克实调到团中央，担任团中央候补书记。

胡耀邦在1964年底兼任中共中央西北局第二书记、中共陕西省委第一书记，这时胡耀邦虽然仍是共青团中央第一书记，但是团中央日常工作由常务书记胡克实主持。

至于"三胡"中的胡启立，当时是团中央的第三梯队。

第一章 上海的"北京作家"

　　胡启立比胡耀邦小 14 岁，比胡克实小 8 岁。胡克实记得，是胡耀邦决定把胡启立作为"新生力量"调到共青团来的。1964 年 6 月，胡启立担任共青团中央候补书记。

　　胡启立也早就跟青年工作结缘。早在 1948 年，22 岁的北京大学机械系二年级学生胡启立就秘密加入中国共产党，并担任北京大学工学院学生会主席。1954 年 3 月，他担任青年团北京大学委员会书记，1957 年当选共青团中央候补委员，担任全国学生联合会主席。胡耀邦注意到胡启立在全国学联干得很不错，于是在 1964 年调胡启立到共青团中央担任候补书记。

　　胡克实说，"文化大革命"开始之后，冒出了红卫兵。红卫兵闹着要取消共青团，代替共青团。他们宣称，共青团是"修正主义"的青年组织，必须砸烂共青团。于是，红卫兵们把攻击的矛头指向共青团中央。他们把大字报、大字标语贴满团中央。在大字报上，被点名最多的就是共青团中央第一书记胡耀邦、常务书记胡克实、候补书记胡启立。"三胡"，就是在这时候叫开的。

　　胡克实记得，是北京海淀区一个学校的红卫兵首先在团中央贴出"打倒三胡"的大字标语，从此，"打倒三胡"的口号便响遍全国。

　　关于"三胡"的话题，使胡克实沉浸于"文化大革命"岁月的回忆之中。

　　1966 年 6 月初，胡克实列席了中共中央政治局常委扩大会议。胡克实说，本来应该是共青团第一书记胡耀邦列席会议的，但那时候胡耀邦生病，就由他列席会议。这种情况事先报告过中共中央总书记邓小平，邓小平说那就叫胡克实来吧。

　　胡克实说，胡耀邦从 1964 年底兼任中共中央西北局第二书记、中共陕西省委第一书记，便到西安工作。胡耀邦在西北工作并不顺心，不久因病住进西安的医院。这时，叶剑英元帅路过西安。叶帅跟胡耀邦有很深厚的友谊，听说胡耀邦病了，便去医院看望。叶帅对胡耀邦说，既然不顺心，你还待在这里干什么？你不如回北京养病！胡耀邦接受了叶帅的意见，在"文化大革命"前夕回到北京治病。虽然胡耀邦这时仍是共青团中央第一书记，但由于生病，他并不过问具体工作。正因为这样，由胡克实代替他出席中共中央政治局常委扩大会议。

　　胡克实谈起了胡耀邦。

　　他跟胡耀邦在共青团中央共事 14 年，而且从 1955 年至 1978 年做了 23 年邻居。

　　他说，那时候他和胡耀邦一起住在北京灯市口西街富强胡同 6 号。那是一个三进的四合院，前院住着秘书们，中院住着胡耀邦一家，后院住着胡克实一家。

在结束"牛棚"生活之后,胡克实和胡耀邦都到河南潢川县桃林公社黄湖农场的"五七干校"劳动去了。

直到1971年底,胡耀邦因病终于获准从河南回到北京。此前一个月,胡克实也回到北京。胡克实拿出一帧珍贵的照片送给我,这张照片是他和胡耀邦在1972年初的合影,就在他们所住的院子里照的。他们都穿着中式旧棉袄,表情木然,是在那严寒的日子里最真切的写照。

他们回到北京不久,中共中央组织部的军代表找他们谈话,说是分配他们前往新的工作岗位:准备分配胡耀邦担任甘肃省革命委员会副主任,分配胡克实担任贵州省铝业联合公司革命委员会副主任。

面对中共中央组织部的军代表,胡耀邦很严肃地说,作为党的干部,分配到哪里都可以,做什么都可以,但是"文化大革命"以来,对我作了那么久的审查,在分配工作之前,必须给我一个正式的结论,而且这个结论必须是中央认可的。

在胡耀邦离开河南"五七干校"时,干校曾经给他作结论,上面有"反对毛主席革命路线""走资本主义道路当权派"之类的话,胡耀邦拒绝签字。正因为这样,这时胡耀邦要求给他作一个中央认可的正式结论。

胡耀邦与胡克实(右)在1972年(胡克实提供)

自从那次谈话之后，中共中央组织部的军代表再也没有音讯。

从此，胡耀邦"赋闲"在北京家中，趁这难得之机读了大量的书。胡耀邦家几大书柜里的藏书，画着他的阅读记号，表明他读书非常认真。这些书，很多是在他"赋闲"时细读的。

1973年10月，胡克实调任中央国家地震局领导小组组长。从此，他离开了团中央，在科技领导岗位上工作。

国家地震局本来是一个工作并不很忙的单位，但是在1976年7月28日发生唐山大地震之后，一下子处于日夜工作状态。当时的国务院总理华国锋召开紧急会议，胡克实作为国家地震局党委书记出席了会议。一见面，华国锋对他格外热情。那是因为当年胡克实在晋西南工作时，先后担任临县、离石县（今离石区）、方山县的县委书记，属于"三地委"，而华国锋则担任交城县委书记，属于"八地委"，彼此早就认识……胡克实说，华国锋是个谦厚的人。毛泽东在晚年选择了华国锋作为接班人，大约是出于要选择一个没有二心的人。

胡耀邦在家"赋闲"了几年，读了一本又一本的书。

1973年3月底，传来好消息，中共中央决定恢复邓小平的国务院副总理职务。1975年1月，邓小平被任命为中共中央军委副主席，后又被选为中共中央副主席、中共中央政治局常委。

1975年5月间，胡耀邦被指名来到第四期中央读书班学习。这期读书班有40多名学员，分成几个班，有吕正操等，都是曾经当过中共中央委员、省委书记这样级别的老干部。读书班主要是学习无产阶级专政理论。读书班的负责人虽说是王洪文，实际上是周恩来、邓小平、叶剑英他们安排的，打算通过读书班学习，之后安排这批老干部走上重要的工作岗位，以与"四人帮"抗衡。

在读书班学习了一段时间，叶剑英元帅说："该结个业吧！"于是，1975年7月4日，在人民大会堂举行结业典礼。

在中央读书班上，胡耀邦见到在读书班另一个班学习的苏振华，特别高兴。当年在陕北"抗大"，苏振华是大队长，胡耀邦是政委，两人曾经有过一段很好的合作。他们多年未见，在结业典礼上相见，互相拥抱，兴高采烈。许多老同志见到胡耀邦，也都跟他握手、问候。

叶剑英、邓小平、江青、王洪文来了。还没有正式开会，叶剑英就问："怎么没有看见胡耀邦？"

胡耀邦当时坐在后排，一听这话，赶紧站了起来："'参座'，我来了，在这里！"

当年，叶剑英是红军前敌总指挥部参谋长、八路军参谋长，胡耀邦已经叫惯他"参座"。

叶帅马上就说："谁把你安排在这么后边的？来，到前面来！"

叶帅其实话里有话。

叶帅跟胡耀邦有着深厚的友谊，他好几次到胡耀邦家聊天、散心，有时就在胡耀邦家吃饭。胡耀邦就到后院叫胡克实一起来吃饭，跟叶帅见面。

那天，胡耀邦也很高兴地跟邓小平见了面。邓小平在结业典礼上作了题为《加强党的领导，整顿党的作风》的讲话。

胡耀邦早在长征时期就认识邓小平，两人在延安时期有过许多来往。1950年初，邓小平主持西南工作，而胡耀邦担任川北行署主任，直接在邓小平领导下工作。后来，胡耀邦和邓小平同时调往北京。此后，胡耀邦出任共青团中央第一书记，邓小平担任中共中央总书记。在"文化大革命"中，清华大学红卫兵小报《井冈山》在报道打倒邓小平与胡耀邦时，曾经刊登了邓小平与胡耀邦在50年代中期的许多通信，这表明邓小平与胡耀邦在当时就存在很密切的关系。

胡克实记起，1961年10月4日至26日，共青团中央召开有各省、自治区、直辖市和19个大中城市团委书记参加的工作会议，着重研究农村团的建设。会议期间，胡耀邦邀请邓小平前来作报告。当时正值三年困难时期，邓小平谈到农村生产关系的调整问题，认为人民公社、大队、生产队三级关系一层又一层，并不利于农业生产。只要能够发展农村生产，各种生产形式都可以。他说起他那句名言："黄猫、黑猫，只要捉住老鼠就是好猫。"邓小平的言外之意是赞成包产到户。邓小平是在上午讲这番话的，到了晚上，他找胡耀邦，告诉他今天上午的讲话不要往下传达。后来才知道，那天下午，邓小平向毛泽东汇报工作时，毛泽东明确表示不同意包产到户……

正是因为邓小平与胡耀邦有过很多交往，所以那天在中央读书班结业典礼上见到胡耀邦，邓小平得知胡耀邦正"赋闲"在家，马上安排他新的工作。

在结业典礼结束之后，叶剑英约胡耀邦到北京体育馆去看比赛。叶帅对胡耀邦说："你这个人光喜欢看书，也该去看看体育比赛！"就在比赛进行之际，有人跑来告诉胡耀邦，说是邓小平来电话找他。胡耀邦匆匆来到后台，用红机子跟邓小平通话。

胡耀邦赶去见邓小平，邓小平告诉他，中央决定派他到中国科学院工作。

当时科学院的院长是郭沫若，但正在病中。胡耀邦被任命为中国科学院副院长兼党组书记。就这样，胡耀邦开始了重新工作。略早于胡耀邦，在1975年1月，胡克实也调到中国科学院工作，担任中国科学院核心组成员。于是，这两位共青团中央书记又在中国科学院并肩工作。

胡克实说，邓小平有着锐利的目光，思维非常敏捷。邓小平平日话不多，要言不烦，从不拖泥带水，讲话很深刻。

胡耀邦根据邓小平的指示，在"文化大革命"的"重灾区"中国科学院进行深入调查，写出了《关于科技工作的几个问题》，在1975年9月26日向邓小平汇报。邓小平谈了意见，在胡乔木的协助下，胡耀邦进行修改，写出了《科学院工作汇报提纲》。邓小平认为，这一"汇报提纲"适用于全国科技界、教育界的整顿工作，送交毛泽东，准备印发全国。但是毛泽东未表同意。

就在胡耀邦忙于整顿中国科学院的时候，邓小平受到"四人帮"的"批判"，全国掀起"批邓、反击右倾翻案风运动"。《科学院工作汇报提纲》也被"四人帮"指斥为"大毒草"，胡耀邦随着邓小平的下台而下台，直到粉碎"四人帮"之后又随着邓小平的复出而复出。

胡克实记得，胡耀邦是在1978年中共十一届三中全会后从富强胡同迁出的。当时，按照工作需要，胡耀邦应该住进中南海。但胡耀邦不愿住中南海，认为住在那里朋友们来访诸多不便。他终于找到了一个"理想"的住处：那房子在中南海之外，紧挨着中南海的红墙。他请人开了扇后门，直通中南海，便于在中央工作。然而，房子本身在中南海之外，朋友们来访，可以从外面的大门直接进入，不必经过中南海。后来很长一段时间，胡耀邦的家属还住在那里，只是关闭了那扇直通中南海的门。

胡克实用"人品高尚，襟怀坦白"八个大字形容他所深知的胡耀邦。

胡克实说，胡耀邦从不整人。

胡耀邦早年在中央苏区，小小年纪，就蒙受过所谓"AB团"的冤案。从那时候起，十几岁的胡耀邦就体验到整人之苦、冤案之苦，从此非常厌恶、痛恨整人。他总是对蒙受冤屈的人寄予很大的同情。胡耀邦一再强调，对于人的处理必须非常小心。

在1957年的反右派运动中，青年作家刘绍棠蒙受不白之冤，胡耀邦亲自找他谈话，给予关心鼓励，使刘绍棠在困难的时候得到温暖。

也正因为这样，在粉碎"四人帮"之后，胡耀邦担任中共中央组织部部长时，为平反冤假错案出了大力。

我不由得记起：我所熟悉的中国科学院研究生院院长温济泽，当年就是由于胡耀邦的关心，成为全国第一个平反的"右派分子"；我曾经多次采访的"大右派"葛佩琦，当年就是找到了胡耀邦所住的那个特殊的院子，向胡耀邦秘书递交了关于自己蒙冤的详细报告，经过胡耀邦批示，他走出了苦海；我也曾采访被戴上"叛国投敌分子"可怕帽子的著名钢琴家、傅雷之子傅聪，由于胡耀邦作了批示"欢迎在特殊情况下出走者归队"，傅聪回到了祖国的怀抱，而且担任中央音乐学院教授……

胡克实说，胡耀邦多年担任团中央第一书记，他跟青年心连心。胡耀邦的性格也很年轻，他直率，真诚，乐观，平易近人，而且非常廉洁。胡耀邦除了一些重大场合讲话拿发言稿，平常即席讲话从不拿稿子。而且，他的讲话非常具有鼓动性，热情洋溢，富有文采。

我采访胡克实的时候，发现他家客厅的茶几上放着一大摞新书。那是中国青年出版社刚刚印出的胡克实所著《科技工作与科技立法》一书，这本书收入胡克实多年以来所写的关于科技工作、科技立法方面的讲话、论文。

这本书的责任编辑李丕光告诉我，这是中国青年出版社在两个月内赶出的新书，为的是作为献给胡克实八十大寿的一件特殊而又最有意义的礼物。

胡克实作为团中央书记，怎么会写起《科技工作与科技立法》一书呢？

那是因为胡克实自从离开共青团中央的领导岗位之后，一直从事科技领导工作。他在担任中国科学院核心组成员之后，曾经担任中国科学院副院长、党组副书记。1983年，胡克实当选为第六届全国人民代表大会常务委员会委员、全国人民代表大会教科文卫委员会副主任委员。此后，他在1988年再度当选，负责科技立法、执法检查等科技法制方面的工作，在这个时期代表中国科学院和全国人大出访日本、英国、法国、瑞典、瑞士、美国、意大利等国20余次，借鉴了许多有益经验。

胡克实的夫人十今也是延安老干部。后来，他们的子女在各自的岗位上忙于工作，夫妇俩在北京安度晚年。胡克实前些年曾经有过小中风，而且气喘老毛病也一直纠缠着他，但是他的精神很好。

胡克实曾是中共第八次、第十次全国代表大会代表，第一届、第二届全国人大代表，全国政协第二届、第三届委员，第四届、第五届常务委员，中央文教小组成员，中央人大、政协人事安排小组成员，中央国家机关机构改革领导小组成员，亚洲议员人口和发展论坛副主席，中国桥牌协会副会长，中国科技法学会会长，中国科技法学会名誉会长。

第一章　上海的"北京作家"

采写《邓小平改变中国》

1998年是中共十一届三中全会召开20周年。为了纪念这次历史性的会议，我出版了纪实长篇《邓小平改变中国》（初名为《1978：中国命运大转折》）。

"你又去北京！"记得，在1996年5月，当我从上海前往北京采访时，朋友们差不多都这么说道。

这一回，我去北京，依然是频频出入于那几处"部长楼"，也去了中南海，还有《人民日报》《光明日报》《解放军报》大院以及《求是》杂志大院，甚至还到远郊的中共中央党校采访。我忙于长篇新著《邓小平改变中国》的创作。这本书当时已经写了近40万字。由于需要作补充采访，所以我又去北京。预计全书为50多万字。

《邓小平改变中国》写的是中共十一届三中全会。这本书香港版的书名一目了然，叫《从华国锋到邓小平》。中共十一届三中全会，实际也就是中共最高领导"从华国锋到邓小平"的过程（当然这一取代过程还延续到中共十一届三中全会之后）。

我注意到，中国人有句挂在嘴边的话："自从中共十一届三中全会以来……"这句话，在各种各样的文件上常常见到，在大大小小的报告会上常常听到，在报纸、杂志、电视、广播里属于"高频词"……这一"高频词"现象，形象地反映了这一会议的重要性。

纵观中国共产党走过的道路，有两次会议是至关重要的，是历史的转折点：

一次是1935年1月在贵州遵义召开的中共中央政治局扩大会议，确立了毛泽东的领袖地位；从此，中共逐步形成以毛泽东同志为核心的第一代领导集体。

另一次则是1978年12月在北京召开的中共十一届三中全会，确立了邓小平的领袖地位；从此，中共逐步形成以邓小平同志为核心的第二代领导集体。

人们已经习惯地把中共十一届三中全会称为"新时期"的开始。人们已经习惯地把中共十一届三中全会以来为实现四个现代化所进行的艰辛的工作，称为"新长征"。

从遵义会议开始的是"毛泽东时代",从中共十一届三中全会开始的是"邓小平时代"。

我曾在1992年出版了关于遵义会议的纪实长篇《历史选择了毛泽东》。我决心写一部姐妹篇——关于十一届三中全会的纪实长篇。

另外,对于我来说,《邓小平改变中国》一书从时间上正好与《"四人帮"全传》相衔接:《邓小平改变中国》一开头,正是从1976年10月6日拘捕"四人帮"写起的。

比起遵义会议来,中共十一届三中全会难写得多。正因为这样,对于这部长篇的写作,我已是"几起几落"的:早在十年前,我便注意到这一重大题材,但是初步摸索了一下,马上发觉写作难度很高,便未敢着手,搁在了一边。在三年前,又开始着手采写,写了一部分之后仍放下来,中途辍笔。

1995年冬,上海作家协会忽然紧急召集专业作家会议。我来到会场,才知道中国作家协会通知,上报1996年度作家创作计划,以便从中确定若干长篇作为重点选题。当时,给每一位专业作家发了一张表格,要求当场填好。我就填上《转折》,内容是"关于中共十一届三中全会的纪实长篇",计划在1996年度完成。

此后不久,我接到上海作家协会的通知,说是中国作家协会从全国各地作家协会上报的1200多部长篇选题中,选定了22部长篇作为重点,《转折》被定为"主旋律作品",选中了。接着,《人民日报》《文艺报》《文汇报》等许多报纸报道了中国作家协会1996年度22部重点长篇。

列为"重点"之后,中国作家协会创作联络部不时来电,询问创作进度。这促使我抓紧这一长篇的写作。我不得不放下手头的其他创作,全力以赴写《转折》,终于写出了初稿。写毕,看了一遍,觉得要作大修改、大补充才行,所以我不得不又去北京"百老汇"。

篇名最初叫《转折》,有的朋友建议应该加上一个"大"字,于是改为《大转折》。后来,八一电影制片厂的电影《大转折》上映了,为了加以区别,改名为《1978大转折》。此后又加上"中国命运"四字,名为《1978:中国命运大转折》。最后改定为《邓小平改变中国》。

这回去北京,我马不停蹄,全天候采访。通常一早就出发,上下午都安排采访。

有一回甚至采访到夜里11时。在离开北京时,我数了一下,八天里竟采

采访胡耀邦长子胡德平（右）

访了20多人，录了近40盒磁带，拍了三卷多胶片。我还特地去当年召开中共十一届三中全会的会场进行拍摄，以求写作时多一点"现场感"。

在北京诸多的采访中，对于胡耀邦长子胡德平的采访给我留下很深的印象。

1996年5月29日，我采访了胡德平。他说，在"文化大革命"中，胡耀邦成了"走资派"，成了打倒对象。1972年4月，胡耀邦甚至被共青团中央的"军宣队"定为"反党、反社会主义、反毛泽东思想"的"三反分子"。

胡德平告诉我，在那些痛苦的日子里，他跟父亲胡耀邦生活在一起。胡耀邦陷入深深的落寞之中。那时，胡德平的朋友们常来看望胡耀邦。胡耀邦依然保持当年共青团书记的本色，很喜欢跟年轻人交往。

年轻的朋友们给寂寞中的胡耀邦带来了欢笑。

胡德平记得，胡耀邦那时最大的爱好是看书。有一回，胡德平的一位朋友来了，见到胡耀邦在看书，便问："胡伯伯，您看什么书？"

胡耀邦答道："《马恩选集》。"

小伙子对胡耀邦说："我现在什么书都不看！"

胡耀邦很吃惊："你为什么不看书？"

小伙子说起了自己在"文化大革命"中的"学习三部曲"：

在"文化大革命"之初，拼命看"毛选"，想从"毛选"中寻找答案。可是，随着"文化大革命"的进行，他很快就发现，学"毛选"无济于事。因为"造反""打倒'走资派'"之类，是"毛选"中所没有的。

于是，他改学两报一刊社论。不过，他很快又发现，跟着社论跑，也会惹麻烦。

所以，最后他改为"看照片"。

胡耀邦一听，很奇怪："你看什么照片？"

小伙子说："你只需看看《人民日报》上的照片少了谁，你就明白谁倒了！……看照片最省力，最管用！"

胡耀邦听罢哈哈大笑，这才悟出小伙子在那里用辛辣的笑话来挖苦"文化大革命"。

又有一回，报上在宣传"人人成为理论家"。那位小伙子指着报纸对胡耀邦说："胡伯伯，如果真的'人人成为理论家'，'反修防修'就有指望了！"

胡耀邦不明白这位小伙子为什么称赞起当时的报纸来。

小伙子补充说明道："'人人成为理论家'，六亿中国人成为六亿个马克思，写出六亿本《资本论》，那'反修防修'岂不就成功了！"

胡耀邦一听，又哈哈大笑起来。

胡德平记得，有一天晚上9时多，下着大雨，他从外面回家。推开家门，见到父亲的屋里台灯亮着，传出一阵阵大笑声。

胡德平细细一看，见到父亲躺在床上，床前站着胡克实。胡克实正聚精会神地听着胡耀邦复述从那位小伙子那里听来的"文化大革命"笑话，两人不时爆发大笑……

正是那些忘年之交的年轻朋友，给处于孤寂和苦闷中的"三反分子"胡耀邦带来了慰藉。

胡耀邦秘书陈维仁给我讲述的故事也非常动人。

在粉碎"四人帮"之后，胡耀邦被任命为中共中央党校副校长。胡耀邦只带着秘书梁金泉一人前来中共中央党校，住进了53号楼底层。他每星期一到校，星期三晚回城，星期四早上再到校，星期六下班回城。也就是说，除了星期天，他把全部精力都扑在中共中央党校的工作上。

采访胡耀邦秘书陈维仁（左）

胡耀邦一到中共中央党校，就深知工作量巨大。他要求从中共中央党校的干部中选择一位熟知情况的人担任秘书。胡耀邦选中了陈维仁。

1996年5月28日，我在中共中央党校幽静的校园里采访了后来曾任中共中央党校副校长的陈维仁。戴着一副深咖啡色镜框近视眼镜的他娓娓道来，深情地回忆着与胡耀邦共事的难忘岁月……

陈维仁被胡耀邦选中，大抵出于以下三个原因：第一，他有着多年秘书工作经验；第二，在"文化大革命"中受迫害，与造反派无涉；第三，有着写作能力。

陈维仁原本是《人民日报》编辑、理论教育组副组长，1954年至1955年，他曾担任《人民日报》总编辑邓拓的秘书。1959年，他被送往中共中央党校学习。1963年9月学习期满，他本来要回《人民日报》工作，却被出任中共中央党校校长不久的林枫选为秘书。在"文化大革命"中，邓拓成了"三家村"的"黑掌柜"，林枫也成了"反革命修正主义分子"，陈维仁也就作为"黑秘书"受到批斗。从1969年到1974年，陈维仁在河南周口地区的"五七干校"度过了五年的"再教育"生活……

陈维仁记得，他是在1977年5月初去见胡耀邦的。他来到胡耀邦所住的53号楼，一推开门，正在看文件的胡耀邦马上站了起来，跟他热情握手，说道："我等你好久了，我现在正在做你做的工作。"原来，胡耀邦正在校看中共中央党校揭批"四人帮"的简报。本来,这是秘书的工作。

胡耀邦比陈维仁年长9岁,陈维仁为称呼犯难:叫"胡校长"吧,他知道胡耀邦从来不喜欢"带衔"的称谓;叫"老胡"吧,又叫不出口。

胡耀邦一眼就看出陈维仁的心思,说:"以后叫我耀邦同志吧——全校上上下下都这么叫我,你也不例外。"从此,陈维仁一直叫他"耀邦同志"。胡耀邦则叫他"老陈",在别人面前,称他"陈秘书"。

陈维仁说,胡耀邦工作非常尽心,每天工作到深夜。胡耀邦看书看报甚多,而且看得很快。他习惯于坐在沙发上看,文件则放在沙发前的长条茶几上。不过,沙发离门口很近,而秘书的办公桌倒是在里面。这样,客人一进门,首先见到的是胡耀邦,倒不是秘书。胡耀邦却从来不在乎这些。

胡耀邦擅长写作,擅长演讲,才思敏捷。他从来不要秘书为他起草讲话稿,只是在讲话后,要请秘书根据讲话稿整理成文。

胡耀邦写文章,总是要写上几句"提神的话",也就是通常所说的"警句"。他很注意语言的生动性,注意有新的见解。有时,要提出新的观点,胡耀邦总是在小范围内先讲一次,听取大家的意见,然后才在大会上讲。所以,胡耀邦讲话实际上是很谨慎的。

胡耀邦没有架子。本来,作为首长,他应该到北京饭店去理发,可是他却常常到中共中央党校附近小街上去理发。他跟普通顾客一样坐在那里排队。不过,陈维仁和梁金泉考虑到他的安全,总是跟着他一起去。日子久了,理发师见到这人理发总是跟着两个不理发的人,一打听,才知道是胡耀邦。

胡耀邦对"走后门"极为反感。他曾说,中共中央党校不是做官的地方,而是一所学校。你要学习,请从前门进来。你要做官,这里没有"后门"!

胡耀邦还主张"走冷门",别"走热门"。谁犯了错误,门庭冷落,倒是应该去看望,别去那些"门庭若市"的地方凑热闹。

胡耀邦最大的嗜好是看书,他一边看,一边喜欢用红笔画道道。他看《列宁选集》,连注解都很仔细地看了,画上许多道道。胡耀邦很少出席晚会,偶尔有空,会去看历史题材的电影。有一回,中共中央党校放映《斯大林格勒大血战》,胡耀邦倒是去看了。胡耀邦喜欢京剧,正巧,陈维仁也爱京剧。听说陈维仁有《杨门女将》的唱谱,胡耀邦向他借来,空闲时看着谱子哼几句。

胡耀邦不喝酒,但是抽烟很多,一天两包。后来,为了他的健康,改由秘书为他保管香烟,一天"定量"十支。胡耀邦常常"超额",于是向梁金泉说:"超额了,那就'超额'完成任务吧!"

邢贲思（左）当时是"真理标准"大讨论的主要参加者之一

陈维仁说，胡耀邦是一个富有开拓性的人，他到哪里，就把哪里的工作做得富有起色。陈维仁又说，胡耀邦是老红军，一直保持着老红军艰苦朴素的本色……

为了采访当年批判"两个凡是"的主将之一邢贲思，1996年5月29日我来到当年的《红旗》杂志办公楼，如今是《求是》杂志编辑部。

有趣的是，我步入大楼，在总编辑办公室宽大的沙发椅上见到了邢贲思——当年是陈伯达、姚文元坐在这里。邢贲思原来是中国社会科学院哲学研究所研究员，如今成了《求是》杂志总编辑。

胖乎乎的他，戴一副深色边框的近视眼镜，学者风度，讲话很有条理。他对我说，虽然当年参加了关于"真理标准"问题的大讨论，但是从未细细回顾，你的采访，使我有机会回忆那难忘的岁月……

邢贲思笑称他当年参加关于"真理标准"问题的大讨论，跟孙长江、吴江、胡福明不同。他们有中共中央党校、《光明日报》为依托，有胡耀邦、杨西光做"后台"，署"本报特约评论员"，而他则单枪匹马，每篇文章署"邢贲思"，算是"单干户"。邢贲思卷入这场大讨论，是因为"真理标准"问题是一个哲学问题，而他则是一位哲学家，理所当然地加入了大讨论的行列。

我问他"邢贲思"是不是真名，怎么会走上哲学研究之路。

邢贲思大笑起来，说起自己颇有传奇色彩的经历：

他 1930 年出生于越剧之乡——浙江嵊县（今嵊州市）。

他的原名叫邢承塽。1949 年，他自己改名邢贲思，取义于《诗经》中的"皎皎白驹，贲然其思"。我问他，那时候他是不是就想当哲学家，"贲然其思"？他笑道，那时候他跟哲学压根儿不沾边。小时候他喜欢文学，所以从"贲然其思"中取名。他学哲学，纯属"半路出家"。

他 1949 年 5 月参加学生运动，1949 年 7 月参加"北上外文大队"，来到北平。当时，正处于中华人民共和国建立的前夜，急需外交人才。所谓"北上外文大队"，是当时从上海、南京等南方城市抽调一批外语基础尚可的学生，到北京外国语学校进行培训。邢贲思原本在教会学校学习，所以外语基础不错。他学过英语，后来学过法语、日语。于是，他被选中，进入"北上外文大队"。也就是说，当年的他，是作为未来的外交官加以培养的。到了北平后，他先是进入华北人民革命大学，"改造思想"三个月，然后进入北京外国语学校（北京外国语学院的前身）学习俄语——因为当时最需要的是派往苏联工作的外交干部。

邢贲思在这所学校学习了将近三年，即将毕业，却在一个夜晚改变了他一生的命运！

那时，这所学校的马列主义教研室缺少教员，而邢贲思"贲然其思"，思想活跃，平日喜欢在上理论课时发言，竟被马列主义教研室看中。于是，在一个夜晚，组织上找邢贲思谈话，要送他进入马列学院（中共中央党校前身）学习，培养他成为一名哲学课教师。

那时的青年人，视服从组织需要为天职，邢贲思服从了组织上的安排。已经学了四门外语的他，另打锣鼓新开张，进入马列学院去学哲学。从此，这位未来的外交家一下子变成了未来的哲学家。

1956 年，毛泽东发出"向科学进军"的号召，中国招考第一批副博士。"半路出家"的邢贲思，去报考中国科学院哲学研究所的副博士研究生，居然考上了。这充分显示，邢贲思这盏灯，点到哪里都能放光明。从此，邢贲思进入中国哲学的研究中心。虽说到 1958 年中国又取消了原定的副博士制度，邢贲思转为助理研究员，但是他毕竟成了中国哲学的后起之秀。

在北京中国哲学研究所那幢灰色的大楼里，邢贲思把青春最宝贵的时光用在哲学的思索上，天天"贲然其思"。到了 1978 年，48 岁的邢贲思已经是中国哲学研究所的研究员——这时，他当年的同学许多人已经成为驻外大使。

在 1978 年发生的关于"真理标准"问题的大讨论,使邢贲思第一次感受到,哲学并不像哲学研究所那幢大楼一样是灰色的,而是充满生命的绿色!邢贲思说,他当时在《人民日报》发表的第一篇文章,是 1978 年 4 月 8 日的《哲学与宗教》一文。其实,这篇文章并不是探讨宗教哲学问题的,而是批判把毛泽东思想当作宗教,批判宗教色彩的个人迷信。他认为,哲学是智慧的科学。如果把哲学当成宗教,那就没有科学可言。这篇文章,也是对"两个凡是"的批判。

这篇文章发表后,引起汪东兴的注意。汪东兴说此文是"反动文章"。

然而,邢贲思从此一发不可收,他接二连三在《人民日报》上发表批判"两个凡是"的文章,在激烈的斗争中脱颖而出……

在"真理标准"大讨论中,地处大西北的甘肃,在各省市委中一马当先。甘肃原来的省委书记、省革命委员会主任是冼恒汉。自 1977 年 6 月 17 日起,由宋平担任中共甘肃省委第一书记兼省革命委员会主任、兰州军区第二政委。

宋平的经历,鲜见于报刊。我跟宋平之子宋宜昌是多年文友,1996 年 5 月 25 日,我对他进行采访,这才得知宋平的传奇经历。

宋平之子告诉我,宋平是山东莒县人,原名宋延平,生于 1917 年 4 月。他 9 岁才上学,但连着跳级,很快念完了小学、中学。

一个非常奇特的机遇,使宋平有机会到北平上大学:宋平的哥哥参加万国邮政抽奖,得了奖——300 块大洋!于是,哥哥把这笔钱给宋平去北平上大学,这样,宋平进入北平农业大学。

在农业大学念了一年,宋平考入清华大学化学系。

1936 年,宋平参加中华民族解放先锋队,翌年加入中国共产党。

宋平担任过延安马列学院组织科长,重庆《新华日报》编辑部秘书长,南京中共代表团周恩来政治秘书,东北总工会副主席。这样,宋平有了多方面的工作阅历。1949 年后,宋平担任过政务院劳动部副部长、国家计委副主任。

1958 年,在毛泽东的领导下,中国掀起"大炼钢铁"的热潮,钢铁生产计划指标一次次攀升,完全脱离了中国当时的生产能力。1959 年,中国的钢的生产指标定为年产 2700 万—3000 万吨。1959 年春,在国务院领导和有关部门负责人开会讨论钢铁生产指标时,作为国家计委副主任,宋平作了重要发言。宋平没有正面批评当时的高指标,却算了一笔细账:要完成年产这么多的钢铁,需要多少铁矿石,需要多少石灰石与焦炭,需要多少运输能力,而当时中国的铁矿石、石灰石、焦炭的生产能力是多少，运输能力又是多少……再说，炼出来多少吨铁，才能生产多少吨粗钢，而粗钢还得精炼，要开坯，要轧材，每一道工序都要损耗……宋平用具体的数字、实实在在的计算，证明了高指标远离了中国的生产实际。宋平指出，当年完成 1800 万吨钢是很困难的。

宋平的发言，深为陈云所赞赏。散会时，走到门口，陈云拍着宋平的肩膀说："质量！质量！"陈云的意思是必须强调钢的质量，克服当时片面追求钢的产量。当时的钢铁很多不符合质量标准，成了废品。后来，在陈云的强调下，总算把钢铁生产的高指标降了下来。

1960 年，宋平调任中共西北局委员兼西北局计委主任，这样开始在西北工作。

1963 年 9 月，宋平担任"三线建设委员会"副主任。

"文化大革命"中，宋平曾受到非难，在"牛棚"里关了一年多。后来，陕西要搞生产，成立"生产指挥部"，让宋平当顾问。这样，宋平才算又开始工作。

那时宋平全家五口人，挤在一间 20 多平方米的屋子里过了两三年。1972 年，宋平出任中共甘肃省委书记、甘肃省革命委员会副主任。从 1977 年 6 月 17 日起，宋平成为甘肃的"一号人物"。

在《实践是检验真理的唯一标准》一文发表之后，宋平在甘肃便注意到这篇不同凡响的文章。接着，他又注意到《马克思主义的一个最基本的原则》一文。在宋平的提议下，甘肃接连开了两个座谈会：先是于 6 月 25 日由中共甘肃省委召开甘肃省理论工作座谈会；接着，在 6 月 27 日，中共甘肃省委宣传部和《甘肃日报》在兰州联合召开"真理标准"座谈会。

也就是说，中国省级第一个"真理标准"座谈会，是在甘肃召开的。

在北京的大量采访，使我获得许多第一手资料，使《邓小平改变中国》有了扎实的写作基础。

行色匆匆。我在北京结束了最后一项采访——采访当年"中共中央宣传口"的"副口长"兼《红旗》杂志总编辑王殊——便急急于 5 月 31 日傍晚赶回上海。因为翌日是"六一"国际儿童节，上海的报纸早已预先报道了我将为小读者签名售书的消息。

《邓小平改变中国》完成之后，香港版迅即出版，书名改为《从华国锋到邓小平》。

与此同时，这部长篇准备在内地出版。

在审稿过程中，有关部门、有关专家对书稿予以了充分肯定。

中共党史专家、广东省委党校吴智棠教授的评价是：

> 叶永烈先生撰写的这本书稿，以纪实文学的形式反映了从1976年10月粉碎"四人帮"至1978年12月举行著名的中共十一届三中全会这一段中共党史和政治史。作者在叙述众多的人物和事件中，始终抓住时代的主旋律，突出地实事求是地反映了邓小平第三次复出政坛及其思想理论和实践活动对中国命运产生的巨大与深远的影响……全书史料翔实丰富，文字流畅生动，可读性强。这是迄今文坛上以这一段历史为题材的不可多得的一部优秀的纪实文学著作，也可称为历史文学著作。

原中共中央党史研究室有关专家的评价是：

> 书稿资料丰富、观点正确，比较全面系统地反映了从"文化大革命"结束到党的十一届三中全会召开这一历史时期中的一些重大事件和重要人物。

中共广州市委宣传部的评价是：

> 经研究，我部认为这是一本讴歌十一届三中全会的长篇纪实作品。

广州出版社对本书的审读意见是：

> 社内经过严肃认真的审读，认为全稿气魄宏大，内容丰富，资料珍贵，可读性很强，其基本观点与《关于建国以来党的若干历史问题的决议》相一致，是一部难得的主旋律作品。

此书在1998年初由广州出版社出版。书的封面上印着："谨以本书献给中共十一届三中全会20周年。"

《邓小平改变中国》出版后，我忽然接到中共上海市委党史研究室一位朋友的电话，告诉我中共中央党史研究室主办的《中共党史研究》杂志发表长篇文章，对《1978：中国命运大转折》（即《邓小平改变中国》）进行评论。我没有订《中共党史研究》杂志，那位朋友便送了我一册。

《中共党史研究》杂志的评论上万字。评论指出："《1978：中国命运大转折》是叶永烈党史纪实文学系列作品中比较好的一部，也是同类题材作品中比较好的一部。"

《邓小平改变中国》经过补充、修订，于2012年9月由四川人民出版社、华夏出版社联合再次出版。

在吕正操将军家中

2012年8月11日，我接到一位北京朋友的电话，说吕正操将军的女儿吕彤岩要找我。我一听，就说知道吕彤岩，因为她的前夫叶选基是我的朋友。吕彤岩找我谈什么事呢？我的朋友也不清楚。

那天下午3时，吕彤岩来电，谈她父亲吕正操将军在2009年以106岁高龄去世之后，留下1945年至2009年的大批日记。她说，解放军档案馆要收吕正操日记。她期望我去北京时能够与她一晤，看一看她父亲的日记能否公开出版。她还说，父亲与张学良（师生）、黄敬（战友）、叶企孙（知识分子朋友）、杜聿明（从对手到朋友）的关系很值得研究。吕正操总共四个子女，其中吕彤岩1963年进入北京大学生物系，跟我是校友。她目前仍住在父亲的房子里。

2012年10月，我在北京来到吕正操将军家，采访他的女儿吕彤岩。

采访吕正操将军之女吕彤岩

我记得，原中国人民解放军副总参谋长熊光楷将军曾经跟我说起一场有趣的"比赛"：宋美龄1897年3月5日出生于上海，2003年10月24日病逝于美国纽约，活了106岁。在吕正操将军生前，很多人鼓励他能够"战胜"宋美龄。

吕彤岩拿出一张照片给我看：她手持一块粘着白纸的木板，放在父亲面前。白纸上写着"今天1月4日，你的生日，106岁"。

吕彤岩说，这帧照片摄于2009年1月4日，是为庆贺父亲106岁（虚岁）生日拍摄的。吕正操将军生于1904年1月4日。他是在过了新中国60周年国庆之后，于2009年10月13日14时45分无疾而终的，可以说差不多跟宋美龄打成了"平手"。

吕正操1955年被授予上将军衔

吕正操将军能够长寿，得益于他的一"动"与一"静"。所谓"动"，就是打网球。他在年轻时就开始打网球，晚年仍坚持打网球。离休之后，他辞去各种职务，唯有中国网球协会主席一职不愿辞掉。请注意，他不是担任名誉主席，而是主席，直至他离世。所谓"静"，则是他喜欢打桥牌，使脑子一直保持灵活。无独有偶，万里委员长也是长寿之人，终年99岁，他与吕正操将军有着相同的爱好。万里在上中学时就爱上网球运动。吕正操将军是中国网球协会主席，万里则是中国网球协会名誉主席。万里同样是桥牌高手。更有趣的是，两人先后都曾担任铁道部部长。

吕彤岩指着她精心布置的"照片墙"，向我介绍吕正操的生平。吕彤岩说，"照片墙"选用哪些照片，放多大，都是她决定的，连镜框也是自己做的。

"照片墙"之一，挂着吕正操与张学良的诸多历史照片。吕彤岩说，父亲吕正操17岁参加东北军，是张学良的老部下，曾经担任张学良的副官、秘书。张学良对他有知遇之恩。在西安事变时，吕正操奉张学良之命，负责接待周恩来所率的中共代表团。在西安事变之后，张学良陪同蒋介石飞往南京，从此遭到软禁，而对蒋介石背信弃义极度愤怒的吕正操，加入了中国共产党，走上红色之路。

时光飞逝，沧桑巨变。1991年3月，张学良和赵四小姐终于挣脱罗网，得以赴美。中共中央决定派代表前往美国纽约看望张学良夫妇，并邀请他们回大陆观光。吕正操是不二人选。1991年5月23日，吕正操在女儿吕彤岩等陪同下飞往纽约，与张学良终于久别重逢。吕正操带去周恩来夫人邓颖超的亲笔信，而张学良把亲笔复函交吕正操带回，称"寄居台湾，遐首云天，无日不有怀乡之感，一有机缘，定当踏上故土"。可惜好事多磨，张学良竟然未能得圆返梓之梦。

在"照片墙"上，我看到张学良1989年3月赠吕正操诗的手迹：

白发催年老，
虚名误人深。
主恩天高厚，
世事如浮云。

另外，还有一首张学良赠吕正操诗的手迹：

孽子孤臣一稚儒，
填膺大义抗强胡。
丰功岂在尊明朔，
确保台湾入版图。

谒延平祠旧作，书寄
正操学弟正

此处提及的延平祠在台南，供有郑成功塑像。

我还看到当时美国报纸刊登的张学良与吕正操在纽约的照片以及报道。

吕彤岩说，父亲吕正操是一个喜爱读书之人。她带着我来到将军的书房，那里"书天书地"，三面墙从地板到天花板全是书柜。下半部是现代书，上半部是线装古书，书的总数在万册之上。

我从"照片墙"上读到吕正操将军书写的两句心中的话，可以说是他百岁人生的写照，感人至深。其中一句写于2005年7月26日，他时年101岁：

人民永远是靠山。

另一句写于 2008 年 5 月 18 日，他时年 104 岁：

人生下来有一个任务，活着就一直向前走下去。

那天，吕彤岩拿出吕正操将军 65 本日记给我看。我发现，吕正操日记字迹端正，很容易辨认。他的日记只记录每天的工作、活动，不写思想、政治见解。这可能是考虑到中国"阶级斗争"岁月错综复杂的国情，所以用"中性"的笔调来写，以免日记惹是生非。由于吕正操将军身居高位，而他的日记又相当详尽，所以具备相当的历史价值。我建议吕彤岩把日记全文扫描，先做成手迹电子版，然后再整理交付出版；也可以选择重要篇章，如吕正操将军访问美国、与张学良会晤的日记，可先交杂志发表。

| 第二章 |

上海的"海"也很深

温馨的上海

虽说我是上海的"北京作家",奔走于北京的胡同和四合院,其实我也穿行于上海的弄堂和高楼,寻访诸多历史老人。我写作关于中国共产党诞生历程的纪实长篇《红色的起点》时,很多采访是在上海进行的,因为上海是中国共产党的诞生地;我写作《"四人帮"兴亡》,很多采访也是在上海进行的,因为"四人帮"又称"上海帮"。

自从1963年从北京大学毕业分配到上海工作,上海就成为我写作、生活的基地。

上海是一座充满商业气息的城市,中西文化在这里交融。作为南方人,作为在海滨长大的我,完全融合到这个海派文化的大本营。我爱上海。正因为这样,我宁可一次次前往北京采访,却始终把根据地扎在上海。

温馨之中,夹带着潮润,上海盛夏的夜风轻轻地推开窗帘,轻轻地吹拂着……

家住高楼,而窗口又朝着东南,对于昼夜有着特别明显的感觉。夏日的清早,才5时多,耀眼的金色的朝阳已经把光芒射进我家。到了傍晚,一轮夕阳西下,窗外开阔的天空从橙色转成淡灰。灰色不断加重,一幢幢高楼的轮廓变得模糊。窗外终于变成一片黑暗之后,五颜六色的霓虹灯闪烁。我家正处十字路口。俯瞰窗下的马路,车如长河,喧嚣不已。遥望远处,长长的黄浦江上的大桥亮起一串串明灯,像一条银色的项链挂在夜上海的前胸。

我诸多的夜晚都在书房中度过,特别是在赶写长篇的时候,往往夜以继日。书房里耀如白昼,我的十指在电脑的键盘上飞舞。

我也休闲。我喜欢与妻下楼,在夜色中漫步。我家楼下就是一家1000多平方米的大饭店,灯光一片雪亮。前后左右,20多家酒家、烧烤店、火锅城、小吃铺、泡沫红茶店、"肯德基",组成"吃的连锁"。我常与二三朋友在餐馆小聚,边吃边聊。我喜欢雅静的所在。一家餐馆老板为了招徕顾客,在店堂里搭了丁字台，时装表演队的小姐们在台上款款而行，音乐声震耳欲聋，我反而从不光顾。

夜色中的人行道变得拥堵不堪，彩色地砖被各种各样的地摊覆盖，卖"毛栗子"（上海话，即鲜荔枝）、手机皮套、长筒丝袜、沙滩裤的喊声响成一片。我最爱去的是盗版书摊。林林总总的盗版书装满"黄鱼车"（上海话，即三轮车）。据说"黄鱼车"高度"机动"，一有"情况"可以随时"转移"。在那里，我常常买到我的著作的最新盗版本——我已经"收藏"了整整一书架的盗版本。

夜晚10时之后，地摊收场，取而代之的是折叠桌、白色塑料椅，"大排档"上场了，虾肉馄饨、大排面、炒田螺、海瓜子、花蛤汤、白斩鸡，应有尽有。尽管许多人吃得津津有味，我却从来不敢做座上客。我一看那污浊不堪的洗碗水桶，就敬而远之。

离我家200米处是一家电影院，楼上则是图书馆。我只看"大片""名片"。有时，我倒喜欢在图书馆里翻看各地报纸杂志，犹如在铅字间散步，名曰"文学散步"。

有时候与妻"打的"外出。很多朋友劝我买车。我们这座大楼里拥有"私家车"的人颇多，入夜，院子里停满各种牌子的轿车。我却喜欢"打的"，认为多了一辆车，还得花费不少时间"伺候"。上海的夜色是迷人的。我在欧洲发觉商店在6时就关门，而上海的商场往往在10时还人声鼎沸。卷扬电梯、大理石地面、中央空调，上海商场的购物环境是一流的。在商场信步，也是一种休闲。

有时，我也在家附近散步。家对过就是街心花园，50米外是一条颇宽的河。往日，我们几乎不愿在河边走，这倒不是怕湿脚，而是受不了那臭气。这条河是苏州河的支流，可通黄浦江。后来随着苏州河的河水变清，臭味随之消失，河边漫步成了夜晚的舒心事。当然，有朝一日河上开通小艇夜游，在皎洁的月光之下，银波粼粼，轻风徐徐，当会更舒心。

当一轮明亮的朝阳又一次早早照进我的卧室，新的一天开始了。

我又开始坐到电脑前，开始我的写作。也有的时候，我背起照相机和录音机，在上海进行采访。

上海这个"海"也很深。在这个"海"中，我寻访了那些格外敏感的人物……

查清傅雷夫妇死因

在采写《家书抵万金——傅雷与傅聪》的过程中,我采访了诸多傅雷亲友。我继续进行采访,着手写作关于傅雷的报告文学。

我完成了关于傅雷的一篇报告文学,题为《傅雷之死》,交给人民日报社主办的杂志《报告文学》。

然而,当《报告文学》杂志发排之后,我紧急通知《报告文学》编辑部,《傅雷之死》暂缓发表!

为什么我要求暂缓发表呢?因为我对《傅雷之死》要作重大修改。

我庆幸在《傅雷之死》发表之前发现了自己的重大差错。

这个重大差错出自傅雷的保姆的口述。

傅雷的保姆叫周菊娣,是浙江镇海人。从29岁起,周菊娣就来到傅家工作,尽管她与傅雷夫妇非亲非戚,然而10多年朝夕相处,如同一家人。

我采访了她。

她回忆说:"傅先生是好人。有几次,我生病了,傅先生把医药费放在我的面前,一定要我上医院看病。我不去,他就发脾气,我看病回来,他才放心了。我的女儿住在浦东。有时我去看女儿,如果晚上8点还没回来,傅先生就坐立不安,生怕我路上出什么事情。有几次我把饭煮烂了,觉得真过意不去,赶紧向傅先生打招呼,他并没有生我的气,高高兴兴吃烂饭。还有一次,我失手把一盆大排骨翻在地上。我赶紧向傅先生道歉,他反而笑笑,幽默地说成了'拖地板排骨'啦,没有责怪我……"

她说起傅雷的为人:"傅先生正正派派,整天埋头于书房写作。来了客人,占了时间,他当天晚上就多工作一会儿,把失去的时间补回来。有时候,我到书房里擦玻璃窗,他连头也不抬,一句话也不说,只顾自己工作。他的脾气非常直爽,见到不对的地方,就当面'开销'。他心地好,傅太太性格温和,为人善良。我在傅家工作那么多年,从未见过傅太太发过脾气,她整天笑嘻嘻的……"

第二章 上海的"海"也很深

在傅雷夫妇晚年，长子傅聪在英国，次子傅敏在北京，唯一与傅雷夫妇生活在一起的就是保姆周菊娣。

第一个发现傅雷夫妇自杀的，是保姆周菊娣；

去派出所报案的，也是保姆周菊娣。

正因为这样，我认为根据周菊娣的回忆写成的傅雷夫妇之死，当然是最准确的。

周菊娣告诉我，傅雷夫妇是喝敌敌畏自杀的。

傅雷的儿子傅聪和傅敏也这么告诉我。

傅雷在书房

我把傅雷夫妇喝敌敌畏自杀，写进了报告文学《傅雷之死》……

我差一点掉进错误的泥潭！

幸亏在发表前，为了更加准确起见，我认为应该到公安部门核实一下傅雷的死因。

在上海公安部门的帮助下，我查阅了傅雷的死亡档案，这才弄清傅雷之死的真实情况，更正了种种误传——我明白，就连傅雷之子傅聪、傅敏，就连当时唯一和傅雷夫妇生活在一起的保姆周菊娣所说的情况，都与档案不符！

验尸报告指出，傅雷夫妇颈部有马蹄沟。报告还附有傅雷夫妇所用自缢的床单的照片，这些档案确凿无疑地证明傅雷夫妇是自缢而死……

那么重要的目击者、当事人傅雷保姆周菊娣为什么说傅雷夫妇是服敌敌畏自杀的呢？

我再度访问了傅雷的保姆，又访问法医及当时处理现场的户籍警，终于弄清真相：

那天上午8时半，保姆迟迟不见傅雷夫妇起床。按照傅雷家的规矩，保姆是不能随便进入主人卧室的。只是由于情况异常——傅雷夫妇连续被斗四天三夜，今天这么晚没有起来，会不会发生意外？

一直等到9时3刻，仍不见有任何动静。

保姆走近傅雷夫妇卧室，敲了敲房门，傅雷夫妇没有回答。

保姆又敲了敲房门，傅雷夫妇仍然没有回答。

保姆把房门敲得很响，傅雷夫妇还是没有回答。

保姆感到情况不妙，她非常紧张地推门，门没有反锁。她见到傅雷夫人直挺挺躺在地上——实际上，傅雷夫人当时并没有倒在地上，是保姆神经过分紧张造成的错觉。

保姆吓坏了，不敢再看一眼，就连忙跑到派出所报案。

当户籍警左安民赶来，进入傅雷夫妇卧室，保姆一直不敢进去。

后来，当保姆终于硬着头皮进入现场时，傅雷遗体已经被左安民放在躺椅上。保姆见到傅雷身上紫色尸斑，误以为服毒身亡。保姆凭自己的推测，认为傅雷夫妇是服敌敌畏自杀。

为了详细了解傅雷之死，我在1985年7月10日找到了当年去傅雷家的户籍警左安民。他是第一个进入现场的人，他的回忆，澄清了一些关于傅雷之死的误传。

以下是根据他的谈话录音整理出来的：

1966年9月3日上午9点多，我接到傅雷家保姆的报告，就赶去了。

当时，傅雷卧室的房门关着，但是没有反锁。我使劲儿一推门，看见傅雷夫妇吊死在卧室的落地钢窗上（注：卧室外为阳台，他们住在底楼）。钢窗关着，夫妇俩一左一右吊在钢窗的横档上。傅雷先生在右边，傅雷夫人在左边。

我推门时劲儿太大，一股风冲进去，傅雷先生上吊的绳子就断了。他掉了下来，正好落在旁边的藤躺椅上。

我赶紧把门关上，打电话给长宁分局，治保科的经志明等来了，我们一起进入现场。我走上前，把傅雷先生扶正，躺在藤椅上。所以，后来进入现场的人，都说傅雷先生是躺在藤椅上死去的。其实不是那样，是我把他在藤椅上放好的。

他们上吊用的绳子，是浦东的土布。那是一床土布做的被单，撕成长条，打个结。你看，死亡档案上有当时拍的照片。这土布上有蓝色方格。照片上右面那个断了的布条，就是傅雷先生的。

当时，地上铺着被子，被子上是两张倒了的方凳。我把傅雷夫人放下来，放在棉被上（注：这点与保姆周阿姨的口述不一致。据左安民说，保姆当时神情非常紧张，不敢正眼看，可能记错）。

长宁分局治保科经志明和长宁区法院有关人员,一致认为傅雷夫妇是自杀。

当时,除了把吊的布条拿回去拍了照,现场没有拍照。

傅雷先生死去的时候穿的是汗衫、短裤,夫人穿的也是睡衣。遗体曾用车送到上海市人民检察院法医检验所检验,法医是蒋培祖。他们根据颈部有马蹄状索沟,断定为自缢致死。身上有灰紫色的尸斑,说明死亡已有好几个小时。

区法院来了十多个人。我当时跟他们一起,在傅雷家清点财产。我记得,花了两天两夜。

当时曾发电报给傅雷在北京的一个儿子(引者注:傅敏),他回电说,后事托他舅舅(引者注:朱人秀)处理。

傅雷死的时候留下遗书和好几个信封。信封里装着东西,上面写着给谁。我没有动过。后来,舅舅来了,他跟法院一起处理的。舅舅是老干部,那时候靠边了。

我听保姆说,她在那天早上很久没见傅雷夫妇起床,就在门外边喊傅先生。里面没有答应,她这才推门,一看,吓坏了,赶紧把门关上。她当时没有走进去看。一方面她有点害怕;另一方面傅雷有规矩的,未得同意,保姆不能随便进他的卧室的。

我进去的时候,记得有一盏很暗的灯还点在那里。那时候,傅雷夫人挂在那里,这是很清楚的。是我亲手把她放下来的。

傅雷卧室的门,如果开了一点点,只能看到傅雷夫人——窗的左边。窗的右面是看不到的。

当时,我管的地段,文化界的人很多,500多户中有200多户被抄家。

一开始,遇上抄家,我就赶去查看有没有抄家证明。著名影星祝希娟(电影《红色娘子军》女主角)也住在那地段。当一些中学的红卫兵抄她家的时候,我赶去了。一问,他们没有证明,我就不许他们抄。他们骂我是"老保"。我说,要执行《十六条》。[1] 他们说,《十六条》之外,还有第十七条哩,跟我吵。尽管当时我对运动也认识不清,但是,我们做公安工作的,总还是按照制度办事。没有抄家证明的,就是不给抄。

后来,抄家的越来越多,根本不跟派出所打招呼,社会上越来越乱,

---

[1] 即《中国共产党中央委员会关于无产阶级文化大革命的决定》。

我也顾不上。

傅雷家，本来我以为不会有什么单位来抄家的，因为他不属于什么单位。上海音乐学院跟他们家没什么关系。他们的红卫兵来抄家，没跟我打招呼。所以一直到傅雷夫妇死了，我才知道。

那时候，自杀的很多，差不多天天有人死。当时，考虑到傅雷是社会上很有影响的作家，所以特地请市检察院的法医来验尸。不是重要的案件，市里的法医是不来的。

我是在1958年开始当这一地段户籍警的，1968年7月21日离开。那时候公检法搞"清队"，我被打成了"现行反革命"。我有一个本子，曾把我管的地段哪一家什么时候被抄家，什么单位来抄的，负责人是谁，都记下来。还有各单位来抄家时交给我的证明、抄家物资的收条，我都收集起来，有一大堆。很可惜，我被打成"现行反革命"之后，这些东西都丢了。

我管那个地段十年，傅雷家我常去的。傅雷待人很客气的。他是高级知识分子，并没有看不起我这个民警。一开始，我管那个地段，他成了"右派"。我总喊他"傅先生"。第一次去，问了他家几口人之类的。慢慢地，我们熟悉了，正好遇上傅聪出走。我常常上他家，他们都很和气，和我聊天，有什么说什么。他那样悲惨地死去，很可惜的。

应当说，左安民的这些回忆是极为珍贵的历史资料。他的回忆，纠正了保姆当时在神经过分紧张情况下所造成的错觉。

又据保姆回忆，1966年9月3日下午4点多，一辆收尸车驶入上海江苏路，停在一幢贴满大字报的花园洋房旁边——傅雷家前。在公安人员的监视下，傅雷夫妇穿着睡衣、光着脚，被抬上了车，说是送往万国殡仪馆。

保姆把傅雷夫妇前几天穿的外衣熨平，自己花钱买了两双黑色的软底鞋，于翌日赶往殡仪馆，给傅雷夫妇穿上……

其实，傅雷夫妇的遗体并没有直接送往万国殡仪馆，而是前往上海市公安局法医处。

据上海公安部门告诉我，傅雷因属著名人物，所以在他自杀身亡后，曾送上海市公安局尸检——这事，当时连他的保姆都不知道，只说尸体送火葬场，而实际上是送往公安局法医处……

查阅档案，使我的作品避免了一次重大的失误。

起初，傅雷的亲属不相信傅雷自缢——因为他们一直听保姆说是服毒而死。经我说明了档案所载的事实，出示死亡档案复印件，他们信服了。

根据档案以及户籍警的回忆，我在报告文学《傅雷之死》中第一次披露了傅雷自杀的真实情况：

经过多方查询，1985年7月，我终于在上海公安部门的帮助下，找到了这份案卷。

牛皮纸的封面，写着：

案别：上吊自杀

姓名：傅雷

　　　　朱梅馥

受理日期：1966年9月3日。

结案日期：1966年9月12日。

承办单位：××分局××科。

这是一份触目惊心的死亡档案。其中有案情报告、验尸报告、周菊娣陈述笔录、傅雷和朱梅馥遗书、上吊绳索照片以及查封物品清单，等等。

案情报告一开头，就非常清楚地写明了死者的身份：

傅雷　男　五十八岁，上海南汇人，作家。

朱梅馥（傅雷之妻）女　五十三岁，上海南汇人，家务。

发现（非病死亡）1966年9月3日。

报告　1966年9月3日。

验尸　1966年9月3日。

这是关于傅雷夫妇之死最准确、最详尽的历史档案。我逐页细细阅读着，我的视线被夺眶而出的泪水所模糊。我仿佛听见屈死亡灵的愤怒呼号，仿佛又回到中国历史上那灾祸深重的年月。

傅雷夫妇有两个儿子。当时，长子傅聪客居英国伦敦，次子傅敏在北京工作。在傅雷夫妇身边，唯有保姆周菊娣。周阿姨是第一个发现傅雷夫妇愤然弃世的人。案卷中的《周菊娣陈述笔录》，是一份十分珍贵的历史文件。现全文抄录于下：

陈述人姓名　周菊娣

性别　女

年龄　四十五

籍贯　镇海

职业　佣工

文化程度　小学二年

陈述时间　1966年9月3日上午

问：你怎么发现他们自杀的？

答：平时我每天早晨起来后，买菜，打扫书房，洗洗东西。他们夫妇俩一般在8点多起来，我再进宿舍（引者注：卧室）打扫。今天上午到8点半未听见他们夫妇俩起身的声音。

我到上午9点3刻左右仍未听到他们起身动静，我就静静（引者注：系"轻轻"之误）开开他们房门一看，床上无人，我将房门再开开一点一看，朱梅馥睡在地上。我立即到××路××小组支玉奇处报告，由支玉奇打电话报告派出（所）。

问：昨晚他们夫妇俩晚饭吃了没有？讲些什么？

答：他们夫妇俩均吃过晚饭。在8点左右我事情做好后到书房内去，他们夫妇俩均在。傅在写东西，朱在房间内。我也在房内坐下，三人一起。约9点不到，朱梅馥叫我早点去休息。

在吃晚饭时，朱梅馥说，明天小菜少买一点。

问：他们（家）有哪些单位来搜（引者注：抄家）？什么时后（候）来的？

答：在8月30日下午，有区房管局来搜，到7点半左右离开，到楼上宋家去。

在当晚11点多，由上海音乐学院红卫兵来搜，一直搜到9月2日中午1点不到才离开，他们夫妇俩这几天均没有睡过。

问：平时你听到他们讲过什么话？

答：在上星期二（引者注：8月23日）里弄突击读报回来后，他们夫妇俩整理一些旧画、小古东（董）。在星期三（引者注：8月31日）晚，傅雷在书房内讲："音乐学院可能要来扎（砸），要扎（砸）让他们扎（砸），最多大不了两条命！"其他什么话我未听到。

问：最近家中有什么人来过？

答：有一医生×××，工商联××。8月28日，朱的姑母来。其他人没有。

依靠档案查清傅雷夫妇之死这件事，给了我深刻的教训，从此我更注意依靠档案，发挥档案的作用。

我在 1986 年第二期《报告文学》杂志发表的《傅雷之死》，被许多报刊所转载，并选入《历史在这里沉思》等书。就连远在纽约的我的表妹，也见到当地华文报纸连载，只是改了标题——《傅聪之父傅雷之死》，因为在海外傅聪的知名度超过了他的父亲傅雷。日本译成日文发表。

在采写《傅雷之死》的时候，一个神秘的"戴大口罩的姑娘"引起了我的注意……

出没风波里

寻找"戴大口罩的姑娘"

1979年4月26日上午,银发如霜的作家柯灵走到话筒前,以异常庄重的语调,代表上海市文联和中国作协上海分会宣布:1958年把傅雷划为"右派分子"是错误的,应予以改正;十年浩劫中,傅雷所蒙受的诬陷迫害,一律予以平反昭雪,彻底恢复政治名誉。

柯灵是在上海市文联和中国作协上海分会为傅雷及其夫人朱梅馥隆重举行的追悼会上说这番话的。

傅雷长子、著名钢琴家傅聪从英国赶来,出席了追悼会。阔别21载,他终于回到祖国怀抱,回到故乡上海。望着追悼会上镶着黑框的双亲照片,望着那两只令人揪心的骨灰盒,他的视线模糊了。

追悼会后,傅雷的骨灰盒被郑重其事地移入上海革命烈士公墓。

傅聪感到不解的是,他父母在"文化大革命"中双双愤然弃世,在那样的年月,他在国外,弟弟在北京被打入"牛棚",双亲的骨灰是不可能保存下来的。然而,他这次回到故里,亲友们却告诉他一个意外的消息——他双亲的骨灰俱在!

是谁把他双亲骨灰保存下来的呢?傅聪几经打听,才知道是父亲的一个"干女儿"做

追悼会后,傅聪与傅敏捧着傅雷遗像以及骨灰盒

的好事。

奇怪，父亲只认过钢琴家牛恩德作为干女儿，可是她远在美国。此外，父亲从未收过什么"干女儿"，亲属们也从未听说傅雷有过"干女儿"。

这个"干女儿"究竟是谁？

傅聪托亲友打听，颇费周折，才知道了她的姓名……

然而，她从不去见傅家的人，更不要傅家的感谢。

她拒见任何记者。她说，她只做了一件应该做的事情。她只希望过平静的生活，不愿有任何人打扰她。

我从傅雷亲属那里得知她的地址，就决心去采访这位具有神秘色彩的姑娘。

在上海市区一条狭窄的弄堂里，我找到了她的家。

她不在家。在一间不到 10 平方米的屋子里，她的母亲接待了我，说她到一个画家那儿切磋画艺去了。

"她喜欢画画？"

"是的，因为她的父亲是一位画家，从小教她画画。"

如今，她的父亲已故去了，她跟母亲以及妹妹住在这小小的屋子里。她的母亲拿出她的国画给我看，不论山水、花卉，都颇有功底，书法也有一手。她，画、字、文，三者皆娴熟。她所绘的彩蛋《贵妃醉酒》《貂蝉赏月》等，人物栩栩如生，笔触细腻准确。

我正在观画，屋外传来脚步声，一个 40 多岁的女子腋下夹着一卷画纸进来了。哦，正是她！

她脸色苍白，穿着普通，举止文静，像她这样年龄的上海妇女，绝大多数烫发，她却一头直梳短发。

当我说明来意，她竟摇头，认为那是一件小事，不屑一提。

我再三诚恳地希望她谈一谈。

她提出了"条件"："如果你不对外透露我的姓名，而且不在上海的报纸上发表，我可以谈。"

我答应了。

她用很冷静而清晰的话语，很有层次地回溯往事。有时，她中断叙述，陷入沉思，可以看出她在极力克制自己的感情……

1966 年 9 月，28 岁的她酷爱音乐，在她的钢琴老师家学习弹琴。老师的女儿是上海音乐学院学生，她带回家一个令人震惊的消息："傅雷夫妇双双自杀了！"

"什么？"她睁大了眼睛，久久地说不出话来。

她跟傅家非亲非故，素不相识，毫无瓜葛。她是在《约翰·克利斯朵夫》《贝多芬传》这些译著中认识傅雷的。她非常敬佩这位翻译家流畅而老辣的译笔和深厚的文学根底。不过，她从未见过傅雷。

她倒见过傅聪一面。那是傅聪在获得第五届国际肖邦钢琴奖之后，1956年，在上海美琪电影院举行钢琴独奏会。她当时是上海第一女子中学的学生，由于喜欢钢琴，买了票，听了傅聪那行云流水般的琴声……

"上海音乐学院造反派到傅家大抄家，斗傅雷，折腾了几天几夜。"老师的女儿继续说道，"傅雷夫妇被逼得走投无路，才愤然离世。听说，傅雷留下遗书，说自己是爱国的。"

"还有什么消息？"她异常关注傅雷夫妇的命运。

老师的女儿只听到一些传闻而已。

当时，她出于义愤，想给主持正义的周恩来总理写信，反映傅雷夫妇含冤离世。她要向周恩来申明，傅雷临死还说自己是爱国的。

不过，她拿起笔来，又有点觉得不踏实，因为她听到的毕竟只是传闻。给周恩来写信是一件来不得马虎的事，所以她想去傅雷家看看，仔细了解一下傅雷夫妇自杀的真实情况。

她打听到傅家的地址，来到傅家，遇上傅家的保姆周菊娣。她从保姆嘴里得知更令人震惊的消息："傅家属于黑五类，又是自杀的，死了不准留骨灰。"

这些话、这些消息，使她坐立不安，夜不能寐。

一种正义之感，一种对傅家厄运的不平之情，驱使她这个弱女子勇敢地挺身而出，进行了一系列秘密行动——这一切，当时连她的父母都不知道。

她戴上了大口罩，只露出一双眼睛，开始行动。她深知在那阴暗的年月，万一被人认出，将意味着什么。

她出现在万国殡仪馆，自称是傅雷的"干女儿"，无论如何要求保存傅雷夫妇的骨灰。她说得那么恳切，终于打动了那儿工作人员的心。要留骨灰，就得买骨灰盒，她，只是里弄生产组的女工，微薄的一点收入全都交父母，哪有多余的钱？

她从殡仪馆登记本上查到傅聪舅舅家的地址，便给他去了一封信，说明了情况，与他约定见面时间。信末，只留一个"高"字（其实她并不姓高）。

她戴着大口罩，准时来到傅聪舅舅的家。在傅聪舅舅的帮助下，她终于把傅雷夫妇的骨灰盒放进一个大塑料口袋，转送到永安公墓寄存。为了避免意外，寄存时骨灰盒上写着傅雷的号——傅怒安。

就这样，中国著名的翻译家，一位正直爱国的知识分子，虽然含冤而死，却被一个忠诚的读者冒着生命危险把骨灰保存下来了。

她默默地、神秘地办完了那一切，心里感到十分宽慰。

她记起，在新中国成立前，曾有四个亲友死后无钱买棺木。她的父亲慷慨解囊相助，使死者安然"托体同山阿"。她觉得，自己如同父亲一样，只是做了一件应该做的事情罢了。

不过，没多久，她的心中不安起来，傅雷夫妇惨死之事，时时搅乱她的思绪。

渐渐地，她觉得光是为傅雷夫妇保存骨灰还远远不够。她想，中共中央也许不知道傅雷夫妇蒙冤的经过，她应当向中共中央反映！

苦苦思索多日，她终于写了一封信，寄给周恩来，如实反映了傅雷受迫害的情况。信中还提及了傅雷遗书中的话——他至死还申明自己是爱国的。

她担心这封信不一定会寄到周恩来手中，所以未在信后署名。

她的担心不是多余的。这封信落入了"四人帮"的爪牙手中，被当成一桩大案，进行追查。她的字写得那么漂亮，看得出是颇有文化修养的。信中又谈到傅雷遗书，于是，那些爪牙便怀疑写信者是傅雷亲属。他们从傅聪舅舅那里查到了那封只署有一个"高"字的信，笔迹相同，一下子又与"骨灰事件"联系起来了。

不过，当时就连傅聪舅舅也不知道她是何许人。

"四人帮"的魔掌紧紧地控制着上海，他们查问傅雷的其他亲属。她曾与傅家的一位姑母偶然说过一句，她的钢琴老师就住在姑母家附近。就凭这句话，他们追查到她的钢琴老师那儿，终于知道了她的地址……

那天，她刚从外边回来，踏进家门，看到屋里坐着三个陌生的男人，用异样冷漠的目光注视着她。

她一下子便意识到：出事了。

果然不错。来人用命令式的口气，要她收拾一下东西，马上就走。

趁拿毛巾、牙刷之际，母亲压低声音对她说了一句："他们说你是'现行反革命'！"

她"有幸"坐上了轿车，被押到上海正泰橡胶厂（当时傅雷妻兄朱人秀在那里工作，也遭审查，所以由该厂造反派审讯她），关在一个单间里。从窗口望出去，连对面屋顶上也有人监视着她。

第二天便开始审讯。窗外，围观的人好几层。审问时，并未过多地盘问她的经历——也许他们早已"调查"了。审问者反复追问她的动机。

"你为什么替右派分子傅雷鸣冤叫屈？"审讯者问道。

"前几年，《解放日报》不是登过给傅雷摘帽的消息吗？他已经不是'右派分子'了。"她答道。

"你的目的是什么？你是想等傅聪回来拜谢吗？"那人又问。

"照你看，现在这种样子，傅聪有可能回来吗？"她反问道。

那人被问得哑口无言。

问了一阵抓不到什么把柄，审讯便不了了之。

大概是那些爪牙查来查去查不出这个青年女子有什么政治背景，最后不得不把她放了。

回到家里，父母问她怎么会成为"现行反革命"，她如实说了一切。父亲听罢，没有半句责难，反而说她做得对。

从那时起，直到1976年剿灭"四害"止，她在不安之中度过了九个春秋。有几次，户籍警来查户口，曾使她受惊不已。她的精神一直承受着无形的压力，"现行反革命"这帽子仿佛随时都可能朝她头上飞来……

1979年4月，她从《解放日报》上读到傅雷平反、隆重举行追悼会的消息，心中的一块巨石才终于落地了！多年的精神包袱，彻底地抛掉了。

傅聪真的回来了。他四处打听才打听到她的地址，托亲友向她表示深切的谢意。她却淡淡地说："何必说谢！何足道谢！"

傅聪一次次回国，总是托亲友给她送来音乐会的门票。出于礼貌，她只去听过一次，却没有去见傅聪。

傅聪的弟弟傅敏给她写来致谢信，寄来《傅雷家书》以及《傅雷译文集》。出于礼貌，她在1980年12月16日给傅敏写了一封回信。

后来，我在采访傅敏时，他给我看了这封信——

傅敏同志：

迟复为歉。素不相识，本不该以冗长的信打搅您，但有些情况又不得不细说，动笔几次，终于又搁下；感于你的至诚，但复信又觉为难，所以拖延至今。

首先应深谢您的关心；其次愧当"功劳"二字，并非我一人可成此事。

至于谈到因您父亲而使工作问题受到影响，都属落实政策范围，那么，我完全不在此列，因当时我尚未踏上社会；若说为此事所受的"审查"，今天了解下来，亦未构成后遗症，因而没有什么可落实。看来当时办理我此事的工作人员并未食言：他们曾允诺我的要求——不向地区反映。这是我最忧虑的事，既得知，不留痕迹，则一了百了，更复何求！

今夏7月11日晚，您亲戚来敝舍相访，我回顾了与他们的谈话，我对自己的某些做法很不以为然。

朱佛恬同志（注：傅雷夫人的亲侄子）说，曾经去文联要求他们寻找我，但他们认为没有必要，大可不必为这件事来寻找我的下落。因此，我希望我不至于到他们面前去申诉而谋得境遇的改善，当然也不希望别人在这种情况下为我颇费口舌。这是公的一面。就私的一面，我全然理解您的心情。可是我认为您完全可以不必在精神上感到有某一种责任。虽然从表面上看，事情与你们有关联，但在当时，完全是我个人的动机、想法。人与人相处，难免有"人情"往来，但任何事情一落到"人情"这一框框中，就失却了自然的真趣，凡属不自然的事，我希望不至于被我遇上。但，我和您从不相识，因此连"人情"两字都不适用，所以，作为子女的你们想了却这件事的迫切心情我是那么地理解。因此，这件事对我来说就完全成了一种××（注：原文如此)，这对我将是一种窘迫和难堪。并非每一个人、每一件事都必须酬谢或以语言表意，处理某些事情的最好办法，莫过于听其自然。

我需要什么？我所要的是：自尊，一个女孩子（别管那女孩子有多老）应有的自尊。遗憾的是并非每一个人都懂得这一点。我在这块土地上拖过了童年、青春，看尽了尝够了不同的人对我的明嘲暗讽，偏偏我的敏感和自尊又是倍于常人。然而我愿宽恕他们。因为人总是这样的：活在物质的空间中，便以物质的眼光估价别人、估价一切。他们不知道人赤身来到这世界，人的灵魂是等价的：也许大总统的灵魂比倒马桶的更贱价，如果他的心灵丑恶。可惜，不是每一个人能想到这一点。如今我已到了这样的年岁：虽非日薄西山，却也桑榆在望，只求得宁静，此外的一切，我都无所谓了。不希望因人们巧妙的言辞、表情而流露对我的嘲弄致使我情绪上有波动，这种损伤我心神的波动绝非有价有值的东西所能补偿的。

所以，我只能生活在不了解我一切的环境中。

所以，我希望少与人接触。不管认识与否，我一向力求别人能了解我，因此，敢以絮叨相烦。

傅同志来沪，如有便、顺路，不妨至敝舍一叙；若无暇，尽可不必以之为念，想能知我。

匆匆草此，搅时为憾。

这是一封何等真诚的信。一颗纯洁无瑕的灵魂，跃然纸上！

她认为，她只是一个很平常的人，做了一件很平常的事而已。她说，如果她当时不写那封为傅雷鸣冤的信，也许她不会"暴露"，傅聪也就永远不知道她是何许人。她本来就不想让任何人知道。她之所以做那件事，只不过因为她深深地敬重人民的翻译家——傅雷。

她还说，傅家的声望今非昔比，但是毫无必要把她的名字与傅家联系在一起。她仍是普普通通的她，一个平平常常的女读者而已。

我从她的母亲那里知道了她的颇为坎坷的经历：她1958年毕业于上海第一女中。当时，她与她的俄语女教师过从甚密，那位女教师被错划为"右派"，学校领导要她写"揭发材料"，她拒绝了。这样，尽管她成绩优异，却因"立场不稳，思想不好"而无法跨入大学的大门，只好在里弄生产组工作。她常常说，如果那时她违心写了"揭发材料"，她可能早就跨入大学的大门，但是，她内心永远不会得到安宁的。十年浩劫中，父亲因政治历史问题而受到猛烈的冲击，在1971年离世。她体弱多病，一直未婚。1979年，她已41岁，竟下决心入业余大学学古典文学专业，成为班上的"老学生"。她坚持学了四年，以总平均超过90分的优异成绩毕业，获得红色金字的大专毕业证书。自1984年下半年起，她调到上海一家编辑部编副刊，兼文字编辑与美术编辑于一身。工作是那样的忙碌，每天还要花三个多小时挤公共汽车。

她爱文学、爱书法、爱绘画、爱音乐、爱生活。然而她是一个恬淡的人、自洁的人，于人无所求、丁己无所欲。

临别，她用这样的话诚挚地对我说："我的心是透明的，容不得半粒沙子。请恪守诺言，不要透露我的姓名，我淡于虚荣！"

关于"她"的报告文学发表之后，许多报刊转载。特别是上海当时发行量达200多万份的《报刊文摘》予以摘载，她的高尚品格为许多读者所知道。

1985年8月24日《人民日报》发表东山客的《"为善无近名"》一文，指出：

在十年浩劫中，这位姑娘为保存傅雷夫妇的骨灰，不顾个人安危，挺身而出；而她和傅雷夫妇非亲非故。这种见义勇为的品质，确实令人赞叹。更值得赞叹的是，她至今不愿让人们知道她的真实姓名，大有"事了拂衣去，深藏身与名"的豪侠气概。

我常想，这种具有豪侠气概，为处于危难之际的无辜者奔走呼号的人物，历代都有，也是历来为人们所推崇的人物。不妨说，这种品质，正是我国国民性中最可贵的品质。

我收到众多的读者来信，赞颂她的高尚品格。其中也有一些男性读者，托我向她转达爱慕之情。

她却依然沿着自己的轨道运行，一直未婚，与母亲生活在一起。她告诉我，她自幼便是基督徒，她有自己的信仰和生活方式。

她沉醉于她的事业之中。后来，她在上海某美术学院工作，如今已经退休。这几年，她的书法大有长进。1988年，她荣获全国书法"庐山杯"一等奖。她的大名还被收入《中国当代书画篆刻家辞典》。她已成"家"了！

既然她已成了书法家，而她保存傅雷夫妇骨灰的事已是30多年前的往事，我已不必再替她"保密"。征得她的同意，披露她的姓名：

她——江小燕！

她，完全靠着自己的刻苦努力，从一个弱女子，正在变成一个"女强人"。

这么多年，傅聪和傅敏都曾对我说希望一见江小燕，然而，一直没有机会见面。

1997年10月20日下午，我从湖南长沙飞回上海，翌日便接到傅敏的电话，说他来到上海。我问他在上海准备去哪里，他说主要是看望父亲傅雷的一些老朋友。我建议他去两个地方：一是去上海南汇老家看看，二是看看江小燕。他马上答应了，并托我代为联系。

于是，我给江小燕所在的大学打电话。接电话的是她的一位同事，他告诉我，江小燕已经退休了。这消息很使我惊讶，时间过得那么快，连江小燕都退休了！我问，江小燕家有没有电话，他回答说，她家没有电话。我又问，能不能告诉我传呼电话号码？对方盘问："你是谁？"我说了我的名字，他马上有一种信任感，因为他看过我关于江小燕的报道。不过，他告诉我，传呼电话跟她家隔了一条马路，很不方便，没有很紧急的事，最好不要打传呼电话，最好是写信去。我又问她家地址。他回答说，找她的领导吧！

她的领导生病在家，于是我拨通她领导家的电话。领导说，很不巧，通讯录放在学校的办公室里，只能等明天去学校之后再打电话告知……

我想，那只好等明天了。即便明天给她写信，起码也得等两三天才会接到她的电话。

我放下电话不久，响起了铃声。意想不到，电话竟是江小燕打来的。

原来，她虽然已经退休，但是每周仍有三个半天来学校工作。这天很巧，正好她在学校。同事告诉她，叶永烈来电话了，她马上就给我打来了电话。

她听说傅敏要去看她，就说，那就请他到学校里来吧。不论是傅聪还是傅敏，她都从未见过。她告诉我哪三个半天在学校，只要她在学校，他来都行。

说罢，她忽然问："傅敏怎么会想起来看我？"我照实回答说："我提出这一建议，他欣然答应了。"她立即怪我道："你何必叫他来呢？如果不是他自己提出来的，我看，就不必见面了！"我说："我只提了一句，他马上就说，江小燕一定要见！他是满腔热情要来见你，你不能回绝。"她说："事情都已经过去那么多年，何必再重提呢？"经我反复说服，她总算同意了。

那几天，傅敏的日程都已经排满。10月27日，我陪傅敏去南汇老家，说定翌日上午去看她。我们约好上午9时在她的学校门口等，然后一起进学校找她。

那天上午，我在8时40分就先到了。到学校里问了一下，江小燕还没有来——因为她是9时上班。闲着没事，我在学校大门口旁边的布告栏里看起了学校的分房公告。公告说，学校里最近分到四套公房，可以分配给职工。为了增强分房的"透明度"，除了公布房子的面积、地段，还公布所有申请者的名单以及职称、现有住房情况等，以便公众讨论和监督。我在申请者的名单上忽地见到了江小燕的名字！

我细细地看了起来。江小燕的名字被列在"离退休职工名单"之中，上面写着："江小燕，助理研究员……"我不由得为她感叹：她已经退休，仍未能评到高级职称。倘若没有在年轻的时候为保护傅雷夫妇骨灰而背上那沉重的政治包袱，也许不会浪费那么多时光，不会在退休时仍只是"助理研究员"。

我再看她的现有住房情况时，更为震惊：她家住房为35平方米，而户口簿上的人口登记数为7人，人均面积为5平方米。

不言而喻，她仍与母亲、弟弟一家住在一起，所以全家7口人。我在跟她的领导通电话时，曾顺便问及她的近况，知道她至今未婚，过着单身生活……我知道，她的青春被耽误，其实也是因为背上那沉重的政治包袱……

当然，也正因为住房拥挤，所以她不在家中接待我们。

使我略微得到安慰的是,"备注"一栏上标明她是"中国书画协会会员,优秀书画家"。我知道,这是她刻苦钻研书画才取得的成果。

8时50分,我见到一个戴一副墨镜、穿一件黑毛衣、右手戴着一只白手套的中等个子女子匆匆走进校门。虽然已经七八年没有见面,但是我一眼就认出她就是江小燕。当我上前打招呼时,她这才认出我来。在她走近时,我发现她已经有许多白头发。我告诉她,傅敏先生等一会儿就到。她仍行色匆匆,对我说:"我先上楼了,因为9点钟要为日本学生上课。日本学生非常守时,我必须先去跟他打个招呼。"

没多久,傅敏夫妇和傅敏的表姐朱佛容来了。我陪着他们上楼。江小燕在一间小屋里,正在为一个日本留学生上课。见到我们站在门口,她立即请我们进去。她在与傅敏握手时,显得很客气。

她平日从无上课时候接待访客的,今天属极特殊的例外,由于她事先已经跟日本留学生打过招呼,所以日本学生也很理解。她不得不停下课来接待这批不寻常的客人。她告诉我们,她退休后,在为日本学生上汉语课,所以每周有三个半天来学校。日本学生很懂礼貌,拿来热水瓶,为我们每人沏了一杯茶。

当天的谈话,理所当然是在傅敏与她之间进行。开头的谈话显得很拘谨。傅敏问她现在身体好不好,她说,身体尚好,只是睡眠很少。她每天夜里总是在12点之后才睡,早上五六点钟就起床,中午也不午睡。她喜欢做"女红",喜欢看书。我问她,现在还练字吗。她说,这要凭兴致,有时兴致来了,就写字。

她说,退休了,也很忙。星期天,她往往要去上海郊县松江,为那里教堂的唱诗班教歌。她自称是一个虔诚的基督徒。

她提及,前些日子收集到一册20年代上海出版的《艺术旬刊》,在上面见到傅雷先生的一篇文章。她问傅敏是否有这篇傅雷早期的文章,她可以把那本刊物送给傅敏。傅敏对她的关心表示感谢。他说,他曾在上海徐家汇藏书楼里

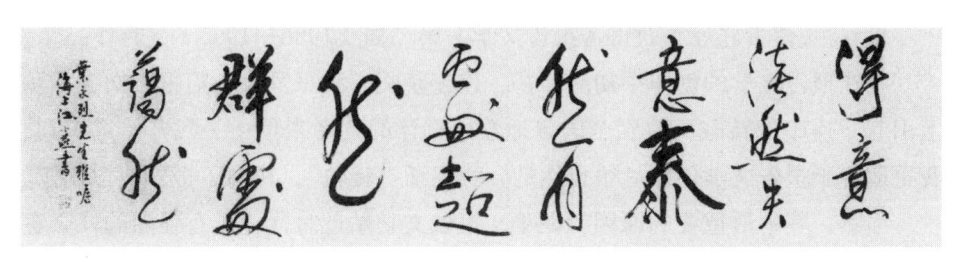

江小燕书赠叶永烈

查阅过《艺术旬刊》，复印了那篇文章。

渐渐地，从傅雷文章谈到了当年保护傅雷骨灰一事。江小燕说，当时的感觉就像做"地下工作"似的，好在那噩梦般的岁月已经过去，这件事也就不必再提了。她只是做了自己应该做的事情。

傅敏这时想说一些感谢的话，刚说了一句，江小燕便说："你要说什么话，我心里很清楚。这些话，就不必说了吧！"

江小燕堵住了傅敏的嘴。

傅敏说，明年是傅雷诞辰90周年，要出版《傅雷文集》，出版后想送一套给江小燕，能否告知家中的地址？

江小燕即说，寄到学校便可收到。这样，她也就不说家庭地址了。

我乘机问起她的住房情况，她知道我一定是看到了校门口的布告栏，淡淡地说："我的住房是有点困难。学校里现在分配的房子都很远，而且还要自己出一笔钱。其实，我只是希望在市区有间小小的、独立的旧房子就行，这样我能够自由自在地生活，如此而已。"

傅敏又问她，今天难得相聚，能否与大家一起合影？

她摇头："我不喜欢拍照。我把小时候的照片全部都撕了，所以，我没有小时候的照片。现在，和同事们一起出去旅游，遇上拍摄合影，我总是躲开的……"

经她这么一说，傅敏也就无法难为她了——虽说我也很希望为傅敏与她这次难得的见面拍一张照片。

聊了个把小时，见日本学生一直在一旁等候，傅敏不好意思，站起来告辞。

她一一与来客握手告别，只送到教室门口，因为她还必须给日本学生上课……

我的《家书抵万金》写了傅聪，《傅雷之死》写了傅雷夫妇，我又为傅雷次子傅敏写下报告文学《太阳底下最光辉的职业》，发表于《北京文学》。

1986年3月，《太阳底下最光辉的职业》获《北京文学》1985年度优秀作品奖。

接着，《傅雷之死》获得《报告文学》第二届（1986—1987）优秀作品奖。

我在报告文学的创作中初露锋芒，连连获奖。我每发表一篇报告文学，马上引起一连串的转载，收到全国各地数以百计的读者来信……我开始意识到，我更适合于报告文学创作。很自然的，我逐渐"转轨"，转向了报告文学创作。

当然，其中最重要的原因就在于，报告文学贴近时代，具有强烈的社会意义和浓烈的文学色彩以及振聋发聩的感染力。

我以关于傅雷、傅聪、傅敏的三篇报告文学为基础，写出了《傅雷一家》一书，1986年9月由天津人民出版社出版。

这本报告文学集的出版，表明我的创作重点已经转移到报告文学。

含泪写下《斯人独憔悴》

1985年金秋，天高气爽。空气中飘散着桂花和白玉兰沁人心脾的馨香。

我在上海图书馆藏书楼里，徜徉于那些泛黄的旧报旧刊中。我查看了许许多多关于"七君子"事件的史料。我也查看了王造时先生当年讨蒋抗日的一篇又一篇檄文——慷慨激昂，笔锋犀利，有振聋发聩之声，有降龙伏虎之力，一颗爱党赤心，一腔爱国热血……我的心扉，为之震动；我的精神，为之感奋。

一次又一次，我骑着自行车在上海穿街串巷，来到一条僻静的弄堂，在一间小屋采访王造时夫人郑毓秀。

她单身独居，屋里非常简朴。床前，高悬王造时的大幅遗照。墙脚，堆放着上千册砖头一般的发黄的书籍，绝大多数是硬面、精装的外文法学、历史专著——这只是劫后幸存的王造时藏书的一小部分，恐不到原先的十分之一。当

采访王造时夫人（1998年10月）

年的玻璃书橱早已不知去向，这些书只好堆放在地板上。

郑毓秀年已花甲。命运乖戾，使她愁白了双鬓。但她双瞳剪水，明眸中透露出和善的目光。长时间的采访，使她不能不常常回首心酸的往事，泪不自禁，涕泗横流，疾首蹙额，悲恸不已。

我问起了王先生的死。

她站了起来，颤颤巍巍走向立柜，打开柜门，拿出一只很旧的包袱。

她噙着泪花，慢慢地解开包袱。我注意到，她的双手微微颤抖着。包袱打开了，里面是一叠破旧不堪的衣服，打着许多补丁。一双棉纱袜上，起码有四五个补丁。破的布拖鞋，发黄的毛巾汗衫。她拿起一把断了的塑胶匙，上面接了一段牙刷柄。

"这是'老先生'在监狱里用过的东西。他死了以后，我去领回这些遗物。再破再烂的东西，只要是他生前用过的，我都保存起来——这是永久的纪念！"她深情地说道。过去，她一向昵称王造时为"老先生"，至今仍常常这么提到他。包袱皮儿上，有着长短不齐的蓝色线脚——那原先是王造时在狱中用的床单，破了补，补了破，都是他自己动手缝的。

一只小小的破布包里，有针、有线——那是"老先生"用过的针线包。

她拿起一只米黄色的旧搪瓷口杯，手颤抖得更加厉害了。她长叹一口气说："老先生临死的时候，大口大口地咯血，就吐在这杯子里。现在，杯里还残存着血迹。我没有洗掉这些血。留着它！"

人亡物在，睹物思情。血的回忆，带着我返回那腥风横吹、人心唯危的年代……

人们对王造时的不同称谓，反映了他不同的身份：

"王君子"——因为他是"七君子"之一；

"王博士"——因为他 26 岁时便在美国威斯康星大学获政治学博士学位；

"王教授"——因为他 27 岁起便担任上海光华大学、中国公学政治学教授，新中国成立后为复旦大学历史系教授；

"王律师"——因为他 30 岁起在上海小沙渡承裕村挂出了"王造时律师事务所"的牌子；

……

王造时 1903 年生于江西安福，1917 年入北京清华留美预备学校，1925 年入美国威斯康星大学，1929 年获政治博士学位。回国后曾任上海光华大学文学院院长、教授，新中国成立后为上海复旦大学历史系教授，1971 年 8 月 5

日死于冤狱之中。

王造时是著名的爱国人士,早在1919年,他才16岁,就成为五四运动中的一员小闯将,曾因反对卖国贼而两次被捕。1936年,他与沈钧儒、章乃器、邹韬奋、李公朴、沙千里、史良因"爱国有罪"而被国民党反动派逮捕,成为轰动全国的"七君子事件"。

王造时无党无派,为人正直,淡于名利。邹韬奋在《经历》一书中十分推崇他的品格:"王博士屡有做官的机会,但是因为忠实于他自己的主张,不肯随便迁就,宁愿过清苦的生活,行其心之所安,这是很值得敬佩

王造时先生

的。"这样的品格,贯穿他的一生。

王造时是中国共产党的诤友。然而,王造时一而再再而三地蒙受冤屈,追根溯源,盖出于"左"。我仔细阅读了王造时许多未曾发表的遗稿,采访他的夫人郑毓秀女士及其亲友,查阅有关书刊文献并向上海公安部门了解情况,终于弄清了王造时三次蒙受不白之冤的真相。

第一次,1941年。

王造时起草了一封《致斯大林大元帅的信》,被说成是"反苏",而那时"反苏"亦即"反共"。

我在1941年4月15日《新华日报》头版,查到了"苏日中立条约"原文。其中的宣言,明明白白地写着:"苏日双方政府为保证两国和平与友好邦交起见,兹特郑重宣言,苏联誓当尊重'满洲国'之领土完整与神圣不可侵犯性;日本誓当尊重蒙古人民共和国之领土完整与神圣不可侵犯性。"这样的"条约""宣言",明显地损害了中国的"领土完整与神圣不可侵犯性",理所当然激起中国爱国人士的不满。当时却有人把"条约""宣言"解释为苏联安日攘德的一种"策略"。其实,苏联是以牺牲中国利益来保全它的后方。

王造时在遗稿中写道:"在重庆的救国会的重要负责同志开会讨论这件事……这个协定实在对中国是一个打击,大家认为有公开表示的必要,当场推举我起草,张申府审查。我随即拟了一个致斯大林大元帅的公开信,表示该项协定是妨害中国领土与行政的完整,认为是很大的遗憾。"经过讨论、修改,在信上签名的有沈钧儒、王造时、章乃器、李公朴、沙千里、

史良、张申府、刘清扬、胡子婴等九人（邹韬奋当时在香港）。

后来，此事竟被谣传为王造时"先起草好的，强迫大家签字"。王造时从此背上"反苏反共"的黑锅。也正因为这样，新中国成立后，"七君子"之中除邹韬奋、李公朴已故世外，沈钧儒、章乃器、沙千里、史良均调京任部长以上职务，而王造时竟失业于上海，直至 1951 年才被陈望道聘为复旦大学教授。有人借杜甫诗句"冠盖满京华，斯人独憔悴"比喻王造时的处境，并不过分。

第二次，1957 年。

王造时在 1957 年被错划为"右派分子"，其中主要的罪名之一为"自比魏徵，向党进攻"。

我查阅了 1957 年 3 月 20 日《人民日报》第五版所载王造时在全国政协会议上的发言，题为《我们的民主生活一定日趋丰富美满》。其中所谓"自比魏徵"的一段，原文如下：

> "知无不言，言无不尽"和"言者无罪，闻者足戒"的道理，大家当然懂得，实行却不太容易。拿一个或许是不伦不类的比喻来说，做唐太宗固然不易，做魏徵更难。做唐太宗的非有高度的政治修养，难得虚怀若谷；做魏徵的非对人民事业有高度的忠诚，更易忧谗畏议。我想，现在党内各级干部中像唐太宗的可能很多，党外像魏徵的倒还嫌其少。

这段话，说得何等深刻，迄今仍闪耀着真理的光芒。可是，以"左"眼来看，却当作"向党进攻"的"大毒草"。就这样，王造时成了当年"闻名全国"的"大右派"。

第三次，1966 年。

在遭到"批斗""抄家"之后，王造时于 1966 年 11 月 21 日被捕，羁押于上海第一看守所，至 1971 年因"肝肾综合征"病故于狱中，一直是"未决犯"。

王造时这次蒙冤，乃是被人诬告。他在与一位朋友闲谈中，说及自己对政治、外交、经济等的一系列见解。他是一位"政治学博士"，三句不离本行，说说这些见解也不妨。可是，这些闲谈竟被说成是他的"政治纲领"，甚至被诬为他要组织什么"政党"。

王造时三次蒙冤，而他的家庭也极为不幸：他的发妻朱透芳女士在 1956 年 3 月病逝。长女、长子、次子均患精神病，先后去世（其中两子是在王造时 1966 年被捕后，因经济拮据而被精神病院逐出，三个月内接连死去）。他最喜欢的小女，1957年正在复旦物理系学习，竟受他牵连，被打成"右派"。"文化大革命"中，小女被剃成阴阳头游街，在过度抑郁之中患乳癌。在王造时病逝后不久，她也病逝于癌症。

王造时不幸的一生，是极左路线造成的恶果。惨痛的教训值得我们永远记取！

我还注意到：

第一，我查阅新中国成立前的报刊时，发觉关于"七君子"的报道中，王造时总是名列第二。沈钧儒是长者，声望也最高，名列"七君子"之首，理所当然。王造时是博士、教授，是全国救国联合会的常务理事兼宣传部部长，在社会上广有影响，故名列第二。然而，在新中国成立后的书刊中，王造时总是列为"七君子"之末（其中包括具有权威性的《毛泽东选集》第一卷《关于蒋介石声明的声明》一文的注释以及《辞海》"七君子事件"条目）。这种列名次序的调动，乃是王造时为《致斯大林元帅的信》蒙受恶名所致。应该恢复历史原来的面目了。

第二，邹韬奋著《经历》一书中有这样一句："和我们同时被捕的那位史良女律师，在我们里面是年龄最小的一个。"由于邹著影响很大，后来许多书上均称史良为"七君子"中最年轻的君子。其实，年龄最小的"君子"是王造时。据1985年9月11日新华社电《史良同志生平》，史良生于1900年3月27日。王造时则生于1903年9月21日（农历八月初一），比史良小3岁。可能由于"七君子事件"时史良"还未曾结婚"，人们只是凭猜测估计她的年龄。

另外，我在采访王造时事迹时，有两件事印象很深：

一是我找到了王造时在反右派斗争后所写的几十份检查、思想汇报，他简直成了一位"检讨博士"。其中"改造规划"中有"挑担争取挑到六十斤至八十斤"！有"鼓足干劲，加紧改造，争取不戴右派帽子过年"！他终于在1960年9月29日"摘帽"。可是，我还见到好多份"摘帽后的思想汇报""摘帽后的思想小结"。一个高级知识分子遭受如此这般的心灵折磨，多么不幸！

二是我找到浩劫后幸存的几张王造时的照片，其中有一张"七君子"合影，照片背面赫然写着"什么东西？"四字。据郑毓秀女士告知，此乃"红卫兵"手笔。我想，这张照片将来若在历史博物馆展出，应当用两块玻璃夹住，以使观众可看到正反两面。

王造时的痛苦是双倍的：他不仅在政治上不幸，而且又有着不幸的家庭。

他的多个子女患精神病。他背负着沉重的经济包袱，受着双倍的折磨。孩子患病，久治不愈，一个个离他而去。他没有精神病的小女儿王海容，在重重的政治高压和极度的抑郁之中，又患乳癌一病不起。

在"大革文化命"的"左"派鼎盛时期，王造时遭到挞伐。1971 年 8 月 5 日晚 10 时，他屈死于"四人帮"的冤狱之中。

不久，她的小女儿也病危。弥留之际，她挥泪叮嘱继母及丈夫道："我死后，只有一个心愿——把我和爸爸、哥哥、弟弟葬在一起！"

……

我几乎是噙着泪水写完《斯人独憔悴》的。

后来，在 1998 年 12 月，应中国青年出版社之邀，我为该社的"野百合花丛书"写了《王造时——我的当场答复》一书。当时，王造时夫人郑毓秀已经定居美国，为了帮助我写这本书，她特地从美国飞来上海。

1999 年 1 月，《王造时——我的当场答复》一书由中国青年出版社出版。

"上海王"柯庆施之死真相

1965年4月10日清晨，在中央人民广播电台新闻节目中，播音员以低沉的声音播报《中国共产党中央委员会讣告》："中国共产党中央委员会沉痛地宣告：中国共产党中央委员会委员、中央政治局委员、国务院副总理、中共中央华东局第一书记、南京军区第一政治委员、中共上海市委第一书记、上海市市长柯庆施同志患重病治疗无效，于1965年4月9日下午6时30分在成都逝世，享年63岁。"

当天，《人民日报》在头版刊登了柯庆施遗照和中共中央讣告。

柯庆施死在成都，是因为他在广州疗养时，应中共中央西南局书记李井泉的邀请，于1965年3月23日与贺龙元帅、聂荣臻元帅同机飞往成都视察三线工作，住在金牛坝招待所，不料半个月后在成都病逝。

柯庆施是中共中央政治局委员，柯庆施秘书吴云溥回忆说，柯庆施在成都病逝之后，国务院当即派国务院秘书长周荣鑫前往成都。去世三天之后，柯庆施遗体在成都火化。火化时吴云溥守候在侧，在骨灰中发现金属碎片，可能是假牙。骨灰盒由陈丕显捧着，前往成都军区灵堂。吴云溥和柯庆施的另一位秘书先期飞往北京，在南苑机场降落。

新华社连日报道为柯庆施举行的隆重的追悼仪式：

11日中午，一架专机载着柯庆施骨灰盒由成都飞抵北京。国务院总理周恩来、中共中央总书记邓小平亲自前往机场迎灵。灵堂设在北京劳动人民文化宫。

13日上午，首都各界1.3万多人在劳动人民文化宫举行公祭柯庆施大会，中华人民共和国主席刘少奇主祭，中共中央总书记邓小平宣读悼词。公祭之后，柯庆施骨灰盒安放于八宝山第一室。

同日下午，上海万人追悼柯庆施大会在文化广场举行。大会照片上，最醒目的位置站着当时正在上海的林彪，他脱掉了帽子。在林彪右首，隔着好几个人，站着满脸哀容的张春桥。

同日，华东六省——山东、安徽、江苏、浙江、江西、福建——分别在各自的省会为柯庆施举行追悼会，出席者有中共山东省委第一书记谭启龙、中共安徽省委第一书记李葆华、中共江苏省委第一书记江渭清、中共浙江省委第一书记江华、中共江西省委第一书记杨尚奎和中共江西省委书记处书记方志纯、中共福建省委第一书记叶飞。

可以说，柯庆施的追悼仪式，够隆重的了。

柯庆施，人称"上海王"。我在1963年从北京大学毕业之后分配到上海工作，一到上海，听到上上下下皆称"柯老"，其实当时柯庆施不过61岁而已。而且，早在1958年，毛泽东就已经称当时才56岁的柯庆施为"柯老"——毛泽东年长柯庆施9岁。

柯庆施年纪不大就被尊称为"柯老"，其原因在于资格老。用毛泽东的话来说，柯庆施是"我们党最早见过列宁的同志"。

柯庆施，原名柯尚惠，又名思敬、怪君，号立本，生于1902年，安徽歙县南乡竹溪村人氏。1920年，18岁的柯庆施开始与陈独秀通信。陈独秀喜欢这位比他小20多岁的小同乡。不久陈独秀给柯庆施写信，让他来上海，当年经杨明斋、俞秀松介绍，他加入中国社会主义青年团。1920年11月出版的《新青年》第8卷第3期上，刊登了柯庆施写给陈独秀的有关讨论劳动专政问题的信。

来到上海之后，柯庆施常去陈独秀家。1921年10月4日下午2时，巡警突然包围了陈独秀住所，除了陈独秀被捕，同时被捕的还有陈独秀夫人高君曼以及包惠僧（中共一大代表）、杨明斋（中共早期著名活动家，当时与张太雷刚从莫斯科出席共产国际第三次代表大会归来）、柯庆施，共五人。上海报纸纷载陈独秀被捕的消息，柯庆施的名字也曝光于媒体。共产国际代表马林花了很多钱（保金达500两白银）营救陈独秀等五人。10月26日，陈独秀、柯庆施等五人经营救出狱。

1922年1月，20岁的柯庆施与张国焘、邓培前往莫斯科参加共产国际召开的远东各国共产党及民族革命团体第一次代表大会，受到列宁接见，并同列宁握过手。后来由于邓培在

青年柯庆施

1927年牺牲，张国焘叛党，柯庆施成了中共党内唯一见过列宁的人。周子健（曾任第一机械工业部部长）在2000年5月28日回忆说："1939年初在延安，调我到刚成立不久的中共中央统战部工作。中共中央政治局委员王明任部长，副部长是柯庆施同志。听王明说，党内现在只有柯庆施见过列宁。"

从莫斯科回到上海之后，柯庆施"团转党"，由张秋人介绍成为中国共产党党员。

早年，柯庆施有两个雅号：因长了个大鼻子，人称"柯大鼻子"；还有一个雅号叫"柯怪"。

这个"柯怪"源于柯庆施在1919年3月10日为自己取的笔名"怪君"。柯庆施在这天的日记中写道："古者恒以喜事而名于他物，以示不忘之意。余则因时势之多奇而生无穷之悲惧。然已又乏除怪之能。故以'怪'哉为吾名，以示不忘，而思以扫除之也。"

丁玲写的《我所认识的瞿秋白》一文中，曾顺便写及"柯怪"，寥寥数笔，可谓传神。那是1923年，"柯怪"不过是个21岁的毛头小伙：

> 一天，有一个老熟人来看我们了。这就是柯庆施，那时大家叫他柯怪，是我们在（上海）平民女子学校时认识的。他那时常到我们宿舍来玩，一坐半天，谈不出什么理论，也谈不出什么有趣的事。我们大家不喜欢他。但他有一个好处，就是我们没有感到他来这里是想追求谁，想找一个女友谈恋爱，或是玩玩。因此，我们尽管嘲笑他是一个"烂板凳"（意思是他能坐烂板凳），却并不十分给他下不去，他也从来不怪罪我们……

1924年第一次国共合作时期，柯庆施由林伯渠介绍参加了国民党。后来柯庆施担任了一系列重要的职务：

1927年任中共安徽省委书记；

1930年任中国工农红军第八军政治部主任；

1931年任中共中央秘书长；

1933年任中共河北省委前委书记和组织部部长；

1935年与高文华、李大章共同主持中共河北省委工作；

全面抗战爆发后，他前往延安，担任中共中央统战部副部长、延安女子大学副校长。电影演员张瑞芳曾经回忆说："当年在延安，柯老还是被亲切地称为老柯的时候，我娘和他住得很近，还不时地为他在棉裤上打补丁。东一块补丁，西一块补丁，最后相似颜色的布头怎么也找不到了，娘说：'只有一块红布了。'老柯说：'红布就红布吧。'于是，老柯穿着一条带着红补丁的棉裤到处走，照样挺神气的。"

1947年11月12日石门（石家庄市）解放，成为中国人民解放军从国民党军队手中夺取的第一个大城市。柯庆施被任命为石门市市长。12月，石门市改称石家庄市。

1949年4月，柯庆施出任南京市副市长。

1952年11月，柯庆施出任中共江苏省委书记。

1954年9月，中共上海市委第一书记陈毅被任命为国务院副总理兼外交部部长，柯庆施接替陈毅出任中共上海市委第一书记。

值得一提的是，柯庆施的升迁并非一帆风顺。在延安，柯庆施曾蒙受政治和家庭的双重打击。

柯庆施18岁时在安徽老家有过一次婚姻，进入延安之后，又有过一次短暂的婚姻——与小他20来岁的李锦结婚。二人结合不久，便告离婚。

接着，柯庆施在担任延安女子大学副校长时，与该校政治处女干部曾淡如（曾化名李蜀君、李淑云）相爱，于1941年结婚。曾淡如是四川邻水县人，小柯庆施4岁。曾淡如于1926年在四川加入中国共产党，1933年5月担任中共遂安临时县委书记，1940年春来到延安。

在延安整风期间，柯庆施受到审查，其中的主要问题是1933年中央派他从上海赴满洲省委执行任务时，他携带大量经费，因敌情紧张，他不敢去，在天津把经费花掉了。然而他却向组织报告说，火车不通满洲，后来又改口说已经去过满洲，写出假报告。柯庆施的这一欺骗行为，直至1935年中共满洲省委向中央汇报工作时才被戳穿。这件事作为柯庆施历史上的污点，在延安整风中受到审查，并就这一问题做出组织结论是"犯有在危险时刻动摇并欺骗组织的错误"[1]。

接着，柯庆施的问题被扩大化，甚至被诬指为"国民党特务"。有人在延安中央大礼堂墙上写了标语："柯庆施是大特务！"在柯庆施遭到围斗时，他请一位熟悉自己的同志证明，那人竟然大喊："我证明你是特务！"受柯庆施"特务案"波及，柯庆施新婚才一年多的妻子曾淡如因所谓"四川红旗党"（即外红内白的假党）问题而于1943年1月在延安跳井自杀。

---

[1] 方海兴：《共和国历史上的柯庆施》，《炎黄春秋》2008年第10期。

柯庆施在上海时的留影

1950年7月，当柯庆施被任命为南京市委书记时，毛泽东、刘少奇、周恩来、聂荣臻等曾联名向当时的华东局发过一份电报，提示注意柯庆施在政治上的不成熟，称他"在团结干部及履行工作任务方面是有缺点的"，望华东局"随时注意加以帮助"。[1]

柯庆施自从前妻自杀于延安之后，一直没有重组家庭，直至1948年，46岁的柯庆施再度成为新郎。

我在1994年12月24日在北京访问了柯庆施家，见到柯庆施夫人于文兰。于文兰与柯庆施于1948年5月在石家庄结婚，这是柯庆施的第四次婚姻。当时柯庆施是石家庄市市长，而于文兰是石家庄市政府政策研究室的年轻干部，新来的大学生。

柯庆施与于文兰育有三女一子，长女柯六六，次女柯五四，三女柯友宁，儿子柯友京。儿媳是曾任国务院副总理的邹家华的女儿。

到了上海之后，我不断听到关于柯庆施这位第一书记的传闻：第一是要求严格，办事雷厉风行。他平日是个神情严肃的人，性格有点急躁，有时候会拍桌子。他手下的干部，差不多都曾挨过他的批评。第二是艰苦朴素，节俭清廉，总是穿圆口布鞋，衣服也很普通，而且不大喜欢在媒体抛头露面……柯庆施的这两点作风，至今仍是应当予以肯定的。据上海《文汇报》一位编辑回忆，他有一次送审社论清样到康平路65号柯庆施家中，柯庆施正在吃中饭，餐桌上除一条小鱼之外，便是一盆青菜，一碗米饭。

柯庆施当时把上海警备区某团"南京路上好八连"、献身边疆的科学家彭加木、小扁担不离手的轮船服务员杨怀远、勤恳工作的纺织女工杨富珍等树为上海的"十大标兵"，方向也是对的。

柯庆施当时抓上海工业的"新、高、精、尖"，是从上海这一城市拥有众多科学人才和雄厚的工业基础这两大特点出发，是正确的。

在柯庆施主政上海十余年间，上海的工业生产确实得到了相当大的发展。

不过，令我惊讶的是，当时在北京大学每逢周末都有舞会，这在北京很普

---

[1] 方海兴：《共和国历史上的柯庆施》，《炎黄春秋》2008年第10期。

通，可是上海居然禁止舞会，禁止交谊舞，这"禁令"就是柯庆施发的！据说，柯庆施认为跳交谊舞是"资产阶级生活方式"。

柯庆施办公桌的玻璃板下压着毛泽东语录，床头放着毛泽东著作，笔记本里写着"学习毛主席著作计划"。他对儿女的话是："要好好地学习毛主席著作，只有用毛泽东思想武装自己的头脑，才能成为坚强可靠的红色接班人。"

柯庆施的座右铭是四句话：

> 坚定的革命意志，
> 顽强的战斗精神，
> 火热的阶级感情，
> 严格的科学态度。

当时我在电影制片厂当编导。在上海美琪电影院给我们文艺界作报告的是柯庆施的政治秘书、中共上海市委宣传部部长张春桥。张春桥思路清楚，口才不错，说话要言不烦。

我在上海工作没几个月就听了重要文件传达，那是 1963 年 12 月 12 日毛泽东在中宣部编印的《文艺情况汇报》第 116 号《柯庆施同志抓曲艺工作》上作了批示：

> 此件可一看。各种艺术形式——戏剧、曲艺、音乐、美术、舞蹈、电影、诗和文学等等，问题不少，人数很多，社会主义改造在许多部门中，至今收效甚微。许多部门至今还是"死人"统治着。不能低估电影、新诗、民歌、美术、小说的成绩，但其中的问题也不少。至于戏剧等部门，问题就更大了。社会经济基础已经改变了，为这个基础服务的上层建筑之一的艺术部门，至今还是大问题。这需要从调查研究着手，认真抓起来。
>
> 许多共产党人热心提倡封建主义和资本主义的艺术，却不热心提倡社会主义的艺术，岂非咄咄怪事。

毛泽东对柯庆施的这一批示成为我所在的上海文艺界"反复学习，深刻领会"的文件。

所以当时柯庆施给我的印象，那就是"左"，是"左家庄"人士。柯庆施受到非议最多的，也就是一个"左"字。

1956年4月25日，毛泽东在中共中央政治局扩大会议上作了长篇讲话。这次著名讲话，与5月2日毛泽东在第七次最高国务会议上的讲话，后来被合并整理成文章，就是那篇收入《毛泽东选集》第五卷的《论十大关系》。柯庆施非常用心地研究了毛泽东的讲话，特别是其中的第二部分《沿海工业和内地工业的关系》，注意到毛泽东对沿海工业的态度的新的观点："认为原子弹已经在我们头上，几秒钟就要掉下来，这种形势估计是不合乎事实的，由此而对沿海工业采取消极态度是不对的。"

1956年7月11日，中共上海市第一次代表大会开幕。柯庆施步上讲台，作了长长的报告，题为《调动一切力量，积极发挥上海工业的作用，为加速国家的社会主义建设而斗争》，提出了"充分地利用上海工业潜力，合理地发展上海工业生产"作为上海工业的新方针。

柯庆施不客气地批评了"前届市委"："在方针政策方面……对上海的工业方针，由于对上海具体情况作具体的分析研究不够，把一些暂时的、局部的困难扩大化，因而在实际工作中，对上海工业从发展方面打算少，维持方面考虑多，这显然是不妥当的。"所谓"前届市委"，当然是指以陈毅为首的原中共上海市委。"这显然是不妥的"，不言而喻是在批评陈毅。

当时毛泽东正在杭州，听到从上海传来的消息，派秘书田家英前往上海取来了柯庆施的报告。毛泽东看毕，大加赞赏，说了几句夸奖柯庆施的话。经过毛泽东亲笔修改，《人民日报》全文发表了柯庆施的报告。

1958年3月8日至26日，中共中央在成都召开有中央有关部门负责人和各省市、自治区党委第一书记参加的工作会议，史称"成都会议"。

就在成都会议之后两个月——1958年5月25日——中共中央举行八届五中全会，经毛泽东提议，增选林彪为中共中央副主席、政治局常委，增选柯庆施为政治局委员。

1963年2月下旬，"女客人"又一次南下，来到上海。所谓"女客人"，是上海市政府交际处对"第一夫人"江青的代号。江青20世纪30年代在上海演艺界曾经以艺名蓝苹活跃过一阵子，对于上海非常熟悉，她喜欢住进上海市中心的锦江饭店。有一次，她把柯庆施请到了锦江饭店。

"我支持'大写十三年[1]'！"江青当面恭维柯庆施，"柯老，我们对文艺

---

[1]"大写十三年"是柯庆施于1963年年初提出的文艺口号，他认为：文艺创作只能以新中国成立之后的十三年生活作为题材。

界的看法,可以说完全一致。"

"我们的见解一致,是因为我们都是以主席的思想作为准则。"柯庆施说了一句非常得体的话。

江青说:"我来到上海,觉得非常亲切。上海的'气氛'比北京好多了,我要把上海当作'基地'。"

在柯庆施的支持下,江青在上海建立了"基地"——"大批判"基地和"样板戏"基地。

1966年11月28日,江青在首都文艺界大会上讲话时,说及了自己的"认识过程",强调了"柯庆施同志的支持":

> 我的认识过程是这样的:几年前,由于生病,医生建议要我过文化生活,恢复听觉、视觉的功能,这样,我比较系统地接触了一部分文学艺术。首先我感到,为什么在社会主义中国的舞台上又有鬼戏呢?然后,我感到很奇怪,京剧反映现实从来是不敏感的,但是,却出现了《海瑞罢官》《李慧娘》等这样严重的反动政治倾向的戏,还有美其名曰"挖掘传统",搞了很多帝王将相、才子佳人的东西。在整个文艺界,大谈大演"名""洋""古",充满了厚古薄今,崇洋非中,厚死薄生的一片恶浊的空气。
>
> 我开始感觉到,我们的文学艺术不能适应社会主义的经济基础,那它就必然要破坏社会主义的经济基础。这个阶段,我只想争取到批评的权利,但是很难。第一篇真正有分量的批评"有鬼无害"论的文章,是在上海柯庆施同志的支持下由他组织人写的。

江青所说的"第一篇真正有分量的批评'有鬼无害'论的文章",发表于1963年5月6日、7日上海《文汇报》,题为《"有鬼无害"论》。作者的名字是完全陌生的,曰"梁壁辉"。"梁壁辉"何等人氏?显然,这是一个笔名,柯庆施秘书吴云溥[1]及《"有鬼无害"论》责任编辑唐振常[2]向我透露,笔名源于"大笔一挥",写此文时颇费思索,"挥了两笔","梁壁辉"亦即"两笔挥"的谐音。

---

[1] 1988年10月26日,叶永烈于上海采访柯庆施秘书吴云溥。
[2] 1991年2月15日,叶永烈于上海采访《文汇报》老编辑唐振常。

"梁壁辉"是谁的笔名？中共中央华东局宣传部部长俞铭璜也！俞铭璜在发表了《"有鬼无害"论》之后半年便病逝了，年仅47岁。曾任柯庆施秘书的吴云溥告诉我："俞铭璜瘦而干瘪，但极有文才。"[1]

在俞铭璜病重、去世期间，柯庆施让中共上海市委宣传部部长张春桥接替俞铭璜。从此江青倚重张春桥，让其帮助她抓"样板戏"。就连西皮、二黄也分不清楚的张春桥只好"临时抱佛脚"，成天守在电唱机、录音机旁，闭着双眼，歪着脑袋，用手在膝盖上打着拍子，听京剧录音，人称"京剧书记"。

1964年6月5日至7月31日，京剧现代戏观摩演出大会在北京举行期间，江青大出风头，以京剧革命的"旗手"自居。江青在大会上发表了主旨演讲《谈京剧革命》，一句也未提中共北京市委，却三次表扬了中共上海市委，亦即表扬柯庆施：

"上海市委抓创作，柯庆施同志亲自抓。各地都要派强的干部抓创作。

"上海的《智取威虎山》，原来剧中的反面人物很嚣张，正面人物则干瘪瘪。领导上亲自抓，这个戏肯定是改好了。

"有的同志对于搞出来的成品不愿意再改，这就很难取得较大的成就。在这方面，上海是好的典型，他们愿意一改再改，所以把《智取威虎山》搞成今天这个样子。"

后来在"文化大革命"中，张春桥当着红卫兵的面也曾经这样谈及："1963年在上海举行的华东地区话剧观摩演出，是与京剧革命相呼应的。那次汇演，是在柯庆施同志的领导下、江青同志的关怀下举行的。"

在上海"基地"抓"样板戏"的同时，江青还抓了"大批判"——批判吴晗的新编历史剧《海瑞罢官》。早在1962年7月6日，她在北京看了京剧《海瑞罢官》，就认为问题严重。不久，在跟中宣部、文化部四位正副部长谈话时，她提到了要批判吴晗的《海瑞罢官》。部长们竟充耳不闻，仿佛没有听见似的。她向来是一个一不做二不休的女人，她看准了《海瑞罢官》，那就绝不会轻易放过。遗憾的是，她只能靠嘴巴进行"批判"。她必须物色"笔杆子"作为她的刀笔吏，替她捉刀。

她又求助上海。柯庆施依然向江青推荐张春桥。张春桥对于京剧是外行，对于"大批判"却是行家里手。照理，这位宣传部部长完全可以独力承担江青交给的重任。不过，张春桥心眼颇多，不像俞铭璜那般直来直去。张春桥知道

---

[1] 1988年10月26日，叶永烈于上海采访柯庆施秘书吴云溥。

这次交办的任务来头不小，牵涉颇广颇深，他宁可退居幕后指挥，向江青另荐上海一位"青年文艺评论家"姚文元。江、张、姚就这样开始秘密"合作"，炮制了那篇揭开"文化大革命"大幕的"宏文"——《评新编历史剧〈海瑞罢官〉》。

就在江、张、姚秘密"合作"写《评新编历史剧〈海瑞罢官〉》的时候，柯庆施已经病重。1964年4月20日柯庆施在上海华东医院做了手术，切除了有癌灶的那一叶肺。当时周恩来专程来上海，在柯庆施做手术时在医院守候了三小时。9月，柯庆施由卫生部副部长傅连暲陪同去北戴河养病。天气渐冷，10月23日起柯庆施去广州养病，以期逐渐复原。1965年3月，柯庆施在广州经过仔细的体检，确认手术治疗是成功的，他准备回上海主持工作。

就在这个时候，柯庆施死于成都。

对于柯庆施突然离世，江青非常悲痛。江青说："我们应该永远纪念柯庆施同志，他始终是站在第一线上的。上海，多亏有了他，才抓起了话剧汇演和京剧革命……"

1965年5月8日，柯庆施之女柯六六在《人民日报》发表了《忆爸爸，学爸爸，做坚强的革命接班人》一文，是当时报刊上唯一透露了柯庆施之死点滴情况的文章："您这次得病，来势非常厉害。当您处在昏迷状态时，说话已很不清楚了，但您还是关心着国家大事，还在断断续续地询问工作情况……"

那"来势非常厉害"的病是什么病？在当时，不仅柯庆施患肺癌属于"绝密"，就连死于什么病，也是"绝密"的。

随着时间的流逝，柯庆施之死渐渐被人们淡忘。但是，当报刊上提及他的时候，他的形象是十分高大的，总是称之为"毛主席的亲密战友""毛主席的好学生柯庆施同志"。

1967年酷暑，"如火如荼"的"文化大革命"使人喘不过气儿来。就在这时，一条爆炸性的"新闻"通过传单、大字报、红卫兵小报、造反派"战报"顿时传遍了全国，如同火上浇油，使"文化大革命"顿时升温。

惊心动魄的标题：《谁是谋害柯庆施的手？》《揭开柯老被害的内幕》《柯老被害之谜》……略摘几段原文，便可以闻到浓烈的火药味儿：

"柯老是被那些党内走资本主义道路当权派害死的。文化大革命开展以来，成都、华东等地的革命造反派根据揭发出来的大量事实证明，柯老的死是严重的政治陷害。"

"初步调查材料完全证明，柯老之死是刘少奇、贺龙、李井泉、彭真反革命集团的政治阴谋。从历史上看，反革命修正主义分子对柯老是恨之入骨的。

柯庆施同志是毛主席的好学生，长期以来，他高举毛泽东思想伟大红旗，同以刘少奇为首的修正主义路线作了不调和的斗争。早在抗战以前，柯老就指出了刘少奇是老机会主义，同时怀疑彭真是叛徒。他对我国革命事业做出了巨大的贡献。在我国进入伟大的文化大革命前夕，刘少奇之流就对柯老下毒手，他们突然'邀请'柯老，进行暗害，这完全是预谋的反革命事件……"

这一连串"完全证明""完全是预谋"斩钉截铁一般，毫不含糊。

我两度采访了当时参加抢救柯庆施的上海高干保健医生方兆麟，这才终于厘清柯庆施之死的真相。[1]我曾经写作报告文学《柯庆施之死》，并请当时在柯庆施身边的秘书吴云溥审阅全文。1994年10月14日吴云溥再度接受我的采访，认为我写的《柯庆施之死》符合史实，而且补充谈了他所了解的柯庆施以及柯庆施之死。吴云溥说，当时他曾经奉命写过柯庆施病逝的大事记，交中共上海市委办公厅档案室保存……

柯庆施并非死于肺癌。

1965年4月5日，正值清明节，中共四川省委李井泉、李大章、廖志高等在晚上设宴招待在成都的朱德、董必武、贺龙、聂荣臻、柯庆施。席间，有人提议，男宾、女宾分桌，夫人们另开一桌。于是，柯庆施夫人于文兰坐到女宾桌那边去了。柯庆施大笑："今天解放了！"本来，柯庆施有病，只能吃清淡饮食，忌油腻，夫人遵医嘱，很注意"管制"他的饮食。那天，柯庆施一"解放"，尽兴而食，从晚6时入宴，至晚9时才回招待所卧室。

柯庆施回屋后，看了些文件，临睡前又吃了一把炒花生米。夜12点多，柯庆施腹痛。柯庆施保健医生胡允平马上前来诊治。

次日凌晨2时多，胡允平报告柯庆施的两位秘书，即吴云溥和陈文。吴云溥告诉我，他当时挂长途电话给中共上海市委办公厅，电话是办公厅副主任舒超接的，报告了市委书记处书记王一平；陈文给北京中共中央办公厅挂电话，报告了彭真；胡允平打电话给上海高干医院——华东医院——院长薛邦祺。他们都在电话中通报了柯庆施的病情。[2]据吴云溥回忆，当时"女客人"正在上海，王一平通报了"女客人"，"女客人"马上报告毛泽东，毛泽东很关心柯庆施的病情。[3]

---

[1] 1986年6月1日、1992年1月4日，叶永烈两度于上海采访高干保健医生方兆麟。
[2] 1994年10月14日，叶永烈于上海采访柯庆施秘书吴云溥。
[3] 1994年10月14日，叶永烈于上海采访柯庆施秘书吴云溥。

第二章 上海的"海"也很深

清晨6时，因柯庆施病情加重，柯庆施秘书打长途电话给中共上海市委书记处书记陈丕显，要求火速派上海医护小组前来诊治——虽然四川医生已守候在柯庆施床前，但柯庆施宁肯相信上海医生。当天中午，一架专机载着第一流的上海医疗小组，由中共上海市委书记处书记王一平、华东医院院长薛邦祺率队，飞往成都。作为上海高干保健医生，方兆麟也随机前往。鉴于保密，上飞机时方兆麟还不知道飞往哪里，给谁治病。方兆麟是麻醉师。此外还有崔之义、林兆耆、荣独山、董方中等来自上海各医院的著名医师。

到达成都之后，医生们得知治疗对象是"老病号"——因为作为上海高干医疗组，医生们多次给柯庆施看过病。在柯庆施卧室前的会客室里，柯庆施保健医生胡允平和柯庆施夫人于文兰向上海医生们介绍着柯庆施病情。四川医生的诊断结果为"胆囊炎并发胰腺炎"。上海医生经过仔细诊查，认为："第一为胆囊炎，第二为胰腺炎。"因为柯庆施在1964年曾患胆囊炎，是由他们诊治的，当时的症状跟这一次相似。于是，这一次主要按照胆囊炎来医治，也兼顾了胰腺炎。

为了查清柯庆施之死真相，我在1986年6月1日、1988年2月29日、1992年1月4日三度采访了方兆麟。我还从档案中查阅了方兆麟医师在1969年6月11日所写的参加抢救柯庆施的经过，我认为这是一份极为珍贵的史料。由于当时不准复印，也不准拍照，我只得坐在档案室里逐字抄录：

> 1965年4月6日上午10点，我正在中山医院手术室工作。忽然，党总支来电话，告知有紧急任务，准备好麻醉机、麻醉药等，随带一点风凉衣服后等一会儿就有车子来接，与护士唐子林一起做准备工作。
>
> 电话未告知去什么地方，为谁治病。
>
> 不久，汽车接我和唐子林到机场。
>
> 机场上停着一架专机。同去的有上海第一医学院、上海第二医学院、华东医院的医生、护士。此外还有上海市委（书记处）书记王一平。
>
> 在机场上，从华东医院来人的口中漏出，这次要治疗的病人是我们过去曾治疗过的。
>
> 中午，专机起飞。到成都已是傍晚。
>
> 到达招待所以后，才知为柯庆施治病。柯庆施的保健医生胡允平作了介绍：柯庆施昨晚宴，回来睡前又吃了些花生米，觉腹痛。经过成都和北京的医生会诊后未见好转，所以上午来电，请上海医生来。

胡允平介绍完毕，便有一部分上海医生前往柯庆施住处看病。

我与放射科荣独山二人因暂无需要，未叫我们去柯庆施住处。我们俩去吃过晚饭，在招待所里等候。很晚，才见给柯庆施看病的上海医生回招待所。华东医院的一位护士告诉我，柯庆施血压低，现在好了些。

次日（4月7日）上午，由四川医学院麻醉医师闵龙秋等陪同，一起到四川医学院附属医院看手术室、麻醉机以及手术用具，选择好一手术室，准备为柯庆施动手术用。从崔之义、董方中处了解到，柯庆施暂不宜手术，目前的诊断第一为胆囊炎，第二为胰腺炎。当日上午，我的时间消磨在四川医学院附属医院的参观上。

下午，大约2时至3时间，我被叫去与医生们商量用什么镇静剂可使他安静下来。我提出用硫苯妥钠，会诊医生们同意，我回到自己卧室里取药。

经薛邦祺同意，我准备给柯庆施注射硫苯妥钠。护士把0.5克硫苯妥钠用注射用的蒸馏水冲成2.5%浓度的溶液20毫升。之后，我本想请当时在柯庆施身旁的医生去注射，因为我知道柯庆施不喜欢见到陌生的医生。当时，薛邦祺要我去注射。我戴好口罩、帽子，拿着注射器来到柯庆施床前。

在我动手之前，医生、护士们作了分工，一部分观察呼吸，一部分观察血压脉搏。由护士帮我，在柯庆施手上进行静脉注射。我把硫苯妥钠慢慢推入，自己边用手指扪住柯的脉搏，推入10毫升药水之后，柯庆施安静地睡着，呼吸、脉搏、血压，都没有大的变化。

我在床旁继续等候、观察五至十分钟，无变化。薛邦祺叫我离开柯庆施睡的地方，我就离开了。

晚上，薛邦祺又叫我去，于是我第二次进入柯庆施卧室。当时，柯庆施呼吸很不好，呈喘息状。戴上面罩，给氧之后也未改善。经医生讨论，决定气管插管呼吸。插好气管之后，发现呼吸、心跳停止。于是，一面作人工呼吸，一面作胸外心脏按摩（压），心内注射肾上腺素。按摩一两分钟之后，心搏恢复，呼吸没多久也恢复。

由于呼吸交换量不好，我守在柯庆施旁边，作人工呼吸与辅助呼吸，一直做到次日（4月8日）上午，才由四川医学院闵龙秋代我，我才休息了一会儿，但未离开。记得由于心搏停过又恢复，所以柯庆施头上放了冰袋，防止因缺氧可能引起脑水肿。

8日，我与闵龙秋轮流为柯作人工呼吸，柯未见好转，血压低。开始使用升压药，效果尚可，但后来效果不好，不易维持血压，小便没有。

这时，卫生部部长钱信忠对我说："这一次，怎么没有把尚德延找来？"我回答："最好把他找来，多一个人好商量商量。"尚德延是北京阜外医院麻醉医师。1964年，柯庆施在华东医院做肺癌切除手术时，是由他和我负责麻醉的。

这天晚上，花了很大力量来维持柯庆施的血压。医生分为两组，分班守候在柯庆施床前。

贺龙参加了讨论柯庆施治疗方案，指定薛邦祺总负责。参加讨论的领导同志还有王一平、钱信忠。我未参加讨论，仍负责为柯庆施做人工呼吸、吸痰。我和闵龙秋轮流着。

9日上午，柯庆施血压仍不好，继续做人工呼吸，情况越来越差，用阿托品，用肾上腺素，均未见效。

中午左右，突然心搏停止。经胸外心脏按摩（压）及心内注射肾上腺素等，心搏一度恢复。以后心脏又多次停搏。

最后一次停搏之后，大家轮流做胸外心脏按摩（压）。我记得，医生、护士都排了队，轮流上去做，每人做几分钟。因为做的时间比较长，柯庆施的肋骨断了不少。胸外心脏按摩（压）一直做到晚上，陈丕显、魏文伯赶到，这才决定结束抢救。

陈丕显对在场的抢救人员说了话，大意是医务人员对柯庆施已尽了最大的努力，无法挽回，鼓励大家化悲痛为力量。

当天晚上，在四川医学院，对柯庆施遗体作了解剖，由钱信忠带着参加抢救工作的医生在一旁观看。经讨论，一致认为，柯庆施死于急性出血性胰腺炎。

回沪前，我参加了在成都举行的柯庆施追悼大会，见到贺龙、李井泉、聂荣臻、董必武等。

后来，我们集体赴机场，把柯庆施骨灰护送上飞机。参加抢救工作的上海医生随专机一起回沪。

方兆麟把他参加抢救柯庆施的过程，写得清清楚楚。

调查组查访了参加抢救柯庆施工作的医务人员，这些医务人员不怕压力，忠于事实，写下一份份外调材料，证明方兆麟无罪。

其中以华东医院院长、抢救柯庆施医疗小组负责人薛邦祺写的材料最清楚、最有力，也最富有权威性：

> ……柯庆施夫人反映柯庆施非常烦躁，我和林、董、陶、崔等医师商量以后，考虑用硫苯妥钠，并提出请方兆麟参加讨论。方兆麟来后，我请他考虑用硫苯妥钠是否安全有效。方兆麟说："小剂量是安全的。"于是，决定用此药。药由方兆麟和胡允平一起配制。方兆麟说，用小儿科剂量，配制时还戴口罩。配好药，由陶、方、我、胡一起进入柯庆施卧室。方兆麟打针，我们看着。他打得很慢，打完以后，病人打呼噜了。观察了一会，感到很好，方兆麟就退出。我一直在柯庆施身旁。约半小时后，柯庆施手脚动了一下，但人未醒……
>
> 柯庆施死后，我们在成都分析死因，对例用硫苯妥钠认为没有什么关系。因为打了硫苯妥钠后，人会动，呼之也能答应，话也会说。
>
> 讨论由吴阶平主持。

根据彭真电话指示，对柯庆施遗体要进行解剖，以查明死因。当晚，柯庆施的遗体被运往成都医学院病理解剖室，作了仔细的解剖。著名泌尿科专家、北京第二医学院副院长吴阶平教授主持了讨论。北京、上海、四川的医生根据柯庆施病症及尸体解剖结果，一致认定：柯庆施死于急性出血性胰腺炎。

没有任何"政治陷害""谋杀"的迹象，没有一个参加治疗、抢救的医护人员提出一丝疑问。"文化大革命"中权重一时的张春桥曾派专人调查过柯庆施之死，也因查不到任何疑点而罢休。那一针镇静剂是方兆麟打的，注射之后柯庆施病情转危，为此方兆麟受到严厉的审查，也未查出他任何"谋害"的证据，倒是我从上海一大堆"文化大革命"档案中查到方兆麟当时写的"交代"，成为记录柯庆施之死最翔实的历史文献。

闯入托派禁区

1998年8月1日清早，我接到郑超麟先生的侄孙女郑晓方的电话，她悲痛地告诉我："爷爷在今天早上4时29分走了！"

我即给香港发去电讯：

托派领袖郑超麟在沪去世

受海外关注的中国托洛茨基派（托派）领袖郑超麟，8月1日在上海去世，享年98岁，至死坚持政治理想。

郑超麟是上海工人三次武装起义时的领导人之一，留学法国期间与邓小平同住一个房间，后来曾经担任陈独秀的秘书及以陈为首的托派中央宣传部部长，新中国成立后曾因托派问题而被关押27年。近年，郑曾亮相于《邓小平》文献纪录片第一集，也曾出镜于中央电视台最近播放的文献纪录片《共产党宣言》。

这里是按照中国习惯，"享年98岁"是虚龄。

香港《亚洲周刊》在8月10日发表了这一消息。

当天，新华社主办的《参考消息》，全文转载了这一消息。

由于《参考消息》发行全国，据晓方告知，许多郑超麟的亲友是从《参考消息》上得知郑超麟去世的。

郑超麟一生坎坷。他曾用一句话向我概括自己的苦难："在国民党的眼里，我是共产党，所以我坐了7年国民党的监狱；在共产党的眼里，我是托派，所以我坐了27年共产党的监狱。"我曾开玩笑地对他说："对这两种监狱能够有一种'比较感'的人，非你莫属！"他哈哈大笑起来。

自从1984年因采访而结识郑老之后，我们成了忘年交。

晚年，他著述不已。就在他去世前夕，还以 97 岁的病躯，写完一部新著，还写出法国纪德所著《从苏联归来》新译者序（20 世纪 30 年代他在国民党监狱中曾译过这本书）。他的许多手稿至今尚未得以刊印，相信日后总会有一天出现在书店的书架之上。

郑超麟的记忆力极好，可以说是"活字典"。李谷城先生写《中共建政前领导核心之研究》一书，在香港查不到朱锦堂的资料，托我代查。我在 1995 年 2 月 8 日请教郑老。他当时毫无思想准备，随口便说："朱是安源人，我与他在中共四大见过……"

他回忆了许多关于朱的事情，以至朱的音容笑貌都说得一清二楚。

在郑超麟晚年，他的一部书稿曾送邓小平看过，此事鲜为人知：

那是我在北京看望王力时，他说起邓小平有一次在北京外出，正好路过王辩家，嘱停车，派人前去敲门。因事先无通知，适值王辩外出，未能见面。王辩乃王力夫人王平权之大姐，过去曾与邓小平共事。

我即对王力说，我看过郑超麟一部未出版的手稿，叫《记尹宽》。在 20 世纪 20 年代，尹宽曾任中共安徽省委书记，后来与郑超麟一起奔赴陈独秀麾下而成为托派大将，又与郑超麟一起因托派问题被关押于上海市监狱。《记尹宽》一书，曾用相当篇幅写及尹宽前妻王辩。

王力一听，托我回沪后向郑超麟借《记尹宽》手稿。

后来，我把郑超麟的《记尹宽》手稿复印，把复印稿交给王力，而王力则通过"内部途径"，送呈邓小平。这样，邓小平得知郑超麟仍健在……

郑超麟坐冷板凳坐了那么多年，到了晚年，忽然"红"了起来，来访者应接不暇。

1998 年 1 月 7 日，他因胃出血住院时查出晚期肝癌。晓方不愿让爷爷增加痛苦，便一直瞒着他。

到了 5 月初，他开始感到疼痛。先是腰的两边痛，后来发展到胸部，痛得半夜睡不着觉。他意识到自己得了重病，便加快写作进度，在 5 月 20 日把最后一部书稿全部完成。翌日住进了医院。

这时，他的癌症已经严重扩散，而他自己并不知道。在医院住了半个多月，他觉得病痛轻了些，就坚决要求出院。6 月 9 日，他出院了。

6 月 28 日，香港李谷城博士夫妇来沪，欲访郑老。我给晓方打电话，晓方告知，医生说，爷爷最多只能活两个月了。医生的预言果然很准确。

郑超麟也自知不起，坦然而又泰然地给自己拟好了讣告，而且把身后事

——吩咐晓方。而且，他把后事的细节，都一一安排妥当。

郑超麟在电话中，告诉他的朋友们："我这个人什么病都没有。我这个瓜熟了，给了营养也吸收不了。父母给我的生命用完了。我这个瓜，你不去摘它，它也要掉下来。"

7月20日晚，中央电视台将播放文献纪录片《共产党宣言》，其中有他的镜头。他正惦记着在晚上看这电视片，却不慎在中午跌了一跤。晓方接到爷爷电话，急急从单位赶回家中，送他到附近医院，缝了六针。回家之后，他的头脑还清楚。到了晚上6时，他昏迷，被急送仁济医院，医生开出了病危通知。

从此他在昏迷中度过最后的11天……

郑超麟的命运乖戾，还不仅局限在政治上。他漫漫27年铁窗生涯终于熬到头的时候，分到了一套二居室新房，在当时已是很不错的了，而他患难与共的妻子刘静贞恰恰在这个时候死去。当郑超麟晚年在电视中频频出镜，国内外来访者纷至沓来，那二居室房子显得太旧太狭小，经中共上海市委书记黄菊特批，分给他高层新楼一套二房一厅。他迁入新居不久，便离开了人世……

在晚年，所幸晓方极为孝顺，细心照料，才使郑超麟如此长寿。我曾对郑超麟戏言："邓小平比你小3岁，生活条件、医疗条件比你好得多，却先你而去。你郑超麟如此'超龄'，晓方的功劳'大大的'！"他大笑说："邓小平比我忙得多，我是'闲人'一个！"

他"走"后，我最初得到的通知是，告别会在8月7日举行——因为他是最后一个离世的八七会议出席者，特意选择"八七"向亲友告别。但是，上海有关部门突然要求提前举行，改为8月5日上午。

我很少出席追悼会，因为追悼会那种压抑的气氛往往使我几天无法正常写作。特别是最近几年，我难得出席追悼会。但是，戴厚英的追悼会，我参加了；著名"右派分子"陈修良的追悼会，我参加了；这一回，郑超麟的追悼会，我也决定参加。

我如期赶往龙华殡仪馆为郑老送行，见到满墙满地都是花圈。据晓方统计，送花圈、花篮的共297人，唁电挽联50份，出席告别会的约150人。作为托派领袖，郑超麟去世时能有这么盛大的场面，已是很不错的了。表示悼念的，不仅有郑超麟的亲属，而且有中央电视台、中共党史研究部门、上海市政协、中共上海市委统战部以及郑超麟的家乡——福建漳平市政府。

郑超麟的家，离西宝兴路殡仪馆近，而送别会却在离他家颇远的龙华殡仪馆举行，据云因为他曾在龙华监狱被关过7年，所以他选择了那里举行告别仪式。

郑超麟晚年很"红",1997年,他频频出现在电视屏幕上,成了中国的"热点人物"。

他出现在中国千家万户收看的大型文献电视纪录片《邓小平》中。在第一集里,他曾三度出现。他操着带有浓重福建口音的普通话,回忆着邓小平。

他第一次出现时,标明的字幕是"原中国留法学生";

他第二次出现时,标明的字幕是"原中共中央机关工作人员";

他第三次出现时,标明的字幕是"原上海市政协委员"。

郑超麟比邓小平年长3岁,年轻时赴法留学,曾与邓小平同住一室。此后,他与邓小平有过许多交往。正因为这样,他是邓小平早年革命活动不可多得的健在的见证人。他多次出现在大型文献纪录片《邓小平》中,是理所当然的。

郑超麟引起广泛注意,最初是在邓小平女儿毛毛所著《我的父亲邓小平》一书出版时。

那是在1989年,邓小平的女儿毛毛来沪时,曾去访问了耄耋老人郑超麟,请他回忆当年与邓小平一起在法国留学的情景。后来,毛毛在《我的父亲邓小平》一书中多次提及了郑超麟。

本来,作为一个历史见证人,被写入《我的父亲邓小平》也是理所当然的事。但是对于郑超麟来说,这是非同寻常的,因为他是一个特殊的人物。他曾被"冷冻"了多年,所以,他的名字出现在《我的父亲邓小平》一书中,曾使许多知道内情的人惊讶不已。

后来,他居然走上屏幕,出现在大型文献纪录片《邓小平》中,更是非同寻常……

我望着郑老安详的遗容,记起1984年第一次采访他的时候,我如同闯进了禁区,进入"地雷阵"——因为在那个时候,"托派"仍是可怕的名声,尤其是他这样的"托派领袖"。尽管当时他是上海市政协委员,但他几乎不为记者、作家的笔所触及,而且行动并未完全自由。

当时,我是在上海市监狱采访时,得知了他的特殊经历,要求前去采访的。上海市监狱告诉我,必须向有关部门办理手续,得到批准,方可前往。不然,你会"说不清"的!

这"说不清"三个字,表明了郑超麟的特殊。也就是说,弄得不好,我会被怀疑跟托派有什么"说不清"的关系。

我第一次听说"托派",是在我上中学的时候。温州是托派相当活跃的地方，我的一位表兄就因为托派嫌疑而被拘捕。经过"学习"、审查，他终于获得自由。他到我家来，反复向我父亲讲述审查结论："确非托派！确非托派！"从此，在我年幼的心灵中，知道"托派"是很可怕的名声。

然而，我却又是一个没有太多顾忌、没有"势利眼"的人，三教九流，只要我认为是值得交往的人，值得采访的人，不论他是否受监控，即便是在狱中，我也会坦然前往。

我遵嘱向监管郑超麟的有关部门提出采访郑超麟的要求，想不到，竟然获得同意。

这样，我来到他鲜为人知的住所，与他作了第一次长谈。郑

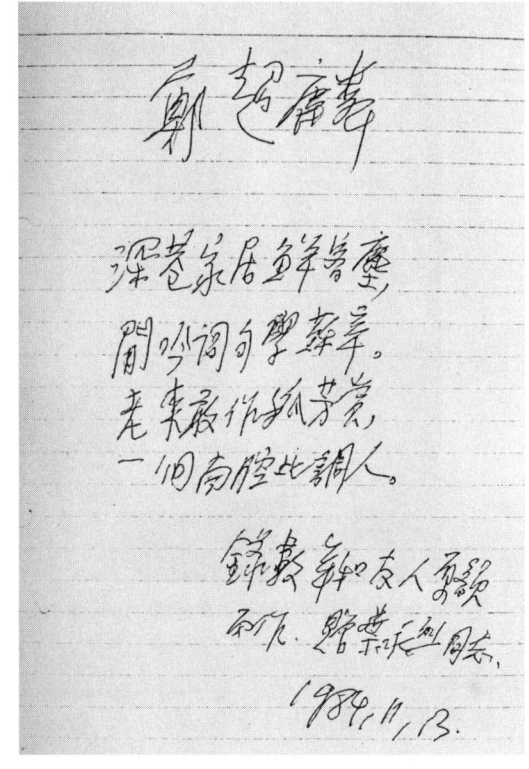

郑超麟赠叶永烈诗手迹

超麟一听到我的名字，就说知道知道。他当时显得很惊讶，我怎么会去采访他这样身份特殊的人。

记得，他当即在我的采访本上，题写一首诗送我：

深巷家居鲜客尘，
闲吟词句学苏辛。
老来敢作孤芳赏，
一个南腔北调人。

确实，当时郑超麟"深巷家居鲜客尘"，几乎与世隔绝。

郑超麟如此特殊，原因便在于他是中国的托派领袖人物。过去，"托派"在中国等同于"反革命"，人们像躲避瘟疫一样，对托派退避三舍。

当时，我虽然对郑超麟进行了录音采访，但是还不能为他专门发表报道。我在1985年初发表的关于上海监狱的上万字的报告文学中，用了1000多字写

多次采访陈独秀政治秘书郑超麟（1984年11月13日）

了郑超麟。这篇报告文学发表之后，香港报纸立即敏锐地注意到那1000多字，加上《中国托派领袖郑超麟健在》的醒目大字标题，转载了那1000多字。

此后，我又多次访问了他。我为他写了报告文学《一个特殊的人物》，他很欣赏这个题目，认为很能反映他的特点——特殊。这篇报告文学却命运乖戾，在三四家刊物"旅行"了一番，谁都不敢发。后来，我在出一本我的报告文学集时"塞"了进去。可是，在审稿时，这篇手稿引起特别注意，被仔仔细细地审看，被删去了！因为别的稿子都已在杂志上发表过，用的是剪报，唯有这篇是手稿（那时我还没有用电脑写作）。

接着，在出版我的另一本报告文学集时，我又"塞"了进去。责任编辑倒很"识货"，以为此文"挖掘"了一个特殊而重要的人物，特地在新书预告的内容提要中标了出来。然而，也正因为这样，此文又引起注意，还是被出版社领导删去。虽然我几乎要跟那家出版社领导"顶撞"起来，结果仍是不行！其中的原因是很明白的："托派"一直没有一个"说法"，谁敢发表关于"托派领袖"的报道？

终于，到了1991年，北京的《炎黄春秋》杂志向我约稿，我当时正忙于长篇，没有万把字的文章可供杂志发表。我忽地想起压在抽屉里的那篇《一个特殊的人物》，便对他们说："我手头倒是有一篇现成的稿子，只是你们恐怕不敢发。"经我这么一说，他们倒是非要看看这篇文章不可。

《炎黄春秋》不仅在1992年第1期发表了我的那篇文章，而且把标题改得非常鲜明：《郑超麟和中国"托派"》。

这样，终于把郑超麟先生从"冷冻室"中推到了广大读者面前……

此后，我仍采访他。在1996年8月8日，我还陪同香港作家李谷城先生去访问他。那时，他已经95岁，居然还每天自己走下楼梯去取报纸、信件。他跟我们谈起邓小平时，记忆很清楚。他送书给我，能够亲笔在书上题字……

郑超麟，当时健在的资历最深的中国托派，曾担任中国托派的中央委员兼托派中央宣传部部长。托派是"托洛茨基反对派"的简称。过去，我只闻托派其名，不知其详。长时期以来，郑超麟一直在云里雾中，不为人知。自从采访了郑超麟，我开始对这位特殊人物的曲折经历有所了解，对托派也有所了解。

他住在上海偏远的居民新村一幢普通的楼房里。我在1984年第一次去拜访他时，叩门之后，开门者便是他。那时，我已身着春装了，他却穿着厚厚的浅棕色滑雪衫，头戴一顶藏青呢无檐帽，脚穿一双蚌壳式棉鞋，弯着腰，行动显得有点迟钝。

他患冠心病，双膝有关节炎。虽然看上去老态龙钟，然而他思路敏捷，记忆力甚强，几十年前的事能记清发生在某年某月某日，随口而谈，不用查阅资料。他近年来白内障日重，视力差，看书时要摘去眼镜，鼻尖几乎挨着书本，但他每日读书、写作不已。床头柜上，放着他正在阅读的厚厚的《革命的良心——苏联党内反对派》一书，那是美国罗伯特·艾森·丹尼尔斯写的。床头，摊着几本新到的杂志——《党史通讯》《化石》《科学画报》，还有《文汇报》，他说他自费订阅了许多报刊。书柜里，整齐地放着马、恩、列、斯以及毛泽东、周恩来、刘少奇、朱德、邓小平的选集或文集。此外，还有《三中全会以来》《苏共野史》《布哈林选集》《陈独秀年谱》《新文学史料》《卡德尔回忆录》《权力学》《龚自珍集》等书籍。

由于视力差，伏案劳神，他采取了与众不同的写作方式：把稿纸夹在一块木板上，拿在手中写作。这几年，他写下几十万字的回忆文章，其中有忆陈独秀、忆瞿秋白、忆茅盾、忆尹宽，等等。当时，他手头正在写作回忆童年的文章，床头放着已写好的一叠厚厚的手稿，字迹清楚、工整。

他曾是上海市政协委员（1988年离任），每月有工资，生活是安定的。他的住房共两间，24平方米，当时在上海已算不错的了。本来他独自鳏居。考虑到他年迈体衰，1984年，政府同意把他的侄孙女郑小芳（后来改名郑晓方）的户口从福建迁入上海。那时，小芳一边照料他，一边在上海某大学念完中文系。后来，小芳成了上海一家出版社的编辑，甚至成了我的一本书的责任编辑。

他每天夜里一两点睡，上午8点多起床。天气晴朗的话，他吃过中饭就外出散步。市政协开会，他一般都出席，借机会见老朋友。平日在家，他就是两件事——看书、写作。

他的客人不多。近年来，来访者慢慢多起来，大都是各地的党史研究者。他阅历丰富，早年与中共领袖人物有过许多交往，所以是难得的"活党史"。

他谈锋甚健，一口气跟我谈四个小时也无倦色。只是他福建口音较重，谈到一些我所陌生的人名时，往往要请他写在我的笔记本上。他实在是"一个南腔北调人"。我请他回忆他漫长而跌宕多变的人生道路，他颇为感慨。除了长谈，他还把一些回忆文章借我参阅，使我对他的身世逐渐了解……

1922年6月18日早晨，18个中国青年陆续来到法国巴黎西北郊外的布洛涅森林，举行秘密会议——"少年共产党"成立大会。

21岁的郑超麟当时在法国蒙达尔勤工俭学。蒙达尔离巴黎不算太远，坐火车三小时便可到达。蒙达尔有许多中国学生。郑超麟和李维汉、尹宽作为蒙达尔的代表，来到了布洛涅森林。在那里，郑超麟结识了一个穿黄色春大衣的人——周恩来。主持会议的是赵世炎，出席会议的还有王若飞、陈延年等。

他们每人拿一把铁折椅，在林中空地上围坐成一圈。会议气氛十分热烈。郑超麟还记得，当时周恩来主张用"少年共产团"为名，不同意"少年共产党"，因为"一国不能有两个共产党"。但是许多人认为"少年共产党"有"少年"两字，即表明是在中国共产党领导之下的。周恩来提出入党要举行宣誓仪式，许多人不知宣誓是什么意思，这也引起热烈的讨论。

后来，讨论党章、党纲时，"我曾发言说党章和党纲没有分别，何必分成两项来讨论呢？这话一出，好多人都笑我没有常识。以后我自己也明白党章和党纲是两回事，我确实没有常识。我在会上听别人发言，确实感到对于革命方面的知识，别人知道得比我多得多，我应该好好学习"。

郑超麟是在1919年12月初到达法国的。在赴法的轮船上，一位中国同学在看《新青年》杂志，他借来看后，对革命产生兴趣。到了法国以后，他读了法文版《共产党宣言》以及《人道报》、《光明》杂志，渐渐懂得了马克思主义。这样，他出席了"少年共产党"成立大会。那时，他是一位马克思主义者，投身于中国共产党领导的革命活动。

第二章 上海的"海"也很深

他，1901年4月15日（即光绪二十七年二月二十七日）出生于福建省漳平县（今漳平市）农村。郑家是世代大地主，但到他父亲手里家运已衰落。父亲是秀才，母亲也知书识字。兄弟四人，他为长兄。郑超麟1914年小学毕业，1919年旧制中学毕业。正遇陈炯明（当时任援闽粤军总司令）来福建招考留法学生，每县两名，半官费（即每年费用600大洋，官方给300大洋）。他考取了，先到广州学法语，几个月后，从香港坐船赴法。

他在蒙达尔郊区的哈金森橡胶厂勤工俭学。这家工厂在运河岸边，生产套鞋、胶鞋、自行车轮胎之类的橡胶制品。那里，有20多个中国学生，一起住在一间木棚宿舍里。后来，来了一位四川口音的学生，叫邓希贤，也住在那里。邓希贤即邓小平。

"少年共产党"成立后，办起了油印的机关刊物《少年》，发表文章一律用笔名。李维汉用"罗迈"，王若飞用"雷音"，赵世炎用"乐生"，郑超麟用"丝连"，等等。郑超麟记得，周恩来的笔名为"伍豪"，此名源于周恩来在天津"觉悟社"的社员编号——五号，谐音为"伍豪"；刘清扬的编号为25，谐音为"念吾"。

1923年2月中旬，郑超麟在巴黎西郊出席了"少年共产党"的临时代表大会。会议开了四天，选举周恩来为书记。迄今，在郑超麟卧室墙上，还挂着这次代表大会闭幕时全体代表的合影。

这年3月18日，郑超麟和赵世炎、王若飞等12人赴苏联学习，周恩来同行。郑超麟来到莫斯科，在东方大学学习。

1924年春，郑超麟在莫斯科加入中国共产党。旅莫（莫斯科）党支部举行郑超麟入党仪式时，李大钊出席了会议。这样，郑超麟便成为中国共产党早期活动家之一。

郑超麟于1924年7月下旬离开莫斯科，途经海参崴坐船回国，9月下旬到达上海，担任中共中央宣传部秘书、中共上海地方委员会委员。

1925年1月中旬，中共四大在沪召开，郑超麟担任大会记录。7月，中共上海地委改组为上海区委，郑超麟为中共上海区委的七个委员之一，负责宣传工作。他还担任了上海大学教授。

1926年4月，沈雁冰（茅盾）担任了中共上海区委委员，负责民校工作。郑超麟与沈雁冰有所交往。

1927年2月中旬，上海工人举行第二次暴动，指挥部设在辣斐德路的启迪中学。他回忆说："瞿秋白坐镇那里，我也日夜在那里值班。举事那天夜里，周恩来也在楼下听取各方面的汇报……二次暴动失败后，中央和区委召集联席会议，决定成立一个'特别委员会'准备第三次暴动。"郑超麟担任了"特别宣委"。特别委员会由中央局的陈延年、李立三、伍廷康和原在上海的赵世炎、周恩来组成。3月下旬，上海工人举行波澜壮阔的第三次武装起义，占领了上海城，郑超麟忙于"采访新闻，起草传单"。

4月12日，晴朗的上海突然乌云密布，蒋介石发动了反革命政变。4月27日，中共第五次代表大会在武汉召开，郑超麟作为"发言权代表"出席了五大。会后，他出任中共湖北省委宣传部部长。

这年8月1日，爆发了震惊中外的南昌起义，揭开了历史新的一页——第二次国内革命战争。8月7日，中共中央在汉口召开紧急会议，即八七会议，郑超麟出席了会议。

会后，郑超麟复回中共中央工作，来到上海。他编辑过中共中央刊物《向导》和改刊的《布尔塞维克》，并且是《共产主义ABC》第一个中译本的译者。

1928年夏，郑超麟作为中共中央特派员前往福建整理党务。1929年3月18日下午，他在上海家中被国民党逮捕，关押40多天后出狱。6月，他参加托派。年底，他被中国共产党开除党籍。从此，他由马克思主义者转为托洛茨基主义者，与中国共产党分道扬镳。

托洛茨基反对派本是苏联共产党内的一个派别，始于1923年，首领为托洛茨基（1879—1940）。托洛茨基曾为布尔什维克党中央委员，十月革命后，他曾任外交人民委员、陆海军人民委员、军事革命委员会主席等职。在列宁病重、逝世后，托洛茨基在许多重大问题上与以斯大林为首的联共中央产生严重的分歧。1927年，托洛茨基被开除出党，1929年被驱逐出境，1932年被开除苏联国籍。

托洛茨基由于与斯大林在中国革命问题上产生尖锐分歧，便对中国产生了另一种影响。特别是四一二反革命政变之后，中国大革命失败，关于中国革命的路线之争愈加激烈。托洛茨基指责共产国际当时让中共党员加入国民党的路线，是导致中国大革命失败的原因。1928年6月、10月，托洛茨基写了《中国革命的总结和前瞻》《共产国际第六次大会后的中国问题》，就中国革命发表了一系列意见，批评共产国际和中国共产党。在他的影响下，中国出现了托派分子。

郑超麟这样谈及自己由中共党员转为托派分子的思想过程："我个人也是自始反对中国共产党加入国民党的；在五大期间，我同尹宽闲谈时批评了当时联合'国民党左派'的政策，尹宽把我的话写入他的文章发表于后来中央在上海出版的内部刊物；在上海，我在《布尔塞维克》第 1 期上写了文章，断言革命已经失败了……当时我完全不知道托洛茨基关于中国革命问题发表了什么言论，我接受托洛茨基主义是有思想基础的。"

也就是说，后来他读了托洛茨基的文章，与其说一拍即合，倒不如说他原先就与千里之外的托洛茨基不谋而合。这里提及的尹宽，在 20 世纪 20 年代曾历任中共山东省委书记、上海区委书记、安徽临时省委书记、广东省委宣传部部长，后来与郑超麟一样成为中国托派骨干。

郑超麟忆及自己是怎样读到托洛茨基文章的。那是 1929 年他出狱不久："一天，尹宽跑了来，拿出几篇油印的文章给我看，说是托洛茨基写的，关于中国革命问题的。他说，有个青年同志名王平一，山东人，他在山东工作时认识的，不久之前从莫斯科回来，找到了他，拿这些文章给他看。他看了，现在拿给我们看……当时，陈独秀住在老靶子路（今名武进路），在北四川路西边，离我们很远，但他几乎每日来看我们。去彭汪家（即彭述之、汪泽楷家）时多，来我们家较少。托洛茨基文章，是尹宽拿到彭汪家去的，陈独秀也看到了。"

后来，他们把托洛茨基的文章铅印了一本集子，"名为《中国革命问题》，陈独秀拿出印刷费，由王平一等人送去排印的"。他们花了几个星期，讨论托洛茨基的文章。"这几个星期的思想斗争是一件大事，对于我个人来说是大事，对于我们陈独秀派和陈独秀本人来说也是大事"。

陈独秀是中国共产党的创建人之一，曾任中共总书记。由于他在第一次国内革命战争后期犯了严重的右倾机会主义错误，1927 年在党的八七会议上他被撤销了总书记职务。之后，他和他的支持者形成"陈独秀派"。

郑超麟叙述了从陈独秀派到托洛茨基派的过程："从八七会议起，中国共产党内已经形成'陈独秀派'了。我们有形地和无形地同八七会议后的中央和六大后的中央作斗争，但所争的都是一些琐碎的问题。我感觉到双方分歧不是这些琐碎问题，但我说不出系统的意见。我们斗争，但说不出究竟为什么而斗争。后来，看了托洛茨基关于中国问题的文章以后，经过短时期的思考和讨论，我们恍然大悟了：原来我们陈独秀派是同苏联的托洛茨基派以及国际的托洛茨基派站在同一条战线上的！……我们'陈独秀派'经过一段时间自己思考和互相辩难之后，就毫不保留地接受托洛茨基的主张了——不仅对于中国革命问题的主张，而且对于世界革命问题的主张，包含苏联问题在内。陈独秀本人最后也接受了托洛茨基的主张，虽然不是完全没有保留的。"

就在此时——1929年6月召开了中共六届二中全会，中央敏锐地觉察到托派在中国的活动，在决议中指出托派"近已侵入中国党内""党必须坚决地予以制裁"。

当时任中共中央总书记的向忠发和组织部部长周恩来，一起到陈独秀家进行规劝。8月18日，共产国际代表又和中共中央代表一起规劝陈独秀。陈独秀运用自己过去的影响，于9月下旬组织小派别反对中共中央。周恩来在中共中央直属支部干事会上作了《托洛茨基反对派在中国发生的原因及其前途》的报告。

由于陈独秀坚持托派立场，中共中央政治局于1929年11月15日通过决议，开除陈独秀的党籍。郑超麟说："我未曾开除，还在支部会议上抗议开除陈独秀，以后我也被开除了。听说开除我的决议发表在《红旗》报上，但我未见。"

陈独秀在被开除党籍后的一个月——12月15日——和刘仁静、彭述之等81人联名发表《我们的政治意见书》，郑超麟也是签名者之一。从此，他与中国共产党彻底决裂，完全站到陈独秀的阵营之中，成为中国托派的一员干将。

郑超麟这么回忆："1927年下半年以后逐渐离开共产国际和中国共产党的路线，1929年后即完全转入托洛茨基主义立场……"

我本以为，托派就是托派罢了。通过郑超麟的叙述，我方知中国托派内部还有着错综复杂的派系之争，互相倾轧。

原来，在中国托派之中存在过"正统派"与"非正统派"之纷争。所谓"正统派"，以史唐为首。史唐在苏联留学期间就跟苏联托派取得直接联系，并在1927年十月革命节参加了苏联托派的反斯大林游行。不久，他被遣送回国，于1928年初在上海成立中国第一个托派小组，出版机关报《我们的话》，称"我们的话"派。他们因为与苏联托派有着直接的联系，所以自视"正统"。

陈独秀派从中共分裂出来，曾要求加入"我们的话"派。但"正统派"认为陈独秀乃"老机会主义"，只不过是"投机"来了，故加以拒绝。于是，陈独秀派不能成"正统"，便自成一派，出版机关报《无产者》，称"无产者派"。郑超麟属于这一派。他说："《无产者》报名是我提出的，封面上的法文字是我写的，印刷、校对是我担任的。"

在"正统派"中，刘仁静是一大头目。他在1929年从莫斯科回中国时，特地到土耳其君士坦丁堡会见托洛茨基，回国后，带来托洛茨基起草的关于中国托派的纲领。刘仁静不同意"我们的话"派拒陈独秀派于托派门外的做法，于是又自成一派，出版机关报《十月》，称"十月派"。

此外，还有一托派组织，出版机关报《战斗》，称"战斗派"。

到了1931年，这四个托派组织成员大致如下："我们的话派"120人，"陈独秀派"100人，"十月派"50人，"战斗派"30人。四派总共300多人。

陈独秀派被逐出共产党，到了托派中却又被视为"非正统"！可是，他们又反过来瞧不起"正统派"，认为"那些从莫斯科新回国的学生没有革命经验，我们才有革命经验"。论资历，那些"正统"的青年托派当然无法跟陈独秀相比。

托洛茨基来信了。据郑超麟回忆，信的大意是："我看到了你们各派的主张，认为并没有什么原则上的分歧，那么为什么要分成几个组织呢？"

于是，中国托派的四个组织终于酝酿"大联合"。经过多次的谈判以至争吵，在1931年5月1日至5月3日总算召开了"统一大会"，选举七名中央委员，郑超麟当选了。陈独秀为总书记，郑超麟为宣传部部长。统一后的中国托派组织，称"中国共产党左派反对派"（又称"列宁主义者左翼反对派""中国布尔什维克列宁派"）。

郑超麟一跃为托派中央委员兼宣传部部长，而彭述之仅为候补委员，尹宽连大会代表都未当上。郑超麟说及其中的原因，回忆道："一次在彭述之家里，陈独秀评论干部，曾说，郑超麟这个人没有'领袖欲'。他这话隐含着另一种意思，即说别的人积极努力，也是想当领袖的。尹宽敏感，听出了这个意思，便回答说，郑超麟不是没有'领袖欲'，而是对革命不负责任。那日谈话，我不在场，是尹宽事后到我家里来告诉我的。我不积极、不努力，究竟是没有'领袖欲'，还是对革命不负责任——直至今天我自己也还弄不清楚。……陈独秀不愿在统一的组织中再同彭述之合作，因之不愿彭述之当选为大会代表。但在原陈独秀派中倒有不少的人拥护彭述之，这些人同时也反对尹宽。不让彭述之当代表，就不能让尹宽当代表。代表选举是陈独秀和何资深布置的，他们把我这个一向退后的、'没有领袖欲的'或'对革命不负责任的'人拉出来当代表，也就是准备（让）我加入统一组织的领导机关。"

托派们花费了莫大的气力统一了组织，好不容易选出了中央委员，准备跟中国共产党较量一番。不料，在统一大会开过后还不到三个星期，国民党一举逮捕了七名托派中央委员中的五名，还逮捕了一批托派骨干。在国民党看来，托派也是共产党，同样要加以消灭。总书记陈独秀虽然幸免，想重整托派旗鼓，但到了1932年也被国民党逮捕，关押在南京。

郑超麟是在上海租界被捕的，被引渡到上海龙华警备司令部，被国民党法院判处15年徒刑，1931年11月被押往上海漕河泾模范监狱服刑。虽然"模范监狱"名声挺好，其实如同地狱，与郑超麟同时被捕的托派中央委员陈亦谋、候补委员宋敬修先后病死于国民党监狱。尹宽生了一场大病，眼见就要死了，监狱当局才许可他保外就医。

1935年，刘仁静在北平被捕，也被押往南京。郑超麟回忆说："刘仁静立即投降，未曾判刑，送去反省院反省半年。……我关在南京军人监狱时，那里有个印刷厂，反省院的刊物也在那里印刷。我有机会看到一两期刊物，其中有犯人写的文章。我看了刘仁静的文章，也看了彭康的文章，都觉得很可耻。"

1937年七七事变爆发，全面抗战开始了。国民党迫于形势，释放一部分政治犯。共产党犯人获释，托派犯人也获释。8月，陈独秀、郑超麟获释……

在郑超麟的卧室墙上，我看见挂着发黄的"全家福"——妻子穿短袖旗袍；儿子约莫6岁，穿西装。

我问及他们家庭情况，他告诉我，妻子叫刘静贞，结婚多年未育，直到他1937年出狱，妻子才怀孕，1938年生下儿子，取名郑弗来。弗来是法语中"自由"的谐音，用以纪念他出狱，获得自由。出狱后，他在上海一边继续参加托派活动，一边靠译文为生。他懂英法德俄四国外语，还懂世界语，他当时翻译了许多外国小说，以稿费维持全家生活。

郑超麟拿出一部厚厚的小说给我看，那是俄国梅勒支可夫斯基著的《诸神复活》，署"绮纹译"。他说："绮纹，是我的笔名。"这部译著有50多万字，于1941年由中华书局出版，而他手头保存的是台湾中华书局1964年重印本，硬皮精装。

他还告诉我："当时，我曾把自己的译著送给傅雷，傅雷也把译评的《约翰·克利斯朵夫》送给我。"

1945年，郑超麟蒙受了巨大的精神打击——他的独生子郑弗来因患肺病去世了，才7岁！

郑超麟曾这么说及："我1937年出狱后第二年生的弗来，自成胎至死亡都在战争期间；母亲怀孕、生产、哺乳又是当我们逃难在乡下的时候；以此营养不良，时常发热，最后发现了肺病。他死于《自序》写成之后三个星期。一个聪明可爱的孩子！我一生未曾受过如此重大打击。"

1948年夏天，彭述之在上海举行他那一派托派的"建党大会"。陈独秀已于 1942 年死于四川江津（今重庆江津）。郑超麟没有参加彭述之一派的大会。

新中国成立后，1952 年 12 月 22 日，郑超麟作为托派骨干分子被捕，关押于上海，"一个人独处一个房间"。郑超麟 1972 年 9 月 28 日获释，送往上海南汇周浦镇附近某劳改工厂。中共十一届三中全会之后，郑超麟于 1979 年 6 月 5 日恢复公民权，离开劳改工厂，迁入新居（也就是我采访他时所住的两居室），并成为上海市政协委员。

虽说郑超麟恢复了公民权，而且成了上海市政协委员，但是他毕竟身份特殊，所以他的活动受到限制……

在监狱关押期间，由于当年曾与他一起留法的周恩来的关照，他的生活得到照顾。他不做劳役，可以看书、写作，监狱供应他笔、纸。郑超麟告诉我："在狱中，我写了 100 多万字的手稿，其中有三卷政治著作，四本音韵学著作，八卷诗词，一部德国长篇小说译稿，四部中短篇小说译稿，若干学术著作译稿。这些手稿都经誊清，可以直接付印的。可惜，在'文化大革命'中，狱中也不安宁。一位当时的'军代表'把我的这些手稿统统抄走，据说烧掉了。"

在监禁期间，自 1956 年起，他曾多次参加监狱组织的外出参观，也曾在上海人民广场参观过五一劳动节、国庆节庆祝大会，还多次参加过政治学习。

他到了劳改工厂之后，本来在上海康定东路居住、养病的妻子获准迁来与他同住。由于周恩来的关照，劳改工厂每月发给他 80 元生活费，比当时劳改工厂厂长的工资还高。他和妻子住在一间 20 平方米的平房里，但只能在院内活动，不得出院门。外出要请假，要有人陪同。

使郑超麟感到万分遗憾的是，1979 年，当他完全获得自由，真正"弗来"，迁入新居才几个月时，妻子却因心脏病去世！她是云南昆明人，生于 1902 年 12 月 18 日，终年 77 岁。

我在那张"全家福"下面看到郑超麟所写的一首《摸鱼儿》，寄托了对妻、儿的一腔深情：

记当年双栖梁燕，一雏初展毛羽。甘泉烽火频惊夜，四野茫茫烟雾，愁几许！但双鬓差池，未改原风度。雏儿颖悟，便一笑一颦，一言一动，总有可人处。

天何意？嫩蕊先凋霜露，柔枝早折风雨。呻吟宛转三年近，泪眼无言漫注。终莫补！似清夜流星，一闪随尘土。韶华易误，况比翼分飞，故巢久破，追想更凄楚。

我发觉郑超麟确爱"闲吟词句学苏辛",于是便请他出示诗词。他拿出了他的诗词集手稿,封面上写着《玉尹残集》。

我不解其意,问道:"'玉尹'何意?"

他笑道:"反正总有用意。"

我猜道:"'玉尹'是不是'狱音'的谐音?"

他大笑说:"你猜对一半。'玉尹',即'狱隐',是在狱中隐藏下来的。因为在狱中写了400多首诗词,全被那位'军代表'抄走。出狱后,我凭记忆默写,只忆出84首,故称'玉尹残集'。"

我翻看他的诗集,大都是写他在狱中的所思所念,一吐心曲。如《清明》:

> 无花无酒过清明,
> 剩蛋残糖对晚晴。
> 终胜游魂墟墓上,
> 祭盘徒羡足三牲。

1984年,我访问郑超麟时,他曾告诉我《郑超麟回忆录》一书已于1983年元旦校毕清样,而且已收到2000元人民币稿费,即可出版。但是,他迟迟不见样书,不知道这本书到底是否已经出版。写信去问,也得不到答复。

想不到,倒是我先发现了这本书!

在北京,有个内部购书处。去北京时,我凡有时间总要到那里"淘书"——因为那里的书是外面书店见不到的。我在1986年11月又一次前往那里,看罢架上的书,请朋友打开书架下面的柜子,我知道那柜子里的书更"内部"。

我马上发现新出的灰皮书,上面印着一行黑字——《郑超麟回忆录》。

在书前的《出版说明》中,我见到这么一段非同凡响的文字:

> 作者至今在中国革命与俄国革命的种种重大问题上,仍完全坚持托洛茨基主义的立场,并仍然拥护托洛茨基与陈独秀的种种主张。

我当时有一种震慑感:一个因托派问题而被单独囚禁达27年之久的老人,在出狱后仍公开声明"完全坚持托洛茨基立场"!须知,在中国,托派一度等于"反革命"。在延安,王实味就死于"托派"之罪(尽管他并不是托派,只是曾经同情过托派);陈伯达倒台之后,加在他头上的帽子之一,也是"托派"

（尽管他不是托派，只是跟托派有过一些来往）……

虽然我与托派并无瓜葛，但是我赞赏他对于政治理想始终如一的态度。我不由得记起，在20世纪30年代，担任陈独秀秘书的郑超麟被国民党逮捕，别人劝陈独秀赶快搬家，陈独秀笑道："郑超麟绝对不会出卖我，我用不着搬家！"陈独秀对他的信任，由此可见一斑……

我当即买了两本《郑超麟回忆录》。因为我知道，这本刚刚以"现代史料编刊社"名义"少量刊印"的"内部发行"的书，连郑老本人都没有。回沪之后，我即送郑老一本。

《郑超麟回忆录》共分两部分，其中《陈独秀与托派》一文约6万字，是1980年新写的，其余是在1944年至1945年写成的。这些40年前的旧稿，是经过一番"历险"才得以出版的。

那是在抗日战争末期，郑超麟本以译稿为生，由于译稿在当时无出路，他的生活变得无着落，而儿子正病重，急需一笔钱。这时，一家出版社得知他政治阅历甚为丰富，便约他写回忆录，愿预付一笔稿费，要他在1944年下半年完成。

他答应了，以《二十年代》为回忆录的书名，着重写自己20世纪20年代的政治生涯。他计划写12章，从1944年下半年动笔，到1945年已写了10章，共20万字。因儿子病逝，他悲恸不已，终止了回忆录的写作。

后来，这部回忆录未能付梓，但他曾请人抄写了一份。

1952年，当他在上海被捕时，回忆录的两份手稿也被抄走。他本以为，这部书稿从此再无重见天日的希望。

1979年，当他恢复自由之后，收到北京友人来信，告知他的回忆录手稿保存在近代史研究所里呢！当时，他真是喜出望外。

据告，他回忆录的一份手稿曾由上海市公安局送北京公安部，"文化大革命"中，曾被装入麻袋，作为废纸送造纸厂。幸遇一位有心人，从十几麻袋的"废纸"中留下两麻袋，郑超麟的回忆录手稿就这样被留了下来。

1980年，北京一家出版社派了一位女编辑来沪，与郑超麟商议出版回忆录事宜，又一次使他欣喜万分。那位编辑充分肯定了他回忆录的史料价值，但因其中一章《恋爱与政治》涉及许多中共领导人的私生活，建议他删去。他同意了——后来这一章得以单独发表于香港《开放》杂志1991年第2期。

另外，那位编辑建议他补写因儿子去世而未能写成的两章。然而，他再也无法补写40年前的旧作了，于是便写了《陈独秀与托派》一文，补入书中，书名也改为《郑超麟回忆录》。

　　他的记忆力强，又擅长用文字表达，况且所写的是他亲身的经历，材料翔实、丰富，所以他的回忆录成了研究中共早期党史以及中国托派兴衰史的颇有价值的第一手资料。

　　在出书时，郑超麟坚持要在书前写上那样一段"说明"，这使出版社感到为难。郑超麟说，如果不加上那段"说明"，他宁可不出。

　　据说，为了书前要不要这段"说明"，出版社向上请示，而又没有得到及时答复，使这本书迟迟不能印行⋯⋯

　　他告诉我，自中共十一届三中全会以来，他的处境得到明显改善，心情舒畅。虽然他足不出户，然而消息极为灵通。他视力不好，却手持放大镜大量读书阅报。在戈尔巴乔夫当政时期，苏联为布哈林、季诺维也夫、加米涅夫平反，他极为关注。他对我说，为托洛茨基平反，只是一个时间问题。

　　有一回，他很深入地跟我谈起托派问题。他说，中国的托派根源在苏联。托洛茨基是俄共党内的反对派，而斯大林却硬把托洛茨基派当成敌人，当成反革命。借用毛泽东的一句话来说，也就是把"人民内部矛盾"当作了"敌我矛盾"。随着苏联的解体、苏共的瓦解，托派问题早已淡化。

　　他还告诉我，他注意到《中国社会科学》杂志1985年第5期一篇长文对陈独秀一生的是非功过所作的比过去恰当的分析、评价，他也注意到《世界历史》杂志1985年第7期发表该刊主编朱庭光为即将出版的《托洛茨基评传》所写的长篇序言。他仔细阅读了中共党史专家廖盖隆新近发表的一些文章，他还注意到西班牙共产党书记关于托洛茨基问题的新著，以及苏共近年来为托洛茨基恢复名誉的一系列文章。

　　他一口气提到了最近国内外关于托洛茨基主义的一系列文章。我说他成"老灵通"了，他笑了："我理所当然关心这些文章。"

　　他的《玉尹残集》已由湖南人民出版社出版，老作家楼适夷为之作序。序文还刊载于《新文学史料》杂志上。他的关于中共早期党史的许多回忆文章，近几年不断发表，有的还被《报刊文摘》等所转载。

　　当我问及他现在对托洛茨基主义的态度时，他沉思了一下，说道："就理论上的是非而言，我并不认为托洛茨基主义是百分之百正确的。但是，我是托派，我仍保留我的一些见解。"

　　确实，郑超麟是一位很特殊的人物。我如实地把这位特殊人物特殊的人生道路写出来，孰功孰罪，历史自会评说。

所幸的是，我闯入"托派禁区"，由于事先向有关部门"挂"过"号"，总算没有给我带来政治上的"麻烦"。

也正因为我在采访中敢闯"禁区"，所以我在历史的"角落"发现了诸多值得发掘的"现代文物"……

一位特殊的历史老人

1990年2月,邓小平的女儿、《我的父亲邓小平》的作者毛毛来到上海,拜访了一位83岁的老人,请他回忆邓小平。

这位老人叫张纪恩。

后来,毛毛在《我的父亲邓小平》一书中,这么写及张纪恩:

1990年2月,我在上海看望了另一位革命老人张纪恩。他生于1907年,1925年参加革命,1928年到党的中央机关工作。他和黄玠然一样,都曾在上海法科大学(注:据张纪恩对我说,应为上海大学)念书兼作学运工作,该校的校长是沈钧儒先生(注:张纪恩说,校长应为褚辅成,而沈钧儒是教务)。党中央迁上海后,张纪恩开始在永安里135号一个中央机关工作,后来转到五马路的清河坊坐机关,机关的楼下是一个杂货铺,卖香烟、肥皂、洋火等什物。

张老告诉我:"这个铺子原来是邓小平开的。那时候我们开很多的铺子作掩护。我这个楼上原来是政治局委员李维汉住的,李调到江苏省委当书记后,就不能住在中央机关里面了,而要搬到沪西区江苏省委的地方去,我们夫妇就调到这里来了。在我这个机关,开了好几次中央政治局会议。向忠发、周恩来、瞿秋白都来开过会,会上讨论的是浙江问题和云南问题。我们还接待过许多来往的人。周恩来最注意秘密工作,提倡女同志梳髻子,穿绣花鞋,住机关要两夫妇,不要革命腔。我这个机关属于秘书处管。我曾在文书科工作过。"

毛毛还写道:

张老后来调到机要部门工作,他说:"中央政治局开会,邓小平作过记录。他走了以后，叫我作记录。中央很多负责同志都是湖南人，我听不懂他们讲话，作记录可就困难了！"

我曾在 1992 年 7 月两度采访过张纪恩，后来又再度采访他。年已九旬的他虽说自称"老朽"，其实只是听觉较差，给他打电话，每一句话往往要重复一遍，但是他起码能够自己接电话，表明听力还可以。他的记忆力仍很好，回首往事时滔滔不绝。他说话直言不讳，反映了他直率的性格。

他指给我看了毛毛书中另一段涉及他的文字：

> 文书科科长是张唯一，工作人员有张越霞、张纪恩等人。这个科要负责刻蜡板、油印、收发文件、分发文件、药水密写。这些工作都是分头去做的，而且都是非常秘密的。中央的文件和会议记录，一式三份，一份中央保存，一份送苏联的共产国际，一份由特科送到乡下保存。据说乡下的这一部分没有损失，解放后都拿到了……

张纪恩说，这句"苏联的共产国际"就是概念性的错误。共产国际是世界共产党的领导机构，怎么能说是"苏联的"呢？

采访张纪恩（1995 年 10 月 1 日）

其实，毛毛说的"苏联的共产国际"，可能是漏了一个"在"字，即"在苏联的共产国际"。可是，张纪恩看书，一丝不苟，有一点小小的纰漏也不放过。

1980年，多年在国家安全部门工作的张纪恩曾受中央档案馆之邀去完成一项特殊的任务。

张纪恩为此在中央档案馆工作了三个多月……

中央档案馆把这位20世纪20年代末30年代初的中共中央机要主任请来，为的是帮助中央档案馆对一批早年的中共中央档案进行辨认手迹等鉴定工作。

张纪恩一看这些文件，如同旧友重逢，感慨万千。因为其中有许多是他亲笔所作的中共中央政治局会议的记录，还有许多文件是他当年经手保管的。

张纪恩向我说起这些文件的一个"惊险故事"：

1931年6月21日，就在张纪恩被捕的前两天，中共中央派来两位地下党员，即徐冰和浦化人，从张纪恩所住的上海戈登路（今江宁路）恒吉里机关运走两木箱中共中央文件。

如果这两木箱中共中央文件落入敌人手中，后果不堪设想！

当时，风声已经很紧，所以中共中央采取紧急措施，把戈登路恒吉里机关那两木箱文件转移。这表明中共中央已经估计到恒吉里机关不安全，只是还没有预料事情的变化会那么快。不然，中共中央会下令恒吉里机关迅速转移的。

由于这两大箱文件及时得以转移，中共中央避免了一场大劫难。新中国成立后，这两大箱重要文件全部进入中央档案馆。

考虑到张纪恩年事已高，中央档案馆每天只取几份文件请张纪恩鉴定。

张纪恩记得，其中有一份支部工作报告，下面的签名像画了一个符号，中央档案馆的工作人员无法辨认。张纪恩一看，便马上说："这是邓颖超的签名！"原来，当时邓颖超习惯于签一个"邓"字，而这"邓"字又写得"龙飞凤舞"，所以不知内情的人几乎无法辨认。

有几份关于工会工作方面文件的手稿上没有留下起草者的姓名，张纪恩一看，认出那是项英的笔迹。一核查，张纪恩的辨认完全正确，因为当时工人出身的项英负责工会方面的工作。

有一份是中共中央代表对当时担任中共中央会计的熊瑾玎的财务工作审查结论，中央档案馆不清楚那结论是谁写的。熊瑾玎，当时人称"熊老版"，是上海"福兴"字号的老板。他是湖南长沙人，早年加入新民学会，1927年加入中共，以"老板"的身份从事秘密工作，同时担任中共中央会计。尽管"熊老板"是绝对可靠的同志，但是对于来往账目，中共中央还是要派人加

第二章 上海的"海"也很深

以审核的。

张纪恩一看那中共中央代表的笔迹，马上就说："这是黄玠然的字！"

中央档案馆经过查对，确实是黄玠然的笔迹。当时担任中共中央秘书长的是李立三，审核账目本来应该是他的事，但当时李立三很忙，就叫黄玠然去审核……

张纪恩对于早期的中共中央档案如此熟悉，清楚表明他这个当年的中共中央机要主任是"货真价实"的。

毛毛那段文字中提及的"张越霞"，就是张纪恩当时的妻子。

张越霞原名张月霞，跟张纪恩同乡，都是浙江浦江县人。

张纪恩说，他出生于1907年。1923年至1924年，他在家乡参加了爱国运动，反对日本帝国主义，抵制日货。1925年，18岁的他在杭州加入中国共产主义青年团，不久由团转党。

张越霞则出生于1911年。张越霞有两个哥哥、两个姐姐。她的大姐叫彩霞，二姐叫翠霞，她叫月霞。后来，是张纪恩给她改成"越霞"，"越"是浙江之意。1927年10月，张越霞由郭怀庆、徐素云介绍加入了中国共产党。

1928年7月，在浦江县的钟楼上召开党员会议时，负责人朱锡吾介绍说，上级党组织派人来了。此人便是张纪恩。

朱锡吾在会上向张纪恩反映了中共浦江支部处境困难，还说及张越霞正失业在家。张纪恩答应可以帮助张越霞到上海从事地下工作。

1928年7月17日（据张越霞回忆是8月17日），张纪恩奉组织之命前往上海，张越霞也去上海。他们分两条路从浦江到了杭州，张纪恩走旱路，张越霞走水路，在杭州会合，一起去上海。

一到上海，张纪恩和张越霞先在一家小旅馆落脚，然后，张纪恩很快与中共中央机关取得联系。张纪恩见到周恩来。当时，张纪恩不过21岁，张越霞只17岁。周恩来安排他们住"机关"。周恩来说，你们两个组织成一个小家庭比较好，容易隐蔽。周恩来征求张越霞的意见，张越霞同意了。

于是，张纪恩和张越霞一起住在《我的父亲邓小平》一书中提到的上海永安里135号中共中央机关。张纪恩和张越霞本来就两意相投，这时干脆结婚，成了正式的夫妻，组成了真正的小家庭。他俩到上海四川路一家照相馆拍了结婚照。张越霞负责油印文件、内部交通以及警戒等工作。那时，从事地下工作没有工资，只有生活费，张纪恩每月15枚银圆，而张越霞为5枚银圆。

张纪恩回忆说，这个中共中央秘密机关陈独秀住过，周恩来也住过。

161

后来，他和张越霞搬到上海浙江路清河坊住"机关"。这个"机关"楼下开了个杂货铺。如前文所说，毛毛在《我的父亲邓小平》中写及"这个铺子原来是邓小平开的"，而楼上则是中共中央政治局开会的地方。平时，张纪恩和张越霞就以杂货铺老板和老板娘的身份住在这座楼里。小杂货铺卖香烟、草纸之类。另外，小杂货铺还是一家"兑换店"，即把银圆兑换成铜板。

小杂货店真正的老板姓倪，张纪恩认识老板的弟弟倪忧人。倪忧人是中共地下党员，印刷工人，在上海书店工作。

张纪恩记得，这个"机关"对面是一家土耳其按摩院——指采用土耳其式按摩，并非土耳其人所开。"机关"后面是清河旅馆，抽鸦片的人常到这个旅馆里来，巡捕甚至还到这家旅馆里抓过强盗。中共中央的"机关"隐蔽在这样的地方，为的是不惹人注意。

张纪恩记得，李立三常来。那时，李立三很激动地在主张实行暴动。蔡和森那时则常咳嗽，后来发现患了肺结核。

在那样紧张的年月，面对特务的跟踪和追捕，中共中央的"机关"需要不断地搬迁。据张纪恩回忆，三年间，他和张越霞在上海大约住过十个不同的地方。所幸那时上海租房很方便，只要付房租，到处有房子可租。他们因为要装成有钱人，所以租的大都是一楼一底或者二楼二底的房子。这样，楼上便于作为中共中央秘密会议的场所。

1930年，张纪恩和张越霞有了一个女儿。这样，就更有"家庭"气氛了。

最后，他和张越霞搬到上海公共租界戈登路（今江宁路）1141号恒吉里的一幢石库门房子，在那里大约住了半年。

这房子一楼一底，张纪恩和张越霞住在楼下，楼上的厢房是中共中央政治局开会的会议室和看文件的地方，但是布置成一个单人房间，有床铺，就连脸盆架上都放着毛巾、牙刷、牙膏。这房间看上去仿佛有人住，实际上无人居住。

张纪恩以他父亲的名义租下此房，说自己是"小开"，来沪求学住于此。

他对邻居说，楼上是他登报招租，租给从不相识的人的。

张纪恩平素编好这样的话，以便万一楼上遭到搜查，可以推脱责任。

楼上亭子间住着两位女中共地下党员：周秀清（又名仇爱贞）和苏彩（又名苏才）。周秀清以张家"娘姨"（即用人）身份住着，给张纪恩带出生不久的女儿；苏彩则因怀孕住此，公开身份为房客。

常来楼上亭子间开会的有当时中共中央负责人向忠发、周恩来、陈绍禹（王明）、张闻天、秦邦宪（博古）以及罗登贤、黄文容（黄玠然）等。

在这里，由于工作关系，博古与张越霞见过面，彼此认识。当然，这只是一般的认识而已，却为后来博古与张越霞的人生命运做了无意中的"铺垫"。此是后话。

张纪恩当时的职务是中共中央机要（又称文件一处）主任。

1931年6月23日凌晨1时，恒吉里那幢石库门房子突然响起急骤的敲门声。

显然，来者不善。

周秀清赶紧下楼。张纪恩知道事情不妙，但在砰砰的敲门声之中不得不去开门。在开门之前，他把灶间窗台上的淘米箩取下——那是暗号，取下后表示发生了意外。

开门之后，大批穿藏青色制服的中西巡警拥入。

张纪恩回忆说："来的是公共租界戈登路捕房中西巡捕，即碧眼黄发的外国巡捕带领中国巡捕（三道头）。此外，还有两三个中国的侦缉员，后来知道其中一人叫王斌。"

张纪恩用事先编好的口供应付，说自己是"小开"，等等。

巡警在楼上查出一份共产国际文件和一份陈绍禹用绿墨水写的手稿。巡警发现这两份文件，逮捕了张纪恩夫妇。尽管张纪恩声辩说，楼上是他"登报招租"的，那些文件与他无关，但还是无济于事。

张纪恩又按照事先编好的口供说周秀清是用人，苏彩则是房客，怀孕住此，与此事无关。巡警也就放掉了周、苏两人。

张越霞的衣袋里当时放着一张字条，写着一位名叫罗晓虹的同志的联络地址——上海同孚路大中里。张纪恩悄悄提醒了张越霞，乘巡警不注意时放进嘴里吞下。这样，使罗晓虹免遭逮捕。

张越霞曾回忆，她和张纪恩是被用一副手铐铐在一起带走的。临走时，她用暗语对"用人"周秀清吩咐：她是冤枉遭捕的，拜托她把女儿带好，并请她把被捕的消息转告有关"亲戚"。

张越霞所说的"亲戚"，指的就是明天要到这里来的几位中共中央领导同志。

让张纪恩感到庆幸的是，就在两天前，中共中央派徐冰和浦化人把那两大木箱的中共中央文件运走了。

敏感的中共中央，在向忠发被捕之前就已经察觉到形势紧张，恒吉里的机关可能不安全，所以采取防范措施，预先运走了那两大木箱文件。不过，中共中央没有料到事情如此急转直下——在中共中央文件运走的翌日，向忠发就被捕，而且马上叛变，供出了恒吉里中共中央机关……不然，中共中央会在运走文件时也立即通知张纪恩转移的。

张纪恩在被用手铐跟张越霞铐在一起时，轻声对张越霞说："我们要经得起考验，不动摇，对党忠诚。"张越霞也轻声对张纪恩说："你放心！"他们都明白，这一回被捕，恐怕凶多吉少。

据张纪恩说，出事之后，苏彩从此失去了党的关系。周秀清后来被分配到中共的另一秘密机关工作，不久后也被捕，出狱后到苏联学习。新中国成立后周秀清担任吉林省总工会副主席，在20世纪60年代病故。但是，张纪恩和张越霞托她照料的女儿，后来虽然经多方寻找，终无消息。

那天巡警在半夜突然逮捕了张纪恩夫妇，是因为在6月22日发生了中共党史上一桩大事——中共中央总书记向忠发在上海被捕。

巡捕们追往向忠发当时借住的静安寺一家旅馆，抓捕了杨秀贞以及当时做中共秘密交通工作的任弼时夫人陈琮英。

向忠发在上午9时被捕，下午就跪在国民党代表前求饶，供出了中共中央的秘密机关和许多领导人的秘密住所。

周恩来的警惕性极高，他迅速获知向忠发被捕的消息，立即通知与向忠发有联系的中共中央有关领导人和机关转移。

《我的父亲邓小平》一书中，写及"当时的地下工作者黄定慧（又名黄慕兰）"的回忆：

> 我当时和一个律师在咖啡馆，在一起的还有在巡捕房做翻译的朋友。那人说，国民党悬赏10万元的一个共产党头头抓到了，是湖北人，金牙齿，九个手指头，60多岁，酒糟鼻子，他是个软骨头，坐电椅，吃不消。我一听，这不就是向忠发吗！我马上回来通过潘汉年向康生报告了。当天晚上11点，周恩来、邓颖超、蔡畅几个人赶快转移住到一个法国的饭店里面。午夜1点，我们布置在恩来住宅周围的装作馄饨担子的特科工作人员看见巡捕带着向忠发来了。向忠发有恩来的房子钥匙，他们看见向忠发戴着手铐，去开恩来的门，结果里面已经没有人。真险哪！

向忠发一案，淞沪警备司令部军法处的案卷上写着"赤匪向忠发"。此案的"同案犯"共四名，即黄寄慈（张纪恩当时的化名）、黄张氏（即张越霞）、陈琮英和杨秀贞。

张纪恩和张越霞被捕之后被送往上海戈登路巡捕房,未经审问,便于翌日转往上海浙江路的"特区法院",然后又转往位于上海南市白云观的国民党侦缉队的拘留所。

到了白云观的第二天,张越霞在上厕所时遇见陈琮英。陈琮英悄悄告诉她,是向忠发被捕、叛变,使她和张纪恩被捕。她这才明白了是怎么一回事。当时,在拘留所,陈琮英还带着李立三的女儿。

张纪恩在白云观也见到了杨秀贞。他记得,杨秀贞是宁波人,当时穿着香云纱做的衣服。她不算漂亮,但是也不难看。杨秀贞并不是中共党员,所以并不知道内情。

我问及他对向忠发的印象。张纪恩说,他跟向忠发有过多次接触。向忠发当时50来岁,在中共中央领导人之中算年纪偏大的。他个子高,讲一口湖北话,常穿一件棕色中式大衣。向忠发出身工人。那时由于共产国际强调要由工人出身的人担任中共中央领导,所以让向忠发当了总书记。向忠发因工伤断了右手的一节食指。向忠发的文化水平不高,但是讲话简明扼要。张纪恩常为中共中央政治局会议作记录,他记得每次会议即将结束时,总是由向忠发把大家的发言加以概括。他发觉,向忠发很善于抓住别人发言的要点……

在侦缉队,张越霞过了两回堂。她一直以事先准备好的口供回答他们,即自己叫"黄张氏",不识字,从乡下来上海不久,什么都不知道,请求"青天大老爷"明断……

张纪恩仍然称自己是"小开",楼上只是"登报招租"的,所以来住的房客出事与他无关。

半个多月后,他们被移送到上海龙华的淞沪警备司令部。

张纪恩记得,在那里,他关在二弄五号牢房,张越霞则在女监。两人相距不远,常常"打电话"。

在牢房里怎么还能"打电话"呢?张纪恩笑着告诉我:那时,沿女牢里的一条通道,可以来到男牢的后门。张越霞来到男牢后门,从墙壁的缝里塞进一枚铜板,那动作如同打投币电话塞硬币一样。投进的铜板马上引起走过那里的男犯人的注意。于是,张越霞就请男犯人"传呼":"请你喊一下姓黄的!"这样,"黄寄慈"——张纪恩——也就来到墙边,跟张越霞隔墙"打电话"……

跟张纪恩关在一起的是向忠发的秘书余昌生。余昌生曾和向忠发一起到苏联出席过在莫斯科召开的中共第六次代表大会。余昌生的妻子,是项英的妹妹项德芬。

在狱中,张纪恩还见到了陈绍禹的弟弟刘威。刘威被关了两年半,死在狱中。他也见到了田汉的弟弟。

张纪恩作为"政治犯",由国民党上海军法会审处主持审讯,首席法官叫姜怀素。

他在审问时把封面上写着"赤匪向忠发"的案卷拿到张纪恩面前,匆匆地翻了一下给张纪恩看。那案卷的第一页贴着两张照片,一张是向忠发被捕后坐在椅子上受审的照片,另一张是向忠发被枪决后血肉模糊的身体。接着,是向忠发的供词,那是用毛笔写在十行毛边纸上的,有两三页。然后则是同案犯审讯笔录,有黄寄慈、黄张氏、杨秀贞、陈琮英的笔录。

法官给张纪恩看一眼这卷宗,用意是不言而喻的:你是向忠发的同案犯。向忠发已经落了个那样的下场,如果你不如实招供,也不会有好下场。

经过审讯,根据戴季陶起草的《危害民国紧急治罪法》,张纪恩被以"窝藏赤匪,隐而不报"的罪名,判处五年徒刑。

张纪恩说,新中国成立后他曾在公安部门保存的国民党警察局档案中找到了他被捕时的照片,也找到张越霞被捕时的照片——胸前都挂着牌子,牌子上写着名字。他也找到了他们的"指印档案",只是很可惜,没有找到那份写着"赤匪向忠发"的卷宗。很可能由于那份档案被南京调阅,后来带到台湾去了。

张纪恩也曾查过杨秀贞的下落。他从上海公安部门的人口卡片上,查过名叫"杨秀贞"而年纪、籍贯与那个杨秀贞相仿的人,结果没有查到。所以,杨秀贞后来的去向,至今不明。

张纪恩说,张越霞在狱中的表现不错。她和陈琮英一直坚持说自己是不识字的乡下妇女,因证据不足,在拘留了半年后取保释放。

张越霞出狱时,对张纪恩说:"我出去了,等于你半个人出去了!"

张纪恩记得,张越霞出狱那天,他和她当着狱警长的面紧紧拥抱,接吻数分钟之久,弄得狱警好尴尬。

她"出去"之后,仍几次到上海漕河泾监狱去探望张纪恩,送东西给他。

张越霞出狱后,中共中央特别委员会负责人陈云和她作了谈话。不久,她随中共中央秘书长陈铁铮(即孔原)到天津做地下工作。

1934年10月,张越霞回到上海,从事地下工作。那时,张纪恩正好出狱了。

张纪恩虽然被判了五年徒刑,但是只关了三年多便被释放。其中的原因是当时蒋介石和汪精卫"合作",于是宣布"大赦",张纪恩被减刑三分之一。

张纪恩出狱后回到家乡,张越霞到杭州时,听说张纪恩在家乡,就给张纪恩写了信。

不久,张纪恩和张越霞一起又到了上海。

1934年11月23日清晨7时,张越霞在张纪恩的陪同下到上海法租界西门路一家洋铁铺亭子间和中共党员张世民接头。

当时,张世民已经被国民党特务抓走。当张越霞以找房子的名义去敲门时,屋里走出一个陌生的男人。张越霞意识到情况有变,以找错了门为借口,转身就走,却被那男人扭住。于是,张越霞第二次被捕。

张纪恩当时在旁边,没有进去,赶紧躲开了。

张纪恩为张越霞请了律师,姓潘,事务所设在上海马浪路新民村。但是,请了律师仍无济于事,她还是被判处了七年徒刑,关押在南京老虎桥江苏第一模范监狱,后来又移解南京晓庄"首都反省院"。

1937年七七事变后,国共合作。8月20日,周恩来、叶剑英曾来到南京的"首都反省院"。周恩来与张越霞作了谈话。9月上旬,经八路军南京办事处的交涉,张越霞终于获释。

张越霞出狱后在博古领导之下担任中共长江局组织部干事。博古的第一位夫人叫刘群先,1928年5月和博古在莫斯科结婚。后来,刘群先和博古一起经历了长征,到达延安。她因病与李维汉的妻子金维映(即阿金)一起赴苏联治疗,苏德战争爆发之后,她下落不明。这样,博古与张越霞结合,证婚人为董必武。

这时,张纪恩也另行结婚了。

博古和张越霞婚后,1938年在武汉生下一女,取名秦新华(博古本姓秦),即李铁映之妻。李铁映为李维汉之子。

张纪恩在1941年曾奉命调往延安,但在经过重庆时被周恩来留下。于是,张纪恩就在重庆工作。抗战胜利后,张纪恩来到上海,在中共社会部从事秘密工作。

1946年4月8日,博古和王若飞、叶挺、邓发一起从重庆飞往延安时,飞机在浓雾中触山失事。当时,张越霞带着小儿子到延安机场准备迎接博古归来。博古突然身亡,使张越霞悲痛欲绝。

新中国成立后,张越霞曾担任中共北京市西四区委书记,中财委私营企业局秘书室主任,全国供销合作总社推销局副局长、日用杂品局局长、物价局局长等职。张纪恩则在军委联络部——国家安全部的前身——工作。

我问起张纪恩的"党龄"。他说，他在1925年加入中国共产主义青年团时没有填过表，也没有支部讨论这样的手续，只是组织上通知他已被批准入团。那时的团员到一定年龄就转为党员，所以，他并没有专门办过入党手续就在中共中央工作。他在被捕后，一度失去组织关系。1941年，周恩来在重庆对于张纪恩的党籍问题曾作这样的处理，即重新入党，不需要介绍人，也不要候补期。新中国成立后在上海，重新审查张纪恩的党籍问题，作了仔细调查，认定张纪恩的入党时间为1925年。所以，如今党龄如此长且健在的中共党员已经为数不多了。

张纪恩迄今精心保存着张越霞去世时新华社在1979年3月1日所发的电讯，并拿出来给我看。电讯如下：

政协全国委员、供销合作总社物价局局长张越霞因患心脏病，一九七九年二月十二日在北京逝世，终年六十八岁。叶剑英、邓小平、李先念、陈云送了花圈，四百多人参加了追悼会……

张纪恩也精心珍藏着张越霞送给他的照片。

张纪恩告诉我，新中国成立之初，他从上海到北京出差时曾去看望张越霞。张越霞曾请他到北京吉祥剧院看越剧。新中国成立后张越霞来上海，一下火车，也就来看他。那时博古已经去世多年，他曾想与她恢复夫妻关系，但是方方面面的情况错综复杂，最终无法"破镜重圆"。

张纪恩还说，几年前，他回到浙江浦江，张越霞老家亲戚对他的称呼仍是"姑夫"。

张纪恩说起邓小平的女儿毛毛前来拜访他的前因，颇为出人意料……

那是张纪恩去美国时，在中国驻美大使馆里见到厚厚的《邓小平》画册，由于他跟邓小平有过许多接触，便饶有兴味地翻阅起来。

阅毕，张纪恩感到奇怪，书中怎么没有一张张锡瑗的照片？怎么连张锡瑗的名字都没有提到？

张锡瑗这名字对于今日的读者来说已是非常陌生，但张纪恩却很熟悉张锡瑗，因为她是邓小平的第一任妻子。

邓小平一生，有过三次婚姻：

第一次，1928年在上海和张锡瑗结婚。两年后，张锡瑗难产而死。

此后，他和金维映结合。后来，邓小平在江西苏区因"邓、毛、谢、古"事件受批判，金维映离去。后来金维映和李维汉结合。

第三次，1939年9月，在延安和卓琳（本名浦琼英）结婚。

张锡瑗是邓小平留学苏联时的同学，比邓小平小两岁，中共党员。

1927年，邓小平回国不久，在武汉的中共中央机关当秘书，恰巧张锡瑗也从莫斯科来到武汉。此后，中共中央机关迁往上海，邓小平调往上海工作，张锡瑗也调往上海，而且是在邓小平下属的秘书处工作。

这样，邓小平便在1928年和张锡瑗在上海结婚。当时，邓小平不到24岁，张锡瑗不到22岁。他们在上海广西中路一个叫"聚丰园"的四川馆子里举办婚礼，周恩来、邓颖超、李维汉、王若飞等出席。后来，张锡瑗在生孩子时难产而死，死的时候，年仅24岁。生下的孩子也死了……

在张纪恩看来，《邓小平》画册无论如何，应该有张锡瑗的一席之地。所以，从美国回来后，张纪恩又去上海龙华烈士陵园，但在那里也见不到张锡瑗的照片。

于是，张纪恩给出版《邓小平》画册的中央文献出版社写了一封信，认为《邓小平》画册应该补上张锡瑗的名字和照片。他的信写得颇为尖锐："但见新人笑，不见旧人哭。"他的性格便是如此，怎么想就怎么写。

据张纪恩说，他的信由在中共中央文献研究室工作的杨尚昆之子杨绍明转给了邓小平，后来毛毛看到了这封信。

于是，毛毛由中共上海市委组织部沈玉琴陪同，前来看望张纪恩。

这样，毛毛在《我的父亲邓小平》一书中，专门补写了一章《张锡瑗妈妈》，记述邓小平和张锡瑗的婚恋。书前，还印上张锡瑗的照片。也就是说，毛毛完全接受了张纪恩的意见。

张纪恩说起了那张张锡瑗照片的来历：

张锡瑗死得很早，何况当时从事地下工作，不允许随便去照相馆拍照，所以寻找张锡瑗的照片是一件不容易的事。

不过，张锡瑗有个小妹妹叫张晓梅（原名张锡珍），也是中共党员，由邓小平介绍，和徐冰结婚。徐冰本名邢西萍，是邓小平在莫斯科中山大学时的同学。新中国成立后，徐冰担任中共中央统战部部长。虽然徐冰和张晓梅都在"文化大革命"中被迫害致死，但是从张晓梅在西安的亲属家中，终于找到了一张张锡瑗的照片。

张纪恩这才明白，在编《邓小平》画册时，确实是因为找不到张锡瑗的照片，所以没有印上去，并非什么"新人""旧人"的缘故。不过，即便张纪恩的信写得那么言辞出格，邓小平却并没有半点责怪他。

邓小平曾说过："张锡瑗是少有的漂亮。"果真，那照片上的张锡瑗美丽动人。

这样，在上海龙华烈士陵园，也有了张锡瑗的墓和照片。

张纪恩说，他曾去到龙华烈士陵园，在张锡瑗的墓前献上了一束鲜花。

张纪恩的阅历非常丰富，他劝我去采访一位阅历也很丰富的老人。他拿出一大堆名片，寻找起来。我看到他手中一一翻过去的名片，几乎都是高级干部或者高级知识分子，如扬帆、薛暮桥，等等。

我见到苏渊雷教授的名片，便说起我认识他，但是我只知道他是著名诗人、书法家。

张纪恩却告诉我，苏教授也是中共早年的党员，这很出乎我的意料。他劝我不妨去采访苏教授，请苏教授谈那段鲜为人知的经历，对于研究中共早期党史会是很珍贵的口碑资料。可是，就在我准备与苏教授联系时，年近九旬的苏老却在上海华东医院与世长辞了。

在张纪恩手头的名片中，最为奇特的是越南黄文欢的名片。那名片上除了印着汉字"黄文欢"三个字以及一行越南文"HOANG VAN HOAN"，什么都没有——既没有印"头衔"，也没有印地址、电话。

这一大堆名片，其实也就是张纪恩特殊的交际圈的象征。

第二章　上海的"海"也很深

上海豪门叛逆

"老子英雄儿好汉，老子反动儿混蛋。"这样"左"的口号在"文化大革命"中曾甚嚣尘上。其实，人生之舵是操在每一个人自己手中的。周佛海曾是中共一大代表，后来却成为国民党要员，又堕落为大汉奸。而他的儿子周幼海反其道而行之，从花花公子、纨绔子弟成为中共特别党员，从事秘密工作——父子殊途，南辕北辙，恰恰成了"老子反动儿混蛋"最鲜明的一个反证……

在上海市国家安全局的帮助之下，我得到周幼海诸多秘密战线上战友的支持，终于在1991年为周幼海写出记述他的一生的《豪门叛逆》……

1949年5月25日清晨，响了一夜的枪声渐渐稀疏，上海南京路永安公司大楼屋顶——倚云阁上——升起了一面红旗，象征着大上海已经为中国人民解放军解放。

就在这天下午，一辆乌亮的福特牌小轿车行进在市区愚园路上。一个西装笔挺、头发油光可鉴的27岁公子哥儿般的青年，正驾车逡巡。当他见到迎面驶来的一辆三轮车时，忽地减低了车速。他的目光从三轮车上那张仓皇的脸上扫过。

"哦，是他！"他加大油门，轿车急急驶往愚园路、江苏路交叉口的一幢洋房——那里原是汪伪中央储备银行副总裁兼上海分行经理钱大槐的私宅，如今已被中国人民解放军进驻。他跳下了车，向解放军战士报告。

解放军迅即上了他的轿车，他驾车追上三轮车，车上那人当即被擒获。

经过审讯，那人的身份确如那位青年所认出的："徐某，国民党要员。"（由于此人血债累累，后来在苏州被枪决。）

那位青年，便是周佛海之子周幼海。当年，周幼海随父亲出入官场，认得许多国民党要员，而他又是中共特别党员，所以他认出三轮车上的逃亡者，立即报告了解放军……

对于周幼海来说，那天是特别兴奋的一天——他终于在上海堂堂正正地公

171

开露面了。

在此之前,如果有谁在牌局中问他母亲杨淑慧:"你的儿子哪里去了?"杨淑慧就会一边洗牌,一边叹口气:"我的儿子、儿媳远走高飞,都到英国去啦,把老娘甩在上海,我只好搓麻将打发时光。"

其实,周幼海和妻子施丹苹并没有去英国,而是隐居在上海。他们原本和杨淑慧一起住在上海小沙渡路(今西康路)南阳公寓。临近解放时,周幼海"挂"了"号"(即上了国民党特务追捕的黑名单),不得不和妻子秘密隐居在瑞金路巨来大楼,昼伏夜出,却借母亲杨淑慧之口,放出他和妻子经香港去英国的"空气"。

5月25日清早,枪声尚未完全停歇,一位中年男子来到周幼海隐居处,一进门便和他紧紧拥抱。来人是与周幼海保持单线联系的上级——中共中央上海局策反工作委员会委员田云樵,他们共同庆贺:"天亮了,胜利了!"

也就在这天中午,周幼海回到南阳公寓,从车房里开出多日未用的小轿车——那时,虽然周佛海作为大汉奸已经倒台,周家无势却有钱,连周幼海的妹妹也拥有一辆轿车。周幼海是道地的"公子",却走上红色之路……

1922年10月20日下午2时半,日本鹿儿岛山间一幢农舍里,一个男婴呱呱坠地。父亲是中国湖南沅陵的25岁的留学生周佛海,母亲是湖南湘潭21岁的姑娘杨淑慧。周佛海望着新生的幼儿,取名"周幼海"。

对于杨淑慧来说,周幼海是她的长子;对于周佛海而言,周幼海则是他的第三个孩子。周佛海16岁那年,由母亲做主,与邻村郑永汉之女郑妹成婚,郑妹年长他3岁。婚后,生一子一女,分别取名周少海、周淑海。

年已九旬的李达夫人王会悟对我说,周佛海在1917年由湖南赴日本留学,1920年曾回国省亲,1921年暑期来上海出席中共一大。就在出席中共一大期间,在她家结识她的同学杨淑慧,两人一见钟情。周佛海陷于热恋,定下当年阴历八月十六与杨淑慧订婚。就在

1921年出席中共一大时的周佛海

周幼海（左二）与父亲周佛海（右一）

订婚前夕，风波骤起，上海《时事新报》捅出消息说"周某人行为不检，家有发妻，此次又将骗娶某女学生"。杨家乃名门，杨父阅报大怒，当即毁断婚约，把杨淑慧关在家中。不料，杨淑慧跳窗逃跑，与周佛海私奔日本同居于鹿儿岛。杨家和他们断绝来往。

当时周佛海是一穷学生，养家糊口十分艰难，夜深写稿，聊补家用。如杨淑慧所忆："我们每天只买五角钱的小菜，三角钱买条鱼，五分钱买豆腐，余下的一角五分，便再买些青菜什么的。吃饭的时候，我完全学日本人样子，让佛海先吃。……有了幼海，我便更辛苦了。有一次他患伤风，夜里要啼哭，我便全夜不睡，抱着他在房中行走，生怕吵醒了佛海，明天累得他不能看书做事。"

自从生了幼海，杨淑慧暗中写信报告父母。父母来信道："淑慧儿览：儿既为人妻，又为人母，望儿相夫成名，教子成人……"从此岳父母原谅了周佛海。杨淑慧和丈夫带幼海回国探亲，把幼海寄养在父母家。

此后，杨淑慧又生一女，取名周慧海。

周佛海成为"大人物"之后，寻花问柳，不时传出艳闻，但无生养。1944年他在日本养病时，与日本护士金田幸子同居，生下一女，名叫白石和修。这样，周佛海共有二子三女。在五个子女之中，前妻所生一子一女不在他身边；

金田幸子所生女儿处于"保密"状态；与他一起生活的是幼海、慧海。他最为钟爱的是幼海，期望他"子承父业"……

周佛海在宦海漂浮，周幼海也随他过着动荡的生活，他6岁至7岁在上海比德小学读初小一年级，旋即转往南京、长沙就读。1938年2月，他随母迁往香港，在岭南中学读高二。这年12月18日，周佛海和汪精卫等飞往河内，打起"和平运动"的旗号，公开投敌当上汉奸。不久，周幼海来到岭南中学上课时，见课桌上写着"小汉奸"三字，脸色骤白。他曾愤愤地说："父亲是父亲，儿子是儿子！"可是，同学们总是对他投来冷漠的目光，使他的心灵第一回蒙受莫大的刺激。他曾在校刊上公开发表抗日文章，表明他的爱国之心。

他无法再在香港上学。周佛海随汪精卫来到上海，把家眷也接去了。周幼海来到上海不久，日本方面便安排他去日本读书。倡议此事的是日本"陆军省军务课课长"影佐祯昭，当时秘密与汪精卫谈判建立伪政权的便是他。影佐祯昭指派伪满洲国驻沪"大使馆参事官"伊藤芳男护送17岁的周幼海前往日本。

1939年9月，一句日本话也不懂的周幼海在伊藤芳男的带领下登上了"长崎丸"海轮离开了上海。一路上，他只能用半生不熟的英语，偶尔跟伊藤说几句。他在未曾发表的手稿中，这样记述初抵异国的印象："当时给我印象最深的是在火车站和车厢中不断见到背着'武运长久'斜带的应征士兵，特别是家属送行时三呼'天皇万岁'的情景。但是同时又经常看到捧着阵亡士兵遗像和骨灰盒的家属，走过遗像的日本人都默哀。去的高呼，回来的沉默，这是何等强烈的对比呀！"

在东京，周幼海被安排住在大井町下神明町日本财阀藤田源一的豪华别墅里，那里有着宽敞的草坪和日本式庭院，生活悠哉游哉。教他日文的，是年已古稀的松本龟次郎——当年周佛海曾是他的学生。学习条件也是第一流的。周佛海存心要把周幼海培养成自己的接班人，而日本也要通过培养周幼海以求加强与周佛海的"友谊"。

就在周幼海抵达日本不久，1940年1月，发生了"高陶事件"。高，即高宗武；陶，即陶希圣。本来，高内定为汪伪政府"外交部部长"，陶为"宣传部部长"，因部长之职被别人抢走，高陶反戈，出走香港。陶希圣在香港《大公报》发表文章，揭露"日汪密约"，并且说日方把周幼海弄到日本读书，实际上是当"人质"。

消息飞快地传入周幼海的耳朵中。诚如他后来所回忆的那样："陶希圣的文章使我非常痛苦。在留日的生活中，我逐步认识到当时日本统治者在有计划地把我培养成汉奸亲日派的接班人。"

陶希圣所说的"人质"也并非没有道理，因为后来国民党把周佛海的母亲、岳父、妹妹、妹夫及岳父小老婆全都关进息烽监狱，也是作为"人质"。

在日本，周幼海过着纸醉金迷的生活。他说，他曾是"一个纯洁的青少年"，却"在日本学坏"。他的内心空虚而痛苦，尤其是遇见中国同学，他们认为他是"大汉奸的儿子"，对他投以轻蔑的目光。

就在周幼海心灵备受煎熬的时刻，一位名叫陈国祯的中国学生给他指点迷津。陈国祯来自北平，比周幼海高两级，兼管学校的图书馆。知道周幼海喜欢看文艺小说，陈国祯问他："美国记者斯诺写的《西行漫记》你看过没有？"周幼海摇了摇头。

过了两天，陈国祯秘密地借给周幼海一本书，书的封面用纸头严严实实包了起来。他说："看这本书，你不能告诉任何人。这本书里，还提到你父亲呢！"周幼海回到住处，连夜读这本由上海复社出版的《西行漫记》，这本书使他懂得了什么是中国共产党，什么是中国工农红军。书中，毛泽东在讲述创立中国共产党时，提及"在日本是周佛海"。他开始明白，父亲周佛海原是共产党阵营中的一员，后来背叛了中国共产党。

看了《西行漫记》之后，陈国祯对周幼海说："父亲是父亲，儿子是儿子，只要你不当汉奸，同学们是不会看不起你的。"陈国祯的话使周幼海得到安慰，他们渐渐熟悉了，开始讨论国内政局。正如周幼海在未曾发表的文稿中所回忆的："我们的话题当然转到抗战上，他告诉我真正抗战的是共产党而不是国民党。这点，我当时是不大理解的。于是，他又给了我《论持久战》。这是一本油印的小册子，我第一次读到了毛主席著作……"

陈国祯后来被日本宪兵逮捕，病死在狱中。他在周幼海的心中播下了进步的种子，促使周幼海的思想日渐起了变化。周幼海尝试着进行反抗。

他的第一个小小的反抗行动，便是要求在寒、暑假回国。起初，日本不答应，说是要他集中精力读书，不要回国。他反唇相讥道："怪不得人家说把我留在日本读书是当'人质'！你们不愿放我回国，不正是把我当'人质'吗？"日方无奈，只得同意他回国度假。

他的第二次反抗，震惊了日伪。

那是1941年暑假，正在上海愚园路1136弄59号周宅度假的他，忽地不知去向，他的母亲急急报告了日本宪兵队。

宪兵队立即着手侦查，周佛海又下令要特工总部主任李士群追查。

很快，周幼海在香港岭南中学读书时的同学姚祖彦受到讯问，姚祖彦不得不交代了周幼海的行踪。

这样，一列火车驶近杭州时，突然紧急刹车。日本宪兵和汪伪特务石林森上车搜查，带走了混在旅客之中的周幼海。

杨淑慧闻讯，带着周慧海赶往杭州，把周幼海劝回上海……

原来，周幼海当时不愿再回日本读书，他趁暑假来沪，与老同学姚祖彦计议，逃往重庆，投奔国民党。

于是，他托姚祖彦买好了车票。临走的那天，他住进上海金门饭店（今华侨饭店），以甩掉跟踪的"尾巴"。

无奈，他还是无法逃脱日本宪兵队和汪伪特工的追查。

因为此事，姚祖彦被"76号"传讯。查来查去，查不出姚祖彦有什么特殊的背景，只得不了了之。

所幸周幼海毕竟是周佛海的儿子，未受怀疑，他只是推说"去杭州游玩"，遮掩过去。不过，他坚持不去日本读书。为此，当燕京大学校长、美国的"中国通"司徒雷登来沪时，周佛海曾跟他商谈送儿子去美之事。不过美国未去成，此后，周幼海到北平中国大学政治经济系读了一年书。

胳膊拧不过大腿。虽然周幼海心中不愿意，但在1943年初还是被送回日本，进入庆应大学经济系读书。

东京的报纸刊登了日军大本营报道部部长谷荻那华雄少将的文章，提到了周幼海再度赴日，是"响应日本对华新政策"。这篇文章使周幼海颇为反感。他写了文章，在上海《平报》上发表，婉转地反驳了谷荻那华雄——这是他头一回公开表露与日本军国主义者不同的看法。

他的思想不断进步。一位名叫山田的日本同学借给他日本版的《资本论》，一位姓陈的广东留日学生借给他《大众哲学》《新哲学大纲》《新经济学大纲》。他开始懂得什么是马克思主义。

他回国度假时，见到了当年香港岭南中学另一位老同学，名叫张朝杰。在闲谈中，张朝杰透露了重要信息：他的妹妹张朝素经同乡范上豪介绍，到苏北去了。

周幼海明白"苏北"的含义——那里是新四军的根据地。不过，他毕竟是周佛海之子。每逢周佛海访日或者杨淑慧访日，总是带着他走访日本权贵们。

周佛海颇为"显赫"。1943年1月，当汪伪政权和日本合演"交还租界"

那虚伪的一幕时，上海马路纷纷改名。当时周佛海住在居尔曲路，由于他是湖南人，因此也就改名为湖南路。

然而好景不长。世界反法西斯战争节节胜利，日伪政权风雨飘摇。1944年11月10日，汪精卫一命呜呼，病死于日本名古屋，周佛海"荣升"为伪行政院副院长兼上海市市长，成为伪政权中仅次于陈公博的第二号大汉奸。不过，这只是回光返照罢了，是垂死前的"荣升"。这时的周佛海见儿子日渐懂事，不断与他长谈，盼他继承衣钵，如1945年3月3日周佛海日记所载返家后与幼海谈时局颇为痛快。

历史性的一天终于来到。1945年8月15日，日本天皇裕仁宣布无条件投降。当天晚上，张朝杰正在周宅（已迁至毕勋路，亦即今汾阳路上海音乐学院内）吃晚饭，忽见副官匆匆进来，把周幼海叫到外边耳语一阵。周幼海一回屋，便告诉张朝杰："日本宣布投降了！"

周佛海像泥鳅一样滑，他忽地摇身一变，成了"国民党军事委员会上海行动总司令"，依然统治着上海。

不久，一个黑黑胖胖的人不断进出于周宅。此人便是国民党军统特务头子戴笠。周佛海毕竟名声太臭，民愤甚大，戴笠安排他于1945年9月30日离沪，飞往重庆。

周佛海离沪的第三天晚上，周幼海回到家中，见戴笠正在二楼客厅跟杨淑慧等谈话。杨淑慧一看见周幼海便说："你父亲一到重庆就旧病复发，戴先生已经把他送到41医院请美国医生治疗。戴先生要我带着看护马小姐明天去重庆照顾你父亲。戴先生要你也去。"周幼海当即摇头："我不会照顾，我不去。"

戴笠一听，虎起了脸："你知道，当我要什么人干什么事的时候，是没有人敢违背我的意志的。"

面对如此蛮横的铁腕人物，周幼海针锋相对："我又不是你的部下，没有必要执行你的命令！"

戴笠仍然是命令式的话："你不去？今天晚上你就跟我走！"

周幼海深知此行如入虎口，便提出自己的条件："第一，我不和他们住在一起。第二，我要有行动自由。"

戴笠也提出了他的两个条件："第一，不许你用现在的名字。第二，不许你去看你父亲在重庆的老部下。"

于是，杨淑慧当场提议把周幼海改名为周祖逵——因为他的祖父叫周逵儿。

就这样，周幼海随母亲飞往重庆，在白市驿机场着陆。不久，他便随同周佛海一起，被转移到四川军阀白驹的公馆——白公馆——软禁起来。据周幼海回忆："我们在白公馆的生活是很优裕的，可以下棋、打牌、唱戏、看报。每天吃的是八菜一汤，大鱼大肉。"他还说及："每天报纸一到，照例是我拿《新华日报》，罗君强拿《大公报》，丁默邨拿《中央日报》，然后谈论当天新闻。如果有什么大新闻，就都到二楼，以周佛海为中心议论一番……"后来才知道，《新华日报》是白公馆一位工作人员特地为周幼海订的，那位工作人员为此受到查处。

周幼海感到愤懑，因为罗君强是汪伪上海市政府秘书长，丁默邨是汪伪最高国防会议秘书长、浙江省省长，他们和周佛海一样，都是大汉奸，而他为什么要跟汉奸关在一起？软禁的生活越来越呆板，被软禁的人心情越来越复杂。来往信件，都要经过检查。周幼海常给老同学张朝杰写信，其中必有一句"问你妹妹好"——这句看来很普通的问候语，除了他知、张朝杰知，任凭查来查去，特务们始终无法得知真正的含义。

周幼海想方设法离开白公馆。他的父母也一再帮他说情，说他年纪轻轻，正是需要求学的时候，怎么可以在白公馆耽搁学业？国民党的特务们也说不出监禁周幼海的理由。特别是1946年3月17日戴笠因飞机失事，一头栽在南京东郊岱山，白公馆上下一片恐慌，也就在4月里释放了周幼海——屈指算来，他被软禁了七个多月。

临走的前夕，周佛海同他作了一次长谈。周佛海和杨淑慧希望他去美国读书。周佛海说："你妈妈给你的钱，供你到美国读三五年书是不成问题的，你还是到美国去好。"这时，周幼海意味深长地说："我的一生到现在为止，都是由你支配的。今后我要走自己选择的道路了。"周佛海虽然不明白他"自己选择的道路"是什么，但是这么说道："好吧，由你自己决定吧，这也是人各有命。"这便是周氏父子最后一次关于人生的谈话。

周幼海成了第一个离开白公馆的人。当时的军统头目毛人凤找周幼海谈话，不许他去重庆、上海，理由是那里认识他的人太多，也不许去昆明，因为那里在闹学潮，唯一可去处是成都。

周幼海被送到了成都华西坝华西大学，他在那里找到了他的好朋友萧孟能。

在萧孟能的帮助下，周幼海曾秘密回到重庆，来到中共办事处，求见董必武。他知道周佛海和董必武同为中共一大代表，有过交往。董必武的秘书接待

第二章 上海的"海"也很深

了他，他提出希望到延安去。秘书称赞了他的革命热情，但是由于他没有带任何组织介绍信，不便马上安排他去延安，秘书只得说"现在去还不方便"。

周幼海只得回到成都。他左思右想，觉得通过张朝杰的妹妹，也许可以投奔苏北根据地。

这样，他托萧孟能悄然买了重庆到上海的飞机票，于6月初来到上海。这时，他得知母亲杨淑慧已被军统特务押回上海，正在逼她交出财产。他不敢回家，躲在上海复兴公园附近的一幢公寓里。

他很快找到了张朝杰，得知张的妹妹张朝素以及妹夫正在上海，便喜出望外，

田云樵

要求见面。张朝杰当时虽还不是中共党员（他在1948年10月入党），但张朝杰的妹夫却是一个颇为神秘的人物。他是张朝素进入苏北根据地之后认识结婚的，张朝杰原本不认识这个妹夫，只从妹妹的来信中知道妹夫姓田。有一回，一位姓唐的地下交通员通知张朝杰，明天有一位姓宋的先生来看他。翌日，一个陌生男子来了，跟他说长道短，把他妹妹的近况介绍了一番，接着又问，如果他妹妹回上海，住宿是否有困难……如此这般说了半天，那来客才说自己姓田——原来正是他的妹夫！

这位妹夫本姓田，但常改姓宋。直至他的哥哥田仲济来到上海，兄弟俩一个姓宋、一个姓田，造成"矛盾"，他才用本姓了。他原名田荩宽，又名田忠符，后来化名田云樵——如今竟一直叫"田云樵"。

我1991年7月在北京访问了82岁的田云樵，他一副山东大汉模样，是1931年的中共老党员。据云，20世纪30年代他在山东丢了一件行李，行李中有他和一些同志的合影，中共山东省委书记任作民令他当夜疏散到上海，这样他在上海住了一段时间。后来，他在苏北根据地工作。当苏北成立城市工作部（前身为敌工部）时，上级考虑到他曾在上海工作过，加上又有妻子的亲属可作掩护，便派他来沪，这位"宋先生"也就来与妻兄张朝杰会面。不久，他带张朝杰来到苏州河，在一条小船上见到张朝素。在地下党董竹君安排下，田云樵夫妇在上海住了下来，开展地下工作。

179

当周幼海找了张朝杰，张朝杰马上把情况转告了田云樵。于是，张朝杰带周幼海来到江西中路的永康大楼，在那儿一写字间里跟田云樵见面。周幼海表示了要求投奔革命根据地的愿望。事后，田云樵请示上级，同意了周幼海的请求。

这样，在1946年6月底，周幼海由田云樵安排来到淮阴，找到了中共华中分局联络部，社会部副部长扬帆热情地接待了周幼海。此后，周海幼改名周之友。

1946年8月2日，是周幼海人生的转折点，这天，经扬帆、何荦介绍，他加入了中国共产党——他的身份是"特别党员"，候补期两年（1948年3月由田云樵向他宣布转正）。举行入党仪式时，恽逸群也在场。

入党之后，周幼海被扬帆派回上海，在田云樵的领导下工作。为了不暴露身份，他只和田云樵保持单线联系。

中共中央上海局成立了策反工作委员会，张执一任书记，田云樵、李正文、王锡珍（即陈约珥）等为策反委员。策反工作委员会在辣斐德路（今复兴西路）租了一套公寓作为联络点，由张朝杰、叶佩仪夫妇住在那里。机关的支部书记为陈黄瑛，交通为刘敏兰。周幼海在田云樵领导下从事策反工作。

周幼海回沪以后，跟母亲杨淑慧一起住在小沙渡路的南阳公寓。他有着那样的一位父亲，而从事的工作又那么秘密，几乎没有谁会想到他是中共特别党员。

据田云樵回忆，由于情况多变，他在上海北四川路、圣母院路（今瑞金一路）、太原路等处都住过，不断迁居。通常，总是他到周幼海家去跟周幼海接头。虽然周佛海作为大汉奸被关在南京老虎桥监狱，但周幼海当年随父亲参加种种社会活动，结识大批国民党上层人物，这样他仍能不时把主要的情报报告给田云樵。

周幼海曾参加"国民政治协会"活动，与李洁、胡伯敏、汤济溪等策反了浙东税警大队长。他也曾策反了国民党上海警察局的重要头目……他冒着生命危险，从事策反工作。

他还竭尽自己的能力为地下党提供活动经费。据不完全统计，周幼海交给地下党黄金12根（大条）、港币3.75万元、美金5000元，还有翡翠6块、红蓝宝石2枚。在1949年4月，又交给地下党2000美元。新中国成立之初，杨淑慧"分家"，分给周幼海1万美元，他又全部通过赵铮转交扬帆。据估计，上交总额约为10万美元，这也从一个侧面，反映了他对于革命的一片赤胆忠心。杨淑慧知道他把钱交给了共产党时，曾气急败坏地说："这么多的钱，够你吃一辈子、用一辈子的。你都交掉了，将来怎么办？"

周幼海曾以周佛海家属身份陪伴杨淑慧，"名正言顺"地前往南京老虎桥监狱探望周佛海。当时，在战场上与中国人民解放军对垒的国民党将军之中，有好几位乃周佛海旧部下。周幼海从父亲那里探听情况，为策反工作提供重要情报。

周幼海在上海秘密地收购手枪，逐批交给地下交通员运往苏北。有一回，风声甚紧，家中面临被搜查的危险，周幼海和妻子匆忙把手枪藏在地毯下面。

那时，周幼海的公开身份是在中央商场二楼的交易所里做投机生意的商人。他在中央大楼租了写字间，化名"周开理"在永大银行开了户头。表面上，这位"大公子"正忙于生意经，整天跟"孔方兄"打交道。他正是在"孔方兄"的掩护下，从事革命工作。

形势日益吃紧，不知内情的朋友不断地提醒他："陈公博的子女到国外去了，汪精卫的子女到国外去了。"言外之意，劝他赶紧滑脚。他呢，也就顺着这些话，说自己正打算去"英国留学"。

当组织上通知他已经被敌人"挂了号"，他迅速转移，过起"隐居"生活。他的许多朋友真以为他去英国留学了呢！

新中国成立后，扬帆出任上海市公安局局长兼社会处处长。社会处下辖三个室，田云樵为二室主任。

当年从事地下策反、情报工作的人员转入社会处。他们接到通知，聚集一堂。这时，他们才彼此知道是在同一条战线上工作——因为在此之前，他们只有垂直的单线联系，没有横向联系。田云樵记得，当时周幼海非常惊讶地对他说："有这么多的同志呀！"

他依然成为扬帆、田云樵的部下，在上海市公安局社会处二室二科担任股长。后来，他担任副科长，在侦察、保卫工作中做得十分出色。他曾奉命监控几个日本特务。他不露声色，圆满完成任务。这时的他，经过多年秘密工作的锻炼，业务能力已很强。

为上海女作家戴厚英写下《非命》

1996年8月28日下午，我外出办事。傍晚，刚回到家中，我便接到香港《明报月刊》编辑部电话，要我无论如何在晚上赶出一篇万把字的关于上海女作家戴厚英的文章，约定翌日上午11时（后来提前到10时）传真给他们。因为戴厚英和她的侄女突然于三天前——25日下午——在上海凉城新村寓所被杀，这一消息在上海尚未见报，但是香港报纸以及"美国之音"已在27日报道。具有高度新闻敏感性的《明报月刊》本来第9期已经上机付印，为此决定立即停印，要我赶写《戴厚英之死》一文给他们，马上补入第9期之中。

当时，上海市公安局成立了170多人组成的"8·25特大凶杀案"侦查专案组。然而这一案件扑朔迷离，一时尚无头绪。

接到香港《明报月刊》的电话之后，我连忙找出多次与戴厚英谈话的录音带和采访笔记，还找出为她拍摄的照片、底片以及她送给我的著作，还有我在十几年前从报刊上剪下的许多"批判"《人啊，人！》的文章，开始着手写作纪念她的长文。

我连夜赶写了1万多字，于翌日——1996年8月29日——传真给香港《明报月刊》，题为《从〈诗人之死〉到戴厚英之死（上）》。

香港《明报月刊》1996年第9期当即补上此文。几天后，这一期《明报月刊》就发行了，这篇文章在海外产生很大的影响。

紧接着，我续写了2万多字的《从〈诗人之死〉到戴厚英之死（下）》，传真给《明报月刊》，该刊在第10期发表了。

作为作家，我与新闻记者们的视角不同：他们关注的是侦破工作的进展情况，公安人员如何侦破凶手，凶手是如何杀害戴厚英的，法庭是怎样审理这一大案……而我呢？我所注重的是用我的笔向广大读者介绍我所了解的戴厚英，她是怎样的作家，她坎坷的人生道路和创作道路，她的人品，她的作品特色……一句话，我关注的是她的"心路历程"。

第二章 上海的"海"也很深

香港《明报月刊》1996年第9期为我的纪念戴厚英的文章加了如下编者按：

> 著有《人啊，人！》《诗人之死》等长篇小说的上海著名作家戴厚英，8月25日下午在家中惨遭杀害。
>
> 戴厚英自1978年起开始小说创作，她的文学作品因为人性和人道主义色彩过浓，曾经一度在中国大陆受到批评。
>
> 戴厚英近年来在政治和文学创作上较低调，主要耕耘领域集中在文学理论等课目上，并且对佛学产生兴趣，著述颇丰。
>
> 戴厚英出生于1938年，后考入华东师范大学中文系，1960年到上海文学研究所从事文艺理论研究工作，1979年调入复旦大学中文系，第二年转入上海大学文学院。
>
> 戴厚英一生坎坷，在文学创作和个人情感上遭遇过多重创伤。上海著名作家叶永烈是戴厚英生前好友，曾数度采访戴厚英。如今，叶永烈那些采访戴厚英的录音已成戴厚英留在人间最后的声音。本刊独家约请叶永烈撰写3万字长文，追踪戴厚英在世时的音容笑貌和她此生走过的心路历程。文章将由本期开始连续刊出。

香港《明报月刊》1996年第10期，又加了如下编者按：

> 上海著名女作家戴厚英8月25日在上海家中惨遭杀害，此事引来海内外各界人士的震动。本刊独家约请戴厚英生前好友叶永烈撰写的缅怀文章已自上期开始刊出，并受到读者关注。戴厚英生前极少接受访问，近年更少曝光；叶永烈是少数被接受的采访者。叶永烈多次访问戴厚英，掌握大量第一手资料，精心整理成本文；追寻戴厚英的心路历程，行文真实、细腻，生动地刻出一个历尽磨难的女作家的一生，可说是戴厚英第一篇完整的传记。
>
> 本刊为满足读者要求，在本期内将叶文余下的2万字刊出，以此与各地读者共悼戴厚英在天之灵。

我出席了戴厚英的追悼会，还参加了对于残杀戴厚英的凶手的庭审——她的一位中学老师的儿子，为谋钱财，丧心病狂地杀害了戴厚英以及她的侄女。我在《从〈诗人之死〉到戴厚英之死》一文的基础上，加以补充、修改，写出了《非命——著名女作家戴厚英的心路历程》一书，奉献给文友戴厚英在天之灵，也奉献给众多关心她的读者。

我曾说过，由于众所周知的原因，我作为作家，采写诸多人物，但是我几乎不写同行——作家；

即使不得不写作家，我几乎不写同地同行——上海作家；

即使不得不写上海作家，我几乎不写年龄相仿的作家——中青年作家；

即使不得不写上海中青年作家，我几乎不写异性作家——女作家。

我采写戴厚英，是唯一特殊的例外。

她只比我大两岁，而且是上海女作家，本来我是很忌讳写这样的同行。但是，对于她命运的同情，使我决定采访她：她是"右派分子"的女儿，她在"清污"运动中遭到"左"的排炮的猛烈轰击……

那是1985年5月21日，在北京返回上海的火车上，我一口气读完了戴厚英的长篇小说《诗人之死》。我知道，她写的诗人的原型是闻捷，而小说中的"向南"便是她自己。

小说毕竟是小说，是虚构的。我想及写一篇报告文学——《闻捷之死》。

我大致知道戴厚英的处境。尽管复旦大学在上海东北角，我家在上海西南角，到她那里去必须斜穿上海城，光坐车来回就要近四小时，但是我还是未事先写信与她预约——因为这样的采访话题她会回避——的情况下前去找她。6月4日上午，我朝复旦进发，7点多离家，到达她那里时已9点多了。

她住在复旦大学第一宿舍。刚进大门，一辆邮车驶过，往传达室的地上扔下一包邮件。我看了一眼，最上面的是《芒种》编辑部寄来的杂志，上面用毛笔写着"戴厚英"。

她住在一幢六层宿舍大楼的第四层，环境很安静。我担心她不在家，不料敲门之后，她来开门，双手水淋淋的，正在洗衣服呢。

房子不太，一长间，小小的卧室、灶间，唯一宽敞的是书房，占了一半面积，几个玻璃书橱里放满了书。

她戴着金丝框眼镜，50岁模样，脸上皱纹已很深。她非常健谈，口齿清楚，讲话很有条理。她烟瘾很重，一支接一支地抽香烟。桌上放着电话。

一听我的名字，她就知道了。我们无拘无束地交谈着。

我说明来意之后，她沉思了一下，然后说："写这样的报告文学，你会得罪人的。下午我有课，我上课一向需要平静的心情，现在谈闻捷之死，会使我激动难以自制，我们另约时间谈吧。不过，我可以先把我的一些情况跟你谈，你心中有底，然后你再考虑写不写。"

她异常坦率，又异常倔强。她是个性很强的女性。

她说，她的父亲是"右派"，叔叔被镇压，她是一个没有"后台"的普通的人。

1960 年，她从华东师大中文系毕业，分配到上海作家协会文学研究所工作，住在作协集体宿舍。三个人住一间。

后来，她结婚了，生了女儿。由于意见不合，与丈夫离婚。

"文化大革命"中，她曾参加造反派，成为闻捷专案组的成员（她强调说，她不是组长——她不是党员，不可能当组长。小说中写成组长）。连她自己也意想不到，在审查过程中，她读了闻捷的作品，被深深感动，爱上了闻捷。当时，闻捷的妻子因受迫害而亡故。

她与闻捷的爱情，受到工宣队、军宣队的干涉。她被送往东北，闻捷自杀离世……她，蒙受了第一次沉重的打击。

"文化大革命"后，她以自己的生活为素材，写出了《诗人之死》，上海文艺出版社决定出版。上海某些人闻讯，视其为猛兽——因为闻捷之死与那些人有关。此书停了下来。不久，上海文艺出版社还是决定转印，打了纸型。这时，上海某人又借用夏衍之口压制此书。终于此书无法在上海印，转到福建人民出版社，上海又派人追到福建。关键时刻，福建省委书记项南给予支持，使此书问世。上海新华书店原订六万册。印成后，受到某些人干涉，上海退书，一本也不让进。后来，总算进了一点点。有人看了，说："写一个专案组长跟专案对象的恋爱？！"

《人啊，人！》出版之后，戴厚英受到了"密集性"的"批判"。她知道原因何在。可是，声势浩大的"批判"，反而使这本书一下子引起注意。美国出了烫金精装本，香港地区出了两种版本，法国出了译本，日本、联邦德国也在翻译出版……可是，她不仅得不到版税，连样书也没拿到。她对我说："就像一个女儿，穿上了各种各样的衣服。我作为母亲，多么想看一眼呀！"

戴厚英还告诉我，外国出版社编辑来沪，要求会见作者，复旦大学党委请示上海市委宣传部，未予同意。德国波恩大学马丁教授求见，也遭拒绝。里根总统访问复旦大学时，复旦大学有关的接待文件上，专为戴厚英写了一条："如果外国记者问起戴厚英，就说不知道。"

上海某人要把戴打成"三种人"。戴说，那人明明知道她在"文化大革命"中不属"三种人"，为什么强往这上面套？据说，上海市委一位书记在一次会议上曾提及戴是"文化大革命"中"上海市委写作组成员"。戴说，这显然不符事实。这位市委书记当时不在沪，不了解情况，显然有人向他乱汇报，欲置她于死地。

戴还说，上海某人访美，美国几乎不知道此人，却不断有人问及戴厚英怎样。尤其是此人看到了《人啊，人！》的精装英文译本，很不是滋味儿。戴说，嫉妒是难免的，由嫉妒发展到压制、打击，那就很不应该了。

戴说，对《人啊，人！》的"批判"，是她一生中蒙受的第二次打击。

打击，反而磨炼了她。她说，一旦看透了，反而很冷静。她无心于官名利禄，唯一的追求就是要在文学上有所建树。迄今她还不是中国作协会员。但是，她说，她在读者中的广泛影响，已无愧为一位中国作家。最近，中国作协要她写申请，她说她不写，她不愿打着白旗进入中国作协。

她说，她在上海已待不下去。汕头大学邀请她任教，她已决定去，学校不愿放，她正在努力说服学校。

我问及闻捷三个女儿的情况。她说，大女儿咏桔在上海当医生，女婿是上海青年报记者；二女儿咏苹在江西；三女儿咏梅在《萌芽》编辑部。咏桔、咏梅住在一起，在上海体育馆附近。

正说着，电话铃声响了。电话里问："戴阿姨吗？"戴则笑道："是小妹呀！"打电话的正是赵咏梅，可见戴厚英与闻捷女儿仍非常亲密。戴在电话中告诉咏梅，叶永烈要采访，戴征求她的意见，她答："由你决定吧。"戴说："他是一位严肃的作家，相信他不会当作一件耸人听闻的社会新闻来写，而是揭露那个时代的黑暗。"

我问起戴，是否愿自己来写？她说，要写的。但是，现在不会写。等到她行将就木，那些干涉、压制她和闻捷结合的人也差不多了，那时她会如实地写，揭露一切。她遗憾地说，她与闻捷恋爱时的信件全被搜去，至今下落不明。那时，还有人盯梢呢！

戴说，她是羊，在狼的面前是弱者。但是，她又是一个看透一切、连死都无所畏惧的人。她说："我，天不怕，地不怕，只怕女儿不说话！"

她说，上海一位作家曾讲，报纸上批戴厚英，反而把她批出名了，今后要关起门来批！

她还说，现在处境好一些。去年，上海市委书记胡立教说，应该对戴厚英落实政策。

于是，她终于从作协宿舍小屋搬到现在的住所。她说曾在报上看到关于我的报道，原先也住小屋，但她的小屋更小。

她希望读一点我的报告文学作品。正巧，我的包里有一本《文汇月刊》第5期，上边登着我的《思乡曲——马思聪传》，于是我取出来送给她。

她说，最近算是对她"开放"了一点。韩素音前几天经沪时，要见戴，算是见了一面。

她谈及上海文学界很复杂，派系多，老的争权势，没有把精力用于培养中青年。我说亦有同感，但是我不打算也不会卷入任何一派，我写我的。她笑了，说你一写关于闻捷的报告文学，就会被看成支持谁、同情谁。我也笑了，说我的笔出于事实，我只是想写我感兴趣的人与事。

最后，她说让她再考虑一下，同时也希望我郑重考虑一下。如果同意了，她会非常痛快地把一切都说出来——她担心，现在是否还太早了一点。

我走后，戴厚英仔细读了我送给她的《文汇月刊》，读了我的新作《思乡曲——马思聪传》。当天，她给我写了一封信：

永烈同志：

　　读完了大作，很受感动。您写得严肃、认真，又富有才情。

　　关于闻捷，不知道您是否也能写得这么好。了解他的人实在太少了。记得北京一位同志曾打算写他的评传，结果也不知如何。如果您一定要写，我将尽力给您帮助。但，我不愿意谈那一段伤心的往事，更不愿它在我活着的时候公之于众。一个女作家，又是单身的女作家，这种心情您是可以理解的。我别无他求，只求安宁。我不希望成为人们议论的对象，更不希望让人家议论我的个人生活。而且，我觉得这一段报刊上关于我的文字已经够多了。

　　不论是美言或恶言，都不能过。过犹不及。因此我希望在今后的一段日子里被人忘却，专心写作。

　　我的意见就是这样，一切由您自己决定。作为同行，愿意今后多向您学习。

　　祝

　　笔　健

戴厚英

1984年6月4日

于是，我多次前往复旦大学，对她进行详细采访。

我们开始了倾心长谈。

浓雾散去，她显示出真实的面目，是那样的坦率、真诚。她说，她从未这样详细地谈她自己。

磁带盘缓缓地转动着，她的声音不断地"凝固"在棕褐色的磁带上。时间悄然流逝，一盘又一盘磁带录上了她吐字清晰的声音……

在长谈之中，她特别谈到父亲被打成"右派分子"对于她一生极其深刻的影响，引起我的强烈共鸣。她的谈话使我清晰地意识到，反右派斗争所造成的灾难，不光是坑害了那众多的"右派分子"本身，而且给更为众多的"右派分子"的子女带来巨大的灾难……

她与"书香门第""家学渊源"无缘，她本是赤贫土地上的一棵小草。但她是一棵奋斗的小草，拥有脚下广袤无垠的大地。

她的家乡流行一句话："人是一棵草，沾地就能活。"戴厚英正是一棵"沾地就能活"的小草。

1938年3月5日，她降生在安徽淮北阜阳地区颍上县的一个小镇上。那儿是穷乡僻壤。

她对我开始这样的自述：

"我的一家很普通，也很善良。我的父亲是店员出身的合作商店经理，小镇工商界的头面人物。仅仅因为对统购统销政策提了一点意见，就给打成'右派'。

"在我父亲成了'右派'之后，灾难又波及我叔叔。叔叔是一家国营百货商店的经理，工作中出了点差错，丢失了1000元现款，硬说成是他偷的，而且是有意破坏！县里公安局派人下来，把他看起来，不许回家。我们家里的人，大约有一点是共同的，那就是非常要面子，自尊心非常强。叔叔性格很刚烈，他受不了这样的冤屈，自杀了！28岁的婶婶成了寡妇，叔叔死的时候也是28岁。他们有一个小女孩，4岁。婶婶肚子里还有一个，几个月以后才生下来——就是我现在的堂弟。婶婶不识字，叔叔死后，她孀居了一辈子。她才50多岁的女人，头发全白了，看上去完完全全是个老太婆。

"就在叔叔自杀后一个月，小偷给抓住了！我婶婶要求处死那个小偷。我们都劝她，小偷毕竟只是偷你的钱，没偷你的命呀！

"叔叔死后，婶婶没法维持生活，就跟我们家合在一起过。那时候，我父亲本来是经理，因为成了'右派'，被降职降薪，每月工资只有29.5元。

"父亲只有一点粗浅的文化。母亲比父亲大1岁，文盲。"

戴厚英的母亲是文盲，在戴厚英成名之后，她仍无法读懂《人啊，人！》，无法理解为什么《人啊，人！》会遭到"大批判"，但是她常常把《人啊，人！》当作最为珍贵的礼品。每当至好亲朋来访，母亲总是对戴厚英说："送一本《人啊，人！》吧！"

戴厚英这样对我继续回忆道：

"我母亲在街道缝纫组工作。母亲是很能干的家庭妇女，会做一手好针线，一手好菜。可是，收入也极其微薄。

"家里一窝孩子，七个，我排行第二。大姐早就出嫁。三妹在1958年去新疆，1967年因患糖尿病，没钱买胰岛素，一个月的工资才能买几针胰岛素，怎么买得起？她死了，才25岁。她丢下一个小男孩，养在老家。我下面是四妹和三个弟弟。

"父亲被打成'右派'，影响了我所有弟弟妹妹的前途。全家蒙受了经济上和政治上的双重压力，特别是接着遇上三年自然灾害，我们过着赤贫的生活，饿得躺在床上起不来。

"我爱我的父亲。在那个小镇上，我是有名的孝女，从来没有跟我的父亲'划清界限'。在经济上，我一直对家庭承担最大的义务。"

戴厚英回忆说：

"在1980年以前，我过着绝对贫困的生活，比《人到中年》里的陆文婷还要穷。

"现在想想，那么多年贫穷的生活，其实我并不是在为家庭承担责任，而是为错误的反右派运动、为父亲被错划为'右派'承担苦果——本来，这苦果不应该由我来承担。所以，我是'左'的路线的受害者。像我这样，在全国有许许多多普通老百姓，都承受着'左'的苦难。

"当女儿寄养在安徽老家时，我每个月的工资，当时只有48.5元，除了留十几块钱吃饭，全部寄给家里。那时，我常常一到月底就没有钱了，连吃饭都困难，就到朋友家里借个三元五元，混过困境。

"就是在这样的情况下，我也没有向国家要过一分钱的补助。

"女儿来上海以后，我也仍尽自己最大的努力负担家庭。可是家里还不够用，还欠债。到了1964年，家里为了还债甚至不得不变卖了家具。

"所以，父亲一谈起家庭的往事，就说，'我们家全亏厚英'！

"直到现在，我仍为父母承担赡养的责任，因为父母都老了，需要我在经济上给以支持。"

戴厚英对父母、对家乡充满着爱心。她几乎每年春节都回家，跟父母、乡亲一起过节——从当年最贫穷的时候到后来成为"著名作家"，一直如此。

戴厚英和故乡，和父母、姐姐、弟弟、妹妹、乡亲一直保持着密切的联系。虽然她曾开玩笑地对我说："每一回回家，我都得'上上下下打点'！"但是，浓浓的乡情、浓浓的亲情，使她每一回回家都得到了心灵的慰藉。

戴厚英曾说，她的父亲信奉这样的人生哲学："破帽长戴，吃亏长在。"

戴厚英对这句话作了这样的注释："破帽子好，可以戴得时间长；吃亏好，可以活得时间长。"

戴厚英还"总结"了戴破帽子的"三大好处"：

"其一，破帽子没有人抢，没人偷，戴得长久。

"其二，天底下总是破帽子多，新帽子少，因此戴破帽子显得'大众化'。

"其三，戴破帽子的人没人看得起，因此也没有人嫉妒和排挤。"

戴厚英的父亲，正是戴着"右派分子"这"破帽子"，过着"吃亏"的日子。

父亲被错划为"右派分子"，对于戴厚英的人生道路和创作道路产生了极为深刻的影响。

由于戴厚英成了"右派分子"的女儿，她此后曾长期处于"二等公民"的地位，在政治上得不到信任和尊重。尤其在"左派"掌权的"文化大革命"那些年月，她背着"右派子女"沉重的十字架，艰难地在人生道路上喘息着蠕行。

戴厚英的作品，一直充满悲剧色彩，究其原因也源于此。尤其是在她的代表作《人啊，人！》中，戴厚英描写了主人公何荆夫在1957年因所谓的"用资产阶级人性论反对党的阶级路线，用修正主义的人道主义取消阶级斗争，用造谣中伤攻击党的领导"而被打成"右派分子"，从此开始了人生的坎途。何荆夫身上，有着戴厚英自己的影子。

其实，从戴厚英的生活和创作道路可以看出，1957年那场所谓的反右派运动，不仅仅使50多万无辜的"右派分子"被贬抑，而且深刻地影响了下一代——"右派分子"的数百万子女。

戴厚英后来坚定地、勇敢地用她的笔与"左"先生们鏖战，就在于父亲被打入"另册"后，她看透了"左"的危害和可憎……

"一个人头上一颗露水珠，各人享的是各人的福。""自己跌倒自己爬，指望人家是瞎话。"家乡流传的富有哲理的话，使戴厚英明白"一切靠自己"。

人穷志不短。从小就在逆境中遭受磨难的她，练就了倔强的性格。她不知逆来顺受，却只知逆风行舟。她很早就饱尝了"左"的苦难，深刻懂得拼搏的含义。

戴厚英曾这么说："父母给了我一个不安分的血型'O'。一个永远画不圆的圆圈，一块什么也不长的石头，这就是'O'。……既然淮河哺育了我，我就应该俯首帖耳地做她忠实的女儿。"

她是家中唯一受过高等教育的人，她的姐姐是文盲。尽管祖父认为女孩子不需要读书，她还是哭着要念书。

她从小学念到初中。从进初中开始，她就住校，离开了家。父母称她为"孤雁"，远离了雁群。戴厚英却说，她其实不是"孤雁"，她的心一直和"雁群"紧紧系在一起。

淮河的大水冲走她家仅有的一点财产。于是，家道中落。

她从高中起就靠助学金生活。

"孤雁"越飞越远。1956年，她考入上海的华东师范大学中文系——因为念师范每月有12.5元伙食费和3元零用金。

戴厚英说：

"我这样一个来自贫苦地区、贫苦家庭的女孩子能够上大学，我一直认为是新中国给予的，我对解放了的新中国确实是充满感情的。

"我在上海念了四年大学，不知道上海最大的百货公司在哪里，我从来没有到过上海的南京路，因为我只靠每月3元的零用钱生活，买了书，买了纸、笔，就没有钱了。

"我穿的是母亲手缝的用靛蓝染色的龙头布衣服，完完全全是一个乡下姑娘的打扮。一点也不错，我确确实实是一个乡下姑娘，一棵路边的小草。"

她唯一的嗜好是读书。在大学里，她徜徉于书山报海之中。她的胃口好大，贪婪地"啃"掉了一部又一部中外文学名著。她担任过系学生会的文艺部长。

她提起了后来成为上海著名剧作家的同学沙叶新。她说："我跟沙叶新在一个系里，我们曾同台演出，我演他的妈妈！"

她编过校刊的文艺副刊。她在校刊上发表过一首歌颂青春的散文诗，被《光明日报》转载了。这是她平生迸发的第一颗文学火花。她第一次领取了5元稿费。这对于一个穷学生来说，是终生难忘的。

1960年，她毕业了，分配到中国作家协会上海分会的文学研究所。

她住进上海巨鹿路上海作家协会的集体宿舍。

她这样形容自己当年的形象：

"短头发上扎一根橡皮筋，对襟棉袄，那件旧花布罩衫还是一位同学送给我的。我大学毕业了，还是一个乡下姑娘的样子。

"我年轻时一股子热情,认为我是党培养的,是'党的女儿'!我听党的话,跟党走。

"第一次使我伤心是在1961年。我打了申请入党报告,可是整整一年没有一个人找我谈过一次话!后来,我就提意见了,党支部到底是怎么回事?我要求入党,怎么没有人理我呀?终于,一个支部委员找我谈话了,说我要经过长期考验,因为我家庭出身不好——父亲'右派',叔叔又是那样死的,何况你自己在反右中思想有过摇摆……"

"在反右中思想有过摇摆"?反右的时候,她只不过是个19岁的姑娘呀,刚从乡下来到城里,怎么"思想有过摇摆"?

哦,问了一下,才明白:

那时候,许杰教授被打成"右派"。他再三申明,他以人格担保,他没有反党。她同情这位白发苍苍的老教授,她相信这位知识分子的人格。她跟另外两个小姑娘写了一张很小的大字报,很害怕地贴在一个角落里,说能否让许杰老师与党委书记进行一次公开的辩论,让我们辨别一下是非。这还了得?"貌似公正,同情右派"!

对了,对了。那时候还有人贴出一张大字报,说的是"救救教育事业,老师待遇低"。她想到自己将来也是一名教师,看了以后心里很难过,就在大字报上签了名。后来那张大字报被定为"反革命大字报",凡是签过名的,都要

戴厚英一边抽烟一边在看叶永烈为她写的传记(叶永烈摄)

向党"交心"。她签过名，不言而喻，"右倾"！

虽然1957年的反右派运动，使戴厚英的脑子里多了一根弦，但是她仍然还愿意紧跟共产党。那时，她一星期要给父亲写一封信，劝他对社会主义、对党不要动摇。

戴厚英感叹道："那次谈话之后，我真的准备迎接长期考验，一门心思接受思想改造。那时候，我确实是非常驯服的工具——尽管我的本性桀骜不驯，但是我认定了信仰之后还是很虔诚的。我一片真心拥护共产党。"

1962年，她的父亲终于被摘去"右派分子"的帽子，她松了一口气。她并不知道摘帽之后，那"摘帽右派"本身还是一顶可怕的帽子。

1964年，她被派往上海郊区——上海县梅陇公社——作为"四清工作队"队员，参加了两期"四清"运动。她本来就是农村姑娘，在劳动中不怕苦、不怕累，受到"四清工作队"的好评。"四清工作队"准备发展她入党，要她再写入党报告。可是，当"四清工作队"跟她所在的单位——上海作家协会——联系，上海作家协会党支部不同意，因为家庭问题的阴影依然笼罩着她，说"右派的女儿怎能入党"……

戴厚英长叹一口气："我大哭了一场！从那以后，就再也不写入党申请报告了。"

大抵由于我从不抽烟，面对着烟雾袅袅的女性，我感到奇怪、感到纳闷。

我记得，戴厚英在《人啊，人！》中写到本不抽烟的赵振环学会了抽烟，原因是"闲茶闷酒无聊烟"。

我问她什么时候开始抽起这"无聊烟"。没想到，她说，她把香烟当作心灵的止痛剂！

她跟我谈"文化大革命"中的痛苦经历；

她跟我谈与丈夫离婚的痛苦过程；

她跟我谈《诗人之死》一书遭受的磨难；

她跟我谈《人啊，人！》一书遭受"大批判"的苦难……

戴厚英不仅抽烟，而且酒量也不错。她的性格和为人更多的像男性，所以，我曾笑称她是"男性化的女作家"。

但是，戴厚英在女儿面前却是中国典型的良母，在父母面前，是绝对的孝女，在姐姐、弟弟、妹妹面前，在乡亲面前却有着深深的亲情。

所以，戴厚英既有男性化的一面，也有典型的东方女性的一面。

经过多次采访，我写出了报告文学《雾中的花》。

我请戴厚英改定。她一边看一边抽烟，不时抽泣着——因为《雾中的花》勾起她许多痛苦的回忆。

她非常喜欢这篇《雾中的花》。

我也认为在这篇作品中倾注了诸多心血，是我新作中不亚于《思乡曲》的作品。

我本来想在《文汇月刊》上发表《雾中的花》，遗憾的是，他们一听写的是戴厚英，就摇头了！

我曾与上海其他刊物联系，但对方一听说写的是戴厚英，也摇头了。

我也曾与北京其他刊物联系，一听说写的是戴厚英，人家同样也摇头了。

我明白，在北京与上海不可能发表这篇报告文学。

正巧，青海一家杂志——《人才天地》——向我约稿，我只得把《雾中的花》"发配青海"。

青海的《人才天地》杂志毕竟影响有限，虽然那一期特地用戴厚英像作封面。也正因为这样，《雾中的花》最初没有像《思乡曲》那样引起强烈的反响和广泛注意。

戴厚英喜欢《雾中的花》。当她的《诗人之死》出版香港版的时候，她把《雾中的花》作为附录收入。

从此，我与戴厚英有了许多交往，特别是当她有一段时间与国外通信不便，

与戴厚英（右）合影

就由我代转代收。她后来去德国访问，德文版《人啊，人！》的德译者马丁（中文名字为马汉茂）教授的邀请信就是寄到我家的。

后来，她去了德国，又发生与马丁的争执。马丁也是我的朋友，对于他们的争执，我持中立态度。

戴厚英刚从德国回来，给我来信：

永烈同志：

刚刚从欧洲回来，见到您的信，谢谢您寄剪报给我。

《随笔》在香港出版，样书还没寄给我，等寄到之后，一定给你一本。

行前，一位德国女记者将马汉茂为我的《人啊，人！》德文译本写的后记译给我看了，他把"清污"时某些人造我的谣言当作事实加以宣扬，说我是靠极左路线起家的，所以，这一次欧洲之行是一场斗争。马丁太太竭力要我相信这是一场误会。我问她叶永烈的文章（叶注：指《雾中的花》）读过了吧？她说人家对叶也有看法。中国文坛如此卑鄙，是我原来没有想到的。但马某显然别有所图，他要多方面讨好，以求以后在中国获得更多的东西。他不尊重事实，不听小人物的意见，而作卑鄙的政治交易。我在德国充分揭露了他。希望你今后也提高警惕。

我 7 月中旬回老家探亲。有事请中旬前找我。

祝好！

戴厚英
1987 年 6 月 28 日

此后，马丁又给我寄来一封信，托我转给戴厚英。戴厚英给我来信：

叶永烈同志：

您好！

谢谢您转来马丁的信，我将直接给他回信。

不知道文章发在什么刊物上需要把照片登在封面上。寄去一张，不知是否合格。因即将离沪，忙。握手。

祝好！

戴厚英
1988 年 7 月 11 日

我还向韩素音详细介绍过戴厚英。后来，韩素音与丈夫一起来沪的时候托我约戴厚英见面。那天，正好是韩素音七十大寿，我和戴厚英跟她以及她的丈夫陆文音度过愉快的一天。

在写《雾中的花》的时候，还有许多事情不能写进去。后来，戴厚英突然遇难，使我深为震惊，我为她赶写了《非命》一书，把许多不能写进《雾中的花》事情都公之于众了。

《非命》，取义于"死于非命"之意。

不过，令人惊讶而遗憾的是，《非命》出版之后，我拿到样书一看，傻了：书中最重要的一章——第四章《"大批判"洗礼》——全部被删去！

要知道，在给我看清样的时候，这一章一个字也没有动过。

《非命》总共五章。第四章《"大批判"洗礼》被删之后，原先的第五章《我手写我心》，被改成第四章。

这么一来，不知内情的读者根本不知道第四章《"大批判"洗礼》被删。

在《非命》一书中，4万多字的第四章《"大批判"洗礼》是核心。这一章，详细记述了戴厚英的长篇小说《人啊，人！》遭到了密集性的"大批判"。"大批判"先生们原本想把她一棍子打死，但是，事与愿违，戴厚英反而在"大批判"的烈火中成名。她，一个弱女子，不倒、不垮、不降、不死！《人啊，人！》被译成各种文字，她受到世界各国的关注。

没有《人啊，人！》，没有《人啊，人！》遭到的"大批判"，戴厚英就不成其为后来的戴厚英了。

然而，没有打任何招呼，根本不征求作者的意见，出版社擅自删去了全书的"灵魂"！

我极为生气。但是，书已经印出，已经发行，木已成舟，奈何奈何！

后来听说，是这家出版社在终审《非命》的时候担心这一章会"出问题"，粗暴地在付印前决定删去——连作者意见都不征求。

倘若当时知道第四章被删，我绝对不会同意出版"残本"《非命》的。

正因为《非命》被删得残缺不全，变成一本没有"灵魂"的书，我没有把《非命》送给任何一位朋友。就连老作家峻青打电话向我要《非命》一书，我都说，这本书没办法送！

后来，当人民日报出版社出版我的《名流侧影》一书的时候，我把《非命》中被删去的第四章改名为《戴厚英和〈人啊，人！〉》收入书中。出版之后，没有听任何人说起"有问题"——当然也就没有"出问题"。

听沈寂聊前尘旧事

2015年秋日及2016年初，沈寂老先生两度打来电话约我见面，一次是送新书《昨夜星辰》给我，一次是送曾在《新民晚报》上连载的《沈寂口述历史》给我。我去他家看望，92岁的他，个子瘦小而精神矍铄，依然那么健谈。

我结识沈寂，已经有30多年了。眼前的他还是那么健谈。他不是那种满腹经纶的学者，而是满腹掌故的"故事大王"。他的阅历极其丰富，熟悉旧上海的三教九流，而记忆力又极好，他讲述的"掌故"往往是第一手的亲身经历。有一回他来我家，我说起我在电影厂工作时，上班途中常常在斜土路遇见喜剧电影演员"胖子"关宏达，他竟因此从阮玲玉说到张爱玲，从哈同说到黄金荣，他时而跟我说上海话，时而讲普通话，足足谈了一下午，而我则在一侧饶有兴味地静静聆听他讲述种种名人轶事。

他早年写小说，《盗马贼》最初发表在柯灵主编的《万象》杂志上。柯灵在编后记中推荐道："这里想介绍的是《盗马贼》，细读之下，作者自有其清新

采访沈寂

的风致，沈寂先生是创作界的新人，这也是值得读者注意的。"

后来在柯灵帮助下，他竟成为《万象》杂志执行主编。后来他还当过记者，因小说《红森林》被改编成电影而进入电影界，此后长期担任电影编剧。我发现，他给我讲述种种前尘旧事时，虽说是随意聊天，却铺陈有序，充满细节，而且富有现场感、画面感。

这一回，他跟我说起一件新鲜事——他曾经一度成为"悼词作家"。

那是在粉碎"四人帮"之后，上海电影界给一大批蒙冤影人平反，接二连三举行追悼会。在给著名电影理论家瞿白音开追悼会前，于伶指定要沈寂起草悼词，因为沈寂跟瞿白音熟悉，而且沈寂笔头快。沈寂推辞说："我只会写剧本，不会写悼词。"可是他推不掉，只得勉为其难，总算完成使命。接着，沈寂受命为著名导演郑君里写悼词，他又一次"不辱使命"。

于是沈寂写悼词在电影圈里有了"名气"，在著名演员赵丹于1980年10月去世时，上海电影局领导孟波指名要沈寂写悼词。沈寂觉得赵丹一生错综复杂，悼词很难写，为此上海电影局开了专门的介绍信，派专车送他去中共上海市委组织部，在那里查看赵丹档案。他记得，那是一幢小楼，他进入底楼，面前是一道铁门，工作人员帮他开了铁门之后，立即关上。这时，他看见楼梯的那一头也是一道铁门，他处于两道紧闭的铁门之间，有点紧张。正在这时，楼上的铁门终于开了，他舒了一口气。进去之后，另一位工作人员把他带到一个很小的房间，那里只有一张小桌子，两把椅子。赵丹的档案已经放在桌子上，厚厚一大摞。他在台灯下细细翻阅赵丹档案，工作人员一直在旁边看着。他被告知，不得抄录，需要哪几页，告诉工作人员，经过领导审查同意之后，会把这几页复印，送至电影局。阅毕，工作人员递上一张打印好的纸，上面写着"保证所阅内容不外泄"，要他签名。他坐专车回到电影局之后，孟波问他情况如何，他没有说，因为他在"保证所阅内容不外泄"的纸上签过字。当写好赵丹悼词之后，他忽然接到通知，说赵丹追悼会不开了。他写的悼词，后来摘要刊登于上海《文汇报》……

依据自己多年在电影界的见闻，沈寂写过长篇传记《一代影星阮玲玉》《一代歌星周璇》。这一回推出的新著《昨夜星辰》，副标题是"我眼中的影人朋友"。在书中，他写王丹凤、白杨、黄宗英、金焰、石挥等影人，以友人、同事的视角来写，以第一手见闻来写，文章格外亲切，而且富有史料价值——他向来强调传记"字字有依据，事事有出处"。沈寂告诉我，在这本书里，他特地写了对于周璇身世的最新考证，这是《一代歌星周璇》一书中所没有的。他说，近年经过仔细查证，查明周璇的生母是江苏常熟一家教会医院的护士，叫秦秀敏。她遭院长奸污而怀孕，投河自尽，被人救起，削发为尼。后来生下女婴，欲遗弃，被庵堂送往上海。周家收养了这个孩子，10岁时进入明月歌舞团，取名周璇。

他也跟我说起唐纳、"江大姐"（江青）之事，只是不便写入《昨夜星辰》书中。他说，在"文化大革命"前，有一回他去淮海路的武康大楼四楼看望朋友，进去之后却接到通知，暂时不得出大楼。一打听，才知道是"江大姐"到大楼里看望郑君里和夫人黄晨，警卫封锁了大楼。他就只好等在友人家，久久没有接到可以出大楼的通知。见到别人进出大楼，他才知道，"江大姐"早已离去，但是没有人通知撤销封锁。

我问起他是否用电脑写作，他摇头。他至今仍是用笔一个字、一个字写作。好在他向来文思流畅，一稿成文，没有翻来覆去重抄重写。但他毕竟年事已高，眼花，所以写作显得很吃力。这一回，沈寂在聊天时往往夹杂着几声咳嗽。他说近来肺气肿发作，所以很少外出，凡外出总要有人陪同。我问他是否因抽烟引起肺气肿，他摇头说，他不抽烟。他喜欢喝茶，酒量也不错。

《沈寂口述历史》的出版，了却了他的一桩心事。虽说是口述，但沈寂谈了22次，每次口述前要作准备，整理出文字稿之后要校对，虽然累，但很值得。记述者葛昆元也是我的老朋友。沈寂说，葛昆元的整理稿很好，连语气都写出来了，他很满意。

沈寂对我说，他有三大心愿：

其一，他期望能够与夫人在2017年[1]共庆白金婚——结婚50年为金婚；60年为钻石婚；70年为白金婚。他的夫人近来身体欠佳，他每日都给予细心照料。《沈寂口述历史》出版之后，他在第一时间拿给夫人看。

其二，整理、出版他的儿童文学作品。他过去曾经发表过许多儿童文学作品，散见于报刊，打算编成一本选集。

其三，再写一本类似《昨夜星辰》的书，写他所熟悉的电影界之外的朋友。

---

[1] 令人遗憾的是，沈寂先生于2016年5月16日病逝，享年92岁。——编者注

| 第三章 |

红色之路

"红色三部曲"的来历

如果说《"四人帮"兴亡》《陈伯达传》以及《反右派始末》是我"黑色系列"的代表作,那么"红色三部曲"就是"红色系列"的代表作。

"红色三部曲"是由《红色的起点》《历史选择了毛泽东》和《毛泽东与蒋介石》这三部纪实文学长篇组成。

"红色三部曲"写了中国共产党从诞生到新中国建立这一"红色历程"。可以用三句话来概括"红色三部曲"三部长篇的主题:

《红色的起点》写的是"中国有了共产党";

《历史选择了毛泽东》写的是"中国共产党有了领袖毛泽东";

《毛泽东与蒋介石》写的是"毛泽东领导中国共产党和中国人民战胜蒋

参观中共一大会址

介石"。

这三句话，其实也概括了中国共产党从诞生到新中国建立这一"红色历程"。

为了写"红色三部曲"，我沿着"红色之路"进行了一系列的采访：

我的第一站，理所当然是上海兴业路上的中共一大会址——那是真正的"红色的起点"，中国共产党就在这里诞生；

接着，我前往浙江嘉兴南湖——中共一大在那里的一艘画舫里闭幕；

然后，我赴南昌、上井冈山、进入"红都"瑞金；

我还专程奔赴遵义，寻访遵义会议旧址；

我去到宝塔山下，延安窑洞，追寻毛泽东的足迹；

在历史名城西安、重庆、南京、广州，我去到那里的张学良公馆、八路军办事处、桂园、红岩村、蒋介石总统府、梅园、黄埔军校、中山纪念堂……探索西安事变的内幕、重庆谈判的细节，还有作为中国共产党对手的蒋介石走过的道路。

至于北京，成了我去的最多的地方。美国纽约有一条百老汇大街。我却认为，真正的"百老汇"在北京——我奔走于"白发世界"，众多的"历史老人"汇聚在北京。

我的作品建立在大量的采访之上。在进行了一系列实地采访以及走访诸多历史当事人之后，我着手写作"红色三部曲"。

在中国共产党建党70周年前夕——1991年1月——由上海人民出版社出版了《红色的起点》。

接着，在1992年7月，由上海人民出版社出版了《历史选择了毛泽东》。

1993年7月，我完成了《毛泽东与蒋介石》。这本书先是在1993年分别出了香港版和台湾版，2005年出版内地版。

自1988年着手采写《红色的起点》，到1993年完成《毛泽东与蒋介石》，采写"红色三部曲"，历时5年。

"红色三部曲"总字数为150万字。

"红色三部曲"中最早完成的是《红色的起点》。

《红色的起点》写的是中国共产党诞生的全过程，写的是中国红色之路的起点。

中国共产党是中国的执政党。《红色的起点》在中国共产党诞生70周年前夕出版，引起广泛的注意。因为在此之前，还没有一本长篇如此详尽地记述这一重大事件。

　　这本书一字不易，同时在香港和台湾出版，只是为了适合当地的图书市场，改了一下书名。香港版叫《中共之初》，台湾版则叫《大机密》——因为台湾读者几乎不知道中国共产党是怎样诞生的，所以这本书对于他们来说是"大机密"。

　　《红色的起点》是带鲜明政治色彩的名字，《中共之初》则是中性的书名，《大机密》则带有浓厚的商业色彩。海峡两岸暨香港对于同一本书的三个不同的书名，反映出海峡两岸暨香港不同的政治倾向。

　　中国共产党是在上海诞生的，我作为上海的专业作家，写作《红色的起点》，可以说占"地利"的优势。

　　《红色的起点》采用"T"字形结构，即以写横剖面为主——1921年中国共产党诞生的断代史，也写及纵剖面——中共一大代表们的后来，这样给人以历史的纵深感。

　　《历史选择了毛泽东》是《红色的起点》的续篇。这部长篇是从特殊而新颖的视角——领袖史——来写中国共产党，来写毛泽东的。

　　领袖是党的舵手，党的成败，领袖起很大的作用，在一定的条件下甚至起决定性作用。中国共产党在1921年诞生之后，没有成熟的领袖，因此早年"左"右摇摆不定，像走马灯似的更换领袖：从陈独秀的右倾机会主义，到瞿秋白的"左"倾盲动错误到李立三的"左"倾冒险错误，到王明、博古的"左"倾教条主义，走过了一右三"左"的曲折道路。

　　毛泽东是中共一大代表，是中共创始人之一。不过，在一开始，毛泽东在党内的地位并不显山露水。1927年的八七会议选举了新的临时中央政治局，毛泽东为候补委员。然而，他坚持了一条正确的路线，即坚持武装斗争，创立红色根据地和红色政权，运用游击战术和运动战术，粉碎了蒋介石的多次"围剿"。虽然他多次受到"左"倾中央的批判、打击，以至被剥夺军权，但实践证明了他是正确的。特别是1934年冬，红军长征途中，在"左"倾军事路线指挥下，大败于湘江，博古和共产国际军事顾问李德威信扫地，党内、军内要求毛泽东主持中央工作的呼声日高。

　　这样，在1935年1月的遵义会议上，确立毛泽东在中共和红军的领袖地位，乃是历史选择的结果。"红色三部曲"第二部的书名《历史选择了毛泽东》，便取义于此。

　　事实表明了历史对毛泽东的选择是完全正确的：

第三章　红色之路

从 1921 年中国共产党成立，到 1935 年遵义会议，这 14 年间经历了一右三"左"的挫折；

从 1935 年遵义会议，到 1949 年新中国诞生，也是 14 年，在毛泽东领导下，打败了蒋介石，建立了中华人民共和国。

前 14 年和后 14 年的鲜明对比，表明了毛泽东的正确，表明了领袖的重要作用。

《历史选择了毛泽东》，正是基于以上的思索写成的。

《毛泽东与蒋介石》又是《历史选择了毛泽东》的续篇。

《毛泽东与蒋介石》写的是毛泽东成为中国共产党的领袖之后，与蒋介石展开了错综复杂、你死我活的斗争。

蒋介石和毛泽东是国共两党的旗手，从 20 世纪 20 年代至 70 年代，蒋介石和毛泽东的合作和斗争，就是半个世纪的中国历史风云，就是国共两党的关系史。

诚如美国前总统尼克松所言："半个世纪以来的中国史，在很大程度上是三个人的历史：一个人是毛泽东，一个人是周恩来，还有一个是蒋介石。"

我正是选择了这么一个特殊的视角，透过国共两党的领袖蒋介石和毛泽东以及周恩来的谈谈打打、打打谈谈、边谈边打、边打边谈过程的描写，把半个世纪的中国历史风云浓缩于本书之中。

我运用"比较政治学"的手法，不断将毛泽东和蒋介石进行比较，比较他们的思想，比较他们的功过。从他们在 20 世纪 20 年代初识，比较到 20 世纪 70 年代他们相继逝世。

美国《世界日报》多次以三分之一版的篇幅刊登本书广告：

> 蒋介石和毛泽东的个人传记多如牛毛，但将这两位影响中国半个世纪历史风云的国共两党领袖，以比较政治学的手法合在一起来写，本书应是第一本。正因为作者选择了特殊的视角和人所未用的手法，本书令读者耳目一新。

常有读者问："红色三部曲"是不是纪实小说？

我明确地给予答复，"红色三部曲"不是纪实小说。

"红色三部曲"具有很强的可读性，是用文艺笔调写党史，属于新品种——"党史文学"。它是文学与史学的结合，讲究史实的准确性。正因为这样，我作了大量的采访，也查阅了大量的档案、史著。我注重"两确"，即立论正确、史实准确。为此我进行了多方采访，掌握了许多第一手资料，使这本书的内容新鲜。

我十分注意作品的可读性。不过，有趣的是，在香港读者眼中，可读性却变成了"娱乐性"，倒是叫我感到惊奇。

这里，摘录1995年1月28日香港《明报》所载林超荣的《富娱乐性的毛泽东传》：

> 坊间有很多写毛泽东的书籍，作者有李锐，有李银桥，有权延赤，他们各有特色。不过，我推荐叶永烈写的毛泽东。原因只有一个，就是写得很有戏剧性。他写的毛泽东既有百分之八十以上真实程度，却有百分之一百的娱乐性。叶永烈写毛泽东一书，开始就写1927年，国民党宁汉分裂，蒋介石对上海的共产党人进行白色恐怖。故事展延在一艘南下的渡轮上，神秘的共产党人乔装成不同的人物混在一起互通消息，气氛写得凝重而又吸引人。叶永烈几乎写每一章每一个人物都极尽戏剧性，每一个共产党建党初期的人物，如李立三、王明、瞿秋白都写得活灵活现形象深刻，比起一般的毛泽东传的书籍，无疑对我们这些欲初步认识毛泽东和共产党党史的读者，是非常受用的。
>
> 共产党初期的发展十分混乱。我觉得叶永烈在安排史料方面，剪裁与铺排都很有功力，像读着一部传记电影。当然我们发现叶永烈站在一个歌功观点上，但是，叶永烈优胜的地方不是观点，而是他的写作技巧，非常照顾读者，这相当可取。
>
> 《毛泽东之初》有大陆版，叫作《历史选择了毛泽东》，是叶永烈写有关中共书籍的第二本书。他的第一本著作是《中共之初》，在大陆版叫《红色的起点》。此书描述共产党在1921年成立的经过，功力更深。因为本来平凡乏味的史料考证，他一样娓娓道来，毫不沉闷，里面有许多属于并未清楚的共产党史料，一条一条考究出来，既有史学家的严谨，亦有文学家的笔力，融为一体，可读性很高。

破解《红色的起点》的难题

采写《红色的起点》，前前后后历时一年半。

中国共产党的诞生，用毛泽东的话来说，"这是开天辟地的大事变"。每当我徜徉在上海兴业路上，望着那幢青砖与红砖相间砌成的"李公馆"——中国共产党的诞生地——在肃然起敬之余，我又感到困惑：这样"开天辟地的大事变"，为什么在漫长的70年间，还没有一部长篇细细描述？

我在1988年冬开始着手这一题材的创作准备工作。

我进入"角色"之后，很快就发现，这一题材错综复杂，有许多"禁区"，特别是对一些重要的中共一大代表评价不一，造成多年来无人涉足这一重大题材进行创作。

当我来到中共一大会址进行采访时，他们的第一句话就使我十分吃惊："你们上海作家协会又来了？！"

我一问，这才得知：在我之前，两位上海老作家早已注意这一重大的"上海题材"，先后到中共一大会址进行采访。

先是上海作家协会副主席、老作家于伶在20世纪50年代进入这一创作领域。他当时遇到的最大难题是如何正确评价陈独秀。陈独秀是中国共产党的主要创始人之一，写中国共产党的诞生，无法"绕"过陈独秀。在20世纪50年代，陈独秀还戴着"中国托派领袖""右倾机会主义头子"之类的大帽子。不言而喻，于伶无法写作这一重大"上海题材"。

接着是上海作家协会的另一位副主席、老作家吴强在20世纪60年代着手这一重大"上海题材"。吴强除了遇上于伶同样的难题，还多了一道难题：当时，中苏两党正在展开"大论战"，而中国共产党是在共产国际、苏俄共产党的帮助下创建的。尽管赫鲁晓夫领导的苏联共产党并不等同于列宁领导的苏俄，但是在当时中苏"大论战"的形势下，这一题材仍是"麻烦"甚多。不言而喻，吴强和于伶一样，在作了许多采访之后，也没有写出作品。

就创作才华和创作资历而言，作为后辈的我，远不如于伶和吴强。我十分幸运的是，恰逢中共十一届三中全会之后，对历史问题倡导实事求是的原则，使我有可能闯入这一久久难以涉足的创作领域。

我决定闯进这一在当时属于相当敏感的领域。

在上海作家协会召开专业作家会议、汇报创作设想的时候，我提出了要写关于中国共产党在上海诞生的长篇。

记得，老作家白桦说了一段发人深省的话。他说："小叶（在他的眼中，我算'小'字辈），我相信你写得出来，但是未必能够出版。这是一个很难处理的大题材，有些问题很难办。比如，陈独秀就很难处理。他是中国共产党的主要创始人，但是，现在说中国共产党是毛泽东缔造的。你能够如实地写吗？又如，共产国际怎么写？在当时，中国共产党确实是在共产国际的领导下成立的。中国共产党当时承认自己是共产国际之下的一个支部。后来，中苏关系紧张了，批判所谓'老子党'，就不大提共产国际了。如何评价共产国际在中国共产党诞生过程中的作用，也是一道难题。再有，中国共产党成立之初，经费是共产国际给的，这是事实。国民党攻击中国共产党是'拿卢布的党'，你又将如何对待？……"

我认为，白桦的意见指出了《红色的起点》创作中的难点，是很值得参考的。

但是，我又认为，这些难点是可以解决的。特别在中共十一届三中全会之后，实事求是的原则得以发扬，许多历史遗留问题得以解决，相信关于中共一大的这些难点也能实事求是地得以解决。

我一次次访问上海中共一大会址纪念馆，得到了热情的帮助。从最初找到这一会址的沈之瑜，到现任馆长倪兴祥、支部书记许玉林，研究人员陈绍康、陈沛存、俞乐滨、任武雄，还有档案保管人员，都给我以鼓励、支持。

我专程前往北京，访问了九旬长者罗章龙、王会悟，也得到李书城夫人薛文淑及其子女，还有包惠僧夫人谢缙云的许多帮助。中国革命博物馆李俊臣研究中共一大多年，与我长谈，给予指点。中国人民大学杨云若教授是研究共产国际与中共关系的专家，正因病住院，她的丈夫林茂生教授陪我前去看望，答复了我的许多疑难问题。中国社会科学院近代史研究所李玉贞教授也给我以指教。

在所有的中共一大代表之中，唯刘仁静的资料最少。我求助于他的儿子刘威力，他逐一答复了我的有关问题。

我来到嘉兴南湖革命纪念馆,与馆长于金良作了长谈,他非常详尽介绍了中共一大在南湖举行闭幕式的情况。

上海的九旬老人郑超麟,亲历中共早期活动,尤其熟悉陈独秀的情况。我多次访问他,每一次他都不厌其烦给予答复。

上海市地名办公室、原大东旅社老职工孙少雄、复旦大学中文系陈光磊等,也给我以帮助。

我查阅了大量的有关中共一大的回忆录、访问记、论文、人物传记、档案,以及中共党史专家们做出的众多的研究成果。

本书是在中共党史专家们的研究基础上进行创作的,没有他们的细致研究,就不会有这本书。例如,邵维正的几篇关于中共一大的论文就给了我很多启示。

中共一大是在秘密状态下召开的,当时的档案所存甚少。中共一大的代表们虽然有很多人留下了回忆文章,但大都是事隔多年的回忆,而人的记忆力终究有限,因此对许多事说法不一。陈公博的《寒风集》中甚至把马林和"斯里佛烈"(马林的原名)当成两个人,而《包惠僧回忆录》中自相矛盾的地方也有多处。

尤为重要的是,由于这些中共一大代表后来走上了不同的道路,政见不一,回忆的观点也有明显分歧。这些回忆大致上可分三类:一类是后来留在中国大陆的,如董必武、李达、包惠僧的回忆;一类是在海外的,如张国焘的回忆;另一类是成为汉奸的陈公博、周佛海的回忆。仔细、慎重地比较各种回忆录,去除错记之处,剔除虚假,删去某些人的自我吹嘘,弄清某些难言之隐,这番"去伪存真"的功夫颇费时间,但这是必不可少的。我力避"误区",尽量做到本书史实准确,因为所描述的是重大历史事件;然而,错误的混入有时往往还是难以避免的。

当进入"角色",我才渐渐明白,中共一大为什么成为文学创作中的一道难题。要解开这道难题,"天时"至关重要。在20世纪五六十年代,写这样的长篇时机不成熟。尽管那时的作家们想写这一题材,但无法着手写作。在十年浩劫中,更是无法去写这样的长篇。只有在中共十一届三中全会之后,倡导以实事求是的精神对待历史,才使作者有了解开这一难题的钥匙。

这一难题,如白桦所言,难在两个问题上:其一,如何正确评价陈独秀在建党中的作用;其二,如何正确评价共产国际在建党中的作用。

"南陈北李",是中共建党的两大领袖。李大钊后来壮烈牺牲于敌人刑场,是革命烈士，人们对他是崇敬的。陈独秀则不同。陈独秀在大革命后期犯了右倾机会主义错误，被撤销党内领导职务之后，又组织党内反对派，终于被开除出党。写中共一大，陈独秀是无法回避的。陈独秀犯了严重错误是在他的后期，而在1921年建党时他起了积极、重大的作用。然而，过去一提起陈独秀便说他是"右倾机会主义头子"。对他的前期、后期不加区分，不能历史地、实事求是地对待他，写中共一大就很难下笔。

毛泽东在20世纪40年代的几次讲话中，曾实事求是地论及陈独秀在建党中的作用。他称陈独秀是"五四运动的总司令"，称他"创造了党"，把他比作"俄国的普列汉诺夫"。然而，如果把毛泽东对陈独秀的这些评价真正用作塑造陈独秀形象的依据，谈何容易！

直至中共十一届三中全会之后，党史界对陈独秀的评价日渐实事求是，既批判他后期的错误，又肯定他前期的功绩。只有在这样的"天时"之下，才有可能着手写作关于中共一大的长篇。

对于共产国际及其代表马林的作用的评论，也是创作中无法回避的问题。共产国际虽然后来曾支持过王明，所派代表如李德等曾激烈地反对过毛泽东的正确路线，对中国革命作出过一些错误的决定，然而，中共建党时的共产国际是列宁领导的，马林是列宁亲自派往中国的。

马林，以及他的前任维经斯基对于中共的建立立下不可磨灭的功勋。过去，特别是中共和苏共展开公开论战的那些年月，共产国际问题变得非常敏感。维经斯基是俄共（布）派往中国的，不便多提。马林后来加入托派，更是不能提。这样，也造成了写中共一大变得异常艰难。

我反复研读了中共十一届六中全会通过的《关于建国以来党的若干历史问题的决议》中的一段评述中共建党历史的话："中国共产党是马克思列宁主义同中国工人运动相结合的产物，是在俄国十月革命和我国五四运动的影响下，在列宁领导的共产国际帮助下诞生的。"这一段话写得简明而准确，充分肯定了共产国际的作用。这样，我在《红色的起点》中也就非常详尽地写及列宁领导下的共产国际对于创立中国共产党的种种帮助。对于马林和维经斯基的功绩，也予以细细描述。

在以上两大难题解决之后，其余一些难点，诸如怎样评价张国焘、李汉俊、刘仁静、包惠僧、周佛海、陈公博等中共一大代表在建党中的作用等，也就迎刃而解了。

我庆幸处于"天利"之时。倘若不是处于中共十一届三中全会以来倡导实事求是对待历史问题的氛围之中,写中共一大将无从下笔。

《红色的起点》采用"T"字形结构:第一章至第六章,写的是历史的横剖面,即1921年前后,而第七章则是纵线,写了中共一大代表及与一大有关的重要人物自1921年至谢世的人生轨迹,其下限一直写到1987年刘仁静之死。另外,《尾声》一章以粗线条勾勒了中共的70年历程。

这样的"T"字形结构,为的是使这本书有纵深感。

当本书正在写作之中,1990年2月12日,我在上海作家协会出席专业作家会议,有关同志传达了中共上海市委宣传部的意见:"希望上海的专业作家能完成一部关于中共一大的长篇,以庆祝中共诞生70周年。"这一意见与我的创作计划不谋而合,《新民晚报》很快就报道了我的创作情况。这样,我也就更加紧了本书的创作。

《红色的起点》初版本在1991年1月,由上海人民出版社出版。当时,正值中国共产党诞生70周年前夕,而这本书在当时又是关于中国共产党建党的唯一一部纪实长篇,正因为这样,书一出版,便引起强烈反响,进入"热门书排行榜"前五名。数十家报刊选载、摘载、连载了这部长篇,其中有《文汇报》《羊城晚报》《报刊文摘》《文摘报》《海上文坛》《民主与法制》等,《社会科学报》则连载了我关于《红色的起点》的采访手记。

1991年6月28日,上海作家协会和上海人民出版社联合召开了《红色的起点》作品讨论会,作家、党史专家、评论家热情地肯定了这部纪实长篇。

中共党史专家、中国人民大学党史系杨云若教授指出:"《红色的起点》一书收集了有关中共一大的大量资料,集中解决了若干含糊不清的问题,把党成立之前的有关事件和人物交代得一清二楚。全书才思横溢,文笔流畅,可读性很强,我几乎是一口气读完的。它既是一本优秀的报告文学著作,又有极高的科研价值。"

多年致力于中共一大研究的中共党史专家邵维正教授指出:"看了《红色的起点》,大有清新之感,这样生动地再现建党的历史,的确是一个突破。"

不过,《红色的起点》在港台地区的反响却颇为出乎意料。

在香港、台湾,我曾发表过许多文章,出版过很多著作,但是《红色的起点》能够打入港台书市却出乎意料——因为这本书在大陆被列为中国共产党建党70周年献礼书。这样的献礼书,居然堂而皇之进入香港和台湾市场。

在1991年7月1日,中国共产党成立70周年大庆之际,香港《明报》月刊7月号和台湾《传记文学》第7期(及第8期),同时选载了《红色的起点》。

中共一大代表的"座次"

在《水浒传》中，梁山泊好汉们很讲究"座次"，亦即坐第几把"交椅"。

中国共产党是无产阶级政党，不讲"座次"也无"交椅"，但是实际上却非常讲究"座次"。中共中央政治局委员们在公众场合出面的时候，谁走在第一个，谁排在第二个……有着严格的次序。就连报纸所登的照片，谁在前，谁在后，谁的照片多大，都有严格的规定。这可来不得"排名不分先后"。

中共一大代表要不要排"座次"？

其实，在1921年，中国共产党刚刚诞生，党内还谈不上严格的"座次"。然而，如今在回述这一历史的时候，人们习惯于以今日的目光看待过去，也就给中共一大的代表们排起"座次"来了。

这个"座次"问题，实际上反映了如何评价这13位中共一大代表的历史作用。

在设计《红色的起点》的封面的时候，就遇上了这棘手的"座次"问题。

《红色的起点》一书打算印上13位中共一大代表的照片。上海的中共一大纪念馆提供了这批珍贵照片。我看了一下，全是证件照那样的照片，倘若作为插页印在书中显得单调，建议干脆印在封面上，一则可以节省插页降低书价，二则封面彩印可大大提高照片的清晰度，三则印在封面上画面变得活跃。

美术编辑接受了我的建议。

不过，在着手设计封面时，便遇上了"座次"问题：谁的照片排在最前面，谁第二，谁最后？

按照党代会的惯例，或者按党内职务高低排列，或者按得票多寡排列，或者按姓氏笔画排列。可是，对于中共一大代表们，这些惯例很难适用：

当时党尚处于初创时期。按职务，难以论高低——中共一大只选出总书记一人（陈独秀）和委员两人（宣传李达、组织张国焘）。何况陈独秀未到会，不在中共一大代表之列。李达和张国焘谁该排在前？余下11位代表又该怎么排呢？

倘若按票数排列，当时并未把票数多寡记入会议文件，无从考证。何况即便查得票数，也只能解决李达、张国焘两人的排列先后。

至于按姓氏笔画，当然可以排出一张名单，但这样的"座次"不说明任何问题。

如果按照历史的真实面貌来定"座次"，在13位中共一大代表之中，"第一号"人物倒是可以定下来的，即张国焘——因为他是大会的主持人。不过，把张国焘排在"第一号"，却是今日的中共党史专家们所万万不能接受的。因为张国焘后来成为中国共产党的叛徒，所以无论如何不能把他排在"第一号"。

多年来，中共党史专家们习惯于把毛泽东排在"第一号"。尽管在1921年毛泽东并非"第一号"，但是他后来担任中国共产党领袖达41年之久，所以被排在"第一号"。

也就是说，人们在给中共一大的代表们排"座次"的时候，不仅考虑到当时所起的作用，更重要的是考虑到后来的表现。

我向上海中共一大纪念馆请教。我想，他们怎样排列这13张照片，可供我参考。

他们说起了中共一大纪念馆中13位代表照片的"陈列史"：

建馆之初，只挂毛泽东一人的照片；

后来，增加了董必武；

然后，又增加了陈潭秋、何叔衡、王尽美、邓恩铭（这四位均为烈士）；

近年来，再增一张照片，即李达；

目前，他们陈列的中共一大代表照片，共7张。

据告，在庆祝建党70周年时，他们将把13位中共一大代表全部挂出，只是眼下尚未排定顺序——中共党史专家们为此讨论过多次，还定不下来。

看来，我只能按照自己的见解，来为中共一大代表排定"座次"。我定下了这样几条原则：

第一，对建党所做的贡献；

第二，兼及后来的政治表现；

第三，尽可能把同一地区所派出的两位代表排在一起（当时除日本留学生代表只周佛海一人外，其余地区均派两位代表）。

另外，我认为对创立中国共产党做出巨大贡献的陈独秀、李大钊，虽然因事忙未出席中共一大，他们的照片也应印在书的封面上。

还有，列宁派出的共产国际执行委员马林（荷兰人）、共产国际远东书记处派出的尼科尔斯基（俄国人）出席了中共一大，对中共的创立亦起到重要作用，也应登照片——只是尼科尔斯基的照片当时连中共一大纪念馆都没有，不得不暂缺。

这样，我把中共一大代表加上陈独秀、李大钊、马林，共16位，分四排，每排四位，依次排列于封面上：

陈独秀　　李大钊　　马　林　　毛泽东
何叔衡　　董必武　　陈潭秋　　王尽美
邓恩铭　　李　达　　李汉俊　　包惠僧
刘仁静　　张国焘　　周佛海　　陈公博

其中毛泽东、何叔衡为长沙共产党早期组织代表；

董必武、陈潭秋为武汉共产党早期组织代表；

王尽美、邓恩铭为济南共产党早期组织代表；

《红色的起点》初版本封面是这样为中共一大代表排"座次"的

李达、李汉俊为上海共产党早期组织代表；

包惠僧、陈公博为广州共产党早期组织代表（其中包惠僧属武汉共产党早期组织成员，赴广州向陈独秀汇报工作，被陈派往上海出席中共一大）；

刘仁静、张国焘为北京共产党早期组织代表。

邓恩铭之后的七位代表，是按后来的政治表现排列的：

李达曾脱党，但一直坚持马列主义理论研究，新中国成立后重新入党；

李汉俊脱党，但死于敌人刑场；

包惠僧脱党后在国民党政府做官，但新中国成立之初回到北京，后来成为国务院参事；

刘仁静加入托派，但新中国成立后在《人民日报》发表声明承认错误，后来担任国务院参事；

张国焘后来成为叛徒、特务；

周佛海后来成为大汉奸，死于狱中；

陈公博后来成为仅次于汪精卫的"第二号大汉奸"，被枪决。

我终于排定以上"座次"，并请教了中共党史专家。他们觉得这"座次"排得合理，于是出版社便照此"座次"设计封面付印了。

照片的排列顺序变得如此错综复杂，其实是反映了人们对这些历史人物如何评价见解不一。

《红色的起点》的封面如此颇费周折，书中的内容更是在下笔时斟酌再三——大约正因为这一题材涉及种种"麻烦"，所以70年来成了文学创作的空白点。所幸党的十一届三中全会倡导的对历史问题实事求是的精神给我以指导、以鼓舞，我终于有了闯入这一"空白点"的勇气……

采访茹志鹃的长兄

《红色的起点》一开头,从寻找中共一大会址写起:

时间如东逝的流水。在历史的长河中,追寻昔日闪光的浪涛,往往颇费周折……

1950年初秋,金风驱走了酷暑,在上海市中心一条并不喧嚣繁华的马路——黄陂南路——一男一女缓缓而行。那女的东张西望,在寻觅着什么;那男的跟在她的后边,总是保持半米的距离。

那女的49岁,一身蓝布衣裤,一头直梳短发,最普通的打扮。然而,那精心修剪过的一弯秀眉,那双秋水寒星般的眼睛,风韵犹存,看得出曾经沧桑,非等闲之辈。

她叫杨淑慧,写信或写文章署"周杨淑慧"。她的知名度并不高。不过,那个冠于她的名字之前的"周"——她的丈夫周佛海——却是个名噪一时的人物。在汪精卫伪政府中,周佛海当过"行政院副院长"(相当于副总理),当过"财政部部长",当过"上海市市长",是一个声名狼藉的大汉奸。1948年2月28日,周佛海病死于监狱之中。

那男的34岁,穿一身蓝色干部服。他在出门前脱下了军装,摘掉了胸前的"中国人民解放军"标牌。瘦瘦的他,戴一副近视眼镜,举止斯文,倒是一派知识分子风度。

他姓沈,名之瑜,就连他的子女也姓沈。其实他原姓茹,名志成。他的胞妹茹志鹃后来成了中国的名作家。

他本是画家刘海粟的门徒,1935年就读于上海美术专科学校。1937年毕业后,他留在这所美术学校当助教。战争的烽火,烧掉了他的画家之梦。1940年,他离开日军铁蹄下的上海,来到浙江西南偏僻的遂昌县,在那里加入了中国共产党。从此茹志成改名沈之瑜——因为茹是中国的稀有之姓，他不改姓换名很容易使弟妹受到牵连。不久，这位画家进入苏中抗日根据地，在那里当起参谋、文工团团长来。此后，他在陈毅将军统率之下，进军大上海。新中国成立之初，他是上海军事管制委员会文艺处干部。

沈之瑜跟杨淑慧是两股道上跑的车。如今，他与她怎有闲工夫徜徉在黄陂南路上？

事情得从几天前的一个电话说起……

"你马上到建设大楼[1]来一下。"沈之瑜接到了姚溱的电话。

姚溱此人，当年以笔名"秦上校""丁静""萨利根"活跃于新中国成立前的报刊，尤以军事述评为世瞩目。外界以为"秦上校"必定是一员武将，其实他乃一介书生。他18岁加入中共。1946年，25岁的他在中共上海地下市委负责文教宣传工作。新中国成立后，他被任命为中共上海市委宣传部副部长。从1959年起，姚溱被任命为中共中央宣传部副部长。1966年7月23日逝世。

沈之瑜奉命赶往位于上海福州路上的建设大楼。新中国成立后，此处成为中共上海市委的办公大楼。中共上海市委的首脑人物陈毅等都在那里办公。那时，只要一说去建设大楼，便知是去中共上海市委。

当沈之瑜一身军装跨入姚溱办公室，姚溱当即把中共上海市委宣传部干部杨重光找来，三个人一起开了个小会。

"交给你们两位一项重要的政治任务。"姚溱用苏北口音很严肃地说出了这句话。

沈之瑜的目光注视着姚溱，急切地想知道这项不寻常的政治任务究竟是什么。

"是这样的……"姚溱顿时成了"秦上校"似的，向他俩以命令式的口吻下达任务，"这项任务是陈毅同志提议，经市委讨论同意——寻找中国共产党第一次代表大会会址。因为我们党是在上海诞生的，明年7月1日是建党三十周年纪念日。中共上海市委，把寻找党的诞生地看成是自己的一项重要的政治任务。"

沈之瑜一听，显得十分兴奋。他是个老上海，对上海熟门熟路。他问姚溱："有线索吗？"

---

[1]《红色的起点》初版本写为"海格大楼"，1998年9月7日，曾在中共上海市委宣传部工作多年的丁景唐打电话告诉我，应为"建设大楼"。

"听说是在法租界开会的。"姚溱答道。

"法租界大着呢!"沈之瑜双眉紧锁,"洋泾浜以南,城隍庙以北,这一大片地方原先都是法租界。长长的淮海路横贯法租界。那时淮海路叫霞飞路,是以法国将军霞飞的名字命名的。这么大的范围,怎么找法?"

"你别着急,我给你一把'钥匙'!"姚溱笑了起来,"市公安局局长扬帆同志跟我说过,他把周佛海的老婆从监狱中放出来,她能帮助你们寻找!"[1]

《红色的起点》一书印出后,我翻查当年的采访记录本,给每一位曾予帮助的友人分寄样书。可是当翻到访问沈之瑜的笔记时,我心中却产生了遗憾、歉疚之感:我已无法给他寄出了!

沈之瑜是上海博物馆名誉馆长,原上海市文物保管委员会副主任、上海博物馆馆长,不幸于1990年12月2日凌晨在上海病逝,终年74岁。《红色的起点》是从1950年初秋中共上海市委寻找中共一大会址写起的,当年负责寻找工作的便是沈之瑜。

我是经中共一大会址纪念馆的介绍,在1989年9月前往上海闹市中心淮海中路一幢大楼里叩响沈之瑜家门的。他的家人开了门,他见到我,头一个动作便是戴上助听器的耳机,这才跟我寒暄。他看上去已经有些老态,走起路来拖着脚底板,眼镜后边则拖着一根金属链条。知道要跟我长谈,他倒好开水,先服了一些药片,这才慢慢地开口。他的书房里摆着一排排厚厚的甲骨文、青铜器专著,他是这方面的专家。

完全出乎意料,在谈话快结束的时候,他忽地问我:"你认识茹志鹃吗?"我点点头。他马上说:"她是我妹妹!"

我感到不解:他姓沈,她姓茹,怎么会是兄妹?

为了回答我的问题,他这才不得不讲起了自己的身世:原来,他本姓茹,名志成,祖籍杭州,他是长兄,茹志鹃是"老五"。他1935年在上海美术专科学校求学,校长是刘海粟。他指着床头挂着的一幅油画说,那便是他的作品。1937年毕业后他在上海美专当了三年助教。那时上海地下党的活动影响了他,

---

[1] 这是1989年9月4日下午叶永烈采访沈之瑜时他所回忆的姚溱原话。叶永烈于翌日又向上海市公安局老干部牟国璋询问,据他告知杨淑慧并未在上海市监狱关押,但上海市公安局知道她住在哪里。

沈之瑜与茹志鹃在1975年的合影

他于1940年到浙江遂昌县从事革命工作，同年5月加入中共。1942年11月，他进入苏中根据地。考虑到"茹"是很稀少的姓，怕牵连弟妹、亲友，他改姓"沈"，名字也改成"之瑜"。从此他竟一直叫"沈之瑜"，就连他的子女也姓沈！后来，茹志鹃是受他影响参加新四军，进入苏中根据地的。

他在根据地编过报纸、教过书、当过参谋，后来担任华中雪枫大学文工团团长，又任华东军政大学文工团团长、宣传科副科长。1949年他随夏衍一起从丹阳进军上海，成为上海市军事管制委员会文艺处干部。

翌年，他在上海市文化局社会文化事业管理处当处长，忽地接到中共上海市委宣传部副部长姚溱的电话，要他马上去一趟。他当即从张家花园前往建设大楼——当时中共上海市委所在地，今静安宾馆旧楼。姚溱告诉他，为了明年迎接中共建党30周年，市委决定寻找当年召开中共一大的地方，此事属"社会文化事业管理"范畴，所以要他这位处长负责寻找工作。另外，还从市委宣传部调来杨重光同志，配合他一起工作。

茫茫大上海，何从寻觅中共一大会址呢？姚溱手中唯一的线索，是上海市公安局局长扬帆提供的。原来，扬帆手下有一副科长，名叫周之友，中共党员。周之友原名周幼海，乃周佛海之子！只是他与父亲分道扬镳，走上截然不同的道路。周佛海虽然后来成了大汉奸，但当初是中共一大代表。周之友提供了寻找中共一大会址的重要线索：其一，他的母亲杨淑慧现在上海，召开中共一大期间，周佛海正与杨淑慧热恋，曾带她去过开会的那座房子，也曾叫她往那里送过信；其二，周佛海写过一本《往矣集》，其中谈及出席中共一大的情形。

沈之瑜出了建设大楼，便奔往上海图书馆。他查到了《往矣集》，书中有一句关键性的话，即开会是在"贝勒路李汉俊家"。贝勒路自1943年起改名为黄陂南路。这样，就确定了寻觅的大致范围。

隔了一天，杨淑慧奉扬帆之命，前来上海市文化局找沈之瑜，说将尽力帮助寻找李汉俊家——"李公馆"——以求"以功赎罪"。于是，沈之瑜跟杨淑慧一起来到贝勒路，慢慢地踱着。毕竟时过境迁，当年的"李公馆"已面目全非，头一天杨淑慧竟找不到。

沈之瑜着急，杨淑慧更着急——这关系到她能否"以功赎罪"。她自己悄悄来到贝勒路，细细回忆、细细寻访，终于发现那白墙上刷着个巨大的"酱"字以及砌着"恒昌福面坊"招牌的房子，很像是当年李公馆……

经过反复调查，沈之瑜和有关同志确证那座石库门房子果真是李公馆。后来，铲去了墙上的石灰和"酱"字，铲去"恒昌福面坊"招牌，露出里边青砖嵌着红砖的墙体，这才恢复了李公馆的本来面目——这便是中共一大会址的由来。

感谢沈之瑜留下了珍贵的回忆，如果不是他细述往事，我很难完成《红色的起点》的《序章》……

采访两位九旬历史老人

自从1987年8月5日清晨85岁的刘仁静在北京死于车祸之后,中共一大15位出席者(包括两位共产国际代表)就全部离世了。

创作《红色的起点》时,当得知尚有一位中共一大当事人在世,我便赴往北京采访。此人便是李达夫人王会悟。她虽然并非中共一大代表,但中共一大几个重要关头她都在场:

在博文女校召开中共一大预备会议时,她在外间的凉台上放哨;

在大会受到法国巡捕破坏时,当晚代表们聚集在李达家商议,她在场;

中共一大闭幕式决定转移到嘉兴南湖进行,是她的主意,是她领着代表们去的南湖……

采访王会悟很不顺利,过程出乎我的意料。记得,1989年9月11日上午我抵达北京,下午便按照中共一大纪念馆提供的地址赶往远僻的她家。接待我的是她的儿媳余国膺,她告诉我王会悟已经迁往城里新居,和女儿李心怡住在一起。余国膺当即与李心怡通了电话。李心怡说,明天母亲要检查身体——一年一度的例行检查——就改在后天谈吧。

谁知当我按照约定的时间来到李心怡那里时,王会悟却不能见客!原来,91岁高龄的她平时足不出户,那天坐轿车去医院检查身体,回家后便发了高烧。

家里忙得团团转,护士日夜轮流值班照料,子女也守在床前。李心怡对我说,倘若我早一天到达北京,或者到北京后立即到她这里,也许就已完成采访。

无奈,过了些日子,我二访王会悟。谁知,她仍在重病中。李心怡向我介绍了一些背景情况,一边谈,一边不时回到母亲床前照料一下。

王会悟病了多日。直到1990年6月,我给她家打电话,耳机里传出嘹亮的浙江桐乡话——原来是王会悟自己接电话!她要我赶快来,她已经完全康复了,我可以"三顾茅庐"了。说罢,她哈哈大笑起来。

这样，我得以三访王会悟。那天，我穿着短袖衬衫，她却穿着棉衣、棉裤和棉背心，而且门窗紧闭。开始，我以为她最多只能谈半小时，但意想不到，她越谈兴致越高，竟一口气谈了四个多小时，声音一直保持那般洪亮。

她说起了茅盾，他俩从小一起在浙江桐乡县（今桐乡市）乌镇长大。茅盾比她小一辈，叫她表姑母。她的父亲王彦臣是茅盾的塾师。她生于1898年7月8日（阴历五月二十日）。母亲擅长绣花，在当地颇有名气。她在13岁就走父亲的路，当小学教师，人称"小王先生"。

她是勇敢的新女性。后来到嘉兴师范读书，喜欢读《新青年》，曾写信向陈独秀、胡适请教。她也喜欢写文章，取了个笔名"王啸鸣"，气派倒不小。毕业后，她来到上海，成为黄兴夫人徐宗汉的秘书。徐宗汉是上海女界联合会的负责人。李达从日本回国，参加上海学联，常与徐宗汉有着工作联系，也就与王会悟结识，进而相爱、结婚。

筹备召开中共一大时，李达是上海共产党早期组织的代理书记（书记陈独秀当时在广州），跟李汉俊一起负责发起工作。当时，李达和王会悟住在环龙路渔阳里2号（今南昌路100弄2号），陈独秀夫人高君曼带着孩子也住在那里。王会悟帮助李达做些"跑跑腿"的事。王会悟对于中共一大的重要贡献，在于1921年7月30日子夜。由于法国巡捕闯进了会场——李汉俊家——大会闭幕式已不可能再在李公馆举行了。代表们会聚在李达家，意识到上海不可久留。有人建议转移到杭州西湖。这时，王会悟出了个好主意——

采访年逾九旬的王会悟

到嘉兴南湖去！她在嘉兴读过书，熟悉南湖。南湖确实比西湖好得多：第一是近，当天可来回；第二是静，游人远比西湖少。理所当然，她的建议得到代表们的赞同。

于是，这位 23 岁的王小姐挑起了重担：带领代表们从上海来到嘉兴，安排代表们在张家弄鸳湖旅社歇脚，租了一条"单夹弄"的画舫作为中共一大闭幕式的会场，订了一桌中饭，坐在前舱为会议"望风"……

她办事还挺细致。比如，去嘉兴时，她把年岁较大的董必武、何叔衡等排在头等车厢里，其余代表分散在各车厢，

1921 年的王会悟

以防被"一网打尽"；租船时，她又同时借了两副麻将，以遮人耳目；她还关照代表们"统一口径"，说是"玩了西湖之后来此玩南湖"，不说是从上海来……

如今的她，一头银发，说到高兴处脖子往后一仰，发出一阵哈哈大笑声，嘴里露出尚存的两颗真牙。她虽视力稍差，但听觉甚好。她送我 20 多岁时的照片，还亲笔在照片背面签上"王会悟"三字。

我庆幸能够拜晤这位历史老人，曾把她的回忆详尽地写入了《红色的起点》中。

在北京，我还采访了另外一位九旬历史老人——罗章龙。

罗章龙虽然不是中共一大代表，但那时他已是北京共产党早期组织成员，他跟陈独秀、李大钊、毛泽东、张国焘、刘仁静以及共产国际代表马林、俄共（布）代表维经斯基都有着密切的交往。写《红色的起点》时，我在北京拜访了他。他生于 1896 年 11 月，比王会悟还大两岁，是不可多得的历史老人。

时值盛暑，他住在北京医院高干病房里。他的儿子罗平海陪我前去。屋里开着冷气，他穿着一身灰白条子相间的病员服，头剃得光光的，双眼乌亮，精神很不错。他耳聪目明，思维敏捷，记忆清晰，看不出老态。他说，他向来处世坦然，不斤斤计较于得失，"举世誉之而不加劝，举世非之而不加沮"，所以他的心态一直处于"自我感觉良好"的状况。心宽则体健，年逾九旬，他仍那样硬朗。

采访九旬长者罗章龙

    他跟毛泽东有着很久的友谊。早在1915年秋，19岁的他在长沙第一联合中学读书，偶然见到学校会客室外的墙上贴着一张《征友启事》，文末署名"二十八画生"。他看后，觉得此友与他志同道合，便按启事上的地址给"二十八画生"写了一封回信，署名"纵宇一郎"。

    不久，"二十八画生"给他写来回信，约定见面时间、地点。

    见了面，他才知"二十八画生"的真名叫毛泽东——因为毛泽东（繁体）三字共28画。这时毛泽东也得知他的真名——罗璈阶。

    从此，他跟毛泽东有了许多交往，一起走上马列主义之路。

    后来，他进入北京大学预科德文班，结识了该校文科学长陈独秀、图书馆主任李大钊，加入了北京共产党早期组织，成为中国共产党最早的党员之一。

    在《红色的起点》中，要详细地写及共产国际执行委员马林。跟马林有过许多直接交往的健在者，在中国罗章龙已是唯一的人。于是，我请他回忆马林。

    "马林是一位性格开朗的人，是一位雄辩家，是一位杰出的革命活动家。"罗章龙说。

    马林是荷兰人，在中国一般讲德语或英语。罗章龙懂德语，所以跟这位"西门博士"（马林当时的化名）交往颇多，建立了很好的友谊。罗章龙认为，马林受列宁委派前来中国，筹备并召开了中共一大，对于中国共产党的建立有着不可磨灭的功绩。

    1924年，罗章龙到荷兰出席国际运输会议，荷方的代表正是马林。老友重逢，欣喜异常。

马林陪着他参观荷兰的港口和许多工厂,而且邀他到家中住。罗章龙记得,马林当时的公开身份是教授,所以住在一幢漂亮的花园洋房里。马林妻子也是荷兰人,夫妇俩很热情地招待远道而来的中国朋友。

罗章龙拿出一本精装的书给我看。那是他写的回忆录,书名颇为冷僻,叫《椿园载记》,是三联书店1984年印行的。我问他为什么取这样的书名。他答道:"我的书斋取名'椿园',所以我的回忆录就取名《椿园载记》。"

他说着,从桌子的抽屉里又取出一本书,书名叫《椿园诗草》,那是岳麓书社1987年印行的他的诗集。他喜欢诗,喜欢李白、杜甫的诗,也喜欢歌德、海涅的诗。他喜欢写诗,他的诗记录了他的人生脚印。所以,他的诗集,从某种意义上讲,也是一部回忆录。他眼不花、手不抖,在诗集扉页上题字,然后赠我。他抱歉地说,《椿园载记》出版较早,样书送光了,不能再赠。

回到住所,我细细翻阅《椿园诗草》,书中收有他和"二十八画生"互赠的诗。"二十八画生"赠"纵宇一郎"的诗写于1918年。此外,书中还收入他答董必武的诗、何叔衡赠诗,他赠刘志丹、鲍罗廷、俞秀松、萧楚女、张太雷、向警予、苏兆征、恽代英、方志敏的诗,展示了作者漫长的革命经历和广泛的交际面。

最使我惊讶的是,书中误排之处,他均一一亲笔改正。我数了一下,竟有39处之多!他一丝不苟的治学态度,深深地感动了我……这样的"作者签名本"兼"作者改正本",而作者又是九旬长者,弥足珍贵。

追寻神秘的侦探

今日坐落在上海兴业路76号、78号的中共一大会址纪念馆是当年的李公馆，李公馆之"李"，乃李书城也。

李书城，字晓园，亦作筱垣，1882年出生于湖北潜江县，曾考中秀才。此后，他因学习成绩优异，于1902年被张之洞派往日本，在东京弘文书院师范科学习，与黄兴、鲁迅同学。同年秋，他在东京竹枝园结识了孙中山，从此倾向革命。1905年，他成为同盟会的发起人之一。他1910年回国，翌年参加武昌起义。此后，他担任临时大总统府秘书长、南京留守府总参谋长等要职。1919年，他在湖南任护法军总司令。

李书城在上海的寓所，原本不在兴业路（当时叫望志路）。他最初住在霞飞路渔阳里（今淮海中路567弄），后来迁往法租界三益里，斜对门便是邵力子家。那时李家住的房子三楼三底，因为他家人口众多：母亲王氏、长女声韵、次女声馘、次子声茂，还有一位名叫薛文淑的小姐。另外，弟弟李汉俊从日本留学回来，跟他同住。李汉俊的两个孩子声簧、声馥也住那里，再加上警卫、厨师、女佣等，共十几口人。不过，当时李氏兄弟均丧妻。1920年秋，李书城之母要送三个灵柩（即李书城之父李金山以及李书城、李汉俊两人的前妻）回湖北潜江老家，声簧、声茂、声馥、声馘同去，家中人口顿减，再加上李书城准备续弦，与薛小姐结婚，于是决定搬家。他看中了望志路上新建的石库门房子。

那是一位姓陈的老太太出资在望志路和贝勒路（今黄陂南路）交叉口建造的一排五幢石库门房子，青砖里镶着红砖，是当时上海最流行式样的民居。陈老太建造这批房子为的是出租，收取房租。这批房子在1920年刚建成。李书城租了其中的两幢，并把隔墙打通，这样也就相当于一幢二楼二底的石库门房子。

李书城迁入望志路，于1921年春与薛文淑小姐结婚。李汉俊在送前妻灵柩到老家安葬后返回上海，与二哥李书城同住（大哥李书麟早逝）。当时，李汉俊的生活费用均由李书城供给。

李公馆成了中共一大会址，有四原因：

第一，李汉俊曾任上海共产党早期组织代理书记，中共一大的筹备工作是由他和李达负责的。

第二，"李公馆"闹中取静，交通方便，四周僻静，独门出入。

第三，"李公馆"内人员简单。当时李书城带着警卫去湖南了，家中只有年仅15岁的新娘子薛文淑、9岁的李书城之女声韵以及文化粗浅的一位女佣和一位厨师，这四个人都不会过问一大。

第四，李书城与黄兴交厚。黄兴夫人徐宗汉为上海博文女校董事长，借助这一关系，李汉俊租借了博文女校（当时正值暑假）作为一大代表宿舍，而李公馆与博文女校只一箭之遥。

这样，李公馆被确定为中共一大开幕式会场。原商定开一次会换一个地方，后来由于找不到更合适的会场，中共一大便一直在李公馆举行，甚至闭幕式也定在那里召开——这就引起了法租界巡捕的注意，终于在闭幕那天突然暗访李公馆。

李公馆的寓主李书城，在新中国成立后出任农业部部长、全国人大常委会委员、全国政协常委，于1965年8月26日去世。他的夫人薛文淑比他小24岁，仍健在（1994年去世）。李公馆后来由董正昌续租，开设"万象源酱园"；董正昌又把76号转租给亲戚居住，那亲戚开设了"恒昌福面坊"。如此这般，李公馆变得面目全非。新中国成立后，为了恢复李公馆原貌（亦即中共一大召开时原貌），薛文淑出了大力。因为她是那里的女主人，她的回忆准确可靠：最初，据李达等回忆把会场布置在楼上，而她说长方形餐桌从来是放在楼下，由此确定会场在楼下；桌上那对花瓶，是她和李书城结婚时的纪念品；各房间当时的布置、家具式样，也由她一一回忆……

顺便提一笔，李公馆面前的马路后来改名兴业路，许多人以为是为了纪念中共一大，取"事业兴隆"之意。其实，马路名是在1943年改的，以广西的兴业县县名来命名——与兴业路平行的另一条马路以广西的兴安县县名命名为"兴安路"。虽是偶然的巧合，但诞生于李公馆的中国共产党确实蒸蒸日上，"事业兴隆"。

俗话说："踏破铁鞋无觅处，得来全不费工夫。"在采写《红色的起点》时，我的一次偶然的发现，引起了中共党史专家们的兴趣。

那是一桩历史悬案：1921年7月30日晚8时许，中共一大正在李公馆举行闭幕式，忽地闯进一个密探，说是"找社联的王主席"。陌生人的突然光顾引起共产国际代表马林的高度警觉，当即决定中止会议，马上疏散。果然，没多久，法国总巡带着一伙侦探闯进了李公馆……那个首先闯进李公馆的密探是谁？70年来未曾查清。

据包惠僧回忆那个密探是"穿灰色竹布长褂"，李达说是"不速之客"，张国焘说是"陌生人"，陈公博说是"面目可疑的人"，刘仁静说是"突然有一个人"，陈潭秋说是"一个獐头鼠目的穿长衫的人"——这便是留存在当时目击者们脑海中的印象。此外，再也没有更详尽的文字记录了。

采访薛耕莘

很偶然，上海电影制片厂导演中叔皇的女儿跟我的长子是大学同学，而我长子的毕业论文是在中叔皇夫人担任副所长的研究所里做的，所以有一回我的长子到中叔皇家去玩，中叔皇问及我最近在写什么。

他一听说写的是关于中共一大的长篇，马上就说可找薛耕莘先生聊聊，因为薛先生曾在上海法租界巡捕房工作多年。

这样，我于1990年8月9日前去拜访薛先生。薛先生当时已经八十有六（生于1904年10月22日），但看上去却只有六十来岁。他前庭开阔，戴一副墨镜，着一件白色绸香港衫。我去时他正坐在藤椅上看书，他得知我的来意，热情予以接待。

薛先生是混血儿，父亲中国人，母亲英国人。他生在上海，9岁时到比利时，英语、法语都极流利。母亲对他说："你应当爱你父亲的祖国。"他后来回到上海，在上海的法文日报社工作。1929年，他考入上海法租界巡捕房，翌年，进入这个巡捕房的社会科工作。他谈起了自己在法租界巡捕房工作多年的种种见闻。

我问及他是否了解法租界巡捕房在1921年搜查李公馆的情况，他说，他听上司程子卿讲起过。

第三章　红色之路

那是20世纪30年代末的时候，程子卿曾跟他聊及，1921年曾前往李公馆搜查——当时只知道一个外国的"赤色分子"在那里召集会议。那次搜查，首先进入李公馆侦察的，便是程子卿。

程子卿是镇江人，生于光绪八年正月十四日（1882年3月2日），米店学徒出身。此人连法语都不会讲，怎么会进入法租界巡捕房工作的呢？原来，在米店里不断地拎米包，他练就了过人的臂力，这正是巡捕捕人时所需的"基本功"。他与黄金荣结拜兄弟，进入了上海法租界巡捕房工作，最初做巡捕，后来升为政治探长。

薛先生给我看了一帧照片，那是他、程子卿和朱良弼（法租界巡捕房政治部社会科探长，回民）三人合影，三人都穿着海军呢（深蓝色）制服。那是1937年八一三事变之后拍摄的。薛和朱胸前挂着银牌，表明他俩在巡捕房工作满十个年头，而程子卿则挂着金牌——只有服务期在25年以上的巡捕才有资格佩金牌。可以看得出，程子卿相当壮实。

薛先生有个习惯，凡重要的见闻，必定记录于笔记本，程子卿当时的谈话，亦被他记于本子上。新中国成立后，薛先生曾被捕入狱，笔记本被收缴，那个本子如今很可能仍在档案部门保存。

如能找到，可查到当时谈话的原始记录，有助于弄清1921年搜查中共一大会场的详况。

我问及程子卿后来的情形。薛先生说，新中国成立后，程子卿意识到可能被捕，就求助于宋庆龄。那是因为程子卿在法租界巡捕房工作时也做过一些有益的工作——一些中共党员被捕，经宋庆龄等向他"疏通"而获释。这样，宋庆龄向有关部门作了说明，程子卿也就没有被捕。程子卿在上海有多处房产，依靠收取房租为生，晚年的生活倒也衣食无忧。1961年9月27日，程子卿病逝于上海建国中路家中。

薛先生还说，因为他在法租界巡捕房工作多年，熟悉那里的法文档案，例如政治性案件归在"S"类，捕人报告归在"R"类。关于搜查中共一大会场的情况，可能

程子卿（中）、薛耕莘（右）、朱良弼（左）
1940年于上海法国巡捕房

会在法租界巡捕房当年的"S"或"R"类档案中查到准确的原始记录。这些法文档案应当仍在上海，需要精通法文又熟知内情的人去查找。如果需要的话，薛先生愿尽微力，以求彻底查清这一重大的历史之谜。薛先生再一次重复母亲的遗训："你应当爱你父亲的祖国。"他希望能为祖国做点有益的事。

后来，薛先生于 2008 年 9 月 7 日逝世，享年 104 岁。

在南湖"红船"上

走下埠头,我坐进宽敞的船舱,舱里的一半座位还空着。船老大在张望着。忽地,一大群年轻人跳进船舱,占领了所有的空座,渡船便突突地在明净似镜的湖面上前进。

展现在我眼前的,便是嘉兴的南湖。中共一大的闭幕式,在这里举行。我为了创作《红色的起点》,1989年隆冬,特地赶到这里采访。

比起杭州西湖来,嘉兴南湖显得小巧而精致。湖面不大,过去虚称800亩,后来经航空摄影测定,南湖水面积624亩。它是一个平原湖,放眼望去,湖四周镶着一圈依依垂柳和高低错落的建筑物。

南湖之妙,妙在湖中心有一个小岛,岛上亭台楼阁掩隐在绿树丛中。南湖原本一片泽国,并无湖心岛。那是明朝嘉靖二十七年(1548年),嘉兴知府赵瀛修浚城河,把挖出的泥用船运至湖心,堆成了一个人工小岛。吴越国国王钱镠第四子广陵王钱元璙于五代之后,曾在南湖之滨建造一座楼阁,登此楼眺望

中共一大在嘉兴南湖的画舫——游船(模型)——上举行闭幕式

冉冉湖，在春雨霏霏的日子里，四处烟雨茫茫，因此得名"烟雨楼"。湖心岛堆成之后，人们便把烟雨楼从湖岸拆移至岛上，使小岛顿时变得秀丽动人，增添了几分姿色。

渡船开了约莫两三分钟便驶抵小岛。我沿着石阶拾级而上，步入烟雨楼。清朝那位"旅游皇帝"——乾隆——六游江南，曾八次登南湖烟雨楼，赋诗近20首！他甚至带走烟雨楼的图纸，在皇家园林——承德避暑山庄的青莲岛——仿建了一座烟雨楼！

如今，烟雨楼前挂着邓小平手书"南湖革命纪念馆"横匾，江南名胜成了革命圣地。烟雨楼内陈列着中共一大15位出席者的照片。

我登上了湖心岛畔的画舫，那是根据船工们的回忆仿造的。一大代表董必武来此看后，认定与当年那艘画舫很相近。在船内，可见到雕梁画栋，十分精致。画舫客厅里挂着一副对联："龙船祥云阳宝日，凤载梁树阴场月。"船在湖中微微摇晃，仿佛摇篮，中国共产党便是在这个"摇篮"中诞生的。举目四望，轻波如鳞，在阳光下银光闪闪，仿佛有千万颗珍珠在清涟上滚动。一位哲人说："在美好的环境之中，会诞生美好的事物。"我想，用这句话来概括江南胜景南湖与中国共产党的关系，是最恰当不过的了。

我在岛上漫步，见到一块葱绿的草坪上鲜红的团旗在飘扬，一群年轻人围在团旗下，正在为新团员举行入团仪式。哦，他们就是与我同船上岛的那群欢声笑语的青年……

南湖之行，对于我来说收获颇大。

在南湖，我访问了革命纪念馆馆长于金良，他跟我谈了整整一下午。他告诉我，从1921年的火车时刻表查证，一大代表们是上午7时35分坐快车离沪，10时25分抵达嘉兴站的，下车后前往张家弄鸳湖旅社小憩，在那里订一艘游船。他们先上一艘小船，由船娘摇船，送上大船。代表们在大船上开会，包了一桌午宴。就在那艘船上，通过了中国共产党党纲、决议，并选举产生了中央领导机构，宣告中国共产党诞生。当天晚上，代表们便坐火车返回上海。

于金良逐一回答了我的问题，使我对中共一大闭幕式的出席人数、日期、所乘车次等众说纷纭的历史之谜有了比较准确的了解。

我们的谈话从一幅油画说起。一位油画家为了表现中共一大在南湖闭幕的情景，曾颇费心血：画南湖中行驶着一艘画舫吧，难以表达会议气氛；画船舱里开会情景吧，舱小人多，画面不易处理……经过反复构思，终于想出一个很不错的方案：波光潋滟的南湖之畔，一艘画舫靠在岸边，一块跳板连接着船和岸；毛泽东正面站在跳板旁，正扶着年岁较大的董必武、何叔衡上船；其余代表在岸上排成一行等待上船，其中张国焘、周佛海、陈公博等人背对画面，只露出后脑勺；刘仁静、包惠僧则只是侧面身影。画家画出了油画，在审查时被否定了。且不说南湖水域，当时要用小船摆渡才能登上大船，用跳板上船不符合生活真实；更重要的是好几位中共一大代表没有出席闭幕式，把他们画进油画不符合史实。

1921年7月23日晚，在上海李公馆出席中共一大开幕式的，共15人。但是，7月30日晚突遭法国巡捕袭击之后转移到南湖开会的，并没有15人：两位共产国际代表，即马林和尼科尔斯基，那高鼻子惹人注意，未去南湖；李汉俊是李公馆的主人，受到巡捕房的监控，不便去南湖；陈公博住在大东旅社，清晨发生凶杀案，受惊后未敢去南湖。另外，何叔衡是否去南湖，尚未有定论。因为何叔衡在1929年12月26日曾致函董必武，问及南湖会议情况，表明他可能未去那里开会（有人考证，何叔衡参加一大开幕式后不久离去，但王会悟回忆何叔衡曾去南湖）。这么一来，有4位代表肯定未去南湖，何则可能未去南湖。如果不把何算在内，去南湖的中共一大代表为10人，加上"向导"王会悟则为11人。

有关南湖会议的确切日期，也一直争论不休：许多当事人回忆是在大会遭法租界巡捕骚扰的翌日，即7月31日；董必武等回忆是"隔了一日"即8月1日；还有人据苏俄斯穆尔基斯在1921年10月13日写的一封信，论定为8月5日。

在这三种说法中，8月5日可能性最小。因为大会已引起法租界巡捕房的注意，这么多代表不会在沪滞留到8月5日才去南湖的。但究竟是"翌日"还是"隔了一日"，难以判定。于馆长告知我一份重要史料，可帮助"裁决"这一历史难题。8月2日《申报》报道8月1日下午嘉兴狂风暴雨，吹翻南湖好几艘游船。而中共一大代表们的所有回忆录中均未提及开会时遇暴风雨，由此可断定会议是在7月31日召开。[1]

至于从上海去嘉兴坐的是哪一次火车，代表们的回忆都说不清楚，甚至还有人说是分坐两趟车去嘉兴的。于馆长告知，从《申报》上查得当时的火车时刻表，上海驶往嘉兴的，上午7时35分有一趟快车，9时、10时各开出一趟慢车，下午2时50分有一趟特快。当时的快车，近三小时方可抵达嘉兴，而代表们

---

[1] 目前史学界对党的一大闭幕日期有7月30日、7月31日、8月1日、8月2日、8月5日等几种不同的说法。

都回忆是在南湖画舫上吃中饭，由此判定他们坐的必定是上午 7 时 35 分快车，于上午 10 时 25 分抵达嘉兴，在鸳湖旅社稍息，然后坐小船上大船，才可能在船上吃中饭。

由于文学创作很注意细节，我向于馆长提出了一系列别的来访者几乎从未问及的问题：嘉兴火车站当时的模样、从火车站到鸳湖旅社的路线、鸳湖旅社的历史、画舫的历史，以及南湖的来历，等等。于馆长不嫌我问得"烦"，很仔细地给予答复，甚至在我的采访本上画了当时鸳湖旅社四周的地图。

于馆长告诉我，现在停泊在湖心岛旁供人参观的那艘画舫是 1959 年仿制的。因为日军在侵占嘉兴时，把南湖的画舫拉去当运输船，全部毁于战火。此后，汽船代替昔日的画舫，往来于湖中。新中国成立后，为了供后人瞻仰当年中共一大闭幕式情景，决定仿造一艘画舫。找了许多当年造船工匠开座谈会，画出草图，中央拨款 3 万元人民币及二两黄金（金粉用于舱内木雕描金），这才终于造出这艘"单夹弄丝网船"。

于馆长说及一桩笑话，给我印象颇深：在"文化大革命"中，嘉兴有人自称是当年为中共一大驾船的"舵手"之子。据云，他的父亲曾见到戴瓜皮帽的董必武挟着一把雨伞上船，说得活灵活现。其实，那是因为他看到南湖纪念馆陈列的董必武戴瓜皮帽的照片，加上那幅《毛主席去安源》油画挟着油纸伞，经"合理想象"编撰成的"故事"。消息传到董必武耳中，董老说，当年开会是绝密的，船工根本不知道，何况正值大热天，怎么会戴瓜皮帽？

严肃的历史有时会掺杂荒诞不经的笑话，诚如飞瀑之下总会漂起转瞬即逝的泡沫。

第三章 红色之路

历史的误区和被遗忘的角落

中共一大的召开，是"开天辟地的大事变"。正是因为这次会议太重要了，所以会议的参加者，除了早逝的王尽美、邓恩铭、何叔衡、李汉俊、尼科尔斯基五人，其余十人都留下了长长短短的回忆录。有的人这年一篇、那年一篇，写了好多篇。写《红色的起点》时，我尽可能把所有关于中共一大的回忆录找来。读回忆录，如同在纸上聆听这些当事人细叙往事。这些回忆录是珍贵的历史文献。

不过，我很快就发现，把这些回忆录加以比较，往往彼此矛盾；甚至把同一个人不同时期的回忆文章加以比较，自相矛盾之处也不少。关于这一点，董必武在1971年8月4日关于中共一大的谈话中说了一段颇有感触的话："回忆那时的事，难于摆脱现在的思想意识，如果加上现在的思想就不一定可靠。你们想想，两个人回忆一件事，如果事先不商量，回忆的结果就不可能一样。"董必武的这段话，说出了回忆误差的两点原因：第一是生理原因，即人的记忆力毕竟有限；第二则是意识原因，即"难于摆脱现在的思想意识"。

生理的原因是容易理解的，诚如人们常说的"好记性不如烂笔头"。董必武的记性是不错的，但在1929年12月31日给何叔衡的信中，仍把嘉兴南湖误记为"嘉兴东湖"。王会悟的记性也不错，可是，她在回忆中共一大时，说及"翻译杨明斋""坐在门口附近"望风（见《纵横》1985年6期），其实，那时杨明斋正在莫斯科，没有出席中共一大。

一个典型的事例，是中共一大到底在李公馆楼上还是楼下召开。包惠僧、张国焘、周佛海、陈公博都回忆说楼上，李达在新中国成立后来到李公馆现场，也说是在楼上开的。这样，中共一大纪念馆最初把会场布置在楼上，让人参观。可是，李公馆的女主人、李书城夫人薛文淑坚持说，李家的大餐桌从来是放在楼下的，中共一大代表是围着大餐桌开会，会场势必在楼下。薛文淑在李公馆生活多年，她的回忆理所当然会比只在李公馆开了几天会的代表们的回忆可靠。不过，薛文淑毕竟没有参加过中共一大，她的话的分量还不足以使中共一大纪念馆把会场从楼上改到楼下。作出最后"裁决"的是董必武。他在1956年春节来到李公馆观看了现场说："当年开会不在楼上，而在楼下，会议室应该布置在楼下。"

最令人信服的是，他在楼下指着一扇窗说："这儿原先好像是道门。"工作人员细细查看，那扇窗确实是一道门，下部砌了砖改装而成的。这表明董必武的记忆是准确的。从此，中共一大的会议室，由楼上改为楼下。

记忆的最大误区在于数字。除了极个别的人有着记忆数字的天才，一般人记忆最差的是数字。正因为这样，所有中共一大代表的回忆录中，没有一个能够说出开幕和闭幕的日期。后人经过反复考证，这才查清开幕是1921年7月23日，闭幕为7月31日（虽说还有些争论）。

至于意识原因，在回忆录中颇为明显。按照后来不同的政治倾向，这些回忆录大体上可分为两类：

一类是董必武、李达、包惠僧、刘仁静等晚年生活在中国大陆。

一类是张国焘、周佛海、陈公博，他们走上叛党反共以至卖国的道路，回忆录中充满反共情绪。

在第一类回忆录中，包、刘与董、李又不尽相同。包、刘的回忆往往带有思想顾虑，对有些事欲言又止。

种种回忆录，往往越是早年的，越是比较准确。

在研读种种回忆录时，需要作横向比较，即把不同当事人对同一事件的回忆加以比较，再与有关档案、历史文献加以比较，才能作出正确的判断，避免陷入误区。

有关中共一大的回忆录，应当说是相当丰富的。不过，在创作中，我不得不花费相当多的精力用于各种回忆录的比较、判别，以求探明历史的真相。幸亏许多中共党史专家已作了去伪存真的种种研究，给了我很多帮助。

这里顺便提一下，在写作《历史选择了毛泽东》一书时，我查阅有关红军长征之初的史料，发现出于政治原因，为了"避嫌"，出现在回忆录中"漏写"的情况……

长征之初，红军选定湘粤边界作为突围之处，是因为事先曾派出密使与驻守那一带的粤军陈济棠举行谈判。陈济棠与蒋介石有矛盾，他答应红军"借道"。

红军密使，是周恩来派出的何长工。我查阅何长工所写的回忆录《同陈济棠部队谈判前后》，其中写及："我遵照副主席的指示，穿着西装，戴上草帽和墨镜，坐着四人抬的大轿，带了一个骑兵连，前往谈判。"何长工的回忆录，只写及他自己如何跟陈济棠谈判。

然而，我查阅1934年10月5日朱德签署的给陈济棠所属第三军第七师师长黄延桢的信，却写及特派潘健行、何长工为代表前来协商一切。潘健行何人？潘汉年也！明明是两顶大轿前往陈济棠部队，何长工回忆往事时，为什么避而不提"潘健行"？这倒不是何长工欲抹杀"潘健行"的功绩，却是因为当时（1981年）潘汉年尚未平反，不便提及罢了。直至翌年8月23日，中共中央发出文件，正式宣布潘汉年"内奸"案乃是一重大错案，潘汉年才得以平反。

像这样因"避嫌"而不提某某人、某某事的回忆录并不鲜见。这些回忆录造成了历史的误区。在研读回忆录时，不能不注意其中的"避嫌"之处。当然，作为回忆录的作者，也应把尊重史实放在第一位。

何长工在1982年之后出版的回忆录中，补提了潘汉年——这表明他当初的回忆录不提潘汉年，确实由于"避嫌"之故，并非记忆失误……

中共一大是"开天辟地的大事变"，深刻地影响了中国历史的进程。正因为这样，中共成立以来，发表、出版了大量有关的回忆录、访问记、人物传记。我在查阅这些史料时发现，以毛泽东最多，董必武次之。李大钊虽英年早逝，有关资料也不少。关于陈独秀的书刊，近年来多了一些。王尽美、邓恩铭是革命烈士，印有专集。李达有文集。张国焘、周佛海、陈公博走上了叛党之路，但各自著有长篇回忆录。陈潭秋、何叔衡作为烈士，在《中共党史人物传》中立传。包惠僧著有回忆录，但谈及自己身世，尤其是后来的人生道路的内容却很少。

李汉俊的资料不多。最少的是刘仁静，几乎没有什么资料。

虽然刘仁静后来成了托派以至走得更远，但他毕竟是中共一大代表。我在北京找到了刘仁静的儿子刘威力，希望他能详细介绍刘仁静的情况。起初他有点犹豫，经我恳求，他终于答应给予帮助。这样，我才获得大量关于刘仁静的第一手资料。

我又在北京寻访了包惠僧的女儿包曼秋。在她的支持下，我才得以与包惠僧夫人谢缙云长谈。

共产国际代表马林对中共一大的召开起了重要作用，但关于他，只出过《马林在中国的有关资料》一书，而且书中很少涉及他的身世。当得知中国人民大学杨云若教授和中国社科院近代史研究所李玉贞曾于1986年去荷兰查阅马林档案，我即去请教，了解关于马林的最新研究成果。内中尤其是马林之死及马林的遗书，非常感人，是最新资料。

出席中共一大的共产国际远东书记处代表尼科尔斯基，多年来一直是个谜，关于他身世的资料近乎空白。当获知苏联《远东问题》杂志于1989年第2期发表卡尔图诺娃的《一个被遗忘的参加中共一大的人》这一重要信息，在中共党史专家帮助下，我才得到关于尼科尔斯基身世的最新披露资料——虽然仍过于简略，但毕竟把空白填补了。

杨明斋没有出席中共一大，但是他对党的建立有着特殊的贡献。俄共（布）最初派往中国的代表团，杨明斋是团员兼翻译，他帮助俄共（布）代表维经斯基与李大钊、陈独秀建立了联系。可是，多年以来，杨明斋也是一个谜，处于被历史遗忘的角落。直至华东石油大学余世诚1988年9月给戈尔巴乔夫去函，经戈尔巴乔夫批转，苏联科学院远东研究所这才在回函中透露了杨明斋后半生的情况和死因，又一次填补了中共一大研究工作中的空白——虽然同样显得过于简略。

处于被历史遗忘的角落之中，还有许多曾对中共的建立做过贡献的重要人物，曾经三次见过列宁的刘绍周便是其中的一个。刘绍周可以说是中国共产党成立之前中国共产主义者的领袖人物，他曾出席共产国际一大、二大。刘绍周于1970年病逝于北京。可是，关于他的生平记载资料极为有限。

"俄国共产党华员局"是很值得仔细研究的。虽说它是俄共（布）的一个组织，但该局成员都是俄籍华人（大部分是华工），都是俄共（布）成员。该局还有自己的党章。"俄国共产党华员局"是在1920年6月25日成立的——在中共一大召开前一年。关于它的史料，极为鲜见。"华员局"主席安恩学，出席过共产国际二大。安恩学也很值得加以研究、介绍，可惜资料极少。

出席共产国际一大的，还有一位中国代表张永奎，他也处于"角落"之中。

当俄共（布）代表团在维经斯基率领下来到中国，帮助他们与李大钊建立起联系的有两位俄国汉学教授，即鲍立维（又译柏烈伟，俄名波列伏依）和伊凤阁（又名伊文，俄名阿列克谢·伊凡诺维奇·伊凡诺夫）。关于这两位教授的身世资料，很少很少。其实，这两位教授都对中国共产党的建立起了有益的作用。

此外，早期奉命来华的俄共（布）使者萨赫杨诺娃、斯托诺维奇，以及俄共（布）远东局海参崴分局、共产国际远东书记处，都值得予以研究、探讨，不应处于"角落"之中。

中共一大虽然已经过去多年，然而尚有许多空白点值得填补，还有许多"角落"需要历史学家投以明亮的目光。

主线·谜团·细节

当我在上海、北京、南湖进行了一系列采访，又查阅了众多的历史文献、档案，着手写作《红色的起点》时，我花了颇多的时间理清线索。全书以追寻、前奏、酝酿、初创、响应、聚首、成立、锤炼、尾声九章为贯穿线，串起了一粒粒散见于采访笔记和历史文献中的"珍珠"。除了"追寻"是倒叙，"锤炼""尾声"写中共一大之后，其余六章的贯穿线，实际上就是中国共产党在中国最初的发展脉络。

"南陈北李"是核心。陈独秀在上海创办《新青年》，扬起新文化运动的大旗，李大钊则成为北京最早、最重要的马克思主义者。由于蔡元培主持北京大学校政，诚邀陈独秀北上出任北京大学文科学长，于是陈、李以北京大学为基地，以《新青年》为阵地，组织、团结了中国最早的一批共产主义者。这"两大星辰"，是当时中国共产主义运动的领袖。后来，中国各地建立的共产党早期组织都是从这"两大星辰"那里取得火种，传递开来的。

上海——陈独秀受北洋军阀政府警察追捕，从北京逃往上海，住进渔阳里。他是一位富有魅力的人，立即把李汉俊、李达、陈望道、邵力子、施存统、俞秀松、茅盾等吸引在身边，于1920年8月建立上海共产党早期组织。

北京——南呼北应。上海建立共产党早期组织的消息由从京来沪的"二张"——张国焘、张申府——在返京时传递到李大钊那里，李大钊吸收"二张"以及罗章龙、刘仁静等建立了北京共产党早期组织。

长沙——毛泽东前往北大，在李大钊为主任的图书馆里工作，又多次与陈独秀晤谈。他回长沙，团结何叔衡等人，成立长沙共产党早期组织。

武汉——董必武来沪时，与一位湖北同乡相邻并结为密友，此人便是李汉俊。受李汉俊影响，董必武走上马克思主义之路。后来陈独秀又派刘伯垂前往武汉找董必武，希望建立"小组"。于是，董必武、陈潭秋、包惠僧等成立武汉共产党早期组织。

济南——山东新文化运动领袖人物王乐平赴京时结识陈独秀。后来陈致函王，希望建立"小组"。王乐平乃社会贤达，不愿出面组织共产党，把此事交给他的远亲、同乡王尽美。这时李大钊又派陈为人来济南联系。于是王尽美、邓恩铭、王翔千等建立济南共产党早期组织。

广州——北大三位广东籍学生毕业回到广州，即陈公博、谭平山、谭植棠，加上陈独秀在1920年底离沪赴粤，于是广州共产党早期组织诞生。

日本——留日学生周佛海在1920年暑假路过上海时加入上海共产党早期组织，加上该组施存统赴日留学，于是，旅日学生中有了周、施两位党员。

法国——北京共产党早期组织成员张申府赴法，成了"种子"，发展刘清扬、周恩来、赵世炎等，组成"旅法共产主义小组"。

如同理清奥运会火炬传递路线一样，理清了共产主义之火在中国传播的途径、路线，我也就抓住了贯穿线。这样，各地共产党早期组织如何产生代表，如何聚首上海，如何召开中共一大，发展的脉络也就清楚了。

本来，写到南湖会议结束，全书就结束了。考虑再三，我采用"T"字形结构，即在写了1921年前后的历史横断面之后，加了"锤炼"一章，写中共一大代表们的后来，以给人历史的纵深感。那15位出席者在离开李公馆那张长方形大餐桌之后，犹如一支船队离开了港口，在大风大浪中此沉彼浮：毛泽东成了中国共产党的伟大领袖，陈潭秋、何叔衡、邓恩铭英勇地倒在敌人枪口之下，刘仁静前往土耳其拜晤托洛茨基[1]，张国焘公然叛党，而陈公博、周佛海则成了汉奸头目……这，确如鲁迅所言："在行进时，也时时有人退伍，有人落荒，有人颓唐，有人叛变。"

理清了线索，有了头绪，于是我在写作中，思路就变得清晰了。

不过，中共一大距今多年。由于年代久远，又是中共的初创之会，况且处于秘密状态之下召开，所以留下许多历史之谜，尚待后人研究、考证。我在写《红色的起点》过程中，遇上许多待揭之谜，现把这些"谜"开列于下，供大家参考：

一、"中国共产党"一词，最早在什么时候提出？通常，人们认为是蔡和森1920年9月16日写给毛泽东的信中最早明确提出："明目张胆正式成立一个中国共产党。"但是，1913年3月31日《民权报》上便登出一则启事："中国共产党征集同志：本党方在组织，海内外同志有愿赐教及签名者，请通函南

---

[1] 对于托洛茨基的评价，在苏共解散之后，有所改变。

京文德桥阅报社为叩。此布。"这表明早在1913年便已经有人在筹备组织中国共产党。这是一些什么样的人？那个"阅报社"是什么样的联络处？虽然这些人很可能在当时并非马克思主义者，而且1913年组织中国共产党的条件也不成熟，不过，这个历史之谜很值得查一下，因为毕竟是第一次明确提出"中国共产党征集同志"。

二、在中共一大之前，是否召开过"三月代表大会"？因为瞿秋白在《中国共产党历史概论》中提及"1921年3月的第一次大会是肃清无政府党的大会"（见中共中央党校出版社出版的《中共党史报告选编》一书）。这表明在中共一大之前，开过另一次"党的大会"。

不过，在1921年3月，瞿秋白正在苏俄出席共产国际三大（以记者身份出席），他所说的"三月代表大会"并非他亲历，但考虑到他后来在党内的领导地位以及记者出身的他的翔实文笔，关于"三月代表大会"是值得研究的。

三、李大钊是否曾同陈独秀一起来沪筹备中共一大？董必武在1937年与美国作家尼姆·威尔斯谈话时回忆道："中国共产党中心建立于1921年5月，那时陈独秀为此目的同李大钊到上海。我没有出席这次会议，但是我参加了1921年7月在上海召开的第一次代表大会。"李大钊是否跟陈独秀一起来过上海？1921年5月召开的是什么样的会议？究竟董必武的回忆有否差错？5月的会议是不是瞿秋白所说的"三月代表大会"？有待查考。

四、李大钊在1920年中间亲自掩护受警察追捕的陈独秀，同坐一骡车由北京前往天津，一路上两人细细讨论了建立中国共产党的问题。抵达天津后，陈独秀坐船赴沪，而李大钊则在天津"特别一区"（俄国旧租界）会晤了一位俄共（布）的重要人物，使中国共产主义者与俄共（布）取得了联系，对于后来维经斯基来华帮助建立中共起了很大的作用。这次会见的详情以及那位俄共（布）重要人物究竟是谁，尚待查考。

五、李大钊为什么不出席中共一大？有人说他"忙于公务"，而当时正值暑假，他的公务并不忙；有人说他"谦逊"，难道不出席这么一次党的重要会议是出于"谦逊"？当时陈独秀确实忙于公务，而李大钊没有赴会，历史学家们尚未找出很有说服力的理由。

六、不论是在美国发现的《中国共产党的第一个纲领》，还是在苏联发现的该文俄译稿，都缺了第11条。这是为什么？中共一大文献的中文原稿究竟哪里去了？所有中共一大代表的回忆，都未说及中共一大文献的下落。

七、陈公博出席中共一大时带来了陈独秀的亲笔信，陈独秀在信中所谈的关于中共一大的意见，虽有种种考证，迄今尚无确切、详尽的考证。

八、包惠僧曾出席中共一大，这是无疑的。但是，他算不算正式代表？他若是代表，那么算是广州代表、武汉代表，还是陈独秀指派的代表？尚存在种种争论。

九、尼科尔斯基的身世之谜。由于卡尔图诺娃在1989年第2期苏联《远东问题》杂志发表了《一个被遗忘的参加中共一大的人》，这让我们算是对他有了初步的了解。但是，他怎么被派往中国？他在伊尔库茨克接受的使命是什么？他当时才23岁，而且刚刚加入俄共（布），怎么会被派往中国，肩负重要使命出席中共一大？

十、中共一大的闭幕之日，亦即南湖会议是7月31日、8月1日还是8月5日？虽然目前多数意见倾向于7月31日，但仍有待进一步探索、查考。中共一大是在7月30日晚8时左右突遭法国巡捕干扰，代表们当即匆匆四散。倘若果真在翌晨前往南湖，7时许要到达火车站，其间要作出转移南湖的决定、分头通知各代表，时间相当局促……

对于中共一大的13位代表进行多角度分析，可以得出许多历史的启示。

首先是年龄，清楚地表明这是一次年轻的会议。最年长者不过45岁，即何叔衡。通常被人们称为"董老"的董必武，当时也不过35岁。最年轻的是刘仁静，年仅19岁。这13人的平均年龄只有27岁！这表明，青年的思想最敏感，在当时最容易接受新思想——马克思主义。

这13人全是知识分子，其中曾经留学日本的是李汉俊、李达、董必武、周佛海，加上陈独秀、李大钊则是6位。当时马克思主义在日本远比中国盛行，中国青年在日本接受了马克思主义。另外，懂英语的有李汉俊、李达、陈潭秋、陈公博、张国焘、刘仁静，加上陈独秀、李大钊共8位。李汉俊还懂德语。懂得外语，使他们能从日文版、英文版、德文版马克思主义原著中懂得马克思主义——因为当时译成中文的马克思主义著作如凤毛麟角。

北京大学是五四运动的发源地，新文化运动的中心。中国共产党是在五四运动的影响下诞生的。从代表们与北京大学的渊源来分析，也可看出这一点：张国焘、刘仁静、陈公博是北京大学学生，都参加过五四运动。毛泽东曾在北京大学工作过，包惠僧曾在北京大学短期学习过，王尽美、李达与北京大学有过工作联系。至于陈独秀则是北京大学文科学长，"五四运动的总司令"（毛泽东语）；李大钊是北京大学图书馆主任、教授，北京共产党早期组织的创始人。另外，在中共一大代表们的回忆录中，差不多都提及曾是《新青年》杂志的热心读者。陈独秀是《新青年》的创办人，《新青年》影响了一代中国进步青年。李大钊是《新青年》主要撰稿人之一，毛泽东、陈公博等也在《新青年》杂志上发表过文章。

13位代表加上"南陈北李"，全是男性。这是由于当时虽然已推翻清王朝，但妇女仍受封建桎梏，参加政治活动的机会很少。

就籍贯分析，湖北籍最多——董必武（湖北黄安，今红安）、李汉俊（湖北潜江）、包惠僧（湖北黄冈）、陈潭秋（湖北黄冈）、刘仁静（湖北应城），共5位。其次为湖南籍——毛泽东（湖南湘潭）、李达（湖南零陵）、何叔衡（湖南宁乡）、周佛海（湖南沅陵），共4位。"两湖"相加，共9位，占代表总数的69%！后来，在中共领导层、在红军将领中，"两湖"籍的也占相当大的比例。刘少奇、彭德怀、贺龙、项英、李立三等，皆出自"两湖"。探其究竟，是由于"两湖"文化发达，接受进步思想较早，近代便涌现出谭嗣同、左宗棠等先进人物。杨度曾写过一首《湖南少年歌》：

> 若道中华国果亡，
> 除非湖南人尽死。
> 中华若为德意志，
> 湖南当做普鲁士。

这般"湖南气派"，倒是很生动地勾画出当年"湖南敢为中华先"的革命气势。

在13位代表中，唯一的少数民族是邓恩铭。他是贵州水族青年，后来到山东求学，加入了济南共产党早期组织。

这13位代表几乎个个是"笔杆子"。毛泽东后来成为"著作巨匠"（彭德怀语），世人尽知。李汉俊、李达、刘仁静后来译出大量马克思主义著作。包惠僧是记者，擅长写作是"看家本领"。陈公博、周佛海也是才思敏捷、下笔千言的人物。张国焘同样是倚马可待的"秀才"。董必武、何叔衡擅长写诗填词，有很好的古文根底。至于陈独秀、李大钊，更是文章满天下。写作能力，是政治领袖人物必不可缺的基本功。

另外，出席中共一大的两位国际代表，即马林和尼科尔斯基，当时分别为38岁和23岁，也很年轻。一个是荷兰人，一个是俄国人，远道赶来帮助建立中国共产党，生动地说明共产主义运动从一开始就是国际性的，各国无产阶级情相连、心相通。

《红色的起点》出版后，有的报纸称之为"党史读物"，有的称之为"长篇纪实文学""纪实小说"。一位记者问我："你认为属于什么体裁？"我回答说："长篇报告文学。"

在着手采访时，我便在思索以什么体裁表现中共一大。最初的设想是写成"长篇纪实小说"，因为小说可以虚构，更便于塑造人物形象。但是，当时我考虑到70年间尚无一部准确、翔实描述中共一大的长篇时，便放弃了写成小说的念头。不过，我也力避用通常的"党史读物"那样的笔调去写。这样，我选择了"长篇报告文学"，以文学笔调真实、准确地向读者"报告"中国共产党诞生的全过程，亦即文学与史学相结合。

由于"行当"不同，我在采访或查阅文献时十分注意观察、揣摩中共一大代表的性格。我发觉，无须着意"塑造"，他们本身的性格便是十分鲜明的，一人一貌，彼此不同：

当时的毛泽东28岁，含而不露，性格稳重。面对会上激烈的争论，他不轻易表达自己的意见，但很仔细倾听双方的意见。

共产国际代表马林个性很强，像一位演说家似的滔滔不绝申述自己的见解。与人争论时，他如同火山爆发，但"爆发"过后很快又心平气和。他在上海马路上见到洋人欺侮中国人，竟怒不可遏与洋人拔拳相斗，这一细节最真实地反映了他的正直和急性子。

李汉俊懂数种外语，饱读马克思列宁主义原著，学者、理论家风度，但又衣着简朴，看上去像乡下人。他与人争论，往往引经据典，在中共一大上几度成为争论的中心人物。不过他一旦认识到自己错了，便马上承认，从不固执己见。

刘仁静才19岁，自恃懂得英语，读过一些马克思主义原著，喜与人论战。但是他时"左"时右，摇晃不定，又孤傲，以致后来在托派中也独自一人成一派，没有支持者。

何叔衡是一位忠厚长者，不会讲多少理论，却能埋头做实事。

张国焘显得过于灵活，善于钻营，但有组织才干。正因为这样，他抵沪后迅速把上海"二李"（李达、李汉俊）甩在一边，夺得主持中共一大之权。

周佛海亦有组织才干，但野心勃勃，欲当"中国之列宁"。

陈公博有口才也有文才，但一副绅士风度。在所有的代表之中，唯独他带太太一起来沪，而且另住在南京路第一流的大东旅社，不住博文女校。

就"南陈北李"而论，陈独秀性急、固执，家长作风颇为严重，李大钊则和善、厚道、谦逊。

我在采访曾与陈独秀有过颇多交往的九旬老人郑超麟时，问及有关陈独秀形象的种种细节。

他答道："讲一口安庆话，怎么想就怎么说，习惯动作是用手拍脑门。不大讲究衣着，但很干净。长袍、马褂都穿，帽子不常戴，难得穿西装。烟瘾重，但不抽香烟，而抽雪茄。文章写得快，有学问，但口才并不好……"郑超麟谈毕笑道，问这些细节有什么用？从未有人向他问这些问题。我却认为，要勾画陈独秀的形象，他谈的这些细节颇为珍贵。

史学注重科学性，文学注重形象性。我想，取史学的科学性，取文学的形象性，熔于一炉，这就是我努力的目标。正因为这样，我在着手写作时，在注重史料的准确性的同时，注重作品的可读性、生动性和形象性，以使读者特别是年轻读者，愿意把这一"报告"读下去……

出没风波里

来到天下第一山——井冈山

《红色的起点》出版后，我收到众多的读者来信。许多读者热忱地鼓励我继续写下去。

《红色的起点》写的是"中国有了共产党"。那么，接下去该写什么呢？不言而喻，应该是"共产党有了领袖毛泽东"。

真巧，就在这时，上海电影制片厂筹拍关于遵义会议的上、下集大型故事片。上海电影制片厂文学部编辑程泽民在我的多年文友孙雄飞陪同下前来我家，约我写这一电影剧本。我认为，遵义会议的重要意义用一句话来概括，就是"历史选择了毛泽东"。也就是说，"共产党有了领袖毛泽东"。这一约稿和我的写作计划不谋而合，于是，我也就答应下来。我在完成关于遵义会议的电影剧本《历史选择了毛泽东》之后，完成了同名纪实长篇《历史选择了毛泽东》。

毛泽东是中国20世纪的伟人、巨人。有关他的传记，从《青年毛泽东》到《晚年毛泽东》，已经有了好多本。《历史选择了毛泽东》从领袖史的特殊视角写毛泽东，是历史对中共领袖人物的选择，却是未曾有过的。我选择了这样的角度来写毛泽东，一方面希望写出新意，一方面也是希望跟《红色的起点》衔接——因为在建立了中国共产党之后，便面临着选择正确而成熟的领袖。

领袖是党的旗帜，革命的舵手。列宁曾说："在历史上，任何一个阶级，如果不推举出自己的善于组织运动和领导运动的政治领袖和先进代表，就不可能取得统治地位。"[1] 他又说："政党通常是由最有威信、最有影响、最有经验、被选出担任最重要职务而称为领袖的人们所组成的比较稳定的集团来主持的。"[2]

领袖的选择，对诞生不久、尚处于幼年时期的中国共产党尤为重要。在一定的条件下，领袖决定一切。在毛泽东之前，一右三"左"，即陈独秀的右倾

---

[1]《列宁选集》第1卷，人民出版社1995年版，第286页。

[2]《列宁选集》第4卷，人民出版社1995年版，第151页。

机会主义，瞿秋白的"左"倾盲动错误，李立三的"左"倾冒险错误和王明、博古的"左"倾教条主义、宗派主义，正是领袖的错误，导致党走上错误路线。正因为这样，我认为值得从领袖史的角度去写毛泽东。

本来在1990年冬就应该外出采访，但由于我患眼疾，动了手术，医嘱不能外出，不论飞机、火车或是汽车，会使刚刚动了手术的眼睛受到震动，造成不良后果。静养了半年之后，尽管医生仍劝我要继续静养，我还是行程万里，外出工作了。

1991年的夏日，我差不多是在羁旅中度过的，为的是进行众多的采访，以写好这部新的长篇。

我从江西南昌南行近400公里。我乘坐的是当地最普通的长途公共汽车。山道颠簸，车子又几度抛锚，一路上竟花了14个小时！

清晨离开南昌，晚上才终于到达目的地——全国最小的一个市：这里的市区人口只有7000人，电话号码不过三位数！可是，她名震海内外，在世界上的知名度超过人口多于她十倍以至百倍的中国其他城市。

她，便是井冈山市。

"罗霄山脉的中段，有一座雄伟的高山，苍松翠竹常年青，山泉流水永不断……"早在温州读中学的时候，我就会唱这首井冈山之歌，心中充满对她的崇敬和向往。真可谓"久仰"，我终于有幸瞻仰她的丰采。

巍巍峨峨，车入罗霄山脉，便开始爬升。山间茂林葱郁，一片浓荫洒在公路上，夏炎之际顿觉清凉无限。在山道上盘旋了两三小时，忽地豁然开朗，鳞次栉比的楼房涌现在眼前——那便是井冈山市。虽说市区人口不过7000，却有几十家宾馆、招待所，拥有5000多间客房。

这里已是旅游胜地。我在南昌时，气温高达39摄氏度，汗流浃背，那只背在身上的帆布采访包上甚至出现一圈白色的盐霜（汗渍）。可是，这里所有的宾馆都没有空调设备，因为"高处不胜寒"，夜晚须拥衾而眠，无须冷气机。蝉声、鸟声、潺潺溪水声，声声入耳，组成一支美妙的井冈山交响曲。

1962年2月4日，朱德总司令重上井冈山，曾挥毫写下"天下第一山"五个大字。100元人民币的背面，曾印着井冈山主峰五指峰胜景。天下奇峰名山颇多，井冈山成了"第一山"，因为这里是革命的摇篮——中国第一个农村革命根据地。

漫步井冈山，我这才深切领会到，毛泽东当年选择这里作为根据地，真是天才的抉择：如今的井冈山市，当年是个只有几十间土屋的小山村，名叫茨坪，坐落在大山中心。大山是天然屏障，扼守住四周的五个哨口，敌人插翅难入。每个哨口又居高临下，卡住要道，一夫当关，万夫莫敌。这样，在一片白色的海洋之中，红旗却在这深山老林飘扬。

井冈山革命博物馆的老馆长朱本良陪我参观革命旧址。在茨坪，在大井，都保留着毛泽东、朱德、彭德怀、陈毅等革命先辈的旧居。这些旧居都是就地用泥土"干打垒"建成，黄墙青瓦，一张木板床，一盏油灯，如此而已。至今仍可见到漫山生长的山芋、南瓜，那是红军当年的主粮。重读毛泽东《井冈山的斗争》，让人倍感亲切："红军至今没有什么正规的薪饷制，只发粮食、油盐柴菜钱和少数的零用钱"，但士兵们知道"是为自己为人民打仗"，所以生活虽艰苦，士气却很高。

从茨坪驱车北上，我来到黄洋界。那里是井冈山最为险峻的哨口，至今仍保留着红军当年的工事。两山之间，唯有一条羊肠小道通向黄洋界，而黄洋界又那么陡峭，易守难攻。正因为这样，红军曾以两个连的兵力，据险守卫，击溃国民党军队几个团的进攻。毛泽东在两首词中，都写及了黄洋界："黄洋界上炮声隆，报道敌军宵遁。""过了黄洋界，险处不须看。"

《井冈山的斗争》一文曾写及，"医院设在山上，用中西两法治疗"。朱馆长带我去参观红军医院。那是红军自己动手建造的医院，木结构，两层，上下

在井冈山采访

有十几间病房，在当时已很不容易了。伤病员席地而睡，没有被褥，唯有稻草——在稻草堆中度过山间寒夜！1929年1月，敌人大军压境，买通奸细从鲜为人知的一条小道上山，井冈山失守，红军伤病员来不及转移，100多人被集中在医院旁边的水稻田里，全部遭枪杀！如今，那块水稻田上矗立着一块纪念碑。

望着这纪念碑，我仿佛见到血染的红旗在猎猎飘扬。

井冈山不仅是革命圣地，而且也是风景诱人的地方。我来到龙潭，那里的瀑布落差达80米，气势磅礴，如万马奔腾，曰青龙瀑。接着，又依次有黄龙瀑、赤龙瀑、黑龙瀑、白龙瀑，合称"五龙瀑"。当年红军忙于战斗，竟然谁也未曾去观赏如此壮观的飞瀑……茨坪在新中国成立前是个小山村，新中国成立之初划为区——特别区——后来改为县，自1984年起设市。如今（1991年）的井冈山市辖四个区，约5万人。山中雨水丰沛，已建起16个小水电站，也建起了一批工厂。

市区中心原先的一片稻田，经人工挖成"挹翠湖"，山水相映，格外动人。这儿春天百花争艳，夏日乃清凉世界，秋季漫山遍野五彩缤纷，冬日大雪纷飞，银装素裹。五洲四海的游人拥向井冈山，游山、玩水，向这红色的"天下第一山"上的革命旧居、旧址投来崇敬的目光。

在山间一堵普通的墙上，我看到一行用石灰水刷成的斗大白字："毛主席永远活在我们心中！"尽管我曾无数次见到过这样的标语，然而，在这里见到却显得格外亲切——因为这确确实实是井冈山人的心声。

访问"红都"瑞金

在上海，不知去过多少回瑞金一路、瑞金二路，我却未曾有缘一睹中国革命的圣地瑞金。1991年7月，我终于如愿以偿，来到钦慕已久的"红都"。

那天，黎明时分，我从井冈山东行，长途公共汽车在赣南起伏的丘陵地带又颠簸了一整天，到达瑞金时已经暮霭浓重。车入县城，我见到许多商店以"红都"为名。过了贡水上的一座水泥大桥，我住进瑞金宾馆。想打电话给县委宣传部，我习惯地拨"114"查号，可是电话机上竟没有拨盘。一问宾馆服务员才知，瑞金是个小县城，电话不多，不编号码，拿起话筒时只须向总机说句打到哪里，便可接通……

瑞金虽小，但当我在瑞金革命纪念馆副馆长钟书棋陪同下前往各处参观革命旧址时，我却深深地被她博大的内涵所感动。钟书棋是位"瑞金通"，在美国记者哈里森·索尔兹伯里的《长征——前所未闻的故事》一书中，便多次提到他的大名。他如数家珍一般向我介绍这片红色的热土。

瑞金有着悠久的历史，据云古代建县时掘地得金，遂称"瑞金"。然而，瑞金历史上最光辉的一页，是在第二次国内革命战争时期成为中华苏维埃共和国临时中央政府的所在地，人称"瑞京"，而"红都""赤都"之誉也由此而来。

老钟带领我来到郊区叶坪，步入一座建于明朝的谢姓宗祠，60年前的十月革命节[1]——1931年11月7日，第一次全国苏维埃代表大会就在这里举行。毛泽东在这里当选为中华苏维埃共和国临时中央政府中央执行委员会和人民委员会主席，"毛主席"之称便始于此。大会之后，这个祠堂成了临时中央政府办公所在地。我见到祠堂里15间用木板隔成的小房间，每间不足10平方米，

---

[1] 列宁领导"十月革命"，这"十月"是指俄历，实际上是1917年11月7日。从此，11月7日被苏联定为十月革命纪念日。

内放一桌、几条板凳。每间小屋便是人民委员会的一个部的办公场所，如外交部王稼蔷（即王稼祥）、财政部邓子恢、教育部瞿秋白、国家政治保卫局邓发等均在这些小房间内办公。这里，其实就是中华人民共和国中央人民政府的雏形。那一个个小房间，随着革命的发展，不断扩大、扩大，变成如今北京一幢幢部、委大厦。

特务密报了叶坪的动向，蒋介石派出飞机前来轰炸，中央机关迅即秘密转移到瑞金西侧的沙洲坝。在那里的毛泽东旧居旁，我见到一口不平常的水井。沙洲坝确是"沙洲"，当年缺水，老百姓

在瑞金采访

喝池塘水，污浊不堪。毛泽东关心群众生活，亲自踏勘并带领红军挖了这口深达五米的甜水井，老百姓誉之为"红井"。如今，这口井已被列为国家重点文物加以保护，井旁竖立石碑，上镌闪闪发亮的金字："吃水不忘挖井人，时刻想念毛主席。"

沙洲坝的机密又被特务探知，有青天白日标志的飞机盘旋在那里上空，中央机关又迁往瑞金城西20公里的云石山。老钟领我登山。

小山不高，不足百米。唐朝刘禹锡的《陋室铭》一开头便写道："山不在高，有仙则名。"小山的出名不在"有仙"，却因为在1934年夏秋之际毛泽东曾住在这里。

小山掩映在茂密的绿树丛中。沿着石阶而上，如登高楼，两三分钟便到山顶。顶部平坦，一座青瓦黄墙古寺出现在眼前。寺门口有一对联："云山日永常如昼，古寺林深不老春。"

取这对联开头四字，横匾上写着"云山古寺"。此寺建于1857年，占地300多平方米。

当年，古寺里住着一位法号为"乐能"的和尚和两个小沙弥。考虑到毛泽东和张闻天的安全，警卫人员要和尚搬走。毛泽东知道了，连忙制止道："他们是主人，我们是客人，岂有反客为主之理？"于是，他留下和尚们同住。

我步入寺中，见左厢房为毛泽东旧居，右厢房为和尚们住处，中堂为当年的会议室，侧屋为张闻天住处。中堂有一副对联："云拥如来此地无殊天竺地，石磨直性几人直步卖花人。"开头两字合起来即"云石"。

古寺幽雅，芳草满院。寺后有一棵大樟树，树下有青石圆凳。据云毛泽东当年常坐在石凳上读书。他和贺子珍住在一起，带着3岁的小儿子毛毛。

跟张闻天朝夕相处，毛泽东和他日益接近。那时，毛泽东受执行王明路线的中共中央负责人博古的排斥。张闻天原和博古一起在莫斯科中山大学留学，两人关系十分密切。后来张闻天对王明"左"倾路线逐步认识，和博古产生分歧，也遭排斥。毛泽东和张闻天在云山古寺内作了长谈。如张闻天所回忆的："我当时感觉得我已经处于无权的地位，我心里很不满意。记得在出发前（注：指出发长征）有一天，泽东同志同我闲谈，我把这些不满意完全向他坦白了。从此，我同泽东同志接近起来。他要我同他和王稼祥同志住在一起……"后来，在1935年初召开的遵义会议上，张闻天、王稼祥全力支持毛泽东，为确立毛泽东在党内、军内的领导地位投了关键性的两票。

云石山又以"长征第一山"著称。那是因为1934年10月中旬，中央领导机关和中央纵队是从云石山开始长征的。

毛泽东跟乐能和尚相处甚为融洽。临行，乐能和尚曾问毛泽东，何时能再来？毛泽东漫而答曰："三五年。"红军走后，毛泽东的话迅速地从乐能和尚那里传遍附近农村；人们盼望"三五年"后红军回瑞金。三年过去了，不见红军来。五年过去了，仍不见红军来。直至1949年，中国人民解放军解放了瑞金。这时，人们恍然大悟：从1934年红军长征到1949年瑞金解放，正好15年。三五得十五。毛泽东所说的"三五年"，一定是这个意思！虽说对"三五年"的"推理"是瑞金人"发明"的，不过，这"发明"也体现了老区人民的一片思念红军之情，一片崇敬毛泽东之情。

小小云石山，如今名闻遐迩，连美国著名记者索尔兹伯里也不远万里前来拜谒，并把它写入《长征——前所未闻的故事》一书。

在瑞金，我还寻访了邓小平的旧居。1931年8月至1932年6月，邓小平担任中共瑞金县委书记。

瑞金，当年中央苏区的心脏。瑞金那时流传民谣："南宋北宋，唔斗瑞京。"唔斗",瑞金方言,意为不如。

我住在瑞金宾馆时,赣州地委的领导们正住在楼上,忙着召集会议,研究部署中华苏维埃共和国诞生 60 周年大庆。届时,许多饱经风霜的老红军战士将重返故地,满怀深情话当年……

出没风波里

庐山浓缩着一部中国现代史

在江西，与井冈山齐名的山是庐山。

在"文化大革命"中，红卫兵曾宣称："井冈山是革命的摇篮，庐山是资本主义的老窝！"其实，这话只对了前半句。

在中国的名山之中，跟中国现代政治产生那么密切的关系的，要算庐山了。

虽说我去过庐山多回，其实"不识庐山真面目"。由于《历史选择了毛泽东》一书中涉及蒋介石在庐山兴办军官训练团，我在江西档案馆查阅了《庐山训练纪实》等档案史料。这一回，我又一次上庐山，在庐山图书馆查阅了一批史料，还得到三位"庐山通"——罗时叙、陈政和熊炜——的帮助，渐识"庐山真面目"。

在庐山留影

第三章 红色之路

1990年夏,我从南昌出发,重访庐山。起初,车上的空调发生故障,车内热得像蒸笼,直至司机停车修理,冷气开放,这才止住了涔涔大汗。行至半途,汽车拐入共青城,直奔那里最高的一座青山。山顶,在骄阳下,许多年轻人正在那里挥锹施工。经中央同意,胡耀邦纪念碑正在兴建之中。结扎好的钢筋,显示出纪念碑的轮廓。纪念碑朝东,面对如镜般的鄱阳湖,背面则是刚栽的一排马尾松,如同一道绿色的帷幕。据负责施工的老陈告知,纪念碑将体现"庄严、肃穆、简朴、大方"八字风格。纪念碑上刻着胡耀邦半身浮雕以及党徽、团徽、队徽。专家们设计了二三十个方案,才选定了一个最佳设计图。这一纪念碑将在1990年9月落成。

往返共青城,大约使行车时间增加了一小时。车归原途,渐渐盘旋上山,不时急转弯。到了庐山,气温比南昌低了十来摄氏度,显得凉爽,如同开放了"天然冷气"。6月上旬时节,山上游人还不算太多。7、8、9三个月,才是庐山的旅游高峰。这些年,庐山上的别墅式小楼已经猛增至1700多幢,这里已成为中国旅游胜地。

我下榻于云中宾馆,却无云中之感。举目远眺,远山黛,近山青,稍有一点白色雾气而已。庐山如此透明,仿佛失却了诗情画意。记得上一回我在庐山住了半个月,也是天天"透明",未曾领略苏东坡笔下的意境:"不识庐山真面目,只缘身在此山中。"

翌日游山,阳光灿烂,一泻千里,茂林翁郁。登五老峰俯瞰,一片苍翠,远处只像罩上一层塑料窗纱罢了。中午时分转阴,天空变得灰白。午饭后,云色似铅。午睡毕,彤云密布,山雨欲来风满楼。

说下便下,一场豪雨自天降,庐山的雨来得好快呀。豆大的雨点落在红漆铁皮屋顶上,如同擂响了成千上万面战鼓,使原本万籁俱寂的山间,忽地千军万马厮杀,惊心动魄……

天如同漏了似的,雨没完没了地泼着。一阵暴雨,夹着一场猛雨,铁皮屋顶轰然响个没完。夜幕提早降临。山色如墨染,雨水怎么也无法将它冲淡。闲着无事,我与庐山一位文友通电话,他非要来看我不可。他来了,穿一双高筒齐膝雨靴,打着伞,衣衫仍水湿。庐山上无法骑自行车,他在高高低低、路灯依稀的山道上步行了半小时。幸亏他生在庐山、长在庐山,熟门熟路,才会在雨夜之中找着山坡上我的住所。他叫熊炜,正在调查庐山上那些历经沧桑的老别墅当年由何人建造,住过哪些历史名人。胡适曾说,庐山浓缩着一部中国现代史。此言不假。熊炜历数蒋介石在庐山办训练团、美国特使马歇尔八上庐山以及新中国成立后两次震动全国的庐山会议——中共八届八中全会和中共九届二中全会。他告诉我，我正住着的是当年黄百韬公馆，稍远处是汪精卫别墅。他还一一介绍蒋介石、宋美龄、毛泽东、周恩来、彭德怀等历史名人的庐山住所。虽然窗外依然狂风疾雨，我却被熊炜讲述的庐山历史风云所吸引，忘掉了那哗哗林涛声、潺潺檐水声、呜呜风啸声、咚咚雨滴撞击铁皮屋顶声。直至夜深送他离去，到了大门口，一阵山雨迎着推开的大门浇了进来，我才意识到老天爷雨意仍浓。

后来，人们知道庐山是座"政治山"，是因为在那里开过两次沸沸扬扬的庐山会议——1959年盛暑那"批判"彭德怀的中共八届八中全会，1970年炎夏那批判陈伯达的中共九届二中全会。两次全会之间，1961年夏日中共中央在庐山召开过工作会议，只是这次会议在当时没有对外披露，而且没有那么激烈，也就给人印象不深。

其实，除了毛泽东主持召开过三次庐山会议，中共和庐山渊源颇深。早在1927年，中共便曾召开过一次庐山会议，会议极为重要，部署了南昌起义。据罗时叙查证，会议是在7月19日召开的，出席者九人，即李立三、瞿秋白、邓中夏、林伯渠、彭湃、叶挺、郭亮、聂荣臻，还有共产国际代表鲍罗廷。会议在庐山上英国人开办的"仙岩饭店"（后为南京军区庐山疗养所）秘密举行。夜里，用白布把窗蒙上，屋里点了蜡烛，九个人低声讨论着南昌起义的计划……

这次会议在庐山召开，是因为林伯渠在九江的弟弟林祖烈曾担任鲍罗廷的翻译，而林伯渠的叔叔则在庐山仙岩饭店当厨师，借助林伯渠的这些关系，代表们秘密地经九江上山，集中于仙岩饭店。

如此算来，中共在庐山上召开过四次庐山会议。

而国民党呢，跟庐山的关系也颇为密切，先后开过十一次庐山会议。

国民党跟庐山"结缘"，稍早于中共。那是1926年11月4日、8日，北伐军从孙传芳手中先后夺得九江、南昌，便占领了庐山。蒋介石于这月26日上庐山——这是他平生头一回上庐山。

十天之后，国民党中央首次在庐山上开会，研究"整理军事政治各问题"。

从此，蒋介石看中庐山。他在南京站稳脚跟之后，便把庐山定为"夏都"，作为国民党中央和国民政府盛暑办公之处。于是，1932年6月，国民党中央召开第二次庐山会议，讨论"剿匪、外交、财政"问题。此后，国民党中央召开了一次又一次庐山会议。

1937年夏日的庐山，格外引人注目。共产党代表周恩来上了山，下榻处竟然还是仙岩饭店。

他和蒋介石在庐山举行会谈。在中共促进下，7月，蒋介石主持了"庐山谈话会"，并在庐山上宣布对日全面抗战。

此后，1945年底，当美国总统任命陆军上将马歇尔为特使赴华调解国共冲突，庐山上又热闹过一阵。马歇尔八上庐山，与蒋介石会谈，又把庐山牵入中国政治旋涡。

1946年9月1日，在蒋经国主持下，三青团第二次全国代表大会在庐山召开。蒋介石一心要扶植儿子，亲临大会，欲支持三青团改党，又使庐山热闹了一阵子。

直至1948年夏，蒋介石还上庐山住了十天。这一回下山之后，他与庐山永别。

庐山成为"政治山"，探究其中缘由，一是庐山乃避暑胜地（庐山上的政治事件差不多都在夏日发生）。那时没有冷气机，而作为国民政府所在地的南京又是中国的三大"火炉"之一。二是庐山位置适中，交通方便，离南京不远，自然而然被选为"夏都"。三是庐山自1885年以来，英国传教士李德立开辟牯岭，一批外国富商显贵在庐山建起一座山中城市，形成别墅群落，也就为中国政坛要人后来下榻庐山提供了幽雅的场所。这样，每逢酷暑，不仅蒋介石上庐山，就连国民党政府各个部门也上山办公，而"美庐"则成了蒋介石的总统官邸。

在庐山的诸多别墅之中，既住过蒋介石，也住过毛泽东的，要算是庐山上的"美庐"了。

在潺潺清溪东谷河之侧，一片翁郁苍松和碧翠竹林之中，簇拥着一幢乱石垒成的两层欧式别墅。通常，屋匾庐号总是高悬于大门口，而此屋与众不同，在院子里一块巨岩上，镌刻着"美庐"两个大字，落款为"中正题"。这庐名的含义是双关的：第一，当然是取义于他的爱妻宋美龄之名，诚如屋前那座石桥被命名为"美龄桥"；第二，此屋之美甲庐山。

我去过庐山多次，每一回总要安排参观美庐——那是游览庐山的"保留节目"。不过，走马观花似的走一遭，美庐只给我留下淡淡的印象。这一次上庐山，与往日不同，我的下榻处毗邻美庐，亦即当年的陈诚别墅。我得以"下马观花"，一趟趟走进美庐，细细地寻访着残存在那里的历史陈迹……

蒋介石跟庐山结下深缘，有人考证说他上庐山20多次，也有人说30多次。

"美庐"原是英国人赫莉太太的私宅，建于1922年。赫莉太太和她的丈夫都是医生，在庐山上开设"赫莉医院"。赫莉太太的私宅，是当时庐山上最豪华、最宽敞的一幢，宋美龄甚为喜欢。于是，赫莉太太有意将此宅献给中国的"第一夫人"。蒋介石看了此屋，最初并不中意，但是他颇信风水，认为此屋大吉大利：背有"靠山"，左右也有所依，而前有东谷河，表明"蛟龙出水"……如此这般，蒋介石也就深爱此屋，由励志社出面向赫莉太太购屋，而名义上则是赫莉太太赠屋。于是，此屋改名"美庐"。蒋介石选择了个大吉大利的日子——1933年8月8日——乔迁"美庐"。

"美庐"绿门、绿窗、绿顶、绿柱，楼上有宽敞的阳台，四周有1.5万平方米的花园，幽雅、清新、恬静、俊美。蒋介石在园内植白竹，宋美龄则种凌霄花。

"美庐"打上了深深的历史印记：1933年蒋介石在这里策划"庐山军官训练团"，定下"围剿"红军的密计；1937年6月6日，蒋介石站在"美庐"台阶上迎接中共代表周恩来，然后进屋举行国共会谈；同年7月17日，蒋介石在楼上客厅发表抗日谈话，说出那番流传一时的话语，即"如果战端一开，那就地无分南北，年无分老幼，无论何人，皆有守土抗战之责任"；此后，抗战胜利，美国总统特使马歇尔实行国共调停，曾八上庐山，与蒋介石晤谈，亦在"美庐"……直至1948年8月9日至18日，蒋介石度过了在"美庐"最后的日子。他在风雨飘摇之中下了山，从此一去不复返。

毛泽东在1959年6月29日首次上庐山，住进了"美庐"。那时，院子里那巨石上的"美庐"两字仍在，有人想铲去，以免毛泽东见了蒋介石的手书不悦。毛泽东得知，当即制止道："这是历史，不要铲掉，应该留给后人看！"毛泽东一句话，保住了那"美庐"两字，直至今日。就连"美庐"中宋美龄所作几幅画，亦被保存下来——宋美龄曾拜张大千为师习丹青。

毛泽东也和庐山结下深缘，给"美庐"打下历史的印记：1959年、1961年、1970年，中共中央三次庐山会议，毛泽东都住在"美庐"。虽说1960年在庐山上曾为毛泽东专门建造了"芦林一号"别墅，他却只在那里接待客人，睡觉时仍回"美庐"。最后一次庐山会议——中共九届二中全会——毛泽东仍住"美庐"。

直至写了批判陈伯达的那篇《我的一点意见》之后，考虑到局势骤然紧张，他秘密迁往"美庐"之侧的脂红路175号平房，以防林彪。

一个个历史性镜头在"美庐"留下：

毛泽东和前妻贺子珍久别重逢，那短暂的一席谈，在"美庐"；

毛泽东召开政治局会议批判彭德怀，也在"美庐"；

毛泽东着意于林彪，要他接替彭德怀出任国防部长，是在"美庐"楼上迴廊里谈的，人称"走廊谈话"；

毛泽东的讨陈（伯达）檄文《我的一点意见》，也写于"美庐"，那篇700字的文章，使陈伯达倒台……

江青亦多次住进"美庐"。她向来讲究"出绿"，喜欢这里的绿顶、绿柱，又提出了新要求，即在茶几、桌子上都铺绿丝绒。她睡觉时怕光怕吵，窗户加了丝绒窗帘，工作人员只能穿袜行走，连院子里的蝉也要一一逮掉……那里的服务员都说，最难伺候的要算江青。

如今的"美庐"，既有蒋介石、宋美龄当年的用物，又有毛泽东、江青后来的用具。陪同我参观的朋友是一位"庐山通"，他一一向我指明物主，才使我在这交错的氛围中弄清历史的原貌。

幸亏毛泽东住过此屋，在"文化大革命"中，红卫兵不敢冲击此屋，就连"美庐"两字也得以保存——因为那是"红太阳"曾经观看过的。那年月，"美庐"大门紧闭，无人问津，但也无人敢进敢砸。

直至1986年，曾任国务院副秘书长的罗青长从北京打来长途电话，建议对外开放"美庐"，这才使"美庐"大门洞开。然而，对游客们解说时，如何称呼蒋介石、宋美龄呢，又颇费周折，最后经反复斟酌，才定下称"蒋介石先生、宋美龄女士"。一开始很不习惯，也曾遭到激烈的反对，如今"蒋介石先生、宋美龄女士旧居"字样已赫然印在"美庐"的旅游纪念袋上，正在当年的蒋介石警卫室——如今已改为售货亭——发售。至于对毛泽东的称呼则为"毛泽东同志"或"毛泽东主席"，偶然提及江青时只称"江青"。

前来参观"美庐"的人每年数以10万计，其中除一般游客外，也有中共高干，以及来自台湾地区和海外的国民党人物。据云，蒋介石在1975年故世之际，中共曾通过某种途径转告蒋氏家属，倘蒋先生遗体欲葬故乡奉化溪口或庐山"美庐"，这边均可提供方便。

又据云，二十几年前台湾来人翻拍了"美庐"所存宋美龄之画，将照片送给健在的宋美龄，她确认那是她的作品……

"美庐"，历经沧桑。我一次次进"美庐"，不论晨光熹微，或是残阳夕照，也不论浓雾如粥，或是大雨滂沱，都给人以不同气氛的美感。我漫步在"美庐"，脑际闪现胡适的一句精辟之言："庐山，浓缩着一部中国现代史！"

在庐山住了几日，我在早饭后在雨中下山去九江。车窗上溅满水珠，一片模糊，看不见窗外景色。

车行俄顷，那雨说收便收。我推开车窗玻璃，顿时惊呆了：近处成团成团的雪白云雾，正在山间冉冉飘移，像一朵朵消毒棉絮在清水中漂荡。远处，迷迷蒙蒙，青山如同刚刚出浴，裹了一条好大的白毛巾毯！

哦，庐山云雾，今朝有缘方幸会！淡如薄纱，浓似牛奶，有的像白牡丹悠悠初绽，有的如同白马奔腾，有的仿佛白蛇狂舞，有的好似白熊扑面而来……虽然行色匆匆，但庐山终于留给我难忘的一瞥。车入九江平原，回首远眺，庐山在一片重雾浓云之中，真个不识庐山真面目！

第三章 红色之路

在革命历史名城遵义

采写关于遵义会议的长篇《历史选择了毛泽东》，当然不可不去遵义。1991年，我是从四川成都乘火车前往贵州遵义的。

轻轻地摇摇晃晃，伴以有韵律的咔嗒咔嗒声，在火车上我睡得正香。忽地，枕边的旅行闹钟发出蟋蟀般的嚁嚁声，我赶紧翻身下床。一看夜光表，哦，凌晨2点多。火车在黑茫茫中靠站，我在黑茫茫中下车。跳上"小巴"，我在一片黧黑中来到宾馆，直至入住，我还不知遵义是何等模样。

睡了个囫囵觉，醒来时窗外阳光灿烂。第一顿早餐便使我惊异，一碗面条里竟放了一块比香皂还大的豆腐，另加一小碗红辣油，这就是当地有名的"豆花面"。幸亏经常外出的我能吃辣，能够适应这里几乎无菜不辣的饮食。

踱出宾馆，这时我才看清遵义的面貌：它分为老城和新城两部分。老城全是低矮的木板平房，上了年岁的木板已经呈深褐色。据当地人告知，老城基本上保持1935年红军进遵义时的面貌，只是当年的黄褐色的三合土街道已被黑色的柏油马路所取代。那时的遵义只有25万人，聚居于老城。至于新城，则一派现代化城市的气派。丁字口一带，高楼林立，商厦栉比，有点像上海的南京路。如今的遵义城，已拥有50多万人口，成为黔北文化、经济中心。市区大路平坦，夹杂着几座小土山，许多房屋建在山坡上，使城市富有立体感。四周环山，挡住了风，5月下旬时的最高气温超过30摄氏度，比上海还热。卖米粉和"龙眼包子"的小摊，电子游戏机小铺，还有那写着比人还高的"舞"字的招牌，以及"复印""彩扩""速印名片"之类广告混杂街头，"雪碧""可乐"随处可见。招手即停的"小巴"穿梭于大街，给人们带来莫大方便。航天部在这里建造了一大批工厂，使遵义的现代化工业突飞猛进。

遵义因"遵义会议"而名震中外，成为中国的革命历史名城。红军给遵义以深刻的影响，"迎红桥""红军山""红军烈士陵园"等，表明人们对红军的怀念。召开"遵义会议"的那座房子，如今辟为纪念馆。我在街上打听纪念馆，每一位行人都能为我指点方向。在老城中心——子尹路——我见到高高的门楼，上悬黑底金字"遵义会议会址"，一望而知是毛泽东手迹，那便是纪念馆所在地。那里的接待人员听说我是凌晨2时抵达遵义的，笑谓那正是当年红军先头部队攻进遵义的时刻。

步入大门，那座典雅的青砖二层楼房就出现在眼前。我曾在电影、电视、报纸、杂志上多次见到这幢著名的楼房，如今可以细细参观。这幢楼方柱、拱梁、四周环廊、红漆地板，建造考究，就连天花板上的吊灯，也是从一只小鸟塑像的嘴巴里吐出来的。在楼下，我见到了刘少奇、彭德怀、杨尚昆、李卓然当年的卧室。在楼上，则是周恩来卧室、朱德和康克清卧室。

屋里都是草绿军被一条、马灯一盏、铁皮文件柜两只加一根扁担，非常简朴。楼上的客厅，放着十几把木椅，那便是遵义会议的会场。

这是一次决定中国命运的会议。站在那些木椅旁，我仿佛听见当年毛泽东、张闻天、王稼祥对博古以及共产国际军事顾问李德"左"倾军事路线的尖锐批判。毛泽东的领导地位，是在这里得以确立的。毛泽东、刘少奇、周恩来、朱德、陈云、邓小平、彭德怀、李富春、聂荣臻、刘伯承、杨尚昆等都曾坐在那些椅子上，形成了中国革命稳固的、正确的集体领导层。正因为这样，遵义会议是中国革命的转折点。

在遵义会议会址

1935年1月的中共中央政治局扩大会议——遵义会议，就在这间会议室里召开。遵义会议的出席者，总共有20人

我在纪念馆里"泡"了好些天，在那里查阅了许多珍贵史料，加深了我对这一"转折点"的认识。从纪念馆步行十来分钟，便到达一幢跟纪念馆相似的房子。原来，纪念馆是国民党师长柏辉章的私邸，而那幢房子则是国民党旅长易少全的家宅。遵义会议期间，经毛泽东提议，他和张闻天、王稼祥一起住在易宅。他们三人在长征开始之后意见日趋一致，来到遵义，同住一楼，朝夕交换意见，终于在遵义会议上发动强大攻势，战胜了博古、李德，扭转了大局。如今，易宅仍保持原貌。

在遵义，我走访了老红军李小侠，也访问了纪念馆原屋主柏辉章的胞弟柏锦章，老人们的生动回忆把我带到那50多年前流逝的岁月。纪念馆的两位副馆长——费侃如、田兴泳——以及原馆长蔡生金，也热情帮助我。这样，我的《历史选择了毛泽东》一书，渐渐有了眉目……

在西安"八路军办事处"

《红色的起点》写了"中国有了共产党";

《历史选择了毛泽东》写了"中国共产党有了领袖毛泽东";

于是,我着手采写"红色三部曲"的第三部——《毛泽东与蒋介石》,这本书写的是"毛泽东领导中国共产党和中国人民打败了蒋介石"。

《毛泽东与蒋介石》透过国共两党的这两位领袖的关系史,写出了国共两党两度合作又两度分裂的历史,写出共产党战胜国民党的历程。

为了写好《毛泽东与蒋介石》,我继续沿着"红色之路"前进——采访当年"红色的首府"延安。

在前往延安之前,我首先来到西安。

我以前到过西安。1992年4月这一回到西安,吸引我的不是兵马俑,而是发动西安事变时的张学良住宅、杨虎城住宅,还有华清池的"捉蒋亭"。

在一帧巨幅黑白照片前,我曾久久留连:所摄的是一条弯曲蜿蜒的山路上一群青年男女正在艰难跋涉。其中特别是一女学生模样的行进者,手拄木棍,裤脚卷得高高的,背着背包,敞着外衫衣襟……半个多世纪前,照相机咔嚓一声,留下了历史性的瞬间,勾画了大批热血青年沿着"红色通道"由西安奔赴延安的感人壮举。

我是在西安的"八办"见到这幅历史性照片的。所谓"八办",亦即"八路军驻陕办事处",其前身为"红军联络处"。我们上海文艺界赴延安学习团从上海来到西安,下榻于东城人民大厦,往北走不远,就是七贤庄——"八办"所在地。这里白墙青瓦,古朴的院落,当年人称"小延安""红色堡垒"。全国各地投奔延安的人们,差不多都是来此地办好手续,经由草滩、咸阳、耀县(今耀州区)、铜官、中部、洛川这"红色通道",步行800里,进入红都延安的。

七贤庄一号院,1936年初是以德国医学博士冯海伯的名义租下的,开设了"牙科诊所"。冯海伯是德共党员。这样,那儿便成了中共秘密联络点。

在西安八路军办事处（2011 年 8 月 30 日）

1936 年 12 月西安事变后，国共开始合作，"牙科诊所"也就换上了公开的牌子"红军联络处"，叶剑英坐镇那里，周恩来也住进那里。前前后后，来来去去，周恩来在七贤庄住过 20 多次！ 1937 年 9 月，那里改称"八办"，先后由林伯渠、董必武任党代表。

那时，西安与延安，泾渭分明。"八办"成了白区中一块小小的"红区"，成了通往延安的门户。我步入"八办"，迎面便是"接待室"。曾有成千上万的青年人，踏入这间接待室，报考延安的陕北公学、抗日军政大学、鲁迅艺术学院等，踏上奔赴延安之路。

在这众多的青年之中，陈慕华是其中的一个。她是浙江青田人，出身于国民党爱国将领之家。1938 年 3 月，年仅 17 岁的她踏进"八办"接待室，要求报考延安抗日军政大学。她沿着那帧照片中的崎岖山道，历尽艰辛，来到了延安宝塔山下。半个世纪后，她成为第七届全国人大常委会副委员长、中华全国妇联第六届执委会主席。

漫画家华君武，作家柳青、欧阳山，诗人郭小川，电影演员李丽莲等，都是由"八办"转往延安的。最感人的是科普作家高士其，以残疾之身，发出"就是爬也要爬到延安去"的誓言，从上海到西安，通过"八办"进入延安。

这里也是国际友人进入延安的"通道"：1938 年春，加拿大大夫诺尔曼·

白求恩在"八办"住了近10天,然后前往延安。印度援华医疗队巴苏大夫,于1939年2月住此,转赴延安。美国记者斯诺的前妻尼姆·威尔斯曾回忆说,1937年秋,"在西安红军办事处,我和邓颖超住在一个房间"。她在延安采访,写出了《续西行漫记》。

从"八办"到延安,一般要步行10天。只有极少数的幸运者,得以搭乘装货物的卡车,坐在敞篷的堆满货物的车厢里,3天即可到达延安。

如今,我们成了新一代的"朝圣者",奔赴革命圣地延安学习。路上,不再有国民党特务的跟踪、阻拦,也不必徒步而行,面包车在乌亮的柏油马路上飞驶,七八个小时就来到了延安。

由西安通往延安的西延铁路已经通车,铁路就在公路之侧。当年的红色小道,如今火车呼啸而过,"朝圣者"越来越多。

千里迢迢访延安

"窑洞！窑洞！"1992年4月的一天，车近延安，见到山上一排排窑洞，我欢呼起来。对于住惯石库门房子或者高层公寓的上海人来说，窑洞实在是太陌生又太新奇了。

延安是窑洞的世界。虽说最近10多年来，那里崛起一大片楼房，形成一座新城，但仍处处有着窑洞的"影子"。我下榻于延安宾馆，发觉过道的门、会客室的窗，都是上圆下方，呈"∩"形，如同一个个倒写的英文字母"U"，那显然是窑洞的象征。新建的延安火车站，主楼顶部也是"∩"形，体现出"延安风格"。

在延安，我走访了形形色色的窑洞。如今的延安农民，几乎都住在窑洞里。步入窑洞，充满暖意。特别是有一天忽地下了一场大雪，我来到凤凰山麓一个"窑洞托儿所"访问，洞里如同开了暖气空调一般。据云，夏日洞里则是一片清凉世界，难怪延安人喜欢住窑洞。

上海人说起住房，总是论几厅几室，而延安人则说有几孔窑洞。一孔窑洞，一般20多平方米。靠里，通常砌着炕，面积相当于两张双人床。我发觉，如今延安人的炕上，铺的是上海人屋里常见的塑胶地板，擦得干干净净。炕前，往往是一张三人沙发，沙发对面则是五斗橱、电视机。炕侧，则是炉灶，做饭、暖炕，一举两得——烟道从炕里通过。延安人用的是令上海人羡慕不已的大块煤，因为那里产煤。窑洞大都朝南，阳光透过乳白色的糊窗纸，既明亮又柔和。糊窗纸上贴着红红绿绿的窗花，是农民们自己剪的，风格各异，充分发挥着他们的艺术想象力。我还见到家家户户挂着一串串用面团做成的小动物，一问才知那叫"面花"，也是陕北民间手艺，既可供观赏，也是孩子们爱吃的"方便食品"。有趣的是，眼下正在上海流行的呼啦圈，居然也显眼地出现在延安的窑洞里。

窑洞曾是中国革命的摇篮，走访毛泽东在延安凤凰山、杨家岭、枣园、王

在延安凤凰岭毛泽东住过的窑洞前

家坪的旧居，清一色全是窑洞。他的许多重要著作，都是在窑洞里写出来的。美国女记者斯特朗曾写道："党的负责干部住着寒冷的窑洞，凭借微弱的灯光，长时间地工作。那里没有讲究的陈设，很少物质享受，但是住着头脑敏锐、思想深刻和具有世界眼光的人。"

  我寻访了毛泽东在1937年1月13日进入延安后所住的第一孔窑洞。那儿仍住着原主，并未辟为纪念馆。那孔窑洞在一块巨岩底下，凿岩而成，方形，跟常见的土质拱形窑洞不同。据女主人李玲告诉我，李家十几辈世居此洞。我一看，洞顶、洞壁被煤烟熏得一片漆黑，地面坑坑洼洼，毛泽东当年就在此洞中住了好几个月。新中国成立之初，李玲的父亲写信给毛泽东主席，向他问好。毛泽东记得这位"房东"，当即亲笔复函，表示感谢之意。遗憾的是，这封信在"文化大革命"中被造反派抄走，不知下落。我在李家窑洞前的小院里看到一个砖砌的岗亭，李玲说是当年毛泽东住此时警卫们建造的，为毛泽东放哨。这岗亭是半个多世纪前的原物，李家一直精心地维护着。

  走访延安的窑洞时，在山路上我常遇见挑水的农民。建在山腰间的窑洞，自来水的压力够不着，人们只得到山脚自来水龙头那里挑水，一担水四分钱。也有的地方从河里、井里汲水。

  由于用水不便，所以在窑洞里几乎见不到洗衣机。

  最为壮观的是延安大学的窑洞，一排排，每排几十孔，整整齐齐。那是教职员工宿舍，一部分学生也住窑洞，保持着当年"抗大"艰苦奋斗的作风。

当我又置身于高楼林立的上海，我却仍怀念着延安的窑洞，那么简朴，却又那么温馨……

我不由得记起音乐家冼星海谈及的住窑洞的体会。他曾说："以前，我以为'窑洞'又脏又局促，空气不好，光线不够，也许就像城市贫民的地窖。但是事实全不然，空气充足，光线很够，很像个小洋房，不同的是天花'板'（应该说'土'）是穹形的。后来我还知道它有冬暖夏凉的好处。"

轻风吹过窗户，送来一阵阵晨鸟啁啾声，把我从梦乡中唤醒。翻身下床，抬头一望，那座八角、九层的土黄色古塔又映入我的眼帘。

我的运气真不错，一到这座延安宾馆，便被安排在南楼的三楼下榻——倘若住在北楼，或者南楼的底层、二层，都无法"抬头见塔"。

这不是普通的古塔。多少回，从画报上，从书刊上，我见到她的倩影，却未曾目睹她的丰采。然而，如今在延安，我倚窗远望，可以久久凝视着她——哦，宝塔，延安的象征。

陈毅在《延安宝塔歌》中，曾这样赞美她："延安有宝塔，巍巍高山上。高耸入云端，塔尖指方向。红日照白雪，万众齐仰望。……"

延安宝塔建于唐朝，矗立于嘉岭山巅已有1300多个春秋，嘉岭山也因此被称为"宝塔山"。自从1936年底延安成为中国的红都以来，宝塔仿佛成了穿云破雾的灯塔，在阴霾密布的岁月，放射出灿灿光芒，指引着全国各地革命者跋山涉水，投奔延安。正因为这样，当推窗遥望宝塔，我心中涌起亲切感。

在延安的那些日子里，我天天抬头便见宝塔，真是幸运。

延安，三山夹一河。三山即宝塔山、清凉山、凤凰山，"三足鼎立"，黄浊的延河从三山间蜿蜒流过，延河两侧的平原便是延安市区。每日清晨，鸟语啾啾，把我从睡梦中唤醒。延河近在咫尺。我沿着河岸漫步，一排杨柳齐刷刷地站在岸边，柳枝吐新绿，翠色可餐。延河颇宽，只是河水不多，甫露着黄色河床。据云，夏日大雨，河水汹涌澎湃，淹没整个河床。当年，延河上只有几座小木桥而已，如今混凝土大桥横卧那里，汽车呼啸飞驶而过。当初延安仅有一辆小轿车，是宋庆龄送给毛泽东的，一听喇叭响，人们便会说"毛主席的汽车来了"。现在延安城里铺着柏油马路，十字路口高悬红绿灯，公共汽车也有好多路——虽说发车频率稍低一点儿。

宾馆之侧是自由市场。我信步踱去，见到豆腐、豆腐干是绿色的，一问才知是用绿豆做的。往年，"五一"节之前，延安的日常菜只是豆腐、黄豆和土豆。

近年来采用地膜覆盖技术，三四月里也能吃到青菜、青椒、黄瓜。我看到一种类似于煎饼的大饼，名字很怪，叫"锅盔"。一打听，原来当中有"典故"：当年秦始皇带兵出征，战士以帽盔为锅煎饼，于是这种饼便叫"锅盔"，一直流传至今。

延安新城颇为漂亮，楼房拥立于街道两侧，百货大楼也颇为热闹。这些新楼大都是最近十来年落成的。羊肉泡馍是这里流行的"快餐"，那是把大饼掰碎，加羊肉煮成。此外，小米粥、"金银饭"（小米、大米混合饭）也是家常便饭。用黄米做成的一种酸溜溜的米酒，是延安的特产。

4月的延安，早晚寒意袭人，午间则近乎夏日。临睡时脱毛衣，发出"啪、啪、啪"的响声，表明气候十分干燥。夜里洗了衣服，翌晨可穿。4月8日午间下起大雨，冷风飕飕，渐渐雨中夹雪，傍晚时变为雪花纷飞，一夜之间把延安变成一片银白世界。清早望窗外，宝塔戴上了"白帽"。我赶快拿出照相机，拍了一组延安雪景。

延安人称"我"为"锷"，上街处处可闻"锷、锷"声。老大爷头上尚裹白毛巾，穿对襟中式棉袄，年轻人穿牛仔服、西服、中山装。窑洞顶上插着电视天线，使久居黄土地的人们有了可以瞭望世界风云的"神眼"。不论是穿自制黑布鞋的老农，还是着高跟鞋的女郎，凡延安人，最崇敬、最引为自豪的是"咱们的领袖毛泽东"。前些年有位外来的"理论家"在延安作报告，说了一番对毛泽东不敬的话，延安人当即对他说："这里没有你的市场。别忘了，这儿是延安！"

驱车离开延安市区，向西北方向约莫行驶五分钟，就来到了杨家岭。一片黄土地，几座小土山，好多排窑洞，那便是杨家岭的景象。

相传那里有明朝太保杨兆的墓，也就得名"杨家陵"。1938年11月20日清早，一大群日本飞机出现在红都延安上空，狂轰滥炸。毛泽东原本住在延安城里凤凰山下的窑洞里，炸弹炸垮了那窑洞，所幸毛泽东已避入防空洞。陈云被封在一口窑洞之中，经七八个人扒开黄土，才从炸坍的窑洞里救出了他。当夜，中共中央迁往杨家陵，成仿吾让出了自己住的窑洞给毛泽东。从此，杨家陵改名杨家岭，中共中央在这个小山村长驻九年之久，这里成了延安的"中南海"，从而名垂青史。

山坡上，黄土垒成一堵一人高的围墙，小院里一排三孔坐西向东的窑洞，那便是毛泽东旧居——一孔窑洞是工作人员住房，一孔窑洞是办公室，一孔窑洞是卧室。

在延安杨家岭——毛泽东曾经在这里居住

  毛泽东的办公桌上放着笔砚。解说员小刘告诉我，毛泽东的名著《在延安文艺座谈会上的讲话》《新民主主义论》《改造我们的学习》《整顿党的作风》等，就是在这里写就的。
  步入毛泽东卧室，见到的不过是一张木板床、两张帆布躺椅而已。忽地，墙上挂着的一幅放大照片吸引了我的视线。这帧照片我过去见过多次：毛泽东在窑洞前作报告，身边是一张木凳，上面放着一只搪瓷口杯。毛泽东的长裤双膝，醒目地打着两块长方形的大补丁。
  此时，此地，我重睹这张熟悉的照片，小刘的解说震动了我的心扉："一位来自台湾的国民党老兵参观时曾久久注视这张照片，感叹道：'哦，我现在明白了，共产党为什么能够打败我们的百万大军。'……"
  我顿时悟明，我的红色三部曲第三部长篇《毛泽东与蒋介石》的贯穿线，就是国民党老兵的那句话，就是要塑造那帧照片上的毛泽东形象。我曾苦苦思索过第三部长篇的主题，此时真是"得来全不费工夫"！
  我曾见过上海报纸上的报道，红领巾们竟不知什么叫"补丁"！有的孩子指着新衣服上所缝小兔子、长颈鹿说，这是"补丁"吗？！应该让孩子们多看看毛泽东的这张照片，那就会明白什么叫补丁，什么叫艰苦奋斗。
  毛泽东旧居下方，有两幢引人注目的建筑物：

一是砖石结构的大型会场"中央大礼堂",那是1942年由中共中央机关工作人员和附近军民动手建成的,中共七大就在这里召开。

一是中共中央办公楼,也是自己动手,在1941年建成。办公楼当中三层,两侧一层,从山上往下看,像一架飞机似的,人称"飞机楼"。

"飞机楼"的三楼是中共中央政治局的会议室,二楼是李富春、杨尚昆、王首道等的办公室,底层北厅是作战研究室(后改为中央图书室),南厅是中共中央机关会议室兼饭堂,也是延安文艺座谈会的会场。当年开会时,临时搬来一张办公桌,放在饭堂里,与会者都坐在饭堂的20多张长板凳上。

饭堂外有一块平地,约莫有四个篮球场那么大。延安文艺座谈会举行最后一次会议时来人颇多,饭堂里坐不下,就在这块平地上举行。会议进行到天黑,人们用三根木椽支起了一个三脚架,挂上了一盏汽灯,毛泽东在汽灯照耀下作总结。

整整50年后——1992年5月23日——中央电视台举办的纪念"讲话"文艺联欢会,就在这块平地上举行。

没有烫着金字,也没有印着凹凸花纹,那份请帖是那样的简朴,薄薄的粉红色有光纸上,油印着几行字:"为着交换对于目前文艺运动各方面问题的意见起见,特定于五月二日下午一时半在杨家岭办公厅楼下会议室内开座谈会,敬希届时出席为盼。"

请帖末尾的落款,是两个人的名字:"毛泽东、凯丰"。

凯丰,当时中共中央宣传部副部长、代部长。

4月27日,请帖由中共中央办公厅印发,送到延安许多文艺界人士手中。

5月2日下午1时多,周扬、林默涵、陈荒煤来了,艾青、丁玲、周立波来了,何其芳、刘白羽、陈企霞来了,华君武、吕骥、陈波儿来了……文艺群星,汇聚在"飞机楼"底层南厅。

其中有30多人是鲁迅艺术学院师生,他们在延安东北郊的桥儿沟,步行了一个多小时,才到达杨家岭。

会议室里那张临时搬来的办公桌上,铺了一块白布,权且作为主席台。桌旁坐着一个中等个子的36岁男子,方脸,笔直的鼻子下一张大嘴,忙着跟大家招呼着,他便是凯丰。凯丰的一侧坐着速记员。朱德总司令来了,也在桌旁坐下。这时,凯丰说道:"大家等一等,毛主席一会儿就来。"

毛泽东走出窑洞,才一分钟,就到了"飞机楼"。他在主席台就座不久,凯丰就主持会议,宣布请毛泽东主席讲话。

毛泽东那天所说的，就是"讲话"的"引言"部分。不过，有些话，后来发表时作了些修改。据与会者回忆，毛泽东指了指身旁的朱德说道："我们有两支军队，一支是朱总司令的，一支是鲁总司令的。"毛泽东所说的"鲁总司令"，指的是鲁迅，引得大家笑了。后来，"讲话"正式发表时改成了"手里拿枪的军队"和"文化的军队"。

毛泽东说，他的"引言"在于提出问题，以引起大家的讨论。他一共提出五个问题，即立场问题、态度问题、工作对象问题、熟悉生活问题和学习问题。

毛泽东说毕，大家就展开讨论。毛泽东不时用铅笔在纸上记下大家的发言要点。他召开文艺座谈会，为的是统一大家对于革命文艺的认识。他曾说，延安文艺界有很多问题，"有的文章像是从日本飞机上撒下来的；有的文章应该登在国民党的《良心话》上"。

5月16日，"飞机楼"的会议室里又坐满了人，文艺座谈会继续举行，而且又开了一整天。何其芳曾回忆说："中间休息的时候，毛主席站在会议室的门口。外边的光线射进来，我才注意到毛主席穿的褪色的灰布裤子的两个膝头部分，补了两块颜色鲜明的蓝布补丁。"

那天会上，最有趣的发言者，是民众剧团的负责人柯仲平。他说："你们瞧不起我们演的《小放牛》吗？可老百姓十分欢迎。我们每次演出之后，群众都拿出许多鸡蛋来慰劳我们。我们一边吃鸡蛋，一边向新的演出地点走去，鸡蛋皮就扔了一路。如果有人想知道我们都到什么地方去了，那不用问，只要顺着鸡蛋皮、花生壳、红枣核多的道路走，就能找到我们！"大家笑了。毛泽东笑道："你们如果老是《小放牛》，就没有鸡蛋吃了！"有人接了一句："那就啃山药蛋吧！"顿时，爆发哄堂大笑。

也有的人发言讨嫌，一位作家居然花了一个多小时讲述"文学艺术"的定义，直至有人说了声"我们这里不是开训练班"，才使他赶紧结束那冗长、无味的"学院式"发言。

5月23日那天下午，座谈会举行最后一次会议，出席者最多。那天先由朱德讲话。讲毕，趁着落日的余晖，与会者簇拥在"飞机楼"前，拍下了历史性的合影。摄影者为吴印咸，与会者共100多人。

吃过晚饭，在汽灯的照耀下，毛泽东手持用毛笔字写成的提纲，发表演说。那便是"讲话"的"结论"部分。

一开始，毛泽东是这样说的："同志们，座谈会开了三次，开得很好。可惜座位太少了，下次多做几把椅子，请你们来坐。我对文艺是小学生，是门外汉，向同志们学习了很多。前两次是我出题目，大家做文章。今天是考我一考，大家出题目，要我做文章，题目就叫'结论'。朱总司令讲得很好，他已经作了结论。中央的意见是一致的。有些问题我再讲一点。……"

离开了杨家岭之后，我来到了不远处的王家坪。那里有一座气势宏伟的延安革命纪念馆，我在那里的木工间里访问了研究人员米世同。老米正在为纪念"讲话"50周年布置延安文艺回顾展。他既是展览方案的设计者，也亲自参与布置工作。他一边张罗着，一边跟我聊着。我也"泡"在该馆的资料室里，查阅着当年的延安报刊……

据老米告诉我，毛泽东在延安文艺座谈会上讲话时，只有一份简单的提纲，速记员记录了毛泽东的讲话。"讲话"是以速记稿为基础加以删节、修改而成的，大的改动，有20多处。

毛泽东的著述态度甚为认真，他不急于发表"讲话"，有些地方还要作些斟酌、推敲。

1943年3月10日，中共中央文委和中共中央组织部召集党的文艺工作者50人开会，号召大家遵照毛泽东"讲话"的精神，深入群众、深入生活。中宣部代部长凯丰和中共中央组织部部长陈云在会上讲了话。延安的文艺工作者掀起了下乡高潮。

于是，3月13日，延安《解放日报》刊载了"讲话"的部分内容——这是"讲话"首次公开披露于报刊，虽说不是全文。

直至这年10月19日，经毛泽东仔细改定，"讲话"才全文发表于延安《解放日报》。这时，离召开延安文艺座谈会已有一年半之久了。之所以选择这一天发表"讲话"，《解放日报》编者在前言中加以说明："今天是鲁迅先生逝世七周年纪念。我们特发表毛泽东同志1942年5月在延安文艺座谈会上的讲话，以纪念这位中国文化革命的最伟大与最英勇的旗手。"

1944年4月，"讲话"传到了国统区。那时周恩来派出了何其芳和刘白羽随中共代表团前往重庆。何其芳、刘白羽是延安文艺座谈会的出席者，他们来到重庆，向郭沫若作了详细的传达。郭沫若差不多花了一天时间侧耳倾听。接着，由郭沫若主持，在重庆向进步的文艺工作者传达了"讲话"。

在延安革命纪念馆，我见到了各种版本的"讲话"单行本。"讲话"单行本的大量印行，使"讲话"广为人知，在全国产生了广泛的影响。

清凉山，坐落在延安市区一隅，隔着延河，跟嘉陵山、凤凰山相对。这三山夹一河，便构成了一座延安城。

清凉山，当年的"秀才山"，新华通讯社、解放日报社、延安新华广播电台、中央出版发行部、中央印刷厂云集于此。其原因在于山上有千佛洞，那石洞成了天然防空洞，也成了排字车间的好处所。

拾级而上，山顶有一座新闻出版革命纪念馆。馆前，矗立着汉白玉石雕，重现当年"秀才"们的风貌。旁边的石碑上刻着"深入群众，不尚空谈"八个大字，一望而知乃是"毛体"。

当年的延安，具有强大的磁力。五湖四海，心向宝塔。毛泽东能够打败蒋介石，是因为得民心者得天下。

我成了新一代的"朝圣者"。宝塔和那帧照片，使我从历史纷乱的线团中找到了头绪。延安是一本摊在黄土地上的历史巨卷，记载着中国革命的壮丽诗篇……

每一座城市都有自己的标志性建筑。北京的标志性建筑是天安门，而延安的则是宝塔。

寻觅重庆谈判的历史踪迹

在《毛泽东与蒋介石》一书中,"重庆谈判"是关键性的一章。为写好这一章,1992年,我前往重庆实地采访。

船泊重庆朝天门码头,已是深夜。举目眺望,山城自上而下,万家灯火如同满天繁星,从山顶一直撒到长江边,再加上水中的倒影相辉映,极富立体感。这种夜景,是我们这些住惯平原的人所难以见到的。

屈指算来,我算是"三进山城"了。头一回,在1978年,我从上海坐火车到重庆;第二回,则是乘飞机去的;这一回,则是从武汉坐船经三峡来到这里。"海陆空",都能到重庆。

记得,白天漫步于朝天门码头,自上往下俯瞰,长江上船只穿梭,那繁忙的景象不亚于上海的南京路。最为引人瞩目的是嘉陵江和长江的汇合处:嘉陵江水又清又绿,而长江水又浊又黄,两江汇合处像刀切一样,形成一道清晰的分界线,一边翠绿,一边褐黄。我没有见过泾河和渭水的分界线,但是,我想,所谓"泾渭分明",大抵也就是这样。

漫步在重庆街头,我见到这里与众不同的特色:中国号称"自行车王国",而在重庆几乎见不到自行车。这倒不是由于重庆人不喜欢自行车,却是因为重庆是座山城,道路高低起伏,无法骑自行车。这么一来,重庆的交通秩序比较好。

不过,重庆也常塞车,毕竟路窄车多,加上山道弯弯,行车没有平原舒畅。这一回,我驱车前往机场,差一点因塞车而赶不上飞机。

在上海,人们喜欢住二楼或三楼,既高爽又用不着爬很多级楼梯。但是,重庆人却不一样,那楼房建在山坡上,虽说是二楼,可是从马路走上去,走过的阶梯比上海的第十层楼还高。住惯了山城,重庆人从小就练出了腿劲,爬山如履平地。当年,梁实秋在重庆北碚住的是山坡上的平房,他说比住高楼还吃力得多。

也正因为山城的房屋高低错落,掩映在绿树丛中,所以住在重庆从窗口看"山景"是一种享受,仿佛整个重庆是一座大楼,几百万人分住在这座大楼之中。

重庆乃中国的"火炉"之一。我头一回去重庆时正值盛暑,火车像"热锅",而我成了坐不成、躺不行的"蚂蚁"。那回住在重庆宾馆,算是不错的宾馆,可是那时空调还是"稀有元素",宾馆里没有空调,床、椅都是发烫的,没有一天得以安眠。这一回去重庆,也是酷暑时节,宾馆里当然有空调,普通居民楼也处处可见挂着空调器。据云,三四年前,重庆的市民们还有着安装空调怕"露富"的心理,如今你装我也装,空调不稀罕,也就越装越多。只是这么一来,造成重庆电力空前紧张,以至有时供不应求,停电频频。

令人不解的是,在这炎夏,那火辣辣而又滚烫的重庆火锅,不仅走俏重庆,而且风靡全国。开着空调吃火锅,眼下成了中国夏日一大时尚。

空调只给室内带来凉意,外出时依然酷热难当。所幸重庆绿化不错,在树荫之下行走,终究要比烈日下好得多。入夜,江边、山坡上,人们躺在躺椅上纳凉,既有年久发红的竹躺椅,也有藤躺椅,还有新式的尼龙摇椅。重庆是抗日战争期间国民党政府的"陪都",为了抵御日军的空袭,那时挖了许多防空洞。

重庆谈判旧址(叶永烈摄)

如今，这些防空洞也成了纳凉的好处所。

重庆，既留下了毛泽东的足迹，也留下了蒋介石的脚印。

我"二进"山城时，正值金秋时节，重庆气候宜人。

我住在中共重庆市委院内。那里是原来国民党政府行政院所在地，环境幽雅。重庆谈判时，毛泽东和蒋介石站在一幢小楼的台阶上，曾拍摄过一帧流传甚广的合影。那幢小楼就在如今的重庆市委大院内，我每天清晨散步，总要走过那座小楼前。这一回，我又去看那座小楼，见到门前的水泥柱子上挂着空调器。我站在那历史性的台阶上拍照，怎么也避不掉横在那里的白色空调管。离小楼不远是当年的行政院办公楼——一幢米黄色的二层楼房，现在看上去已经很"寒碜"了。

走出重庆市委，步行两三分钟，在新建的雾都宾馆前，在花木环抱下，有一尊高大的周恩来全身青铜塑像。塑像之侧，便是著名的曾家岩周公馆。我曾多次走访这里。据说，国民党特务曾在对面租赁房子，以求日夜监视周公馆的一举一动。周恩来就在这样的环境中，一住数年，机智地跟蒋介石周旋。

在离周公馆数百米处，有一处幽雅的小院，内有一座三层小楼，也是我多次走访的地方。那里叫"桂园"，当年的"张公馆"，张治中将军住在这里。重庆谈判期间，毛泽东白天差不多都在这里，楼下的客厅，便是当年国共"双十

重庆桂园内的会客厅（叶永烈摄）

协定"签字的地方。我走进客厅，见到挂着孙中山"天下为公"的条幅，条幅下那蓝色长沙发上，当年就坐着毛泽东和蒋介石。毛泽东多次会见重庆各界人士以及记者，也是在这个客厅。

地处重庆市郊的"红岩村"是当年重庆"红区"的所在地，八路军驻重庆办事处（后来改称第十八集团军驻重庆办事处）设在这里，毛泽东来重庆就住在这里。他每天坐轿车进城，在"桂园"办公，晚间则回到红岩村。他坐的是蒋介石派的轿车，开车的司机也是蒋介石派的，而从"红岩村"到"桂园"有十几公里，沿途在当时十分荒僻，很多人为毛泽东的安全担心，他却坦然。

在重庆采访，我的最大的收获莫过于巧遇童小鹏。

童小鹏，曾担任周恩来总理办公室主任、国务院副秘书长等职。他陪同毛泽东、周恩来参加重庆谈判，是重要的当事人。我原本就打算采访童小鹏。在北京，打电话到他家，家人告知，他和夫人一起长住福建，忙于写回忆录《风雨四十年》——因为他在周恩来身边工作了 40 年。

也真巧，1992 年 10 月中旬，我前往重庆采访，刚在中共重庆市委的小招待所住下，当地的友人便告诉我，隔壁房间前几天住着童小鹏！于是，我赶紧打听童老的去向，赶往另一处部队招待所，访问了他和夫人紫非。

虽说已经七十有八，童小鹏仍很硬朗，思维反应很快，言谈幽默风趣。他只穿一件衬衫，外套一件米黄色夹克衫，夫人紫非倒是穿上了毛背心。

童小鹏出生于 1914 年，福建长汀人氏，比紫非年长 7 岁。我问及他的本名是否叫童小鹏，他大笑起来，说他原名"童大鹏"，只因小时候个子小，人们都喊他"小鹏"，久而久之，"童大鹏"变成了"童小鹏"，他居然也就以"童小鹏"为名。如今，几乎很少有人知道他本来叫"童大鹏"。

童小鹏从 1936 年西安事变起，作为中共代表中搞译电工作的随员，在周恩来领导下工作。此后，他长期与周恩来共事。1959 年至 1966 年，童小鹏任国务院副秘书长兼总理办公室主任。直至 1976 年 1 月 8 日周恩来去世，他跟周恩来"风雨四十年"。已经离休的他，亲自执笔写回忆录，把他记忆仓库中的周恩来化为文字，留给后人。

我跟童老正谈着，他的夫人拿着照相机在一旁"咔嚓"拍照。看来，摄影已成了他们夫妇的共同爱好。

童小鹏有着"红色摄影师"的美誉。在中共高级干部中，爱好摄影的并不多，他是一个，张爱萍也是一个。比起摄影记者来，童小鹏要方便得多，因为摄影记者只有得到允许，才能在某些场合拍摄照片，而童小鹏作为高级干部，能够拍到许多记者无法涉足的历史镜头。

童小鹏不仅举行了他的摄影作品展,而且由文物出版社印行了他的摄影作品集《历史的脚印》,他还主编了大型图片集《第二次国共合作》。

我问起他是怎样爱上摄影的。童老说,他的"老师"是李克农。西安事变时,李克农任中共中央代表团秘书长。李克农喜欢摆弄照相机,"感染"了他,教会他怎样拍照。

童小鹏痴迷摄影,到了"机不离手"的地步。他抓住历史的瞬间,拍下了许多珍贵的镜头。他颇为"得意"地说起他的几帧佳作:

一是1946年,他和周恩来同住在南京梅园新村30号。一天,知道周恩来要出门,他事先在门口摆弄好照相机。周恩来出门时,他"咔嚓"一声按下快门。那帧照片拍得很自然,周恩来也很喜欢。如今,很多关于周恩来的书上,差不多都印着这帧照片。

二是开国大典之际,童小鹏从香港弄到了一点彩色胶卷。那时,彩色胶卷是非常稀奇的。就这样,他居然拍摄了开国大典的彩色照片,这些照片成为很珍贵的史料。

三是1959年夏日庐山会议上批判彭德怀时,会议气氛非常紧张,好多位中共中央委员都站了起来。"机不离手"的他,意识到这一场面非同寻常,当即拿出照相机拍摄。在这样严峻的场合,他不便用闪光灯,就开大了光圈,悄然拍摄,没有惊动会场。这些照片,如今成为不可多得的历史镜头。

他身处历史旋涡的中心,用照相机拍下了"历史的脚印",因此,他的摄影作品集弥足珍贵。

童老回忆说,他最初拍照时胶卷是自己冲洗的,照片也是自己放大的。因为这样可以省钱,而且有些照片又不宜拿到外面印放。他知道这些照片的意义,尽管南征北战,他一直非常细心保存底片。"酒越陈越香",如今,这些几十年前的照片,凝聚着时代风云,已是千金难得的了。

童小鹏对于山城重庆有着特殊的感情。据他的秘书小戴告诉我,童老把重庆视为第二故乡,近年来到重庆去了十多趟,这是因为童老当年在雾都重庆曾度过难忘的岁月。

他说起了毛泽东于1945年8月28日从延安飞抵重庆,跟蒋介石谈判的情景。

他记得,毛泽东来重庆后,乘坐的是蒋介石派来的轿车,连司机也是他们的。很多人替毛泽东担心,因为蒋介石是什么事情都干得出来的。毛泽东却很坦然，他料定蒋介石不敢对他下毒手。毛泽东准确地分析了形势，当时抗日战争刚刚结束，全国人民渴望国内和平，蒋介石也做出跟共产党和平谈判的姿态，不敢冒天下之大不韪暗害他——正因为这样，他从延安飞到重庆，也就不在乎坐上蒋介石派来的汽车。

张治中在重庆市中心有座公馆，叫桂园，他安排毛泽东在那里休息。不过，毛泽东只是中午在那里休息，晚间仍回红岩村。红岩村位于重庆城郊嘉陵江畔的一个红土坡上。那里原是一片荒坡，饶国模在那时创办了"大有农场"。饶国模是黄花岗烈士饶国梁的胞妹，思想进步，对中共有好感。于是，取得了饶国模的帮助和支持，中共在那里建了一幢三层楼房——红岩嘴13号——作为八路军驻重庆办事处。中共中央南方局也设在这里。于是，红岩村成了重庆的"红区"，毛泽东住进了"红区"。

中共中央南方局成立时，以周恩来、博古、凯丰、吴克坚、叶剑英、董必武六人为常委，周恩来为书记。童小鹏最初在秘书处任秘书，后来任秘书处处长兼机要科科长，领导机要、电台、文书三个科。电台设在三楼，重庆谈判时的机密电报，便是经童小鹏之手由三楼秘密电台发往延安的。

毛泽东住在二楼右手第一间。楼房里的楼梯、过道，全铺着木板，人一走过便发出噔噔脚步声。周恩来关照工作人员不要穿皮鞋，避免发出响亮的脚步声，影响毛泽东休息。童小鹏和紫非是在红岩村结婚的，那时已经有了孩子。他们把孩子放在底楼，尽量减少干扰。三楼的电台工作人员全部赤足，这样走路无声。那时正值重庆酷暑，三楼阁楼式小屋气温高达40摄氏度，电台工作人员日夜坚持工作。

童小鹏谈起了周恩来。周恩来的睿智、镇定、机敏、周密，给他留下不可磨灭的印象。童小鹏说及了"李少石事件"。

那是在1945年10月8日，那天《国共双方代表会谈纪要》已经定稿，双方商定在10月10日签字。毛泽东将在签字后的翌日离开重庆，返回延安。为了庆贺会谈成功，也为了给毛泽东饯行，8日晚，张治中举行隆重的宴会，数百人出席了宴会。宴会毕，文艺演出开始。周恩来陪着毛泽东在看戏，突然，八路军驻重庆办事处来人找周恩来。周恩来见来者神情紧张，知有要事，当即离席。周恩来从来人的报告中得知，出了大事：李少石的汽车在红岩村附近受到国民党士兵枪击，李少石中弹，现在生命垂危。

李少石，国民党左派元老廖仲恺的女婿。他在1925年加入共青团，1926年加入共产党，1930年与廖仲恺之女廖梦醒结婚，眼下担任八路军驻重庆办事处秘书，周恩来的助手。1925年8月20日，廖仲恺在广州国民党中央党部大门前遭国民党右派指使的暴徒狙击，中弹身亡。

如今，会不会是20年前惨剧的重演？会不会是蒋介石破坏重庆谈判的一个阴谋？特别是此事发生在《国共双方代表会谈纪要》签字前夕，发生在毛泽东离渝前夕……

周恩来面对这一突发事件，显得异常镇定。他没有惊动正在看戏的毛泽东和张治中，马上着手处理这一事件。周恩来找来国民党的宪兵司令张镇，问他是否知道李少石事件，张镇摇头。周恩来告知了大致的情况，严词要求张镇立即办两件事：第一，详细调查李少石中弹的原因，弄清真相；第二，晚会结束后，张镇务必用自己的汽车并亲自送毛泽东主席回红岩村，绝对保证毛泽东主席的安全。张镇答应照办。

周恩来又与张镇一起，于晚8时50分赶赴重庆市民医院探望李少石。李少石已于一个小时前因抢救无效而去世，周恩来闻讯泪如雨下。

李少石的死讯于翌日见报，震惊了山城重庆。很多人认为是国民党特务下的毒手。有人说，李少石也是两道浓眉，国民党特务一定是把他当成了周恩来，所以才开枪暗杀。

周恩来很冷静。他除了责令张镇进行调查，也通过各种途径了解事件经过。很快地，他弄清了真相：8日下午5时，李少石乘八路军驻重庆办事处汽车送柳亚子先生由曾家岩周公馆回沙坪坝住宅，然后返回红岩村。因有紧要公务在身，司机熊国华行车甚快。经过红岩嘴下土湾时，正遇国民党重迫击炮第一团第三营第七连中尉排长胡关台率30余人在那里休息。其中一等兵吴应堂正在路边解手，被汽车撞倒。司机熊国华没有停车，该连下士班长田开福情急，朝汽车开了一枪，那枪弹自车后工具箱射入，正中李少石，由左侧肩胛部射入肺部……

周恩来经过调查，排除了国民党特务暗害李少石的可能性。他向毛泽东主席作了汇报，起草了一份声明。这份声明在10月11日重庆《新华日报》以《十八集团军驻渝办事处钱之光处长谈话》名义发表，说明了事件真相，平息了这起突然爆发的风波。钱之光的谈话还表示，那位正在市民医院医治的国民党士兵吴应堂的医药费，"我们愿负担"。

当天的《新华日报》一售而空，重庆市民纷纷称赞中共实事求是的态度。

后来，周恩来曾说："人不要有主观主义，不要有成见，李少石一事就是很生动的例子。"

周恩来也曾跟童小鹏谈起张镇，他说："我要张镇办的几件事，他都一一去办了。应当说，在处理李少石事件时，张镇还是做了好事的。"

那几天，周恩来非常忙碌，他在为毛泽东如何安全返回延安而操心。毛泽东从延安去重庆，是由张治中和美国驻华大使陪同，乘坐的是赫尔利的专机，当然安全。但是，赫尔利已于1945年9月返美。毛泽东从重庆回延安，怎样才能绝对安全呢？

正巧，张治中跟周恩来谈话时说及在重庆谈判结束后，蒋介石委员长将派他前往兰州处理新疆问题。周恩来非常机警，当即抓住这一机会，说道："你能不能先送毛主席回延安，然后转道前往兰州？"张治中当即答应："我向蒋委员长请示。"蒋介石同意了周恩来的建议。于是，在10月11日那天，毛泽东由张治中陪同，登上蒋介石专机"美龄"号由重庆飞往延安……

童小鹏以敬佩的心情说起周恩来的这些往事。他的《风雨四十年》一旦问世，必定会受到读者的热烈欢迎。童小鹏的记忆力不错，阅历又那么丰富，而且他又善于捕捉那些感人的细节……

在美国看蒋介石日记

大约出于对台湾政局不稳定的忧虑，蒋家后人把弥足珍贵的蒋介石和蒋经国日记原件保存在美国斯坦福大学的胡佛图书馆。得知在那里可以查阅"两蒋"日记，2007年到美讲学的我当然不会放过这一难得的机会。

斯坦福大学位于美国旧金山南湾的硅谷。那里是美国高科技的中心，IT业的"首都"，我的小儿子就在那里上班。于是，他就在上班的时候，带我去斯坦福大学。早上8时，他开着轿车带了我和妻，沿着880高速公路朝硅谷进发。这时，正值上班高峰，高速公路上轿车如同过江之鲫。越近硅谷，数以万计的轿车汇聚这里，高速公路上堵车了。小儿子告诉我，塞车是家常便饭，天天如此。不过，今天他很开心，因为车上多了两个人，他可以"卡博"，即沿着"CARPOOLS ONLY"车道飞速前进。原来，这里绝大部分的轿车往往只坐着上班者一个人，只能沿着普通车道在堵车之中慢慢前进。为了鼓励多人合乘一辆轿车，节省汽油，凡是车载一人以上，便可以进入畅通的"CARPOOLS ONLY"车道。

在过了一座大桥之后，轿车离开880高速公路向左转，笔直行驶了大约10分钟，便见到米黄色的石砌大门，门后是大片翠绿的草地，那便是斯坦福大学。我和妻下车之后，小儿子赶紧开车去公司上班。

我曾经多次来过这所被称为"西部哈佛"的斯坦福大学。当年，加州第一任州长斯坦福的独子因伤寒而早逝，他决心捐出所有家产办一所大学，以造福加州的孩子。于是，这所创建于1891年的大学就以斯坦福儿子的名字命名。如今，斯坦福大学那米黄色的石砌大楼，由一大排拱形门组成的长廊古色古香，依旧保持当年的原貌。美国诸多名人毕业于斯坦福大学，其中包括美国第31届总统赫伯特·胡佛，这里的图书馆便以胡佛的名字命名。在斯坦福大学校园里寻找胡佛图书馆很容易，因为高达285米的胡佛图书馆主楼是这里的标志性建筑。然而，我来到胡佛图书馆之后，却被告知，"两蒋"日记收藏在斯坦福

在斯坦福大学胡佛研究所内（2007年6月22日）

大学胡佛研究所的档案馆里。

寻找胡佛研究所的档案馆却不那么容易，因为这个档案馆在地下，问了好几个过路人，才终于找到地下室的入口。沿着长长的斜坡走下去，尽头有一扇门，打开门之后，是一条与斜坡垂直的地下长廊。在幽暗的灯光下走过长廊，豁然开朗，里面是半个足球场那么大的档案阅览室。不过，在进入阅览室之前，要凭身份证件办理阅览证。得知我要查看两蒋日记，管理员告知一系列注意事项：不得携照相机、扫描仪、便携式复印机进入阅览室，因为两蒋日记只准手抄，不得拷贝。手机也不能带进去，因为许多手机有拍照功能。另外，就连手提包、笔记本也不许带进去。我只得把手提包连同手机、照相机寄存在入口处的铁柜里。

进入阅览室，档案管理员一听说要查看两蒋日记，马上递给我一份查阅须知，严格规定不得复制，并要我签字保证。接着，她给我一份关于蒋介石日记的说明书，强调两蒋日记受美国著作权保护，而著作权属蒋氏家属所有，任何人未经授权不得擅自出版。

蒋氏父子都有记日记的习惯。1975年，蒋介石去世之前把日记交给了儿子蒋经国，1988年蒋经国病逝前，把蒋介石日记连同自己的日记交给了第三个儿子蒋孝勇。1996年，蒋孝勇去世，两蒋日记由蒋孝勇的妻子蒋方智怡保存。

2004年冬，蒋方智怡决定把两蒋日记暂存胡佛研究所50年，而在这50年间蒋家可以随时撤回两蒋日记。两蒋日记总共约50册。其中，蒋介石日记可供查阅的是1917年至1945年底的日记。从1945年至1975年的蒋介石日记，尚待胡佛研究所研究人员阅定之后逐步开放。蒋经国日记从1937年至1979年的日记尚未开放。

我填写了蒋介石日记借阅单。档案管理员给我的是复印件，每月一叠，装在一个文件夹内，一次只能借一个月。管理员还给我一大沓印有胡佛研究所字样的空白纸，供我抄录之用。这一切都是免费的。

我开始查看蒋介石日记。他的日记用毛笔端端正正写在专门的日记本上，不论他在戎马军营，还是在视察各地，都一天不漏写下日记，就连当天的气温、气候，都一丝不苟记下。他的日记，除了记录每天的行踪、公务、会客，也写下自己的思想，各种见解。在他1927年的日记中，差不多在每天的日记末尾，都要把自己的24字座右铭抄录一遍："立志养气，求贤任能，沉机观变，谨言慎行，惩忿窒欲，务实求真。"

最使我感兴趣的是，按照当时日记的格式，蒋介石除了每天写日记，还要写"本周反省录"和"本月反省录"，有的"本月反省录"甚至有20条之多。另外，还有"下周预定表"和"本月大事预定表"，蒋介石也都一一写上。

我发现，在蒋介石日记中，往往还粘贴着剪报。比如，1945年美国在日本广岛、长崎投下原子弹之后，蒋介石在日记中粘贴了中央社关于原子弹知识以及发展历史的文章剪报。在日本投降之后，美国总统杜鲁门发表关于战后美国外交十二要点的谈话，蒋介石也剪存贴入日记本。

我注意到，蒋介石日记中有少许地方被用黑笔涂抹。由于所看的是复印件，也就看不出这些涂抹是否原件如此。据我细细观察，涂抹处往往涉及政治敏感问题，估计是胡佛研究所研究人员在审阅时涂抹在复印件上，然后再复印，供公开查阅。

用笔抄录，毕竟太慢了，何况回去之后还要录入手提电脑。第二次去那里的时候，我带去了手提电脑，这样可以直接录入，提高工作效率。没想到，管理员不许我带手提电脑进档案阅览室，原因是担心有的手提电脑带有微型扫描仪。无奈，我只得坐在那里和妻一起用笔逐字逐句抄录。

蒋介石日记是蒋介石亲笔写下的，尽管所体现的是蒋介石的观点，但毕竟是中国现代史的重要文献。正因为这样，蒋介石日记可供公开借阅的消息传出，引来各方历史学家的关注，抄录者来自天南地北，络绎不绝。中午时分，抄录者们会聚到阅览室外的休息室，一边吃着带来的干粮（这里附近没有餐馆），一边聊天，这里成了最好的交流场所。我在那里结识了来自南京的历史学教授，也结识了来自台湾的历史学家。台湾的黄教授告诉我，他在做"评价蒋介石"的课题，而蒋介石日记是重要的文献，所以连续多日在此抄录。最下功夫的是台湾的卢先生，他原本是国民党高官，如今退休，也在研究蒋介石，已经来此工工整整抄录了半年多。他得知我是由儿子送、儿媳接，连说好福气，因为他每天乘公共汽车往返。

我由于曾经写了 50 万字的纪实文学《毛泽东与蒋介石》，所以着重从国共关系的角度研读蒋介石日记。我查阅了 1927 年四一二政变前后以及红军长征期间的蒋介石日记，特别是细细查阅了 1945 年 8 月至 9 月重庆谈判期间，蒋介石如何在日记中记述他与毛泽东的见面、会谈，他对毛泽东的印象。我还把在北京协和医院查到的蒋介石病历跟蒋介石日记相对照，证实在红军长征前夕，蒋介石以为胜利在望，确实曾经住进北京协和医院检查身体。我期待能够读到 1949 年之后的蒋介石日记以及正在整理的蒋经国日记。我下一次去美国，将会花费更多的时间，"泡"在胡佛研究所的档案馆里。

| 第四章 |

追踪 1957

出没风波里

采写傅鹰使我注意起"反右派"

最初，我写的报告文学大都是关于科学界名人的。因为我出自科学的"行伍"，曾当选中国科协委员，而委员中绝大部分是中国科学界的精英、各个学科的权威人士。我在科学界活动如鱼入水，华罗庚、苏步青、陈中伟等，我都能谈得拢。

1979年11月，我正在北京出席第四次中国文学艺术工作者代表大会，忽然有一位老大姐前来找我，说是全国政协工作人员，约我为刚刚去世的傅鹰教授写报告文学。傅鹰是第五届全国政协常委、中国科学院学部委员（院士）、北京大学副校长，于1979年9月7日病逝。这位大姐名叫严昭，她事先了解到我1963年毕业于北京大学化学系，傅鹰教授是我的老师，所以约我写傅鹰报告文学。严昭还从全国政协给我开了给北京大学的采访介绍信。我至今保存着这封严昭笔迹、盖着全国政协办公室大印的介绍信：

北京大学化学系：

　　今介绍叶永烈同志前去采访有关傅鹰教授及张青莲、黄子卿教授的事迹及材料，请予大力协助为盼。

　　致

　　敬礼！

全国政协
1979年11月2日

记得在1957年，我刚入北京大学化学系，一年级的普通化学课程便由傅鹰亲自讲授。上第一堂课时，铃声响了，教室里鸦雀无声。这时，一个中等身材、微胖、戴着眼镜的老人踱着八字方步走上讲台。他一声不响，拿起粉笔，在黑板上写了这么几个字："绪论——化学的重要性。"写好他回过头来，才用北京口音说道："关于化学的重要性，就不讲了，因为在座的诸位，都是以第一志愿报考北京大学化学系的，都是深知化学的重要性才来到这儿的，所以用不着我多讲。下面，我就开始讲第一章……"傅先生就是这样，在教学上很注意抓重点，抓难点，详略分明。凡是学生容易懂的或已经懂的，一笔带过，叫学生自己去看看讲义就行了；凡是学生不容易懂的概念、公式、定律，他就反复讲、详细讲。他老是爱讲这句话："学化学，不能眉毛胡子一把抓，要记住牵牛要牵牛鼻子，抓住关键。"

傅先生讲话饶有趣味，学生爱听，课堂上常常爆发出一阵阵笑声。记得有一次上课之前，傅先生在黑板上写了"爱死鸡，不义儿"六个大字。同学们见了，议论纷纷，不知道傅先生今天要讲什么。后来，经傅先生一讲，同学们这才明白过来：在最近的考试中，他发现好多同学写外国科学家的名字时很随便，爱怎么译就怎么译，以为只要音近就可以了。傅先生说到这里，指着黑板上的六个字，问大家知道不知道这是谁。原来，他仿照同学们乱译人名，把我国著名哲学家艾思奇译为"爱死鸡"，把英国著名化学家波义耳译为"不义儿"。直到这时，同学们才恍然大悟，笑个不停。从此，我们都深刻地懂得了乱译人名的坏处，知道要记住人名的标准译法，并且遵照傅先生的意见，一定要同时记住外国科学家名字的原文。

傅先生讲课时概念讲得非常清楚，善于用非常形象、浅显、明了的语言，讲明抽象的科学概念。比如，他讲什么是物质时，是这么说的："化学既然是物质的科学，第一个问题当然是：什么是物质？这个问题似乎很简单，实际上却非常复杂。物质的定义几乎和女子的服装一样，可以有多种多样的。我们没有工夫去叙述这个概念的历史。化学是一种实验的科学，因此我们从实验的观点给物质下一个定义：凡是有重量的东西就是物质。根据这个定义，思想、道德、感情等全不是物质，而钢铁、石油、馒头、肥料等才是物质。"正因为傅先生讲课条理清晰，深入浅出，所以使我们得益不少。普通化学是一门基础课。傅先生讲课时，除了讲述基础知识，还常常讲述在这门科学中，哪些问题现在还没搞清楚，需要进一步研究。当讲述完这些科学的"X"之后，他就用目光扫了一下课堂，然后语重心长地说："解决这些难题的重担，落在你们这一代的肩上了。"他在讲义中也多处写道："这些难题，有待于新中国的青年化学家们努力呵！"后来，傅先生对青年一代的这些热切期望，竟被说成是"腐蚀青年""鼓动青年成名成家"，真是颠倒黑白！其实，像他这样国内知名的教授，愿亲自给大学一年级的学生上基础课，正体现出了他对青年一代的殷切期望。

傅先生除了上大课，有时还上习题课，或到实验室里观看同学们做实验。有一次，我在做实验时把坩埚钳头朝下放在桌上，傅先生走过来，一句话也不讲，把坩埚啪的一声翻过来，钳头朝上。然后只问我三个字："为什么？"我想了一下，说道："钳头朝下，放在桌面上，容易沾上脏东西。再且钳头夹坩埚时，脏东西就容易落进坩埚，影响实验。"他点点头，笑了，走开了。虽然这次他只问我三个字，却给我留下深刻的印象。从此，我不论做什么实验，总是养成把坩埚、坩埚盖之类朝上放在桌上的习惯。

傅鹰教授成为"中间偏右"的典型

还有一次，我闹了个笑话：那时我刚进校不久，听别人喊傅鹰为"傅教授"，误以为他是"副教授"。这个笑话传到傅先生耳中，他毫不介意，笑着说："我姓傅，永远是副教授、副校长，转不了正！"

傅先生直爽、敢言、刚正、乐观、谦逊，给我留下了不可磨灭的印象。

其实，我到母校采访傅鹰事迹，连介绍信都用不着，因为我所访问的傅鹰生前好友也几乎都是我的老师。

傅鹰在反右派斗争中被毛泽东定为"中间偏右"的典型。在《毛泽东选集》第五卷中，多次提到傅鹰。

1980年第2期《福建文学》发表了我关于傅鹰的报告文学《敢说真话的傅鹰》，《新华月报》全文加以转载。

采写傅鹰生平，使我开始注意起1957年的反右派斗争——后来我写了《沉重的1957》和《反右派始末》两书。

反右派运动的导火线——匿名信事件

匿名信，是指不署名或不署真实姓名的信。由于不署名或不署真实姓名，收信者便不知是谁写的信，无法追查，所以匿名信的内容往往超乎寻常，非常尖锐。

在中国政坛，发生过多起匿名信事件，其中最著名的有三起：

一是1954年3月20日，浙江省交际处处长唐为平转给正在杭州的江青一封来自上海的信。江青一看，是一封匿名信，信中很具体地写及江青20世纪30年代在上海的种种风流韵事，还提到江青曾经在上海被捕自首，甚至还说江青在上海曾经秘密加入过国民党军统特务组织蓝衣社。这封匿名信使江青几夜无法入眠，浙江省公安厅厅长王芳受命侦查这一匿名信案件。

二是1959年3月24日，江青在上海锦江饭店收到匿名信，信是用打字机打的，内容是"以尖刻嘲讽的语气揭露江青20世纪30年代在上海的生活旧闻轶事，内容之详细，令人吃惊。信中甚至列举了当年与江青交往的数名男子的姓名、职业、住址等情况，还具体到描述了江青当时的种种媚态丑姿"。这封匿名信使江青如坐针毡，她不得不交给周恩来总理，要求公安部立案侦查。

三是从1961年到1966年5年间，林彪和妻子叶群收到50多封匿名信，揭露林彪、叶群的隐私，进行讽刺。林彪把这些匿名信交给公安部立案侦查。

我对这三起匿名信案件都进行了采访。关于江青的两起匿名信案件，我多次采访了浙江省公安厅原厅长、后来担任公安部部长的王芳，并把这两起案件的详情都写入长卷《"四人帮"兴亡》。我从公安部部长王芳那里得知，第一起匿名信案件是以笔迹破案的，是在8年之后——1962年——经过比对笔迹，查明是林伯渠的妻子朱明写的。

林伯渠在新中国成立后历任中央人民政府秘书长、中共中央政治局委员，在第一、第二届全国人民代表大会上，均当选为人大常委会副委员长。1960年5月29日林伯渠病逝于北京。1962年朱明给中央写信，反映有关林伯渠死后一些遗留问题。一查对，两封信的笔迹一模一样。朱明承认匿名信是她写的，并立即自杀了。

第二起匿名信案件的作案者显然为了避免字迹容易被查出，改用打字机打字。殊不知在当时打字机还很不普遍，反而给公安部侦查提供了线索。公安人员查明打字机型号为"宝石花"以及对用草绿色胶水粘起来的信纸进行分析，查明是上海东海舰队代号为"1287办公室"情报机关的中尉金柏麟所为。28岁的金柏麟是烈士遗孤，父母均系地下党员，6岁时，他的父母被叛徒出卖遇害。金柏麟由姨妈史文慧收养，而史文慧是1924年入党的，由于曾是中央特科工作人员，认识并了解当年在上海的影剧明星蓝苹（江青）。

第三起匿名信案件的作案者是严慰冰。她的丈夫是中共中央书记处书记、中共中央宣传部部长、国务院副总理陆定一。1988年10月30日，我在北京采访了严慰冰的胞妹严昭（当时严慰冰已经去世），得知这一匿名信案件的详情，写了报告文学《"基督山案件"始末》。

与上述三起著名的匿名信案件相比，1957年6月初发生的匿名信案件（以下略称为"1957年匿名信案件"）有显著的不同：

第一，三起匿名信案件之所以著名，是因为收信人是中国政坛的重量级人物江青和林彪，而1957年匿名信的收信人是名气并不大的民主人士——中国国民党革命委员会中央委员、国务院秘书长助理卢郁文。

第二，三起匿名信案件在发生时列为"绝密"，侦查时也"绝密"，即便破案也"绝密"。关于江青的两起匿名信案件，是在江青倒台之后才抖搂出来的，而关于林彪的匿名信案件，是在1966年陆定一倒台时，林彪在发表讲话批判陆定一时，作为陆定一的"罪行"之一公布的。林彪咬牙切齿说起陆定一的妻子严慰冰写匿名信，使这一匿名信案件曝光。而卢郁文在收到匿名信之后，立即曝光：1957年6月6日，他在国务院举行的党外人士座谈会上宣称，有人写匿名信对他进行辱骂与恐吓，并当场宣读了这封匿名信。6月7日，《人民日报》刊登了关于卢郁文收到匿名信的报道。6月8日，根据毛泽东之命，《人民日报》以卢郁文的匿名信事件为突破口，发表社论《这是为什么？》，引用了匿名信部分内容进行批判。

第三，三起匿名信案件只影响江青、林彪个人，而1957年匿名信事件影响全国，成为重要的历史事件。历史学家因此认定反右派斗争从1957年6月8日开始，亦即从《人民日报》发表批判卢郁文所收到的匿名信的社论《这是为什么？》开始。

正因为这样，不论是《人民日报》社论《这是为什么？》，还是卢郁文的匿名信，都载入了史册。那封匿名信的历史定位，是1957年反右派斗争的导火线。

1957年匿名信事件如此重要，然而多年来却迷雾重重。多少年过去，中国官方对于1957年匿名信事件始终保持沉默，除《人民日报》社论《这是为什么？》透露出匿名信的部分内容外，没有更多的信息。这些迷雾，又形成了诸多新的"这是为什么？"：

那封匿名信，到底是真是假？是不是卢郁文或者有关部门自己"制造"出来的？

如果那封匿名信真有其事，那么写信者究竟是谁？这一案件是如何侦破的？写信者的动机是什么？

写信者为什么不写给《人民日报》、不写给有关部门，却写给身为"民主人士"的卢郁文？卢郁文是何许人也？

这封匿名信为什么会引起毛泽东的高度重视？

《人民日报》社论《这是为什么？》据传是毛泽东所写，到底是不是毛泽东所写？

毛泽东为什么选择那封匿名信作为突破口？

……

多年来我致力于1957年反右派斗争的研究，也非常关注引发1957年反右派斗争的导火线——匿名信事件。

我除了查阅诸多文献资料，非常重视采访掌握第一手资料：

1991年4月30日，卢郁文之子卢存学从贵州遵义给我寄来亲笔所写《卢郁文简历》。

1996年3月5日，卢郁文之子卢存学从广西桂林就匿名信是否伪造的问题致函我。

2005年9月11日至12日，我在广西北海采访卢郁文之子卢存学，深入了解卢郁文其人。

2006年12月8日，我采访了匿名信案件的见证人之一宋兆麟先生。他当年是北京大学历史系1955级的团支部书记，陪同公安人员抓捕匿名信作者。

2006年12月9日，我采访匿名信作者本人。

2007年6月30日，我在美国洛杉矶加州大学尔湾分校作题为《反右派运动的导火线》的演讲。会议的出席者之中，有美国哈佛大学法学院教授郭罗基。

他当年是匿名信作者的同班同学,曾任北京大学历史系1955级的中共党支部书记。我采访了郭罗基,请他讲述匿名信案件始末。

女作家戴晴也是会议的出席者之一。她在《储安平与"党天下"》一书中曾怀疑匿名信的真实性,认为"这是一场类似国会纵火案式的小把戏"。我与戴晴就此事交换了看法,她认可了我的查证。[1]

1957年的匿名信事件到底是怎么回事?容我细细道来……

---

[1] 戴晴:《储安平与"党天下"》,中国华侨出版公司1989年版。

《人民日报》质问：这是为什么？

提起1957年的反右派运动，马上就会使人记起卢郁文这名字。如今的年轻人已经不知道卢郁文为何许人，而在1957年他却是中国家喻户晓的人物——因为那场声势浩大的反右派运动，就是从"卢郁文事件"作为突破口开始的。

1957年6月8日是一个历史性的日子，反右派运动就是从这一天开始的。这一天，《人民日报》在头版头条位置发表了石破天惊的重要社论，以质问的口气作为题目：《这是为什么？》！

社论一开头，就提到了卢郁文的"匿名信事件"，作为反右派运动的突破口。社论写道：

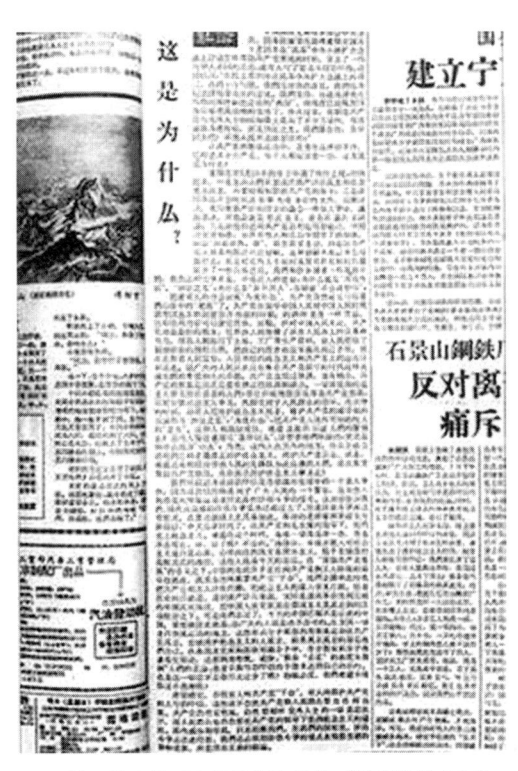

> 中国国民党革命委员会中央委员、国务院秘书长助理卢郁文因为5月25日在"民革"中央小组扩大会议上讨论怎样帮助共产党整风的时候，发表了一些与别人不同的意见，就有人写了匿名来信恐吓他。这封信说："在报上看到你在民革中央扩大会议上的发言，我们十分气愤。我们反对你的意见，我们完全同意谭惕吾先生的意见。我们觉得：你就是谭先

1957年6月8日《人民日报》社论《这是为什么？》

生所指的那些无耻之徒的'典型'。你现在已经爬到国务院秘书长助理的宝座了。你在过去,在制造共产党与党外人士的墙和沟上是出了不少力量的,现在还敢为虎作伥,真是无耻之尤。我们警告你,及早回头吧!不然人民不会饶恕你的!"

在共产党整风运动中,竟发生这样的事件,它的意义十分严重。每个人都应该想想:这究竟是为什么?[1]

社论在提出"为什么"之后,对卢郁文的"匿名信事件"加以剖示。社论首先对所谓"无耻之尤"加以批驳:

卢郁文在5月25日的发言中讲了些什么呢?归纳起来,一是告诉人们不要混淆资产阶级民主和社会主义民主,不要削弱和取消共产党的领导;二是说国务院开会时应该有事先准备好的文件,以便讨论,免得像资产阶级国家的议会一样每天争吵,议而不决,不能说就是形式主义,就是不让大家讨论;三是说他自己同共产党员相处得很融洽,中间没有墙和沟;如果有些人和党员之间有了墙和沟,应该"从两面拆、填",双方都要主动;四是说共产党人对某些批评可以辩驳,这种辩驳不能认为是报复打击;五是对党外人士如何实现有职有权的问题提供了一些具体意见。我们和许多读者一样不能不问:发表这样实事求是、平易近人的意见,为什么就是"为虎作伥""无耻之尤"?为什么要"及早回头",否则就"不会饶恕你"?[2]

社论借卢郁文的"匿名信事件"加以发挥,点出了主题,亦即开展一场反右派运动:

我们所以认为这封恐吓信是当前政治生活中的一个重大事件,因为这封信的确是对于广大人民的一个警告,是某些人利用党的整风运动进行尖锐的阶级斗争的信号……他们企图乘此时机把共产党和工人阶级打翻,把社会主义的伟大事业打翻,拉着历史向后倒退,退到资产阶级专政,实际是退到革命胜利以前的半殖民地地位,把中国人民重新放在帝国主义及其

---

[1]《人民日报》1957年6月8日。
[2]《人民日报》1957年6月8日。

走狗的反动统治之下。可是他们忘记了,今天的中国已经不是以前的中国,要想使历史倒退,最广大的人民是决不许可的。在全国一切进行整风运动的地方,这些右派分子都想利用整风运动使共产党孤立,想使拥护社会主义的人孤立,结果真正孤立的却是他们自己。在各民主党派和高级知识分子中,有少数右派分子像卢郁文所说,还想利用辱骂、威胁,"装出'公正'的态度来箝制"人们的言论,甚至采取写恐吓信的手段来达到自己的目的。[1]

《人民日报》的社论,已经明确地把匿名信的作者归入"右派分子"之列。热衷于反"右派"的人不失时机地抓住了卢郁文的"匿名信事件"作为突破口,发起总攻击,一场急风暴雨式的反右派运动便席卷中国!

"右派"们看了《人民日报》社论《这是为什么?》,大骂卢郁文。

6月14日《人民日报》发表了中国民主同盟副主席史良12日晚在民盟中央小组会议上的发言,揭露了章伯钧在6月8日当天关于《人民日报》社论的谈话:

> 记得上星期六晚间(6月8日),伯钧来找我谈话……伯钧又说:"有人对我说,储安平的话击中了要害。但我看是用不着写社论的。而且一再搬出卢郁文来,卢郁文这种人不过是一个小丑而已。我看,胡风、储安平倒要成为历史人物,所谓历史人物要几百年后自有定评。"[2]

章伯钧的这一段话,鲜明地反映出他对于《人民日报》6月8日社论的态度,以及对卢郁文之不屑。

反应最强烈的,莫过于谭惕吾。她在卢郁文宣布收到匿名信之际,就当场与之争论。

章伯钧先生

---

[1]《人民日报》1957年6月8日。
[2]《人民日报》1957年6月14日。

她看了《人民日报》6月8日的社论，非常反感。

据一位自称"深受过谭惕吾的毒害"的青年、当时中国人民大学附中学生刘则智，在题为《揭露右派分子谭惕吾毒害青年的罪行》的发言中揭发道：

当6月8日《人民日报》发表了《这是为什么？》的社论后，第二天是星期天，我到了谭家，一进门就看见谭惕吾怒气满面，手里拿着《人民日报》骂着说："什么《人民日报》呀，简直是混账，乱登消息，党报真是岂有此理。"吃午饭时，她忽然把饭碗一摔，骂道："卢郁文这个王八旦整到我头上来了。"又说："什么匿名信，一定是卢郁文自己写的。"饭后，她给黄绍竑打电话，也大骂卢郁文，她在电话里说："我百分之百保证匿名信是卢郁文自己写的。"[1]

后来，谭惕吾在压力之下不得不作了这样的"交代"：

6月14日我到刘斐家里去，对刘斐说："党怎么把我的名字和卢郁文的名字并列起来？显出卢郁文是正确的，我是不正确的。"我批评了卢郁文很多不是，我说："党怎么相信卢郁文而不相信我？"我还说："中国历史上，只有朝代衰落的时候才相信小人，现在党才执政八年，正是兴盛时候，为什么就相信小人？工厂里的工人都表示拥护卢郁文，这给河南人民心里产生什么影响？什么人不好做旗子，为什么要用卢郁文做旗子？"[2]

对于《人民日报》社论《这是为什么？》反应最敏锐的，要算是当时担任《光明日报》总编辑的储安平。就在一个星期前——1957年6月1日——在中共中央统战部的民主人士座谈会上，储安平作了尖锐的发言《向毛主席周总理提些意见》。次日，《人民日报》《光明日报》在显要位置全文刊登了储安平的发言。然而在6月8日，储安平看到《人民日报》发表的《这是为什么？》，立即感觉"情况已不容许我在《光明日报》工作了"，当天下午就向当时的《光明日报》社社长章伯钧递交了辞呈，辞去了《光明日报》总编辑职务。

---

[1]《揭露批判右派分子谭惕吾反动言行大会发言汇辑》，中国国民党革命委员会中央整风办公室1958年编印。

[2]《揭露批判右派分子谭惕吾反动言行大会发言汇辑》，中国国民党革命委员会中央整风办公室1958年编印。

另一位政治嗅觉异常灵敏的是上海《文汇报》副总编辑、著名女记者浦熙修。她在看了《人民日报》社论《这是为什么？》之后，在当天下午致电中共中央宣传部部长陆定一，问《人民日报》这样做是不是意味着"大鸣大放"开始"收"了？她说，这篇社论之后，知识分子不敢再说话了。这天下午，浦熙修还致电费孝通，探讨《人民日报》这篇社论的发表意味着什么。

也有些民主人士的政治神经显得迟钝。九三学社中央委员陈明绍、候补中央委员顾执中等人居然在《人民日报》社论《这是为什么？》发表的当天，认为这样会影响大家畅所欲言，意味着还是"言者有罪"……

《这是为什么？》的内幕

《人民日报》社论《这是为什么？》是怎样写出来的？这么多年以来，一直是个谜。吴冷西的回忆录《忆毛主席——我亲身经历的若干重大历史事件片断》终于解开了这个谜。

吴冷西在关键时刻——《这是为什么？》发表的前一天，即1957年6月7日——应毛泽东之约，在胡乔木的陪同下一起来到中南海丰泽园菊香书屋毛泽东的卧室。吴冷西说，当时，除了毛泽东、胡乔木和他，"没有其他人参加这次谈话"。

吴冷西回忆说：

> 1957年6月7日，胡乔木同志通知我，说毛主席要找我谈话，要我先到他的住处，然后一起去见毛主席。
>
> 这是一个初夏的下午，中南海显得特别幽静。我们从乔木同志住处出来，沿着小路走过居仁堂（这是中央书记处办公的地方，后来拆除了），来到勤政殿（这是毛主席召开最高国务会议的地方，后来也完全拆除了）后面的一个小旁门，进去便是毛主席的住所——菊香书屋。
>
> 这是一个不很大的四合院。毛主席通常习惯在北房工作和睡觉，虽然他的大书房在东厢房。这高大的北房是五开间，毛主席睡觉和看书大都在靠东边的一间，那里简直也是一个书房，中央政治局常委开会也常在这里。
>
> 我们进去的时候，毛主席正在翻看当天的报纸。他似乎醒来不久，斜躺在两张单人木床合拼成的大床上，已看过的《人民日报》和《光明日报》放在左手一边的木板床上，那里堆满近期看过或者要看的书，有古籍（大都夹着书签），也有新书（有些翻开的）。他手里正拿着《文汇报》，右边的床头桌上还放着好些其他报纸。
>
> 毛主席见我们进来就放下报纸，招呼我们在靠床前的椅子上坐下……[1]

---

[1] 吴冷西：《忆毛主席——我亲身经历的若干重大历史事件片断》，新华出版社1995年版，第155—156页。

第四章 追踪 1957

吴冷西回忆道,他刚坐下,毛泽东就跟他说起了"卢郁文事件":

> 我们刚坐下来,毛主席就兴高采烈地说,今天报上登了卢郁文在座谈会上的发言,说他收到匿名信,对他攻击、辱骂和恫吓。这就给我们提供了一个发动反击右派的好机会。[1]

接着,毛泽东向吴冷西说明了为什么要抓住"卢郁文事件"。毛泽东显然极具战略眼光,他是经过深思熟虑,才决定抓住"卢郁文事件"的。毛泽东认为抓住"卢郁文事件"有两大好处:第一,卢郁文是非中共人士;第二,那信是匿名的。

吴冷西这样回忆:

> 毛主席说,这封恫吓信好就好在它攻击的是党外人士,而且是民革成员;好就好在它是匿名的,它不是某个有名有姓的人署名。当然署名也可以作为一股势力的代表,但不署名更可以使人们广泛地联想到一种倾向,一股势力。本来,这样的恫吓信在旧社会也为人所不齿,现在我们邀请党外人士帮助共产党整风,这样的恫吓信就显得很不寻常。[2]

毛泽东在跟吴冷西谈话时,《人民日报》社论《这是为什么?》其实已经写好。毛泽东手里拿着这篇社论稿,向吴冷西解释了题目《这是为什么?》的含义:

> 过去几天我就一直考虑什么时候抓住什么机会发动反击。现在机会来了,马上抓住它,用《人民日报》社论的形式发动反击右派的斗争。社论的题目是《这是为什么?》,在读者面前提出这样的问题,让大家来思考。虽然社论已经把我们的观点摆明了,但还是让读者有个思想转弯的余地。鲁迅写文章常常就是这样,总是给读者留有余地。

> 毛主席说,写文章,尤其是社论,一定要从政治上总揽全局,紧密结

---

[1] 吴冷西:《忆毛主席——我亲身经历的若干重大历史事件片断》,新华出版社 1995 年版,第 39 页。

[2] 吴冷西:《忆毛主席——我亲身经历的若干重大历史事件片断》,新华出版社 1995 年版,第 40 页。

合政治形势，这叫做政治家办报。[1]

吴冷西还记得，临走时，毛泽东又在社论上改了几个字，嘱咐胡乔木在翌日《人民日报》上发表，并嘱咐吴冷西，在当晚就由新华社发出电讯，并由中央人民广播电台播出。

这清楚表明，《人民日报》社论《这是为什么？》是由毛泽东亲自改定，发表的时间也是由毛泽东决定的。

在一年多之后，毛泽东在另一次讲话的时候，又谈到了"卢郁文事件"，足见毛泽东对于他选择"卢郁文事件"作为反右派斗争的突破口颇为满意。

那是1958年8月25日下午，毛泽东在北戴河海滩游泳场休息室主持召开中共中央政治局常委会议。那时，毛泽东刚下海游泳回来。出席会议的除刘少奇、周恩来、邓小平外，还有彭德怀、王尚荣（总参作战部部长）、叶飞（福州军区政委），胡乔木和吴冷西也参加了。

那天，毛泽东兴致很高。吴冷西回忆说：

> 毛主席又说，凡事要抓住时机。去年开始反击右派是抓住了卢郁文事件，批判《文汇报》是抓住了《新民报》作了自我批评。这次炮打金门，就是抓住美军登陆黎巴嫩。[2]

---

[1]吴冷西：《忆毛主席——我亲身经历的若干重大历史事件片断》，新华出版社1995年版，第40页。

[2]吴冷西：《忆毛主席——我亲身经历的若干重大历史事件片断》，新华出版社1995年版，第76页。

对《这是为什么？》起草者的考证

如今，很多文章断定《这是为什么？》是毛泽东起草的，其中有尚定著《胡乔木在毛泽东身边工作的二十年》：

> 同一天，《人民日报》发表毛泽东亲自撰写的社论：《这是为什么？》。[1]

又如，章立凡在《风雨沉舟记——章乃器在1957》中也写道：

> 6月8日，《人民日报》的头版头条发表了毛泽东为该报撰写的社论《这是为什么？》。[2]

我认为，《这是为什么？》是根据毛泽东的意见起草并由毛泽东亲笔改定，这是无疑的。但是，吴冷西的回忆文章中，并没有确认《这是为什么？》是毛泽东起草的。我曾经致电吴冷西秘书，希望他能够代向吴冷西询问，但吴冷西未予明确答复。

我查阅《毛泽东选集》第五卷以及《建国以来毛泽东文稿》第六卷，都未见收入《这是为什么？》。另外，中共中央文献研究室编的《毛泽东传（1949—1976）》中，也只有这么一句：

> 六月八日，《人民日报》在头版显著位置发表了题为《这是为什么？》的社论。[3]

---

[1] 尚定：《胡乔木在毛泽东身边工作的二十年》，人民出版社2005年版，第199页。
[2] 章立凡：《风雨沉舟记——章乃器在1957》，《黄河》1996年第3期。
[3] 中共中央文献研究室编：《毛泽东传（1949—1976）》上卷，中央文献出版社2003年版，第705页。

这就是说，关于毛泽东的三部权威性的书——《毛泽东选集》《建国以来毛泽东文稿》和《毛泽东传（1949—1976）》，均未提及《这是为什么？》是毛泽东起草的。

倘若《这是为什么？》不是毛泽东起草，最有可能的起草者当然是胡乔木。我是《胡乔木》[1]的作者，曾经查阅过《胡乔木文集》等诸多胡乔木著作，但也未见收入此文。

由胡乔木起草的1957年《人民日报》反右派运动的社论共七篇，即：《为什么要整风》（5月2日）、《是不是立场问题？》（6月14日）、《不平常的春天》（6月22日）、《斗争正在开始深入》（7月8日）、《党不能发号施令吗？》（7月10日）、《在肃反问题上驳斥右派》（7月18日）、《人可以不问政治吗？》（7月23日）。

会不会是陈伯达起草呢？我也是《陈伯达传》[2]的作者，曾经多次采访陈伯达本人。陈伯达当时忙于为毛泽东整理讲话《关于正确处理人民内部矛盾的问题》，没有可能为《人民日报》起草社论。

1957年6月8日当天，毛泽东给陈伯达写了一封信：

陈伯达同志：
　　此件请参酌。如果文件今晚搞不完，明日下午二时交我也可以。
　　　　　　　　　　　　　　　　　　　　毛泽东
　　　　　　　　　　　　　　　　　　　　六月八日[3]

毛泽东在信中提到的"此件"，是指时任中共中央农村工作部副部长的陈正人对《关于正确处理人民内部矛盾的问题》第三稿写给毛泽东的意见信。毛泽东所提到的"文件"，则是陈伯达正在为毛泽东作修改的《关于正确处理人民内部矛盾的问题》第四稿。陈伯达当时在开夜车修改《关于正确处理人民内部矛盾的问题》，当然也就无暇起草《人民日报》社论《这是为什么？》。

《这是为什么？》的作者究竟是谁？尚待查证。

当然，我并不完全排斥《这是为什么？》是毛泽东起草的这样的推测，但是必须言之有据——依照原始档案进行证实。

---

[1] 叶永烈：《胡乔木》，中共中央党校出版社1994年版。
[2] 叶永烈：《陈伯达传》，四川人民出版社2016年版。
[3] 《建国以来毛泽东文稿》第6册，中央文献出版社1992年版，第499页。

第四章　追踪1957

"左派人士"卢郁文

在《人民日报》社论《这是为什么？》发表之前，卢郁文此人虽说并不广为人知，却也颇有来历。

1949年，国民党政权风雨飘摇，不得不派出"和平商谈代表团"和中共谈判。

这年3月24日，南京政府公布了代表团名单，其中便有卢郁文其人：

> 首席代表：张治中
> 代表：邵力子、黄绍竑、章士钊、李蒸（28日又补刘斐）
> 秘书长：卢郁文
> 顾问：屈武、李俊龙、金山、刘仲容

除此之外，卢郁文的身世鲜为人知。由于卢郁文已经故世，我在1989年曾通过民革中央希望采访卢郁文亲属。民革中央告知了卢郁文之子卢存学在广西桂林的通信处。这样，我多次与卢存学通信，询问有关卢郁文的生平。后来，卢存学从桂林迁往广西北海。2005年9月，我前往北海采访，得以与卢存学畅谈。

卢存学向我详细地讲述了父亲卢郁文的一生，大致上可以归纳如下：

> 卢郁文，原名卢光润，字玉温，后来据"玉温"谐音改名郁文。1900

卢郁文

年12月10日出生于直隶（今河北）昌黎（原卢龙县木井镇卢柏各庄）一个大户人家。1922年毕业于北京高等师范学堂英语系。1925年在北京秘密加入中国国民党。1929年自费前往英国伦敦政治经济学院留学。回国后历任北京大学、北京师范大学讲师，民国大学教授，河北训政学院经济系主任、教授，国民党政府经济部、粮食部参事。抗战胜利后，任新疆省政府委员兼财政厅厅长、国民党政府立法委员。1949年任南京国民党政府和谈代表团秘书长到北平参加和谈，后留居北平。同年9月出席中国人民政治协商会议第一届全体会议。此后，任政务院参事，国务院秘书长助理。在反右派运动之后，任国务院副秘书长。他还担任民革第三届中央委员、第四届中央常委，第二至四届全国政协常委兼副秘书长。第二届全国人大代表。1968年10月6日因突发性心肌梗死病逝于北京。[1]

1991年4月30日，卢郁文之子卢存学从贵州遵义给我寄来《卢郁文简历》。他在信中说，"简历大致不错。有错漏的话也是一些细末处"。这份《卢郁文简历》，应当说是研究卢郁文的准确资料，特附录于下——

  男 1900年12月生

  籍贯：河北省昌黎县

  学历：1918年，河北省永平府（今卢龙县）中学毕业

     1922年，北京师范大学英语系毕业

     1929—1931年，英国伦敦政治经济学院硕士研究生

  简历：1922—1926年，北师大附中英语教师

     1926—1927年，国民革命军蔡廷锴部政治部上校宣传科长

     1927—1928年，江苏省东海县某中学教务主任

     1928—1929年，河北省教育厅科长

     1929—1931年，英国留学

     1931—1936年，北京师范大学、北京大学讲师，河北训政学院教授，天津法商学院教务长

     1937—1945年，国民政府行政院编审

---

[1] 2005年9月11日至12日，叶永烈于广西北海采访卢存学。

　　　　　军事委员会工矿调整处主任秘书
　　　　　经济部主任秘书
　　　　　全国粮食管理局主任秘书
　　　　　河南省粮政局长
　　　　　国家总动员委员会物资处长，新疆省财政厅厅长
1946—1949年，资源委员会参事、立法委员
1949年4月，国民政府和谈代表团秘书长
　　　　　参加国共和谈后留北平
1949年8月，第一届全国政协特邀委员
1949年10月，国务院参事，民革中央候补委员
1955年，国务院秘书长助理、全国政协委员、民革中央委员
1959年，国务院副秘书长，第二届全国人大代表、全国政协常委、民革中央常委兼副秘书长
1964年，全国政协常委兼副秘书长，民革中央常委兼副秘书长
1968年10月6日，逝世

卢存学所讲述的父亲卢郁文一生之中，在我看来，有几个人生关键点值得细叙。从这几个关键点可以看出卢郁文"左派人士"的面目是如何形成的，这也正是卢郁文在1957年5月25日说出那番"左派"言论的原因。

我沿着卢郁文的人生轨迹寻找他与中国共产党的关系时，注意到他与杨秀峰的亲密友谊。

杨秀峰原名杨秀林，年长卢郁文3岁，河北迁安县（今迁安市）人，1929年赴法留学，1930年在法国加入中国共产党。新中国成立后，杨秀峰曾任最高人民法院院长、高等教育部部长。早在20世纪20年代初，卢郁文便结识杨秀峰——当时叫杨秀林——并成为挚友。杨秀峰与卢郁文先后赴法国、英国留学。杨秀峰是公费生，卢郁文是自费生（他当时向朋友借了一笔钱前往英国）。卢郁文在伦敦陷入经济困境时，杨秀峰省下钱汇往英国接济卢郁文，由此可见他们之间非同寻常的友谊。新中国成立后，卢郁文在申请加入中国共产党时，曾把自传寄给杨秀峰，杨秀峰给予热情的鼓励。

我又沿着卢郁文的人生轨迹，寻找他与中国国民党的关系，找到了关键人物张治中。

卢郁文在1944年奉派前往新疆，担任新疆省财政厅厅长兼田赋粮食管理

处处长、新疆银行董事长。当时新疆的省主席为吴忠信。不久，吴忠信卸任，由张治中继任。卢郁文与张治中在新疆共事一年多，结下深厚友情。抗日战争结束之后，卢郁文要求返回南京工作。临行，张治中修书一封，让卢郁文带到南京面呈蒋介石。张治中在致蒋介石的亲笔信中称赞卢郁文"此人品学兼优，堪以重任"。就这样，卢郁文在南京拜谒蒋介石之后，得到蒋介石的信任。正因为这样，1949年南京政府组成和平谈判代表团的时候，张治中被蒋介石任命为团长，而张治中则推荐了卢郁文为代表团秘书长。在卢存学家中，我见到许多张治中致卢郁文的亲笔信，在卢郁文的日记中也不断写及张治中，他与张治中的密切关系由此可见一斑。

中国共产党的和平谈判代表团团长是周恩来。在谈判过程中，卢郁文与周恩来有了许多接触。

值得一提的是，在和平谈判期间，毛泽东约见了卢郁文和国民党政府代表团团员李蒸。

那是1949年4月11日清早，应毛泽东之约，卢郁文和李蒸乘轿车从北平市内前往郊外香山的双清别墅。当时，毛泽东住在那里。一见面，毛泽东就说："二位都是大学教授，我才是中学教员。"卢郁文跟毛泽东一见面，就领教了毛泽东的风趣。卢郁文说："毛先生起床这么早哇！"毛泽东的回答出乎卢郁文的意外："我还没有睡觉呢！"卢郁文这才知道，毛泽东通宵工作，尚未休息。那天上午，毛泽东就和平谈判问题与卢郁文谈了三小时。毛泽东还请卢郁文和李蒸吃中饭，毛泽东夫人江青作陪。有了这次长时间的直接交谈，卢郁文给毛泽东留下了印象，这也是1957年毛泽东选择卢郁文作为反右派运动的突破口的原因之一。

南京国民党政府与中国共产党的和谈破裂之后，以张治中为首的南京政府谈判代表团在周恩来的力劝之下留在了北平。作为代表团秘书长的卢郁文，也就从国民党官员变成了共产党的统战对象。以周恩来为总理的中华人民共和国政务院成立之后，卢郁文出任政务院秘书长助理。这时，卢郁文两度写入党申请书，要求加入中国共产党。周恩来劝他暂时不要入党。周恩来对卢郁文说，你在党外比入党起的作用更大。

卢郁文之子卢存学在2007年2月27日告诉我，政府要给卢郁文安排秘书和司机的时候，卢郁文强调说，他的秘书、司机必须是中共党员。最使卢存学感到不可理解的是，每当他给父亲卢郁文写信，卢郁文总是把信给秘书过目。卢存学得知此事之后，对父亲说："我给你的信是家信，为什么要给你的秘书看？"这时，卢郁文说了一句"名言"："我是'无话不可对党言'。"

正因为这样，在1957年，卢郁文会以"左派分子"的面目出现，发表了那么一番谈话。卢郁文驳斥"右派分子"说，他自己同共产党员相处得很融洽，中间没有墙和沟。从卢郁文的角度看来，确实如此，因为他已经是在组织上没有入党的中国共产党党员，当然会"同共产党员相处得很融洽"。

"左派"父亲与"右派"儿子

在与卢郁文之子卢存学长谈中,我注意到一个强烈的反差:卢郁文在1957年成为"反右英雄",而他的儿子卢存学却成了"右派分子"。

这一强烈反差与1949年时正好相反:那时候,卢郁文是国民党高官,他的儿子卢存学却是中国人民解放军的一员。

卢存学原本在北平燕京大学新闻系上学。1949年1月,北平和平解放之后,卢存学与在南京的父亲卢郁文失去了联系。当时,卢存学受共产党的影响,在1949年3月10日参加中国人民解放军,成为第四野战军南下工作团一分团一大队一中队的成员,住在北平东四。

1949年3月31日,卢郁文作为南京政府和平谈判代表团的秘书长飞往北

于北海采访卢存学(2005年9月11日)

平，下榻于六国饭店。坐落在东交民巷的六国饭店是由英国人在1900年建造的，在当年是北平屈指可数的高级宾馆。4月1日，《人民日报》刊登了南京政府和平谈判代表团抵达北平的新闻，卢存学欣喜地得知久别的父亲卢郁文是代表团成员，也来到北平。不过，父子分属于对立的政治营垒，不能随便来往。况且，南京政府和平谈判代表团驻地也戒备森严。

卢郁文也挂念儿子。他通过中共代表团秘书长齐燕铭找到了卢存学。4月3日，中共代表团通知卢存学，可以前往六国饭店探望父亲卢郁文。

从东四到东交民巷没多远。卢存学一身戎装，步行来到六国饭店，当时正值吃中饭的时候。卢郁文带着卢存学来到餐厅，南京政府和平谈判代表团差不多都在那里。卢郁文向代表团成员们介绍了自己的儿子。代表团成员们见到穿着军装的卢存学别着"中国人民解放军"胸卡时，都非常惊讶。团长张治中笑道："来呀，进步的儿子跟反动的老子打一架！"

在1949年，儿子代表"进步"，老子代表"反动"，而到了1957年则颠倒过来，老子代表"左派"，儿子成了"右派"。

那时候，卢郁文在国务院任职，住在北京手帕胡同，而卢存学则在桂林的《桂林日报》担任副刊编辑。

当卢存学从1957年6月8日《人民日报》读到社论《这是为什么？》的时候，他惊讶地发现这篇重要社论是以他的父亲卢郁文收到匿名信为由头写的。在那些日子里，父亲卢郁文成为中国的新闻人物、争议人物："工农兵"以及"左派"们表示支持卢郁文，谴责那封匿名信，而"右派分子"们则称卢郁文为"小丑"。

卢存学担心父亲的安全，就向报社领导请了假，前往北京探望父亲卢郁文。到了北京，父亲卢郁文告诉他，家中都平安，而且家附近似乎有便衣警卫在巡逻，以防不测。

在北京的那些日子里，卢郁文问起儿子对于反右派运动的看法。卢存学说，那只是上层的事，反的是从旧社会过来的"民主个人主义者"，跟他这样当年参加南下工作团的热血青年无关。卢郁文听罢，批评儿子"觉悟太低"。

卢郁文问起儿子在报社里的情况，卢存学说起自己跟报社领导关系不好：总编辑年纪跟他相仿，常常盛气凌人，他受不了；副总编辑待人还不错，但是水平太低。卢郁文一听，非常焦急。卢郁文特地抽出时间，把儿子拉到北京中山公园，在一个僻静的小山坡上跟卢存学长谈。卢郁文尖锐地批评儿子有骄傲自大的情绪，发展下去会非常危险。卢郁文告诫儿子："领导不管水平高低，他代表党。你对他不满,就是反党,因为你不可能直接反对党中央。在中央的反右派斗争中,凡是对党员提意见的,甚至对拥护党的积极分子提意见,都被视为反党。你回去要赶快认错检讨。"

卢郁文深为儿子的命运担忧。1957年8月6日,当卢存学要回桂林的时候,卢郁文写了这样一首诗送他,表达了对儿子的一片深情:

念儿将去苦日短,
盼儿来时何日长。
千里迢迢思送别,
一心伴儿到漓江。

卢存学从北京回到桂林,这才明白父亲对于反右派运动形势的估计是何等的准确。卢存学说,一进报社,"编辑部的同事们见到我时面部肌肉一概绷紧,特别是两位领导,绝不在我面前露一丝笑容"。尽管报社里人人都知道卢存学的父亲卢郁文是"反右英雄",可是仍无法挽救卢存学覆灭的命运。1958年4月16日,"右派分子"的帽子,果然戴到了卢存学的头上。

卢存学说,父亲卢郁文得知他成为"右派分子"时,马上向组织上汇报:"我的儿子堕落为可耻的右派!"

卢存学说,那时候父亲卢郁文不断给他写信,进行教育,其中有不少"警句":

"你说你从心里没有反党,我相信,但谁能证明?左派的心和右派的心挖出来都是血淋淋的一块肉。"

"要知道,欲加之罪何患无辞,欲减之罪也是何患无辞的。"

"你真的反党反社会主义了吗?主观主义自以为是还不当右派吗?"

卢郁文最令人难忘的对儿子所说的"名言"是:

"要像追女朋友那样接近党员、进步分子;要用实际行动的大笔把过去的污点一挥抹掉!"

卢存学成为"右派分子"之后,降级降薪,每月工资只有35元。省下两个月的工资,还不够去北京的盘缠。好不容易回趟家,在家中处于低人一等的地位,他连家中的水果都不敢吃。

直到1960年国庆节,卢存学终于摘去"右派分子"的帽子。即便如此,他仍是"摘帽右派",仍不断受到折磨。1961年在"向党交心"中,卢存学被关进看守所……

从 1964 年起，卢郁文担任全国政协常委兼副秘书长、民革中央常委兼副秘书长。当"文化大革命"风暴席卷中国的时候，卢存学又挨批斗。不过，卢郁文由于被列为"保护对象"，所以未受红卫兵的冲击，只是在"批判资产阶级法权"中被取消公家配备的轿车、电话。

1968 年 10 月 6 日，68 岁的卢郁文刚刚吃过晚饭，突发心肌梗死，当即去世。经全国政协请示周恩来，周恩来又向毛泽东报告，毛泽东批准为卢郁文举行追悼会，《人民日报》也为卢郁文的去世发了消息。在"文化大革命"岁月，卢郁文病逝能够受到这样的礼遇，已经算是很不错了。

追踪匿名信的来龙去脉

反右派运动的导火线是卢郁文收到的那封匿名信。

关于卢郁文收到的匿名信,当时很多人猜测纯系子虚乌有,是卢郁文"制造"出来的。诚如谭惕吾所言:"我百分之百保证匿名信是卢郁文自己写的。"

30年后,戴晴在《储安平与"党天下"》一书中也写道:"卢郁文,民主人士,在鸣放阶段几次提醒,向党提意见要实事求是,不应只讲缺点不讲成绩。后来据称为此接到谩骂威胁的匿名信,一时间闹得沸沸扬扬。笔者至今倾向于这是一场类似国会纵火案式的小把戏。"[1]

卢郁文收到的那封匿名信是否真有其事?我曾致函询问卢郁文之子卢存学,承他于1996年3月5日复函:

关于匿名信的真伪问题:

1957年夏,我由于担心父亲的安全,特地从桂林回京探亲,曾询及匿名信之事,父亲说,那信是从北京以外的河北省某地发来的(我已不记得是保定还是石家庄)。

我还看了一批父亲没有来得及上送的信,其中大多数是表示同情和安慰的,也有个别持不同意见的。

无论如何不至于如谭惕吾、章伯钧说的是自己写的。况且,父亲说匿名信上缴之后,有关方面已在我家(西单手帕胡同)附近采取了保护措施。

从卢郁文之子卢存学的复函中可以看出,卢郁文当时确实收到了匿名信,而这匿名信并不是他"自己写的"。

不过,我经过采访得知,卢存学所回忆的"那信是从北京以外的河北省某

---

[1] 戴晴:《储安平与"党天下"》,中国华侨出版公司1989年版。

地发来的（我已不记得是保定还是石家庄）"一说，是不确切的。

那封匿名信的信封上所盖的邮戳，清楚地印着"北京海淀"。

海淀，我非常熟悉的地方，因为北京大学就在海淀，我在北京大学读了六年书。海淀还是清华大学、中国科学院的所在地。北京大学、清华大学和中国科学院构成了海淀的"知识分子三角地"，数以万计的知识分子集中在那里。写匿名信的人，理所当然是非常关心政治的知识分子。正因为这样，那封匿名信从北京海淀这个知识分子成堆的地方寄出，是完全符合逻辑的。

这封匿名信既然成了反右派运动的导火线，上了《人民日报》社论，公安部便将其列为头等要案查办。公安人员判定，写匿名信的人就在海淀。虽说也有可能是写信者住在北京别的地方甚至其他城市，为了迷惑破案者，特地跑到北京海淀寄信。不过，公安人员认为，这种可能性不大，他们把侦查的重点放在了北京海淀。

对于破案有利的一面是那封匿名信用的是真实的笔迹。通常，很多匿名信是以左手书写，或者用印刷体书写，以求隐蔽作案者真实的笔迹。那封匿名信既然用的是真实的笔迹，那么通过核对笔迹，就可以破案。

然而，对于破案也有着极其不利的一面，那就是北京海淀有那么多知识分子，浩如烟海。公安人员首先从这一地区的"右派分子"着手，核对笔迹。在他们看来，匿名信的作者极有可能是"右派分子"，只有"右派分子"才会那样痛恨"左派分子"卢郁文。

不过，在海淀，即便是"右派分子"也数量众多。光是北京大学，就有500多人被打成"右派分子"。

除了"右派分子"，那些历史上有过问题或者表露出对共产党不满情绪的人，也在公安人员的怀疑名单之中。

公安人员暗中调阅档案，核对笔迹。

然而，一年过去了、两年过去了，一直未能破案，这使人们更加相信谭惕吾所作的判断："我百分之百保证匿名信是卢郁文自己写的。"

就在将近三年之际——1960年3月，那时我正在北京上大学——的一天，学校里忽然传达紧急案情：有人竟敢冒充周恩来总理笔迹，以国务院名义，从中国人民银行总行骗走20万人民币！公安部门印发了那伪造笔迹的影印件，发动群众辨认。

那是1960年3月18日下午5时40分，位于天安门广场西侧西交民巷的中国人民银行传达室进来一个自称是国务院总理办公室工作人员的人，递上一个浅棕色牛皮纸信封，信封上用毛笔书写："速送（限下午 5 点 40 分前送到）中国人民银行行长亲启。"信封是国务院用封，信封内是一份批件，内容是："总理：主席办公室来电话告称，今晚 9 时西藏活佛举行讲经会，并有中外记者参加，拍纪录影片。主席嘱拨一些款子做修缮寺庙用，这样可以表明我们对少数民族和宗教自由的政策。根据以上情况，拟拨给人民币 15 万至 20 万元，可否？请批示。"周总理的批示为："请人民银行立即拨给现款 20 万元。"旁注有："为了避免资本主义国家记者造谣：①要市场流通旧票。②拾元票每捆要包装好一些。7 时以前务必送到民族饭店赵全一收（西藏工委宗教事务部）。"当晚 7 时，银行发行局的三名干部把装有 20 万元现款的两个麻袋送到民族饭店，交给了等候的"赵全一"。

为了迅速侦破此案，公安部门大量印发了那封信的影印件，发动北京各单位辨认笔迹。

只花了半个月——4 月 3 日——作案者外贸部出口局计划处科员王倬被捕。

就在破获王倬案件之后不久，那个三年未破的匿名信案件也被公安部门侦破了。

2006 年 12 月 8 日，我采访了匿名信案件的见证人之一宋兆麟先生。他当年是北京大学历史系 1955 级的团支部书记。

据宋兆麟回忆，当时北京大学历史系是五年制，在 1960 年 7 月末，他们已经毕业，正处于等待国家统一分配工作的时候。突然，年级的党支部书记穆舜英找到他，要他执行一项紧急任务：赶紧到"校卫队"（"校卫队"是当时北京大学的保卫部门）去，公安人员在那里等他。公安部门要逮捕他的同班又同宿舍的同学杨秉功，由于公安人员不认识杨秉功，党支部书记穆舜英要他为公安人员指认杨秉功。

当时，宋兆麟非常震惊，因为他跟杨秉功同窗五年，从未觉得杨秉功有什么出格的行为。不过，党支部书记这么指示，作为团支部书记的他只得服从、照办。

宋兆麟来到了北京大学"校卫队"，公安人员向他出示了逮捕杨秉功的逮捕证。于是，宋兆麟带领公安人员来到文史楼附近的一座平房，他知道杨秉功常在那里看书。

当公安人员突然出现在杨秉功面前并出示了逮捕证时，杨秉功起初愣了一下，但是很快就镇定下来。他没有问为什么要逮捕他，这表明他明白逮捕他的原因。他只是默默地听从公安人员的吩咐，从平房前往宿舍，收拾好行李，跟随公安人员走了……

据杨秉功的同学马文宽告诉我，杨秉功被捕之后，历史系 1955 级全体同学紧急集合，校方负责人向同学们宣布了杨秉功因在1957年写匿名信攻击卢郁文而被捕。当时，同学们非常震惊，谁都没想到那封轰动全国的匿名信，会出自同学杨秉功之手。

不久，北京大学校长陆平在全校大会上宣布，本校历史系学生杨秉功因在1957年写匿名信攻击卢郁文而被捕。当时，北京大学出现"反标"（即"反革命标语"）事件，陆平以杨秉功为例，说"杨秉功虽然隐藏了三年，最终还是被侦破"，陆平借此警告"反标"的作案者，尽早向组织坦白。

杨秉功被捕的消息当时没有见诸媒体。正因为这样，直到1997年，戴晴在《储安平与"党天下"》一书中才会对卢郁文的匿名信事件作那样的推测。

据北京大学历史系1957级的王曾瑜回忆，1960年夏，1955级一位杨秉功师兄，在未名湖贴出一张匿名小字报，说是广西饿死人，于是在分配前夕被捕。当传达时，消息闭塞的我根本不相信会有饿死人的事，还真以为这个反革命分子造谣惑众呢。

杨秉功是在调查少数民族历史时去了广西，得知广西饿死人的情况。那张"匿名小字报"引起了公安部门的注意，发现笔迹与1957年写给卢郁文的匿名信相同。

宋兆麟告诉我，杨秉功并不是"右派分子"。在1957年的大鸣大放中，尽管他们班级中出了三个"右派分子"，但是杨秉功没有什么"右派"言论。在反右派运动中，杨秉功也跟同学们一样参加了对班级里"右派分子"的斗争。正因为这样，杨秉功居然是那封匿名信的作者，这完全出乎同学们的意料。

宋兆麟记得，杨秉功是河南人，家庭困难，当时申请了助学金。

杨秉功的另一位同学告诉我，杨秉功富有正义感。杨秉功是历史系学生，知道当年卢郁文是国民党政府的"红人"，投诚共产党之后，又成为民主人士中的"红人"。杨秉功看不惯卢郁文的为人，所以才会以匿名信的方式表达自己对于卢郁文的不满。至于杨秉功的匿名信居然会上了《人民日报》社论，居然会被毛泽东看中作为反右派运动的突破口，这是年轻的杨秉功始料不及的。

杨秉功的这位同学对我说，杨秉功给卢郁文写了匿名信，表达自己的不满，这是完全可以的。杨秉功没有在信中署名，是当时中国社会的不民主所造成的，"高压政策"迫使杨秉功只能以匿名信表达自己的意见。杨秉功写给卢郁文的信，即便个别词句有点情绪化，那也不能作为"反革命罪证"来逮捕他。

杨秉功的这位同学回忆，1998年北京大学百年校庆的时候，满头白发的杨秉功出现在同学会上。杨秉功经历了种种苦难，在出狱之后，终于有了幸福的家庭，而且他也当上了市政协委员。

2007年6月30日，我在美国洛杉矶采访了杨秉功当年的同班同学、曾任年级党支部书记郭罗基。

郭罗基，1932年生于江苏无锡，原是中国共产党党员，1955年，与杨秉功同时考入北京大学历史系。当时北京大学文科实行五年制，1958年郭罗基提前毕业并留校任教。在反右派斗争中，郭罗基曾被指为"右倾"。1975年，郭罗基抵制"批邓、反击右倾翻案风"。1977年，他当选北京市人大代表。1979年郭罗基在《红旗》杂志第3期上发表重要文章《思想要解放，理论要彻底》。1979年6月24日，他在《光明日报》上发表《谁之罪？》，探讨张志新案件。同年10月，他在《人民日报》上发表《政治问题是可以讨论的》。1982年，他被调到南京大学任教。1989年后，中共党员重新登记时他遭到拒绝。1992年11月，应哥伦比亚大学之邀，郭罗基前往美国，在哥伦比亚大学东亚研究所作研究。1995年，转至哈佛大学法学院，任研究员。从此郭罗基定居美国波士顿。

2007年夏日，我与郭罗基教授在美国洛杉矶相见，就杨秉功的匿名信事件采访他。

郭罗基在美国向来是拒绝媒体采访的，但对我是例外。因为我并不要他谈自己在美国的情况，而是请他回忆当年的同班同学杨秉功，他欣然答应了。在洛杉矶的加利福尼亚大学尔湾（欧文）分校，面对着我的录音机，他打开了记忆的闸门。他口齿清楚，讲述很有条理：

> 杨秉功跟我是北京大学历史系1955级的同学。我们这个年级三个班。我曾经跟他一个班，都在三班，后来我调到一班。但我是党支部书记，所以全年级的情况都掌握。
>
> 杨秉功写匿名信，怎么会被发现的呢？
>
> 1955年的暑假到1959年的暑假，我们这些历史系1955级的同学都分配到边疆地区做民族调查，把调查的结果写成民族志，也就是少数民族的历史。杨秉功分配到广西。他在广西听说饿死人。1960年夏，毕业前夕，他就在北京大学未名湖畔贴了匿名小字报，写了广西饿死人的情况。当时，学校认为这件事很严重，定为"反革命事件"，立案调查。
>
> 小字报说的是广西的情况，公安部门在调查时，就集中查那些跟广西有关的人员。知道历史系曾经派学生去广西作民族调查，一查就查到杨秉功。这下子不光是破了小字报这一"反革命事件"，更重要的是，还进一

步有了重大发现——查明小字报的笔迹跟1957年那封匿名信的笔迹是一样的！也就是说，1957年那封写给卢郁文的轰动全国的匿名信，是杨秉功写的。因为自从发生1957年那封匿名信之后，公安部门锁定作案者在北京大学，所以就在北京大学范围内查来查去，查了很久没有结果。这下子，一查就查出来了，作案者就是杨秉功。

公安部门要逮捕杨秉功的时候，杨秉功正在阅览室。宋兆麟去阅览室叫他。宋兆麟当时是北京大学历史系1955级的团支部书记。他一出来，看见公安人员，心里有数，就老老实实跟着走了。

后来，杨秉功被判了七年有期徒刑。他在监狱里倒没有受到什么虐待，因为他的匿名信、小字报，白纸黑字，"犯罪"事实很清楚，他也不否认。刑满释放之后，他做过小工，拉过板车，做过苦力。后来他又去找北大，因为他被捕的时候是五年级，他想试探一下，能不能算他毕业？当时北大还不错，给他发了毕业证书。这下子他的命运改变了。他凭北京大学历史系考古专业的毕业证书就进了洛阳的文化馆。他就在那里参加考古工作。他吸取教训，好好干工作。后来回到家乡——河南南阳——当上南阳市的政协委员。

谁都没有想到，他会干这种事情。平时看他老老实实的，同学们都感到很奇怪，跟他平时的表现联系不上。在反右派斗争中，没有发现他有"右派言论"（当然那封匿名信是最严重的"右派言论"，但是那时候不知道）。他是贫下中农出身，所以按照他在反右派斗争中的表现，在"排队"时定他是"中左"，算是不错的。

报纸上公布的（即1957年6月8日《人民日报》社论《这是为什么？》中所引用的），就是他的匿名信的原文，卢郁文在会议上念的，是匿名信的全文。

你对匿名信事件的调查，很下功夫，终于弄清楚了来龙去脉。

我经过多方打听，终于拨通了杨秉功的电话。他一听我的名字，就称我为"老校友"。他的语气是那么的平静、平淡："1957年，我只25岁，年轻人一个，血气方刚。如今半个世纪过去，老校友，不必旧事重提了吧，我没有什么可以说的。现在，我算是有碗饭吃，生活还算过得去。"[1]

---

[1] 2006年12月9日，叶永烈电话采访杨秉功。

来到"大右派"葛佩琦的小屋

我在1985年第5期《文汇月刊》推出《思乡曲》之后，紧接着便在第6期发表催人泪下的报告文学《离人泪》。

这篇报告文学，便是在罗达成特别是梅朵的催促下写出来的。梅朵和妻子姚芳早在1957年双双被打成"右派分子"，他理所当然关注这样的作品。

《离人泪》写的是"大右派"葛佩琦的坎坷人生。

在当时，"伤痕文学"的高潮已经过去，读者对于这类作品已经读了很多。我经过仔细考虑，选择了与众不同的视角：除了写葛佩琦的苦难经历，着重写他磨难深重的感情生活——他的冤案已经得以平反，而家庭的离异却仍在继续中。他的妻子朱秀玲当年为了孩子不受牵连，提出与葛佩琦离婚，而当时正在狱中的葛佩琦不理解妻子的良苦用心，所以在平反后坚决不同意与妻子复婚。于是，政治上的冤屈得以平息，而家庭的苦难仍在继续——这便是此文取名《离人泪》的原因。

在《离人泪》中，我着力刻画葛佩琦"苦老头""孤老头""倔老头"的形象。

记得，1957年，正在北京大学上学的我便知葛佩琦的大名了。那时，这位中国人民大学工业经济系的物理讲师成为"大右派"，他的名字频繁地出现在《人民日报》的批判文章中。我记得，还有一幅漫画，讽刺他挥舞着大刀，在那里"进攻"……

我着手采访葛佩琦，那是在1985年3月17日。我首先来到中国人民大学党委，大致了解了葛佩琦的情况。那里的人告诉我，葛佩琦不大来学校，独居，行踪不定。

"他家有电话吗？"我的意思是先打个电话，跟他预约采访时间。

"他家有电话？！"我听到一句反问式的答复。

我按照中国人民大学党委提供的地址，来到北京城里一个大杂院，终于找到葛佩琦的住处——一间八平方米的小屋，门窗上的油漆早已剥落，露出的

葛佩琦获释后所住的小屋（叶永烈摄）

本色木间，也已褐中带黑。门上挂着铁锁，表明主人不在。我透过玻璃窗望进去，屋里只有一张小床、一把破藤椅、一张小书桌、一个煤炉，如此而已。

我向他的邻居李炳洲、李炳海、李炳芳打听葛佩琦，他们说老人住院了。他们告诉我，葛佩琦是1976年初获释后由派出所安排住在这间小屋里的。那时，葛佩琦双眼白内障严重，连生煤炉时蜂窝煤饼的眼都看不清。李家是工人出身，派出所本来安排他们监督尚戴着反革命分子帽子的葛佩琦，不料李家兄妹非常同情这位孤老头儿，处处照料他。那时，葛佩琦每月只有20多元生活费，终日枯坐小屋，只有解手时才摸着墙根，到200多米远处的公共厕所去……

李氏兄妹告诉我，眼下葛佩琦患前列腺肥大症，住院开刀。于是，我来到医院，见到了正躺在病床上的葛佩琦。那是一间大病房，摆着许多病床。我坐在两张病床之间窄窄的空隙中，把采访本摊在葛佩琦床上，跟他细细聊着。我这才知道他苦难的经历：

1935年一二·九爱国学生运动爆发时，他是北京大学学生会副主席，是这场抗日救亡运动的领导人之一。1938年他加入中共，从事秘密工作。1946年2月，他以国民党少将的公开身份，在东北保安总司令部杜聿明手下做秘密工作。1947年10月，由于他的单线联系人被捕，他失去了中共组织关系。

新中国成立后，葛佩琦被分配在中国人民大学当教师。他一次次向校党委反映情况，要求恢复组织关系，校党委也去中共中央组织部反映。由于未找到那位单线联系人，也就没有确认他的中共地下党员身份。1957年春天，葛佩琦作为"民主人士"应邀参加鸣放座谈会。他因无法恢复党籍，向校党委提出尖锐意见，他的发言被断章取义登在校刊上，马上被《人民日报》转载。不久，他被打成"右派分子"，也就成了当时闻名全国的"大右派"。

于是，他受到了审查。一审，他原来是"国民党少将"，是"历史反革命"，他为此被捕入狱……

在采访葛佩琦的时候，他一直没有提及他的家庭情况。我再三地问，他才简单说了几句："我和爱人在1964年离婚。她是中国人民大学数学系副教授。我有四个孩子。"当我问起他是否打算复婚，他答复说："现在还没有考虑这一问题。"

告别了葛佩琦，我处于犹豫、矛盾之中：我很想去见一见葛佩琦离异的妻子，请她谈谈这些年是怎么过来的。但是，我又担心，因为按照法律，她已离婚，与葛佩琦之间已经不存在什么关系。我拿着采访葛佩琦的介绍信到她那里去，万一她说："你采访葛佩琦，干吗来找我？"那显然会使我尴尬不堪。何况，我从葛佩琦邻居的谈吐中，感觉对她的印象并不太好……

不过，我仔细一想，充其量，在她那里顶多吃个"闭门羹"罢了。于是，

采访葛佩琦

我从别处打听到她的姓名和地址之后，硬着头皮决心一试。

我走到一幢陈旧的灰色的楼（人称"灰楼"）外面，阳光灿烂，而一走进"灰楼"那长长的过道，却是黑森森的，过道两边，这儿一堆，那儿一堆，放着锅、碗、瓢、盆以及煤饼炉，墙被熏得黄中带黑。

我吃力地辨认着房门上的号码，总算找到她的房间。门虚掩着，我敲门却无人答应。我只得在门外等着。过了一会儿，走廊里出现一个黑色的人影，步履蹒跚，行动缓慢。

"朱秀玲老师住这屋吗？"我问。

"我就是。"她答应着，带着明显的山东口音。

她让我进屋，坐下。这时，借窗口的亮光，我看清了她：60多岁模样，直梳短发，北方农村妇女般的气质，一般普通的"的卡"衣服。屋子是两间房子，比葛佩琦的小屋当然要大，但是家具陈旧，东西凌乱。

我惴惴不安地向她说明了来意，递上采访介绍信。她看罢，并没有下"逐客令"，而是长叹了一口气："老葛是我爱人，我们的遭遇……"

我注意到，她提及葛佩琦时，并没有说是"离了婚的爱人"，而且称他"老葛"。

完全出乎意料，她异常坦率、诚恳，不回避、不躲闪，把多年来积压在心头的话，全都倒了出来。她的谈话，使我改变了原先对她的印象——为了老葛、为了孩子，她尝尽了人间的辛酸！

在长谈中，她一直含着泪。好几次，她实在忍不住，放声大哭起来，以至哽咽难语。我也禁不住热泪盈眶。她与葛佩琦是结发夫妻，也是患难夫妻，她所经受的磨难，并不亚于葛佩琦。然而，许多人误解了她——其中也包括葛佩琦。

我庆幸采访了她——她说，这么多年，我是第一个采访她的人。孤影怯、弱魂飘，往事历历，哪堪回首？！

老葛是在囚牢里度过漫长的岁月。她，一病不起，在病床上挣扎了那么多个春秋。老葛的头上戴着沉重的"帽子"，她的肩上压着家庭的重担。

她不知道老葛是怎么出事的。老葛是在1957年5月31日"见报"，而她在十几天前——5月18日——因病被送入北京协和医院急救。

她，早在1956年就被评定为副教授。但是，她的住房又小又差，阴冷而潮湿。那年12月，她生下最小的一个女儿希成。她的屋里没法生炉子，气温只有7摄氏度！生下孩子的第18天，她就开始发烧，天天三十八九摄氏度，在月子里得了风湿性心肌炎。可是，当时她并不知道得了此病。产假期满之后，她竟挣扎着去上课，只觉得浑身乏力。她个性好强，工作挺负责，硬撑着走上讲台，终于在一天上完课，她双腿竟不听使唤，上不了车，回不了家。

她病倒了，被送入协和医院抢救。就在她病得死去活来的时候，老葛"见报"了。当时她不知道，过了好多天，才从前来探望的同事口中听说《人民日报》在批判葛佩琦。

她吃了一惊！她跟葛佩琦结识已经20多年，她知道老葛一向是一个思想进步、热爱党的人，怎么可能说出要"杀共产党人"的话呢？

焦虑、牵挂、忧伤、郁闷，加重了她的病情，一直到11月，她才勉强出院。她整天躺在家里那阴暗的房间里，连下床走动的气力都没有。

老葛没有回家，他住在中国人民大学的办公室里。

快年底了。一天，系主任和总支书记突然来访，正式通知她：葛佩琦因历史反革命罪，已经被捕！她半晌说不出一句话来，老葛会是"历史反革命分子"，这怎么可能？这怎么可能？！

她泪如泉涌。真是"屋漏偏逢连阴雨"，她病倒了，又遇上老葛出这么大的事儿！

老葛锒铛入狱，工资一分也没有了。他撇下五个孩子，最大的才12岁，最小的才1周岁。当时，7岁的老三患猩红热，正住在医院里。

叫天天不应，呼地地不灵。她一下子成了"反革命家属"，受尽白眼、冷眼。

她在工作上一向不甘人后。正因为这样，当她被评为副教授时，中国人民大学的教授屈指可数，女教授更寥若晨星。然而，政治上的沉重打击，使她病夹愁愁添病，竟然一病不起，从此再也无力步上讲坛。她在病床上整整躺了六年。后来略微好转。每年当严冬来临时，她病瘫在床，春秋天偶能下床走动，夏天稍好一点。长期病假，她只能领病假工资。

贫、病、愁，"三合一"向她袭来，悲风吼，一腔伤心泪，洒向何方？

长夜难眠。她怎么也想不通，老葛会是"历史反革命"？会是"大右派"？！

她，1916年出生于山东临沂。她的学习成绩一直在班上名列前茅，在临沂念完初中考入北京女一中，小小年纪，单身来到北平求学。在那里，她参加进步学生运动，刻传单、撒传单，不久加入了中国共产主义青年团。她的姐姐是地下党员，后来，她的弟弟也成为地下党员。

1934年，她考入北平大学文理学院数理系。1935年，她积极投身于一二·九学生运动。那时，她开始听说学生运动中的风云人物葛佩琦的大名。

第四章　追踪 1957

1937年七七事变之后，她随北平学生南下，来到南京。那时葛佩琦是北平流亡学生的领队，她认识了老葛，只是还没有太多的接触。

1941年，她在武汉的西北农学院执教。一天，忽然来了个穿着一身国民党军服的人。她向来讨厌那种"丘八衣服"，然而，他却朝她微笑。她一看，有点面熟，哦，葛佩琦！

原来，老葛在一战区工作，路过那里，借住在西北农学院。他们谈了很久，非常投机。她感到他是一个奇怪的人：身穿讨人嫌的"黄皮"，而言谈却那么顺耳。

她当然不会知道，葛佩琦是共产党。

他们之间开始通信。鸿雁传情，他们相爱了。

1942年，她应聘到汉中西北医学院教数学。

1943年，老葛来到汉中，他们在学校里举行了婚礼，证婚人是校长，新郎、新娘穿了一身用当地土布做的新衣。

对于自己的真实身份，老葛守口如瓶。他严格地执行党的地下工作的铁的纪律，对妻子也保守秘密。尽管结婚了，她并不知道他是共产党，只隐隐约约感到，他的行踪颇为神秘。直到新中国成立后，他才把自己的身份告诉了她。

新中国成立后不久，她被分配到中国人民大学教数学，老葛则教物理。虽然他们的学历相同，但是她一直在教学岗位上，所以当她提为副教授时，老葛还是讲师。在业余，老葛写作了科普读物《电磁学原理》《自然科学问题解答》等书，并相继出版。除党籍未能恢复引以为憾外，老葛的工作、家庭是美满的。老葛和她相敬相爱，夫妇之间是和睦的。他们做梦也不会想到，厄运会突然降临……

老葛被捕之后，五个孩子遭了殃。她，连自己都没法照料自己，怎能照料五个孩子呢？她忍痛让12岁的大女儿休学回家，帮助照料家务。老二是她唯一的儿子，说什么也要让他继续求学；老三，送给天津的亲友；老四，送给姐姐当女儿；老五才1岁，最难照管。她听说一对中年夫妇没有孩子，托人说情，想把老五送给他们。可是人家一听是"大右派"葛佩琦的孩子，吓得不敢要。唉，1岁的孩子，清清白白，居然也背上黑锅，连送人都没人要……

孩子无罪，孩子有生的权利。作为母亲，她怎能撇下老五不管？她请人把老五送入一个设备很不错的托儿所全托，尽管每月要40多元钱，她咬咬牙，答应了。她宁可自己喝白菜汤，也要让孩子活下去。

本来一家七口热热闹闹，欢声笑语。如今，走的走、散的散，家中只剩下她、大女儿和儿子。儿子在念小学,放学回家,常常哭哭啼啼,因为同学们骂他"小右派""小葛佩琦"!

1959年,法院派人把宣判书送到她的病床前:葛佩琦被判处无期徒刑!

她几乎不相信自己的眼睛。从老葛被捕之日起,她一直坚信,老葛是受冤枉的,很快就会回到她的身边。她怎么也没想到,老葛竟一去难回返。

无期、无期,遥遥无期,没有任何指望!

她把一切希望都寄托在子女身上,再不忍心让大女儿荒废学业。尽管她躺在病床上多么需要有人照料,可她还是横下心,无论如何要让大女儿继续上学。

她牵肠挂肚,最思念小女儿。老五的托儿所很远,而她病倒在床,出不了门,没办法去看老五。她多么想让大女儿把老五抱回来见一见、亲一亲,可是,一个十三四岁的孩子去抱一个两岁的孩子,路又远,她怎能放心?整整两年,她未见老五一面。

好不容易,熬到老五3周岁。中国人民大学办有托儿所,但是规定3周岁的孩子才能入托。她总算能把老五接回来,到人大托儿所入托。

她深深记得老五回家的那天;她天天盼,早就盼望着这一天。小女儿进家门,却已经不认识自己的亲生母亲。老五用陌生的目光打量着她,竟然叫她"阿姨"!

毕竟是穷人的孩子早懂事、早当家,大女儿希凯成了家中里里外外一把手。她照料着母亲和年幼的弟妹,那样勤劳、那样用功。她把英文单词挂在墙上,常常一边洗衣服,一边抬头看单词。初中毕业后,希凯以优异的成绩考入北大附中。高中三年,希凯年年是三好生。在北京中学生物理竞赛中,希凯获奖。

希凯满心希望报考北京大学。1964年,希凯的高考成绩,门门90分以上,进北大如探囊取物、意料之中。

到了发榜时,傻眼啦!别说北京大学,就连一般的大学也未录取希凯。原因不言而喻——希凯有那样的一个不光彩的父亲!

希凯哭得像个泪人儿似的,像在问母亲,又像在问自己:"我怎么会出生在这个家庭?我干吗会成了人下人?为什么不让我进大学?为什么?为什么呀?"

声声泪,使母亲听了撕肝裂肺。

女儿无辜,为什么受父亲牵连?老大被挡在大学门外,接下去要考大学的老二,将会是同样的命运——尽管老二也是学习成绩拔尖的学生。

再接下去,老三、老四、老五,她们的前途?她们的命运?

为了五个孩子，迫不得已，她向法院提出了和老葛离婚。她是含泪提出来的。她对老葛一往情深，夫妻恩爱。就在老葛被打成"右派"、被捕、判无期徒刑之际，她一直等着他。可是，不离婚，会使孩子遭罪。五个孩子是她的，也是老葛的。为了孩子，也就是为了老葛。她都48岁了，病成这样，她要求离婚，不为孩子为个啥？

就这样，她和老葛被迫离婚了，五个孩子都改姓朱。

多年离索，天各一方，老葛也不了解他的妻子。他与子女长期隔阂，仿佛在心中砌上了一堵厚墙。老葛总是说："你为什么在我最困难的时候跟我离婚？你们为什么在我生活那样艰难的时刻不来看我一眼？"

1975年底，老葛获释之际曾希望和她复婚。当时，老葛头上那两顶大帽子一顶也未摘，她怕再度影响子女，未敢同意。

当老葛的冤案得以平反，她主动提出复婚，但老葛心中的疙瘩又没有解开，对此没有明确表态。

历史的纠葛，遗留下感情的纠葛。一次，听说老葛生病住院，她曾让女儿扶着她到医院看望。离异夫妻终于久别重逢，她是那样的激动，而老葛却是平静的——至少他的表情是平静的。

"他只是想到他受到的冤苦。他没有设身处地站在我这边想一想——我把五个孩子拉扯成人，我受的苦不比他轻！"她又长叹一声，对我说道。

苦尽甜来，子女成人，她的晚景是不错的。心境好了，病情也减轻了。她记挂着老葛。她异常坦率地对我说："老葛怪我，认真地讲，我也有对不住他的地方。1964年离婚，他想不开。他从北京押解到山西，我心绪不好，身体又差，未去监狱见他一面，他可能怪我。再有，他获释时要求复婚，我未答应，他生我的气。说来说去，大概也就这三条。"

她接着又说，现在，她主动提出复婚，当然也并不是非复婚不可：从老葛被捕到现在，她已独自生活了28个年头。有子女在她身边，她再这样生活下去也完全可以。不过老葛独自一人，70多岁的人，又有病，怎么生活下去？她为老葛担忧。再说，毕竟是结发夫妻、患难夫妻，感情还是很深的。即使彼此体力不支，不能相互照应，但是在一起有说有笑，对于曾经破碎了的心也是一种安慰……

是的，人间春色满园，风和日丽，夫妻之间的恩恩怨怨难道还值得掂斤簸两，用电子计算器去计算？何况她是诚挚、通情达理的。

鲁迅在《题三义塔》一诗中曾写过："渡尽劫波兄弟在，相逢一笑泯恩仇。"

老葛与她之间，该是把"离人泪"化为"合家欢"的时候了。

我起身告别朱老师，她迈着缓缓的步子，颠踬而行，执意要送我到灰楼门口。我回眸凝望，见她眼角仍有斑斑泪痕。

我把我目睹的一切，写入那篇具有浓重悲剧色彩的报告文学《离人泪》。

这篇报告文学一发表，引起读者的强烈共鸣。不仅我收到大批读者来信，而且葛佩琦本人收到了更多的信件，劝说他赶快复婚……

葛老头的脾气依然倔，怎么也听不进去。

不过，从此我们却结为忘年之交。我去北京时，或给他去电话，或去看他。他的处境明显地得到改善，他升为教授，住进宽敞的教授楼，一个人住一个单元，40多平方米，安了电话。

1990年7月22日，我去看望葛佩琦时，他拿出一大堆稿子给我看。那时，他的眼睛动了手术，视力渐渐恢复，他说已能看见公共汽车表示几路车的数字。这样，他着手写回忆录，书名叫《艰苦奋斗六十年》。我看了一下，其中很详细写及一二·九运动——这清楚表明他是革命老前辈。不过，大约是受长期囚禁的缘故，他的回忆录写得很拘谨，文字显得呆板。当我说了我的意见，他笑了，他说也有这样的"自我感觉"。

我也问起他是否复婚，他说，现在保姆照料他的生活。保姆上午在他家，下午在朱秀玲家。有时，朱秀玲也过来坐坐，只是他俩没有谈论复婚。

1990年10月24日，我又去看葛佩琦。他说起了子女：两个女儿在国外得了硕士学位，儿子和儿媳则到加拿大去了。

他说近来查出心脏病，心脑供血不足。朱秀玲原本就多年卧病，近来住院了。那时，他兴致很高，跟我又谈起他的历史，作了许多补充——最初那次采访，他对于被打成"右派"的过程，回避了一些人和事。

我最后一次和他通电话是在1992年国庆节。那天上午，我在北京给他打电话，他请我到他家吃中饭。由于那天颇忙，我无法赶去，他便说："你来呀，朱老师现在就住在我对门啦，你可以跟朱老师再聊聊。"他说的朱老师，就是朱秀玲，写《离人泪》时我跟她也长谈过。实在抽不出时间，我只好对他说："下一次来北京我再看你！"他还说，希望我帮他修改回忆录，以求写得生动些。

不料，他不久就离开这个世界，无缘再见面了。他去世后，新华社于1993年2月17日为他发了电讯，电讯说：

"葛佩琦同志的一生，是革命的一生。他刚正不阿，心胸豁达，坚忍顽强，忍辱负重，在极端困难的情况下，思国忧民，坚信真理，对革命的信念始终没有动摇过。在冤案平反之后,他以新的姿态投入四化建设,抱病著述,积极参加社会活动,为人民奉献余生。他严于律己,宽以待人,从不以老革命的身份自居,始终保持一个革命者的本色。"

这一段话,可以说对他的起伏跌宕的一生,作出了崇高的评价。

我在《福建青年》杂志举办的厦门笔会上,结识了天津散文作家、天津百花文艺出版社编辑谢大光。他注意到我的报告文学新作,建议我进行选编,交给百花文艺出版社出版。

我答应了。

1986年2月,我把《思乡曲》《离人泪》等报告文学新作编成一本集子,书名叫《雾中的花》。

对于我来说,这是继《傅雷一家》之后,一本重要的文学性很强的报告文学新作选集。

1986年7月书就出版了,而且印得不错。很遗憾,出版社把书名擅自改成了《雾中奇案》——这书名很容易使人误以为是英国女作家阿加莎·克里斯蒂的侦探小说。

可是,当我拿到样书的时候,木已成舟,我无可奈何……

还应该提到的是,2005年5月,我应邀到中国人民大学做讲座,我问听众:"你们知道葛佩琦吗?"令我惊讶的是,没有一个学生知道葛佩琦,其中也包括中国人民大学党史系的学生。

赵君迈忆罗隆基

1986年11月23日，我在采访中国民主同盟中央副主席叶笃义时，他提及，罗隆基在1965年12月7日清晨猝死，而12月6日晚罗隆基在家中与赵君迈等一起吃了"最后的晚餐"。于是赵君迈引起我的注意。我从叶笃义那里得知赵君迈老先生在北京东城区东四六条的住址，便来到赵宅。不料赵君迈的家人告知，他因病住在北京军区总院201房间。我问病情如何，答曰交谈无妨。

北京军区总院离赵宅不远，在东城区东四十条南门仓5号。这样，1986年11月25日上午，我赶往北京军区总院采访。85岁的赵君迈穿着病号衣，披着军大衣，接受我的采访。他的听觉很差，但戴着助听器在病榻上跟我畅谈往事。

赵君迈告诉我，他并非中国民主同盟成员，而是无党无派人士。在1957年，他既非"右派分子"，也不是反右派斗争的积极分子。作为全国政协委员，在"大鸣大放"中，新华社只在1957年3月15日关于全国政协会议的报道中提到他，一句话而已："赵君迈认为，应该提倡好的民族形式的体育运动项目。"所以他在反右派斗争中安然无恙。

赵君迈说："在全国政协设有一个联络委员会，总共有25个联络委员，我名列其中。按照规定，每个联络委员都要联络几个全国政协委员——这些全国政协委员大都是有点'麻烦'的人物。罗隆基在反右派斗争中遭到了'大麻烦'，谁都不敢担任罗隆基的联络员。中共中央统战部副部长龚饮冰问，谁愿意当罗隆基的联络员？我说，罗隆基是我的老朋友，我自告奋勇当他的联络员。"龚饮冰是龚育之的父亲（龚育之后来曾任中共中央党校副校长）。赵君迈说，龚饮冰跟他是同乡，相互很熟悉。龚饮冰希望通过联络员了解联络对象的思想状况。赵君迈是罗隆基的老朋友。1922年，当赵君迈从日本来到美国威斯康星大学留学，罗隆基早他一年来到那里。赵君迈既跟龚饮冰熟悉，又跟罗隆基熟悉，确实是很恰当的联络员人选。

赵君迈对我说："'剩下'的章伯钧，没有人敢要，因为章伯钧在'反右派斗争'中同样遇到了'大麻烦'。我说，一不做，二不休，那就把章伯钧也给我吧。这样，我就成了章伯钧、罗隆基两人的联络员。"

作为联络员，赵君迈提议，邀集章伯钧、罗隆基等轮流聚餐，在餐桌上联络感情。这样的聚餐，大约每星期一两次，以晚餐为多，偶尔也有中餐。每一回聚餐，不论在北京的和平宾馆还是四川饭店，章伯钧来，罗隆基也来。这样，被打成"章罗联盟"之后，章伯钧与罗隆基倒是常见面、常联络——他们已经没有什么可争，没有什么可吵的了。罗隆基成为"右派分子"之后没有车，通常是章伯钧用车去接他，一起去饭店。有时，罗隆基外出要用车，就打电话给章伯钧借车。

罗隆基

中国民主同盟中央委员刘王立明、康同璧以及她的女儿，还有黄绍竑、陈铭德也常常参加聚餐。大家一起谈天气、谈种花、谈美食，边吃边聊，话题漫无边际，不过几乎不愿涉及政治。罗隆基虽然还是那样的脾气，但是说话比起过去要谨慎多了。康同璧是康有为次女，年长于罗隆基。康同璧的女儿当时50多岁，个子矮矮的，一直没有结婚。她常常跟随母亲康同璧一起参加聚餐，并看望罗隆基。

罗隆基是在"文化大革命"前夕去世的。去世的前一天晚上，他还和联络员赵君迈在一起。

赵君迈回忆罗隆基"最后的晚餐"，那是1965年12月6日晚上，罗隆基在家里设宴与几位朋友聚餐，来者除了赵君迈，还有刘王立明和女儿刘炜等。那天，罗隆基请自己的厨师做了涮毛肚（即牛百叶）。已经戒酒的罗隆基在晚餐时有点兴奋，他还拿出一瓶殷红的北京葡萄酒，斟入一只只江西景德镇瓷杯。他开了酒戒——本来，他患心脏病，已与酒"绝缘"。

饭足酒余，他还到不远处的刘王立明家中聊天，直至夜11时，这才回家。那时他还一切正常。12月7日清晨，罗隆基心脏病发作。罗隆基随身带着硝酸甘油片，可是他在打开硝酸甘油片药瓶时没有拿住，瓶子落在地上，硝酸甘油片撒了一地。罗隆基从床上伸出手，却够不着地板上的硝酸甘油片。他就这样死去。直到上午 8 时，护士按时上门给他注射胰岛素（他有糖尿病），这才发现他已经去世。他的身体尚有余温，表示死亡不久。他被急送北京医院，已经回天无术，终年 69 岁。

据医生分析，导致罗隆基心脏病发作的诱因，不是涮毛肚，而是喝酒。赵君迈说，得知罗隆基突然去世，章伯钧一连几天双眉紧锁，长时间地呆坐。他似乎想得很多，想得很远。

我很感谢赵君迈老先生在病榻上接受我的采访。他作为联络员，所回忆的罗隆基晚年情景弥足珍贵。在我采访他一年半之后，他也离开了人世。

第四章 追踪1957

章伯钧夫人病榻上的谈话

　　1986年11月23日傍晚，我在北京医院高干病房110室看望了著名作家高士其及夫人金爱娣之后，前往章伯钧家采访。

　　章伯钧家离北京医院不算太远。晚上，我叩响章宅的大门。章伯钧先生已经于1969年5月17日去世，我期望采访章伯钧夫人李健生女士。给我开门的是一位四十开外的中年女子。我问李健生女士在家吗？她告诉我，她是章伯钧的次女章诒和，母亲李健生住院了。

　　就这样，我跟章诒和结识。她还介绍我认识了她的先生马克郁。李健生女士不在家，我得以采访章诒和以及她的先生马克郁，谈了两个小时。

　　章诒和记得，父亲章伯钧曾对她说："1957年，我的本意是希望在社会主义制度下探索如何实现民主政治的问题。……我从未说过'轮流坐庄'这句话，那是别人在批判我的时候把意思加以引申，后来就成了我的话，加以批判。……归根结底一句话，我没有野心！"

　　1965年11月，当他看到报上登载姚文元的《评新编历史剧〈海瑞罢官〉》，良久，他说了一句极其深刻的话："中国历史上最黑暗的时代马上要开始了！"果真，被他不幸而言中——十年浩劫开始了！

　　章诒和特别提及，父亲章伯钧有记日记的习惯，40年从不间断的日记，在他1969年5月17日去世之后，跟罗隆基一样，日记、书信被中共中央统战部派人拿走。

　　章诒和告诉我，她的母亲李健生因患四种疾病，住在北京同仁医院住院部461病房。我问章诒和，谈话是否可以？她说可以，但是一次持续的时间不要太长。这样，我分别在1986年11月24日下午、1986年11月26日下午，两次采访了在北京同仁医院住院的李健生女士。

　　78岁的李健生一头银色短发，穿一件黑色呢子上衣，眉目清秀而富有涵养。她的精神看上去还不错，而且人很热情。虽说在病中，知道我正在深入采

335

访1957年的反右派斗争，她仍坐在沙发上每次跟我长谈3小时，所以两次采访，我总共录了6盒磁带。那时，她是全国政协常委，农工民主党中央咨监委员会副主席。她虽在病中，思路却很清晰，谈话很有头绪。

李健生告诉我，1922年8月，章伯钧以公费赴德国留学。很巧，与朱德、孙炳文同船。章伯钧到达德国之后，入柏林大学哲学系学习黑格尔哲学，在柏林结识周恩来和其他共产党人。朱德在这个时候加入中共。当时，中共在德国成立支部，负责人便是朱德。经朱德作为入党介绍人，章伯钧加入中国共产党。

章伯钧夫人李健生

李健生告诉我，章伯钧在德国学习期间，还担任了朱德秘书，所以，章伯钧的革命资历是很深的。1927年，章伯钧参加了中国共产党领导的南昌起义，被任命为起义军总指挥部政治部副主任。章伯钧曾经告诉李健生，南昌起义失败之后，他贫穷潦倒。溃散的部队到了一户地主家，把桐油当成香油，炒菜吃了以后，一个个泻肚子，死了好多人。南昌起义失败后，章伯钧好不容易到了香港。在那里，他与中共脱离了组织关系，从此成为民主人士。

李健生在追溯章伯钧往事的时候，特别郑重地向我提到了一个人的名字——周新民。这个名字对于今日绝大部分年轻读者而言，是完全陌生的。周新民以民主人士的面目参加各种政治活动，而他的真实身份是中共党员——1926年，周新民经高语罕、朱蕴山介绍加入中国共产党。

李健生说，1941年3月29日，中国民主政团同盟（中国民主同盟的前身）在重庆上清寺秘密成立。中国民主政团同盟的建立，周新民起了重要的作用。周新民当时是以全国各界救国联合会成员的身份出现的，他根据周恩来及中共南方局的指示找了章伯钧、罗隆基，也找了青年党的头头左舜生，还找了张君劢以及中华职业教育社的黄药眠。他再三说，民主党派要联合起来才有力量。就这样，促成了中国民主政团同盟的诞生。为了联合，章伯钧、罗隆基、梁漱溟反复与青年党的头头左舜生会谈，很吃力。章伯钧忙于奔走，常在外面随便吃点饭。李健生记得，那时候重庆卫生条件很差，有一次，章伯钧得了痢疾，大便里全是脓、血，大病了一场。当时，李健生在重庆北碚，赶去照料章伯钧。好在她原本学医，一看病情严重，急送章伯钧到重庆的武汉医院。周新民赶来看望章伯钧，给了5万元钱。李健生担任章伯钧的看护，章伯钧脱水严重，吊葡萄糖水。章伯钧陷入昏迷。李健生知道盘尼西林（青霉素）是特效药，可是在当时盘尼西林很贵。周新民知道后说："一定要好好医治。救人要紧。盘尼西林多少钱，我们来出。"周新民所说的"我们"，显然是指中共组织。好不容易从美国军队那里买到一瓶，注射之后立即见效，于是再买一瓶，总算把章伯钧的这条命救回来。在李健生精心照料下，在周新民关心下，章伯钧总算康复了。

李健生说，中国民主政团同盟成立之后，1942年底，周新民协助中国民主政团同盟常委兼宣传部部长罗隆基到昆明建立地方组织，把西南联大和云南大学中许多大学教授吸收入盟，其中有闻一多、李公朴、潘光旦、潘大逵、吴晗、楚图南、费孝通等著名教授和民主人士。1943年5月，中国民主政团同盟昆明支部成立。

1947年10月27日，国民党政府宣布民盟为"非法团体"，民盟总部被迫解散。章伯钧和沈钧儒等中国民主同盟领导人不得不出走香港。李健生也来到香港。李健生在香港见到了早几天从上海抵达的周新民。经周新民联系，中国民主同盟领导人与中共中央华南分局负责人连贯在香港会面。1948年1月，在章伯钧和沈钧儒主持下，中国民主同盟在香港召开了一届三中全会。周新民负责会议总务工作。章伯钧代表中央常委作《政治报告》。1949年6月，章伯钧作为民盟的代表在北平参加了政治协商会议筹备会议，参与筹备召开中国人民政治协商会议和成立中华人民共和国中央人民政府。周新民也随民盟总部由香港迁到北平，任新政协筹备会常委会和政协会议第一届全体会议主席团常委会副秘书长。此后，周新民任民盟中央常委兼组织部部长，全国政协副秘书长，中央人民政府办公厅副主任。

章伯钧被打成"右派分子"之后，心境抑郁，难得的是，周新民常来看他。周新民那时候是中国民主同盟中央秘书长。虽然没有明说，但是看得出，周新民对章伯钧深表同情。

与"右派诗人"流沙河一席谈

成都,流沙河先生的书房里,墙上挂着一幅太极图。1991年5月19日,当我拿起照相机给他拍照时,他指了指太极图说:"把太极图也拍进去!"于是,他抬了把椅子,坐到了太极图前面……

流沙河,清癯瘦削,书生气质,那双眼睛显得格外明亮。他告诉我,近来埋头研究庄子,花费一年半时间,写出30万字的《庄子现代版》,所以他对太极有着特殊的感情。

他是诗人,近来却与诗告别了,除了写《庄子现代版》,他还为清朝纪晓岚的《阅微草堂笔记》进行改写工作。他埋头书斋,几乎不参与社交,也很少接受采访。作为文友,他这一回不能不答复我的一些问题,因为我关注1957年的反右派斗争,要写及他——在1957年,他因《草木篇》获罪,一时间遭到大报小报密集性的笔伐,"名震"全国。

我问起流沙河其名的来历。

他姓余,按余家大排行,算是第九,又名九娃子,小名老九——恰恰是"臭老九"那老九!他正儿八经的"大名"叫余勋坦,流沙河是他的笔名。我曾以为,流沙河大抵取义于《西游记》,沙和尚便出自流沙河。然而,流沙河却在一封写给我的信中,如此作了答复:"我的笔名初用流沙二字。1950年发现40年代已有诗人用过,遂添一河,不

流沙河

涉《西游记》也。"

流沙河这笔名，享誉中国文坛，如今几乎很少有人知道他的本名。

据流沙河说，他虽自幼喜爱文学，可是高中毕业后却考了四川大学农业化学系。他"身在曹营心在汉"，居然不去听课，热心于写作。他写诗、写小说。1956年，他出版了平生第一本诗集《农村夜曲》，以及第一本短篇小说集《窗》，还去北京出席了全国青年文学创作者会议。

流沙河名噪全国，是由于他写了那"大毒草"《草木篇》。其实，他写《草木篇》的时候，压根儿没想到这一组短短的散文诗会成为"全国共讨之"的对象。

据他自云，那是1956年秋日，他在北京的文学讲习所结业后登上南行的列车回四川，一路上思绪起伏，挥就五首寓言式的散文小诗，即《白杨》《藤》《仙人掌》《梅》《毒菌》。写毕，由于所写非草即木，便冠以《草木篇》为总题。文末原注明的写作日期是"1956年10月30日"。

这时，《星星》诗歌月刊正筹备创刊，全部兵马为"二白二河"，即白航、白峡、石天河、流沙河。创刊号急需诗作，流沙河便拿出《草木篇》。这样，1957年元旦，当《星星》创刊号面世之际，《草木篇》也就首次发表了。

在人们的印象中，流沙河是1957年的"大右派"，《草木篇》是"大毒草"，他和他的作品遭到挞伐总是在反右派运动开始之后。众所周知，1957年6月8日《人民日报》发表了社论《这是为什么？》，打响了反右派运动的第一枪——这一天被历史学家定为反右派运动开始之日，诚如"文化大革命"是从《五一六通知》（亦即1966年5月16日）开始的。

然而，流沙河的回忆，完全出乎我的意想：《草木篇》遭到批判，被指责为"大毒草"，远远早于6月8日！

根据流沙河的回忆，我来到离他家不远的四川省图书馆，查阅了当年的《四川日报》及《成都日报》，那"白纸黑字"清晰地记录了历史的脚印。

《草木篇》一开始并没有引人注目。导火线是1957年1月8日《成都日报》在报道《星星》创刊的新闻时，引述了该刊主编白航对记者所说的一段话："要是没有党中央提出的'百花齐放，百家争鸣'方针，刊物是办不起来的。诗歌的春天来到了！不单是诗，整个文学也一样，正在解冻。"

这段话末尾的"解冻"一语，招来了麻烦。

1月14日，《四川日报》刊载署名春生的《百花齐放与死鼠乱抛》一文，对《星星》主编的"解冻"一语进行批判："这无异于说在'百花齐放，百家争鸣'的方针公布之前，文艺是被冻结了的，也即是说根本没有文艺的。"文章指责《星星》不是"百花齐放"，而是"死鼠乱抛"。作者列举了《星星》创刊号上的一首诗《吻》，认为"与20年前曾在蒋介石统治区流行过的'桃花江上美人窝''妹妹我爱你'之类的货色是差不多的"。

就这样，《星星》在问世不到半个月便遭批判。不过，最初的批判还未涉及《草木篇》，未涉及流沙河。1月15日《四川日报》又载金川的《从"坟场"和"解冻"想到的》一文，也只是就"解冻"一语进行批判。

1月17日，《四川日报》发表了署名曦波的《"白杨"的抗辩》和《"仙人掌"的声音》，仿照《草木篇》的笔调，首次公开批判《草木篇》。文中以"白杨"的口吻写道："可是你呵，写诗的流沙河！在鲜血绽出花朵，眼泪变为欢笑的今天，却把我当作你笔下的奴仆，曲解我的精神，任意把我作贱！"文中又以"仙人掌"的口气，发出呼吁："我为什么发声，我为什么抗辩？请参看《星星》创刊号，流沙河的《草木篇》。"

这么一来，《草木篇》引起了注意。

此后，《四川日报》接连发表文章，抨击刚刚创刊的《星星》，点名的作品为《吻》和《草木篇》。对于《吻》，批判了几句"把色情当爱情"之类，批判的调子难以再升高。《草木篇》则不然，随着批判的升温，也就开始上纲了，从政治的角度加以夸大。有的文章甚至说《草木篇》是"极少数不愿接受社会主义改造的分子感到一个阶级的灭亡，充满了没落的情绪，要咿咿唔唔地为旧社会的灭亡唱挽歌"！须知，流沙河的父亲有20亩土地，论成分是地主。这样的政治性的批判，已经把26岁的流沙河推到岌岌可危的地步。

不过，也有不少人不同意这样的政治性批判。2月8日、12日，四川省文联文艺理论批判组两次召开座谈会。如当时《四川日报》所报道的那样："邱乾昆、晓枫、沈镇、华剑等发言支持《草木篇》和《吻》，认为它们不应该受到人们那样的批评。邱乾昆认为《草木篇》的弱点只是立场不明确，在客观上会引起不良的效果。沈镇说，《吻》不是黄色的，难道人们在吻的时候也要喊一声共产主义万岁吗？《草木篇》只是有些含糊，从这方面来讲，它并没有错。晓枫认为《四川日报》上对《草木篇》和《吻》的批评文章是用教条框子去套，而不是从生活上看，这些批评是不实事求是的。他说'我非常痛恨'。……"

在2月底，批判开始降温，报上不再发表对于《草木篇》的批评文章——因为全国正在大鸣大放。

流沙河从危机中解脱，松了一口气。

流沙河回忆说，报上再度提起《草木篇》，是在 6 月初。那时，四川省文联邀请作家、教授、文艺批评家开座谈会，大鸣大放。四川大学中文系教授、老作家张默生站出来，认为那场对于《草木篇》的批判是错误的。6 月 4 日，《四川日报》刊登张教授的发言："对《草木篇》的错误批评，文联领导同志是怎样看的？文联内部统战工作是如何做的？《草木篇》批评之初文联领导上抱的什么态度？当批评发展到超越文艺批评界限的时候，又抱的什么态度？听了毛主席报告传达后，我们回头来看对作品的粗暴的、自上而下的批评，与党的文艺方针符不符合？"

会上，西南民族学院何剑熏教授也仗义执言，说道："我认为，《草木篇》反映了一部分知识分子在历次运动，尤其是在肃反运动以后的痛苦、失望和一定程度的恐怖的情绪。"

6 月 5 日，《四川日报》刊登了刘冰的发言，指出："对《草木篇》的批评，是我省文艺领导中和文艺批评中教条主义、主观主义、宗派主义的总爆发。对《草木篇》围剿的结果，使文艺界的'百花齐放'中的沟和墙显然地加深加厚了。"

同日，《四川日报》还刊载流沙河的发言，更为引人注目。流沙河说："在开展对《草木篇》讨论时，报纸上那样搞，反驳文章不能发表，而且越来越拉到政治边缘上去，我个人并不怕，但却很气愤。"流沙河还幽默地说，"有时我这人爱发牢骚，发了就算了，而别人则给你记着，一朝出了毛病，就零存整付，啥都端出来了。而且这些批评是很缺乏说服力的。"

三天之后——6 月 8 日——《人民日报》在头版头条位置发表了社论《这是为什么？》，反右派运动开始了。有着年初对于《草木篇》的一连串批判，又有几天前流沙河等的"反击"，不言而喻，《草木篇》成了四川文艺界大批判的头号目标。

批判的浪潮迅即从四川推向全国，北京各报也纷纷发表文章，批判"大毒草"《草木篇》。

8 月 16 日，《人民日报》发表署名"本报记者姚丹"的《在"草木篇"的背后》一文，称《星星》编辑部是"以石天河为首的反党集团"，点了"一大群右派分子"的名。其中，除"臭名昭著"的流沙河外，还有站在这个"反党集团"背后的"赫赫有名的右派将军"，即张默生教授。为《草木篇》说过公道话的人，也一个个被点名……

从此，《草木篇》成为闻名全国的"大毒草"。流沙河被定为"右派分子"，

341

开除共青团团籍,开除公职,监督劳动。在接下来的岁月中,流沙河曾六年拉大锯,六年钉包装木箱……

流沙河历尽劫难,仍那般幽默。他对我说:"我是1958年5月6日下午3时被宣布正式戴上'右派分子'帽子的,1978年5月6日上午9时被宣布摘除'右派分子'帽子。屈指算来,我戴帽20年还差6小时!"

他又风趣地跟我谈起《草木篇》。他说,把《草木篇》定为"大毒草"当然不对,至于有些人把《草木篇》说成如何如何优秀也言过其实。他认为,迄今对《草木篇》作出最准确的评价的,是他的儿子。

儿子从1967年出生,就泡在《草木篇》的苦水里。儿子稍知世事,便听人说,父亲乃是写了"大毒草"《草木篇》的"大右派"。这样,在他幼小的心灵中,那《草木篇》可谓"如雷贯耳"。儿子识了几个字,就想看一看《草木篇》,可是一直无缘见到。1978年,11岁的他在家中翻看旧书时,终于见到了那梦寐以求的《草木篇》。他凝神聚气读毕,结果大失所望。他对流沙河说:"那有什么?!我本来以为《草木篇》一定好厉害!"

《草木篇》后来被收入上海文艺出版社出版的《重放的鲜花》一书。流沙河这样写道:"鲜不鲜,很难说。说它们是花,我看不太像。无论如何,我写的那一篇,看来看去,既不悦目,闻来闻去,也不悦鼻,没法提供'美的享受'。它是水,它是烟,它是狼粪的点燃,绝不是花,瓶插的,盆栽的,园植的,野生的,它都不是。它不可能使人娱而忘忧,只会使人思而忘嬉。"这可以说是流沙河自评《草木篇》。

历史的冤错,已把《草木篇》推上了名作的地位。《草木篇》全文不足500字,却使流沙河蒙受20年苦难。现照录其中的两则,由读者诸君去评论吧:

白杨

她,一柄绿光闪闪的长剑,孤零零地立在平原,高指蓝天。也许,一场暴风会把她连根拔去。但,纵然死了吧,她的腰也不肯向谁弯一弯!

仙人掌

她不想用鲜花向主人献媚,遍身披上刺刀。主人把她逐出花园,也不给水喝。在野地里,在沙漠中,她活着,繁殖着儿女……

采写"诤友"彭文应

当完成关于王造时先生的长篇报告文学《斯人独憔悴》之后，我仍久久地陷于无言的痛楚之中。不久，我又为上海的"大右派"彭文应写下报告文学《诤友》。

写彭文应的难度比写王造时高，因为彭文应是中央"不予改正"的5个"大右派"之一。这五个"大右派"分别是章伯钧、罗隆基、储安平、彭文应、陈仁炳。在1980年5月8日，中共中央统战部的报告经中共中央审批同意，全国"只摘帽子，维持右派原案，不予改正"的中央一级的5名民主人士便是他们。

我最初是1985年在四川成都拜访民盟四川省主任委员、当年的"右派分子"潘大逵先生时，听他说起过关于周恩来和彭文应的故事。但是，有些细节他语焉不详，因为他是从陈新桂那儿听来的，"原版本"当属陈新桂。

1986年11月24日，北京刮着西北风，气温降至零下5摄氏度。那天上午，我一早就从所住的日坛宾馆乘坐公共汽车前去劲松，采访年已七十有三、被"冷落"的历史老人陈新桂。他知道我采访了他的许多"右派"朋友们，于是很详细地向我诉说了自己的身世以及在1957年的不幸遭遇。

彭文应先生

在采访陈新桂时，一开始我便请他回忆周恩来与彭文应鲜为人知的故事，以求将这段珍贵的史料记录下来。

陈新桂回忆说，那是在 1955 年左右，民盟中央的宿舍在北京太平胡同原徐世昌公馆里。一天深夜 12 时，陈新桂正在办公室里赶写一份急稿。在万籁俱寂之中，有人见他的办公室亮着灯，敲门走了进去。陈新桂抬头一看，那人一身西装，皮鞋锃亮，原来是民盟上海副主委彭文应先生。他出差来京，住在民盟中央宿舍。

"这么晚才回来？"陈新桂跟他是老朋友，便问道。"有人请客。"彭文应答了一句。"谁请客？"陈新桂追根究底。这时，彭文应无法回避。才说："陈老总请我。"陈新桂有些吃惊地追问他跟陈毅副总理有什么交情，彭文应无奈，只得挤出一句："周总理介绍的。"陈新桂越听越惊讶，要彭文应坐下来，从头讲起。

在老朋友的"逼迫"之下，彭文应才说出原委……

那是在 20 世纪 30 年代初，彭文应在上海法学院教书。一次发薪水不久，他上街买东西，顺便去看望一位朋友。谈话间，有一位西装革履的英俊男子进来，见有客人，退至屋外过道，与那位朋友低声"咬耳朵"。过一会儿，那位朋友进屋，翻箱倒柜找什么东西。无奈之下，朋友只得对彭文应说："老彭，我急需点钱，可是太太上街了，把钥匙带走了，我开不了放钱的抽斗。"彭文应当即把身边带着的钱都掏出交给朋友，朋友把钱交给那位男子，那男子把钱往衣袋里一塞，朝彭文应点了一下头就匆匆离去了。

后来，彭文应向朋友问起那位男子是谁，朋友笑道："说出来，会使你吓一跳！"原来，他便是蒋介石在上海《申报》《时事新报》《民国日报》等许多报纸上刊登启事悬赏数万元要缉拿的周恩来。据云，当时有一位中共地下同志被捕，周恩来正忙于营救，需用钱打通关节但手头拮据……

20 年过去。新中国成立之后，周恩来作为政务院总理视察上海，军管会主任陈毅召集了一个座谈会，彭文应也参加了。周恩来曾十分注意他，彭文应感觉到了，但又以为是自己多心，因为他与周恩来只不过见了一面。散会时，彭文应已走到门口，忽地听见背后喊"彭先生"，回头一看正是周恩来在喊他。彭文应大为惊讶。周恩来紧握他的手，重提 30 年代初之事，说道："彭先生，你帮过我们的忙！"就在这时，陈毅走了过来，周恩来把彭文应介绍给陈毅，说道："彭先生在我们困难的时候支援过我们，是患难之交，你在上海要多多照应彭先生。"这样，陈毅认得了彭文应。此后，陈毅在上海跟彭文应见过几次面。

后来陈毅调往北京出任国务院副总理兼外交部部长,在上海举行告别会,又见到彭文应。陈毅对他说:"你到北京,一定要找我,一起聊聊。"

这一回,彭文应到北京开会,他试着给陈毅打电话。陈毅一听,马上请他去家里吃饭。那时陈毅住在北京正义路一幢旧的原外国大使馆房子里,两层楼,住两家,其中一家便是陈毅。吃晚饭时,陈家分两桌,小桌上是陈毅、张茜和彭文应,大桌上是陈毅的亲戚及孩子们。菜很简单,四个碟子,有鱼、有肉丝之类。陈毅说他家人口多,好在还有点稿费收入。吃过晚饭,陈毅跟他聊天,请他谈上海的近况,一聊,就聊到深夜。彭文应告辞,陈毅一定要用车送他回去。

有关与周恩来、陈毅的交往,以及20世纪30年代初那件事,彭文应平日从来没有对人提起过,就连在子女面前也未曾说过。由于陈新桂那天步步追问,而当时彭文应又正值心情兴奋,才在老朋友面前说出了这段故事。

就在我采访后不久,1988年7月15日,陈新桂先生因癌症在北京逝世,享年75岁。

作为中国共产党铮友的彭文应,在1957年被打成"右派分子"!

不管怎么说,彭文应充其量只是一个"中等"的"右派分子",他的冤案早就应该予以平反。令人不解的是,彭文应居然成为"中央级"的5个"不予改正"的"大右派"之一。

究其原因,可能是这么几条:

一是由于柯庆施在向毛泽东汇报上海的反右派斗争时,多次提到彭文应,引起毛泽东的注意。这样,毛泽东在几次谈到上海反右派斗争情况时都提到了彭文应。毛泽东的谈话后来收入《毛泽东选集》第五卷,使彭文应"显赫"起来。

二是彭文应为人耿直,拒不认错,使他的问题"升级"。

在批斗会上,彭文应铮铮作斯言——"从五次反'围剿'时,我就开始拥护共产党了。……几十年没有做过一件反党的事情,相反,我是为党为人民做事。……可以用我的生命、人格及儿女担保,我不是右派分子,不曾反共、反人民、反社会主义。譬如反革命分子,他处处找大厦的岔子,目的是推翻大厦;我也来谈这里有缺点,那里的窗子破了,我是来为大厦补缺的,为的却是使大厦更好。"

一位朋友劝他:"你不承认错误就算了,不要再去辩论去上书了。"

他正色说道:"那不行,这是重要的问题、原则问题,一定要讲清楚。绝不能把帮助救火的人论成是趁火打劫，这是完全错误的，我一定要讲清楚。"

他被打成"右派"，拒不"低头认罪"，不写一纸检讨。

非常遗憾，由于历史的误会，他"帮助救火"，不仅被说成是"趁火打劫"，以至被认定为"纵火犯"！

1958年4月，他被撤销民盟上海市支部副主任委员、上海市人民代表、上海市政协常委等一切职务。

一位负责统战工作的干部一次次地劝说彭文应，但毫无成效。他不由得感叹起来，对彭文应说："你们家的门槛都给我踏坏了。只要你承认下来，写几十个字，什么都解决了，帽子就摘掉了。"

彭文应坚持道："我是你们的朋友，你们把我当成敌人。我不是反党反社会主义的，我没有错！"

家里实在穷得揭不开锅了，女儿跪倒在父亲面前说："爸爸，为了儿女，你就承认一下吧！"

彭文应泪眼汪汪，满肚子的酸楚、委屈，却仍不写那轻而易举的"几十个字"。

他直情径行，我行我素，不愿以屈求伸，依草附木。

他深知一言九鼎、一字千金，所以不能违心道一言、写一字。

王造时是彭文应的多年老友，就连他也不得不好心地"规劝"起彭文应来。在"思想汇报"中，王造时写道：

"我首先提出的两个问题是：

"（一）你是否可以先口头认罪，然后逐步深入检查，做到口服心服（我提出这个问题是因为×处长说过，彭文应可以先口头承认是右派，然后经过检查、批判，再做到心服）？他答复说，做人应该是内外一致，心口如一。

"（二）你现在是否因经济困难和家庭问题而感到有急于解决政治问题的需要（因为近年来他曾提到经济和家庭问题）？他答复说，他的经济和家庭实在越来越困难，特别是小孩，对家庭前途很悲观，无法加以管教，但是不应该从个人利害得失来对待政治上的是非问题，这是两个性质完全不同的问题。"

彭文应耿直刚正的形象，跃然纸上。

晚年，彭文应心脏病不时发作，已经在不断提醒他：时间老人留给你的日子不多了。他不断地熬夜，写了改，改了写，终于在1962年写成致毛主席、党中央的万言书。他用自己满腔的热血发出最后的呼声："建议在全国范围内结束反右斗争，摘去右派分子的帽子。团结起来，建设社会主义！"

就在这年 11 月初，他的心脏病转危。王造时闻讯，赶到彭文应床前，并亲自送他入广慈医院。王造时请该院副院长张义明（也曾被错划右派）多多关照彭文应。

经抢救，彭文应的生命延续了 50 多天。好友刘海粟、孙大雨都纷纷前来问候。

1962 年 12 月 15 日，彭文应因心包炎败血症去世，终年仅 58 岁。

我采访了彭文应亲属以及好友，深为他的坦荡、磊落而感动。

我为彭文应写出了报告文学《诤友》。我明白，这篇报告文学当时在北京和上海都无法发表。

我选择了《百花洲》。当时，《百花洲》的领导支持发表《诤友》。

《诤友》发表之后，彭文应亲属买了几十册那期《百花洲》，广赠中国民主同盟有关人士，得到阅读者普遍好评。

读了《诤友》，谁都说彭文应"应予改正"，而不是"不予改正"。

统战部门派专人找我，认为应该为彭文应改正。无奈，上报之后，由于那"中央级"的"不予改正"的 5 人名单不是那么容易改动的，只得仍维持

出席彭文应百年诞辰纪念（2004 年 11 月 5 日）

"原案"。

不过，从此许多原先不了解真情的人，都明白了彭文应的冤屈……

2004年11月4日，我在上海奉贤彭文应墓地出席了彭文应百年诞辰纪念。中共中央统战部、中共上海市委统战部都派人出席，算是给了彭文应一个"说法"。

第四章 追踪1957

闯进"极右派禁区"

"中央级"的"不予改正"的5人名单之中，除了彭文应，还有一位上海的"右派分子"陈仁炳。

陈仁炳尽管与章伯钧、罗隆基、储安平、彭文应同列为"中央级"的"不予改正"的"右派分子"，但是他与其他四人不同，他仍健在，是活着的"中央级"的"不予改正"的"右派分子"——"极右派"。

正因为这样，采访陈仁炳更显得敏感，连他本人都笑着对我说："我是'禁区'，你别来采访我！"

1986年4月11日下午，我去上海体育馆对面的大楼里，闯入"禁区"，采访了复旦大学老教授陈仁炳。

1957年7月9日，毛泽东在上海干部会议上所作的讲话，点了上海一连串的"右派分子"的名，其中两度提到了陈仁炳。

我庆幸在1986年闯进了陈仁炳这"禁区"。此后，在1990年12月9日上午，陈仁炳就不幸去世了。于是，"唯一活着的中央一级'不予改正'的'右派分子'"也到那个冥不可知的世界去了。

据陈仁炳告诉我，他生于1909年中秋节，换算成公历也就是9月28日。

他出生在湖北武昌一个基督教家庭，1932年毕业于上海沪江大学文学院社会系，同年自费赴美国留学，先在美国南加利福尼亚大学获社会学硕士学位，然后于1936年在美国密歇根大学获得社会学哲学博士学位，这年秋天回国，任教于武昌华中大学。他于1945年8月加入中国民主同盟。

这位头发灰白、面目清癯的老教授指着墙上挂着的博士证书，风趣地对我说："幸亏这博士证书是用羊皮做的，很结实。在'文化大革命'中，红卫兵想撕掉它，撕不破，只好揉成一团，扔在墙脚，被我捡回来了。所以，我现在把它高挂起来，作个纪念。"

陈先生还告诉我，他的博士论文长达373页，在"文化大革命"中丢失了。

陈仁炳夫妇

几年前，他给美国母校写信，询问能否复印一份当年的博士论文。美国很快就给他寄来了，因为博士论文在美国学校是作为档案保存的。

陈先生说，他原本有一房间的书，其中有不少英文原版书，在"文化大革命"中全被抄走。后来发还"抄家物资"，竟然只找到 109 册。

陈先生说，在 1957 年，他是作为"章罗联盟"在上海的"首要分子"而遭到批判的，他记得当时的报纸有过报道。

根据陈先生的提示，我在 1957 年 7 月 13 日的《人民日报》上查到了这篇报道，报道题为《陈仁炳承认是章罗联盟在上海的首要分子》：

> 章罗联盟在上海的骨干分子陈仁炳，最近初步交代了他反对党的领导反社会主义的一些活动。
>
> 陈仁炳承认他是罗隆基反党集团在上海的首要分子。他说，他从 1947 年起就靠拢了这一集团，1948—1949 年起完全参加了这个集团。1949 年民盟召开中央四中全会，罗隆基提名他当选了中央委员。在那次会上，罗隆基打击史良等盟内的进步人物，陈仁炳为罗隆基作"打手"。那时，罗隆基经常邀集他和潘大逵、张东荪、费孝通、曾昭抡等在范朴斋家里开会研究策略。在 1951 年的民盟中央组织宣传工作会议上，陈仁炳

和罗隆基小集团的其他成员激烈反对民盟的阶级联盟性质，怕有非资产阶级分子参加进来。罗隆基还和陈仁炳、潘大逵一起研究过潘大逵的工作问题。最初他们认为潘大逵在四川同楚图南关系搞得不好，工作不顺利，准备把他调到北京搞民盟中央宣传部，继而一想中央宣传部已有曾昭抡，同时四川非常重要，罗隆基认为潘大逵在四川总比不在好，先抓一个副主委也好。此后，罗隆基、浦熙修到上海来，和陈仁炳都有密切来往。陈仁炳还说，他在罗隆基心目中的地位逐渐增高，因为他比彭文应更加"埋头苦干"。罗隆基原来想把彭文应搞上一个上海副市长的职位，后来又改变想以陈仁炳代彭文应……

> 陈仁炳又说："这个反党集团在上海的成员除他以外，还有彭文应、赵文璧、孙大雨、孙斯鸣、韩鸣等近二十人。他们的活动策略，是特别针对知识分子对党不满的三种情况，即有职无权、外行领导内行和失业问题，到处挑拨，到处放火。
>
> 陈仁炳自己供认，他在电影、京剧、地方剧、文学、出版、阅览等方面都放过火。他利用言慧珠对工作安排的意见和言的丈夫失业问题，煽动群众对党不满。在文学界，他曾特地请王西彦等作家在文化俱乐部吃饭谈话，后来就利用谈话材料，加以夸大，到处渲染……

文中提及的言慧珠，是上海京剧院著名女演员。1957年7月10日，《人民日报》发表言慧珠的文章《陈仁炳的鬼把戏》一文。文章说道：

> 陈仁炳表面上摆出一副好像替我鸣不平的伪善面孔，骨子里却是贩卖向党进攻的私货，不惜捏造事实，假借名义，挑拨上海京剧院党的领导和演员之间的关系。我们京剧演员饱尝过旧社会贫困、压迫、污辱的痛苦，在社会主义社会里，地位提高了，生活安定了，一切条件都优越了，今昔相比，我敢说任何一个京剧演员打心里都会感到社会主义社会比旧的社会制度好一千倍，一万倍！陈仁炳的挑拨伎俩是徒劳的！

显而易见，言慧珠是"奉命批判"的，她不这样"奉命批判"，过不了"反右"关。虽说言慧珠总算过了"反右"关，却难逃"文化大革命"关。1966年，"文化大革命"锣鼓敲响不久，她就上吊自杀，离开了"左"风日盛的人世……

《人民日报》在1957年7月17日，还曾发表署名"董代"的《"火线入盟"》

一文，称陈仁炳为"放火专家"。文章写道：

> 放火专家陈仁炳就是一个"火线入盟"的"发明人"。他在上海电影制片厂放了一把野火，的确构成了一条斗争非常激烈的"火线"，而且他亲自督战，召开五次烧火的座谈会。他在会前就做了一番准备工作，并且责备了上影民盟支部"软弱无能"，"斗争性"不强，而且在这样一个大厂中只有七个盟员，怎么能派用场，任大事呢？他要大发展也有"路线"的，不是随便发展的。他要找的是一贯对党不满，有情绪的，有牢骚的，有历史包袱的，等等，但是他还要对这些人来一次"考验"，来一个"火线入盟"。五次座谈会就是一场火线战斗，他找来的是符合他的要求的人，在会上极尽煽火的能事，于是在这条"火线"上就充满了"对党的诽谤谩骂和对民盟的恭维歌颂"。这个放火专家陈仁炳就从这条"火线"上挑选起对象来，在五次座谈会的过程中，从七名盟员发展到三十三名盟员，不到一个月的时间增加了四倍，而这些人就称之为"火线入盟"的人了。

陈仁炳有了"放火专家"的"头衔"，1957年8月7日《文汇报》上发表了这样的讽刺诗：

> 逢人点火幸成灾，
> 政治流氓索作来。
> 旧账未清新账欠，
> 一齐结算两应该。

陈仁炳教授告诉我，他之所以成为"章罗联盟"在上海的"首要分子"，跟张春桥有很大的关系。

那时，张春桥担任上海解放日报社社长兼总编辑，由于跟柯庆施有着密切的关系，以至担任柯庆施的政治秘书。柯庆施不少报告，出自张春桥笔下。

在上海，1957年的反右派运动中，"涌现"了两员"左"将：一是张春桥，一是姚文元。他俩在报刊上劈头盖脸地打"右派"。九年后，这两员"左"将双双进入中央文革小组，又为"文化大革命"立下"汗马功劳"。

张春桥生于1917年，姚文元生于1931年，张春桥年长姚文元14岁，所以张春桥比姚文元要老练得多。姚文元批张三，驳李四，那文章大都署真名，而张春桥深知那些文章见不得人，每一篇文章的发表都意味着埋下一颗钉子，所以张春桥那些"反右"文章，几乎每一篇换一个名字，全是署笔名。

其中，张春桥写过两篇批判陈仁炳的文章：一篇曰《陈仁炳的"另外一条道路"是什么？》，署名"吴松"，发表于1957年6月28日《解放日报》；另一篇则是以《解放日报》社论的名义发表的，题曰《论算旧账》，见于1957年6月14日《解放日报》，《人民日报》则于1957年6月15日予以转载。

"吴松"所写的《陈仁炳的"另外一条道路"是什么？》，差不多占了《解放日报》半个版。此文对陈仁炳进行了系统的批判。

张春桥在文章一开头，就这么说道：

> 陈仁炳在中共上海市委召开的宣传会议上说："我们帮助党整风的最好方法就是向这些党内同志们大喝一声：同志，你必须改走另一条道路了。"陈仁炳的这"另一条道路"是什么道路呢？从他发言的字面上看，好像是劝人虚心、不要骄傲；实际上，最近揭露出的一些尚不完备的材料，已经回答了这个问题：他所说的、所走的是一条反共、反社会主义道路。

张春桥接着指出：

> 许多人揭露了陈仁炳的历史情况，比如，他是右派领袖之一罗隆基长期培养的骨干，曾经担负过"顶住华东"的重任。这些旧账暂时不算，只说近年来，他在沈志远领导下的民盟上海市委工作期间，他同王造时、彭文应、夏高阳、陆诒等右派分子搞在一起，所作所为，都证明他是"忠诚地"执行了他们右派的反共、反社会主义的政治纲领的。

张春桥对陈仁炳的"右派"言论进行了概括，总结为"六论"：

> 一曰"暗无天日"论，二曰"辩驳有罪"论，三曰"拆桥头堡"论，四曰"火烧基层"论，五曰"大病重药"论，六曰"我们负责"论。

所谓"暗无天日"论，其实是因为陈仁炳说了一句"某个角落"已"到了暗无天日的地步"。陈仁炳指的是上海作家协会这个"角落"，而张春桥则把此话扩大为陈仁炳说新中国"各个角落"都"到了暗无天日的地步",然后加以"驳斥"。

所谓"辩驳有罪"论,则是因为陈仁炳说了句:"在整风运动中是应该着重鼓励人发掘缺点和错误的,决不要拿'抹煞过去成绩'的帽子往人家头上戴。"

所谓"拆桥头堡"论,是因为陈仁炳称那些"反右"积极分子为"桥头堡",要"拆除"。

所谓"火烧基层"论,是出自陈仁炳的一句话:"整风暂不到基层,是由于基层的'消防'力量不够。"

所谓"大病重药"论,是由于陈仁炳常说:"治大病要用重药。"

所谓"我们负责"论,是出于陈仁炳一句玩笑话:"上影厂有许多同志在我们民盟开会,说了许多话,我们可负不起责任呀!"

其实,陈仁炳随口而说的话,并没有什么大逆不道的意思,而张春桥则挖空心思加以"总结",上纲上线——这才是张春桥的看家本事。

张春桥另一篇以《解放日报》社论名义发表的《论算旧账》,用的也是攻其一点、无限上纲的战术:

陈仁炳提出了算旧账的问题。据他说,"为了党和祖国的前途",需要算算旧账。陈仁炳要向谁算账呢?是向帝国主义吗?是向地主阶级吗?是向长期压迫剥削中国人民的反动分子吗?都不是。那是向谁呢?原来是要借整风的机会,同共产党算一算旧账。因为,据说"有的犯了错误的同志,最喜欢用反对算旧账来遮掩自己的错误"。你如果不赞成算旧账,那就无法逃避掩盖自己的错误的嫌疑,而且就无法逃避不"为了党和祖国的前途"的罪名。看来,旧账是非算不可了。

我们是不是赞成算旧账呢?

我们是又赞成又不赞成。

如果说是对敌人,我们是主张算账的,旧账要算,新账也要算;小账要算,大账更要算。不但要算,而且要算清,要偿还。如果敌人欠账不还,我们就强迫他还。用嘴讲要不还,就动手,文的不行,来武的,直到敌人还清为止。在这方面,我们中国共产党和中国人民是一向不马虎的,这早已为历史事实所证实了。应当表明,就是对敌人,包括武装的敌人,只要他放下武器,我们仍然主张不算旧账,实行宽大政策,给予重新作人的机会，这也是历史事实早已证明了的。

如果说是对朋友，我们不但不赞成算老账，而且主张不记账。因为既然是朋友，就不免有一致的地方，又有不一致的地方，有愉快的欢聚，又有不愉快的争执，甚至有甲"得罪了"乙，乙"得罪了"丙，或者丙"得罪了"甲的情况。从这种实际情况出发，我们主张以团结为重，把问题说清楚，不记朋友的账，友好相处，共同把事情办好。……因为我们是共产主义者，我们知道，共产主义的事业绝不是少数共产党员的私事，在这条道路上，朋友越多越好。如果对朋友记账，算老账，是不符合我们的道德标准的。我们有些同志对于这种求同存异的精神领会不够，对有些朋友抱有宗派主义情绪，这是党经常反对的，也是这次整风中要解决的。

其实，真正进行算旧账的，倒是张春桥等"左"兄们。在反右派运动中，"新账老账一起算"已成了普遍"规律"，在批判龙云、陈铭枢、黄绍竑、黄琪翔等"大右派"时，已充分运用了"算旧账"的战术。

陈教授告诉我，自从他被打成"右派分子"之后，经历了"七斗八斗"，便被送入上海社会主义学院学习。

其中，在1958年9月至年底，上海"名右派"48人，被送往郊区上海县的颛桥"集中学习"。这48人之中，有3名女右派，其中一个就是号称"亚洲第一老太婆"的电影演员吴茵——因为吴茵以演老太婆惟妙惟肖而著称。

陈仁炳记得，这48人分为三个小组，第一组组长为陆诒，第二组组长为徐铸成，第三组组长为沈志远。

他们住在农村，上午在田间劳动，下午写交代。12个人睡一个房间。除了"右派"，还有监督人员，生怕有人自杀。

每人都睡帆布床。刚下乡时，蚊子极多，夜不能安眠。

他们这些人平常家中有保姆做家务，到了乡下要自己烧饭。陈仁炳烧饭时满屋是烟，真是双眼泪汪汪！与他同屋的那位李康年，也跟他一样，被呛得泪水直流。

下雨天，一位姓吴的右派去河边淘米，一滑脚，连人带米滑进了小河里……

陈仁炳在下乡劳动的日子里得了细菌性亚急性心内膜炎，经上海市第四人民医院抢救，这才保住了性命。从此，他的心脏二尖瓣关闭不善。医嘱不可感冒，每感冒一次，病情就加重一分。

也就在1958年，他和妻子离婚了。

总算盼到摘帽。1960年12月29日,上海《解放日报》发表报道,陈仁炳摘去"右派分子"帽子。不过,摘了帽子,他还是"摘帽右派"。

总算盼到回学校。1962年,陈仁炳总算回到复旦大学,教英国史,教美国史,教世界史。

1964年初,他和陈蕴辉女士结婚,总算又有了一个家。

他还没有过几天太平的日子,"文化大革命"来了。

他又遭殃。堂堂教授、博士的他,居然"监督劳动",干了9年木工。反正锯木头、扛木头,他做下手。他的工资,一度被减至57.7元——当时,他的房租要40元,只剩下17.7元生活费。

从1972年起,他患肺炎,又患心肌炎,实在干不动体力劳动。

1974年,65岁的陈仁炳总算获准退休,从此他再也不必去做木工了。

好不容易盼来了中共十一届三中全会,众多的"右派"冤案得以平反。可是,陈仁炳却因毛泽东多次点过他的名,竟无法得以"改正"。

陈仁炳不得不于1981年给中共上海市委写信,要求解决他的问题。不久,他得到答复:

一、"右派"不予改正;

二、恢复教授待遇,工资、住房、医疗均按教授待遇;

三、新中国成立前和新中国成立后,陈仁炳先生曾为人民做了许多有益的工作,应予肯定。

这样,陈仁炳迁往上海体育馆附近的高层大厦,生活条件得以改善。1986年,我正是在那里采访了他。那时,他正患慢性心衰。

后来,我又来到他的另一新居,比上海体育馆附近的住房更宽敞。据告,按陈仁炳的级别,尚够不上乔迁那新居的条件。考虑到他多年蒙受苦难,当时的上海市市长江泽民亲自批给了他。

陈仁炳一生多坎坷:1957年的沉重打击,"文化大革命"10年的苦难生活,此后又因成了"禁区"而闷闷终日。

1989年12月15日下午,在上海联谊俱乐部二楼,中国民主同盟上海市委举行了祝贺陈仁炳教授80寿辰座谈会。70多人出席。中共上海市委统战部副部长茅志琼发表讲话,称赞陈仁炳在新中国成立前后所做的诸多贡献。中国民主同盟中央副主席叶笃义、中国民主同盟中央参议委员会副主任李文宜也发表了讲话。

这次祝寿座谈会也是"空前"的,虽说陈仁炳属"不予改正"的"五分之一",但是这次座谈会,同样是为恢复陈仁炳的政治名誉而举行的。

陈仁炳有幸在生前出席这次座谈会,不久,他就病重了。

1990年12月9日,陈仁炳在吃早饭时吐了,额上沁出冷汗,脸呈猪肝色。夫人陈蕴辉急忙打电话给特别护士。护士赶来了,给陈仁炳打针、抢救。

上午9时半,陈仁炳的手垂下来了,心脏停止了跳动。他死于心力衰竭。

此后,我为陈仁炳写了报告文学《走进"右派禁区"》。

在美国采访"带刺的玫瑰"林希翎

在秋雨纷飞的日子里，2009年9月21日，忽然得知重病缠身的林希翎当天病逝于法国巴黎，我感觉仿佛彤云密布的铅灰色的天空更加浓重。

林希翎是年长我6岁的同乡，所以我总喊她"林大姐"。1957年我刚入北京大学，就知道这位中国人民大学叱咤风云的"右派学生"的鼎鼎大名。在"大鸣大放"的时候，她曾经多次到北京大学演讲，发表诸多"右派言论"。后来，她成了"右派分子"，成了"不予改正"的"右派分子"——在55万"右派分子"之中，"不予改正"的不过100来人，其中中央级的仅5人，即章伯钧、罗隆基、储安平、彭文应和陈仁炳。如今，这100来人大都故世，就连"硕果仅存"、人称反右派运动"活化石"的林希翎也走完她75岁艰难的人生之路。

2007年夏日，我在洛杉矶的那些日子里，跟林希翎住在同一家宾馆，得以多次采访她。林希翎说，这次她是从法国巴黎飞到美国洛杉矶出席会议的，知道我从上海来这里出席会议，她非常高兴。

一见面，我们就用一种特殊的语言交谈，旁边的人谁都听不懂——因为她跟我是温州老乡，我们用温州话在美国交谈！也正因为我们是同乡，所以格外亲切。她的双眼明亮，给人一种特殊的锐利感。她不仅有文才，而且有口才。我在洛杉矶听她演说，富有激情，富有煽动力。她告诉我，她从年轻时代直至现在，演说从无讲稿，讲两三个小时从不在乎。

从采访的角度来说，她是极好的采访对象，她不仅会条理清楚地回答我的问题，而且总是有什么说什么，不避讳，也不隐瞒。说到高兴处，她会扬起头，爽朗地哈哈大笑，同时还举起双手。虽说她年逾七旬，但心理年龄仍然如同年轻人。

林希翎告诉我，她早就看过我的长篇《反右派始末》。那是她在一位朋友家里看到《反右派始末》，就跟那位朋友"商议"，请他把《反右派始末》送给她。那位朋友当年也是"右派分子"，而且家中只有一本《反右派始末》，有点

第四章 追踪 1957

与林希翎在美国洛杉矶（2007年6月29日）

舍不得。她就说，你就想办法再买一本吧，说完了就拿走那本《反右派始末》。她非要从朋友手中拿走《反右派始末》不可，是因为书中有一节《林希翎成了"带刺的玫瑰花"》专门写她。

我庆幸能够在美国洛杉矶采访她。在一天晚上，她摁响我房间的门铃，拿来随身所带的很多资料以及光盘供我参考。征得她的同意，我复印了她的资料，并拷贝了她的诸多光盘。光盘中是她多次自述身世及经历的讲话录音。在众多的资料中，有《中共中国人民大学委员会对林希翎的右派问题的复查结论》等。我还注意到有她在访问台湾地区时台湾各界人士的题词。

我告别林希翎之后，回到旧金山，林希翎曾经几次给我来电，期望再度见面。她希望我在看完她的相关资料之后，为她写一本传记，记录她坎坷的一生，记录中国当代一段难忘的历史。我们相约在上海或者巴黎长谈，于是她给我留下巴黎家中的电话号码以及地址。

2007年7月10日，正在美国东部康宁市的我手机忽然响了。一听，是林希翎打来的。她告诉我，很不幸，她在洛杉矶遭窃，丢失了很多重要资料。她说，还好，你拷贝了这些资料。

而我在2007年冬日再次来到美国，听说林希翎在纽约病倒，在贫病交加之中返回法国，她的心境一直很不好……

359

2009年7月16日，有人从美国到巴黎开会，去看望了病中的林希翎。林希翎一边吸氧一边跟他们谈话。林希翎说起自己的病况："肺心病，长期严重哮喘引起肺功能不好，不能没有氧气，心脏有病。现在又加上血小板低，低到如果不输血马上就死。现在每个礼拜至少输一次血，有时两次。每次两口袋（每口袋300CC）新鲜的血，再加一口袋血小板。"

幸亏法国是高福利国家，林希翎说："我五次住在抢救病房，很贵，一晚要2000多欧元，全是国家负担。"她输血、用氧气，也是国家负担。每星期救护车来一趟，拉她去医院输血。她说起2007年底在美国的那次抢救，"用人工气管，23天都不会讲话了"。

林希翎在法国每月只有退休金500欧元，还好她住的是"国民住宅"，房租很低，再加上水电，每月付掉400欧元，剩下只有100欧元，不够用，靠儿子打工赚钱补贴家用。她有两个儿子。小儿子前几年在巴黎自杀，对她打击很大。她家旁边有个餐厅，给她送来中午一餐。此外，儿子给她买牛奶、饼干，放在微波炉里热一热，作为早餐、晚餐。

重病中的林希翎，唯一的心愿就是叶落归根："我故乡家里也有坟，都做好了，买的房子也在，我就把老骨头放到家里，我有妹妹和很多亲戚在家乡。"

不料，就在此后的两个多月，林希翎离开了人世。

林希翎说，她原名程海果，因为她出生于上海，而她的妹妹叫程瑞果，就因为妹妹出生于温州的瑞安。由于是同乡的缘故，她跟我说起她的家庭、她的父亲、她的童年……

在1957年，她是中国人民大学法律系四年级的学生。她取"林希翎"为笔名，据云那是因为她非常崇拜两位奋起批判《红楼梦》研究权威俞平伯的"小人物"——李希凡和蓝翎。她分别从两人的名字中各取了一个字。李希凡和蓝翎由于良好的机遇，一下子从"小人物"跃为文坛上的权威人士，她也希望这样。她写了论文《试论巴尔扎克和托尔斯泰的世界观和创作》，便寄给了李希凡和蓝翎……

不料，她竟以笔名林希翎传世，而知道她的本名的人反而寥寥无几。

1957年5月23日晚，北京大学的学生们聚集在广场，听一位锋芒毕露的女大学生富有鼓动性的演讲。

令人奇怪的是，这员女将并不是北大学生，却是来自中国人民大学。

她的演说词，虽说当时并无准确的现场记录，但是1957年6月30日《人民日报》所发表的新华社长篇通讯《毒草识别记——中国人民大学学生驳倒了林希翎的谬论和谎言》（作者郑伯亚、丁宝芳），倒是有她的演说摘要。众所周知，在那个特殊年月，关于"右派"言论的报道往往进行过某些"加工"。现在就把这些经过"加工"后的话，转录于下：

> 她说："胡风的意见基本上是正确的。党现在提出的百花齐放、百家争鸣，同胡风所提的基本一致。""真正的社会主义是很民主的，但我们这里是不民主的，我把这个社会叫做在封建主义基础上产生的社会主义。"

1957年6月24日的《北京日报》所载该报记者顾行的《强有力的回击》一文，也揭发了林希翎的"反动言行"：

> "资产阶级国家的部长可以罢免，这我看是好的。"
> "肃反扩大化了。"

林希翎变得十分活跃，和《中国青年报》文艺部、《文艺报》、《文艺学习》等报刊有了许多接触。她想成为一名女作家，并对自己的前途充满信心。她说起话来，在别人听来似乎有点"狂"。

就在这时，1956年6月，《中国青年报》向她射来一支冷箭：发表了署名"究真"的《在灵魂深处长着脓疮》！

这支冷箭，大大激怒了林希翎。

她，曾奋起自卫、奋起反击，指斥《中国青年报》诬蔑她、陷害她。

她得到了支持。中国人民大学德高望重的老校长吴玉章、中国共产主义青年团中央书记胡耀邦都约见了林希翎，对她进行安慰。

就连后来林希翎被打成"右派"之后，《中国青年报》1957年7月12日发表孙立超、丁钢的《从个人

林希翎（程海果）在1957年

野心家走到政治上反动的害群之马林希翎》一文,对林希翎进行"总清算"的时候,也不得不承认发表《灵魂深处长着脓疮》一文是"粗暴了些":"《中国青年报》的批评在当时来说,对于一个尚可争取的青年,批评的态度是粗暴了些,某些事实也有出入。因此两度公开在报上检讨,为了使她有机会接触实际,彻底改造自己,报社还出了路费,让她到玉门油矿住了一个时期……"

这样,在1956年8月,林希翎以"《中国青年报》特约记者"身份前往甘肃玉门……

大抵有过这番亲身受到《中国青年报》无端攻击的体会,所以当大鸣大放开始之后,她就为受冤受屈的胡风奔走呼号,就要求纠正肃反运动中的"左"的错误——她是法律系的学生,深切感到当时中国的种种运动无法可依。

她也就在大鸣大放中崭露头角。批判林希翎时,报上揭发林希翎曾自称是"有棱角的青年",她的"右派"同学们称赞她"勇敢的化身""带刺的玫瑰花""中国的娜斯加""能独立思考",这倒也从某种角度反映了她的特点。在当时的女学生之中,她确实勇敢而大胆。

林希翎在1957年遭到批判时被称为"害群之马"。不错,她是一个富有煽动性的学生领袖。她在北京各高校奔走呼号,滔滔不绝地发表演讲,产生了广泛的影响。

那年月喜欢"挖出身"。在批判林希翎时,《人民日报》以"本报综合稿"的名义在7月15日发表《灵魂深处长了脓疮的林希翎》,花了不少篇幅去"揭露"林希翎的"反动家庭",以求证明林希翎成为"右派"是"阶级本性"所致。

耐人寻味的是,同是林希翎,同是中国大陆的报纸,在1957年和1986年,对于她的家庭的表述截然不同。

1957年《人民日报》所载《灵魂深处长了脓疮的林希翎》是这么描述的:

> 资产阶级右派分子林希翎(原名程海果)究竟是怎么样的人?她是怎样走上反党反社会主义道路的呢?这与她的家庭出身、生活环境及资产阶级思想意识是分不开的。
>
> ……
>
> 林希翎经常夸耀她出身于贫农家庭,从小就吃苦、受罪,又做工。她自称有"工人阶级觉悟",十三岁参加革命,现在才是个二十一岁的女孩子。
>
> 实际情况是这样:林希翎的父亲做过浙江温岭县伪税务局主任,解放

前夕带着姨太太逃跑,遗弃了原妻。她的父亲还做过中国世界语学院(函授)院长,做过英语教员和报纸编辑。家庭长期居住在城市,1948年底,才搬到乡下去,在土改期间,分了六亩地,于是就算个"贫农"了。林希翎的母亲是个"虔诚的基督教徒",曾当过中、小学教员。林希翎说她做过工,实际情况怎样呢?解放前夕,因父母关系恶化,父亲断绝对她们的供给,她不得不半工半读。所谓做工,也只不过是帮助她母亲搞一些包香烟、雕雨伞柄等手工劳动。她母亲被丈夫遗弃后,把一切希望寄托在林希翎身上,要她好好读书,将来飞黄腾达,高人一等。林希翎在母亲、父亲那儿接受来的思想,总结为"人不为己,天诛地灭""人吗,不流芳千古,也要遗臭万年"。

在那样的年月,父亲曾是国民党官员,又"逃"到台湾,那当然是"反动家庭"!

可是,进入20世纪80年代,台属在大陆又变得"香"了起来。1986年的《上海政协报》所载徐铸成的《"林希翎旋风"记》一文,却是这样谈及林希翎的家庭:"她的父亲,原来也是新中国成立前进步的宗教界人士,1949年前在台湾传教……"

其实,这样的"反差"何止林希翎。

林希翎在反右派运动中成为"全国共讨之"的人物,谁都以为,这个"臭右派"从此也就"遗臭万年"了。

完全出人意料,在1983年传出惊人的消息:林希翎居然获准出国了!

就在她出国之际,中国人民大学仍然坚持她是不能"改正"的"右派分子"。

政治的黑锅,掩盖不住才华的光辉。她在被打成"右派"之后,虽与外界完全隔绝,却为她孜孜于学术提供了绝好的机会。她出国后,即被法国国家社会科学院聘为高级研究员。

林希翎的父亲在台湾,她当然希望前往台湾探亲;台湾当然欢迎她,因为她是大陆著名的"右派"。

1985年9月,父亲在台湾病重,林希翎获准飞往台湾。

在台北,林希翎受到了隆重的接待,台湾当局期望她以"反共义士"的身份发表演讲——林希翎向来是擅长演讲的。

可是,林希翎却如此说:"'反共义士'正如'右派分子'一样,这两顶帽子都使我感到深恶痛绝。……我既不当共产党什么'统战工具',也决不会做国民党的'反共义士'。"

林希翎还这样说:"我最关心的是海峡两岸人民之间,特别是分离的亲人骨肉之间应当自由来往,在这方面,我认为共产党'三通'政策是得人心的,开明的,不是什么'统战阴谋',而是客观事实。但国民党方面'三不主义'则太僵化了,是很不得人心的,希望赶快改正。"

林希翎在台湾只住了一个多月就离开那里了。

从此,林希翎被台湾当局宣布为"不受欢迎的人"。

林希翎说起,在1957年能够"先知先觉",看透很多问题,原因之一是她读到了苏共中央第一书记赫鲁晓夫1956年2月25日在苏共二十大所发表的"秘密报告"。赫鲁晓夫的这个"秘密报告"尖锐地抨击了斯大林,批判了个人崇拜,批判斯大林的肃反扩大化。

这个"秘密报告"当时在中国是严格保密的。她能够看到这个绝密文件,是因为她当时正在跟曹治雄谈恋爱,而曹治雄是中国共产主义青年团中央第一书记胡耀邦的秘书。曹治雄在1954年初春由共青团中央团校调去任胡耀邦的秘书,在胡耀邦身边工作了三年半。

林希翎向曹治雄借阅赫鲁晓夫的"秘密报告",是由北京大学学生陈奉孝(后来被划为"右派分子")引起的。陈奉孝在2005年回忆说:

一开始,中国政府矢口否认这个报告的存在,但当时北大有几百名苏联和东欧各国的留学生,北大还有西方各大国的英文报纸,那上面都刊载了这个报告的全文,因此要想封锁消息,那是不可能的。不久,这个报告的内容就在北大流传开来。

在1957年整风运动初期,我们想把这个报告翻译出来发表在《广场》上(引者注:《广场》是北京大学"右派"学生们自己办的刊物)。因为当时在我国知识分子当中普遍认为,1955年由反对"胡风反革命集团"引发的全国规模的"肃反"运动,也像当年的苏联一样,严重扩大化了。因此我们想把这个"秘密报告"发表出来,作为向政府的一个警示。于是,数学系的年轻助教任大熊便从北大第三阅览室借出来一份英文版的英国《工人日报》,那上面刊载了"秘密报告"的全文。但报告的文字太长,因此便由任大熊、陶懋颀(数学系年轻助教)和我各取一部分翻译了出来,最后凑成了一个整体。但我们三人都不是学外语的,怕翻译得有误,想找一份中国官方的中文稿核对一下。恰好在这时林希翎来北大

第四章　追踪1957

看大字报，王国乡告诉我说，林希翎能搞到这份报告，中共中央委员都有这份报告。胡耀邦是中共中央委员，林希翎正与胡耀邦的秘书谈恋爱，可以想办法借出来看看，跟我们翻译的核对一下。于是我便去人民大学找了林希翎。

当林希翎从曹治雄那里借到赫鲁晓夫的"秘密报告"，她的思想受到震撼。她不仅细细读了，而且全文抄录了一份——那个时候没有复印机，只能一个字一个字手抄。读了赫鲁晓夫的"秘密报告"，她联想到中国的现实，中国同样存在严重的个人崇拜，存在着肃反扩大化……

正因为这样，林希翎在北京大学演讲时，就尖锐地指出："从目前公布的三批材料来看，下结论说胡风是反革命为时尚早，检察院至今没有公布侦查结果，这就说明了问题……胡风的意见书基本上是正确的……加给他反革命罪名的根据是很荒谬的……为什么向党中央提意见就是反革命呢？"

在她讲话的时候，有人鼓掌，也有人轰她，林希翎毫不畏惧地说："我既然到这里来，就是冒着危险的，坐牢也没有关系。"

林希翎告诉我，曹治雄因为提供赫鲁晓夫的"秘密报告"给她被打成"右派分子"，他们之间的恋爱关系也因此中断了。

在所谓的"揭发材料"中，有这么一段："整风运动初期，林搞到一份赫鲁晓夫秘密报告。她明知这个'报告'在国际共产主义运动中已经造成严重恶果，她也知道不得外传，却在演讲、发言中都大量引证其内容。她攻击说：'斯大林专横残暴，严重透顶，历史皇朝无可比拟……阻碍社会发展，倒退了一个时代。'她声称'秘密报告是很真实的'，给我'很大启示'。她用'秘密报告'来影射我们党的工作，说'我们同志间关系不正常，六亲不认，冷若冰霜'。她在6月1日全校大会上宣布：'现在我主张公开赫鲁晓夫的秘密报告……我这里有一份，可以公开。'6月2日她贴出海报，要在6月3日晚上公布，由于校领导和广大师生的反对，她未能得逞，但使学校的整风运动被迫停止了三天。林还把'报告'给校内同学传阅，又叫人抄寄给北大、西安、南京、武汉等地一些人。当学校让她交出时，她又抄留了一份。林希翎的这些言论和活动，在校内外造成恶劣影响，严重地干扰破坏了学校整风运动，也使外单位、外地的一些青年跟着犯了新的错误。"

林希翎告诉我，她在北京大学、中国人民大学的演讲内容很快就上了《人民日报》的"内参"。在反右派运动还没有开始之际，她就已经被定为"极右分子"。

1957年6月21日,林希翎第一次遭到《人民日报》的点名批判。此后,她在媒体上受到"围剿"。

后来,她被留在北京中国人民大学劳动,接受批判,"当反面教员"。在1957年北京各院校应届毕业生大会上,周恩来作报告,提及林希翎时,只说她在鸣放中"犯了错误"。

一年之后,在北京中山公园开的一次联欢会上,刘少奇遇上中国人民大学的学生,问起林希翎的情况。人大学生反映说,林希翎不承认自己"反党反社会主义",没有"低头认罪",依然是那样桀骜不驯。刘少奇便说:"那你们应当对她加强监督嘛。"于是,公安部部长罗瑞卿根据刘少奇的指示,来到中国人民大学,在党委召开秘密会议,宣称"林希翎这样的大右派,在人大是改造不好的,还是交给我吧,我有办法对她进行强制改造"。

1958年7月21日半夜,林希翎突然被捕入狱。这一关,就是15年。林希翎美好的青春岁月,就这样在铁窗下度过。

林希翎被捕是那么突然,她的出狱也很突然。那是1973年,毛泽东在会见一个外国代表团时,客人问起林希翎。毛泽东当时也不知道林希翎的情况。于是,毛泽东向吴德询问,得知林希翎关在狱中。毛泽东说,林希翎还年轻,应立即释放,安排工作。

就凭毛泽东的一句话,林希翎走出了监狱,被安排到浙江金华地区一个很偏僻的山区,叫武义县,在一个农机修造厂当工人。公安部门为了保密,让林希翎恢复用自己的原名程海果,因为人们只知道"大右派"林希翎,并不知道林希翎就是程海果。

没想到,农机厂的一个技术员爱上了她,尽管他比林希翎小11岁。1974年,他们结了婚,生了一个儿子。

1962年,林希翎还在狱中的时候,她的父亲从香港寄来信和钱给她的母亲,当时林希翎母亲正处于最困难的时候。林希翎结婚之后,母亲搬来和她同住,从此,林希翎同父亲也有了通信联系。

1978年,林希翎终于摘去"右派分子"的帽子,但是"不予改正"。这一年,她生了第二个儿子后,希望能够去香港探视父亲。

1983年6月初,林希翎在友人帮助下调到广州的广东教育学院当教师。7月2日,她获准前往香港。在离开内地之前,林希翎跟丈夫办理了离婚手续。

到了香港,林希翎才知道父亲住在台湾。当时,她无法前往台湾。1983

年10月，林希翎应法国一家学术团体的邀请去了法国，从此在法国定居。1985年，她赴台探父，终于见到了多年未见的父亲。

我关注林希翎在1978年为什么只是摘去"右派分子"的帽子，但是"不予改正"。

所谓"不予改正"，就意味着1957年定为"右派分子"是正确的。至于摘去"右派分子"帽子，并不意味着否定了原案。这如同某人以反革命罪入狱，刑满获释，这获释并不意味着否定原先的定案。

关于林希翎"不予改正"，李新的《1957年"反右派"亲历记》这么写及：

> 在反右派高潮中斗争得最激烈的是林希翎。她本是法律系的学生，但随后研究红楼梦并写出了颇有见地的文章。吴老（引者注：指中国人民大学校长吴玉章）认为她是个人才，在颐和园里为她专门找了一个地方供她写作。林希翎因研究红楼梦出了名，反右派恰好轮到了她头上。她不但会写文章，而且会说话，因此，开她的斗争会很不容易。党委从全校找到了一些能说会道的积极分子，事前做了很充分的准备并经过"预演"之后才召开斗争会。但在斗争会上，积极分子的发言却不断被林希翎驳倒。主持斗争会的人无法，只得领着群众高呼口号，才能将她压倒。像这种斗争的准备和召开过程，我是从不参加的，但听到情况后也觉得十分滑稽可笑。据说当时北京大学斗争谭天荣的情况也是如此。因此，林希翎和谭天荣一时成了北京学生界的著名人物。他们被打成"右派"后，当然是弄去劳动改造，甚至受到异常痛苦的遭遇。直到"四人帮"倒台后，"右派"才得到平反。人大党委把给林希翎平反决定派人送去给她时，派去的人以为她会感谢涕零，谁知她却不甚搭理，于是这人便把平反决定带回去了。这样，林希翎便成了很少几个没有平反的"右派"之一。

李新所说的由于林希翎对于给她平反没有"感谢涕零"，导致来人把平反决定带回去了，其实不甚准确。当时中共中国人民大学委员会并没有决定为林希翎平反。

林希翎跟我说起胡耀邦对她的多次批示，使我明白她的"不予改正"的症结所在。

林希翎说，胡耀邦对她非常关心。在1957年，胡耀邦曾找她长谈了四小时。

当林希翎被捕时，胡耀邦明确表示反对把她送进监狱。

1977年12月，胡耀邦出任中共中央组织部部长，着手为大批"右派分子"平反。

1978年，林希翎刚生完第二个儿子，听了中央21号文件的传达，知道正在给大批右派进行"改正"，她很高兴地为小儿子取名"春临"，意即春天来临。

1979年初春，林希翎前往北京，企望人生的春天真正来临。她给胡耀邦写了信。三天之后，中共中央宣传部的一位负责人便代表胡耀邦接见林希翎，并转告她，胡耀邦在她的信上批示："向你致意，愉快地同过去告别，勇敢地创造新生活。"胡耀邦如此亲切的批示，使林希翎心中充满暖意。

紧接着，1979年6月1日，胡耀邦又在人民日报社一份关于林希翎的内参（《情况汇编》的《应为林希翎冤案彻底平反》）上批示："改正有利。"

此后，中共中央组织部一些干部呼吁改正林希翎的"右派分子"问题，写信给邓颖超。邓颖超把信转给了胡耀邦，胡耀邦第三次就林希翎问题作了批示："拟以改正有利。"

胡耀邦先是在1977年12月任中共中央组织部部长，然后在1978年12月中共十一届三中全会上当选为中央政治局委员、中央纪律检查委员会第三书记，任中共中央秘书长兼中央宣传部部长。1980年2月，他在党的十一届五中全会上当选为中央政治局常委、中央委员会总书记。胡耀邦一连对林希翎问题作了三次批示，照理，林希翎的问题应当得到妥善解决。

然而，出乎意料的是，中共中国人民大学委员会在1979年7月4日作出关于林希翎的《复查结论》，仍拒绝为"右派分子"林希翎平反。

更加荒唐的是，就连林希翎无端被关押15年，也不予平反。1980年5月，经北京市委批准的法院通知说："……本院于1960年2月1日已作了维持原判的决定，现再经本院复查认为，原判认定的主要事实、定性及适用法律正确，决定驳回申诉，仍维持原判。"

在林希翎交给我的资料中，我见到一封万言长信，她这样诉说自己内心的痛苦：

"单单北京因同我的关系被打成'右派'的就有170名，而在全国各地则是不计其数。在我这批株连者中既有我相识的，直接接触过的首长、同志、战友、作家、老师、同学和朋友，甚至还有大学里的工友，更多的则是我的根本不相识、从未见过面的北京和全国各地的支持者和同情者。

"在这些株连者面前,我常常感到自己是有罪的,非常内疚和痛苦。尤其因为我在反右运动初期犯过类似小说《牛虻》中亚瑟的错误。当校党委审查我和社会上与校内外友人的关系时,我是坦然地向组织上交出了我所保存的一切文稿、日记和信件,因为当时我确信我自己以及我的朋友们都是没有任何政治问题的,我同他们的友谊完全是光明磊落的,我没有任何不可告人的秘密。我完全信任党会查清我和我的同志的问题。……凡是从我这里交出来的信件的写信者,在反右运动中几乎很难幸免不当右派的(而其中还有许多来信都是从一些读过我的文章给报刊编辑部转来的读者来信,和听过我的演讲的听众来信,几乎都是素不相识的)。即使有个别的幸运儿在反右运动中得以'瞒天过海''蒙混过关'的话,那么在以后的政治运动中仍是混不过去,还是当了'漏网右派',还加上其他帽子。"

作为中国最后的"大右派",林希翎客死于异国他乡。

飞往西南采访"小右派"

在采访"大右派"的日子里,我注意到一位非凡的"小右派"。

那是在 1986 年,《人民日报》海外版上一则短讯像一星灿烂的火花从我的眼帘中闪过:

"反革命"万言书终成革命文物　李天德《献国策》存入博物馆

本报讯　四川省雅安地区一位名叫李天德的知识分子,1975 年的致中共中央、国务院的万言书——《献国策》原件——最近被中国革命博物馆作为革命文物收藏。《献国策》的核心是彻底否定"文化大革命"。……当时,李天德因写这份万言书被"四人帮"打成现行反革命,判处死刑。后经雅安地区中级人民法院改判为有期徒刑 20 年,直到中共党的十一届三中全会以后,他才得到平反。

这条全文不过 300 多字的消息太简单了,我极想一读那洋洋万言的《献国策》,极想一访那位殊死忠谏、幸存于世的李天德。

飞机。火车。汽车。千里迢迢,我从东海之滨的上海,赶到西南古城雅安——当年西康省的省会。

在雅安地区中级人民法院,我见到刑二庭庭长杨正全。他曾为李天德平反冤案,熟知详情。他用一口浓重的四川话兴奋地告诉我:"1985 年 4 月,我们收到中国革命博物馆的来信。信中说,李天德的《献国策》是珍贵的革命文物,他们想征集、收藏原件,希望得到我院的支持。我们经过研究,同意把《献国策》原件移交中国革命博物馆,让千千万万的人——特别是那些没有经历过'文化大革命'磨难的青少年——从中得到教育。"

"你们手头有《献国策》影印件吗?"我赶紧问道。

"你可以在这儿看到原件。"杨庭长告诉我,"李天德当时把《献国策》抄写了三份。其中两份投邮寄往党中央,一份亲自送往当时的中央办公厅接待站。这三份原件都在——10年前,那是作为李天德进行'现行反革命活动'的重大罪证保存的,这次送交中国革命博物馆的,只是其中的一份原件。"

就这样,我在封面上赫然写着"案由:反革命"的案卷里,有幸全文拜读了《献国策》原件。这是一篇以生命为代价写下来的征讨"四人帮"的檄文……

笔写下来的,斧头也砍不掉。在和煦明媚的春日,读着在一灯如豆的寒夜中写成的万言书,我的心中充满着对作者的敬意。他超越了时代,他的许多真知灼见即使在挣脱了"四人帮"禁锢后的1977年、1978年至1979年,也未必为人们所接受。《献国策》的作者具有政治上的火眼金睛。

端端正正的字,写在22页500字的方格稿纸上。首页写着"献国策——致中共中央、人大常委会"。

以下是《序》的全文,口气不小,一片忠言。虽是匹夫,以天下兴亡为己任:

应当让有无产阶级卓越政治远见的、胸怀大志的、有才干的年轻人担负国家之重任,以便为国家制订出革命的、行之有效的策略,引导人民为建设一个强盛的社会主义祖国奋斗。为此,我建议:

中央应颁发求贤令,广招天下有志之士。

我愿自荐到国务院,为实现今日所献之12条而鞠躬尽瘁,死而后已。

献策人:李笑天
1975.5.5

李笑天,是李天德的化名。

纵横捭阖,力透纸背,《献国策》锋芒所向,直指那场"好得很,就是好"的"文化大革命"。他指出:

关于"文化大革命",我认为是完全不必要的,坏处大大超过好处。

(A)我们的许多好干部受到林彪一类的迫害。

(B)我们的人民遭到前所未有的愚弄,受了坏人的唆使,像仇人一般相互厮杀。

(C)让林彪一类大小坏蛋捞了便宜。小坏蛋搞打、砸、抢、抄、抓、奸淫、烧杀;大坏蛋搞阴谋诡计、篡党、夺政、搞法西斯主义。为一切仇杀、个人报复大开绿灯。

（D）国民经济遭到建国以来仅次于"自然灾害"三年的空前大破坏。中央当然不可能知道"文化大革命"期间全国工农业产值的真实数目。

（E）在精神道德方面，由于林彪搞的神秘主义、宗教迷信、极权崇拜，人们变得不诚实、伪善，变得奸猾。……

他还进而从"文化大革命"上溯"三面红旗"和反右派扩大化，痛斥种种"左"的行为：

关于三面红旗，虽然有人极力肯定，但我要否定。……人民公社是"共产"风，大破坏，乌托邦的狂热。……层层的干部弄虚作假，谎报成绩，欺上瞒下。……"大跃进"的第二个年头（五九年）一切工农业产品减少，到了六〇年，就变得奇缺。……彭德怀的意见是对的、正确的。

大学生右派一律无罪释放。对治理国家大事确有独特进步见解者，可担任国家干部。

他在万言书中，提出了12个方面的国策：

一、节制生育，控制人口；

二、缩小工农、城乡差别；

三、为农业人口提供福利；

四、教育革命问题；

五、知青下放问题；

六、医疗卫生工作问题；

七、干部问题；

八、纠正歪风邪气；

九、刑法、定罪、治安问题；

十、各项政治运动、方针政策的现实意义和群众基础；

十一、领袖的任期与功过的问题；

十二、关于共产主义社会的探讨。

我满怀激情读罢《献国策》原件。在同一案卷里，我又读到1976年2月

24日雅安地区中级人民法院的《对现行反革命李天德案审理总结》,我的心一下子收紧了。这份"总结"差不多同样引述了上面从《献国策》中摘录的话,但加上了"内容极其反动""攻击三面红旗""攻击无产阶级文化大革命""为刘少奇、彭德怀鸣冤叫屈"之类"罪名",称李天德"反革命气焰十分嚣张"。

《总结》的最后一段冷冰冰的话语,置李天德于死地:

李犯天德于1975年8月13日化名李笑天,流窜到首都北京,明目张胆地将其反革命文章《献国策》递交中共中央办公厅、国务院办公厅联合接待室,并声称是"受迫害的",当即被抓获,由北京市公安局于1975年8月19日将李犯天德逮捕,押回四川苗溪茶场。关押期中,李犯天德以自杀来威胁,企图逃脱人民对其反革命犯罪活动的惩罚。

李犯天德因反革命犯罪两次判刑,不思悔改,公然流窜到首都,疯狂进行反革命活动,实属罪大恶极,屡教不改,死心塌地的反革命分子。建议判处李犯天德死刑,立即执行。

人妖颠倒,明珠暗投,革命志士李天德险些被作为"反革命分子"押上断头台。九死一生,劫后幸存,我终于找到了依旧健在的李天德……

"李厂长——李厂长——有人找!"当我来到雅安矿山机器厂采访,传达室的老头儿看过我的介绍信,便领着我来到办公楼前,大声地喊道。

这是一家七八百人的工厂,在雅安是屈指可数的大厂。

一个中等身材、瘦削的中年人,穿着一身旧的蓝色公安制服,向我走来。他,就是李天德。看上去普普通通,只是眼角、嘴巴的皱纹使他显得比47岁更苍老一点。如今他已是这家工厂的副厂长,工作十分忙碌。我们约定晚间长谈。

晚饭后,他来到地委招待所,领我上他家。他并不住在矿山机器厂宿舍。我走进那幢居民楼,发觉上上下下的人都戴着大盖帽,穿橄榄绿色公安制服。他们看见李天德,总是点点头,说一声:"吃过啦?"显然,那是公安部门的宿舍楼。

他家有20多平方米,两大间,住得还可以。妻子很年轻,戴一副近视眼镜,挺斯文的。3岁的小女儿艳艳在那里叮叮咚咚弹玩具钢琴——那是他出差成都时给艳艳买的。他对小女儿"唯命是从",一会儿给她削苹果、剥香蕉,一会儿给她画画儿,还跟女儿一起表演"二重唱"。

"我的青春年华，是在铁窗下度过的。"他长叹一口气说，"1958年，我才19岁，就被错划为'右派'。当年被捕入狱。此后，在漫长的20年中，我的身份一直是'囚徒''反革命''现管分子'。直到1979年2月17日，我才被摘掉'反革命分子'的帽子，但是仍然给我留下了一条'有政治错误'的尾巴……如果没有党中央领导同志对我的关心，我今天还在监狱里。"

我一次又一次地与他长谈。由于他的案情曲折、复杂，我又去雅安地委组织部查阅了他的档案材料，向四川省组织部部长冯振印和雅安矿山机器厂党委副书记罗永忠了解情况，这才弄清他蒙冤受屈的前前后后，以及平反过程中的反反复复……

1956年9月1日，这是李天德难忘的日子，他还做着当一名"红色工程师"的梦，跨进重庆大学校门。他在崭新的校徽背面刻上了"向光明前途进军"七个字。那时，他浑身迸射着青春的火花，人生的道路上洒满阳光。

胸前的大学校徽，确实来之不易：

1939年，李天德出生在四川荣县李子乡，父亲李佛海靠染布为生。他2岁时，父亲就被日本飞机炸死。母亲是文盲，在他11岁时死去。靠着大哥的照料，他才艰难地念完小学、中学。他12岁入少先队，15岁入共青团。高中毕业后，做了一年中学代课教师，他终于在1956年9月戴上了重庆大学校徽。

虽然他念的是冶金系，却酷爱文学。他担任了系学生会宣传部副部长，写过诗，演过京剧《捉放曹》中的陈宫……他，沿着"红领巾—共青团员—布尔什维克"的道路前进。他，向往的英雄是卓娅、马特罗索夫、邱少云、黄继光、吴运铎。他，读了列宁的《唯物主义经验批判主义》、斯大林的《论辩证唯物主义和历史唯物主义》……他，是20世纪50年代纯真向上的大学生中的一员。

然而1958年3月，他的书桌上，他的宿舍里，被贴了许许多多触目惊心的标语："警告你，狡猾的狐狸李天德！""反党分子李天德必须低头认罪！"……

他被戴上"右派分子"帽子，保留学籍，劳动考察。

我从1979年2月14日中共重庆大学核心办公室所发的一份平反文件上，查到如下的话：

> 在1957年反右中，李天德对当时个别班的反右斗争提了意见，写了三张大字报和一些诗。根据中央1978年55号文件和中央1957年关于《划分右派分子的六条标准》衡量，不是右派言论。原划李天德为右派骨干分子实属错划，应予改正，恢复政治名誉。

仅仅因为写了"不是右派言论"的三张大字报和一些诗，便被错划为"右派骨干分子"，李天德白璧蒙尘，从此他的命运每况愈下，跌入社会的最底层。

祸不单行。1958年12月15日，在重庆南桐矿区下放劳动的李天德正在吃力地背着铁矿石，突然，他被叫到操场上开会。那里已聚集了二三百人，一双双眼睛"聚集"在他身上。重庆市公安局派人出席大会，当众宣布逮捕4名反革命小集团骨干分子。李天德刚听见念到自己的名字，双手就被冰凉的手铐反铐起来。从此，手铐脚镣如同家常便饭。在采访时，他撩起衣袖和裤脚管给我看，迄今还留着明显的印痕。这就是历史的误会的代价！

1959年3月17日，他被判处6年徒刑。罪名相当可怕——"妄图偷越国境"。原来，他被划为"右派"之后，跟几个"右派"学生一起劳动，其中一个云南籍的"右派"学生说他的家乡土地肥沃、气候温暖，大家不如上那儿混口饭吃，起码比"监督劳动"要自由自在些。不料，打算去云南被说成"妄图偷越国境"，他们被打成了"反革命小集团"。

宣判后一星期，李天德被押往渣滓洞，又入白公馆，后来被押往建在当年"重庆中美合作所"旧址上的劳改工厂。李天德对这些地方本来充满崇敬之情，因为那是革命烈士献身之处，他愿接过红岩的火种，高举先烈的红旗。意想不到的是，如今他穿着藏青色的囚衣，背上印着"劳改"两个白色大字出现在那里，囚号"2478"代替了他的名字……

他在狱中思索多年。尽管他人卑言微，但是他决心以自己细弱之力尽匡正时弊之责。他反复思索，构思着《献国策》。

要进京，必须设法从劳改茶场脱身。于是，他想到了申请"探亲假"——他毕竟近20年来未探亲。要探亲，必须表现"积极"；要进京，必须积攒路费。从成都到北京，硬座票也要30多元。他每月才29元工资，除去16元生活费，每月省下几元。好不容易，他悄悄积存了30多元钱。

盼星星，盼月亮，终于盼来了探亲假——总共10天。

他终于来到北京……

案发后，1976年2月24日，"建议判处李犯天德死刑，立即执行"，已明明白白写在雅安地区中级人民法院的报告上。

毕竟有人主持正义，指出：李天德终究只是进京直接向中央献万言书，除此之外，他未向任何人阐述他的政治见解，判处死刑未免过重。

判决书终于正式下达了。李天德以"反革命罪"，被判处20年有期徒刑……

对于"小右派"李天德的采访,使我意识到:

一是"小右派"的苦难更甚于"大右派"。

二是"小右派"的数量远远多于"大右派"。

三是"反右派"总是与"文化大革命"相连。李天德在"文化大革命"中差一点被判处死刑,其根源是他在1957年被打成"右派分子"。

推出《反右派始末》

从20世纪80年代初,我就把关注的目光投向1957年的反右派斗争。

经过了10多年的多方采访,经过反反复复的修改,我终于在1994年完成了52万字的《反右派始末》一书。这本书全方位、全过程记述了1957年的反右派斗争。

北京一家中央级的出版社对书稿进行了审查,写出了审查意见,认为这是第一本全面反映反右派运动的书,很有价值,但是考虑种种情况,未能出版。

这本《反右派始末》在1995年12月得以由青海人民出版社出版。

在大陆版出版之前,香港版倒是先问世了,书名改为《历史悲歌——"反右派"内幕》。

香港是"五七战士"的聚居地。在"文化大革命"中,被"下放"到"五七干校"的干部们,常被称为"五七战士"。然而,如今这"五七战士"又有新的涵义:在1957年被划入"右"册的人们,戏称自己是"五七战士"。

许多"五七战士"在1957年罹祸之后,便千方百计借助"海外关系"出走,大部分便定居于香港。所以,这本书在香港畅销。香港的杂志曾转载了这本书的部分章节。

1995年第12期《明报月刊》以《叶永烈对"反右派"作全景式扫描》为题,对此书作如下介绍:

> 大陆作家叶永烈的《历史悲歌——"反右派"内幕》,以罕见的内部文件、书信和发言等资料,对大陆1957年的反右派运动作了全面而深入的报道。本书由上而下,描述整个事件的来龙去脉,尤其注重揭示中共最高当局在事件前后的态度和策略,同时也将当年被愚弄和折磨的"右派分子"的遭遇和心态一一呈现。本书最近由香港天地图书出版公司出版。

香港《明报》1996年2月11日的"星期日读书"彩色专版，很醒目地刊登了大陆版《反右派始末》一书彩色封面，还发表了蒲锋先生的书评《不可不知反右派》。书评说：

> 迎接九七，香港人要了解更多的中国历史。除了要了解鸦片战争、知道英国殖民主义者当年如何欺凌中国，也要多读点中国当代史。除了大家所熟知的"大跃进""文化大革命"，1957年的反右派运动也不宜忽视。……
>
> 有关"文化大革命"的书籍很多，既有详细叙述分析的专著，亦有不少当事人的回忆录，相比起来，比较完整叙述反右派运动的专著便比较少见了。比较详尽的便要算叶永烈的这部新作了。
>
> 叶书的优点是掌握了不少第一手资料。他既访问了不少在世的重要当事人，当事人死了便访问他们的至亲好友，了解每个当事人的背景和被划为右派之后的经历。另一方面，他又接触到当年的原始文献，包括右派的言论和中共内部的反右派指示，能基本上勾画出当年事件的本来面貌，揭露当年一些不为人知的内幕，而在书中对中共从未正式平反的右派罗隆基、章伯钧、储安平等则以事实为他们作出辩护。
>
> ……
>
> 本书的另一优点是不为一些"贤者"讳。记载了老舍、茅盾、吴晗在反右时都曾狠狠地批判过别人。特别是吴晗，我们都知道他是"文化大革命"中"三家村"之一，是著名的受害者。但叶却揭示这个受害者当年却曾受命打击过别人。

香港《明报》的评论，也很中肯地指出了《反右派始末》一书的缺陷：

> 大陆出版的谈反右的书，始终有政治禁区。本书不回避毛泽东的责任，但对中共其他领导人在事件中的态度却讳莫如深。叶几乎追踪了所有著名右派的经历，但全书却对大右派刘××不著一字。此外叶的叙述主要集中在上层人物中，以存其实，但难免对不同层面的受打击者缺乏描述。本书的香港繁体字版由天地图书出版公司出版，易名《历史悲歌》。

1996年第3期《明报月刊》发表张丹丹的书评《首度全面探讨右派的悲剧命运》一文，则指出：

可以这样说，本书不仅仅是对"右派"们在精神和道德上的总平反，也是启发人们进一步探讨中国知识分子命运的材料。

远在美国北达科他州的朋友，在5月来信中称：

就是这么快，这里的报纸已登广告，书名被改成《历史悲歌——"反右派"内幕》。港版，繁体，谓系大陆禁书，原售30美元，预订为21美元。广告介绍说，此书系迄今为止对反右派运动最全面、深入之报道，由上而下，描述整个事件来龙去脉、当局在这一事件前后之态度与策略，有罕见内部文件、书信及发言，展示了当年被愚弄和折磨的"右派"之遭遇，同时亦指名道姓报道了当年"批判者"如茅盾、老舍、吴晗等的丑态。大陆出书后，即被列为禁书。

令我惊讶的是，信中还写道：

又见报，叶永烈现在美国，拟留两年。

我的一位在加拿大的朋友亦告知，从《世界日报》上见到《叶永烈夫妇在美国》的报道。

其实，虽然我的两个儿子当时都在美国工作，都已是美国公司的白领，但我在1996年并没有去美国，更没有"拟留两年"的打算。因为我一直认为，我的工作在中国，"根子"在中国。我可以多次前往美国访问、探亲，但是我绝不会"拟留"美国。

香港地区《亚洲周刊》《星岛日报》、台湾地区的《中国时报》都对《历史悲歌——"反右派内幕"》发表了评论或者报道，美国《世界日报》也做了报道。马来西亚的文友寄来当地《星洲日报》1996年5月19日关于此书的报道。

1996年8月8日深夜，我刚躺下，忽然电话铃声大作。一听，是傅雷次子傅敏从北京打来的。他告诉我，刚刚接到其兄傅聪从伦敦打来的电话，询问能否得到一本《反右派始末》。傅聪从英国报纸上见到报道，希望一读为快。

由于《反右派始末》一书是当时有关反右派运动最详尽的一本书，所以这本书出版以来，受到众多读者的关注。内中特别是"五七战士"们，非常关心这本书。我不断收到"五七战士"们的来信、来电以至登门来访。这样强烈的反响，出乎我的意料。

我发现，中国的"五七战士"们，仿佛已经形成了一个无形的联络网。《反右派始末》这本书没有在内地报上登过广告，也没有发过出版消息，但是"五七战士"们互相转告，以至十分偏远的地方，都知道出版了这么一本书。只是这些地方买不到，所以他们给我来信，希望能够见到这本书。

1996年1月13日，正在上海华东医院住院的"五七战士"陈修良托人转告，希望约我一谈。陈修良的丈夫是当年浙江省省长沙文汉——1957年党内最大的"右派分子"。她自己当时担任中共浙江省委宣传部部长，也被打成"右派分子"，和丈夫成了一对"党内右派夫妻"。

我在华东医院见到了89岁高龄的陈修良。她的记忆力很不错，身体也还好，一口气跟我谈了两个多小时。她告诉我，《反右派始末》一书出版之后，别人很快就告诉了她，她托人买到《反右派始末》一书，读后感慨万千。她说，作家有勇气写这本书，是很不容易的。1957年这么一场"左"的运动，谁都不敢去碰、去写，你能够写出来，表明你有很强的历史责任感。应该让现在的年轻人知道1957年的真相，这是为了将来不再发生这样的历史悲剧。

她说，沙文汉被打成"右派分子"一事，已经将近40年，这本书第一次详细地写了此事，她特别激动。

她说，她生于1907年。1925年，18岁的她便已经成为宁波的学生运动领袖。她在1926年加入中国共产主义青年团，1928年加入中国共产党。她在莫斯科留学时与杨尚昆、陈伯达是同学，回国后，她长期从事地下工作，曾担任中共南京地下党市委书记。

陈修良对我说，在她的一生中，两回当"右派"。头一回是在苏联，她因为反对"左"倾机会主义，被打成"右倾机会主义分子"，也就是"右派"；第二回，则在1957年。

陈修良说，在1957年，她在9月先被打成"右派分子"，到了12月，沙文汉也被打成"右派分子"。

沙文汉本名沙文舒，做地下工作时化名张登，新中国成立后才用沙文汉这名字。他多年从事地下工作。1937年4月，当冯雪峰出任中共上海临时工作委员会书记时，沙文汉便是宣传部部长。

陈修良被打成"右派分子"，遭到了批判，称她"五毒俱全"。这位中共浙江省委宣传部部长，甚至被戏称为"牛克思"。这"牛克思"有两层含意：一是说她非"马克思主义者"，二是贬斥这位宣传部部长只会吹"牛"。

陈修良说，她是中共多年的老干部，在政治上是"独立的人"。可是，在1957年9月把她打成"右派分子"之后，却硬要把她和沙文汉扯在一起，说她是沙文汉进行"反党活动"的"先锋"。后来，陈修良才明白，把她打成"右派分子"，是为了打沙文汉的"外围"。

终于，浙江省反右派运动的火力集中到沙文汉身上。

1996年1月7日中午，我忽然接到湖南湘潭的长途电话，那是一位名叫黎健的"五七战士"打来的。他说，他读了《反右派始末》，当了20年"右派分子"，第一次知道了自己被打成"右派分子"的真实背景。

他说自己是在病床上含泪读完《反右派始末》的，他患癌症，已经晚期。

他对《反右派始末》有意见，认为对"大右派"写得多，而写"小右派"不够。他说，他便是一个"小右派"。他愿意把关于自己的苦难经历的材料寄来，希望在《反右派始末》再版时补入。

他告诉我，这本书最初是湘潭一家小书摊在销售，他的朋友（也是"五七战士"）见到了，买了一本，向他推荐。他马上买了一本，读后，又打电话给许多当年的"五七战友"，告诉有这么一本书。于是，那家小书摊的生意格外兴隆。

在1996年2月26日晚，他又从湘潭给我打来电话。他说，他向许多人推荐了《反右派始末》这本书，其中有山西文联主席，有歌唱家成方圆的父亲，有湖南新闻界的朋友。其中一位《湖南日报》的记者冒雨去买这本书，书摊上只剩一本连书角都卷起来的书，但他也买了下来。

他说，他本来收集了许多关于"反右派"的资料，有了这本书，就用不着费心了，因为这本书几乎都有。这本书是"开先河"的书。他说，他在9岁时死了父亲，进了孤儿院，后来参加土改。自从1957年被打成"右派分子"，吃够了苦。特别是在"文化大革命"中，受了不少"二茬罪"。如今生活好起来了，又落了一身病，活一天算一天。自己是"小右派"，实在算不了什么。但是，经历了这么多年的苦难，心中有许多话要说。等天气稍微暖和点，他要把自己的经历写好寄来。

四川成都新繁镇医院离休干部梁全海，也是"五七战士"。他给我来信说：

> 大作《反右派始末》读过之后觉得很好，正如先生所说："由于众所周知的原因，反右派运动尽管已经过去将近40年，却未曾有过一本反映这一'历史悲歌'的长篇。"

先生本着"不虚美、不隐恶"的精神来写这一重大而又敏感的政治题材，实乃当代太史。20世纪70年代末讨论"实践是检验真理的唯一标准"，狠批两个"凡是"，给"浩劫"中受冲击的干部平反，补发工资等，都是必要的。而对"历史悲歌"的受害者却仅以"改正"名之而已。另有比定名有案可查的"右派"更多的莫名"右派"连改正都轮不到。1979年我回校"改正"时遇到当年的学生黄君曾对我说："老师，你们现在到底还'改正'了。我们回去，公社说学校有通知说我们是'内划右派'，参军当然不行，参加工作也不行，当社员也受歧视。现在四十几了，一事无成。今天到学校来又查不到当年划我们为'右派'的底子。我们这样的同学多啊！"我对他说："宽心些，你们比我们年轻。当年学校仅语文组11人就划了5个'右派'，能教书的都打倒了。还有一个自杀的。"大家相视都哭笑不得。

"反右"和"文化大革命"这两幕悲剧，给中华民族的"内伤"是很大的。20世纪80年代初的"伤痕文学"起了一点医治作用，因为它告诉人们那些被扭曲的灵魂是怎样扭曲的。先生能在"反右"40年之际把"悲剧"较系统地引用历史档案材料、抢救口碑，如实地写出《反右派始末》，这无疑是一件大好事。因为《反右派始末》澄清了许多是非。

"右派"的亲属、朋友、子孙也从中了解并谅解他们。有一个"右派"的妻子读完《反右派始末》后说："啊！原来是这样的哟。"又说，"我们付出的代价实在太大了，但愿从此不再有'悲剧'。"

在此特向先生表示敬意。先生年富力强，又有太史之才德，吾人寄予厚望。

他还说：

林肯说过："可以蒙蔽多数人于一时，也可以蒙蔽少数人于永久，但不能蒙蔽多数人于永久。"今后还会有众多的"太史公"秉笔直书，还历史的本来面目。只有如此，才能拯救中国……先生的《反右派始末》意义重大，它是一本医治中华文化"内伤"的好书。

1996年1月21日，作为影片《大闹天宫》的编剧，我在北京长城饭店出席了影片《大闹天宫》新闻发布会。在会上，我见到了著名"五七战士"、剧作家吴祖光先生。正巧，我的手提包里还有一本《反右派始末》，便送给了他——因为书中有一节专门写他的"五七悲歌"。

2月6日，吴祖光和夫人新凤霞给我来信。信中说：

> 谢谢你那天在长城会上送给我的书。前夜回家，看见一封读者来信，正巧也谈到读了你这本书，表示对我的同情，说明你的影响之大。我十分感谢。
>
> 有很多事情你不可能知道，"反右"及"文化大革命"之难，我家受害最惨的是我妻新凤霞。另邮寄上《我与吴祖光》一书可作参考，相比之下，我所承受的要比她轻多了。
>
> ……
>
> 你的写作方向可以澄清这一代颠倒是非的历史，有功后世，功德无量，衷心敬佩。

吴祖光还给我转来读者百明写给他的信，信中说：

> 近日看了一本叶永烈写的书《反右派始末》，其中第15章《艺术悲歌》一节有您的介绍，说您1917年生于北京，江苏武进人氏，1941年因写话剧《风雪夜归人》而广受赞誉。1945年您在重庆主编《新民报晚刊》的副刊《西方夜谭》时发表毛泽东的《沁园春·雪》，后在"反右"中被错误打成"小家族集团"的"统帅"。那些批判文章简直是一派胡言，其中最不能理解的是受人尊敬的老舍（舒庆春）先生为什么会对您写那些无聊、尖刻的文章。后来您被送往北大荒监督劳动，1961年摘掉"右派"帽子，但在"文化大革命"中又被扯进了所谓的"二流堂"，太冤枉了，您一生多坎坷。今年过了春节，您将八十大寿了，祝福您健康、快乐、安度晚年。

《反右派始末》出版后，卢郁文之子卢存学已经调离桂林，迁往广西北海，但是他也很快知道了。他于1996年2月1日给我寄来信函及贺卡。他在信中写道：

> 顷闻您的纪实文学大作《反右派始末》业已问世，因北海市地处偏远，文化滞后，书店未见此书，未能拜读为憾。

尚记十年前我在桂林民革工作时，您曾通过民革中央与我联系，索要家父卢郁文先生资料，并说将趁出差云贵川之机去桂林一晤，惜未如愿。据朋友说，您在这部书中提到了我，并用了我当初提供的资料，急切想读之愿望无日可遏，敬希惠赠该书一册，以了此愿并慰先父在天之灵。

我几乎拜读了先生全部的纪实文学作品，对先生创作态度之严谨、客观，搜集材料之全面、翔实，采访之深入、艰苦以及文笔之流畅、朴素极为钦佩。您为中国人民对中国历史的发展做了很多大好事。我认为，您的著作对研究中国的当代史、党史是极有参考价值的材料，作为参加工作已47年，在"反右"浪潮中被卷入水底的我，感受尤深。以上绝非奉谀之言。

对于我来说，《反右派始末》一书与《"四人帮"兴亡》《陈伯达传》一样，是我的"黑色系列"中的重要著作。

| 第五章 |

采写《"四人帮"兴亡》

花费心血最多的一部著作

2014年7月,当代中国出版社推出《"四人帮"兴亡》增订版,用了这样一串数字勾勒这本书的"形象":

全景反映"四人帮"兴亡的唯一纪实文学作品,了解"文化大革命"的生动读本;

全书共分4卷(初起、兴风、横行、覆灭),25章,200万字;

叶永烈潜心30年打造,采访100多位当事人,经过多次修改和补充完成;

新增了20余万字的内容,配有300余张珍贵图片,其中不少来自毛泽东等国家领导人的专职摄影师;

全国各大图书馆借阅次数排名第一。

《"四人帮"兴亡》是1980年观看中央电视台转播的最高人民法院特别法庭审判"四人帮"实况节目,触发了我制订写作这部长篇的计划,直至这套书出版,已经过去30多个春秋。

《"四人帮"兴亡》是很大的一个题目,而且写作难度比较高,头绪很多,看上去是写"四人帮"这4个人的,实际上是通过这4个人折射了中国10年"文革"。

这本书的写作依据是中共十一届六中全会通过的《关于建国以来党的若干历史问题的决议》,《决议》对"文化大革命"有着非常清晰的论述。《决议》指出,"文化大革命"使党、国家和人民遭到建国以来最严重的挫折和损失。历史已经判明,"文化大革命"是一场由领导者错误发动,被反革命集团利用,给党、国家和各族人民带来严重灾难的内乱。

"文化大革命"从1966年5月16日中共中央通过《五一六通知》算起,

到 1976 年 10 月 6 日抓捕"四人帮"结束，整整 10 年。写《"四人帮"兴亡》这本书的目的，就是要避免"文化大革命"这样的悲剧、闹剧在中国重演，防止极左路线卷土重来。我认为这是非常重要的事情。

"四人帮"这个词是毛泽东提出的，毛泽东最初提出不要搞"上海帮"，后来提出不要搞"四人帮"，这个词是这么定下来的。我觉得"四人帮"比"上海帮"要更加准确一些，因为"上海帮"带有地域性色彩。另外，在"四人帮"之中，这 4 个人没有一个是真正的上海人，而且定义为"上海帮"，会对上海很多其他干部产生不利的影响，因此称为"四人帮"是比较准确的。

在"四人帮"里，这 4 个人扮演了不同的角色。核心当然是江青，江青是"四人帮"的旗帜，因为她是"第一夫人"。"四人帮"的灵魂是张春桥，他出点子。王洪文的位子最高，他是中共中央副主席。姚文元的笔杆子，即所谓"无产阶级金棍子"。所以，江青的旗帜、张春桥的点子、王洪文的位子和姚文元的笔杆子，这 4 个人是这样组成的"四人帮"。还有，我经常看到有的人说他们在 1966 年、1967 年受到"四人帮"的迫害，等等，这是概念性的错误，"四人帮"是在王洪文进入中共中央政治局之后才形成的，所以不能说"文化大革命"初期就有"四人帮"。所以，"四人帮"是在什么时候形成，它这个帮的内部的结构是什么样的，这都要有分析。我在《"四人帮"兴亡》这本书一开始，就专门有一节写"四人帮"的"四结合"，把"四人帮"是什么样的帮，它的历史，什么时候形成，4 个人在其中起到不同的作用给写出来了。

我从"四人帮"的 4 个人的早年开始写，一直写到他们的后来，甚至包括他们去世的整个过程。也就是说，写出"四人帮"从兴到亡的全过程。

《"四人帮"兴亡》这本书对我来说是花了很大心血的一本书。在我的作品中，有两本书曾经不断修改、再版，一本是《十万个为什么》，我是第一版的主要作者，一直写到前几年（2013 年）《十万个为什么》第六版出版，我也是第六版的作者，《十万个为什么》走过了漫长的半个世纪，我成为从第一版写到第六版的唯一作者。但是《十万个为什么》每次要再版的时候，出版社来找我，只是补充写一些"为什么"而已，不像《"四人帮"兴亡》这书，这本书走过了 30 多个春秋，不断地写作，不断地修改，不断地补充。

《"四人帮"兴亡》题材庞大，最初分为《江青传》《张春桥传》《姚文元传》《王洪文传》四本书，在 1988 年初版，此后多次修订再版。由于"四人帮"你中有我，我中有你，因此分成 4 本书来写，部分内容重复，而且是把这个"帮"拆散了来写，没有整体感。到了 2002 年，终于把 4 本书合为《"四人帮"兴亡》，即把"四人帮"作为一个"帮"来写。

《"四人帮"兴亡》完成之后,曾搁置多年,未能出版。

2008年1月,我应邀出席北京图书订货会,人民日报出版社社长(兼总编辑)董伟很诚恳地向我要《"四人帮"兴亡》一书。人民日报出版社曾经出过我的文集,编辑室主任杨忠诚跟我很熟悉,但是这位年轻的社长却是新来的,此前我并不认识他。他坚信,一定能够出版这部长卷。

3月17日,人民日报出版社派出三员大将,其中有我的老朋友、编辑室主任杨忠诚,专程来沪与我商议,还出示已经盖好公章的《"四人帮"兴亡》出版合同,只要我一签字,合同当即生效。

于是,我又一次对《"四人帮"兴亡》作修改。7月9日,我把《"四人帮"兴亡》修改稿用电子邮件发往人民日报出版社。

人民日报出版社的新社长董伟看了书稿,认为这是一本厚重的史书,非常值得出版。他是一个很执着的人,亲自一次次跑国家新闻出版总署交涉,说明情况。

8月14日,人民日报出版社来电告知,国家新闻出版总署已经把《"四人帮"兴亡》转送中共中央党史研究室审查。

10月27日,人民日报出版社来电告知好消息,《"四人帮"兴亡》获中共中央党史研究室审查通过。

12月3日,人民日报出版社告知,《"四人帮"兴亡》获国家新闻出版总署同意出版。

我请他们把相关文件发过来。翌日,人民日报出版社用电子邮件发给我。按照往常的惯例,我要根据中共中央党史研究室的审读意见进行修改,然后重新报国家新闻出版总署复审,经同意之后才可出版。这一回,国家新闻出版总署的通过令上写着,修改稿经《人民日报》办公厅复审即可出版,方便多了。

更使我惊讶的是,人民日报出版社决定在2009年初的北京图书订货会上推出这本书。当时,离北京图书订货会只一个月的时间,非常紧迫。

须知,《"四人帮"兴亡》是182万字的书,分上、中、下3卷。《"四人帮"兴亡》的前身是《"四人帮"全传》,当初是用笔写的(我从1992年开始用电脑写作,而我自己用电脑写作的作品,错别字很少),在1999年人民日报出版社出版《叶永烈文集》时由几位"小辫子"输入电脑。她们输入速度甚快,错别字甚多。由于当时没有出版,也就没有仔细校对。后来我把《"四人帮"全传》合并为《"四人帮"兴亡》时,更正了一些错别字,但是仍有不少"漏网之鱼"。

编辑室主任杨忠诚带着几位编辑日夜加班编稿,几乎每天都跟我通电话,或者用电子邮件交换意见。编辑校对毕,我又花费一个多星期把他们发来的182万字、1500页全书书稿清样从头至尾校对了一遍。

那一个月非常紧张,不仅要完成编辑、封面设计,报人民日报社办公厅复审,还要出片,印出2万套!

风风火火,人民日报出版社如期在北京图书订货会前夕赶印出2万套《"四人帮"兴亡》。2009年1月7日北京图书订货会开幕,《"四人帮"兴亡》没有开新书发布会,没有在媒体上做任何宣传,却一下子就成了图书订货会上最吸引眼球的新书。光是这一个北京图书订货会,2万套《"四人帮"兴亡》就一售而空。

《"四人帮"兴亡》的出版,意味着严肃、认真的"文化大革命"的图书,是能够得到国家新闻出版总署和中共中央党史研究室认可的,得到读者欢迎的。

在短短一个月内,在河北发现书商印制的两种不同的《"四人帮"兴亡》盗版书。其中一种盗版本在封面上加了两行广告语,另一种盗版本则把上、中、下3卷合并成上、下两卷。

我庆幸能够在许多"文化大革命"当事人还健在的时候进行了多方面的采访,获得大量第一手资料。倘若我在今日才动手写这部长卷,那就无法获得那么多极其重要的口述历史资料。

人民日报出版社在2009年1月出版的《"四人帮"兴亡》,实际上是我2002年完成的版本。在《"四人帮"兴亡》出版之后,我不断补入新的研究成果,另外还补充采访了江青秘书阎长贵和杨银禄等人,开始对《"四人帮"兴亡》进行全面增订。

当代中国出版社得知人民日报出版社的出版合同在2013年到期,于2012年8月31日给我来电并发来电子邮件,表示愿意出版《"四人帮"兴亡》增订版。我出差北京时,当代中国出版社社长周五一先生前来看望。2012年9月19日,我与当代中国出版社签订了《"四人帮"兴亡》增订版出版合同。

在2012年国庆长假中,我完成了《"四人帮"兴亡》增订版的最后修改,于2012年10月4日把《"四人帮"兴亡》增订版电子文本发给当代中国出版社。我把修改及增加之处,用绿色标明,便于审阅者知道哪些内容是新增的。《"四人帮"兴亡》增订版共200万字,比2009年版增加了近20万字。

2013年1月18日,当代中国出版社告知,中共中央党史研究室已经口头通知他们,《"四人帮"兴亡》增订版审查通过。这表明,这《"四人帮"兴亡》

增订版审阅工作进展顺利。当时我认为原因可能有二：一是初版报审通过；二是把增订处用另一种字体标明，审读很方便。

2013年11月5日、11月14日，当代中国出版社传来消息说正式文件即将下达。

2013年12月25日，圣诞节，我收到"大礼"：增订版《"四人帮"兴亡》终于获得国家新闻出版广电总局审查通过。当代中国出版社一片欢呼。第一个报喜的是编辑室主任柯琳芳，她发来手机短信。接着是编辑室主任任小平，然后是副总编辑张永。

这样，200万字的增订版《"四人帮"兴亡》出版工作开始启动了。

当代中国出版社的编辑工作做得非常细致。副总编辑张永细读了全稿，认为增订版达200万字，不能按人民日报出版社的体例分3卷，而是应当分4卷。他提出，每一卷一个主题，即"初起""兴风""横行""覆灭"。

接着，在编辑室主任柯琳芳的领导下，光是编辑工作就前后做了半年，对《"四人帮"兴亡》增订版进行了非常细致的校阅、编辑。主要是三方面工作：

一是纠正史实上的一些错误；

二是补充诸多注解中的页码；

三是改正错别字。

我在早年写书的时候还算细致，因为我是理科出身，写毕业论文，写科学论文，知道要加注解，比如引文出自哪本书都加了很多注解，什么时候采访、采访某某人也都写了注解。但是早年写的时候，有的引文的页码没有写，当代中国出版社要求引文除了写明引自某某作者、某本书、某个出版社哪一年出版，还一定要注明是第几页。我不得不把当年用过的书跟杂志、报纸找出来，光是重新标明页码就花了非常多的工夫。

我家住的是复式的房子，我的5万册藏书在上面，我的书房在下面，每天要上上下下，要到楼上去找书，书找完了搬下来，搬下来翻到第几页，敲进电脑以后再搬回去摆好。这本书引文那么多页码就是这么补上去的。

当然，1993年之后，几乎所有的注解都已经写上页码了，如果都没有注明页码那不得了，那不知道要搞到什么时候了。所以说他们工作做得很细致，而且要求很严格，我觉得这样很好。

另外，认真改正错字。人民日报出版社编辑已经改了不少，但毕竟还有遗漏。比如，那几位打字姑娘总是把"像"字打成"象"，于是改不胜改；江青的艺名"蓝苹"，有时候打成篮球的"篮"，苹就打成萍水相逢的"萍"。

经过半年的编辑工作，2014年8月《"四人帮"兴亡》增订版终于以全新的面貌付印，出现在众多的读者面前。

出版《"四人帮"兴亡》增订版，可以说有双重的意义：

一是让年轻的80后、90后读者，了解那十年浩劫的真实历史。随着时光的流逝，如今很多年轻人连"四人帮"是哪4个人都说不上，更谈不上汲取"文化大革命"的沉痛教训。历史是一面镜子，以史为鉴，让历史告诉未来，可以防止"左"的顽症卷土重来。

二是近年来沉渣泛起，为"四人帮"翻案者借助网络推波助澜。有人称"四人帮"为"文革四杰"，为"四杰帮"，称江青为"无产阶级文化大革命的伟大旗手、毛主席最亲密的战友和最好的学生"，称张春桥是"杰出的马列主义理论家"，还称粉碎"四人帮"是"华、叶、汪、李反革命集团"的"宫廷政变"……

为了让年轻读者了解历史真相，了解所谓"文革四杰"的真正面目，历史的责任感驱使我不断对《"四人帮"兴亡》做认真的修改和补充……

当然，《"四人帮"兴亡》这本书只是讲述了那4个人的身世，从某个角度反映了"文化大革命"的一段历史。"文化大革命"史将来必定会有人写，而且会非常的详细，我的只是民间的一个版本，只是说从一个作家的角度来写"文化大革命"，如此而已。

我亲自经历过"文化大革命"。经历过的人跟没有经历过的人来写"文化大革命"不一样，所以我写这本书的时候，希望能够真实地反映当时中国的这段历史，因为中国当代史上从来没有这么多荒唐、这么多不可思议的事情，而这一切都集中发生在"文化大革命"这10年当中。

其实，所谓"无产阶级文化大革命"，既不是无产阶级的，也不是文化的，更不是革命的。

着手探索"文革"进行曲

"文化大革命",作为一场悲剧、闹剧、惨剧、丑剧,早已降下大幕。沸沸扬扬、大灾大难的10年,已经凝固成为历史。然而,这段特殊的历史,迄今仍为海内外所瞩目。"文化大革命"大幕背后的一切,依然是千千万万读者关注的热点。

我在成为上海作家协会专业作家之后,花费了很大的精力,探索"文化大革命"进行曲。

在此之前,我已经着手于《"四人帮"全传》的采写。这是一个浩大的工程:我的方格稿纸上搭满脚手架,一期又一期的"工程"正在紧张地进行。

经过几年的忙碌,第一期"工程"终于竣工。拆除脚手架之后,四幢黑色的大厦已巍然矗立在方格纸上,那便是王、张、江、姚"四人帮"的4部长篇传记,100多万字。

我最初着手于这一浩大工程,是基于以下两点:

一是随着对反右派斗争的深入探索,我越来越感到必须深入探索"文化大革命",因为"文化大革命"是反右派斗争的继续和发展,两者有着密切的联系——"文化大革命"是反右派斗争的"左"的大发展,而反右派斗争则为"文化大革命"作了思想准备。尤其是我自身有着对于极左路线的深切痛恨,因此深感应该从揭示反右派斗争的极左,发展到揭示"文化大革命"的极左。

二是由于"四人帮"人称"上海帮",都是从上海"跃入"北京的。尽管"四人帮"之中没有一个是真正的上海人,但上海是"四人帮"长期生活和工作过的地方,用他们自己的话来说,上海是他们的"基地"。作为上海作家,义不容辞地应该把"四人帮"——"上海帮"——的兴衰史写出来,以史鉴今。而且,我作为上海作家来写"上海帮",有着"地利"优势。

当我着手采写"四人帮"的兴衰史,不少人笑话我自不量力。因为这么一个浩大的写作工程，凭我单枪匹马，确实很难完成。

我这个人，一旦认定了一个目标，就要坚决干下去。

作为上海作家，我曾仔细分析过上海的历史及其相应的文学作品：

关于20世纪初上海的开埠和"洋人"们进入上海，已经有了长篇小说《上海——冒险家的乐园》；

关于20世纪30年代的上海，则有柯灵写的电影剧本《不夜城》；

关于1949年上海的解放，有电影《战上海》；

关于20世纪50年代的上海，有周而复的长篇小说《上海的早晨》……

我认为，内中有两个上海的重大历史题材，尚无相应的文学作品：

一是1921年中国共产党在上海诞生，用毛泽东的话来说，这是"开天辟地"的大事，却没有一部相应的长篇文学作品；

二是20世纪60年代至1976年10月，"上海帮"的出现、发展以及覆灭，这是当代史重大题材，也没有相应的文学长篇。

我决心填补这两个空白。

我先是着手第二个题材。这部长篇，曾经数易其名：最初取名《上海风云》，分上、中、下3卷；后来觉得"风云"太平淡，没有火药味，于是改名《上海的拼搏》，仍分上、中、下3卷。

不过，不论《上海风云》还是《上海的拼搏》，所着眼的是事件，即上海的"文化大革命"，或者说"上海帮"在上海的兴亡，是从上海的"文化大革命"着眼，扩及全国的"文化大革命"。

经过仔细考虑，我改变了创作思路：我认为，写"文化大革命"这一事件，是一个巨大的"母题"，一下子难以下手。不如先着手于"子题"，改为写人物为主，给"四人帮"各写一部长篇传记。

这样，我又改书名为《浩劫》，后来定名为《"四人帮"全传》，分为4部长篇，即《江青传》《张春桥传》《姚文元传》《王洪文传》。

其中，《张春桥传》最初曾名《"狄克"外传》《"狄克"公案》《张春桥浮沉史》《张春桥浮沉录》；

《姚文元传》曾名《姚蓬子与姚文元》《姚氏父子》；

《王洪文传》曾名《王洪文兴衰录》《王司令和小兄弟》《造反司令王洪文》；

《江青传》由于非常敏感，最初只写了她20世纪30年代在上海的演艺生活，取名《蓝苹外传》。香港版则以《江青在上海滩》为书名。后来，才写出江青的一生，以《江青传》为书名。香港版以《江青实录》为书名，台湾版则以《末代女皇》为书名。

《"四人帮"全传》是4本各自独立而又相互关联的系列书。读者可以只买其中1本，也可以买4本。

在写作《"四人帮"全传》的时候，我感到存在这样的难题：

"四人帮"你中有我，我中有你。就拿批判《海瑞罢官》来说，在《江青传》中要写到，在《张春桥传》《姚文元传》中也要写到。如果都写，彼此就会有重复。如果只在《江青传》中写到，《张春桥传》《姚文元传》中不写，则又不行，因为批判《海瑞罢官》毕竟是张春桥、姚文元历史上的重大事件。

为了解决这一难题，我在写作的时候有一详略总体考虑：

某事件以某人为主，则在此人传记中详写，而他人传记中则略写。仍以批判《海瑞罢官》来说，《评新编历史剧〈海瑞罢官〉》是姚文元写的，在《姚文元传》中详写，而在《江青传》《张春桥传》中略写。

采取这样详略有别的方法，大体上解决了王张江姚这4本长篇传记互相重复的问题。

不过，王张江姚毕竟是一个"帮"，是一个整体。在完成《"四人帮"全传》之后，2002年我把4本书合并成一本书，书名改为《"四人帮"兴亡》。在《"四人帮"兴亡》中，把"四人帮"作为一个"帮"来写，这就完全解决了彼此重复的问题。

第五章 采写《"四人帮"兴亡》

《浩劫》一书在桂林受挫

《上海的拼搏》最初打算由中央级的出版社出版。

中国青年出版社得知我的写作计划，主动表示愿意出版。

在收到中国青年出版社来信之后，1986年7月16日我写了一封回信给中国青年出版社的编辑，信中谈及书稿的进展情况：

戢遐龄、高岩同志：

来信收悉，谢谢你们的热情鼓励！

《上海的拼搏》在吃力地写作之中，下月可写完30万字左右。上海作协党组和中共上海市委宣传部给予了支持（写作计划由作协党组报市委宣传部），开了许多介绍信。因为这样的写作，凭行政介绍信是无济于事的，只有党组系统介绍才可查阅一些档案。

遗憾的是，上海市档案局那里，即使市委宣传部的介绍信也不管用，而那里却拥有大量的重要档案。按他们的规定，档案存放满30年，方可供借阅，"文化大革命"档案仍属禁区。交涉多次未成，使写作受到很大影响。因为核心材料都在该局库内。

看来，我只能求助于中共中央办公厅，请他们向上海市档案局打招呼。不然，只能把现已完成和即将写完的30万字，先作一集交出版社以最快速度出书，出书后请中央领导给予支持。目前无法按规定的三卷计划来写。

我不知贵社的出书速度，周期太长的，令人生畏。

由于与上海市档案局的交涉，来来回回，甚费周折，所以无法定下写作进程及方案，迟复为歉。昨天，市档案局局长与我谈了两小时，要求办理较高层次的手续。我只能求助于中共中央办公厅，以便给市档案局一个批文。不然，无法"开禁"。

上次电话中问及的《彭加木》一书，此书过去连载过，如需要，可把

395

书稿整理好寄你。全书 14 万字,是我在彭加木出事后当即随搜索队入罗布泊,采访了 40 多位彭的好友、亲属写成的。

草此。代问林副总编以及贵室主任好!即颂

编安!

1986 年 10 月 6 日,是粉碎"四人帮"10 周年的纪念日。

地处大西南的漓江出版社得知我的写作计划,派出编辑专程来沪,要我把当时已经完成的 3 部初稿,即《蓝苹外传》(《江青传》初稿)、《"狄克"公案》(《张春桥传》初稿)以及《姚氏父子》(《姚文元传》初稿)合为一本书,作为多卷本长篇《浩劫》的第一卷出版。

由于漓江出版社表示把此书作为"重中之重",决定以一个月的速度出版,以纪念粉碎"四人帮"10 周年,这使我改变了由中央级出版社中国青年出版社出版的主意。

按照当时的出版速度,一本书从交稿到出书,前后一两年是很平常的,有的甚至要 3 年,我的《爱国的"叛国者"——马思聪传》由中央级的人民文学出版社出版便是如此。正因为这样,漓江出版社一个月出书的承诺,对于我来说是莫大的鼓舞。

我急急整理好书稿,航寄(当时尚无特快专递)给漓江出版社,并写下了这样的序言:

"十年天地干戈老,四海苍生痛哭深。"

以明朝顾炎武的《海上》一诗,来形容 1966 年 5 月 16 日至 1976 年 10 月 6 日这创巨痛深的十年,是非常妥帖的。

"文化大革命"10 年,是中国历史上空前的浩劫,哀鸿遍野,冤狱遍地。

"直如弦,死道边;曲如钩,反封侯!"

1980 年,我以一个爱国知识分子在"文化大革命"中的悲惨遭遇为题材,写了 12 万字的中篇小说《黑影》,于 1981 年春连载于《羊城晚报》。这篇小说借主人公之口,说出了这样的话:

"真理终究会战胜强权,光明终究会战胜黑暗。一时强弱在于力,千秋胜负在于理!"

"那黑暗的岁月终于过去,但是那深刻的历史教训值得永远记取。"

当小说正在《羊城晚报》上连载的时候,中华人民共和国最高人民法院特别法庭在北京开庭，林彪、江青反革命集团案的十名主犯被押上了历史的审判台。每天晚上，我都坐在荧光屏前，聚精会神地收看这一举世瞩目的审判。一边看，我一边作笔记。我发觉，审判中揭露出来的大量惊心动魄的事实，比任何虚构的小说更具有震慑力！于是，我萌发了写作反映"文化大革命"的长篇纪实文学的念头……

但是，历史的迷雾需要经过时间的沉淀才能渐渐看清，大量地收集各种"文化大革命"资料也需要时间。我细读了美国作家威廉·夏伊勒著的长卷《第三帝国的兴亡》，作者调阅了485吨纳粹档案、花费5年半时间才写成，他严谨的工作态度使我深受感动。

就在我大量查阅"文化大革命"档案之际，曾经深受张春桥迫害的葛正慧老先生的一席话又给了我莫大的启示。葛老先生在上海图书馆工作多年，首先查明"狄克"是张春桥的就是他，为此他被张春桥投入秘密监狱。葛老先生向我指出：《第三帝国的兴亡》一书有很大缺陷，即作者重"文"不重"献"。"文"，即档案，文字材料，是"死材料"；"献"，指"活口"，即当事人，熟悉情况的人。只有"文""献"并重，才能写好纪实文学。

于是，我着手拟订了一份长长的名单，逐一登门采访，从许多老干部、老记者、老编辑以至"四人帮"的亲友那里，了解大量档案上所没有的重要情况。

例如，"四人帮"之一的姚文元，人们只知道在"文化大革命"中他是一位舞文弄墨、摇唇鼓舌的舆论总管。公审时，主要也是审判他在"文化大革命"中的罪行，而他的身世、他的起家史，却鲜为人们所知，档案上的记载也很简单。至于他的父亲姚蓬子，由于在"文化大革命"中受"四人帮"包庇，指令销毁了姚蓬子档案，外人更是莫知。由于得到姚文元入党介绍人、党支部书记、中学时的老同学以及老上级、老同事、作家书屋原店员、姚家所在居委会的干部以及当年的"上海市革命委员会姚蓬子专案组"组长的大力帮助，讲述了姚文元和姚蓬子的情况，我才写出了13万字的《姚氏父子》一书。可以说，这是第一次向广大读者撩开了姚文元这个以两面派起家的政治暴发户的神秘面纱……

我希望本书不仅仅是文学作品，而且具有一定史料价值。正因为这样，我在写作中十分尊重史实，以大量掌握第一手资料为前提。

在本书第一卷出版之际，我感谢中共上海市委宣传部和中国作家协会上海分会党组给予的工作上的方便；感谢有关部门给予作者查阅大量"文化大革命"档案的方便；感谢北京大学原校长兼党委书记陆平,《解放日报》原总编王维、副总编夏其言,《文汇报》原总编陈虞孙、办公室主任全一毛,上海出版局原局长罗竹凤,上海音乐学院原院长贺绿汀,上海图书馆参考书目部原主任葛正慧,老作家王若望、施蛰存、牟国璋,老诗人任钧,著名电影导演郑君里的夫人黄晨,中共上海市委教卫部原部长常溪萍的夫人陈波浪,"七君子"之一王造时的夫人郑毓秀,江青当年在上海时的好友秦桂贞,等等,他们都给予作者热情帮助；感谢漓江出版社派人来沪约定书稿,列为重点书,以很快的速度出版本书。

现在,我正致力于《浩劫》第二卷的写作。第二卷收入第三章和第四章,即《北京的"四大天王"》(聂元梓、蒯大富、韩爱晶和谭厚兰)及《王司令和小兄弟》(王洪文、王秀珍、潘国平、陈阿大)。第二卷的篇幅与第一卷相当。

《浩劫》为多卷长篇。作者将花费较长时间专门从事这一篇幅浩繁的长篇的创作。

然而,书稿付厂排印之后,我忽然接到漓江出版社的电报,要我马上从上海乘飞机赶去,有要事商议。

我匆匆赶去。

责任编辑到机场接我。我问有什么要事,他没有答复。直至送我来到宾馆,在电梯上,他这才终于告诉我:《浩劫》被有关部门停止排印!

我当时毫无思想准备,吃了一惊。

到客房住下,责任编辑这才细细道来:因为《浩劫》属于重大题材,必须上报。漓江出版社急急要我飞往桂林协助相关工作。

经过与广西有关部门商议,相关工作不得不停下来。这样,《浩劫》"出师不利"。

我拎着一大包手稿,怀着沉重的心情,从桂林飞回上海。

后来我才知道,有人主张"淡忘文化大革命",所以对"文化大革命"题材书籍严加控制。尽管在当时无法出书,我仍毫不灰心。

我认为,这是一部重大题材的书,需要精心创作、精心修改。

既然一时无法出书,我也不着急。我花了一年多时间,埋头于修改、补充。

1987年,南京《青春》文学丛刊得知我写作《浩劫》的消息,表示愿意发表其中的中篇《蓝苹在上海》。

《青春》是在当时与我联系颇多的杂志之一。《青春》分"小《青春》"和"大《青春》"。"小《青春》"即《青春》月刊，每月出版一期，以发表短篇为主；"大《青春》"是双月刊，大型文学丛刊，两个月出一期，以发表中长篇为主。

"大《青春》"看中《蓝苹在上海》的原因：

一是这个中篇写的是20世纪30年代的蓝苹（也就是后来的江青），与毛泽东无关，不会涉及"麻烦"；

二是内容精彩，可读性强。

他们拿去这个中篇，当即付排。

就在载有《蓝苹在上海》这一期"大《青春》"印好之后，南京突然打来长途电话，说是情况有变：江苏省有关部门紧急通知他们，这一期不准发行，送造纸厂化为纸浆！

为什么呢？就是因为我的那篇《蓝苹在上海》。

在桂林受挫，而这一次则已经印好，却要化为纸浆！

不久，又从南京传来不安的消息：印刷厂的工人特别爱看《蓝苹在上海》，有人居然把《蓝苹在上海》单独装订，已经在印刷厂的工人以及家属中传阅。

这么一来，《蓝苹在上海》面临着"外泄"的危险。所幸当时盗版尚未成风。

两次受挫，我仍坚持原先的写作计划。

多次受"批判"，大大增强了我对逆境的心理承受能力；几次受挫，又增强了我的抗挫折的心理素质。

我认为，写作不能急功近利，即便是10年之后再出，我也要写！

我继续埋头写作"四人帮"传记，继续探索"文化大革命"。

后来，"大《青春》"还是正式推出了《蓝苹在上海》。

《蓝苹在上海》在"大《青春》"发表之后，顿时被许多报刊转载、连载，一下子就"火"了起来。

这清楚表明，广大读者并没有"淡忘文化大革命"，他们关注着有关"文化大革命"的反思作品。

王张江姚传记相继问世

连我自己都没有想到,用不着等待10年。从1988年4月起,短短几个月间,我的王张江姚4部长篇初版本,"哗"的一下子全都出版了!

许多读者感到惊奇,我仿佛变魔术似的,怎么在短短的几个月内,一下子"变"出了4部长篇?!

其实,我早已完成这4部书的初稿,只是在等待中作不断的修改、补充。

在当时,本来我想对这4本书以"十年磨一剑"的耐心,细细"磨"一遍,再过几年出版。但是我的一位文友劝我:"别傻瓜!只要有机会能够出版,就应该抓住时机,赶紧出版。反正先出个初版本,作为征求意见。你只有让作品与广大读者见面,才能听到各种意见。你想'十年磨一剑',这种精神可嘉,但是先出后'磨',可能更好。"

他还说了一段重要的话:"你已经花费了几年时间研究'文化大革命',你只有把这4本书推出去,人家才知道。你必须以最快的速度占领'文化大革命'研究的制高点,把你的大旗亮出来。"

我接受了他的意见。

于是,我交出了《江青传》的初版本《蓝苹外传》。

《蓝苹外传》出版速度之快,是我从未见过的。

这本书当时由一家不起眼的新出版社——大连出版社——出版。

在上海,我把厚厚的书稿交给了大连出版社的编辑。才半个月,我就收到寄自东北的一大包快件(当时尚无特快专递,但是已经有快件了),打开一看,竟是《蓝苹外传》的清样。

按照往常的出版速度,光是责任编辑看稿就得看几个月,加上编辑室主任、出版社总编辑审稿,又得好几个月。几乎每家出版社都实行从责任编辑、编辑室主任到总编辑这"三审制",审稿颇费时日。

即便是书稿发排了,新华书店的征订也很费时。一张张征订单发出去,到一份份征订数反馈回来，一般要 3 个月。

这一回，交稿才半个月就出清样，这是我从未见到的。

既然这么快就出清样，我也就连夜校对。当双眼布满红丝，校完这部 30 万字的书稿后，我立即用快件寄出。

十来天后，我在上海街头的书摊上见到印着"叶永烈新著《蓝苹外传》"新书广告——这时候，畅销书已经开始印海报了，只是这海报内容简单，除了作者名字和书名，便是书的要目，不像现在彩色海报那么漂亮，宣传词句也没有像现在这样富有"商业性"。

我吃了一惊，连忙走近，一看，一本厚厚的新书，封面上印着江青的照片，广告赫然写着：《蓝苹外传》，叶永烈著，大连出版社出版。

我简直不敢相信，这么快，书就出版了——从交稿到从书摊上买到，前后只有一个月。

当年，漓江出版社曾答应以一个月的速度出版《浩劫》，只是半途受挫，未能实现。如今，真的做到了一个月出书。

我赶紧买了一本《蓝苹外传》。回家细细一看，我十分生气：我校对时发现的错别字，居然一个也没有改。

后来，据出版社向我解释，由于"抢速度"，不等我改好的校样寄到，他们就开印了。

为什么要这样"抢速度"呢？他们担心在出版过程中有什么三长两短，所以越快越好。

不管怎么说，毕竟书印出来了，而且第一次印刷就印了 20 万册。

大连出版社的担心不是多余的。第二本《姚氏父子》已经排好字，正要开印，接到有关部门通知，由于这本书涉及"文化大革命"，暂停出版。

这时候，东北长春的时代文艺出版社派出编辑梅中泉前来上海找我，索走《张春桥浮沉史》。

责任编辑告诉我，中共吉林省委宣传部部长谷长春是一位作家，对于作家的创作十分尊重，因此他会支持出版这样的书。

果真，谷长春给予了支持。这样，《张春桥浮沉史》一帆风顺，以极快的速度，在 1988 年 8 月出版，第一次印刷便印了 15 万册。

这时候，我加快速度，写完了《王洪文兴衰录》——在王张江姚 4 本长篇传记之中，我是最后一个写王洪文的。主要是因为在我看来，这位"造反司令"太浅薄了。

我仍把《王洪文兴衰录》交给时代文艺出版社。《王洪文兴衰录》的出版仍然顺利。1989年《王洪文兴衰录》印出，第一次印刷，印了13万册。

这时候，只剩下那本《姚氏父子》处于"暂停"状态。

在"暂停"期间，正值北京《新观察》杂志编辑朱行向我约稿，我说起《姚氏父子》，他一听如获至宝，说："我们连载！"

后来我才知道，姚文元是《新观察》的"冤家对头"。在1957年的反右派斗争中，姚文元接连发表文章，抨击《新观察》，导致主编戈扬以及编辑朱行等人被打成"右派分子"。正因为这样，《新观察》特别看重《姚氏父子》。

自1987年第19期起（《新观察》是半月刊），《新观察》开始连载《姚氏父子》。著名漫画家丁聪当年也是"右派分子"，他为《姚氏父子》画了许多惟妙惟肖、深刻揭示"大左派"姚文元及其父亲姚蓬子丑恶面目的漫画。

《新观察》是中国作家协会主办的刊物，广有影响。《姚氏父子》在《新观察》上连载，一呼百应，众多的报纸、杂志加以转载，形成很大的声势。就连香港的《大公报》也全文连载了《姚氏父子》，而香港三联书店出版《姚氏父子》时，则改名为《姚蓬子与姚文元》。

《姚氏父子》这本书在大连"暂停"了将近一年，由于各报的连载以及《张春桥浮沉史》和《王洪文兴衰录》的顺利出版，大连出版社据此力争，终于得以印行。第一次印刷印了5万册。

这样，王张江姚4部长篇的初版本，终于得以先后出版。

这4本书初版本的第一次印数，颇为耐人寻味：

江青，20万册；

张春桥，15万册；

王洪文，13万册；

姚文元，5万册。

这印数，其实从某一方面反映了"四人帮"4个人的不同的历史影响力，也反映了普通百姓对他们不同的"兴趣度"。

这4本书初版本的出版，引起各方注意，许多报纸加以转载或者发表报道、评论。

在各种报道之中，最为重要的一篇是1988年12月16日《人民日报》所载倪平的报道《历史使命　笔底波澜——访作家叶永烈》。这篇2000多字的报道披露了《"四人帮"全传》4本书的出版以及写作、采访的艰辛。由于《人民日报》众所周知的崇高地位，等于给这4本书以肯定。倪平是上海《文汇报》

记者，最早在1978年《文汇报》上发表关于我的长篇报道也是他。

在各种评论中，最为重要的一篇是1988年12月24日《新闻出版报》所载许锦根的《实事求是写历史》。许锦根是上海《解放日报》记者，青年评论家。他的评论虽然不长，然而在《新闻出版报》上发表却也是意味着对《"四人帮"全传》这套书的首肯——因为《新闻出版报》是国家新闻出版署的机关报。

这篇短小的评论全文如下：

> 知名科普作家叶永烈这几年转了创作方向，把精力和热情倾注在曾经给我们民族带来深重灾难的"文化大革命"十年史上，他的《张春桥浮沉史》出版后立即受到读者的好评，说明群众并不愿忘记这段历史。
>
> 这部书中有一处细节讲到，1963年5月6日，上海发表一篇署名梁壁辉的文章《"有鬼无害"论》，书中特别点明这个梁壁辉，就是俞铭璜。俞铭璜同志是我们党内一位马列主义理论造诣很深，且有不少建树的理论家，已经逝世。他在那个"左"倾思潮占据上风的年代写出这样一篇实际作用很坏的文章，固有种种原因，我们不必过多地苛求，而应该历史地辩证地评价他的一生。然而，这样做并不等于掩盖历史和事实真相。党的十一届三中全会后，报刊上发表过不少一些著名人物怀念俞铭璜、评述他的理论文集的文章，可惜没有一篇提及这个事实。难道提及此事，俞铭璜的理论贡献就会被否定了吗？当然不会。说到底，一些同志头脑中还残留着为尊者讳、为贤者讳的封建观念。
>
> 我们主张直面历史，直面人生。无论是写"文化大革命"十年还是记叙目前新人新事，都应该有透明度，直言不讳，是功不写成过，是过也不掩饰掉。这自然免不了会带来一些麻烦，甚至还可能上法庭。但假如连直言不讳写历史的勇气也没有，那干脆放下你的笔吧！

当然，初版本还是很粗糙的。尤其是《蓝苹外传》，实际只收入《蓝苹在上海》这个中篇而已，其余是其他的报告文学。所以，30万字的《蓝苹外传》，其实是一本报告文学选集，还不能算是《江青传》。

不过，不管怎么样，这4本书的初版本几经曲折毕竟出版了，并引起广泛的注意。

此后，我开始对这4本书进行修改、补充，特别是把《蓝苹在上海》大大加以扩充，终于写出了真正有分量的《江青传》。

1993年，《"四人帮"全传》以4块"黑砖头"一般，由时代文艺出版社出版。这4厚本书，统一用黑色封面，读者称之为4块"黑砖头"，我也称之为4块"黑砖头"——献给巴金倡议的"文化大革命博物馆"的4块"黑砖头"。

这4块"黑砖头"，成为《"四人帮"全传》第一版。

从粗糙的初版本，到统一的第一版，《"四人帮"全传》跨进了一大步。

我仍继续修改、补充，全书增加了40多万字，在1999年完成第二版本，收入《叶永烈纪实文集》。

从最初的《上海风云》，到《"四人帮"全传》第二版，前后花费了十几年时间——"十年磨一剑"。

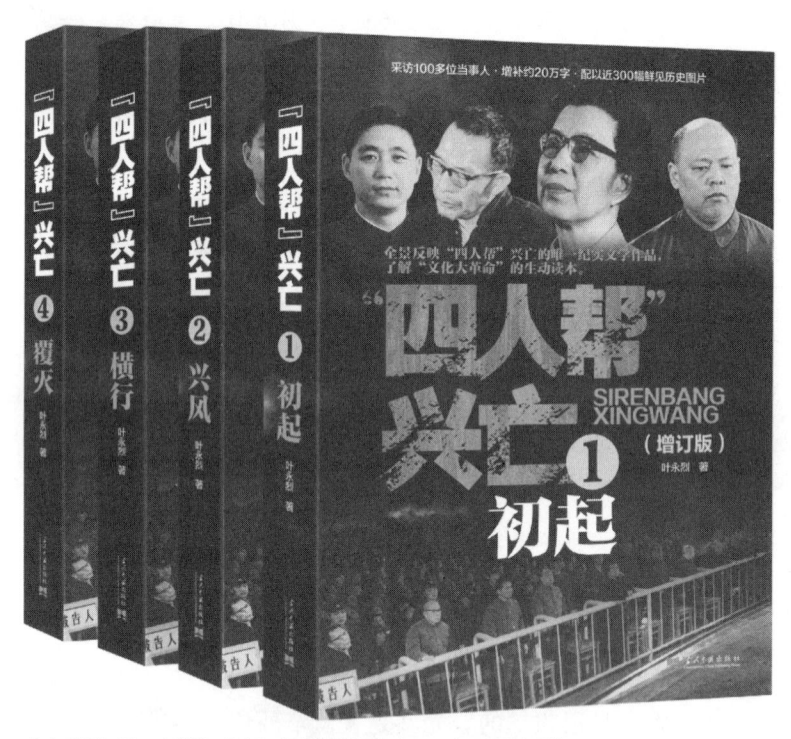

叶永烈著《"四人帮"兴亡》增订版封面（2014年6月出版）

第五章 采写《"四人帮"兴亡》

千方百计查找"文革"档案

"文化大革命",中华民族的大灾难,人们称之为"浩劫"。

"文化大革命"史,是中国当代史研究工作中一片荆棘丛生、暗雷四伏的处女地,一片忌讳甚多、禁规甚多的是非之地,一片浓雾迷茫、"透明度"甚差的"百慕大",却又是泪流成河、尸骨如山的"重灾区"。这场既不是"无产阶级"的,又不是"文化"的,更不是"革命"的"无产阶级文化大革命",是在中国发生、在中国进行的。它倒确确实实是一场"触及人们灵魂的大革命",各种各样的中国人的灵魂在这场"大革命"中"大曝光"。

写作《"四人帮"兴亡》,我进入了"雷池"。

我涉足"雷池",是因为在中共十一届三中全会之后,政治气氛逐渐宽松,进入了对新中国成立以来历次政治运动的大反思阶段。所谓"彭罗陆杨反党集团",所谓"三家村反党集团",所谓"中宣部阎王殿",所谓"六十一人叛徒集团",所谓"刘邓资产阶级司令部",所谓"杨余傅反革命事件"……一桩桩"文化大革命"大冤案在大反思中得以平反。由"文化大革命"上溯,对所谓"胡风反革命集团",对数十万在1957年被错划的"右派分子",对所谓"三面红旗",对所谓"四清运动"等,也在大反思中或予平反,或予改正。就连在"文化大革命"中遭到"大批判"的瞿秋白的《多余的话》,也得到了重新评价。我背了多年的政治包袱也在拨乱反正中卸了下来,轻松多了。

我步入不惑之年,真的也不惑起来。我越"界"了,开始越入雷池。

我着手"文化大革命"探索,如前所述,是因为追索反右派斗争,追索中国极左路线的发展,追到了登峰造极的"文化大革命"。

我下决心写作王张江姚长卷,是从两本书中得到启示的。

一是当时陆陆续续读到的巴金的《随想录》。巴老对于"文化大革命"深刻、尖锐的鞭笞,给了我思想上的震撼。

巴金说:"张春桥、姚文元青云直上的道路我看得清清楚楚。路并不曲折,他们也走得很顺利,因为他们是踏着奴仆们的身体上去的。我就是奴仆中的一个,我今天还责备自己。我担心那条青云之路并不曾给堵死,我怀疑会不会再有'姚文元'出现在我们中间。我们的祖国母亲再也经不起那样大的折腾了。"

巴金说出了振聋发聩的话:"只有牢牢记住'文化大革命'的人才能制止历史的重演,阻止'文化大革命'的再来。"

另一本给我以启示的书是美国威廉·夏伊勒所著的长卷《第三帝国的兴亡——纳粹德国史》。作者掌握了纳粹德国的485吨档案,花费5年半时间,写成130万字的长篇。

在卷首,作者引用了桑塔亚那的一句格言,那含义与巴金不谋而合:"凡是忘掉过去的人注定要重蹈覆辙。"

十年浩劫给中国人民带来了巨创。我决心进行我的"系统工程"。

当着手实现这一庞大的创作计划时,我这才意识到每前进一步都异常艰辛。

我力图使自己的作品具有文学和史料的双重价值。我认为,"四人帮"是10亿中国人家喻户晓的历史罪人,传记必须史实准确。我坚决摒弃凭空虚构、胡编乱造,告诫自己对历史负责,对人民负责。

在进入创作之前,我着手于大规模的准备工作。我曾说,我以采访为主干,以档案馆与图书馆为两翼。

档案是写作这样的史实性作品必不可少的参考资料。《第三帝国的兴亡》的作者是美国人,由他来写纳粹德国史,美国为他的创作提供了极大的方便,作者可以自由地利用那485吨从纳粹手中缴来的机密档案。可是,我却与《第三帝国的兴亡》作者的处境大大不同。我是以一个中国人,去写中国刚刚过去的十年浩劫。我所需要参考的档案绝大部分被视为"禁区",不可接触。有关部门甚至明文规定,只有人事干部为了外调需要,开具党组织的外调专用介绍信,方可允许查看有关外调对象的那一小部分"文化大革命"档案。至于为了创作而去查看"文化大革命"档案,只能吃"闭门羹"。

我不得不把许多时间花费在办理各种手续上,花在向各级档案部门的负责人的"游说"上。

差不多每去一处查看"文化大革命"档案,都要花费很多口舌。

毕竟我感动了"上帝"。我的一些朋友支持我,帮助我打开"禁区"之锁。

第五章 采写《"四人帮"兴亡》

我终于得以步入一个个档案室。不过，遵照规定，只能坐在那里逐字抄录，不许复印（虽然复印机就在旁边），不许拍照（虽然我的包里总带着照相机）。我常常在上午8时档案室一开门就进去，一直抄到下午5时关门，中午啃点干粮，如此而已。我成了道地的"文抄公"。个别时候，允许我拍照。于是，我拿出照相机——我连拍照所用的灯都在包里事先放好，一页页地翻拍，进度快多了。但是，回到家中，我又得自己冲胶卷，自己放大、洗印，花费很多时间——因为这样的档案不宜拿到照相馆冲放，一切都得自己动手。幸亏当年我是学光谱分析专业的，暗房技术娴熟，算是发挥我原专业的"一技之长"。

我吃惊地发现，"文化大革命"档案处于相当混乱之中。比如，张春桥在安亭事件时给王洪文所签的"五项条件"手稿，是研究上海"一月革命"的重要档案，竟在一个与此毫不相干的档案室里收藏着。又如，姚蓬子的档案，我在上海市公安局档案室里找不到（在"文化大革命"中已被作为"防扩散"材料烧毁），却在一所大学的档案室里偶然翻到。

上海某医学院一个"造反兵团"头头的工作笔记本引起了我的注意，因为此人的笔头甚勤，看见街上贴了什么大字标语都要记下来，出席"市革会"会议，谁发言他都记下来，所以他的十几本工作笔记本，成了研究上海"文化大革命"可供参考的资料之一。

还有一些不起眼的东西，有时候会在不经意中被发现。比如上海在1968年曾经举行过一个"一月革命胜利万岁"的展览会，展览会结束后，展出的那些东西就存放在上海总工会楼顶。我知道之后，就去上海总工会，钻进那个楼顶里头找这些东西。我在这里查到了一张纸，这张纸对我来说，非常重要，起了很大的作用。那么，这张纸上有些什么呢？它是"安亭事件"时的一张领面包的人员名单。当年这些工人在安亭闹事的时候，把京沪线在安亭拦断了。中共上海市委就派汽车给工人们送面包。那些造反派呢，都来领面包，领了就要在单子上签名，某某厂谁领了多少个面包等。当时来领面包的差不多都是每个工厂造反派的负责人，故而这张纸十分重要。后来，我就抄下这张纸上的名单，去工厂把那些人找到，让他们来谈"安亭事件"。

张春桥之妹张佩瑛在1954年所写的一份自传，其中有不少内容可供写作张春桥传参考。那时，张春桥尚未"青云直上"，内容大都真实可靠。

同样，我在王秀珍（"文革"期间曾任上海市委书记）所在的工厂里查阅她的人事档案，见到其中有一份王秀珍1964年所写的自传，对于她如何从一个穷孩子成长为劳动模范，写得颇为真实，亦甚有参考价值。

在"文化大革命"中，王洪文青云直上的时候，曾叫人捉刀写了一本三四万字的"大事记"，详述他造反之初的历史。这份"大事记"在王洪文被捕后，他的小兄弟曾打算塞进一段铁管里，两头焊死，埋于黄浦江江堤之中。我得知有这么一份重要档案，追踪寻找，终于在上海国棉十七厂查到。

我家在上海西南角，国棉十七厂在上海东北角，我要斜穿整个上海市区，换好几辆公共汽车才能到达那里。我往往清早6时离家，8时多才能到达国棉十七厂。在这家工厂的人事科，我一边阅读，一边抄录，花费了好几天时间。

这份"大事记"成为我写作《王洪文传》很重要的参考材料。尽管这份"大事记"吹嘘王洪文的"光荣史"，但所载事件的日期基本准确，而且其中提到的事件发生的地点、人名，都成了我作进一步采访弄清真相的线索。

同样，我查到姚文元亲笔填写的履历表，也为我写姚文元传提供了很多方便。有一回，我在某档案室查到一箱重要档案，花了一个星期，天天前去摘抄，虽然抄得非常吃力，但收获颇大，使我非常高兴。

图书馆是我创作的另一个"方面军"。

张春桥、姚文元、姚蓬子是作家，我必须查阅他们的全部作品。

江青20世纪30年代在上海时也写了不少文章，大报、小报关于她的报道多达221篇，这些我也必须逐一查阅，重要的要复印。

去图书馆查阅"文化大革命"资料，手续也够麻烦的。幸亏我已经有了与档案部门打交道的经验，何况图书馆终究是文化部门，比组织部门更能与我接近，图书馆员们终于逐一打开大门，让我查阅、复印。

当年的各种"文化大革命"小报、传单，虽然有的不甚准确，有的甚至掺假，但只要加以鉴别，仍不失为重要参考资料。

例如，那各种不同版本的《林彪选集》《江青文选》《中央首长讲话集》，都有一定参考价值。

"武汉三司革联司令部秘书组编"的《庐山会议文件集》，其中收入关于庐山会议的文件、讲话，很有参考价值。那本在"文化大革命"中用红塑料封皮精装的《两报一刊社论选》，是研究"文化大革命"必不可少的参考资料，为我节省了查阅社论的时间。

说来也有趣，当年几乎能一口背诵的《毛主席语录·再版前言》，我要用时却查不到。为什么呢？因为自从林彪"折戟沉沙"之后，按照当时的规定，必须从每一本《毛主席语录》中撕去《再版前言》。我翻了一本又一本"红宝书"，都不见《再版前言》。幸亏找到一本"漏网的"，上面居然还保存着《再版前言》！

当年的《工人造反报》《井冈山报》《新北大》《红卫战报》《文艺战报》等，我都逐一查阅。

我偶然发觉，当年上海的《支部生活》杂志，刊载了一系列"文化大革命"期间的中央文件，当即复印。

我得到上海有关部门的鼎力支持，获得粉碎"四人帮"不久，中共上海市委向中央专案组上报的有关江青、张春桥、姚文元的资料，其中包括20世纪30年代关于江青的100多篇报道的复印件，姚文元在报纸、杂志发表的460多篇文章的复印件，还有张春桥的文章和王洪文的讲话稿的复印件。当时，上海调集了几十人从上海图书馆所藏报刊中查找有关"四人帮"的报道、文章。这是作为重大政治任务下达的，可以说几乎把"四人帮"的相关报道、文章一网打尽。中共上海市委除报送中央专案组一份外，还留了一份。上海有关部门把这份复印件全套提供给我，这为我写作《"四人帮"兴亡》提供了极大的帮助，也使《"四人帮"兴亡》一书有了扎实的基础。

我还在美国加利福尼亚大学伯克利分校的中国问题研究所，查阅了《新编红卫兵资料》（*A NEW COLLECTION OF RED GUARD PUBLICATIONS*），共20大本，其中收入中国"文化大革命"中各地红卫兵及其他群众组织出版的小报（又称"文革小报"），包括《井冈山》《农奴戟》《六月天兵》《北京公社》《赤卫军》《民院东方红》《长缨》《长江风云》《常州工人》《八八战报》《安徽八·二七》等，以及香港东方出版社出版的《"文化大革命"博物馆》上下卷大画册、《中共"文革"运动中的组织与人事问题》等文章。他们也收藏上海"文革"史料整理小组编辑的《上海"文化大革命"史话》一至三卷，以及北京国防大学内部出版的三大卷《"文化大革命"研究》。

我对他们收藏的台湾《中共研究》杂志社出版的《中共年报》（1968年前称《匪情年报》）发生浓厚的兴趣。这套书，一年一厚册，我多次到那里逐年细细查阅。虽然是台湾出版物，带有明显的国民党的政治倾向，但是其中一些文章和资料，还是颇有参考价值。比如，在1969年出版的《中共年报》中，对中共九届中央政治局委员作了详细介绍，其中关于江青的介绍大约有5000字，详细记述江青的身世、20世纪30年代在上海的影剧活动、进入延安的情况、"文化大革命"中的崛起等。其中写及与江青十分熟悉的姚克（电影《清宫秘史》编剧）对江青的评价："不结人缘，落落寡言""为人器量狭小，心狠手辣；得意时高视阔步，睥睨一切""野心甚大，睚眦必报"。年报中关于张春桥的介绍更为详尽，长达万字。文中说："张春桥和江青、姚文元等都是靠'文化大革命'起家的，我们可以称他为'文革派'。"台湾在1969年对于正红得发紫的"文革派"人物江青、张春桥、姚文元的评述，是有一定的参考价值的。

第五章 采写《"四人帮"兴亡》

走南闯北寻访"文革"见证者

就在我大量查阅"文化大革命"档案、资料之际,曾经深受张春桥迫害的葛正慧老先生的一席话给了我莫大的启示。葛老先生在上海图书馆工作多年,首先查明"狄克"是张春桥的就是他,为此他被张春桥投入秘密监狱。葛老先生向我指出:《第三帝国的兴亡》一书有很大缺陷,即作者重"文"不重"献"。只有"文""献"并重,才能写好纪实长卷。

从档案馆、图书馆查到的,局限于"死材料"(文字材料),我由此更进一步,大量采访当事人,寻访"活材料"。我重视"死材料",但是更重视"活材料"。我认为,那些"死材料"几十年后,甚至几百几千年后,后人仍可查到。他们甚至可以比我更方便地查阅这些"死材料",诚如姚雪垠写《李自成》可以查阅各种明史档案。可是,后人无法得到"活材料"——当事人的口碑。挖掘"活材料"以至抢救"活材料",是一项极为重要、刻不容缓的工作。"文化大革命"刚刚过去10年,许多当事人尚在,必须赶紧做好采访工作。

2014年出版《"四人帮"兴亡》增订版时,当代中国出版社编辑问我大概采访了多少人,是否有100人,他们想介绍一下这本书的写作经过。当时我也不知道采访了多少个当事人。后来我就把采访的相关当事人名单列了一下——因为我的电脑里有很详细的记录,一排出来,数了一下,超过了100人。这也就是说,《"四人帮"兴亡》是在大量采访的基础上写出来的,我相信这样的书已经成为不可复制的书。如果现在有人写这样的书,因为那些"文化大革命"当事人大部分都已经走掉了,他不可能再找到这些人。

"死材料"往往是平面的,只记载某年某月什么事,什么人讲什么话。"活材料"却常常是立体的,可以采访到各种细节,使作品变得非常丰满。不过,人的记忆力毕竟有时不甚准确,"活材料"又必须用"死材料"加以核实、校正。

进行"文化大革命"史的采访,要广泛访问在"文化大革命"中蒙冤受屈者,但同时也应访问那些"文化大革命大员"。

早在 1986 年 10 月 9 日《社会科学报》所刊登的《叶永烈谈要研究"文化大革命"》一文中，我便对该报记者说过："现在，'文化大革命'刚刚结束 10 年，可是'文化大革命'材料分散各处，很多饱经风霜的老同志要请他们留下口碑，那些'文化大革命''风云人物'，也应让他们留下史料，这些都有待人们赶着去做。"

在采访时，我一般尽量争取被采访者的同意，进行录音，这些录音磁带，我作为史料永久保存，并拟在若干年后捐赠给历史学家或者我在 1986 年曾建议成立的"文化大革命"研究所（当时许多报刊刊登了我关于成立"文化大革命"研究所的建议）。因为录音远比笔记准确、详细，而且所作速记往往只有我自己看得懂，后人难以看懂。

这些年来，我走南闯北，走访了众多的"文化大革命"受害者，记下了中国历史上那苦难的一页。

在北京陆定一家中，我与严慰冰胞妹严昭多次长谈。"严慰冰案件"（简称"严案"）是"文化大革命"大案之一，严昭痛诉林彪、叶群对严慰冰令人发指的残酷迫害。她还由"文化大革命"回溯到延安时代，谈到那时严慰冰与叶群的冲突，谈到那时陆定一与严慰冰的恋爱、结婚，谈到毛泽东、周恩来、任弼时的戎马生涯，等等。

贺绿汀是张春桥、姚文元的"死对头"。在"文化大革命"中，贺绿汀坚强不屈，人称"硬骨头"。我多次访问贺绿汀，请他详细地叙述他与姚文元关于德彪西的论战，以及他在"文化大革命"中与张、姚的斗争。

东海舰队司令陶勇之死，是"文化大革命"大案之一。为了探明陶勇之死，我一次次访问东海舰队司令部，走访他的几位老秘书、他的家属以及有关当事人，甚至访问了当年解剖陶勇尸体的医生，终于写出《陶勇之死》。

秦桂贞是江青 20 世纪 30 年代在上海时借住的那家的女佣，深知江青底细，为此在"文化大革命"中被江青骗往北京，投入秦城监狱。寻访秦桂贞颇费周折，因为她早已退休，很难寻找。经过友人帮助，我才在一个鲜为人知的地方找到了她。然而，她却不愿接受采访，因为有关部门已对她作了一些规定，务必办妥必要的手续，才予接待。于是，我只得再奔走，办妥手续，最终使秦桂贞接受采访。当她打开话匣子，我才发现，她是一位非常热忱的老人。她虽然文化粗浅，但记忆力甚好，叙事也有条有理。说到江青恩将仇报，她咬牙切齿，潸然泪下。她的 4 小时谈话，为我写江青提供了翔实而丰富的"活材料"。此后，我们成了很好的朋友，我常去看望她，她甚至带我到江青当年在上海的住处。她离开人世时，我还参加了她的追悼会。

在最高法庭审讯江青时，与秦桂贞同去北京、出庭作证的是郑君里夫人黄晨。在20世纪30年代，她叫江青"阿蓝"，江青叫她"阿黄"。买上一块料子，她俩往往同做一色上衣。可是，在"文化大革命"中，江青对知情甚深的郑君里、黄晨进行残酷迫害。黄晨的回忆，清楚地刻画出当年江青的形象。我庆幸及时采访了黄晨，因为不久之后，她便病逝了。

又如，江青的匿名信案件，也是大家非常关注的一件事情。江青到了上海，到了杭州，她刚到，怎么会有匿名信就跟着到了？江青一拆开，脸色大变，在那里大吵大闹。我找了当事人公安部部长王芳，他当时是浙江省公安厅厅长，奉命参与匿名信的侦破工作。我曾应邀参加公安部部长王芳回忆录的整理，后来出了45万字的《王芳回忆录》（浙江人民出版社出版），所以我有机会请他非常详细地回忆了江青的匿名信案件。我问他匿名信的内容，他说这个匿名信到今天为止没有公布过。我说你还记得里面一些话吗，他说对匿名信有一句话印象很深，那个人说："你这样的人，现在还像苍蝇一样，爬在毛泽东的脚面上。"类似这样的事情，如果不是当事人，就不会记得那么清楚。我问及后来怎么侦破的，王芳说，当时查遍了被怀疑的上海的一些人，因为它是用的华东文委的信纸，当时侦查方向都在上海，查过800多人的笔迹。最后果然侦破了，就是林伯渠去世之后，他的夫人朱明有一封信写给中央，王芳一看到那封信的笔迹，就查清了，匿名信是林伯渠的夫人朱明写的。这样一下子就侦破了。公安部一调查，林伯渠夫人朱明立即就自杀身亡，这个过程王芳讲得非常清楚。所以只有深入找到这么重要的当事人，他给你讲，你才会知道像江青匿名信这种的侦破过程，不找公安部门很难知道这里面的真相。

在《"四人帮"兴亡》中，我写到姚文元早期的事情，就是1948年他在上海沪新中学加入中国共产党成为地下党员。我非常感谢当年姚文元的入党介绍人崔震，姚文元的党支部书记冒金龙、孙志尚，1986年9月7日他们为我专门聚在一起谈姚文元，谈当时怎么发展姚文元入党的，崔震怎么找姚文元谈话的，姚文元当时表现如何，姚文元入党的全过程。他们还谈及，当时为什么会忽视了姚蓬子的问题。他们回忆说，当时处于地下状态的共产党无法对入党对象进行外调，只是由领导出面，找发展对象谈话，就当作一种审查手续。当时找姚文元谈话的是上海南中区的分区委书记郭坤和（又名郭民）。他向姚文元讲明了对党、对组织要忠诚老实的原则，然后询问了一系列问题。他问及了姚蓬子，姚文元说是"进步作家"。由于姚文元的隐瞒，当时的党组织不知道姚蓬子的严重问题。何况姚文元只是一个中学生,他的入党申请只是报到分区委。一位当年中共上海市委负责人后来曾不胜感慨地说:"因为姚文元当时是个中学生,所以他的入党报告,只是送分区党委郭坤和同志审批。限于当时的条件,审批手续不过是郭坤和找他谈话。问及他的父亲时,姚文元说是鲁迅的战友等。如果当时上报市委的话,姚文元的入党报告不会马上批准,起码要对他进行一段时间的考察——因为姚蓬子是叛徒,当时地下党上海市委是掌握的,是绝不会被姚文元所说的那一套'鲁迅的战友'之类话骗过去的!"正因为有当年姚文元中学的这些同学、当时的党支部书记、入党介绍人的谈话,我才对姚文元当时的情况有了第一手的了解。所以这种采访会涉及方方面面的当事人,尽可能追踪到最细的地方。当我的《"四人帮"兴亡》出版的时候,我想送给他们,但其中有两位已经过世了。

为了弄清姚文元在新中国成立前入党的经过,当年姚文元的入党介绍人崔震及支部书记冒金龙、孙尚志因我的采访而聚在一起,共同回忆。这样相互启发,你一言,我一语,使回忆变得更为准确、丰富。比如一个人讲姚文元,其他人就补充姚文元的其他细节。再比如有人讲姚文元当时在读进步书籍引起中共地下组织注意,以及姚文元的父亲是什么样的,等等。这样,姚文元的人生经历和细节才搞清楚了。所以,说这种采访是"历史的绝响"都不为过。后来这些人都走掉了,他们所留下的这些口述的历史,应该说是非常重要的。

老作家楼适夷则向我长谈了他所知道的姚蓬子。他还介绍我去采访姚蓬子的胞妹,使我对姚家的身世有了第一手的了解。我前往姚文元故乡浙江诸暨采访,姚公埠的老邻居以及诸暨县(今诸暨市)档案馆给予了热情接待。王若望也跟我谈了他所知道的姚氏父子。关于姚蓬子在南京狱中的情况,我访问了当年国民党中将汤静逸先生。很可惜的是,我曾向丁玲谈了我写姚蓬子,当时她太忙,说过些日子约我细谈,不料她竟与世长辞……

毛泽东的儿媳刘松林、刘少奇夫人王光美、陈云夫人于若木,在"文化大革命"中深受江青迫害。我采访了她们。

王观澜夫人徐明清,是江青当年在沪时的团支部书记,江青进入延安又是她介绍的,是极为重要的知情人。我在北京对她进行了多次采访。

在北京,我还采访了原中央文革小组副组长刘志坚将军、江青前夫黄敬(即俞启威)之胞妹俞瑾、王稼祥夫人朱仲丽(《江青秘传》作者,曾经为毛泽东、江青看病),采访了曾经为毛泽东做古籍助读工作的芦荻教授,她向我讲述了"批《水浒》运动"的来历……

第五章　采写《"四人帮"兴亡》

在四川，中共中央办公厅原副主任、中央警卫团团长张耀祠将军接受了我的采访，第一次详细透露了亲手拘捕江青的全过程。

在美国，我采访了红卫兵领袖、当年清华附中学生骆小海。他是红卫兵的倡议者之一，也是所谓红卫兵"三论"，即《无产阶级的革命造反精神万岁》《再论无产阶级的革命造反精神万岁》和《三论无产阶级的革命造反精神万岁》的起草者。

在上海，《解放日报》原第二总编辑[1]王维，《解放日报》原副总编夏其言，《文汇报》原总编陈虞孙，《文汇报》原办公室主任全一毛，上海出版局原局长、著名杂文作家罗竹凤，上海图书馆参考书目部原主任葛正慧，中共上海市委原教卫部部长常溪萍的夫人陈波浪等都接受了我的采访，他们从不同的角度揭发了江青、张春桥、姚文元在上海的劣迹。

当年在"反右派"时挨过张、姚之棍的老作家施蛰存，熟知张、姚的底细。18岁的张春桥刚从山东来到上海滩，便在施蛰存手下干活。

张春桥不懂装懂，乱标古书，正是被施蛰存发觉，停了他的工作。当时的《小晨报》，曾对18岁张春桥的劣行作了详细报道。施蛰存也与姚蓬子相熟。丁玲第一次结识姚蓬子，便是在施蛰存的婚礼上……

这些年，我奔走于"文化大革命"受害者的家庭，访问了众多的"重灾户"。他们对"文化大革命"的控诉，激励着我前进——尽管这是一项工程量大、头绪繁多的工作，我仍坚持去做。他们赋予我一种历史的使命感。这样，我的调查、我的研究、我的写作，不再只是我个人的事情，而是对历史负责、对党和人民负责。我深感遗憾的是，电影《东进序曲》中挺进纵队政治部主任黄秉光的原型、中共上海市委统战部原部长陈同生之死。这是上海"文化大革命"大案之一。我曾访问过陈同生夫人，但只粗粗谈了一下，原拟过日子再访，她却突然病逝，我迟了一步……

我还采访了当年的"文化大革命"大员们：

我多次采访中共中央政治局原常委、中央文革小组组长陈伯达，他回忆了《五一六通知》《十六条》等"无产阶级文化大革命"纲领性文件的起草经过，回忆了他奉命前往人民日报社"夺权"的经过，中央文革小组的成立经过，他与"第一副组长"江青的矛盾，他如何倒向林彪以及在中央九届二中全会上遭到毛泽东痛斥的经过……

---

[1]亦即第一副总编辑。

我多次采访中央文革小组组员王力，他的回忆提供了"文化大革命"初期重要的第一手资料。他还把诸多手稿交给了我。

我还多次采访了中央文革小组成员关锋和戚本禹，我访问了当年《红旗》杂志编辑、"揪军内一小撮"社论的起草者林杰。

我实地走访了江青、张春桥、姚文元、王洪文当年在上海的住处。张春桥、姚文元"文化大革命"中住在上海兴国宾馆，我就去了兴国宾馆（"文化大革命"中叫兴国招待所）。江青20世纪30年代在上海的住所，在当时的环龙路（现在叫作南昌路），她当年那个房东的保姆秦桂贞带我前去实地走访。秦桂贞指着一口当时还在使用的搪瓷浴缸，说这是当年蓝苹用过的。我走进当年蓝苹和唐纳住的房间，那个房间是三角形的，因为那幢房子从一楼到三楼都有一间三角形房间，这个三角形房间租金是最便宜的，当时江青没有多少钱，所以会租那个房间。所以你只有走访了当年这些地方，才会有现场感。又比如，江青从西安到延安，是通过七贤庄八路军驻西安办事处去的，在那里她第一次见到邓颖超。她到延安之后生活或者学习过的延安凤凰山、杨家岭、王家坪、枣园以及中共中央党校旧址、鲁迅艺术学院旧址等，我都去了。走过了这些地方，写作品时会有真实的环境描写。

我有的采访，简直如同福尔摩斯办案。

我曾找到一个叫周宝林的人，他是上海无线电四厂的。"文化大革命"初期，王洪文是"上海工人革命造反总司令部"总司令，他是副司令，但是他后来成了"逍遥派"，没有跟王洪文走在一起。他搞了不少技术革新，所以"文化大革命"之后没有遭到清查。当我敲开他家的门时，他一看到介绍信上我的名字便知道我是谁。但他以为我要请他讲技术革新的成果，当我一提起"安亭事件"，他脸色一下子就变了，说你怎么会知道。我告诉他我在安亭事件时领面包人员名单上找到他的名字。于是，他就讲了"安亭事件"的全过程，这些回忆非常重要。

还有一个是当年江青组阁名单里面的"建设部长"，我也找到了这个人。找寻他的过程十分艰难，因为他工作调动非常频繁，到过很多个单位。最后我在北京前门的工地找到了他。当我跟他说要谈谈王洪文时，他脸色也一下子变了，说这里不是谈话的地方，并把家庭地址和电话告诉我。于是我第二天晚上就赶到他家，这才听他谈了他"造反"的经过。

对于纪实文学来说，丰富的细节很重要。在抓捕"四人帮"前夕的那个下午，江青在北京景山公园摘苹果，王洪文那天晚上在看电视。我采访了王洪文身边工作人员米士奇，米士奇说当时看时间差不多了，说"老王该走了"，王洪文这才下去，从钓鱼台国宾馆前往中南海怀仁堂，一去不复返；姚文元走的时候很匆忙，忘了戴帽子，他的夫人金英拿着帽子追出来，但是姚文元已经坐上车走了，姚文元被捕的时候就没有戴帽子……这些细节是史书里不会写到的，但这些细节生动地反映了"四人帮"的心态，他们没有意识到华国锋采取的断然行动迅雷不及掩耳，没有意识到自己一去就被拘留起来，而这些细节又是非常真实的，是由相关当事人口述的。我觉得纪实文学作家就是要捕捉大量且丰富的细节，所以这本书充分描述各种生动而形象的细节。

我在《"四人帮"兴亡》里写到了李鑫。现在关于粉碎"四人帮"的文章里，几乎没有李鑫这两个字。其实李鑫也起到很大的作用。比如，1976年10月4日清早7时，正在熟睡的华国锋被秘书喊醒，告知中共中央办公厅副主任李鑫骑自行车赶来，有急事报告。李鑫紧急求见华国锋，就是把刚刚出版的《光明日报》送给华国锋。李鑫给华国锋送来当天的《光明日报》，是因为在9月29日下午，华国锋曾经约李鑫到国务院会议厅个别谈话。李鑫说："现在形势很紧迫，'四人帮'一伙要夺权。"李鑫建议中央要对他们"采取果断措施"。华国锋最后表示同意，说："你的意见很好，我要再同几个同志商量一下。"华国锋接着又说："我很忙，没有时间看很多材料，你注意一下报纸舆论动向，有什么情况马上报告。"李鑫正是根据华国锋的指示，马上赶来向华国锋报告报纸舆论重要动向。华国锋一看这天的《光明日报》在头版发表署名"梁效"的重要文章《永远按毛主席的既定方针办》，便明白形势相当紧张。所谓"梁效"，也就是"两校"的谐音。"两校"，北京大学、清华大学也。这两个大学的"大批判组"是受"四人帮"及其手下的干将直接指挥的写作组，是"四人帮"的喉舌，人称"帮喉舌"……李鑫在粉碎"四人帮"的斗争中是有功的。后来为什么把他的名字抹掉了？就因为他是康生的秘书。其实他是康生的秘书，或者在康生身边工作也犯过一些错误，这是一回事，但是在粉碎"四人帮"这件事上他是有功的，我觉得作为一个作家应该如实反映历史的真相，不要把一些人的名字随便抹掉。针对这种做法，我曾经专门发表过文章，说"不能以后来论当初"，所以我非常反对写中共一大把陈公博、周佛海他们的名字都给抹掉，因为这是历史，不能因为后来他们成为汉奸就把那段历史抹杀了，要尊重历史。尊重历史事实，是非常重要的。

同样，前几年《人民日报》的一篇重要文章提到粉碎"四人帮"这件事，说华国锋、叶剑英等粉碎"四人帮"，那个"等"字就把汪东兴给抹掉了。汪东兴在粉碎"四人帮"后的一些事情上有错误，但那是后来，不应该把汪东兴在粉碎"四人帮"这件事情上的重要贡献给抹掉了。

《"四人帮"兴亡》是一个头绪繁多、工作量浩大的工程，按理起码应该有十几个人或者几十人组成一个小组来研究。我是单枪匹马、不自量力来做这种工作的，所以非常吃力。

第五章 采写《"四人帮"兴亡》

走访"文革"重灾户陆平

凡是经过"文化大革命"的人，几乎都知道陆平的大名。因为"文化大革命"的"第一张大字报"，就是针对陆平的，轰得全国震惊。当时，陆平是北京大学校长兼党委书记。"文化大革命"之火从北大点燃，席卷全国。

陆平原名刘志贤，1914年11月15日生于长春。初中毕业以后，他到吉林市（当时称"永吉市"）上高中，成为中共地下党员。1933年，他担任团的吉林特支宣委。后来，他考入了北京大学教育系。陆平一边在北大上学，一边从事党的地下工作。新中国成立后，他在铁道部担任领导工作。考虑到他是"老北大"，对教育工作更加在行，从1957年10月起，他被调往北京大学任党委书记、副校长。当马寅初先生离开北大以后，他担任了校长。

我是1957年考入北京大学的，进校不久，就见到了陆平。我多次听他的报告。他思路清晰，思想深刻，给我留下很深的印象。1963年，我从北京大学毕业的时候，曾请陆校长来到我们班，与我们一起合影。

想不到，为了探索"文化大革命"，陆校长也成了我的采访对象。

1986年，我来到陆平北京寓所。他当时已是72岁的老人。令我惊诧的是，历尽劫难，他依然像我当年在北大学习时所见到的那样，心宽体胖，思维敏捷。那时他仍未离休，担负着全国政协副秘书长、全国政协机关党委副书记的工作，还是那样忙碌，我们的谈话常常被电话所打断。

北京大学原校长陆平（叶永烈摄）

我请他谈"文化大革命",他沉思了一阵,终于答应了。他的大女儿赶紧坐到一边"旁听",因为陆老在家中也不大愿意多谈个人在"文化大革命"中的不幸。这一次,他又重述了自己常常对人家讲的话:"'文化大革命',是我们党、我们国家、我们人民的一场灾难。个人吃些苦头是不足为道的,重要的是从中吸取历史教训,搞好我们今天的工作。"

他,一头短发。条理清晰的男低音,回述着那创巨痛深、薰毁荻张的岁月……

1966年5月25日下午2时,北大大膳厅的东墙,一个中年女人领着一伙人正在贴大字报。醒目的标题:《宋硕、陆平、彭珮云在文化革命中究竟干些什么?》

全校轰动了,数百人围观,与那女人辩论。

这张大字报,后来便被称为全国"第一张马列主义大字报"。

那位桀骜不驯、心怀叵测的女人,名列大字报7个作者之首:聂元梓。

有人飞快地抄录了大字报全文,送到正在北京市委开会的陆平手中。

陆平深为震惊,因为康生的老婆曹轶欧插手北大,组织聂元梓等人写这张颠倒黑白的大字报,不仅他早有所闻,连日理万机的周恩来总理也察觉了。周总理曾派外办副主任张彦来北大传达:内外有别。北京大学有50多个国家的留学生,要注意国际影响,即使要贴大字报,也要找个内部的房间去贴……

身为哲学系党总支书记的聂元梓,当然知道周总理的指示。

然而,这女人却有所恃无所恐。

此中内幕,在1967年初,有人炮打曹轶欧时,康生于1月22日接待群众代表,作了如下表白:"关于我爱人曹轶欧,有人说她是北大工作组的副组长,这是不对的。我爱人等五人曾组成一个调查小组在1966年5月去北大,目的是调查彭真在那里搞了哪些阴谋,发动左派写文章,根本与工作组没有关系。聂元梓的大字报,就是当时在我爱人的促进下写的。"

不,不,康生太"谦虚"了!这"促进"二字,应该改为"授意"或者"指挥"才是。

6月1日,陆平又去北京市委开会。散会时,接到通知:"聂元梓等人的大字报,今晚广播,明天见报。"

陆平又为之心头一震——这张诬良发难的大字报,值得向全中国广播?

果真,当晚他打开收音机,中央人民广播电台的新闻节目里,播出了这张大字报。

翌日，《人民日报》在头版刊登了这张大字报，加之《大字报揭穿一个大阴谋》这样耸人听闻的大标题。还发表了评论员文章：《欢呼北大的一张大字报》！

那时，作为党中央机关报的《人民日报》，已落入陈伯达手中。陈伯达是在几天前率领工作组进驻人民日报社的。

陆平手中拿着6月2日的《人民日报》，知道大祸已经临头。他作了思想准备，挨五年"批判"。谁知道后来竟翻了一倍——十年！

6月3日，新华社便发出电讯：北京大学校长兼党委书记陆平、副书记彭珮云被撤销一切职务，改组北大党委。

6月5日，《人民日报》又发表社论《做无产阶级革命派，还是做资产阶级保皇派？》，称赞了聂元梓等所谓北京大学的"无产阶级革命派"，"推翻了以陆平为首的资产阶级保皇派的统治"。

陆平成了"全国共讨之、全党共诛之"的大黑帮。

虽然陆平无意，然而历史的浪潮却把他推上了这样的地位：在中国"文化大革命"史上，他的名字和吴晗、邓拓一样，是无法回避的。

我问陆老对此有何感想。他坦然一笑，答道："如果不是我，由另一个人坐在我的位置，命运也会如此。他们从北大开刀，是因为北大在国内外有广泛的影响，乱北大可以进而乱北京、乱全国，能够一哄而起。当然，北大的这场斗争，由来已久……"

戴高帽、挂黑牌、游街……陆老不愿多谈自己蒙受的灾难，用风趣的口气说："我天天坐'飞机'，而且是'喷气式'的！"

1969年，当"一号通令"下达后，陆平被逐出京城，押往江西鄱阳湖畔鲤鱼州监督劳动。他被单独关押，不准"乱说乱动"，几乎与世隔绝。

陆平幽默地说了这么一个故事：

当时，农场里召开批斗"五一六分子"大会，把他拉去陪斗。

他感到非常惊讶，怎么会全场高呼"揪出'五一六'""打倒'五一六'"呢？

他只记得有个《五一六通知》——那是1966年5月16日下达的《中国共产党中央委员会通知》，是进行"无产阶级文化大革命"的"纲领性文件"，怎么要"揪出""打倒"呢？

因为不许"乱说乱动"，他不便询问。

稀里糊涂地挨斗。他成了"五一六"的"后台"，却还不知"五一六"为何物！

直到他后来回到北京，问了家人，才明白什么是"五一六分子"。

陆平深知，"文化大革命"是毛泽东亲自发动的，第一炮轰的就是他，他的冤案唯有毛主席垂察才有平反的希望。他虽然蒙冤受屈，但多年的革命经历使他对毛主席充满信赖。

回到北京之后，他曾写信给毛主席，但杳无回音。他料想，信被中途卡掉了，没有送到毛主席手中。

1974年底，毛主席也发觉，许多寄给他的信被人截去。毛主席深为震怒，于是派出专人在中南海门口收信。

陆平得知这一消息，喜出望外。1975年春，他连忙又写一信，让大女儿送往中南海。

这一回，毛主席收到了陆平的信，在信上作了批示。

很快，有了动静。1975年4月初，陆平终于获得解放。

这年7月1日，陆平被任命为第七机械工业部副部长。

陆平对我说，这表明虽然毛主席在晚年犯了"文化大革命"错误，但他后来有所觉察，在改正自己的错误。从他的身上，便可以看出毛主席怎样在改正自己的错误：1966年6月1日下午，毛主席在武汉亲自批准把聂元梓等人的大字报广播、登报，并称之为"全国第一张马列主义大字报"，以此为契机正式发动了"无产阶级文化大革命"。然而，后来他不再提"全国第一张马列主义大字报"了，聂元梓于1971年下台了。到了1975年，他亲自指示解放陆平，正是表明了他对自己当年批判陆平、发动"文化大革命"的否定，也是对"全国第一张马列主义大字报"的否定。

陆老谈及这段往事，十分动情。他对我说："毛主席他老人家毕竟是伟大的革命家，功劳大得很。他的错误跟功劳相比，是次要的。我们既要总结'文化大革命'的深刻教训，又要维护毛主席的威信、党的威信、国家的威信。"

陆老提起了宋硕。他说，宋硕是一位忘我为党工作的好同志，常常昼夜忙于工作。"第一张大字报"点了宋硕的名，使宋硕在"文化大革命"中受到很大冲击，他死于癌症。

我问陆老："你在'文化大革命'中首当其冲，受尽折磨，是怎么过来的？不论在你的外表上，或者在你的心灵中，几乎都看不出'伤痕'！"

他笑了，笑声是那样爽朗。他十分精辟地说：

"第一，我相信自己。自己最了解自己，我平生无愧于党和人民。面对种种不实之词，我坦然，从来没有悲观。

"第二，我相信党、相信人民。我深信，有朝一日会水落石出。我对党、对人民、对社会主义前途是坚信不移的，是充满信心的。

"有了这两条，再大的困难也能度过。我是一个乐观的人。"

无私即无畏。他化凶为吉，安渡难关。陆老的三个女儿、一个儿子都已成人。他的晚景是美满的。可是，他的生活仍如绷紧的弓弦。在采访中，他反过来问我，对当年的北大教学、课程安排有什么意见，从北大毕业之后在工作中能用上多少。他感叹地说："年岁不饶人，我已经不可能再去当北大校长了。但是在我的校长任期中，学生前后有两万。如今，我每到一地，都遇见我的学生，我总是征询他们对教学的意见。我现在还是北大顾问，我把听到的意见转告北大的现领导，以便把今后的工作搞得更好。"

我问他能否写点回忆录，因为历史已经把他的名字与"文化大革命"紧紧地联系在一起，他的回忆录将会成为珍贵的史料。

他又笑了，说道："我退休以后再考虑！"

写下《常溪萍之死》

常溪萍是上海华东师范大学党委书记兼副校长，是上海的"陆平"。"文化大革命"中，聂元梓曾专程从京到沪"揪"常溪萍，导致常溪萍非正常死亡。

常溪萍在1954年6月至1964年11月担任华东师大党委书记，1957年3月起兼任中共上海市委教卫部副部长，1965年7月起任中共上海市委教卫部部长。

我多次访问常溪萍夫人陈波浪，她在"文化大革命"中被打断多根肋骨，胸腔中装上了不锈钢支架。她痛诉张春桥、聂元梓对常溪萍的迫害。我又一次次前往华东师大访问有关人员，终于弄清有关常溪萍受迫害的潜因——与北京大学"社教运动"以及与陆平的密切关系。

地震学表明，大震之前往往有前震。"文化大革命"的前震是"社教运动"。

1964年1月，从全国各地高校调来的200多名院、处长级干部，云集北大校园。这支队伍，便叫作"北京大学社教工作队"。

"社教"，也就是"社会主义教育运动"，早些时候叫"四清"。运动的重点，便是"整党内走资本主义道路的当权派"。后来，这一理论得以发挥、发展，酿成了"文化大革命"大祸。

社教运动起初在农村展开，后来，转向城市工厂。为了在全国高等学校开展"社教"，选择了北京大学作为全国高校试点。从全国各地调来那么多干部，一是作为社教工作队员，二是便于将来回去"全面开花"。

工作队一进北大，就踢开了北大党委，一举夺权。陆平不光是靠边了，而且成了北大头号"走资派"，天天挨斗受批。

工作队给北大党委定下两大罪状：

第一，政治上——执行资产阶级教育路线；

第二，组织上——干部队伍严重不纯。

在这场斗争中，一个野心勃勃的女人成了响当当的"左派"。此人便是聂元梓。她本是中共哈尔滨市委理论处副处长，1961年调来北大。起初，她被任命为经济系副主任，主持日常系务工作。但是，她的野心和贪欲远不是一个"副系主任"所能满足的。她认为北大党委亏待了她，便在心中埋下了不满的种子。

后来，原哲学系党委总支书记调任北大党委宣传部副部长，聂元梓便调入哲学系任党总支书记。"社教"一开始，聂元梓就拉了一伙人，在哲学系全盘否定她前任的工作，矛头直指北大党委。于是，她成了北大"社教"运动中的大"左派"。

中共中央书记处发觉了北大"社教"运动"左"的错误，着手纠正。1965年3月30日，中共中央总书记邓小平对北大"社教"谈了很明确的意见："运动一开始即应三结合，要肯定成绩，克服缺点，北大运动要总结。总之，有毛病。一去即夺权，斗争方式不正常，陆平被斗得神志不清，不是党内斗争的方法，陆平犯错误不是犯了一切错误，只是某些错误……"

紧接着，北大工作队党委副书记、上海华东师范大学党委书记常溪萍坚持原则，写信给邓小平，详细反映了北大工作队党委书记"左"的错误。邓小平肯定了常溪萍的意见。不久，撤换了北大工作队的党委书记，陆平被结合参加领导工作。

由于邓小平拨正了北大"社教"运动的航向，陆平的处境明显改善了。1965年暑假，北大党的干部集中于北京东交民巷的国际饭店，天天开会、学习，纠正了种种"左"的错误……

迫于形势，聂元梓作了检查。虽然言不由衷，但是她不得不承认自己在前一时期社教运动中的做法是错误的。

从此埋下了"祸根"："文化大革命"的第一炮，就是聂元梓炮轰陆平。紧接着，聂元梓南下上海，前来跟常溪萍"算账"。

聂元梓来沪之前，忽地"失踪"了几天。那阵子，她叱咤风云，每天有"左派"围着她团团转。可是，她突然不知去向，在北京大学校园里消失了。直到1977年9月19日，聂元梓在由北京大学保卫部监管审查期间，才交代了其中的奥秘：

"……我正在考虑串联的时候，突然一天晚上，中央文化大革命办事组W打电话来，说江青为了你的安全，要我们接你离开家里，到另一个地方去。我不同意，认为没有必要。W说：这是江青给我们的任务，我们一定要接你去。我问发生什么情况了？为什么一定要我离开？W说他也不知道，只是指示他要接我住在另一地方,并把我认为最重要的材料带上,以免在家里丢失。W还说希望我也一定执行江青的指示。这样,我被接到中央文化革命小组对外不开放的一个地方(花园街×号)。到这里后,住了三四天……"

在花园街×号,决定了聂元梓的上海之行。软卧车票送到了她的手中,张春桥打电话,关照了上海的中共中央华东局。

聂元梓继续交代说:

"在一两天以内,动身赴上海了。临走前,王力来看望我,说了些恭维话,又谈到去上海串连的问题。他说可以介绍我认识上海记者站的负责人,请他帮助我们介绍、了解上海的一些情况。我问王力,如果我们有事或有重要情况需要向中央文化革命小组汇报时,怎么写法?王力说:交给记者就可以了……"

所以,聂元梓原来是江青手中的一颗棋子,杀到上海,矛头所向,直指常溪萍。

聂元梓等17人的大字报《常溪萍是镇压北大社教运动的刽子手,是暗藏的反革命黑帮》,经中央文化革命小组转交,终于在上海市委教卫部和华东师大同时贴出来了,一时成了上海一大"新闻"。

聂元梓在1966年9月20日,再向常溪萍发射一炮:还是17人签名,写了第二张大字报,题目——《常溪萍在北大社教运动中是个叛徒,是前北京市委反革命修正主义集团镇压北大社教运动进行反攻倒算的急先锋》。

第一张大字报不过千把字。这一回,洋洋数千言,竭尽诬、骗、骂、假之

常溪萍与夫人陈波浪

能事,硬给常溪萍安上了个"大叛徒"的罪名。

其实,常溪萍从来没有被捕过,"大叛徒"这帽子根本安不到他头上。只是由于聂元梓说"常溪萍在北大社教运动中是个叛徒",于是"打倒大叛徒常溪萍"的标语贴遍上海。

张春桥在上海就常溪萍问题发表讲话:"我对常溪萍也不是一开始就认识清楚的。过去听说他比较好,我又没有与他同事,坐在桌面上,见见面,这对干部是不能了解的。我觉得看一个干部应看全部历史、全部工作,人不能以一时一事的表现来判断好坏,这是对的。但是……"

张春桥在谈完自己的"认识过程"之后,在"但是"后面说出了本意:

"但是,在一些重大关键的问题上,虽然是一个时候、一件事,但这个事比较大,是关键问题,是在关键时刻,是在关键问题上,这就不能与平时所说的一时一事表现等同了。

"在过去,我们对北大那件事,还仅仅认为是一个孤立的,就那么一个学校的事。但是文化大革命以后,揭发出大量事实证明,那就要与彭真、陆定一联系起来看。原先我还没有把彭、陆当作坏人,问题没有揭出来。而现在揭出他们的问题,再来看常溪萍的问题,觉悟就提高了。这不是个别的事,而是彭真镇压文化大革命采取的第一步骤。

"在任何一个地方、任何一个方面突破了,就要把别的问题统统带出来。当时批《海瑞罢官》一个剧本,为什么彭真那样震动?当时不能理解,现在理解了、了解了。因为批《海瑞罢官》就要带到吴晗,提出吴晗就要提到邓拓。把邓拓提出来,三家村就提出来了,那么彭真问题就提出来了。彭真问题提出来了,那么对常溪萍的问题,我觉得应该重新研究。"

张春桥往新的高度上"拎",又"但是"起来了:

"但是,在那个时刻,还没有谈到邓小平的问题。常溪萍给中央的信是邓小平批的,彭真抓的,是这样的问题。在当时,我对邓小平同志根本没有任何想法。在最近时期,两条路线斗争揭开了,就不能不想到在北大的问题上,邓小平是错误的,完全错误的,他支持了彭真。

"我对这个问题,就是这样一个认识过程……

"现在,常溪萍的全部材料我还没有来得及看。少数派给我送来的材料很多,你们今天又给我一叠。我看一部分就很好了。我以前一直没有把常溪萍当作一个重大问题,现在我感到这是一个重大问题了,要把这个问题完全搞清楚。

"如果你们要我今天讲,常溪萍是什么性质,我今天还不能用最简单的语言来讲。但是在北大问题上，他的错误是相当严重的。具体情况具体分析，因为事物不是以人的意志为转移的。在阶级斗争的大风大浪中，一下子卷进去了，你想扮演一个正确的角色，结果扮演了一个特务。……

"我希望能从阶级斗争的角度，不把常溪萍的问题作为一个孤立的事物，把当时阶级斗争形势，把两条路线斗争，与彭真联系起来看，这个问题的认识可能就比较统一了。"

经过张春桥这么一番"上挂下联"，从"阶级斗争"的观点进行分析，常溪萍的问题一下子变得严重起来，成了"特务"，成了"大叛徒"。

受尽折磨，常溪萍死于1968年5月25日下午1时40分：上海华东师范大学丽娃河边的数学馆，他从三楼"301"阶梯教室最末一个窗口坠下，砰的一声，摔在坚硬的水泥台阶上。他足踝跌断，双目紧闭，殷殷鲜血立即从面额涌出……

离他坠地处两米的水泥方柱上，刷着醒目的红纸白字大标语："把无产阶级文化大革命进行到底！"

常溪萍含冤死去之际，不过51岁。

在常溪萍死后，卧病在床的妻子多次派孩子到华东师大，要求拿回遗物。后来，造反派只给她一只常溪萍的饭碗，碗里的剩饭已经长了绿毛——这是常溪萍坠楼前吃剩的中饭……

在"四凶"倒台之后，常溪萍冤案终于得以平反昭雪。

1978年4月26日，中共上海市委为常溪萍召开了隆重、盛大的追悼会。他的骨灰盒里，只放着一张遗照——他的遗骨已无从寻觅。

花圈丛立，银花朵朵。中华人民共和国教育部、中共上海市委、中共山东省委，万里、许世友、白如冰……都向常溪萍致以深切的敬意。

我把常溪萍的冤案，写入了《"四人帮"兴亡》。

寻访"炮打张春桥"主炮手

我曾千方百计寻访上海"4·12炮打张春桥"的主炮手。正是这位主炮手射出了"狄克＝张春桥"这一重磅炮弹，上海掀起了"炮打张春桥"高潮。

主炮手今安在？

我知道是在上海图书馆。我向那里的朋友询问，他却面有难色，说道："你不见得能够找到他！"

奇怪，天底下哪有找不到的人？何况此人住在上海，怎么会找不到？

他劝我，欲访此人，一定要请上海图书馆党总支助一臂之力。

我来到了党总支办公室，书记陈雷、副书记狄华很热情地向我介绍了情况：他叫葛正慧，揭露"狄克＝张春桥"的就是他；在"藏书楼案件"中受迫害最深的，也是他⋯⋯

档案上清楚地记载：经王维国、徐景贤批准，上海市公安局于1970年2月26日逮捕葛正慧，经五年零两个月的监禁，于1975年4月26日获释。

如今，为什么难以找到他呢？

两位书记告诉我其中的缘由：葛正慧已经退休，不来上班，在图书馆里找不到他；他一人独居，又几乎不在家。他外出何处，谁也不知道；即便他在家，他也从不在家中会客。如不事先去信预约，他不接待的。他确实有点怪癖。但是，他受了那么大的冤屈，大家都体谅他的心境。如果他一旦愿意接待你，会非常热情的。⋯⋯

狄华把葛正慧的地址告诉了我。我给他写了一封信，希望一见。我不忘狄华的叮嘱，在信中写明，他的通信处是狄华告知的⋯⋯

信寄出以后，好几天不见回音。

我决定上他家去拜访。

他住在上海市区一幢三层楼房里。我是在早上8点到达的，邻居们告诉我，他已经外出，往往夜深方归。

葛正慧

他的房间在二楼。从外面望过去，有一扇窗斜开着。一只猫蜷伏在窗口，窗台上放着好几盆花。

老邻居们告诉我，葛正慧住在那里多年了。本来，他跟母亲一起住。1962年，母亲去世之后，他一直独居。他的生活很简单，买点面包、罐头、炒盘青菜，如此而已。

来了客人，一向在楼下弄堂或公用灶间里谈话。即使是市统战部来人，也如此。

来访者写信预约，他答应了，到了预定时间，才能在楼下见到他。邻居们把他的邮件，或者放在灶间，或者从房门的缝里塞进去。

邻居们印象最深的是，"文化大革命"中上海图书馆造反派来抄家，他的书真多，装了一卡车。

过了五年多，邻居们终于又见到他。他变得几乎叫人认不出来了，双眼深凹，骨瘦如柴，沉默寡言，独进独出。偶然，他说过一两句话："善有善报，恶有恶报！"

果真被他说中了，人民翻身了，"四人帮"垮台了！

邻居们都说，他很有学问，埋头看书、写作。夜深了，他的窗口还亮着灯光……

我从他家回来，焦急地等待着他的回信。我知道，只有他答应与我长谈，我才有可能了解这位当年"炮打张春桥"的主炮手。

一天天过去，我终于等来了他的信。

信中说："我因高血压多年，说话时间一长血压即升高，就头眩。馆内我不常去，现抽暇参加编辑会刊《图书馆杂志》，有时出去组稿、看稿、就诊（坐'四人帮'黑狱多年的后遗症，病较多），往往不在家。我准备送一些参考材料给你，以便你写作。但我手头的一些剪报已散失了，这几天我到亲友处寻索。"

读罢来信，我甚为欣慰。虽然我未见其人，却已见到一颗赤诚的心。他的回信晚了些日子，是因为他在帮助我寻找写作资料。

几天之后，我就收到他挂号寄来的一大包剪报，又附了一封热情洋溢的信："在波澜壮阔的上海人民反'四人帮'斗争中，我个人因扩散'狄克'而受的迫害，是渺不足道的，不能算是怒潮中的一朵浪花，只是一点泡沫而已。上海在反'四人帮'斗争中有无数同志受到比我更严重的迫害，甚至牺牲生命（这都有待于你向各方面采访）。我在上海人民反'四人帮'斗争中并无贡献可言（因为不是我把'四人帮'抓了，而是'四人帮'把我抓了）。……"

我期待见到这位劫后余生、外冷内热的老人。

一天暮霭降临之际，我徜徉在我家附近的公共汽车站，注视着每一个从跟前走过的行人。

一个头已谢顶、戴着眼镜的老人，双脚边走边拖，发出"蹋蹋，蹋蹋"声。尽管我从未见过葛正慧，但是根据邻居们所说的特征，我猜想是他，上前问道："您姓葛？"

果真是他！

我领着他，来到我家。他前庭开阔，头发灰白，操一口浓重的浙江宁波口音，热忱而健谈。他生于1924年，屈指数来已是六十有二。

他一口气谈到将近深夜12点，未能谈完，过一星期他又来了两次。他花费很多时间向我介绍上海人民反"四人帮"的斗争。经我再三恳求，他才谈及自己所遭受的迫害，以及他对"狄克"的研究……

"文化大革命"前，他担任上海图书馆书目参考部副主任。虽然他不在徐家汇藏书楼工作，但常常去那里查阅资料。

他早在20世纪50年代初，便查证了"狄克＝张春桥"这一公案。

他怎么会研究起张春桥的笔名来呢？

其实，这纯属于他的工作职责范畴。他在书目参考部工作，就要研究书目，而研究书目，则必须研究作者；研究作者，则必须研究作者的笔名。只有这样，才能弄清以笔名出版的书、发表的文章，究竟是谁写的。

他花费了很大的精力，研究"笔名学"。

笔名，看似简单，其中学问颇深：隐士、战士和暗奸都爱用笔名。

隐士与世无争，只求发表作品，却不愿让读者知道作者是谁，于是取个笔名，隐去真名实姓。

战士要冲锋陷阵，把投枪和匕首掷向敌人，为了迷惑敌人，保护自己，也用笔名。

暗奸当然对笔名有特殊的"爱好"。射冷箭，放暗枪，是他们的看家本事。这种勾当本来就见不得人，于是笔名便成了他们的隐身术。暗奸们往往有许多笔名，甚至写一篇文章化一个笔名。他们的笔名，真是弃之如敝屣，甚难考证。

当然，细细探究起来，种种作者还有种种缘由采用笔名。

葛正慧做了3000多张卡片，查明了许多作者的笔名。张春桥，只不过是他所研究的众多作者中的一个。

一天，他在细阅上海千秋出版编辑部于1937年2月出版的《鲁迅先生轶事》一书。这是一本只有164页的小册子，很不起眼。

读到该书第104至105页，忽地眼前一亮。哦，他一下子就明白了"狄克"是谁。

鉴于这段文字是"狄克＝张春桥"的铁证，又从未向外透露，故引述于下，以飨读者。

这一节的标题是《鲁迅逝世一月　田军在墓前焚烧〈作家〉〈中流〉》：

读者诸君，鲁迅先生死后我们已陆续报告了你们很多趣事了。现在再报告一点，那是关于田军的。

你们一定知道，在去年秋间市上有一本长篇小说出售，书名是《八月的乡村》。那著者就是田军，书前边，有鲁迅先生一篇长序，于是这本书很快地销行，田军这名字也很快地给一般人知道了。

《八月的乡村》是奴隶丛书之二，第一册是叶紫的《丰收》。于是许多人就说田军是叶紫。其实，田军是哈尔滨的一个青年，道地的东北作家也。《八月的乡村》也是东北被压迫的民众和义勇军的描写。

《八月的乡村》虽则并不写得十分好，但是田军是东北人，见闻较切，比之一般未离上海一步而大写东北如何如何的人要高明得多，所以"老头子"（引者注：鲁迅）一看就很欣赏，作序印行。

《八月的乡村》因为鲁迅一序而销路甚佳，田军一举成名。那末，他对于鲁迅先生的感激是当然的。

记得《八月的乡村》行世之时，有人对他略有批评，像张春桥之类，曾经引起鲁迅先生的不快，作《三月的租界》一文给予极尖刻的讽刺外，更在《出关的关》中，有一节话也射着他：

"现在许多新作家的努力之作，都没有这么受批评家的注意。偶或为读者所发现，销上一二千部，便什么名利双收呀，不该回来呀，'叽哩咕噜'呀。群起而打之，惟恐他还有活气，一定要弄到此后一声不响，这才算天下太平，文坛万岁"！

……

鲁迅先生在《三月的租界》里批判的是狄克,《鲁迅先生轶事》一书说《三月的租界》批判的是张春桥,不言而喻:狄克＝张春桥!

《鲁迅先生轶事》一书出版于1937年,当时张春桥不过20岁,文坛小卒而已,谁也不会预料到他后来会成为中共中央政治局常委。书上的记载,当是可靠的。

于是,葛正慧的作者笔名卡片,又多了一张,写明"狄克＝张春桥",并注明了这一考证出于何书。

葛正慧写这张卡片,是在1953年。其时,张春桥为上海解放日报社社长兼总编辑,新华社华东分社副社长,上海市新闻出版处处长。

后来,张春桥在"文化大革命"中扶摇直上,成为"中央首长",成为江青的"嫡系",残害忠良。

出于义愤,在"四一二炮打张春桥"之际,他抛出了重磅炮弹——"狄克＝张春桥"!

顿时,上海大街小巷刷满这样的标语:

"狄克攻击鲁迅,狄克罪该万死!"

"狄克＝张春桥!"

"打倒张春桥!"

此后,随着"炮打"的失败,葛正慧受尽折磨,以致被捕入狱……

"高干医疗小组"透露重要信息

我寻访曾被张春桥投入上海西郊秘密监狱受尽折磨的老人,除找到了上海图书馆的葛正慧先生外,还找到了方兆麟医生。

方兆麟医生是上海高干医疗小组的成员,在为张春桥之妹做手术时,发生医疗事故,被打成"反革命",关入狱中。

我多次访问他,不仅弄清了张春桥妹妹死亡经过,查明这一大案的来龙去脉,而且从方兆麟的档案中查到柯庆施之死的详细经过。我又从"文化大革命"小报上查出当年四川某医学院红卫兵所写的关于柯庆施之死的诬陷朱德、贺龙的文章,再与方医生等当事人的口述相对照,这样从"文化大革命"小报、人事档案、当事人口述三方面查核,终于写出了《柯庆施之死》,被海内外众多

采访方兆麟医生

报刊所转载。此文写毕后,在发表前曾送一位在柯庆施身边工作的老同志审阅,柯庆施去世时他亦在现场,他认为文章史料准确,只改动了两三个字,同意公开发表。

张春桥的妹妹张佩瑛不算高干,只是由于她是张春桥的妹妹,所以像对待高干一样对待她的医疗手术。上海妇产科医院党总支在拟订"手术组名单"时,发觉麻醉师一环太弱——叶景馨恐怕难以独力挑此重担。党总支向一医党委提出:"希望中山医院能派一位政治上、技术上都比较可靠的医生。"他们还指名道姓点将,要求派中山医院麻醉科主任方兆麟医师。

方医生当时年近"知天命",有着多年麻醉经验,何况又是该科唯一的党员。而且,叶景馨曾师从于他。

上级规定,方医生倘离开上海三小时以上,务必事先征得领导同意,并告知行踪。因为他是高干医疗小组成员,多年来为柯庆施、刘亚楼等高干治病。当美国总统尼克松访华时,他是上海应急治疗小组成员。理所当然,妇产科医院党总支对方兆麟医师寄予厚望,请他出师,可以确保张佩瑛手术麻醉工作万无一失。

然而,正是由于临时点将,方兆麟匆匆赶去,出了医疗事故,导致张佩瑛死亡。

这下子惊动了张春桥。"上面"派出专门的调查小组,对方兆麟进行调查,把医疗事故扩大为"反革命事件",甚至怀疑方兆麟是"特务"。

调查组居然调查起方兆麟的英文打字机来!

哦,我看了整整一大箱的"调查案卷",这才恍然大悟。

事出有因。一个邻居的孩子生病在家,在中午的时候,忽听得方家发出"嘀、嘀、嘀"的声音,约莫持续了五分钟。

在"文化大革命"之中,就连孩子的"阶级斗争觉悟"也是高高的。孩子马上联想起电影《无名岛》中特务偷发电报的"嘀嘀"声。

这消息传入调查组耳中。根据"有缝就查,有洞就钻"的精神,方家这"嘀嘀"声当然需要查一查。是"阶级报复案",理所当然,方兆麟可能接受"帝修反"的"指示",跟国外特务机关有着密切联系。

不过,经过实地秘密调查,有点令人失望。方兆麟住在离中昌医院只有一箭之遥的平江路一医宿舍里。他住底楼,那个孩子住在三楼,房屋结构甚好,底楼即使开着收音机,三楼也听不见。

"作案"时间似乎也不对头。方家地处交通要道,邻居们上上下下都要路过他家门口,中午时来往的人尤多。他如果是"特务",怎么会在中午时间"发报"?向电报局调查,他们说:"一般的发报机声,是一种较轻的打击声,不是电影中那样的'嘀嘀'声!"

至此,本来早就可以结束"发报机"问题的调查。不过,调查组又听到有人反映,方是双职工,有三个孩子,其中两个小的是双胞胎,方的经济条件宽裕,却不雇保姆,只请了个白天一直来照料的短工。这被"推理"成方可能从事特务活动,生怕被保姆发现。

调查组到底有点"本事",打听到方兆麟的妻子在1967年生下双胞胎时奶水不够,曾请过奶妈。那位奶妈住在方家,一定了解方家的详细情况。

好不容易,查清了奶妈孔秀香在扬州乡下的地址,又进一步查到她目前在上海哪家当保姆。

调查组找到了她,外调记录如下——

问:方家有带电线、小灯泡的玩具吗?
答:小孩的玩具都放在我的小房间里,没有带电线、小灯泡的玩具。
问:方家有外国来信吗?
答:方家的信件不多。外国来信未见过,也未听到过外国寄钱来。
问:有没有听见"嘀嘀嗒嗒"的声音?
答:没有,从来没有听见。
问:方家有壁橱吗?
答:没有,方家只有衣橱。
问:方家夫妇谈"文化大革命"吗?
答:关于"文化大革命"的事,他们夫妻在家里也谈,不过我听不懂内容。
问:常来方家的是什么人?
答:有哥哥、嫂嫂、姐姐、姐夫、弟弟、弟媳,没有见过别的客人。
问:他听收音机吗?
答:他有一个半导体收音机。有时候,他把半导体放在耳边听,听不一会又开大,放在桌子上听。

虽然奶妈如实地否定了"带电线、小灯泡的玩具"(亦即收发报机)和"嘀嘀嗒嗒"声,但是她谈及的半导体收音机看来是一条"缝",调查组决定"钻"

一"钻"。他们怀疑，这只半导体收音机会不会是经过伪装的收发报机？

他们设法取到那只半导体收音机，来到生产该机的上海无线电三厂，请技术员鉴定。

技术员鉴定如下："此 27A 型中短波七管半导体收音机系本厂正式产品。……搞收发报机一套，要有附件，要有装置附件的地位。"

调查的大胆"推理"一再碰壁，无法证明方家有收发报机。但是，那"嘀嘀嘀"声仿佛一直在他们耳边响着。

有人提出，会不会是打字机的声音？

可是，他们到方家查过，没有见过打字机，哪来打字机的声音？

终于，他们决定提审方兆麟，问起了英文打字机……

他们又从方兆麟的哥哥处，查证了是否确实把打字机借给方兆麟，甚至还查看了那台英文打字机，摸了又摸，确实并非收发报机，才结束这一问题的调查！

……

经过再三调查，他们也查不出方医生的政治问题。

终于找到黄敬胞妹俞瑾

俞启威是江青最初的伴侣。他，也就是后来改名黄敬的中共高干——1949年初，当天津市人民政府宣告成立时，他被任命为第一任天津市市长，兼任中共天津市委书记。

俞家乃名门望族。为了详细了解俞家身世，我很想采访黄敬的兄妹。

也真有缘，1988年夏日，我在复旦大学的一次讲座结束后，忽然有一位来自北京的热心听众前来找我，说是知道黄敬有个胞妹，住在北京某处大院——虽然这位听众只知道大院，不知黄敬妹妹住几号楼几室。我非常感谢她，当即把她所说的大院地址记在本子上。

1988年11月3日，我在北京找到了那个大院。经我出示事先在上海开好的介绍信，有关部门告知了黄敬的胞妹俞瑾的详细住址。

我当即前去采访。当时年近古稀的俞瑾，眉目清秀，身材瘦弱，戴一副老花眼镜，穿一身老式的蓝卡其衣服，独居于一幢很普通的宿舍楼。

步入她的住屋，墙上竟挂着从1985年起的一本本挂历——过时了她也不取下。

她说从未有人前来采访。看罢我的介绍信，她陷入了回忆。她谈吐缓慢而清晰，思维很有条理。面对我的录音机，她谈起了她的三哥俞启威和大姐俞珊……

俞家原籍浙江绍兴，是鲁迅的同乡。

祖父俞明震（1860—1918），字恪士，号觚庵，清朝翰林，晚清知名于诗界、教育界、政界。

俞明震曾随台湾巡抚唐景崧赴台任职，适逢甲午战争，与日军作战，受伤返回内地，撰《台湾八日记》。因精通军事，为清廷派往日本考察军事教育，返国后任南京水师学堂督办，亦即校长。1898年，18岁的鲁迅进入该校，成为俞明震的学生。《鲁迅日记》中多处提及的"恪士师"，就是俞明震。

俞明震著有《觚庵诗存》四卷。

俞明震还曾担任厘捐总局局长，甘肃省学台、藩台等职。

俞明震的许多学生成了社会名流，其中有一个做了大官的学生，曾在杭州买了一幢房子送他，那房子人称"俞庄"。俞家在北京、上海、南京也都置有房产。

俞明震三兄弟，他是长兄。

他的小弟弟俞明颐曾任湖南陆军小学堂（原武备学堂）总办、清军协统，热心维新运动。

俞明颐之妻曾广珊也是名门闺秀，乃曾国藩的孙女，曾纪鸿之女，出身书香世家，擅诗文。

俞明颐的长子俞大维也是名人。

俞大维生于清光绪二十三年十二月二日（1897年12月25日）。

俞大维18岁入复旦大学预科。19岁时，考入南洋公学（交通大学前身）电机科，后因病辍学。两年后，俞大维插班考入圣约翰大学，三年后毕业，获文学学士学位。1918年10月，俞大维至美国哈佛大学，专攻哲学数学，1920年毕业，取得博士学位，并获希尔顿旅行奖学金。

俞大维成为导弹专家。俞大维不是国民党党员，却先后任台湾国民党政府的"军政部兵工署署长""交通部部长""国防部部长"。

俞大维是蒋经国的儿女亲家，即蒋经国女儿蒋孝章嫁给了俞大维的儿子。

97岁高龄之际，俞大维在台湾接受香港《新闻天地》社长卜少夫的采访，思路还非常清晰，还提及在南京四条巷的故居，提及当年小妹妹俞珊在南京演话剧《莎乐美》，导演是田汉……

1993年7月8日，俞大维在台去世，享年96岁。

俞大维之妹俞大彩，则是傅斯年夫人。傅斯年曾任北京大学校长，1950年1月起，任台湾大学校长。

俞明震的长子俞大纯，即俞启威之父。算起来，俞大维是俞启威的堂叔，一个成了国民党政府大官，一个成了共产党高级干部。

俞大纯曾留学日本、德国，20世纪30年代回国后任铁道部技正、陇海铁路局局长。据俞瑾回忆，俞大纯在日本学化学，回国后在南京家中制造炸药，不慎爆炸，幸未受伤。在当时，私制炸药要判杀身之罪，俞大纯赶紧躲往德国，直至几年之后才悄然回来。

俞大纯娶妻卞洁君，生下四个儿子和两个女儿。六位子女性格各异，职业不同，人生道路也各走各的：

长兄俞启孝出生于北京，后来留学美国，回国后在天津当教授。

老二俞启信在德国出生，专攻化学，在一家兵工厂工作，后来长期患病。

老三便是俞启威，生于北京，幼年随母住在南京，人称"三少爷"。在兄弟姐妹之中，唯独他加入中国共产党，从事政治活动。

老四俞启忠，学农，20世纪50年代从美国回国，在北京当教授。

大姐俞珊其实是"老大"，出生于日本，喜爱文艺，成为演员。父亲认为名门出"戏子"很不光彩，一度要登报脱离父女关系。后来，俞珊主演《莎乐美》《卡门》，上海各报登载她的剧照、报道，受到社会的尊重，很多朋友在她父亲面前称赞她的成功，父亲也就只得作罢。

小妹便是俞瑾，一生从医，洁身自好，既不过问政治，也不爱好文艺。如今退休，独自在家看看电视。她说，她看过印着姐姐剧照的画报，也看过姐姐演的戏，觉得姐姐确实是一位很有才华的演员。

俞瑾记得，她出生后家里还很阔绰。那时，俞宅在上海哈同路（今铜仁路），父亲出入总坐小汽车，只消给霞飞汽车公司挂一个电话，轿车马上便会应召而来。

在俞明震去世之后，俞大纯依然花天酒地，家道日渐衰落。到了1930年前后，俞大纯在担任交通部陇海铁路局局长时得罪了山东新军阀刘峙，丢了官，躲到上海家中"赋闲"，家境一落千丈。

据俞瑾回忆，三哥黄敬（由于他后来以"黄敬"之名传世，下文均以"黄敬"相称）从小就与众不同，他没有"少爷"架子，跟用人、轿夫们挺讲得来。那时，有一个名叫小亭的用人专门伺候他，"三少爷"待小亭如同手足。"三少爷"上大学之后，每逢假期，一回到家里，用人们就非常高兴，跟他有说有笑。

俞瑾记得，俞家在北京先是住西单劈柴胡同1号，后来迁往阜内大街59号鄂家大院。那是一幢豪华住宅，院子里种着海棠树、杏树、牡丹、芍药。暑假里，黄敬穿一身白绸衫，戴一顶白草帽，回家住几天就出去，不知道住到哪里去了。家里谁都不知道他参加了共产党。后来，母亲跟人搓麻将，在牌桌上听人说起老三是共产党，惊诧不已……

其实，黄敬加入共产党最初是受大姐俞珊的影响，虽说俞珊并不是中共党员。他随俞珊一起，也参加了南国社。

南国社是田汉创办的。田汉，字寿昌，笔名陈瑜，湖南长沙人，1898年生。田汉1913年入长沙师范学校，校长是徐特立，1917年随舅父去日本，最初学海军，后来改学教育，热心于戏剧，和郭沫若结为挚友。1922年田汉回国，在上海中华书局任编辑，和妻易漱瑜创办《南国月刊》，发表剧作。1925年，田汉创办"南国电影戏剧社"，拍摄了由他编剧的电影《到民间去》。1927年，"南国电影戏剧社"扩大为"南国社"，分文学、绘画、音乐、戏剧、电影五部。南国社有着明显的左翼文化团体色彩。

黄敬在南国社结识了演员宗晖。宗晖本名谢伟伯，中共地下党员。在宗晖影响下，黄敬在上海静安寺等处参加了散发革命传单等活动，这位"三少爷"的思想逐渐"左"倾。

1930年初冬，由于姐夫赵太侔、姐姐俞珊在青岛，黄敬便进入青岛大学做旁听生。翌年暑假，他成为青岛大学物理系学生。

黄敬（俞启威）

在青岛大学，黄敬和王弢（后来改名王林）同住一屋。这位王弢，便是中共青岛大学地下支部书记。

虽说王弢已经注意到黄敬思想"左"倾，不过，并没有马上发展他加入中共，其原因是黄敬的家庭背景颇为复杂，需要对他进行考察。当时的中共青岛市委书记祖茂林（化名李春亭），向王弢说过了这样的意见。这样，当江青初识黄敬时，黄敬尚不是中共党员。

1931年9月18日，日本关东军突然炮轰沈阳北大营，几天之内占领了中国东三省，中国各地掀起了反对日本侵略、反对蒋介石"不抵抗主义"的浪潮。

江青和黄敬，都投入了学生运动。

江青曾这样自述："青岛学生请愿，我被大势所激发，对赵太侔老师说：'我要参加请愿。'他立即反问：'你也要去捣乱？'我一时答不上来，转身离去，知道他一定因此非常不高兴。……我终于明白他的见解是错误的，便决定参加青岛的左翼演员同盟。"

黄敬成了学生运动中的活跃分子，他领导青岛大学的学生罢课，抢占火车，去南京向国民党政府请愿。经过这番实际考察，中共青岛大学地下党支部决定批准黄敬加入中共，举行了秘密的入党仪式。

黄敬加入中共，也就影响了江青，江青的思想也渐渐激进。那时，江青和黄敬从热恋而同居。

他们当时的一位同学张栋材（后在台湾）这么回忆：

"在青岛大学时，李云鹤（江青）虽只是图书馆的一名小职员，但靠了和赵太侔的关系，被允许到中国文学系旁听闻一多的'名著选读'。她就坐在我的邻桌。同时我和她的爱人俞启威则共一宿舍，所以对他们两人的一切都看在眼里。……"

江青和黄敬志同道合。黄敬虽说读的是物理，却喜爱文艺，在南国社当过演员。他在青岛组织了"海鸥剧社"，江青也参加了。海鸥剧社是中共外围组织，成员除黄敬、江青外，还有王弢、崔嵬、王东升、张福华，王弢为社长。当时，在中共领导下的上海《文艺新闻》称青岛大学的海鸥剧社是"预报暴风雨的海鸥"。海鸥剧社和上海左翼剧联领导人赵铭彝取得了联系。

江青和黄敬结合，没有办理结婚证书，也没有举行婚礼。一方面由于双方都是新潮人物，不拘泥于这些礼仪；另一方面也由于俞家是名门望族，择媳择婿总希望门当户对，江青出身一般，这样的婚事难以得到俞家父母的认可。

江青曾这样谈及自己当时生活的困境："我每月拿 30 块钱薪水。10 块钱汇给娘，因为青岛的生活费很高，余下的 20 元不够我开支。……"

中共在青岛大学的活动受到青岛国民党警察局的密切注意，1932 年春夏之交，中共青岛大学地下支部书记王弢成了密探追捕的对象。

"到上海去躲一躲，我的家在上海。"黄敬对王弢这般说道。

于是，黄敬秘密地陪伴王弢前往上海，安顿好王弢的生活之后，又悄然返回青岛。

黄敬接替了王弢的空缺，担任中共青岛大学地下支部书记。他是赵太侔的内弟，几乎没有人怀疑他是中共党员。

不久，黄敬担任了中共青岛市委宣传部部长。

经黄敬介绍，江青于 1933 年 2 月加入中国共产党。

1933 年 7 月，黄敬突然被捕，使江青仓皇出逃，她拎着一只小皮箱奔向上海……

通过对俞瑾的采访，我了解了关于俞家、黄敬、江青的许多第一手资料——不少内容是任何关于黄敬、江青的文章中所未有的。

第五章 采写《"四人帮"兴亡》

韩哲一回忆"安亭事件"

1966年11月11日夜，一架从北京飞来的军用专机降落在上海机场，一个尖腮、中等个子、戴一副近视眼镜的男人急急走下舷梯。

在机场等候已久的是中共中央华东局第三书记韩哲一、上海市副市长李干成、中共中央华东局宣传部副部长杨恺。另一批上前迎接的是首都红三司驻沪联络站的红卫兵代表和上海工人革命造反总司令部的代表。从专机里出来的，便是中央文化革命小组副组长张春桥。

张春桥此行非同小可。11月9日下午，上海"工总司"成立。翌日清晨，为着"到北京告上海市委的状"，数千"工总司"造反队员前往北站冲上火车。在"副司令"潘国平率领下，第一趟列车于早上5时出发，中午抵达南京时停在那里；第二趟列车上坐着"司令"王洪文等1000多人，于上午7时发车，8时17分行至安亭被锁进岔道，停在那里。王洪文等在安亭拦车卧轨，切断沪宁线，引发了"安亭事件"，全国为之震惊。

张春桥奉命前往上海，解决"安亭事件"……

为了详细了解"安亭事件"上层内幕，我走访了亲历这一事件的韩哲一。

"真快，都已经二十几年了！"韩老十分感叹。回首往事，他思路清晰，侃侃而谈，把我带入当年那混乱不堪的岁月。

当时，中共上海市委第一书记是陈丕显，因查出鼻咽癌，于1966年3月疗养，退居二线，上海的工作由上海市市长、中共上海市委书记曹荻秋主持。于是，"工总司"成立之初，曹荻秋成了他们的"头号敌人"。

中共中央华东局在"文化大革命"之初倒没有受到太大的冲击，原因是中共中央华东局不公开对外，门口连块牌子都不挂，造反派不知道它在哪里——它的首脑机关设在丁香花园内，那里只有30多名工作人员，外界几乎不知道。主持华东局日常工作的是魏文伯，但当时他身体不好。这样，韩哲一便处于第一线。

安亭事件的见证者、原中共中央华东局书记韩哲一（叶永烈摄）

"工总司"造反队员冲向北站时，华东局和上海市委都是知道的。据韩哲一回忆，当时让坐满造反队员的列车开出北站，是考虑到北站地处闹市，造反派们在那里闹事会对上海造成严重影响，因此决定开出列车，停在离上海不远却又冷僻的地方，然后劝他们回原单位去。最初决定停靠的地方并非安亭，而是比安亭稍远一点的昆山。当时已经通知铁路局，作了在昆山停车的准备。

列车开出后，主持中央日常工作的中共中央政治局常委陶铸给曹荻秋打来电话，明确告知：中央不同意上海工人造反派北上，如有意见，可请他们派10至20名代表进京。

根据陶铸的意见，尽快把已经开出的"造反"列车停下。于是，那趟列车经过安亭时，便被锁进了岔道。

消息传出，中央文化革命小组组长陈伯达立即给韩哲一拍来电报，告知：根据中央的精神，你马上到安亭，劝告工人们回上海抓革命、促生产，不要北上，也不要成立造反司令部。

韩哲一说，陈伯达给他发电报，原因之一是他们原先比较熟悉。韩哲一原在国家计委任副主任，主任为李富春。毛泽东要陈伯达兼任副主任，以便了解经济建设方面的情况。这样，陈伯达常找韩哲一，两人有了一定的来往。

陈伯达的电报是在王洪文等人在安亭拦车之后几小时发给韩哲一的。没多久，陶铸也给韩哲一打来长途电话，重申：上海工人不要成立造反司令部，不要北上，有意见的话，可派代表进京。滞留在安亭的上海工人，尽快回上海工作岗位。

当天晚上，韩哲一与李干成、杨恺一起驱车到安亭，他们与"工总司"代表举行了谈判。谈判的地点是安亭的上海无线电专用机械厂，"工总司"的首席代表是从南京匆匆赶回来的"副司令"潘国平。至于王洪文是否在场，韩哲一无印象，只记得强词夺理、滔滔不绝地发言的是年方二十的上海玻璃机械厂青工潘国平。韩哲一向他们传达了陈伯达电报和陶铸电话的精神，但是潘国平不听，一直在那里吵闹。

谈判僵持不下，韩哲一决定向滞留在安亭车站的造反队员们当面传达中央的意见，劝他们回上海。潘国平调来了一辆大卡车，陪韩哲一等前往车站。

其实，当时锁在岔道上的列车不在安亭车站，而是在离车站有一段路的堆料场附近。韩哲一到了那里，通过大喇叭向工人造反队员传达中央的精神，再三强调应立即让沪宁线通行，不能阻断交通。可是，"工总司"不听他的，依然在那里拦车卧轨。

韩哲一在安亭想打电话给陈伯达、陶铸，结果打不通。他一夜未睡，在11日清早刚刚回到家里，电话铃声响了。那是陶铸打来的长途电话，告诉他两条重要消息：一是陈伯达已经拟好一个很长的电报，将直发安亭，给那里的工人造反队员，劝他们立即回上海；二是中央将派张春桥飞往上海，处理安亭事件。

果真，11日中午，安亭的大喇叭响起广播声，有人一遍又一遍念着《陈伯达同志致上海工人电》："……毛主席经常告诉我们，大道理管小道理，小道理服从大道理，搞好生产这是大道理。我们的国家是社会主义的国家，是无产阶级专政的伟大国家，全世界的一切人们都在注视着我们的活动，注视着我们经济发展的动态。工人同志是为我们祖国争光的先锋队，时时刻刻都不能忘记搞好生产这个大道理，如果你们不是在业余时间搞文化革命，而是中断生产、停止生产，那么你们的文化大革命也一定不会搞好……希望你们现在立即改正，立即回到上海去，有问题就地解决。中央文化革命小组的张春桥同志立即会见你们，你们有意见可以同他当面商量……"从陈伯达的电报可以看出，他当时并没有对上海"工总司"持支持的态度，是和华东局、上海市委的意见一致的。

这时，北京来电话，告知张春桥坐专机在夜间抵达上海。

说起张春桥，又引出韩老一段回忆：张春桥原是中共上海市委书记处候补书记，通过搞"样板戏"和写《评新编历史剧〈海瑞罢官〉》迅速地接近了江青，得到江青的信赖。不过，江青虽是"第一夫人"，但"文化大革命"前的职务不过是中共中央宣传部文艺处副处长，她想"提携"张春桥，不得不求助于担任中共中央书记处书记的康生。在杭州的一次会议上，康生提名张春桥担任中共中央华东局书记，但当时华东局已有12名书记，不能再增加了。于是，康生改提名张春桥任中共中央华东局宣传部部长。后来，中央文化革命小组筹备成立时，中共中央六个分局各抽一人作为成员，张春桥作为华东局代表进入中央文化革命小组。

知道张春桥要飞抵上海，魏文伯说自己有心脏病，要韩哲一去机场迎接张春桥。这时的张春桥，虽说在华东局里他的职务在韩哲一之下，但他这回是以中央文化革命小组副组长身份来的，则仿佛成了上级。照理，曹荻秋也应去机场迎接的。韩哲一记得曾打电话找曹荻秋，可是竟找不到他——因为曹荻秋已成为"工总司"攻击的主要目标，已转移到衡山宾馆等处临时办公。

说到这里，韩老又插叙了一段小故事：后来，华东局也成为造反派追踪的目标，他与魏文伯转移到上海警备区的延安饭店，甚至周总理从北京打长途找魏文伯和他，一时竟找不到。不过，没多久，总理的电话打到了延安饭店。魏文伯和他感到惊讶，总理怎么那么快就知道他们在哪里？总理笑道，他们到了延安饭店，上海警备区增派了一个排，加强那里的警卫工作。不过，按照部队的规矩，调动一个排，也要报告中央军委，所以总理马上就知道了。

当然，曹荻秋也是知道张春桥来上海的消息。他不愿去接这位"中央首长"，其中的原因是不言而喻的。

张春桥下了飞机，与韩哲一在机场谈了一个多小时。据韩哲一回忆，当时张春桥的意见，与陈伯达、陶铸的意见差不多，也是主张不能成立"工总司"，要劝工人们回工厂工作，反对他们在安亭闹事。

张春桥表示要立即赶往安亭。首都红三司驻沪联络站的红卫兵弄来一辆中吉普改装的宣传车送张春桥去安亭，杨恺和几个红卫兵及"工总司"代表陪张春桥前往安亭。韩哲一没有同去。

张春桥去了安亭之后，态度来了个一百八十度的大转弯，居然转为支持"工总司"王洪文、潘国平。与张春桥在安亭谈判的"工总司"首席代表仍是潘国平。张春桥口头答应了"工总司"提出的五项要求，并表示：只要你们回上海，明天下午我可以在上海文化广场正式签字，同意五项要求。

"工总司"分为两派。一派以王洪文为首,支持张春桥,答应马上回上海;另一派则主张徒步北上,走到北京去。他们把张春桥所坐的那辆宣传车的喇叭都踏扁了。

13日中午,曹荻秋召开上海市委书记处会议,张春桥也参加了。会上,曹荻秋明确表示反对承认"工总司",张春桥当面没有表示异议。

13日下午,张春桥不顾上海市委的意见,在文化广场签字同意"工总司"的五项要求:

一、承认"上海工人革命造反总司令部"是革命的合法的组织。

二、承认11月9日大会以及工人被迫去北京是革命行动(以后碰到类似的情况应派少数代表)。

三、这次所造成的后果全部由华东局、上海市委负完全责任。

四、曹荻秋必须向群众作公开检查。

五、对"上海工人革命造反总司令部"今后工作提供各方面的方便。

消息传出,华东局和上海市委为之震惊。曹荻秋对"工总司"仍坚持"三不"方针,即"不参加、不承认、不支持"。张春桥与华东局、上海市委之间产生了严重的分歧。

这时,"工总司"徒步北上的一派途经昆山时推选出新的领导人——上海中泥造纸厂("文化大革命"中改名为井冈山造纸厂)的副工长耿金章。耿金章率领他们抵达苏州,声称要继续北上。

张春桥不得不去苏州。他要韩哲一同行,理由是韩哲一去过安亭,与工人进行过谈判,熟悉情况,而且可以代表华东局。韩哲一征求魏文伯的意见,魏说:"你就去吧,不去不行,张春桥是代表中央来的。"韩哲一只得答应了。张春桥又要曹荻秋同去,理由是倘若曹荻秋不签字,等于上海市委不承认,而张春桥只代表中央文化革命小组,并不能代表上海市委。迫于无奈,曹荻秋也答应了。

15日上午,张春桥、韩哲一、曹荻秋坐着各处的轿车从上海驶往苏州。抵达苏州后,住进苏州招待所。

这一回,工人首席代表为耿金章。谈判陷入僵局。耿金章到底比潘国平大21岁,已是41岁的人,不那么好对付。张春桥好不容易跟耿金章达成了类似于王洪文五点要求的协议,但曹荻秋明确表示拒绝签字。张春桥转为向曹荻秋施加压力。曹荻秋说:"我准备让他们把我押到北京去!"足足磨了两个小时,曹荻秋还是不签。最后,张春桥说:"你不签,我签!"张春桥毕竟是中央的代表,在他签字之后,韩哲一和曹荻秋不得不签了名字。

翌日(16日),从北京传来毛泽东对张春桥处理安亭事件的"最高指示":"可以先斩后奏,总是先有事实,后有概念。"这就是说,毛泽东同意张春桥"先斩后奏",跟王洪文、耿金章签订了两个五条(当时称"双五条")。张春桥顿时趾高气扬,而华东局、上海市委陷入了被动。在"一月革命"中,华东局、上海市委都被打倒了,上海的大权落到了张春桥手中。

我问及韩老被打倒后的情形,他说起了鲜为人知的经历:陈丕显、魏文伯、曹荻秋、他和杨西光这上海"五大走资派",被秘密关押于上海康平路一幢小楼。这幢小楼原是荣毅仁的,"文化大革命"中被占,成了秘密监狱。为了确保这五个"大走资派"的安全,小楼由空四军的一个连守卫,对外严格保密。虽然隔着马路便是原上海市委宿舍,家属们却一点也不知道自己亲人在咫尺之内。五个"大走资派",每个人一个大房间,每天伙食费7角,每月零用费30元。五个"大走资派"常见面,但不许说话。每天闲得无事,把报纸从头版头条看到末版末条。连剃须刀都被收走,刮胡子时,有人送来剃须刀,在一旁看着,刮完了就拿走。许世友当时是南京军区司令员,特地吩咐那个看守的连队:"这五个大'走资派',以后会有用处的,你们好生照料他们的健康,保证他们的安全!"从1967年关到1970年,有人通知韩哲一下五七干校。当时,韩哲一还不大想离开那幢小楼呢。在五七干校几年,直至1975年,第一个被"解放"的是陈丕显,几个月后被"解放"的是韩哲一……

韩老笑谈往事。他是一个乐观、豁达的人。历经沧桑,他仍精力十分充沛,长谈而无倦意。

第五章 采写《"四人帮"兴亡》

走访王洪文的"死对头"

在我的想象之中，耿金章必定是个五大三粗、浓眉阔嘴的人物。不料，一见面，他一头皓发，老干部模样，说起话来常常夹杂着拉长了的"啊"，如同在那里从容不迫地作报告。

耿金章，上海"文化大革命"中的风云人物。他的回忆，从一个特殊的角度刻画了张春桥和王洪文的形象——当年，他是张春桥和王洪文的"对头"。

自然，先要向今日的年轻读者简略介绍一下耿金章其人：耿金章原名耿玉章，山东曹州人氏。5岁时死去父亲，8岁时死去母亲，贫穷的他没念过书，在地主家干活，也曾要过饭。后来，为了糊口，他成为国民党军队上等兵。他在济南战役中被俘，随即参加中国人民解放军，由战士升为副排长，1949年加入中国共产党。他1957年复员到上海，在中泥造纸厂当打浆工，1964年提为副工长。

连耿金章自己都未曾想到，他会一跃成为上海工人的造反领袖，与王洪文旗鼓相当。他告诉我：在安亭，他还不过是"工总司"中的普通一兵，那时王洪文已经是"工总司"的"司令"。当王洪文带领一批造反队员跟随张春桥回上海的时候，耿金章跟随那批坚持继续北上的造反队员走了。这是一支乱哄哄、由许多工厂的工人组成的队伍，没有领袖人物，简直是一帮乌合之众。到了昆山，队伍进行整顿，一致要求推举新的领导人，这时有人喊："谁是共产党员，站出来！"在造反队员中，共产党员极少，喊了几遍，无人答应。这时，耿金章站了起来，自报"家门"——贫农出身，复员军人，1949年入党……他竟当场被推举为这支队伍的"队长"！

他带领队伍到了苏州。张春桥赶来与他谈判时，听说他是党员，特地记下了他的名字。

虽说他文化粗浅，但是多年的部队生活，却使他具备了很强的组织能力。在与张春桥、韩哲一、曹荻秋签约后，耿金章带领队伍回上海。照理，这支伍到了上海，各自回厂，也就解散了。耿金章却把队伍拉到红都剧场，居然拉起一个新的山头，名曰"北上返沪第二兵团"，简称"二兵团"，自任"二兵团"的"司令"。这个"二兵团"后来竟发展到五六十万之众，"耿司令"成为上海滩上赫赫有名的"造反司令"。名义上，"二兵团"乃"工总司"下属的一个"兵团"，而耿金章是个爱闹独立性的人，他的"二兵团"与王洪文的"总部"相抗衡。"二兵团"的势力，曾一度比"总部"还大！

耿金章与王洪文唱"对台戏"，闹了起来。王洪文要把耿金章从"工总司"中开除，散发《耿金章是赫鲁晓夫式的个人野心家》的传单，开列了耿金章闹"分裂"的一系列"罪行"。

在康平路，从一扇小门进去，经过警卫的查问，张春桥的妻子领着耿金章走进一间小客厅。坐在沙发上，一身军装的张春桥约耿金章谈话："'工总司'的领导核心中，就你和老王是党员。你们俩团结了，'工总司'就团结；你们俩分裂了，'工总司'就分裂。希望你站在党的立场上，不要站在小团体的立场上。要像爱护眼睛一样，爱护'工总司'的团结。分裂只会有利于'走资派'……"

张春桥召见耿金章，为的是希望耿金章与王洪文团结。可是，暗地里张春桥和王洪文却把耿金章撇在一边。特别使耿金章恼火的是，张春桥几度劝他解散"二兵团"。张春桥密谋在上海夺权，他所依靠的是王洪文的"工总司"，而把耿金章的"二兵团"排除在外。

1967年1月15日凌晨3时半，"二兵团"和"上海市红卫兵革命造反司令部"（即"上三司"）等二三百人突袭康平路，夺走了上海市委大印，发布三项通令：

一、接管上海市委、市人委；

二、任命张春桥为上海新市委第一书记兼市长，姚文元为新市委第二书记兼副市长；

三、勒令原市委、市人委所有机关干部回原岗位办公。

耿金章记得，就在"二兵团"等宣布"夺权"不久，张春桥给他打来电话，要找他谈话。耿金章坐上轿车，前往兴国路招待所，张春桥居然冒着寒风在五号楼前"恭候"耿司令了。

张春桥把耿金章迎入会客室。他没有对耿金章的任命表示感谢，却是要"二兵团"立即退出这次夺权："你们不能搞单方面夺权，不能把'工总司'甩在一边！"

耿金章意识到，张春桥不愿意做"三结合干部"，他的通令也就成了一张废纸，他不得不宣布"二兵团"退出这次夺权。

耿金章另觅"三结合干部"，他看中了陈丕显。于是，"二兵团"突然把陈丕显、曹荻秋、马天水从"工总司"手中抢走。起初，耿金章把他们密藏于自己的司令部上海永福路50号，派了几十个人守卫，严格"对外保密"。

那时，这三个"走资派"是上海最忙碌的"演员"，大大小小的批斗会都要他们到场。他们的突然失踪，马上引起了"工总司"的密切注意。

世上没有不透风的墙。王洪文得知耿金章藏匿"走资派"，下令砸"二兵团"。耿金章赶紧把三个"走资派"装上大卡车，运至上海四川中路147号上海禽蛋品公司。

不久，消息又走漏出去，耿金章急忙把陈、曹、马转往上海大厦七楼。

或许是神经过敏，或许是确有其事：从上海大厦七楼看下去，外白渡桥附近有一群"工总司"队员在走来走去，可能是发现了目标。

耿金章下令当夜转移。

午夜，上海大厦的电梯里，忽然出现几个奇特的"造反派"：身穿军大衣，头戴咖啡色海虎绒军帽，挂着"工总司"红袖章，一律蒙着大口罩，只是一点也没有造反派那副盛气凌人的派头。他们是经过"二兵团"造反队员精心"化装"的陈丕显、曹荻秋和马天水。一下楼，便把三人押入停在门口的两辆大卡车。

其中的一辆驶往徐家汇。车上坐着马天水，因为他已再三申明，希望与陈、曹分开（直至后来马天水被张春桥所"解放"，人们才明白他要求与陈、曹分开的原因），"二兵团"把他秘密关押于一家工厂的技工学校。

至于载着陈丕显、曹荻秋的大卡车，在上海市区转了几个圈，确信后面没有跟踪而来的"尾巴"之后，这才驶向上海西北郊。驶了一个多小时，卡车来到嘉定县（今嘉定区）黄渡镇附近的一家远僻的工厂——上海禽蛋五厂。陈丕显、曹荻秋在那里被秘密关押着。后来，又被转移到衡山饭店、新城饭店、国际饭店……

王洪文要把"二兵团"打成"保皇派"，耿金章只得打开天窗说亮话："陈、曹在我手里，你们要开批斗会，那就向我'借'。批斗完了，马上'还'给我！"于是，"二兵团"成了"陈、曹出租公司"，谁要"借"，耿金章便派人来回押送陈、曹。

耿金章与王洪文作对，跟张春桥闹独立性，被张春桥、王洪文视为异己。这时候张春桥、姚文元和"上海市委机关造反联络站"的徐景贤、"工总司"

王洪文等已在筹划着上海夺权。他们联合了38个造反派组织，这些组织都是张春桥信得过的。"二兵团"不在其内。

上海淮海中路622弄，一时间变得人来人往，热闹非凡。那里是原上海市委党校所在地。38个造反派组织的代表，正在举行秘密会议，讨论成立"上海人民公社"。

就在这时，张春桥获悉异常动态：就在市委党校西边二楼的小客厅里，耿金章把被排斥于"上海人民公社"之外的32个造反派组织的代表召集起来，宣布成立"上海市革命造反派大联合委员会"（简称"大联委"），筹备成立"新上海人民公社"。

耿金章又一次与张春桥、王洪文唱对台戏！

耿金章记得，他正忙于主持会议，忽然一位姓朱的女联络员来找他，悄然告知："春桥同志要你去一下。"耿金章气呼呼道："我正忙，为什么要我去？张春桥就不能来这儿跟我谈？"联络员催促再三，耿金章只得坐上轿车，直奔兴国路。

张春桥笑脸相迎，他对耿金章说的第一句话便是："老耿，我们都是共产党员。"

耿金章不知道他说这话是什么用意。

张春桥接着说了起来："正因为我们都是共产党员，所以必须遵照毛主席的教导办事。成立上海人民公社是毛主席支持的，你搞新上海人民公社是与毛主席唱对台戏！"

张春桥的话的分量很重。他见耿金章沉默不语，给耿金章看了一份毛泽东电话记录稿，亮出了王牌。

耿金章回忆自己当时的心情："我不怕张春桥，可是，毛主席的指示我不能不服。"

张春桥来了硬的，又来软的："如果你解散'大联委'，不搞新上海人民公社，那么，上海人民公社成立时，我可以让你上主席台，让你当常委！"

耿金章经不住张春桥软硬兼施，只得从命。

耿金章对我说："上海人民公社成立那天，我确实上了主席台，也当了常委。可是，我当的是空头常委，没有参加过一次常委会！就在上海人民公社成立之后，张春桥借口按行业、按系统实行大联合，要解散'二兵团'，要把我变成'空头司令'。"

张春桥要耿金章和王洪文商谈"二兵团"并入"工总司"的问题。王洪文对耿金章说:"2月25日上午8点,在国棉三十一厂谈判。"

那天上午,耿金章的轿车驶抵长阳路1382号——上海第三十一棉纺织厂,在门口迎候的是王洪文的小兄弟黄金海。耿金章的车子一进门,大门便关上了。厂里不见王洪文。黄金海一挥手,一伙人冲上去,抓住了耿金章。此时,耿金章才知中了王洪文的圈套。

耿金章被押往上海警备区司令部。那里听说抓的是"二兵团"的头头耿金章,不敢收押。于是,王洪文给杨浦区公安分局打电话,把耿金章关在那里。

"司令"被抓,"二兵团"也就土崩瓦解了,几个大"走资派"也被"工总司"夺去了。

耿金章被关了两个多月,1967年5月2日,王洪文忽然来杨浦区公安分局"看望"耿金章,说是根据"中央首长"的意见,明日释放他。耿金章明白,王洪文所说的"中央首长"便是张春桥。

翌日,耿金章果真获释,但是他早已成了"空头司令","二兵团"已不复存在。

后来,据说考虑到耿金章是"老造反",张春桥和王洪文给他安排了个"七品芝麻官"——上海市轻工业局基建组副组长……

耿金章跟我长谈往事,不胜唏嘘。他的心境是复杂的,既有内疚之感,又有愤懑之情……

采访王洪文贴身秘书

当最高人民法院特别法庭审判王洪文时，我注意到证人证言中不时提及廖祖康的名字。

廖祖康是王洪文的贴身秘书。"文化大革命"10年，廖祖康一直在王洪文身边工作。为了详细了解王洪文的情况，我不可不访问廖祖康。

斯文、秀气，一副金丝边眼镜，胡子刮得干干净净，廖祖康一派"上海型"的知识分子模样。深灰色的中山装领扣扣得整整齐齐，外边套着一件蓝大褂工作服。谈话时，他的习惯动作是把蓝大褂的下摆拉平拉直，大抵几分钟便要拉一次。看得出，他爱整洁干净。

在一个很难寻找的单位里，我找到了他。他希望今生今世能过平静的生活，所以他谢绝采访，不愿重提往事。与关锋一样，他对我算是破例，第一次与外人谈"文化大革命"。他希望只此一次，所以叮嘱我不要透露他在什么城市工作。至于他所在的单位，不费一番周折，也是难以跨进大门的。

他企望平静的心情是不难理解的：1976年10月6日，那四颗灾星被一举扫落，而他却是10月5日在上海举行婚礼！新婚才九天，他奉命于10月14日飞往北京，一到那里便被送入北京卫戍区隔离审查。从此，与新婚之妻天各一方。然而，她一直等着他。等了那么些年，终于等到他恢复人身自由，他们这才有了一个小女儿。一家三口，过着普通人的生活。他珍惜小家庭的安宁、幸福、团聚，所以他几乎不谈"文化大革命"。

不过，那10年的经历，毕竟是他并不漫长的人生道路上不可磨灭的一段。他平素很关心有关"文化大革命"的文章，见到了就要买。当然，对于那些胡编乱写的文章，他也颇为反感。据云，还在服刑之中的徐景贤等也非常仔细阅读报刊上有关"文化大革命"的"纪实文学"，有时还一起进行讨论，指出不少谬误之处。我觉得，他们的意见只要是实事求是的，就值得重视和欢迎。他们毕竟是当事人。我花费许多时间去办理种种手续，希望逐一访问他们，其目的也就是为了使作品能够符合历史本来面目。

廖祖康的记忆力很好，表达也很清楚，但似乎还有点拘谨，有些顾虑，有的事大抵还不到可以彻底"透明"的时候。

廖祖康在"文化大革命"开始时不过18岁。他的经历很简单：从小学到中学，因养父在上海国棉十七厂当工人（他的养父即他的伯父，无子女，廖祖康过继给他），他便入该厂技校念书。当时，王洪文为上海国棉十七厂基干民兵连连长，廖祖康成了民兵班长，算是有点工作关系，但很一般。

我问廖祖康怎么会成为王洪文的贴身秘书，他很爽快地说出了其中的缘由：

1966年夏天，他和技校里的几个同学在黄浦江游泳，看到一艘轮船停在江中，他爬了上去，想歇个脚。不料，那是一艘外轮，穿着一条游泳裤衩的他被边防人员扣住。当时，王洪文是厂保卫科干事，前来处理，并未说他"偷渡国境"之类，保了他。从此，他打心底里感激王洪文。因为那件事一旦上了大字报，他就怎么也洗刷不清了。

后来，王洪文从北京串联回来，在厂门口受到围攻，廖祖康带着一批技校红卫兵把他救出重围。这样，王洪文看中了他。

王洪文在安亭闹事时，廖祖康并没有参加。有了张春桥的撑腰，安亭事件后，"王司令"成了上海工人造反派的首领，成天在"司令部"工作，很少回厂，也很少回到就在厂附近的定海路家中。王洪文需要一个人跑跑腿，送送厂里的材料，送送家里的衣服——他选中了头脑灵活的廖祖康。

"胜者为王"。王洪文击败了耿金章，成了上海滩的"王"。他需要秘书，廖祖康从跑跑腿正式成为他的秘书。王洪文不断升迁，从"工总司"的"司令"到"上海市革命委员会副主任""中共上海市委副书记"，到"中共中央副主席"，廖祖康一直跟随左右，做他的秘书。

王洪文从上海调往北京是1972年9月7日。那是在1971年的九一三事件之后，毛泽东失去了"亲密战友"林彪，不得不另选接班人。毛泽东当时考虑的接班人有两个：一个是中共湖南省委第一书记华国锋，另一个便是王洪文。

华国锋早年担任毛泽东故乡湘潭县委书记、地委书记，用毛泽东的话来说，是他的"父母官"。早在1955年，毛泽东已经注意到华国锋，让他在中共七届六中全会上介绍了湘潭地区农业合作化的情况。所以，1970年2月18日，毛泽东在同斯诺谈话时，便提及："湖南省的人物也出来几个了。第一个是湖南省委现在的第一书记华国锋，是老人。"

王洪文第一次在全国崭露头角，是1969年4月召开的中共九大。当时，大会上需要工人、农民、解放军、妇女代表发言，分别选中了王洪文、陈永贵、孙玉国、尉凤英四人。从此，王洪文成为中国工人阶级的"代表人物"。

不过，1972年9月，毛泽东调王洪文进京时，连王洪文也不知道去干什么。据廖祖康回忆，当时只说去京学习，所以王洪文只带个旅行袋和他一起离开上海，以为是短期出差。

王洪文在办公室

到了北京，王洪文被接到钓鱼台，住在9号楼二楼。当时，一上二楼，便是姚文元住的一套房间。里面则是张春桥住。王洪文初来，住在同一层的副楼里。

刚到北京，王洪文觉得很不习惯：一是要他看书，看一大堆马、列和毛泽东的书，他看不进去，坐不住；二是没有小兄弟你来我往，寂寞得很；三是生活习惯颠倒，要适应毛泽东的习惯，下午三四点钟起床，晚上开会、工作，早上八九点钟睡觉，如同棉纺厂里上夜班似的。

当时，王洪文被要求去列席各种各样的会议，他坐在那里听，如同大学里的旁听生一般。

这期间，毛泽东找王洪文谈了几次，问他一些问题，让他答复。

最初，王洪文在那里想念上海，巴不得早一天结束这种"学习"回上海去。

后来，王洪文明白了毛泽东的用意，理所当然安心了。

在1973年5月下旬召开的中共中央工作会议上，根据毛泽东的提议，中央政治局决定正式把王洪文从上海调入中央，并宣布王洪文、华国锋、吴德三人列席中央政治局会议并参加工作。吴德当时是中共北京市委书记，所以列席中央政治局会议。而王洪文、华国锋列席中央政治局会议，则是毛泽东出于培养接班人的考虑。也就在这次会议上，根据毛泽东提议，王洪文负责中央党章修改小组工作。这意味着王洪文结束了在北京的"见习期"。

这年8月20日，由104人组成的中共十大的选举准备委员会在京成立。

毛泽东提出惊人的建议：王洪文出任主任，而周恩来、康生、叶剑英、江青、张春桥、李德生为副主任。王洪文已经被放在非常显赫的位置上。

果然，在中共十大上，王洪文一跃而为中共中央副主席，成为仅次于毛泽东、周恩来的第三号人物。

此后，每当毛泽东会见外国首脑，他的一侧坐着病情日重的周恩来，另一侧则坐着"少壮派"王洪文。毛泽东日渐老去，明眼人一看，中国的未来当属王洪文。

从1973年9月12日王洪文第一次陪同毛泽东会见外国首脑，到1974年5月29日，总共16次。然而，此后毛泽东许久不露面。到了三个多月后——9月4日——毛泽东会见多哥总统埃亚德马时，坐在毛泽东一侧的不再是王洪文，却是重新复出的国务院副总理邓小平。

当上中共中央副主席还不到一年，王洪文便失宠于毛泽东，其中的原因便是王洪文与江青、张春桥、姚文元在政治局内结成"四人帮"。

邓小平取代了王洪文，王洪文对邓小平恨之入骨。于是，便发生了"长沙告状事件"。

"其实，王洪文去长沙两次。"廖祖康说道，"第一次是在1974年10月17日，那一次我没有跟他一起去。第二次是在1974年12月，我和他一起飞往长沙，那一次的情况我了解……"

我通过另一途径得悉，毛泽东是1974年10月13日凌晨坐火车抵达长沙的，陪同者为汪东兴，住于湖南省委接待处。当时在北京的华国锋为毛泽东的长沙之行作了精心安排，因为毛泽东去长沙表明了对这位湖南第一书记的充分信任。毛泽东在长沙住了114天，直至1975年2月3日才离开那里回北京。

廖祖康谈及几乎所有报刊均未披露过的重要情节：王洪文在1974年12月23日第二次飞往长沙时，另一架专机与王洪文专机同时起飞。那架专机上坐着从北京医院病房里出来的周恩来（各家报刊说是王洪文先去长沙，他回京后周恩来才去）。

飞抵长沙后，当天，毛泽东便接见了周恩来和王洪文。当时，廖祖康坐在外面，不知道毛泽东跟他们谈些什么，只是发觉王洪文出来后闷闷不乐，双眉紧皱。事后才知道，毛泽东当着周恩来的面，批评了王洪文："江青有野心。你们看有没有？我看是有……你不要搞四人帮。"

翌日，毛泽东更尖锐地批评王洪文，要他写书面检讨。

王洪文不得不写了检查："这次来长沙向主席汇报工作，又一次聆听了主席的教导，受到了深刻的教育。特别是主席对我的批评：'你不要搞四人帮。'主席的批评是完（全）正确的，我诚肯（恳）地接受主席的批评教育……"

12月26日，是毛泽东81岁寿辰。廖祖康记得，那天毛泽东打发王洪文去韶山参观，廖祖康与王洪文同去。正是在这一天，毛泽东和周恩来长谈，定下了四届全国人大的人选名单。周恩来在毛泽东卧室里谈至夜深……

12天后，中共十届二中全会在京召开。毛泽东仍在长沙。周恩来主持全会，传达了毛泽东的意见，会议选举邓小平为中共中央副主席。又过了几天，四届全国人大在京举行，毛泽东依然没有出席，周恩来按照毛泽东在长沙所谈的意见，否定了江青提出的让王洪文当全国人大常委会委员长的意见，大会选举朱德继续担任全国人大常委会委员长。另外，张春桥也只是当上国务院副总理，而第一副总理为邓小平。江青的组阁阴谋失败了。这些重大人事安排决策，正是王洪文被毛泽东支开时，由周恩来与毛泽东在长沙商定的……

我问廖祖康，王洪文身为党的副主席，却在中南海钓鱼、打鸟、玩摩托车，是否确有其事。廖祖康说："事情是有的。不过，王洪文刚进北京时曾经十分小心谨慎。后来，他失意了，就玩了起来。这可以说是他失意时心情的流露。我曾劝过他，中南海是什么地方，你在这里'蓬蓬蓬'骑摩托车兜风，别人会怎样说你？影响多不好！可是，当时他连我的话也听不进去了。"

廖祖康又补充说道："外界关于王洪文的有些传闻不确切，比如说他跟某个女演员如何如何。在北京，我跟王洪文一直生活在一起。如果他有这类事情，瞒不过我。我没有发现过他有不正当的男女关系，那些谣传，纯属捕风捉影。"

廖祖康还说："我认为，王洪文也有一个转变过程。他是慢慢地变过去的。一开始造反的时候，他也只以为是响应毛主席的号召，投入'文化大革命'。张春桥对他产生很大的影响。他是被张春桥一手提拔起来的，他不能不受张春桥的控制。他进入'四人帮'，有他不可避免的一面。当然，他犯了罪，主要还是他违背了毛主席关于不要搞'四人帮'的多次警告……"

廖祖康很坦率地向我谈了他的一些看法。我想，他的一些见解，也有可取之处。历史的铁的原则是实事求是，不论在"文化大革命"舞台上演正面角色的还是反面角色的，只要如实地回忆，都将得到历史的印证。

第五章 采写《"四人帮"兴亡》

查清江青的年龄以及入党之谜

自从美国女作家露克珊·维特克的《江青同志》问世以来，关于江青的传记已有多部。我希冀写一部严肃性的江青传记，力求做到"两确"，即史实准确、观点正确。

江青是中国政治敏感度很大的人物，有着复杂、曲折的历史，又参与了中国现当代许多重大历史事件，所以在我看来，写她必须持慎重、严肃的态度。她又喜欢吹嘘，加上种种"野史"添油加醋，真中掺假，假中有真，江青倒是真的成了"锁在云雾中"的"奇峰"，令人真假难辨。写作《江青传》不能不做许多辨伪工作。

首先，江青的年龄就是个谜。

通常，她被说成是生于1914年3月。

她曾对美国女作家维特克如此说："我1914年生在一个很贫苦的手工业家庭，3月生的，究竟哪一天生的不告诉别人，保密，怕人祝寿。"

她1944年在延安填表时，出生年月写"1914年3月"，1950年填干部简历表时也这样写。

1981年，中华人民共和国最高人民法院特别法庭的判决书上写着："被告人江青，女，现年67岁，山东诸城县人。"亦即1914年生。

然而，美国著名记者斯诺所著《西行漫记》（1968年增订本）则称江青"生于1912年"。斯诺的著作向来颇享盛誉。

曾任共产国际联络员的弗拉基米洛夫在延安和江青有过许多接触，他后来出版了《延安日记》一书。在1942年12月3日的日记中，他写道："江青很友好……据她告诉我们，她在1913年生于诸城（山东）一个贫苦家庭。"他的日记是当时的原始记录，应当说很有史料价值。

究竟江青生于1914年、1913年还是1912年？

我曾采访在20世纪30年代与江青过从甚密的郑君里夫人黄晨，黄晨回忆说，江青（那时叫蓝苹）、江青的前夫唐纳、她以及唐纳好友夏其言都属虎，亦即都生于1914年。我采访夏其言时，他说他也记得他们四人同属虎。

我还从1935年8月28日至9月1日的上海《民报》上查到记者李成所写的连载稿《蓝苹访问记》，其中有这么一段涉及年龄：

"蓝小姐今年芳龄……"

"100岁。"她自己不觉破口大笑起来，接着又反问我，"你猜？"

"……"我摇了摇头答她。

"告诉你吧，老了，已经有22岁了，哦……"她长叹了一口气，"真的，女人过了25岁，一切都完了。不是快要老了吗？"

这里，江青所说的"22岁"是虚岁。照21岁推算，正是1914年生。

我认为，当年江青在上海崭露头角，她所说的属虎、所答记者问比较真实可信，而且与她后来在延安填表所写年龄也相符。

至于她跟斯诺、弗拉基米洛夫所说的年龄，可能考虑到她已与毛泽东结婚，两人年岁相差21岁，显得太大，所以她在外国人面前，把自己的年龄多说了两岁。

这样，也就解开了江青的年龄之谜。

关于江青的入党经过，也是有着各种说法。毛泽东的卫士长李银桥跟江青有着多年的接触，李银桥所著《在毛泽东身边十五年》一书中，回忆了江青在延安整风时曾对他说过的两句话：

"那时，是个姓王的介绍我入党的，名字我忘记了。现在这个人不知到什么地方去了。"

"我明明是1932年入党，硬说我是1935年！"

江青究竟是1932年入党，还是1935年入党？其中真相颇为曲折，我为此进行了详细查证。

其实，江青既不是1932年入党，也不是1935年入党，而是在1933年2月入党的。这在中共中央1977年有关江青的专案文件上可以查到。她的入党介绍人不是"姓王的"，她也绝不可能忘了她入党介绍人的名字，因为她的入党介绍人是她的前夫黄敬。她是在青岛入党的，当时黄敬任中共青岛市委宣传部部长。

至于那个"姓王的"，叫王林（原名王弢），他原是中共青岛大学地下支部书记。黄敬进入青岛大学物理系与王林同住一屋，黄敬受王林影响而加入中共。所以，王林是黄敬的入党介绍人，黄敬则是江青的入党介绍人。李银桥或是事隔多年记错了，或是当时听错了，误把"姓王的"当成江青的入党介绍人。

江青加入中共不久，1933年7月，黄敬因叛徒出卖而被捕，江青在仓皇之中逃往上海。由于出走匆忙，她没有带组织关系，所以她来上海之后，没有中共组织关系。

江青来沪后，在晨更工学团徐明清（当时名叫徐一冰）领导下工作。徐明清是这个工学团的党支部书记。我采访了徐明清老人。她回忆说，江青来沪后跟她同住一间小阁楼。她认为江青表现不错，发展江青加入共青团，她为介绍人。这么一来，江青来沪后，成了共青团团员。

最为曲折的是，江青在上海又重新加入中共。她的入党介绍人叫宋介农。江青在1976年10月被捕后，中央专案组审查她的党籍问题，她就说宋介农最清楚。中央专案组查来查去，查不到宋介农其人，后来几经周折才查明宋介农早已改名孙达生。

我也颇费周折才找到了孙达生。他说，他本名宋秉全，到上海后学习农业专业，也就改名为宋介农。后来，他做地下工作，像孙悟空那样不断变换着身份和名字，得了雅号"孙大圣"。他居然用"孙大圣"的谐音"孙达生"作名字，一直沿用至今。

采访江青在上海的入党介绍人孙达生

孙达生对我说，江青在加入共青团之后，曾向他和徐明清提出，她在青岛加入过中共，希望恢复中共组织关系。那时，孙达生担任上海左翼教联党委兼党团组织委员。组织上经过研究，认为在无法证实江青在青岛是否加入过中共的情况下，不如在上海让江青办理重新入党手续。于是，由孙达生出面，找江青作了两次谈话。江青向孙达生详细说明了自己的身世及入党要求，孙达生向上海左翼教联党委作了汇报。

孙达生记得，在1934年9月，上海左翼教联党委已经决定同意江青入党。正当他准备把组织上的这一决定告诉江青时，江青在上海兆丰公园被捕了。

我问，这么一来，江青算不算重新入党了呢？孙达生说，从组织上讲，已经正式批准江青重新入党，应该说她是党员了；然而，这一决定未曾通知她本人，又可以说她尚未重新入党。

江青在狱中被关押了一个多月，由上海基督教女青年会出面保释。

后来，江青于1937年8月下旬来到延安。我曾去延安采访，得知江青最初住在延安第三招待所，又名西北旅社。江青一到那里，便提出要求恢复党籍，为此，中共中央组织部对江青的党籍问题进行了审查。负责审查工作的是郭潜（后改名郭华伦，笔名陈然）。据他回忆，由于黄敬那时到了山西五台县，徐明清那时到了延安，经黄敬证明他曾在青岛介绍江青入党，而徐明清则证明在上海介绍江青入团。于是，经过两个月的调查、取证，江青的党籍得以恢复，进入中共中央党校第12班学习。

另外，我还仔细查证了江青和康生的关系。

在"文化大革命"中，江青成为中央文化革命小组第一副组长时，康生是中央文化革命小组顾问。康生成了江青在政治上的重要伙伴，这是人所共知的。

江青和康生有着密切的关系，其中很重要的一个原因是同乡——都是山东诸城人。

人们喜欢追根溯源。于是，关于江青和康生最初的关系，便有了种种说法。有的说，江青之母，曾是康生家的女佣；或说，江青上小学时，校长正是康生。如此等等。甚至还有的写及康生年轻时"每天准时站在大门外的台阶上，以贪婪的目光迎着打这里经过的蓝苹"，并说"1925年，康生、蓝苹先后到了上海"（见师哲回忆录《峰与谷》）。

我经过查证，认为在诸城时江青、康生未必相识；即便认得，也谈不上有什么交往。

只消排一下他们的经历表，便可看出：

康生生于1898年，比江青大16岁。康生确实当过诸城高等小学校长，但那是在1918年，那时江青不过4岁，不可能上小学。

康生是在1924年夏离开诸城的，那时，江青也不过10岁，绝不至于使康生"以贪婪的目光"去盯住她。

至于"1925年，康生、蓝苹先后到了上海"，其实江青是在1933年7月才第一次来上海，而康生恰恰在这时离开上海去莫斯科出任中共驻共产国际代表团副团长，与江青交错而过。所以，追溯康生和江青的交往，如果追到他们的早年，似乎没有什么意思。他们开始勾结，是在延安。

就在江青到达延安后三个来月——1937年11月29日——康生从莫斯科回到了延安。这时，江青刚刚结束关于党籍的审查，进入中共中央党校，而康生则在回到延安之后被任命为中共中央党校校长（接替前任李维汉）。"异乡遇同乡"，康生跟江青相见，感到分外亲切。

康生对于江青的帮助，过去通常被说成是"帮助江青混入党内"。其实，康生来到延安时，江青已经进入中共中央党校，已经恢复了党籍，此事并未得助于康生。

康生和江青的迅速接近，从一桩小事可以看出：江青在延安演出京剧《打渔杀家》时，敲边鼓的就是康生。

康生对于江青的最大帮助，便是促成江青和毛泽东的婚姻。当江青和毛泽东恋爱消息传出，延安的反对者比比皆是，而康生坚决表示支持。

其次是在延安整风时，因江青在上海曾经被捕，加上她在上海和唐纳、章泯的婚恋大报、小报纷载，满城风雨，招来众多意见。康生的帮助，使江青渡过了这一关。

"江青保姆"秦桂贞的回忆

在最高人民法院特别法庭审判江青的时候，从上海前往北京的出庭者有郑君里夫人黄晨和秦桂贞。

秦桂贞常常被说成是蓝苹（江青）20世纪30年代在上海的保姆。其实，那时候蓝苹很穷，还雇不起保姆。秦桂贞是蓝苹借住的二房东家的保姆。

秦桂贞也是江青20世纪30年代在上海时的好友，江青在当时发表的《一封公开信》中，便曾两处提到她……

那是在1936年4月，当时叫蓝苹的江青在上海和影评人、演员唐纳结婚。这是江青第二次结婚，婚礼在上海青年会及杭州六和塔举行，上海各报纷纷报道。才过了两个月，就发生婚变。唐纳为此两度自杀（未遂）。一时间，上海各报竞相刊载唐纳两度为蓝苹自杀的新闻，闹得满城风雨，被称为"唐蓝事件"。

不久，蓝苹又与有妻、有子女的导演章泯同居，舆论更是一片哗然。

面对舆论的强大压力，蓝苹在1937年6月5日上海出版的第9卷第4期《联华画报》上发表了《一封公开信》，为自己辩解。

她在公开信中这样写及唐纳："他又来了，进门就骂我，我请他出去，他不出去，于是我叫阿妈上来，但是他竟把房门锁了，急得我那个善良的阿妈在外边哭。可是我呢？我却平静得很，我知道他很痛苦，让他骂骂出出气也是好的。可是天哪！他骂的是什么呢？我生平没受过的侮辱，他骂我玩弄男性，意志薄弱，利用男人抬高自己的地位，欺骗他……"

蓝苹还写道："在一个夜里，他又来了，就这样我打了他，他也打了我。我们关着房门，阿妈和朋友都敲不开。我疯了，我从没有那样大声地嚷过，这一次他拿走了他写给我的所有的信，他又说登报脱离关系，但是他并没有登……"

蓝苹一再提到的那位"阿妈"，便是秦桂贞。

我在1986年7月前去采访秦桂贞。记得，那一回，我到了上海南京路她的寓所,她却强调必须办好手续才能接受采访。无奈,我只得再去她的单位,请党支部书记写了同意采访的条子。她虽不识字,但是认得党支部书记的笔迹,见了条子,这才跟我谈她和江青的往事。

后来我才知道,秦桂贞是一位组织性很强的老太婆,凡是在她看来重要的事,她都要向党支部书记请示,尽管她并不是中共党员。

秦桂贞一头银灰色短发,常州口音,说话有条有理。

那一回,她谈了许多当年与蓝苹交往的情况,但是有的情况她没有谈。

《江青传》出版以后,我送书给她,她请别人给她读了全文。她认为那本书为她出了心中的冤气,所以对我有了信任感。

我再度采访她的时候,她毫无保留地谈了她所知道的一切……

从此,我与她建立了很好的友谊。有时候在春节,有时候在中秋节,我和妻一起去看望她——我们并不仅仅是采访者与被采访者的关系,而是很好的朋友了。

秦桂贞和江青同龄,都属虎,生于1914年。

1995年,我和妻曾用车接她到上海环龙路,去寻找蓝苹、唐纳当年的住处。

我们一起来到了当年的"上海别墅"。她拄着拐杖,旧地重游,不胜感慨。她告诉我,已经40多年没有去那里了。她熟门熟路,带着我们来到弄堂底的

采访秦桂贞

一座三层楼房。那房子仍保持原貌。

她来到底楼的灶间，说她当年当用人，每天在这里烧菜，而蓝苹住在二楼的亭子间，进进出出都要经过这底楼的灶间。

秦桂贞说，她是许家的女佣，许家住在三楼。许家是二房东，把二楼的亭子间租给了蓝苹。

秦桂贞当时上楼，每走一级楼梯，都要歇一口气。她说，当年她每天飞快地上上下下，不知要跑多少趟。光是每顿饭，就都得由她从底楼送到三楼许家。她总是把楼梯擦得干干净净。

秦桂贞带着我们上了二楼，来到蓝苹所住的亭子间。这是一个不多见的直角三角形的房间。三角形的顶端是一个小小的卫生间，装了一个坐式抽水马桶。房间十来个平方米而已，有一扇窗。秦桂贞回忆说，当时，窗下放着一张书桌，桌上有台灯。三角形的直角处放一张双人床，床下放着皮箱。另外，还有两把椅子。这便是蓝苹住处的全部陈设。由于人们不喜欢住这种三角形的房子，所以租金最便宜。也正因为这样，底楼的那间三角形房子作了灶间，而三楼的三角形房间成了用人秦桂贞的住房——她与蓝苹的房间只隔着一层楼板。

秦桂贞忽地想起，在二楼楼梯口，有一间几家合用的大卫生间，便带着我们去看。那卫生间里有个搪瓷大浴盆，秦桂贞认出是当年的"原装货"。她说，蓝苹就在这里洗澡，她也用这个浴盆，只是经过半个多世纪，那浴盆底部的大片白瓷已经脱落。

浴盆仍在，人事全非。如今住在那里的人，仍在用这浴盆洗澡。他们听说原是江青用过的，都显得非常惊讶。

秦桂贞回忆说："那时候，我喊蓝苹为'蓝小姐'。我跟她同岁，很讲得来，一有空就到她的房间里闲坐……蓝小姐因为觉得那个亭子间的房租便宜，就租了下来。来的那天，只带着一只黑皮箱和一个铺盖卷。屋里放一张铁丝床，一张写字桌，那都是许家借给她的。"

没几天，蓝苹就跟秦桂贞熟悉了，"阿桂、阿桂"地喊她。有时，蓝苹还随着许家孩子的口气，喊秦桂贞为"阿妈"。

秦桂贞挺善良，看到蓝苹忙于拍电影、演戏，就替她拖地板、冲开水、洗衣服，从不收她一分钱。

秦桂贞发觉，蓝小姐怎么不吃水果？

"没钱呀！"蓝苹把双手一摊。

秦桂贞把西红柿洗干净了塞给她。有时候,蓝苹不在家,就放在她的窗台上。

秦桂贞还发觉,到了月底,蓝苹常常一回家就躺在床上,有气无力,只吃点糕饼。

"吃过晚饭了吗?"秦桂贞问。

"没饭票了!"蓝苹答道。

那时候,蓝苹在罗宋饭馆(即俄罗斯人开的饭馆)搭伙,三角钱一客。到了月底,钱用光了,只好喝西北风。秦桂贞到东家的厨房里,烧好蛋炒饭,偷偷端进蓝苹的亭子间。这时,蓝苹一边大口地吃着蛋炒饭,一边连声说:"阿桂真好!阿桂真好!"

在秦桂贞的印象中,唐纳斯斯文文,讲话软绵绵,有点"娘娘腔"。他常常坐在窗口那张桌子上写东西。秦桂贞大字不识,看不懂他写的什么。

蓝小姐讲起话来呱嗒呱嗒,笑起来格格格格,声音很响,有点男子汉的味道。只是她的脾气变化无常,喜怒无常。

"一个苏州人,一个山东人,他们俩在一起真'热闹'!"秦桂贞一边回忆,一边笑着。

半夜,秦桂贞常常被楼板下"阿桂、阿桂"的呼喊声所惊醒。那是蓝苹在喊她。

秦桂贞一听,就知道他俩在吵在打,于是赶紧下楼。她总是每次充当"和事佬""调解员"的角色。

在蓝苹跟唐纳分居、唐纳搬走之后,那亭子间里的闹剧仍不时"演出"。因为唐纳仍常来,他俩仍吵仍闹。

最使秦桂贞吃惊的是,蓝小姐常常"动武"——她"武斗"。

"一个电影演员会这么凶,比我这个不识字的用人还不如!"凭她的直感,秦桂贞这么感慨道。

……

在1968年2月,张春桥密报江青:"上海的红卫兵在找一个保姆了解你过去的情况……"当时,张春桥只是听他手下的密探的汇报,知道有这么一回事。他并不知道那个保姆是谁,住在什么地方。

江青一听,心中一惊,她马上意识到那保姆是秦桂贞。

江青明白,当年,她跟唐纳之间的"武斗",她跟章泯的同居,阿桂亲眼目击,一清二楚。如果红卫兵从阿桂口中知道这些,贴大字报,刷大标语,"旗手"的脸往哪儿搁？！这一回，江青不必再通过叶群了。一个电话，江青就把空军司令吴法宪召来。江青向吴法宪当面交办重要任务了——尽管这次的任务与空军业务毫不相干。

"是这样的，你赶紧派人到上海去，给我找一个人。"当年的蓝苹，如今耳提面命，向堂堂空军司令发号施令，"这个人的名字叫秦桂贞，人家喊她阿桂。20世纪30年代，我在上海的时候她照料过我的生活，知道我的一些情况。这个人长期被上海市公安局里的坏蛋控制利用，可能泄露过我的机密情况。听说，最近又有人找她调查。这个人不能放在外边……"

"我马上派人把她抓来！"吴司令到底是个明白人，锣鼓听音，说话听声，他听出了江青的意思。

吴法宪派人到上海秘密诱捕了秦桂贞，并用专机押往北京，投入秦城监狱。

直到她病得气息奄奄，才放了她。

她无缘无故被关了七年多——从1968年3月6日至1975年5月7日。出狱的时候，她已神志不清，严重的高血压、糖尿病、白内障、浮肿病使她举步维艰……她背着"特务"黑锅，回到上海。

她本在1941年结过婚，丈夫也是穷人，在船上当水手，没几年就病死了。她没有孩子，独自一人艰难地在上海生活。她每月30多元退休工资，考虑到姐姐在乡下生活无着落，她还省下一半寄给姐姐，自己只留十几元——她是一个平凡、坚强而又善良的女性。她坚信一个普通的真理："善有善报，恶有恶报。不是不报，时候未到！"

秦桂贞受江青迫害，吃尽苦头，她恨透了江青。

终于，1976年10月，她听到"妖怪精"给抓起来的消息，兴奋得失眠了！

终于，她请人代笔所写的关于她受江青迫害的材料，上了揭发江青罪行的中共中央文件，印发全国。

终于，1980年11月，她登上中国民航"波音"班机，飞往北京。中华人民共和国最高人民法院特别法庭邀请这位普通的妇女作为被害人，出庭控诉江青罪行。

在我访问秦桂贞的时候，她伸出双腕，上面还留着当年手铐造成的凹印。她说这是蓝小姐留给她的"纪念"。

当时的秦桂贞，依然一人独居。她已搬到一幢花园洋房的底楼居住。她告诉我，这是老东家许小姐的房产，免费给她居住。她说，许小姐和丈夫郑先生对她极好。她指着屋里的电话对我说："这电话就是他们给我装的。"许小姐、郑先生现在香港，每隔些日子，总要给她打电话，问寒问暖。她生病，他们汇钱来给她。她指着屋里的微波炉说，那是许小姐和郑先生的孩子宝宝送的。宝宝如今在美国学有成就，很有出息。她感叹地说："这才叫好人有好报！"

她还说及，北京的中共高干夫人们也很关心她，其中特别是陈云夫人于若木的妹妹于陆琳对她最为关心，曾帮助她解决了医疗转院等问题。

我跟她作了长谈，回到家中，又接到她的电话。她说，要补充一句："我跟'妖怪精'同岁，我看到她死在我的前面，我好开心！"

1998年8月20日，我去看秦桂贞，开门的是一位20多岁的姑娘。我以为姑娘是秦桂贞的亲戚，一问，才知道是秦桂贞的保姆。当了几十年保姆的秦桂贞，如今也有保姆照料她。

她前些日子因糖尿病住院。她说，幸亏有保姆照料。不然，她这样的孤老太婆，真不知怎样生活下去。

她告诉我，当时正在香港的宝宝专程赶往上海看望她，使她非常感动。

如今，每天清早6时，她就由保姆陪着前往花园走走，到8时回家吃饭。自己身体还可以。

她从冰箱里取出冰西瓜、冰激凌招待我，看得出，她的晚年生活过得不错。

她拿出当天中午收到的从美国寄来的宝宝的信。信中有十几张照片，既有宝宝半个多月前看望她时的合影，也有重新放大的宝宝小时候和她一起拍的照片，还有宝宝作为"票友"演出京剧《宇宙锋》的剧照。

我回到家中，接到郑汝顺先生从香港给我打来的电话。郑先生说，秦桂贞刚刚给他去电话，说是我去看了她。我说，郑先生一家这样多年无微不至照料秦桂贞，真是难能可贵。郑先生马上说，秦桂贞在他们家多年，已是他们家庭的一员。所以，关心她、照料她，是他们应该做的事。可惜的是，他们夫妇远在香港，女儿又在美国，只能在经济上帮助秦桂贞，不能亲自照料秦桂贞，所以拜托我有空常去看看她……

1999年2月，我在香港给郑汝顺先生打电话，不巧，他去美国了。电话是许慕贞接的，虽然她年已九旬，但思维还很清晰。她很关心地向我询问秦桂贞的近况。我说及秦桂贞对郑先生、许小姐以及他们子女的亲切关怀非常感谢，她连声说："秦桂贞从小到我家，照顾她是完全应该的！"

1999年9月18日，我终于在香港见到了郑汝顺先生，88岁高龄的他跟我畅谈了当年和蓝苹的交往……

三访张耀祠将军

1976年10月6日的"十月革命"举世瞩目。江青是怎样被拘捕的，也曾有过五花八门的传说。其中，一部纪实文学（《1976年的78天》）曾作了如下形象的描写：

"天空一片漆黑，有十几辆军车驶出营区大门。赵营长荷枪坐在指挥车上，戴着耳机，无线电天线在挡风玻璃前摇曳。车队行驶十分钟后，已接近中南海……"

接着，描述赵营长进入江青内室：

"赵营长一字一句地向她宣读了中央的逮捕令。江青听了怔了一会儿，又换了一副面孔。她又哭又闹，倒在法国式沙发上赖着不走：'这是阴谋，主席尸骨未寒，你们就对我下毒手呀……'这个20世纪30年代上海滩上的二流演员在扮演人生的末场戏。然而，演戏也是需要观众、需要剧场效果的。江青见对方（包括她的内卫）都冷冷地站着，无人买账，又自觉没趣了。她擦擦眼睛，站起来整整衣服，把手背到身后，昂起下巴说：'告诉他们，我是和尚打伞，无法无天！'"

类似的细致描写在许多纪实文学中都可以看到。有的描述江青在被捕前，"穿着绸子睡衣正仰靠在法兰绒的长沙发里，一边看着进口的录像片，一边翻着今天送来的一叠厚厚的情况'清样'，得意扬扬，沉浸在美妙的女皇梦中……"。

我从有关部门得知，执行拘捕江青的并不是"赵营长"，而是张耀祠。张耀祠早在1933年便参加中国工农红军，不久他便调往中央警卫连，在红都瑞金沙洲坝为中华苏维埃共和国临时中央政府主席毛泽东站岗放哨。之后，他参加了长征。1953年5月起，他担任中央警卫团团长、中共中央办公厅警卫局副局长，负责毛泽东的安全保卫工作，直至毛泽东去世。

中央警卫团，即著名的"8341部队"。1964年，他被授予少将军衔。后来，他又担任中共中央办公厅副主任。

我在北京寻访过张耀祠。

1991年5月,我在四川成都采访了他。那一回,他跟我长谈毛泽东。当我提及拘捕江青这一敏感话题时,他避开了。

1992年10月,我又一次飞往西南某地再度采访他。这一回,当我再度问及拘捕江青的情况时,他终于打破了沉默,首次披露了真实的详情,并给我看了有关这一情况的手稿。在张耀祠将军的热情帮助下,我很荣幸地有机会独家采访这一重大事件。当我把张耀祠将军的谈话写成文章在上海发表后,国内数十家报刊、海外20多家报纸予以转载。日本《读卖新闻》周刊还以最快速度刊载了我的文章的日译稿。

1992年在成都采访中共中央办公厅原副主任、中央警卫团团长张耀祠将军

张耀祠说,他在1976年10月6日下午3时接到汪东兴的电话,要他马上来一下。他立即赶去,中共中央办公厅警卫局副局长武健华也刚刚奉命赶到。

汪东兴对他俩说:"中央研究决定,粉碎'四人帮'!"

张耀祠一听,就知道"四人帮"指的是王、张、江、姚四人。他也知道,毛泽东主席生前曾多次批评过"四人帮"。

汪东兴说:"分四个小组行动,对'四人帮'实行隔离审查。"汪东兴指定张耀祠负责江青小组,同时还把拘捕毛远新的任务交给了他,武健华作为他的副手。规定在晚上8时半行动。

据张耀祠回忆,他奉命前往中南海江青住处执行任务时,连手枪都没有带。和他一起执行任务的几个人,也没有带枪。我问他,执行这样重要的任务,怎么不带枪?他笑道:"江青的卫士全是我的部下,我用得着带枪吗?"

张耀祠跟江青的卫士点点头,就进入江青的住处。江青刚吃过晚饭,正在沙发上闲坐。她见张耀祠进来,朝他看了一眼。

张耀祠以严肃的口气,向江青宣布:"江青,我接华国锋总理电话指示,党中央决定将你隔离审查，到另一个地方去，马上执行！你要老实向党坦白交代你的罪行，要遵守纪律。你把文件柜的钥匙交出来！"

张耀祠记得，他当时向江青所宣布的就这么几句话。他手中并没有任何书面文件，这几句话是汪东兴向他布置任务时所说的。在他宣布之后，江青并没有传说中的大吵大闹，更没有在地上打滚。她似乎早有思想准备，听罢之后，默默地坐在沙发上，板着面孔。过了一会儿，她才站了起来，从腰间摘下文件柜的钥匙，然后在保密信封上写了"华国锋同志亲启"七个字，再装入钥匙，把信封密封，交给张耀祠。

接着，张耀祠让江青坐上她自己的专车，由她的司机驾驶，武健华陪同，驶往中南海的一处地下室，把她临时拘押在那里……

这一切，如张耀祠所说，没有什么"戏剧性"。当我把外界种种传闻告诉他，他不由得大笑起来，说这些人的想象力真丰富。

后来，我第三次飞往成都。张耀祠将军跟我已经成了老朋友，他派车接送我。他又一次跟我详细谈了毛泽东和江青的种种往事。

张耀祠的话，廓清了迷雾。我把他的谈话，写入了《"四人帮"兴亡》。

第五章 采写《"四人帮"兴亡》

走近江青历史的知情人

忽地收到《三月风》杂志,中间还夹着署名严欣久的一封信:

"你还记得我吗?我与您在徐明清同志家相识,那时我在中国陶行知研究会工作,现在调到《三月风》当编辑。我分管的栏目是《人生履痕》,请写您自己的一段人生经历,或与某人的交往……"

写什么呢?读罢严欣久的约稿信,我开始搜索枯肠。我记起与她在徐明清家相识的情景,突然眼前一亮,有了!我想,何不写写与徐明清同志那不寻常的交往——正是符合《人生履痕》专栏"与某人的交往"的约稿要求,何况严欣久又是当时的见证人之一……

徐明清是一位资深的革命老大姐,她的丈夫是王观澜,1926年入党,参加过长征,曾任中央农委主任、农业部党组书记。毛泽东主席关于正确对待疾病的名言——"既来之,则安之,自己完全不着急……"就是在1941年12月16日写给病中的王观澜的。

说来颇为奇特,我结识徐明清同志最初竟始于一场"官司"……

这些年来,"新闻官司""文学官司"蜂起,许多记者、作家成了法庭上的被告。特别是我的同事张士敏那场关于小说《荣誉的十字架》的"官司",跟全国劳动模范杨怀远"打"了近三年时间,闹得沸沸扬扬,以至被一家报纸列为1988年度中国文学界的"十大新闻"之一。

面对这么多的"官司",我曾暗自庆幸。这些年来,我发表了数百万字的报告文学、传记文学、纪实文学作品,其中不少涉及非常敏感而又众所关注的领域,却一直"平安无事"。

终于有那么一天,记得是1989年2月4日下午,我正在家伏案写作,忽然响起了门铃声。一位不速之客,翩然光临。他递给我一张印着上海某某律师事务所的介绍信,又拿出工作证给我看,表明他确实是一位律师。他姓周。这样,我在书房里头一回接待了律师(除了因创作而采访律师)。

周律师倒是一个和气的人，讲话很有条理，也很有分寸。"无事不登三宝殿"，他是受北京徐明清的委托前来找我的。那是因为我写了一套100多万字、总题为《"四人帮"兴衰》的系列长篇——王、张、江、姚传记。其中那本江青传记涉及徐明清的一段历史问题，她认为侵犯了她的名誉权。

从周律师口中得知，她不仅仅要跟我打"官司"，在我之前，她已经跟中国文联出版公司就一本江青传记打过"官司"。眼下，她正在跟另几位江青传记的作者打"官司"。

她为什么要打这一连串的"官司"呢？

事出有因。不论是中国人写的，还是外国人写的，所有的江青传记都无法绕开她的名字。就连《中共党史事件名词人物》这样的工具书中，那"江青"条目里也不能不提到她的名字。

为什么写江青总是不能不涉及徐明清呢？这是因为在江青的人生道路的两个关键时刻，都跟徐明清有关：

第一，江青在1933年夏秋之交从山东来到上海，被安排在晨更工学团工作，当时晨更工学团的党支部书记便是徐明清。因此，江青20世纪30年代在上海的那段历史跟徐明清有着密切的关系。

第二，1936年7月，徐明清被组织上调往西安，担任中共西安市妇女工作委员会书记。翌年7月下旬，江青从上海来到西安找她，要求进入延安。她带江青前往西安八路军办事处，博古与江青作了长谈，同意江青进入延安。

其实，徐明清与江青在历史上虽然有过密切的联系，但都属正常的工作关系。新中国成立后，徐明清与江青同在北京，几乎没有什么来往。在"文化大革命"中，在江青刮起的"抓叛徒"黑风之中，徐明清也被打成"叛徒"并受尽冤屈。1972年，徐明清被定为"叛徒"并开除党籍——其实，这正表明她与江青没有什么特殊的关系，并没有在江青权重一时之际得到"保护"。

在1976年的"十月革命"中，江青落入了人民的法网。照理，徐明清沉冤到了昭雪之日。不料，她又蒙受新的苦难：江青在10月6日被捕，四天之后，中央专案组便来敲徐明清的门。本来，通过徐明清调查江青的历史是很正常的，可是当时的专案组仍把徐明清看作"叛徒"，由此"推理"，把她当作江青的"同伙"。于是，徐明清再度失去自由，被投入秦城监狱……

1977年3月6日，一份影响甚广的中共中央"红头文件"发往全国，文件称徐明清是"叛徒"，说她与江青"订立了攻守同盟"，先后混入延安。如此等等。

种种江青传记的作者都是受了那份"红头文件"的影响,把徐明清写成"叛徒"。我在写作时也查阅了那份"红头文件",误信了种种关于徐明清的不实之词。

周律师拿出几份中共中央组织部近年来为徐明清平反的文件给我看,使我了解了徐明清冤案的真相。可惜,我在写作江青传记时未曾读到这些文件,以致"先入为主",仍沿用了1977年那份"红头文件"的调子。

我感到内疚。虽然我并非有意损害徐明清的名誉,但我工作的疏忽,使我的作品造成徐明清在平反后又一次蒙尘。我从周律师那里问明徐明清的住址和电话号码,当即在家中给她挂了长途电话。电话很快接通了,接电话的正是徐老。我在电话中诚恳地向她表示歉意,并且提出建议:我准备前往北京,除了当面向她道歉,希望对她进行一次采访,请她讲述历史的真实情况,为她写一篇专访。这样,既可以为她拂去曾经蒙受的恶名,又可以借此纠正种种江青传记中的讹传。

她答应了。

这样,我进行了一次我的创作生涯中从未有过的采访——因"官司"引起的采访。据一位法学界朋友对我说,像这样的"被告"对"原告"进行采访,是极为鲜见的。

采访徐明清

她住在北京颇为僻远的地方，为了便于采访，我干脆去到离她家只有二三百米的一家招待所投宿。

她是副部长级离休干部，住在一幢宽敞的平房里。步入她家客厅，便见到墙上悬挂着毛泽东主席写给王观澜的"既来之，则安之"那封信手稿。她个子娇小，南方口音，态度和善，虽已近八旬，头脑仍很清楚。她是陶行知先生的学生，所以在陶行知研究会担任副会长。当时在陶行知研究会工作的严欣久也在侧。很巧，周律师正从上海出差北京，闻讯也赶来了。我是诚心诚意来向她致歉的，所以见面之后，种种芥蒂也就随之消融。周律师脸上露出笑容。

我跟徐老约定了正式采访的时间。她说，晚间谈话后容易兴奋，会影响睡眠。这样，我们约定在另一天的上午采访。

那天，我带着录音机、照相机去了。徐老陷入往事的回忆之中，非常详尽地向我讲述了她和江青交往的全过程。她是历史的见证人，她的回忆，是弥足珍贵的史料。

我一边采访，一边心中颇为懊悔：她是江青历史的重要知情者，这一点我早就知道，只是当时受那份"红头文件"的影响，以为她是"叛徒"，担心她不愿接受采访，也就放过了——虽说当时我已知道她在哪里工作，要找她是不难的。倘若我当时就访问她，不仅可以避免作品的失误，而且可以写得更为丰满、翔实。如今，我只能进行"亡羊补牢"式的采访。

由于徐老的真诚协助，采访工作很顺利，我录下了一盒又一盒磁带。采访结束之后，徐老还和我在她家门口拍摄了合影，以纪念这次不平常的采访。

回沪之后，我又仔细听了一遍采访录音，写出了1万多字的专访《为江青吃冤枉官司的徐明清》（即《江青往事的见证人》），发表于1990年第1期《上海滩》杂志。我用我的笔，更正了我的失误。在专访中，我详尽地记述了徐老所讲的历史真相，记述了她从蒙冤到平反的曲折经历。

发表之后，我给徐老寄去十本杂志。她亲笔复信给我，十分感叹道："蒙冤14年，对一个人来说，太长了！路线偏差造成对革命同志精神、肉体的摧残、折磨，是一种非常可怕的内耗！"

不久，发行量近300万份的上海《报刊文摘》，于1990年2月13日摘登了我的采访，使徐明清冤情广为人知。我把剪报寄给徐老，她再度复函，明确地说："您已采取措施，消除影响。此事就算了结。"

这样，一场"官司"未曾"打"起来，就在双方彼此谅解下了结了。用司法界的语言来说，这叫"非法解决"，亦即没有经过法庭而得以解决。

后来，我又接到台湾朋友的来信，说台湾《传记文学》杂志在1990年第6期全文转载了我关于徐明清的专访。这么一来，在台湾也为徐老恢复了名誉——因为台湾也曾出版过有关江青的传记。

如今，那场未曾"打"起来的"官司"已成往事，成了我的"人生履痕"。回顾这桩往事，我认为有两点值得永远记取：第一是下笔要谨慎；第二是待人要谦逊。作为作家或记者，倘若注意了这两点，许多"文学官司""新闻官司"都可以化干戈为玉帛。

从此，我与徐老建立了友谊。1993年3月12日，北京《作家文摘》发表了一位作者关于徐明清的专访，文中写道："对于叶先生这种知错必改的态度，徐老表示赞赏。"4月2日，我在北京看望了徐老，她非常热情地接待我，谈了她所知道的许多重要历史情况。她说："我都告诉你。我知道，这些情况与其放在我的脑子里，还不如告诉你，因为你会写出来，告诉千千万万读者。"

我后来又去看望她，她便介绍我前去拜访她的老战友孙达生。由于她给孙老打了电话，所以孙老也极为热情地接待了我……

之后，日本电视台的摄制组前来中国采访，我介绍他们采访徐老，徐老答应了。我陪着日本摄制组从上海来到北京，来到徐老家中，又一次受到徐老的热情接待。

寻访毛远新

毛泽东有两位胞弟，有两个亲侄子：毛远新是毛泽东大弟弟毛泽民之子，贺麓成（本名毛岸成）则是毛泽东小弟弟毛泽覃之子。

毛远新具有很高的知名度，因为他是"文化大革命"中的风云人物，一度成为辽宁省革命委员会副主任，后来成为毛泽东的"联络员"。他深得毛泽东和江青的信任。

1991年7月20日，一位朋友告诉我毛远新来沪的消息，我便前去访问。

我按地址在上海西区找到了一幢普通的居民楼，步上三楼。正值炎夏，房门开着，但铁栅栏门紧闭着。

我敲响铁栅栏门，一位60多岁男子出来。经我说明来意，他即开了门。

那是毛远新1972年与全秀凤结婚时的房子。全秀凤是上海一家工厂的女工。我来访时，全秀凤不在家，出去买菜了，只有毛远新在家里。家里收拾得干干净净。我脱去皮凉鞋，光着脚走进屋，他招呼我坐在沙发上。

毛远新已经50岁，看上去身体壮实，一头乌发，表情深沉，穿一件白汗衫，一条蓝卡其平脚裤，一双灰丝袜，也没有穿鞋子。屋里一床、一桌、一张三人沙发，水泥地一尘不染。窗外有一小阳台。

他拿出香烟招呼我，我不抽烟，他独自抽了起来。烟灰缸里许多烟蒂，表明他的烟瘾颇重。

他常常长时间沉默，陷入思索之中，然后跟我说上几句，接着又是沉默。

他不大愿意多谈往事，但是他对我说："我赞赏你的工作态度。你写谁，就去访问谁。你写陈伯达，就去访问陈伯达。"

毛远新是毛泽民和朱旦华之子，1941年2月在新疆出生。毛泽民中年得子，对他极为钟爱。不料，1943年9月，毛泽民被新疆军阀盛世才杀害于迪化（今乌鲁木齐），那时毛远新才两岁多。

1945年7月，朱旦华带着年幼的毛远新来到延安。

朱旦华后来改嫁方志敏之弟方志纯，毛远新也就随方志纯住在江西南昌。

1951年，朱旦华到北京开会，把毛远新也带往北京。会议结束后，朱旦华带毛远新进中南海看望了毛泽东。

朱旦华对毛泽东说，毛远新想在北京上学。这样，毛远新就来到毛泽东身边。

毛远新比李讷小半岁，他们一起在北京上育英小学。毛泽东、江青待毛远新如同己出。

1954年，毛远新小学毕业，考入北京101中学。

1960年，毛远新上完中学，由于学业优秀，学校打算保送他上哈尔滨军事工程学院。

毛泽东听说此事，摇头道："保送，不算本事。"

毛远新当即说："那我就去考。你说什么大学难考，我就考什么大学！"

毛泽东笑道："要么北大，要么清华。"

毛远新说："我就考清华！"

果真，毛远新凭自己的真本事，考上了清华大学无线电电子系。

毛远新在清华大学学了一个学期，对毛泽东说："我的许多同学都在哈尔滨军事工程学院学习，我也喜欢那里。我想转学到那里，好吗？"

毛泽东同意了。

毛泽东、江青与李讷、毛远新

从此，毛远新转往哈尔滨军事工程学院学习。每逢寒暑假，毛远新就回到毛泽东身边。

1964年暑假，毛远新在中南海住，毛泽东和他如同父子。7月5日，毛泽东和毛远新进行了一次谈话。

毛泽东说："阶级斗争是你们的一门主课。你们学院应该去农村搞'四清'，去工厂搞'五反'。阶级斗争不知道，怎么能算大学毕业？反对注入式教学法，连资产阶级教育家在'五四'时期早已提出来了，我们为什么不反？教改的问题，主要是教员问题。"

当时，毛泽东随口而谈。事后，毛远新深知这一谈话的重要性，作了追记，写出《谈话纪要》。谈话内容迅速传到了高等教育部。高教部征得毛泽东的同意，印发了《毛主席与毛远新谈话纪要》。虽说是内部文件，却一下子便轰动了教育界。

1965年，毛远新从哈尔滨军事工程学院毕业，按照毛泽东谈话的精神，他到防空导弹三营一连当兵。

不久，"文化大革命"开始。当时规定1965年毕业的大学生可以回校参加运动，毛远新也就回校了。

在"文化大革命"中，《毛主席与毛远新谈话纪要》被红卫兵作为传单广为印行，毛远新的身份也就广为人知。

毛远新发起组织了"哈军工红色造反团"。他的特殊身份，使他成了当地红卫兵领袖。

1968年5月14日，辽宁省革命委员会成立，毛远新担任革委会副主任，从此步入中国政界，被视为"可靠接班人"。不久，他又担任沈阳军区政治部副主任、政委。

毛远新跟江青关系不错，江青视他如自己的儿子。在家中，江青喊毛远新的小名"小豆子"，而毛远新则喊江青为"妈妈"。

毛远新在政治上也紧跟江青。

一是在1973年各大学恢复招生时，张铁生交了白卷，却被毛远新封为"反潮流英雄"。

二是创造了"朝农经验"。"朝农"即朝阳农学院（前身为沈阳农学院），实行"开门办学"，在1974年被树为全国"教育革命"的"先进典型"。

1975年9月，毛泽东病情加重，言语不清，江青安插毛远新当"联络员"，一下子就掌握了发布"最高指示"的大权。

1980年7月25日，姚文元在秦城监狱第一审讯室对江青和毛远新关系所作的交代，说得十分深刻：

> 姚文元：另外，我再补充一点，在批邓中毛远新是起了很坏作用的。
> 审判员：毛远新是怎么参加政治局的？
> 姚文元：毛远新是以毛主席联络员的名义列席政治局会议的，但他又不像是联络员，他的每次发言都成了中心调子，每次传达毛主席指示之后，都有他自己的解释，而且还说毛主席同意他的看法。这就超过了联络员的职责，这也说明当时党内生活极不正常。批邓时，他经常跑到江青身边商量一些事情。江青对毛远新也是没有什么顾虑的，把他当作自己的孩子一样。听说毛远新是由江青抚养大的，感情很深，江青喜欢叫毛远新乳名"小豆子"，毛远新也一直称江青"妈妈"。有一次开会时，江青得意地说："远新也当了几年省委书记了，政治局会上我叫他同志，他叫我同志，回到家里爱叫什么就叫什么。"
> 审判员：毛远新和江青的关系你是怎么知道的？你还知道哪些？
> 姚文元：江青讲毛远新是孩子一类的话，是在政治局会上说的。另外我听王秀珍说过，毛远新的妻子是王洪文介绍的，原来是上海国棉十七厂的一个工人。我觉得这都不是很正常的现象。
> 审判员：以江青为首的"四人帮"处心积虑地要第二次打倒邓小平同志，目的是什么？后果是什么？这是什么性质问题？
> 姚文元：这个，我也不知道。"四人帮"反对邓小平副主席有很复杂的历史背景，也有各种不同的原因。当时毛主席还健在，邓小平副主席主持工作，很多问题毛主席是支持他的，怎么会在毛远新汇报后一下子转过来了？没有人解释过，我也有这个疑问，但找不到答案。我一直有个感觉，觉得毛主席是不是在培养毛远新。这完全是我的一种感觉，错了是我的一种感受，错了完全由我个人负责。
> 审判员：好，今天就交代到这里吧。

毛远新来到毛泽东身旁，开始向毛泽东"吹风"。

毛远新说："感觉到一股风，比1972年借批极左而否定文化大革命时还要凶些。……担心中央，怕出反复。……我很注意小平同志的讲话，我感到一个问题，他很少讲文化大革命的成绩，很少批判刘少奇的修正主义路线。"

毛泽东最看重"文化大革命",谁想否定"文化大革命",毛泽东是寸步不让的。

毛远新"吹"的"风",正是毛泽东最为担心的事。

毛泽东当即对毛远新说,有两种态度,要特别注意:"一是对文化大革命不满意,二是要算账,算文化大革命的账。"

毛泽东要毛远新找邓小平、汪东兴、陈锡联三个人开个会,谈谈自己的看法。

毛远新这个"联络员",在1975年11月2日找邓小平、汪东兴、陈锡联开会。毛远新谈了自己的看法,即"中央搞了个修正主义路线"。

邓小平无法接受毛远新的见解。邓小平对他说:"昨天(引者注:11月1日)晚上我问了主席,这一段工作的方针政策是怎样,主席说是对的。"

其实,毛远新所说的"中央搞了个修正主义路线",指的就是邓小平。

后来,在1976年清明节,北京爆发了"天安门事件"。毛远新多次向病中的毛泽东汇报,称邓小平是"天安门事件"的"总后台"。尽管撤销邓小平一切职务是毛泽东本人的决定,但是不能不说也与毛远新的汇报有关……

毛远新对于"批邓"出了大力,成为"四人帮"帮派体系中的一员。这样,当"四人帮"被一举扫除之际,毛远新也被拘捕。

我采访了执行拘捕毛远新任务的张耀祠将军。张耀祠当时是8341部队(中央警卫团)负责人,对于中南海了如指掌。当然,他对于江青和毛远新的住处也极为熟悉。那时,江青虽然长住钓鱼台,但近来住在中南海万字廊201号,而毛远新则住在中南海颐年堂后院,离江青住处很近。

张耀祠向我回忆说,他是在1976年10月6日晚上8时半带领着几位警卫前往毛远新住处的。

在毛远新那里,张耀祠遇上了小小的麻烦。

那时,毛远新和他两位从沈阳带来的警卫一起,住在中南海丰泽园的颐年堂。那本是毛泽东接待客人以及开会的地方,但他是毛泽东的侄子,所以住在这个外人难以涉足的地方。

在毛泽东病重期间,毛远新担任毛泽东的联络员。这联络员名义上只是联络联络,实际上却权重一时。因为联络员成了重病中的毛泽东与中共中央政治局之间唯一的联络通道。毛泽东的"最新最高指示"靠毛远新来发布,政治局会议的情况靠毛远新向毛泽东传达。

毛远新的妻子全秀凤当时在沈阳。10月6日,吃过晚饭之后,毛远新给妻子打过一个长途电话,接着便坐在那里看电视。就在这时候,李连庆突然走了进来。

汪东兴选派李连庆前去执行拘捕毛远新,一方面因为李连庆在汪东兴手下工作多年,忠实可靠,另一方面李连庆跟毛远新也很熟,派他去执行任务比较方便。

毛远新见到李连庆,问道:"老李,有什么事?来,一起看电视。"

李连庆答道:"想给你换个地方。"

毛远新问:"换到哪里?我得收拾一下。"

李连庆说:"不用了,现在就走。"

这时候,毛远新听出李连庆话里的意思,张耀祠等人就一拥而入。

一进去,张耀祠便向毛远新宣布:根据中央的决定,对他实行"保护审查"(张耀祠特别向我说明,对毛远新跟"四人帮"有所区别,不是"隔离审查",而是"保护审查"),并要他当场交出手枪。

毛远新一听,当即大声说道:"主席尸骨未寒,你们就……"

毛远新拒绝交出手枪。

张耀祠身后的警卫们当即上去收缴了毛远新的手枪,干脆利落地把他押走了。

在"解决"了毛远新之后,张耀祠便和李鑫、武健华带着中央警卫局处长高云江以及两名女警卫前去拘捕江青……

后来,毛远新被判处有期徒刑17年。

不过,毛远新毕竟是毛泽东的侄子,他在狱中还是受到照顾的。

1987年,应毛远新母亲朱旦华的要求,毛远新被转往江西南昌,以便母亲能够经常去看望他。在南昌,毛远新单独住三室一厅,只是不许与外界接触。

1990年7月6日,毛远新同父异母的姐姐毛远志(毛泽民与王淑兰所生)因癌症去世,归葬故乡韶山母亲王淑兰墓旁。毛远新获准在公安人员陪同下前往韶山参加姐姐葬礼。

直至1993年,毛远新终于刑满……

毛远新向我提及一些写及他的书。其中有一本书写及他和全秀凤结婚时,"王秀珍以便于保卫高干家属为借口,批下宽敞的新宅"。他指着眼前的房子说:"这就是所谓'宽敞的新宅',13平方米而已!怎么可以不了解情况,乱写一通?"

他又说:"那本书上还讲,上海市委拨款6000元给我们作结婚之用。我很惊讶。我对全秀凤说,我们从来也没有领过什么上海市委给的6000元呀!"

毛远新一口北方口音,不住地抽烟。我带来一本《毛泽民传》,请他回忆他父亲毛泽民和母亲朱旦华的情况。他说,父亲在新疆牺牲时他才两岁,有关父亲的情况,母亲和当年许多老同志比他了解。

我请他回忆毛泽东。他说,关于主席,当然有许多值得回忆的内容,但目前只是一般地谈谈。因为他是一个有着特殊经历的人,不便于涉及一些敏感的话题。不过,他说,当年他追记的毛泽东和他的谈话,那些内容是准确的。高教部在印发前,送毛泽东主席看过。"文化大革命"中,红卫兵印的传单有错误之处,应以当年高教部印的文件为准。

他说,自己这些年来孤陋寡闻,不知世事,记忆力也不好了。

我说及,1991年5月,我在四川成都访问诗人流沙河时,他提及一桩往事:"毛泽东在跟侄子毛远新游泳时曾说,不会游泳,喝几口水,就学会了。刘绍棠在1957年喝了几口水(引者注:指打成右派分子),学会了游泳。那个流沙河不吸取教训,不会游,沉到河底去了!"

我问毛远新,毛泽东是否跟他说过这么一段话。他笑了起来。他说,他已经记不清楚了,不过,主席讲话确实是很幽默的。

过一会儿,全秀凤回来了,毛远新介绍我跟她认识。全秀凤穿一件白底黑点连衣裙,地道的上海女性。她告诉我,给我开门的是她的父亲,她的母亲因中风正卧病在床,要送医院诊治。

我跟毛远新慢慢地聊着。他讲话不多,显得很有顾虑。我理解他的心境。说及与政治无关的话题,他就显得轻松。他说,这一回彼此结识,交个朋友,日后可以在合适的机会再谈。他知道我在写"文化大革命"史,说他在日后可以答复我的一些问题。

第五章　采写《"四人帮"兴亡》

采访关锋始末

王力、关锋、戚本禹，人称"王、关、戚"，"文化大革命"中的风云人物。他们都是中央文化革命小组的成员。"中央文化革命小组"简称"中央文革小组"。这个小组，是中共党史上"史无前例"的怪物。这个小组是在1966年《五一六通知》中宣告成立的。在那特殊的年月，这个小组手中的权力大大膨胀起来，一度取代了中共中央书记处，以至中共中央政治局！直到1969年4月这个小组的成员都进入了中共中央政治局，才算结束了这个小组的"历史使命"。

那时，人们把中央文革小组的组长陈伯达、顾问康生、第一副组长江青称为"大三"，而把"王、关、戚"称为"小三"。

为了研究"文化大革命"史，我采访了"大三"中的陈伯达，也采访了"小三"王力、关锋、戚本禹。另外，还采访了曾任中央文革小组副组长的刘志坚将军。

我早就听说，"小三"一概拒绝采访，连家门都不让进——他们在大门上安装了"猫眼"，见了陌生人，任凭你怎么敲门都置之不理。另外，采访他们介绍信也不管用，因为他们不接受采访，不管你手持什么样的介绍信。

在三人之中，我首先选择了关锋，从关锋那里突破"防线"。

我能够走进关锋家门，是因为得到了关锋一位老朋友的帮助。他当年与关锋曾在《红旗》杂志共事，他说服了关锋。1988年3月3日下午，他陪同我一起去看望关锋。这样，关锋终于接受了我的采访。

关锋，这位"文化大革命"风云人物，如今真的"关"起"锋"来了，他跟我见面时头一句话便说："我现在是'两耳不闻窗外事，一心专做蛀书虫'！"

确实，他只愿埋头研究老子、庄子、孔子，埋头做学问，但求平静。在他的那间书房兼卧室里堆满了书，桌上是书、桌下也堆着书，我看他坐在那里写东西时，连脚也伸不直。

年近古稀的他，总喜欢戴一顶干部帽，帽下露出花白的双鬓。他爱穿中山装，个子瘦小，气色不错。

关锋知道我在仔细地研究"文化大革命"史，走访了很多当事人，也就"破天荒"地跟我谈起了"文化大革命"。

他说："这几年来，今天我是第一次谈'文化大革命'，恐怕也是最后一次谈'文化大革命'。"

我拿出了录音机。起初，他不同意录音。我再三解释，用作资料，录音比笔记更准确，他终于"破天荒"地允许我录音。

他用浓重的山东口音跟我聊了起来。我发觉，他非常健谈。谈着谈着，他兴奋起来，摇晃着腿，藤椅发出吱咯吱咯的响声。他有时双臂交叉于胸前，有时把袖子捋起来，再放下来，又捋起来，又放下来……

我们聊着，他的妻子周瑛则坐在一侧静静地听着。偶尔，她也插一两句话。她不住地抽烟，烟瘾颇大。关锋原来也是"大烟囱"，后来下决心戒掉了。他居然在妻子天天吞云吐雾面前毫不动摇，一支烟也不抽，连酒也不沾——在这方面，他向陈伯达"看齐"。

我先是请关锋谈自己的经历。

关锋其实并不姓关。在中共党史上曾有过另一个关锋，那人真名叫贾拓夫。在西安事变时，化名关锋的贾拓夫任中共陕西省委书记，做了许多秘密工作。贾拓夫已于1967年去世。这位中央文革小组的关锋，据他告诉我，他本名周玉峰，又名秀山，1919年7月出生于山东省与河北省交界处的庆云县，因此他也曾用"庆云"作笔名。他比王力大两岁，是"小三"中最为年长者。

1933年，14岁的他加入中国共产党。1938年，他担任中共山东乐陵县委书记。1939年起，他改名关锋——那"锋"字源于他的原名"玉峰"。

他只上过中学，并未上过大学。1950年，他出任中共山东分局宣传部理论宣传处处长，两年后成为山东政治学校校长。1955年，中共中央第四中级党校在山东成立，他担任副校长。

对于关锋来说，1956年借调到北京的中央政治研究室，是人生中关键的一步。

1957年，在反右派运动中，他和王力、姚文元等作为"左派新秀"崭露头角。那时，王力和关锋的阵地是《中国青年报》。王力在8月26日的《中国青年报》上发表《论社会主义的内行》一文，批驳右派观点"外行不能领导内行"；同日，《中国青年报》发表关锋的《驳所谓"一切领导阶级都有局限性"》。至于姚文元，则接二连三地发表《右派野心分子往何处走》（6月15日《文汇报》）、《在剧烈的阶级斗争中考验自己》（6月21日《解放日报》）等讨右"檄文"。

两年后，当中共中央理论刊物《红旗》杂志在北京创刊，关锋调往那里。不过，他并不编《红旗》，却是负责编内部刊物《思想理论动态》。这是一份发行量很少的刊物，但毛泽东却每期必看。关锋编这个刊物，使他对中国思想理论动态一目了然。半年之后，他调任《红旗》编委。

我问关锋，他是怎样引起毛泽东注意的。

这个问题引起了关锋的兴趣，他回忆道，那是连他自己都未曾想到的。

那时，关锋喜欢写点杂文、杂谈之类，发表在《光明日报》上。有一回，关锋在《光明日报》上发表了《中国哲学史的研究方向》一文，文末提及中国哲学史应在毛泽东思想的指导下进行。不料，每日翻阅各报的毛泽东竟很仔细地看了此文，对于关锋所提及的在毛泽东思想指导下研究中国哲学史颇为满意。毛泽东为关锋的文章写下一段批示。由此，关锋声名鹊起。这，诚如姚文元最初是因在1957年6月10日《文汇报》发表《录以备考》一文引起毛泽东的注意（毛泽东当时曾叮嘱《人民日报》在头版予以转载），张春桥因1958年在第6期《解放》半月刊发表《破除资产阶级的法权思想》一文被毛泽东看中（毛还亲自为此文写了编者按，令《人民日报》予以转载）一样。

不久，关锋出任《红旗》常务编委，成了"响当当"的"左派"。他批张三、批李四，一派"左"将风度。

不过，使我感到意外的是，谈及姚文元揭开"文化大革命"大幕的那篇"宏文"——《评新编历史剧〈海瑞罢官〉》时，关锋竟说他事先一点也不知道。那时，江青往返于京沪，与张春桥、姚文元秘密炮制"宏文"，对关锋这样的"左派"也不透一点风，足见何等的诡秘！

关锋说，他是在《文汇报》发表姚文后才读到的。最初，他并未意识到此文来头不小。这样，当《文汇报》驻京记者找他谈"读后感"时，他居然将此文当作"学术论文"谈了一通看法。

后来，当关锋和戚本禹知道姚文元文章的背景，这才"急急如律令"，连忙在北京抛出支持文章，与姚文元南呼北应。这样，关锋、戚本禹也就加入了江青、张春桥、姚文元的"神圣同盟"。当中央文革小组成立时，关锋、戚本禹也就"顺理成章"地成为这个小组的成员，由此跃为"文化大革命"大员。

关锋跟我说，在姚文元的文章发表一个多月后，毛泽东说了一段从政治上严厉批判《海瑞罢官》的"最高指示"。

关锋说,那是1965年12月21日上午,毛泽东在杭州召集陈伯达、胡绳、艾思奇、关锋、田家英谈话。据他回忆,谈话从上午9时一直谈到12时。

在谈话中,毛泽东提及了前些天发表的戚本禹的《为革命而研究历史》和姚文元的《评新编历史剧〈海瑞罢官〉》。

毛泽东当时说的一段话,后来被用黑体字印在成千上万份报刊上,被作为"最高指示"背诵:"戚本禹的文章很好,我看了三遍,缺点是没有点名。姚文元的文章也很好,点了名,对戏剧界、史学界、哲学界震动很大,但是没有打中要害。要害是'罢官'。嘉靖皇帝罢了海瑞的官,五九年我们罢了彭德怀的官,彭德怀也是'海瑞'。"

据关锋回忆,1965年4月,毛泽东在长沙时曾找五个人——陈伯达、胡绳、艾思奇、关锋、田家英——谈话。半年之后,毛泽东在杭州,又找这五人谈话。

当时,陈伯达已在杭州,住在大华饭店。关锋和胡绳、艾思奇、田家英于11月中旬飞抵杭州。当时,姚文元的文章刚发表,连关锋都没有在意,以为那是一篇学术争论文章。

毛泽东找这五人,为的是要商谈"干部必读"的六本书,即为《共产党宣言》《国家与革命》等的中译本写序言。毛泽东已准备自己动手为《共产党宣言》写序言。

就在这时,毛泽东和陈伯达忽然离开了杭州,听说去上海了。后来,关锋才知道,他们去上海是出席"解决罗瑞卿"的那次紧急会议去了。

毛泽东返回杭州,才在12月21日上午召集五人开会。一见面,毛泽东就说,昨夜睡得很好,今天可以多谈一些。

毛泽东抽着烟,不停地谈着。艾思奇和关锋担任记录,迅速地记下毛泽东的话。好在毛泽东讲话速度不快,而且中间因抽烟往往有停顿,艾思奇和关锋几乎记下了毛泽东的每一句话。

毛泽东谈笑风生,跟大家聊天。他最初谈对六本书序言写作的一些意见,然后,说及了为他编的"语录":"我在火车上,从服务员手里,才看到《毛主席语录》。那是军队编的。听说,中宣部要编,老夫子也要编。要编那么多的《语录》?"

毛泽东所说的"老夫子",指的便是陈伯达。

毛泽东又说及《哲学研究》杂志的"农兵学哲学"专辑,对一篇篇文章发表了意见。

接着，他的话题转向姚文元的文章，说了那段话……

毛泽东的这一段话，既表明了他对姚文元的文章的评价，也透露了一个重要的事实：姚文元的文章经过几次三番修改之后，并未送毛泽东阅定，就由江青、张春桥决定在《文汇报》上发表。因为倘若最后的修改稿经毛泽东看过，他怎么会说"但是没有打中要害"呢？他势必会说出他的这些意见，姚文元当会照毛泽东的意见在文中点明《海瑞罢官》的要害问题。

其实，毛泽东所说的《海瑞罢官》的要害是"罢官"，倒并不是毛泽东"发明"的。"发明"权乃属康生。1964年下半年，江青再一次在毛泽东面前提及要批判《海瑞罢官》，毛泽东依然没有应允。

江青求助于她的老同乡康生。

康生来到毛泽东面前。他深知如果说江青要批《海瑞罢官》，反而会使毛泽东投反对票。

康生擅长"上纲"，他煽动道："主席，您在八届十中全会上说过：'现在不是写小说盛行吗？利用小说进行反党活动，是一大发明。'您的话给了我很大的启发，使我想及了也有人利用戏剧进行反党活动。吴晗的《海瑞罢官》，其实就影射主席罢了彭德怀的官。这出戏是货真价实的大毒草。"

西子湖畔，毛泽东刚刚说毕那一席话，陈伯达迅即把毛泽东关于姚文元文章的评论转告了江青。

"主席这么重要的指示，要赶紧向全党传达。叫田家英马上把谈话记录稿整理出来！"当江青把来自陈伯达的重要消息告诉张春桥的时候，张春桥提醒了江青。

姚文元补充了一句："主席的话，是对我们辛辛苦苦工作了半年多的最大鼓励和高度评价！"

江青一听，觉得张春桥、姚文元言之有理，便催促田家英整理记录。43岁的田家英，在毛泽东身边已经工作了17个年头。

这一回，田家英接到了整理毛泽东讲话的任务，而现场记录是艾思奇和关锋，他就只好说："老艾、老关，请你们两位辛苦一下，整理主席谈话纪要。"

关锋是快笔头，忙碌了一天，就写出了毛泽东的谈话纪要。对于毛泽东谈及戚本禹、姚文元文章的那段话，他照录不误。关锋把纪要交给田家英。田家英看了之后，把毛泽东谈及戚本禹、姚文元的那段话删去了。纪要印出来后，陈伯达一看，冒火了；张春桥、姚文元、戚本禹跳脚了。江青心急似火，马上去问毛泽东："那一段话是你删的，还是田家英删的？"

陈伯达给江青打来了电话……

当江青查明是田家英删的，她怒不可遏，咬牙切齿地骂道："老右倾！"

一点也不假，是田家英下决心删去了毛泽东的那段话。

由于田家英删去了毛泽东谈及戚本禹、姚文元文章的那段话，后来他背上了"篡改毛主席指示"的罪名，以致被迫害而死——当然，田家英之死还有其他原因，但是"篡改毛主席指示"却是导致田家英自杀的直接原因。

"文化大革命"中的关锋

也正因为这样，关于田家英"篡改毛主席指示"，是一个重要历史事件。但是，关于这一事件却有着各种各样的说法。

尽管关锋是田家英的"冤家对头"，又是此事的"告密者"，而且在"文化大革命"中犯了严重错误，但是关锋毕竟是重要的当事人之一，他的叙述毕竟有一定的参考价值。

我后来还曾多次访问过陈伯达，陈伯达也是重要的当事人。据陈伯达说，关锋所讲的记录如何整理，他不清楚，但是田家英删去毛泽东关于戚本禹、姚文元的那段话，是无疑的。

关锋和我谈起"文化大革命"中的种种回忆，其中给我印象很深的是，1966年12月26日，毛泽东的73岁寿辰。尽管毛泽东平素反对祝寿，但是在那天，中央文革小组的"秀才"们还是来到中南海，在毛泽东家吃面条。

入席之际，"秀才"们举起了酒杯，异口同声地向毛泽东道："敬祝毛主席万寿无疆！"这时，毛泽东也举起了酒杯，说出了一句惊人的答词："祝展开全国全面内战！"

毛泽东的话，使"秀才"们大吃一惊。

那年月，毛泽东的每一句话都是"最高指示"，何况毛泽东是在致答词时说这一句话，显然经过深思熟虑。"秀才"们回去之后反复琢磨着毛泽东这句话的含意，认为体现了毛泽东的最新战略部署。正值1967年元旦临近，有人建议，以毛泽东那句话，作为《红旗》《人民日报》元旦社论的标题。

关锋记得，他们细细一斟酌，又感到那样的标题太"凶"了。商量再三，改用《把无产阶级文化大革命进行到底》为题。文中贯彻了毛泽东答词的意思，强调指出，1967年将是"向党内一小撮走资本主义道路的当权派和社会上的牛鬼蛇神，展开总攻的一年"。

因为谈及"万寿无疆"，又引出陪我前去访问关锋的那位友人的另一回忆。这位友人也曾在中共重要机关工作。他说，1967年5月，为了纪念毛泽东的《在延安文艺座谈会上的讲话》发表25周年，在人民大会堂举行了文艺演出。

毛泽东和林彪在前排就座。很巧，坐在后排、紧挨着毛泽东和林彪的那个座位上的，便是如今向我回忆往事的人。

他清楚记得富有戏剧性的一幕：演出即将开始，有人掏出红色的语录本有节奏地挥舞着，全场观众也跟着挥舞起语录本，高呼"敬祝毛主席万寿无疆！"。这时，毛泽东用手肘碰了碰林彪，笑着对他说："下面该你啦！"果然，众人紧接着高呼"敬祝林副主席永远健康"。

林彪的脸，一下子变得十分尴尬。

第二天，中央文革小组便接到"林办"的电话，要求以中央文革小组的名义向全国印发一个通知，今后只许喊"敬祝毛主席万寿无疆！"不许喊"敬祝林副主席永远健康"。

据那位友人告诉我，当时毛泽东在跟林彪说笑，而林彪竟如此迅速地作出"反应"，其"灵敏度"之高令人吃惊！

"林办"的电话，仍未止住那高呼"敬祝林副主席永远健康"的狂潮，于是，林彪只得亲自出面，在1967年6月16日给周恩来和中央文革小组写了一封信：

> 近一个多月来，我看了三次演出，每次演出中，都有"祝毛主席万寿无疆"和"祝林副主席永远健康"这两个口号并提的情况。我认为"祝毛主席万寿无疆"这个口号是完全正确的，非常必要的。为了在党内、党外、国内、国外突出毛主席的伟大作用，树立毛主席的绝对威信，不宜提"祝林副主席永远健康"的口号。只有突出我们伟大领袖毛主席，才符合于全国和全世界革命人民的需要和客观实际。今后一切会议、一切文件、一切报刊以及其他各种宣传形式都应突出毛主席，不要把我和毛主席并提。盼总理和中央文化革命小组的同志们今后帮助注意掌握这一点，并希望将我这封信转发到县团级，由他们传达到所有的基层组织和革命群众组织。

诸如此类的"文化大革命典故"，鲜为人知，而关锋以及那些"文化大革命"中在中共高层工作的人却随口说出一个又一个。其实，这些"典故"也就是历史。在我看来，关锋如能写出一本回忆录，其价值将胜过他的十本关于老子的著作。

可是，关锋却把头摇得像拨浪鼓似的，连连说道："我不写，我不写回忆录！"

他的妻子在一侧说："他愿意跟你谈'文化大革命'，已是破天荒了！"

关锋声称如今实行"四不"：关于"文化大革命"的文章，他"不看、不想、不谈、不写"。他依然埋头于他的"老、庄、孔"研究。

他的书桌上放着写好的一沓手稿。我过去看了一下，那是250字一页的方格稿纸，字清清楚楚，个别处稍有改动。也有改动较大的地方，是把已写成的稿子剪贴，中间补写一段新的文字。他告诉我，他一般都是一稿成书。写好之后，作点修改，没有写二稿、三稿。看得出，他的思路仍很清晰。

在审判林彪、江青反革命集团的时候，关锋免予起诉，但被开除党籍。他拥有公民权，所以照样能出版学术著作。他告诉我，这几年他处于学术研究的"黄金时期"。此言不假，这几年他写了三四百万字的学术著作。他不再是"中央首长"，不用到处发表讲话，不用出席各式各样的会议，家中也不再门庭若市，他"双耳不闻窗外事"，倒使他可以集中精力写作。

我知道，他最近以"古棣"作笔名出版了好多本学术著作。我问起"古棣"这一笔名的来历。关锋说，他出生于山东和河北交界的庆云县，所以他用过笔名"庆云"。庆云在明朝时才建县。庆云这名字，源于《汉书·天文志》："若烟非烟，若云非云，郁郁纷纷，萧索轮囷，是谓卿云。"后人将"卿云"写作"庆云"。在庆云之前，隋朝在那里置无棣县。他的笔名"古棣"，就取义于"古代无棣"之义。当然，这"古"字，也含有他所研究的都是古代之事的意思。在古代，无棣处于齐国和鲁国的交界地。他的家乡，有着成片成片的枣林。

我问他老家现在还有什么人。他摇头说，老家没有亲人了，所以他已多年没有回家乡。他说自己是独子，这倒不是由于他的父母在那时就"计划生育"。其实，他曾有过10个哥哥和姐姐，只是都在艰难的环境中、在幼年时死了。他是第11个，侥幸地在苦难中活了下来。

我问及他的近况。他说，如今他有"三大爱好"，即看古书、看电视、练气功。

他原本近视，如今上了年纪，不用戴近视眼镜，也不用戴老花眼镜。他很喜欢看古书，古书字大，看起来很舒服。

他家中堆满了书。他说，幸亏单位图书馆给了他一间房子放书，要不，书都堆不下了。空闲时看书，对于他来说，是最大的享受。

晚上，他爱看电视，往往看到深夜。电视剧，他挑喜欢的看看。他最爱看的，还是电视中播出的京剧。他说，再好的电视剧，也只看一遍，绝不会看第二遍。京剧则不同，京剧的保留节目，他看10遍、100遍都不嫌多。

他从小就喜欢京剧。他还记得，1953年，他在济南看京剧，正是腊月，露天搭棚演出。他穿了大皮袄去看，看得津津有味。不过，如今上了年纪，他没有上剧院看京剧的"雅兴"，何况现在京剧名角的门票要四五十元一张，还不如在家看电视。电视中有京剧，他是必看的。他认为新编的京剧《曹操和杨修》很不错，有魅力。

他也爱看地方戏，比如河北梆子等。他不大喜欢越剧，认为卿卿我我，没有大气派。表现历史的大场面、大斗争，还是京剧适合。

每日清早，他则去附近的公园里练气功。我问他练什么气功，他说练香功。最初，他根本不信什么香功。到公园走走，见到很多人在做香功。听说，北京有好几万人在做香功。公园里有人义务教香功，他也就在旁边听听、看看，慢慢地也就加入这支队伍。他和朋友一起凑钱买了只录音机，练功时，录音机里播放香功录音带。他练香功已到了入迷的程度，居然真的能闻到一股异香！

"早练香功，晚看电视，闲时翻翻古书"，这便是关锋的晚年爱好。不过，他仍把主要精力用在写作上。那一部部署名"古棣"的学术新著，就是他这几年的笔耕劳绩。

他兴趣广泛，甚至跟我聊起了甲骨文，又从甲骨文谈及电脑、谈起哲学史研究。他忽地话题一转，又说起香港作家叶灵凤的作品……

他说自己自费订了《经济日报》，对于当今的经济问题倒是有点兴趣。

自从作了第一次采访之后，我们熟悉了。我去北京时，给他挂个电话，然后就去看他。在1988年10月31日、1990年7月13日、1993年11月26日……我多次访问了关锋。

有一回，我送给他我写的《张春桥传》。通常，我赠书时，为了省事，只在扉页上盖个"叶永烈赠阅"的图章。这一回，也是如此。关锋一看，却皱起眉头，说道："你不应该只盖个图章！"直至我当着他的面，写上"关锋同志教正　叶永烈敬赠"，他才满意地笑了。

我知道，他满意的是"同志"两字。如今中国大陆也时兴叫先生，他对"关锋先生"之类称呼并无好感，似乎大有"敬而远之"的疏远之感。通常，人们称他为"关老"或"关老师"。

关锋忙于"爬格子",终日枯坐书房,散步是他的户外活动。有一回,我在北京的住处离他家不远,吃过晚饭,便信步踱了过去,但敲门却无人应答。我以为关锋大约外出散步,正欲回去,却见他的女儿出来开门。一进去,才知关锋一家正坐在电视机前,被美国电视连续剧《神探亨特》迷住了,所以听不见敲门声。关锋对我说:"坐下来,一道看电视!"

说话时,他的双眼仍紧盯着屏幕。他笑道:"平常我不大看电视剧,就是这个'亨特',我每集必看。"

据我所知,陈伯达也不大看电视,顶多看点历史剧。不过,陈伯达、王力倒是每晚必看中央电视台的《新闻联播》节目。

关锋家中堆满古书,但各种杂书他也爱翻翻。诸如土壤学、化学、物理之类自然科学方面的书,他也喜欢看。

我天南地北采访,不过,去得最多的还是要算北京。光是 1993 年 11 月,我就去了两回北京。其中的第二回,我就住在离关锋家只有二三百米远的一家宾馆。乘空余之际,一天下午,我踱了过去,看望关锋。

在我跟关锋聊天时,他的夫人周瑛在一侧吞云吐雾,偶尔也插话说几句。

我们这样漫无边际地聊着,近乎开"无轨电车"。

1999 年 6 月,我在北京王府井住了十几天,关锋家离我住处不远。我给他挂电话,电话号码已经改了,打不通。我知道他通常在上午去景山练功,所以在一天下午,有点空闲,我信步踱过去,方知他已从四楼搬到底楼。可惜他与老伴上街去了,未遇。

离关锋家不远处是林杰家。林杰的知名度比"王、关、戚"要差些,因为"王、关、戚"是中央文革小组成员,而林杰则不是。然而,在王力、关锋已经被打倒而戚本禹尚未被打倒的时候,北京满街的大字标语写的是"打倒王、关、林",足见林杰也曾显赫一时。直到戚本禹被打倒之后,这才改为"打倒王、关、戚"。

王力、关锋被打倒,是由于《红旗》杂志发表了那篇"揪军内一小撮"的社论,这篇社论的起草者便是林杰。毛泽东看了社论,大为震怒,写下"还我长城"四个大字。于是,这篇社论就被定为"大毒草",王力、关锋和林杰同时下台。

林杰与我有同乡之谊,他曾向我抄寄他写的一些诗作。我也曾到北京他的家中拜访——他在石家庄工作,但是妻子在北京,他常常回北京。还有一回,我在王力家中遇见他。他也在研究历史。他送我一本杂志,上面载有他关于王清任的论文。王清任是清代名医，著有《医林改错》等书。1999年6月，我去看望林杰，大门紧闭。据邻居告知，林杰已经不住这里，那房子让女儿和女婿住。他的女儿、女婿都上班去了，未能见到。后来，我在北京望京的一幢新楼里，曾与林杰长谈。

戚本禹给我的印象

往年,每逢5月18日,上海大饭店的生意火爆,新人们看重这一天,特意选择这一天为吉日——因为"5·18"乃"我要发"的谐音,而且"8"是双数(结婚很注重双数)。1999年5月16日,我乘车外出,司机告诉我,今日生意也特别兴隆——因为16日是星期天,亲友们前来贺喜也就不必请假,原本想在5月18日结婚的新人们大都改在16日,"六"也吉利,六六大顺,而且是双数。我却摇头,问司机道:"5月16,不'吉利'呀!你知道,这是什么日子?"司机想了许久,说不上来。我说:"1966年5月16日,中共中央发出了《五一六通知》,'文化大革命'就是从这一天开始的。"司机笑道:"现在的年轻人还有谁知道《五一六通知》?还有谁记得'文化大革命'?"司机的话,使我颇为感叹。现在20多岁的年轻人,差不多都是"文化大革命"后出生的,他们恐怕连《五一六通知》都没有听说过!

也真巧,就在这一天下午,我乘车前往华东师范大学出席《苏渊雷文集》首发式。已故苏渊雷先生是著名学者、华东师范大学中国史研究所教授。在众多的与会者之中,我见到一位穿粉红色衬衫、60多岁的男子。尽管他已经不用"文化大革命"中"如雷贯耳"的名字,因为我曾经采访过他,所以还是认出了他。此人便是当年中央文革小组成员戚本禹!

戚本禹已经退休,我最初采访他的时候,他在一家图书馆做整理资料的工作。他身体壮实,浓重的山东口音。他原本研究历史,如今重操旧业,不断有新著问世,只是署笔名罢了。1999年4月,东北一家出版社的总编辑来我家约稿,从我家出来,他直奔戚本禹家,因为戚本禹的一本书稿正由这家出版社出版。

戚本禹如今是普通百姓,他忙于自己的专业工作。他希望能够过平静的生活,不愿接受采访。我的文友、旅居英国的女作家张戎曾经两次托我与戚本禹联系,希望能够采访他。我给戚本禹本人以及他的妹妹打了电话,戚本禹都以

"不在上海"为由谢绝了张戎的采访。

戚本禹,"文化大革命"的风云人物,进入中央文革小组前为《红旗》杂志社历史组的组长。"文化大革命"初成为"中央文化革命小组"成员,后来成为中共中央办公厅秘书局副局长,直至成为中共中央办公厅代主任,毛泽东、江青的秘书,"王、关、戚"的"戚"。

据关锋说,"王、关、戚"实际上应是"戚、王、关"。戚虽是三人中职务最低、资历最浅的,但是他担任了毛泽东、江青的秘书,当时就连陈伯达、康生要见毛泽东都要通过戚。王与关同于1967年8月隔离审查,当时宣读决定的是戚。4个月后,戚才倒台。戚陷得很深,所以王、关比他的罪行轻。

1988年3月初,我在北京与关锋作了长谈。回沪后不久,我便准备访问戚本禹。

我查阅了"戚本禹反革命案"审判档案,得知:

戚本禹生于1932年,山东威海市人。

1968年初因"王、关、戚事件"被隔离审查。

1980年7月14日被依法逮捕。

1983年11月2日北京市中级人民法院经过审理,判处戚本禹有期徒刑18年,剥夺政治权利4年。

因此,他于1986年初刑满释放(刑期自1968年初算起),剥夺政治权利则至1990年初为止。

1988年8月20日,我初次去看望戚本禹。

我跟他单位的领导熟悉,他们向我大致介绍了戚本禹的情况。按照他们告诉我的戚本禹办公室地址,我来到一幢上了年岁的西式大楼。一间屋子紧闭着房门,虽说那天很热。我敲了敲门,有人答应"请进",我就推门进去。那是个很大的房间,起码有30平方米。房间里靠窗放着一张书桌,桌旁,有一中年男子在写作。他穿一件白背心,我料定他就是戚本禹。

他见到我,放下了手中的笔,指着

戚本禹

桌子对面的椅子说:"请坐!"

他神态自若,头发乌黑,很随便地蓬松着。他胖瘦适中,身体不错,只是前额有较深的抬头纹,普通话中略带一点山东口音,不像关锋那样有浓重的山东腔。他个子约一米七,比关锋要高。

他正在写作,桌上放着许多手稿。稿纸是无格白纸,字并不漂亮,用蓝黑墨水写成。桌上放着一个木质信箧,插着一些信和凌乱的便笺。

他正是戚本禹。

他打量着我,看了我的采访介绍信,立即站了起来,伸过手,跟我握着,说道:"喔,知道,知道。我看过你的不少作品。"

就这样,我与他随便聊着,不作记录,也不作录音,不算正式采访。

我们一口气聊了两个小时,直至中午12时整有人叫他去吃中饭为止。

无拘无束的谈话,使彼此有了初步的了解。他很健谈,思维敏锐,喜欢不时反问,而且看得出,他的消息相当灵通,各种书报都看。尤其是关于"文化大革命"的文章,他见到了,总要细看。

他首先提到了香港报纸的一些报道,认为那是胡吹。他说,一家香港报纸称他是"山东大学历史系毕业"等。他告诉我,他根本没上过大学!

他又提到四川一家杂志上最近发表的一篇文章,据说是"纪实",实际上违背事实。那篇文章写了毛泽东1965年12月21日在杭州的一次重要谈话。在谈话中,毛泽东谈及戚本禹的《为革命而研究历史》和姚文元的《评新编历史剧〈海瑞罢官〉》两篇文章。毛泽东说:"戚本禹的文章很好,我看了三遍,缺点是没有点名。姚文元的文章也很好,点了名,对戏剧界、史学界、哲学界震动很大,但是没有打中要害。要害是'罢官'……"毛泽东的这段话,当时作为"最高指示",传遍了中国。那篇文章说,毛泽东谈话时,戚本禹在场……

戚本禹告诉我,他当时并不在杭州!当时"在场"的是陈伯达、胡绳、艾思奇、关锋和田家英5人。

戚本禹说,那篇文章甚至描述了毛泽东谈话时,他的表情以及与毛泽东的对话。他当时根本不在场,那些"表情""对话"从何而来?这怎么能叫"纪实文学"?

我告诉他,我请关锋谈了毛泽东那次杭州谈话的情况。

戚本禹说,关锋的话是可靠的。毛泽东在杭州谈话提到姚文元和他的文章时,关锋在座,他不在座。因此,关锋的回忆是很重要的,他是当事人。

他说，像你这样采访当事人，那就很好。

他思索了一下，对我说："我是学历史的，自己又有过那么一段曲折的历史。我的历史教训是，写文章要实事求是，这样才经得起历史的考验。你现在做的工作，是历史学家做的工作。"

他看过我的作品，认为写作态度是严肃的。

他也直率地问我："从你的一些文章中可以看出，你是了解情况的，可是，有时往往避开某些事实不谈——这可能因为你的文章要公开发表，而要在现在公开发表，有些事不便谈，不得不这么做。"

我说，是有这样的情况。

他问及我的《姚文元传》一书印出没有。他看过书的预告，也看过报刊所载部分内容，希望见到全文。

他笑着对我说："叶永烈，你已经发表了大量的作品，又是专业作家。你要沉住气，扎扎实实把'文化大革命'写好，不要急于出版。这将是部大作品，会超过你的任何作品。我愿向你提供我所知道的情况。如果我们共同合作来写，也可以——只是要征得公安局同意，因为我与关锋不同，还属于公安局管的……"

我提及关锋"两耳不闻窗外事，一心只做蛀书虫"。

他摇头，问我道："关锋对你这么说，可是，他真的'两耳不闻窗外事'？！我不相信。我就没法做到这一点。"

我说关锋埋头于研究老子、庄子，戚本禹指着自己桌上的文稿说，他正在研究明史。他说："我虽然搞明史，但每天仍关心今日的中国、今日的世界！"

他跟我聊起了苏联最近对四起历史冤案的平反，即"马克思列宁主义者案""莫斯科中心案""托洛茨基—季诺维也夫反苏联合中心案"和"托洛茨基反苏平行中心案"。又谈及了基洛夫之死，谈及了托洛茨基。

我说，这四起案件中，托洛茨基的平反将会对中国产生很大影响，因为中国有过"托派"。他同意这一看法。

我们又谈及1957年的反右派运动。

他说了不同的看法："其实，毛泽东是最早主张开放的。你查一查毛泽东1957年2月的讲话原稿，就可知道这一点。那次讲话，他提出了对外开放的思想。可是，不久发生了匈牙利事件，毛泽东改变了自己的看法。他的'二月讲话'中关于开放的那一段删掉了。毛泽东的许多文章要查最初的原稿，印在选集里的常常后来作了改动。1957年的反右派，伤了许多人，毛泽东是有责任的。不过，在谈论那一段历史时，我认为不能脱离当时的历史条件——毛泽东担心在中国发生匈牙利事件。那是毛泽东发动反右派斗争的原因。我看，现在许多批评反右派的文章，几乎不提匈牙利事件，不谈当时的历史环境，这恐怕不全面……"

他由此谈及了吴晗，说吴晗在1957年是反右派的先锋，而"文化大革命"中则挨整。

他看过我写的《陶勇之死》，问我陶勇究竟是怎么死的。

他由此问及我访问过哪些"文化大革命"人物。我一一说起。当我提及廖祖康、肖木等人时，他竟不知道是些什么人。

我细细一想，他在1968年初就被隔离了，难怪不知这些与王洪文有关的人，不知道"文化大革命"后期的事和后期的人。

他说及："关锋的话是实事求是的，不过，他得过神经病。他提早出狱，就是因为有神经病，所以他的记忆力差一些。王力的记忆力不错，你去找他就会知道的。陈伯达的话不大可靠，你去找陈伯达要当心，他总是说自己的功劳，至于他做的错的事他总不愿谈……"

我提及不久前在《文摘周报》上，王力与田家英夫人董边都发表文章，就田家英之死进行争论。

戚本禹消息很灵通，知道这事，并马上问我："你认为谁对？"

我们聊及写作。他问我一天能写多少字，一晚上能写多少字，写一稿还是写几稿。他说像我这样自然科学出身来写"文化大革命"，会尊重事实——这是写作最重要的一条。

我说给他留下电话号码，他拿起一张便笺，我写好，他就夹在桌上那堆信件里。他问及我住处，我说离徐家汇不远。令我惊讶的是，他竟不知道徐家汇在哪里！

"你不大出去？"我问。

"我不出去。"他答。

我问起1958年在中南海所发生的"八司马案件"，其中涉及他。他欲言又止，说这个问题很复杂，以后有机会慢慢谈。

他认为最近发表的关于张宁的那篇《扭曲的虹》是实事求是的，文章中所写的林彪，符合林彪的真形象。希望写"文化大革命"的作品，都能这样。

中午12时整，有一位年轻小伙子来喊他吃中饭。

我只得告辞。他送我，与我热情握别。

第五章 采写《"四人帮"兴亡》

1988年8月27日，我二访戚本禹。只见他房门紧闭，贴着一张纸条，上书："本室不对外接待"。

我敲门，听见"请进"声，便进去。

天气已转凉，上次只穿一件汗背心的他，今天穿了一件浅绿色T恤，白领、白袖口。他一边给我沏茶，一边请我坐下。还是上次那样对坐。

戚本禹戴一副紫色秀郎架[1]近视眼镜。我们依然随便聊着，不算正式采访。

正巧，第8期《民主与法制》杂志这天发行，刊有我的《张春桥发迹录》一文。我从对门的报刊门市部买了一本送他。

他说起了劳动模范杨怀远与作家张士敏打官司的事儿，上海很多作家写了支持张士敏的联名信，他问我签名了没有。

我说，我未在58位作家联名信上签字。

他说："你有自己的见解，不错。"

话题回到了"文化大革命"。

他说，一篇关于"二月逆流"的纪实文学胡说八道。1967年2月，当时他在忙于写一篇文章，根本没有去怀仁堂，却把他写在里边。他几次写书面材料，交给领导，提出抗议，结果不了了之，没有给予答复。

又如，那篇文章中写及关锋为江青拎包、披大衣，纯属胡编。他对我说："你见过关锋，关锋会是这样的人吗？！何况，江青出去，旁边有秘书为她拎包、披大衣，用得着关锋起劲？！"

他说，怎么可以这样乱写？如果那位作者去找他，他就不理。

他提及，关于他的身世，许多文章都写错了。其实，他新中国成立前在上海做地下党工作。1949年，他18岁，调到北京，在中南海工作……

他谈及江青。江青说他太傲，眼睛长在额头，朝上看（他用手势指了指额头）。

他说愿意跟我谈"文化大革命"，只是目前未办妥手续，他有压力，不敢谈。

他劝我不必着急。他说："我身体还好，你年纪不大，过两年我们就可以谈。"因为他到1990年初可恢复公民权利。

谈及姚文元时，他提醒我："你别以为姚文元的文章都是姚文元写的！"

他说可以找找朱波——研究哲学的专家，毛泽东对此人很敬重，有较多的交往。还可以找王力。王力、关锋都有公民权，比他处境好。

---

[1]金属和塑料混合制成的镜架。

一个七八岁小女孩跑进来，戚本禹不认识她，掏出糖果给她吃。他找糖时，掀起书架盖板，我看见里面放着许多瓶药。

今天仍是聊天，彼此更熟悉了。我说，希望以后对他进行采访录音，他说对录音有点不习惯。

他谈及严家其，过去在"文化大革命"中，他经手处理过严家其的什么事，只是记不太清楚了。

我谈及我的一位在《红旗》杂志工作的朋友，他说有点印象，只是《红旗》杂志人多，有些人印象已不深。

我说，那位朋友告诉我，王、关被停止工作是1967年8月23日，当时他在场。据他回忆，当时由陈伯达、戚本禹、姚文元主持会议，戚宣读中央关于王、关停止工作的文件。

戚说："对，对，是那么回事。"

我又说，他被停止工作是1968年1月14日——是停止工作，不是被捕。

戚也说："对，对，是那么回事。现在，有些文章说王、关、戚同时被捕，胡说八道！"

他问我是否坐小轿车来，我笑道："我哪有小车？挤公共汽车来的！"

他有点惊讶。

又问："你有几个助手？"

我说："我哪有助手？一切自己动手！"

他说，像你这样，应当有秘书、有助手。

我笑道："看样子，你还有点当年'中央首长'时的架势。"

他说，现在整天做些整理资料的工作，事情并不太忙，但整天坐在这个房间里，公开发行的报纸、杂志，都可以看到。

我说，所谓"剥夺政治权利"，主要指选举权与被选举权。至于言论自由权，是指公开对记者发表对时局的见解之类。我找你是谈历史、谈史实，与"剥夺政治权利"无碍。

他笑了："你别太认真。"

我请他看看我写的关于张春桥的文章："你看看，有没有胡说八道的地方？"

他笑了："一定看。"

聊了一个多小时，我告辞了。

我本拟在详细采访陈伯达、王力、关锋之后详细采访戚本禹，何况戚本禹在上海，采访更加方便。

我曾经与戚本禹约定,在他"期满"之后,对他进行详细的采访。
戚本禹当时也对我说:"你我都还年轻,不妨等我'期满'之后再细谈。"
1990年1月17日,我致函戚本禹:

戚兄:
　　新春好!
　　原曾相约,等您"期满"后详谈,现在已到时候了!
　　我多次访问了陈以及王、关,希望有机会与您长谈。
　　祝
　　春节愉快

叶永烈
1990年1月17日

他给我回复说:

永烈先生:
　　大函敬悉。
　　由于多方面的原因,目前不能接谈。上次的事,后来的情况,大概你也知道。这样对你也是好的。
　　春节愉快!

戚
(一九)九〇年一月廿日

此后,我与戚本禹有过联系,但是未能按照原计划对他进行详细的采访。

出版《王力风波始末》

我在采访了关锋、戚本禹之后,前去采访王力。

1988年10月31日,我第二次采访关锋时对他说起准备采访王力。关锋告诉我王力的电话号码以及住址,还给王力打了电话,"介绍"我前往采访——其实,我在离开上海之前,就已经开好上海作家协会关于采访王力的介绍信。

我在1988年11月3日第一次采访王力——这是他在1967年8月倒台后首次接受采访。

多年来,王力是不接受采访的。由于他知道我,而且关锋也给他打了电话,这样,他破例接受了我的采访。

那天上午,我先是去陈伯达之子陈晓农那里。上午10时,我叩响王力家的房门。门紧闭着,从屋里溢出洪亮的流行歌曲声。我猜测是歌声淹没了敲门声,便使劲拍门,门终于开了,站在我面前的是一位二十来岁的保姆,她正一边开着录音机,一边在灶间忙碌,她告诉我,王力生病,由夫人陪同去医院了,过一会儿才能回家。

我只得在附近逛逛,半个多小时之后,我再度来到那幢楼前,正巧,一辆漂亮的小轿车戛然停住,从车上下来两位老人。那男的一头皓发如雪,身材瘦削,一身笔挺的棕色西装,领带结得整整齐齐,那女的细心地搀扶着他,看得出是他的夫人。

他,便是王力。

他们回家之后,我上楼。房门紧闭。这一回,录音机早关了,屋里传出谈话声,也许是小保姆在向王力夫妇讲述我刚才来访。

我再度叩门,屋里的谈话声顿时沉寂。门上的窥视孔由亮转暗,表明有人在透过窥视镜看我。

我多次访问过类似王力经历、身份的人,他们都是这样小心翼翼地透过窥视镜观察来访者。我理解他们对于陌生来访者的提防心理。

大约看清了是我,门开了,门口站着王力夫人和小保姆。

我递上上海作家协会的采访介绍信,王力夫人便客气地让我进屋。

王力正在重病之中,由他的夫人接待了我。她说,王力先生接受化疗,身体很差,遵医嘱不能接待来访,只是考虑到我从上海远道而来,才同意先作一次简短的采访。至于我原定的对他的一系列采访,只能等到他病情好转后再进行。

他的家明亮、宽敞。在客厅里我们交谈着。墙上,挂着三个篆字——"十屉斋"。原来,客厅里一个柜子有十个抽屉,由此而取名"十屉斋"。

"你看,我还不是像香港记者所描写的住得那么拥挤吧,我的子女都成家了,有一户子女住在我隔壁的一套房子里。"王力用一口浓重的苏北话向我讲述着,海外关于他的多篇报道他都看过。

他显得有点吃力,讲话声音不大。他的夫人告诉我,今天他空腹去医院验血,还没吃过饭。

"我在1987年9月查出癌症,贲门癌,动了手术,现正在治疗。最后这三个月对于我来说是'性命交关'(注:苏北方言,亦即性命攸关)的时候,能不能战胜癌症,要看这三个月了!"王力说这些话时,神情坦然,"无非是两种结果——一种是我战胜癌症,一种是癌症战胜我。我当然希望能够战胜癌症。所以,我现在除了作化疗,每天下午还作气功……"

"你的本名叫王力?"我请他从名字说起。

"王力是我的笔名,我的原名叫王光宾。"这时,我把录音机拿出来,放在他面前,问他可不可以录音。

王力对着我的录音机说:"我历来不怕录音,录音比笔记可靠,我对我讲的每一句话负责。"说罢这段插话,他言归正题,谈了起来。

他与中国共产党同龄——1921年8月11日,出生于江苏淮安。

王力的父亲叫王宗沂。从王宗沂往上,王家五代都是秀才,但也仅仅是秀才,没有中过举、当过官,差不多都是教书糊口。王宗沂教过私塾,当过家乡的小学校

王力

长，20多岁时娶妻严氏。婚后不久，严氏病故，王宗沂一直鳏居。50岁那年，他到宝应县一户姓汪的地主家当家庭教师。汪老太太将家中的丫鬟许配给王宗沂。这丫鬟姓朱，年仅20岁。婚后，朱氏生一子。王宗沂半百得子，分外欢喜，取名王光宾，亦即今日之王力。

大抵由于生母出自丫鬟之故，王力过去从未说起这身世。他告诉我，他后来曾打听过生母朱氏的身世，但无所得。因为朱氏被卖到汪家，究竟叫什么名字，是什么地方人，均不知道。

王力是长子，后来朱氏又生一子一女。次子叫王光宵，现在盐城；女儿叫王光安，当年随第二野战军南下成都，从此一直在成都工作。

王力10岁（虚岁），亦即1930年，父亲去世。10多年后，母亲去世。王力在淮安县城度过童年。

1935年11月，他14岁，参加共产主义青年团。1939年3月，他不足18岁便加入中国共产党。他的入党介绍人是谷牧。

"当时，我在东北军第六六八团做统战工作，担任党支部宣传委员、代理书记。我在'文化大革命'中倒台时，康生竟诬蔑我是'国民党特务'。其实，我在东北军里是中共党员，谷牧是党组织负责人，怎么会成了'国民党特务'？！"他说道，"在东北军里，我叫王光宾。后来，1940年，由于形势的变化，毛主席决定不在友军中建立党组织，于是我们离开了东北军。离开后，为了工作方便，谷牧同志为我改了个名字，叫'王犁'。"

"王犁"调往山东《大众日报》任记者、编辑、编辑主任，1943年，任中共山东分局党刊《斗争生活》主编。这时，他写起小说来，写了一本当时在解放区流传颇广的小说《晴天》。小说署笔名"王力"，取"王犁"的谐音，而"力"字笔画简单，写起来方便。

1945年，他调任中共中央华东局宣传部教育科科长时，干脆把笔名当作名字，从此大家都喊他"王力"。

"你当时知道有另一个王力吗？"我打趣地问道。

"不知道。那位语言学家王力，那时叫王了一。"此王力似乎对彼王力颇为熟悉，笑道，"如果知道王了一也改名王力，我当时就不会改名王力了。两个王力，又都是笔杆子，多麻烦——弄得人家后来要分别称呼我们'北京大学的王力'和'中央文革小组的王力'。"

新中国成立后，王力担任全国人大代表时，那位语言学家王力则是全国政协委员，人民来信写着"王力同志收"，全国人大、全国政协常常把信转错，把给他的信转到那个王力手中,这么一来,两个王力之间就有了来往。人大开会时,全国政协委员往往列席。有一次,两个王力在会场见面了,互致问候。

不过,有一次中国艺术团出访南美,团长楚图南,副团长王力,团员有刘淑芳、袁世海、张君秋、赵青、刘庆棠等,海外报纸在介绍副团长王力其人时,却赞扬他在语言学方面的种种贡献,弄得此王力哭笑不得!

王力爽朗大笑之后,又继续谈自己的经历:1947年,他任中共中央华东局驻山东渤海区土改工作总团团长兼党委书记,还担任土地干部训练班主任,学员当中有焦裕禄。之后他又兼渤海区党委宣传部副部长,后留在渤海区任宣传部部长兼区党委委员。

由于他发表过小说,在新中国成立前夕召开的全国第一次文代会上,他被接受为中国作家协会第一批会员。

新中国成立后,王力来到上海,担任中共中央华东局宣传部宣传处处长兼秘书长。那时,他常为上海的《解放日报》撰写社论。

1953年冬,王力奉派前往越南,出任胡志明领导下的越南劳动党的宣传文教顾问组组长。

1955年10月,王力任中共中央国际活动指导委员会副秘书长。1958年6月1日,当毛泽东主席提议创办的中共中央理论刊物《红旗》杂志诞生时,王力被任命为编委,后来任副总编辑。

王力的记忆力极好,他竟一口气报出了第一届《红旗》杂志编委的名单:"邓小平、彭真、陆定一、王稼祥、张闻天、胡乔木、陈伯达、康生、陶铸、王任重、李井泉、柯庆施、舒同、李达、周扬、胡绳、邓力群、王力、范若愚、许立群。当时《红旗》杂志的总编辑为陈伯达。第一次编委会是在居仁堂开的。居仁堂,就是当年袁世凯办公的地方。"

王力边说边笑,又讲了一件趣事:"不光是王力有两个,李达也有两个。一个李达字永锡,号鹤鸣,是中国共产党创始人之一,中共一大代表,主编过中共第一个党刊《共产党》月刊。《红旗》编委名单中的李达就是他。还有一个李达是中国人民解放军上将,原名李德三,担任过国防部副部长、副总参谋长。开第一次编委会时,两个李达都来了。小平同志见到李达上将,知道发通知的同志弄错了,便对他说:'你来了,也好,就坐下来听听吧!'"

王力大笑起来,笑罢,又补充道:"《红旗》杂志的四个副总编是胡绳、邓力群、王力、范若愚。"

自从进入《红旗》编辑部,王力成了中央的"秀才"。最初,王力分管《红

"文化大革命"中的王力

旗》的国际评论，为《红旗》写了不少文章。第一篇评论是由三个人合写的，即乔冠华、姚溱和王力，取了个"三合一"的笔名"于兆力"。"于"是乔冠华，他在重庆写国际评论时用的笔名是"于怀"；"兆"是姚溱的姓的半边，他当时是中共中央宣传部副部长；"力"便是王力的"力"。

他们三人只合作写了一篇文章，后来那些"于兆力"的文章是王力一人写的，但仍署"于兆力"。这样，"于兆力"便成了他的新笔名。从1960年起，王力列席中共中央书记处会议，参加起草中共中央文件，直到1967年8月被打倒为止。

从1963年起，王力任中共中央对外联络部副部长。1964年起，王力列席中共中央政治局常委会议。

1966年6月，中央文化革命小组宣告成立，王力名列其中。从此，他深深地卷入了"文化大革命"的旋涡。对于那场"史无前例"的民族大灾难，王力作为中央文化革命小组的一员，犯了严重错误。王力告诉我："1967年1月4日，打倒了陶铸。1月8日，毛主席决定成立中央宣传组——相当于中宣部——接替陶铸，我被任命为组长。陶铸是干了半年后被打倒的，我也是干了半年后被打倒，所以江青等人称我为'陶二世'。外国记者称中国的宣传部部长是'最危险的职业'，在那样政治动荡的年月确实如此。"

一个多月后——1988年底——我再访王力，下榻于离他家只一站地的宾馆，得以一次又一次地与他交谈，即便谈到夜深，郊区无车，我步行十多分钟亦可回到住处。当时他正身患癌症，医嘱不可接待来访，只是考虑到我是为了研究"文化大革命"史而对他进行录音采访，他还是支撑病体多次与我长谈，并把他未曾公开发表的大批文稿交给了我。此后，我每一回出差北京，差不多都要去看望他、采访他。

他患贲门癌，贲门位于胃与食道之间，他与我谈话，不时打嗝。他告诉我，他所患贲门癌，属于腺癌，亦即具有腺体样结构的癌瘤。在癌症之中，腺癌是很危险的一种。腺癌又分低分化、中分化、高分化三种，以"低分化腺癌"最为严重，而他所患正是这种腺癌。

1987年9月初，66岁的他查出贲门癌，医生当即要他做切除手术。医生预言，手术的成功系数只有30%，而死亡的可能性为70%。

1987年9月22日，王力在上手术台之前，预立《王力遗嘱》：

> 我已确诊患贲门癌，定于国庆后手术。我现在像健康人一样身心壮实，平权（引者注：王力夫人王平权）已报告小平同志和温家宝同志。
>
> 人从一出生开始，便同死亡作斗争。这种斗争贯穿在生命全过程。一旦死亡来到，生命便结束了。于是，人便发生性质的变化，由人变化为非人，由有生命的人转化为无生命的灰烟。作为唯物主义者，我有几点意见通过您报告中央……
>
> 我的遗体提供医学解剖之用；
>
> 我的骨灰不必浪费一个骨灰盒，也不必撒到远处去浪费旅费，就便撒在我现在居住的小区的一棵松柏树下，以提供一点磷肥；
>
> 包括亲友在内，都不必向遗体告别，与其留下死尸的印象，不如留着以往活人的印象；
>
> 包括亲友在内，都不必举行任何悼念活动，亲属们把毕生精力都献给人民的事业，便是对死者最好的悼念；
>
> 除亲友外，其他人如无工作必要，一律不要到医院探视，以免浪费比黄金还宝贵的时间。

1987年10月5日，王力上了手术台，动了大切除手术。他算是幸运的，居然从死神的魔爪下逃脱，活了下来。

不过，他仍日见消瘦。其实，他并未真正挣脱癌症的威胁。一年之后，1988年10月12日，经查验，王力癌症已扩散，大夫决定对他进行化疗。我初次去看望他时，他正处于化疗之中，身体确实十分虚弱，跟我谈话之际不时打嗝。

此后，我一次次去看望他，他有时正躺在床上"打点滴"，有时精神稍好一些。

他的癌症曾一度复发，又进行化疗。到了1991年夏，我去看望他时，据云癌症已治愈，可谓死里逃生。在家中，他还庆贺了自己的70岁生日以及金婚之喜。

1992年11月，我在飞往北京前给他打电话，他的夫人很高兴地告诉我，王力正在南京，准备回老家。

1993年4月，我和妻去北京时曾一起去看望王力。那天，他戴了顶白帽子，看上去像回民，据云医生关照戴这种白帽子有利于康复。由于身体康复，王力居然能够离京回苏北老家看望。

我曾对王力说："你一生有两件大事，一定要写下回忆录。一是十下莫斯科，参与中苏论战；二是在中央文革小组工作，参与'文化大革命'。"他表示赞同。

后来，他开始写作回忆录。关于"文化大革命"，他总是说："我要永远检讨。"他带着负疚的心情回忆"文化大革命"，已写出回忆录初稿。我建议他用《"文化大革命"亲历记》作为书名，他同意了。我为他编定了此书，他曾复印一份，送邓小平过目。不料，1988年底，由于我的一篇《王力病中答客问》在中国内地、中国香港和美国同时发表，陡地惹起一场"王力风波"，《人民日报》等接二连三抨击王力，于是，那本已经准备发排的《"文化大革命"亲历记》只得搁浅。

至于《十下莫斯科》，则是写他亲历的中苏论战。在这场大论战中，不论中共代表团的团长是邓小平，是康生，还是彭真，王力始终是代表团团员，经历了论战的全过程，并为此"十下莫斯科"。在那著名的"九评"中，有五篇是王力独自一人起草的，还有三篇，他是执笔者之一——也就是说，他参与写作了"九评"中的"八评"！

病中，王力写了不少诗词。据他说，最初在秦城监狱，闲着无事，他开始对诗词发生兴趣。如今，他选了180首，编成《王力诗词选》。

1995年9月中旬，一个瘦长的老头儿出现在上海。他穿着一身黑色的西装，戴一顶如今很少见到的黑色礼帽，那帽子上有一圈白色带子。据告，这是他1956年出访南美时的"出国装"。他足蹬一双白色旅游鞋，倒是新买的。他拄一根轻盈的铝合金手杖，是道地的美国货，是他的亲友新近送的。不过，他走路步履轻捷，其实用不着这根手杖，所以他自称这手杖是"道具"。

此人便是王力。他感叹地告诉我，已经整整42年没有来上海了——当然，当中不包括他当年作为中央大员匆匆路过上海，住在锦江饭店。他说，他在1949年从山东来到上海，担任中共中央华东局宣传部宣传处处长兼秘书长。他在上海工作了四个年头，于1953年冬奉命前往越南，出任胡志明领导下的越南劳动党的宣传文教顾问组组长，从此离开了上海。

他说，他这几年仍忙于写回忆录，躲到北京远郊的通县（今通州区）去写。他写下了关于"文化大革命"的回忆录，已经由在香港的牛津大学出版社出版。

近来，他又写出了《王力回忆毛泽东》一书，据告打算由山东的出版社出版。在20世纪40年代，他曾在山东工作过多年，他的妻子王平权又是山东人，所以他交山东出版。

他曾从北京去到山东济南，在那里见到了曾多年担任中共浙江省委书记的谭启龙。

9月16日中午，我与王力在一位既是他的老朋友又是我的老朋友家中见面。那天约好一起吃中饭，但他姗姗来迟，原本说是11点半来，却直至12点才来。这是因为他上午去康平路了，那儿是中共上海市委机关宿舍。他跟老朋友一谈起来就没个完，忘了时间。一到这家，他又是不停地高谈阔论。看得出，他跟患贲门癌时已是今非昔比了。他的胃口也不错，居然还有一番新的理论："不要怕吃肥肉，不要怕吃蛋黄。一天吃五六个鸡蛋，一定能长寿！"

王力告诉我，这回在上海，由于要看望的朋友太多，所以凡是在北京见过面的上海朋友就不去看望了。比如，中共上海市委宣传部原部长陈沂曾在北京多次跟他见过面，他就不去拜访了。他到上海时，上海市原副市长宋日昌刚病逝，他说只能在宋日昌遗像前鞠躬致哀。他的老朋友罗竹风也病重。

王力说，他要看望的老朋友有中共上海市委原书记陈国栋、上海科委原主任舒文、上海《解放日报》原总编王维、上海市电影局原副局长洪林等，所以，他在上海"马不停蹄"。

他聊起了毛泽东，也就提及李志绥的《毛泽东私人医生回忆录》。他说，他不仅看过这本书，而且他家里有这本书。他认为，这本书许多地方不符合事实。他说，他写《王力回忆毛泽东》，将纠正这本书中的一些错误。

从上海回到北京之后不久，王力病了。1996年10月21日，王力病故于北京。当天，王力亲属打电话告知这一消息，我马上把电讯发往香港，翌日刊登于香港《明报》。

在病故前几天，王力还与我通了电话，只是他并没有意识到死神正向他逼近。

在王力病逝之后，1997年4月18日，我在北京看望了王力夫人。一见面，我就发现她明显地衰老了，用她自己的话来说："王力一死，我起码老了五年！"家中放着王力遗像，但是，王力遗像与众不同：按照中国的习惯，遗像围着黑框。然而，王力的遗像却装在红镜框里。据说，这是王力生前的嘱咐。

坐在王力遗像前，王力夫人向我详述了王力病逝的过程。

她说，王力1995年底从上海回来之后不久发现患了黄疸。不过，他精神还不错，胃口也不错。起初，医生以为他在旅行中传染上肝炎，嘱咐他休息，服中药。他又做了"B超"，发现胆管堵塞。于是，大夫以为，王力的黄疸不是肝炎引起的，而是胆管堵塞所造成。

这样，给王力动了手术，把胆管直接跟小肠相连，让胆汁直接到小肠里去。手术之后，黄疸消失了。王力出院了，以为从此又过了一关。

出院后，他住到通县，又想写点东西。不料，这时他开始呕吐。他的胃口变差，最初还能吃点饭，只是饭量很小。后来，他吃不下饭，改为吃麦片、蛋羹以及小包子之类。

他每天吃中药，服两回冲剂，三回汤剂。然而，他仍时常呕吐。

一天夜里，王力又呕吐，吐出许多发黑的东西。

翌日，他赶紧从通县回到北京，前往位于北京厂桥的北京医学院第一医院（现为北京大学第一医院）诊治。经过再做"B超"，发现胰头不正常。有的大夫怀疑胰头发炎，也有的大夫认为胰头光滑，没有问题。最后，在病历上写下了"不完全肠梗阻"。

由于王力曾患贲门癌，担心癌症复发，于是又去肿瘤医院用"B超"检查，又做"钡餐"。大夫说可能是"胰头癌"。

于是，王力住进肿瘤医院。大夫给王力打干扰素，他反应很大，感觉不好，不打了。又换抗癌素，他同样很不舒服，也没有打。改服中药抗癌冲剂——"抗癌一号""抗癌二号"。有人说吃鲨鱼软骨、螃蟹壳可以抗癌，王力不相信，医生也说没有科学依据。

也有人说"红景天"不错，某人患癌症，就是吃"红景天"没死。然而，没几天，那人也死了。在肿瘤医院住了一阵子，王力要求回家。回家之后，王力的胃口越来越差，只能喝点牛奶。他不断地呕吐，一吐就是一纸篓，有时吐的东西带黑色。

王力不断消瘦，体力也越来越差，坐在沙发上已经无法自己站起来，在房间里走动也要有人扶。夫人、子女服侍左右，王力的妹妹也从四川赶来照料他。

王力已经余日不多。然而，他却"自我感觉"良好，总以为自己能够战胜癌症——因为他在患贲门癌的时候，连遗嘱都写好了，却不仅没有死，而且居然东奔西跑，走了那么多的地方。然而，这一回不是他战胜癌症，而是癌症征服了他。

他瘦得皮包骨头，头发成把成把地掉，全身表皮变得鱼鳞一般，成片成片掉下来。他还成天咳嗽，夜里也不停地咳。一天，在上厕所时，他一进门便倒下了。夫人扶着他躺到床上，他脉搏不正常，嘴唇发白。夫人连忙给肿瘤医院大夫打电话。医院派出急救车，接王力住院。经过输氧、打点滴，王力缓过来一口气。护士给王力抽血进行化验，居然在手臂上抽不出血，只能从脚上抽——他已经太瘦了。

他痰很多，堵塞了气管，所以大夫决定切开气管。王力戴上氧气面罩，处于垂危状态。当天夜里，王力停止了呼吸。终年七十有五。

2006年3月，香港时代国际出版公司出版了我40万字的长篇《王力风波始末》，记述了我对王力前后8年的采访。

采访陈伯达的曲折过程

我写作《陈伯达传》,得到陈伯达本人以及陈伯达之子陈晓农的大力帮助。没有他们的全力支持,我不可能写出《陈伯达传》。

不过,最初的采访,却是十分的艰难。

首先,陈伯达虽然已经刑满,但是他家隔壁便住着公安人员。因为陈伯达毕竟是一个很特殊的人物,他曾是中国的第四号人物,即仅次于毛泽东、林彪、周恩来的人物,所以必须保证他的安全和不受外界的干扰。正因为这样,尽管北京有那么多的记者和作家,但没有一个人能够走进他的家门。

我从公安部获悉,陈伯达在1988年10月17日刑满——他在1970年10月18日被拘押,他的18年刑期便从那一天算起。刑满那天,公安部在北京一家医院里为陈伯达举行了刑满仪式。当时,陈伯达因急性前列腺肥大症而住院。十来天之后,我便从上海赶到北京,开始对陈伯达进行采访。

我能够从上海得知陈伯达的情况,并且如此及时赶去采访陈伯达,不言而喻,得益于我与公安部多年的联系。

最大的困难还在陈伯达本身。

陈伯达曾是中共中央政治局常委,他本来就很少接受记者采访,尤其是当他经过多年监禁,巴不得有一个安静的晚年。再说,我的采访势必要触及他极不愿意回顾的那一段历史。

正因为这样,当他得知我要采访他,他很明确地说:"公安部要提审我,我作为犯人,只得回答他们的提问。叶永烈要采访我,我可以不理他!"

此外,还有一个特殊的困难,他是福建人,他的普通话极为蹩脚,一般人难以听懂。

我在上海的时候就已经估计到采访的艰难。事先,我查阅了陈伯达专案的有关材料,查阅了陈伯达众多的著作,排好了他的年谱。在做好这些案头准备工作之后,我专程去到北京。

第五章 采写《"四人帮"兴亡》

我没有"直取"陈伯达,而是先打"外围战"。在北京,我采访了陈伯达的前后几位秘书,采访了陈伯达的老同事、子女、警卫员等。然后,我觉得有了充分的把握,才决定与陈伯达直接交谈。

我在打"外围战"时,就被陈伯达知道了。他认为,像他这样的人还写什么"传"?!他说:"往事不堪回首,还是免了吧,我现在还有什么可说的呢?"

虽然他的老朋友把他的话转告了我,但是我仍要求跟他见面。我想,我还是能够劝他接受采访的。因为我并不是那些追求奇闻轶事的小报记者,我是把对于"文化大革命"史的采访作为一项严肃的研究工作来做的。陈伯达是"文化大革命"中的重要人物,前三号人物(毛、林、周)都已去世,唯他尚在。因此,对于陈伯达的采访,从某种意义上说,是抢救历史老人头脑中的珍贵史料。我的本意并不是刻意为陈伯达写传,而是想透过这样一位特殊人物的人生道路来反映那场中国当代史上的浩劫,借昔鉴今,从中汲取历史的教训,以防悲剧重演。也正因为这样,我曾说,我要写的《陈伯达传》,作了十年后出版的准备,但是考虑到陈伯达已是风中残烛,对于他的采访,却是刻不容缓的。

在打了"外围战"之后,我有了充分的把握,于是,我决定去采访陈伯达。当然,我深知,这是一次不平常的采访,因此我作了充分的准备。就连称呼,我也作了反复斟酌:叫"伯达同志",当然不合适;直呼"陈伯达",毕竟他比我年长一辈;叫"陈先生",或者叫"陈老师",也不很恰当……考虑再三,觉得还是"陈老"最为妥切。一则他确实"老",二则这是中国人对年长者的习惯称呼,亲切之中包含着尊敬之意。

在我看来,陈伯达有着双重身份:他是历史的罪人,我在写及"文化大革命"时以批判的目光对待他;他又是历史的当事人,是我的采访对象,我要尊重他。

陈伯达虽说已经刑满,住在北京一幢偏远的楼房顶层。那一层一共两家,另一家住的便是公安人员。他跟儿子、儿媳、孙子生活在一起。

由于事先已打好招呼,尽管陈家大门紧闭,但是他的儿子陈晓农知道我来了,还是开了门。

陈伯达曾经有过三次婚姻,生三子一女。当陈伯达获准保外就医时,虽然他的前后三位妻子诸有仁、余文菲、刘叔晏都健在,但诸有仁在浙江新安江,余文菲在河北石家庄,刘叔晏在山东济南(1982年回到北京),都无法再与他一起生活。

按照中央有关文件规定，可以安排陈伯达的一个子女照料他的晚年生活。

在陈伯达的子女之中，才八九岁的小儿子陈小弟在陈伯达倒台之后被无端关了三年，精神上受到很大的刺激。我在1988年11月4日曾探访陈小弟。他是一个道地的书生，消瘦，理平头，穿一身深蓝色的中山装，看上去如同20世纪60年代的大学生。小弟生活自理能力很差，屋里乱糟糟的。由小弟照料陈伯达，显然不是太合适。

陈伯达唯一的女儿陈岭梅，在陈伯达倒台后，根据当时有关部门的规定，离开北方，转业到南京工作。虽然她对陈伯达一直非常怀念，但是由于离北京较远，联系不便。

公安部门考虑到陈晓农与陈伯达的关系比较融洽，而且是中共党员，又在离北京很近的石家庄工作，所以就决定请陈晓农来照料他。

陈晓农从小就生活在陈伯达身边。1965年，陈晓农在北京念完高中。他的学习成绩不错，完全有可能考入大学。他想报考大学文科，父亲陈伯达劝他别读文科。就在这时，毛泽东发出知识青年上山下乡的号召。陈晓农决定响应党的号召到农村去，陈伯达积极支持儿子的决定。

如今，很多人以为知识青年上山下乡是"文化大革命"中才出现的事，其实早在"文化大革命"前，毛泽东就已经发出这一号召。在"文化大革命"中，知识青年上山下乡带有"运动性""强制性"，你不去也得去。然而，在1965年，却还是完全听凭自愿。正因为这样，作为高干子弟的陈晓农，当时主动报名上山下乡，是不容易的。

陈晓农就这样决定走上山下乡之路。

当时，内蒙古得知陈伯达之子要上山下乡，马上指名要陈晓农。这样，陈晓农前往内蒙古临河县狼山公社（现内蒙古巴彦淖尔市临河区狼山镇）务农（有些书刊误传为去"北大荒"）。

由于陈晓农有着不同于众的家庭背景，他的行动理所当然为新闻传媒所关注。1965年8月10日，《北京日报》第二版报道了陈晓农响应党的号召、走上山下乡之路的新闻。

陈晓农来到内蒙古务农，受到当地的重视，加上他自己也确实努力，所以下乡一年之后，他就被内蒙古推荐，前往北京向应届高中毕业生作报告，介绍内蒙古情况，介绍自己下乡的体会。

陈伯达在1966年7月20日曾给下乡的儿子写了这么一封信：

小农：

　　听说你明天要回去，今天下午7时来看你，不遇，甚憾。你继续到下面去，很好，很好。要真正向贫下中农学习，作为一个普普通通、老老实实的劳动者，并且要随时拿这一点来考察自己，不断教育自己。要拜群众做老师，恭恭敬敬地学。不要经常以为自己是一个什么干部的子弟，就觉得自己有点特殊的样子。党和人民把你养成人了，此后一切，每时每刻，都是要想怎样才能报答党和人民的恩惠。个人主义是资产阶级的东西，是最最害人的东西，永远永远不要让个人主义盘踞你的脑子。这样，才能看得宽，看得远，才能前进，才有前途，才会使自己成为人民血肉的部分。不管怎样，我们总只是群众海洋的一滴水。我本人也有缺点，决不能学。但是我总认为，我的生是属于人民的，为人民而生，为人民而死，这是毛主席的教训，党的教训，希望你永远记着。

　　匆匆
　　祝路上平安

爸爸
（1966年）7月20日下午8时

　　陈晓农在内蒙古农村的"广阔天地"经受了锻炼。然而，在内蒙古两年后，陈晓农调到了石家庄工作。

　　曾有传言，说"陈晓农从北大荒回来后，分配到国防科工委工作。陈伯达又指示陈晓农去石家庄华北某工厂锻炼"……

　　陈晓农告诉我，他从未"分配到国防科工委工作"。他离开内蒙古，是因为"文化大革命"开始之后，内蒙古很乱，老有人想拿他做文章——因为当地知道他的"老爸"是"显赫"的中央文化革命小组组长。

　　陈晓农意识到不能再在内蒙古待下去。

　　到哪里去好呢？陈伯达希望儿子能够到工厂当个普通工人。他与天津市的关系不错，甚至曾经一度分管天津，天津市副市长王亢之以及天津市公安局局长江枫都是他多年的老朋友。他托天津的老朋友帮助安排陈晓农到天津的工厂，做一个普通工人。

　　陈晓农到了天津才两天，正值江青点名批判陈伯达在天津的老朋友。于是，陈晓农无法在天津得到安排。

　　这时，正值李雪峰主持河北省工作。陈伯达跟李雪峰的关系也不错，就托李雪峰给陈晓农安排工作。

陈晓农记得,父亲陈伯达带他去见李雪峰。陈伯达当着陈晓农的面对李雪峰说:"绝对不要让他当干部。让他当工人,从学徒学起。"

于是,李雪峰把陈晓农安排在河北省会石家庄的一家工厂(石家庄制药厂)当徒工。

为了不让别人知道他是陈伯达的儿子,陈晓农在石家庄改名"林岩"(陈晓农告诉我,这名字是他自己取的)。

就这样,陈晓农在"热闹非凡"的"文化大革命"中,一直安安静静地在石家庄做徒工。1970年10月,陈晓农满师,由学徒工转正为工人。这时,他希望回北京探望父亲。他写信给家中,陈伯达的秘书回信,说陈伯达最近不在北京,不要在这时回北京——当时,他一点也不知道父亲在庐山出事,正被软禁在北京家中。

过了些日子,他又写信给家中,回信不是陈伯达秘书写的,而是在他家负责看守的"8341部队"一位军人写的。回信明确告诉他,不许回北京。

不久,陈晓农才明白,父亲陈伯达倒台了。

有关部门还通知陈晓农,不许离开石家庄,不许与任何亲属通信。

从此,陈晓农就一直留在石家庄这家工厂。

陈晓农在1979年与同系统另一药厂女工小张结婚,生一子。陈晓农的母亲余文菲从武汉迁往石家庄,住在那里的老干部休养所,得到陈晓农的照料。

公安部门选中了陈晓农,决定请陈晓农前往北京照料陈伯达。对于这个安排,陈晓农本人倒是愿意,但是,母亲余文菲在石家庄,已经年迈体弱,也需要他的照料。

余文菲通情达理。尽管她与陈伯达早在1948年就已经离婚,她又是那么需要陈晓农的照料,但她还是赞同陈晓农前往北京照料陈伯达。

陈晓农对母亲的感情也很深。他在石家庄托人照料母亲,安排好母亲的晚年生活,这才在1981年底与妻子、幼儿一起迁来北京,与父亲陈伯达住在一起。他趁迁移户口之际,向公安部门申请改名,把"陈小农"改为"陈晓农"。

此后,陈晓农虽然与父亲生活在一起,但是每隔一段时间,总去石家庄看望母亲余文菲。

由于公安部门的精心安排,陈伯达在过了十来年孤独的囚禁生活之后,过着安定温暖的晚年。远在南京的女儿陈岭梅也多次赶来北京看望父亲,并与父亲保持着经常的通信,也使陈伯达感到欣慰——这一切,外人莫知,还以为他囚居秦城呢。

陈伯达住处相当宽敞。毛泽东在陈伯达被打倒之际，曾说过在生活上不要苛待他，所以陈伯达即使在秦城监狱也生活不错。如今出狱，生活待遇仍然不错。

他家有客厅、书房、他的卧室、儿子和儿媳的卧室、灶间、卫生间。

已经步入不惑之年的陈伯达之子陈晓农为人随和、诚挚，妻子小张贤惠、朴实。他们精心地照料着陈伯达。

陈伯达的卧室有十多平方米，整洁而简朴：一张一米多宽的单人床，硬板，铺着蓝白方格床单，一个硕大的鸭绒枕头。床边是一个床头柜，两个玻璃书橱，窗边放着一个五斗柜，地上铺着地毯。

我注意到两个小小的细节：

寒天，抽水马桶的座圈上套上了一个用毛线编织成的套子。不言而喻，这是考虑到陈伯达上了年纪，格外怕冷。

陈伯达的枕头特别的大，又特别的软。显然，这是为了让老人"安枕无忧"。

这两个小小的细节，反映出儿子和儿媳对陈伯达无微不至的照料。

屋里的"常客"是陈伯达那7岁、上小学二年级的孙子。小孙子给他带来了欢乐和安慰。

陈伯达的视力不错，耳朵也还可以，每天晚间的电视新闻节目他是必看的。倘若电视台播京剧或者古装故事片，他喜欢看。一般性现代剧目他不大看，但是他喜欢看根据名著改编的电视剧。那些年轻人谈恋爱之类的电视剧，他不看。

他最大的兴趣是看书读报。

他看《人民日报》，看《参考消息》，看《北京晚报》，很注意国内外的形势。他也很仔细读那些与"文化大革命"有关的文章。他的邻居很好，倘若陈家无人下楼取报，他们就把报带上来，插在陈家门把手上。

他不断地要他儿子给他买书。

陈伯达曾是"万卷户"，他的个人藏书远远超过万册。他过去住四合院，家中用几个房间堆放藏书。陈伯达的大部分工资和稿费收入用于买书。陈伯达过去有稿费收入，自1958年起，他自己提出不再领取稿费，以支援国家建设。从此，他就没有再领过稿费。陈伯达保外就医之后，每月领生活费100元。据我对吴法宪、李作鹏等情况的了解，他们当时与陈伯达一样，也是每月领生活费100元。陈伯达每月100元的生活费，其中三分之一用于购书。这30多元购书费对于陈伯达来说，当然是远远不够的。所以，除了自己购书，他不得不托老朋友向有关部门借来一部分书。

　　从1983年2月起,陈伯达的生活费增加到每月200元。这时,陈伯达购书的费用才稍稍宽裕一些。吴法宪、李作鹏等,当时的生活费也增加到每月200元。陈伯达很想有关部门能够发还他众多的藏书,但是迟迟未能发还。1981年11月16日,有关部门曾发还陈伯达一些被褥之类的日常生活用品。陈伯达希望能够找到一些书,结果只找到几本袖珍本《毛泽东选集》和《毛主席语录》。

　　直至1995年,有关部门请示了中共中央总书记江泽民之后,才发还陈伯达的藏书,这时陈伯达去世已经六年!即便是发还的藏书,也只找到一小部分,不过两千册而已!正因为这样,我发觉,在陈伯达的书橱里放着的书,很多是这几年出版的新书,即便《西游记》也是人民文学出版社新的版本。

　　他阅读兴趣广泛,偏重于读那些学术性强的著作。我随手记下他书橱里的书:马克思著《资本论》精装本,《毛泽东新闻工作文选》,《鲁迅杂文选》,《毛泽东选集》,曹聚仁著《我与我的世界》,《谭嗣同文选注》,《〈红楼梦〉诗词注释》,《史记》……一本打开在那里、看了一半的书是《圣经故事》。

　　陈晓农告诉我,父亲陈伯达在晚年喜欢文学名著,曾要他特地去买莎士比亚、托尔斯泰的作品。

采访陈伯达

陈伯达当时已经 84 岁。他即使在家中，也一年到头戴着帽子，尽管他并非秃子。他的衣服也总是比我多穿一倍。他的眉毛很长，视力、听力都还不错。他坐在沙发上，跟我打招呼。他事先知道我要来采访，并且也看过我的作品，知道我的情况。

我坐在另一张沙发上，隔着茶几跟他相对而谈。我说："陈老，我早在 1958 年就见过你！"

"哦，1958 年，在什么地方？"陈伯达用一口浓重的闽南话说道。幸亏，我能听懂他的话。

"在北京大学。"我答道。

于是，我说起了往事：1958 年 5 月 4 日，北京大学 60 周年校庆，陈伯达来到北京大学大膳厅向全校师生作报告。当时，我正在北京大学读书，坐在台下听他的长篇报告。

"当时，你带来了一个'翻译'，把你的闽南话译成普通话。我平生还是头一回遇上中国人向中国人作报告，要带'翻译'！"我说及当年的印象。

陈伯达哈哈大笑起来。

这样，原本是尴尬的采访，一下子气氛变得轻松起来。

我开始向他说明来意。其实，他事先也知道我的来意。

这位"大秀才"此时引经据典起来，说："列宁不相信回忆录……"

我当即答道："我不是为你写回忆录，我是希望你能够答复我的一些问题。我研究过你的著作，也查阅过你的专案材料，有些问题不清楚。你是历史的当事人。你慢慢地说，愿意说多少就说多少，愿意谈什么就谈什么。我相信，你对我的谈话是很有价值的。"

他思索了一下，不作正面答复，却开始反过来问我一个问题。他问我有没有看过他关于孔子的文章。

我明白，他在"考"我。

我当即回答，看过，那是你到延安以后写的。主席（我知道他习惯于称毛泽东为主席）读后，还为你的文章写了三封信，其中的两封是由张闻天转的。

他一听，显得十分满意，知道我刚才所说研究过他的著作并非随便说说。

我也就趁机问他是怎么成为主席秘书的。

这一提问，是我事先想好的——从采访的技巧而言，这叫"切入点"。

切入点的选择必须非常恰当，我选择了一个他最乐于回答又最能回答的问题作为"切入点"。倘若问他"怎么与林彪勾结"之类的问题，那就非砸锅不可。

果真，他非常乐于回答这个问题，说起了他是怎样进延安，怎样第一次见到主席，怎样在一次座谈会上发言，怎样引起主席的注意，主席怎样在那天留他吃饭……

我意识到，他实际上已经在接受我的采访。他所说的情况，是任何现有的档案或文章中所没有的，是很重要的回忆。我赶紧拿出了笔记本，然后拿出录音机，放在他的面前。

他一见录音机就有点紧张，说："我们随便聊聊可以，不要录音。"

我只得从命。我明白，这时候不可强求——尽管录音对于采访以及保存资料来说都是非常重要的。

他继续跟我"随便聊聊"。我请他谈他的笔名"陈伯达"的来历，谈他的笔名"周金""梅庄""史达"等的来历。对于这些问题，他都很乐意回答。他知道，我能提出这些问题，显然我对他的历史相当熟悉，知道我是作了充分准备才来找他的。这些笔名虽然档案上都有，但是却从无关于这些笔名来历的记载。他这些"随便聊聊"，在我看来，是很有史料价值的。

我问他本名是不是叫"陈尚友"，他摇头，说，尚友是字，本名"陈建相"。由此，他说起他的哥哥，说起父母，说起家世，说起故乡福建惠安，说起自己的童年……这些，也都是档案上语焉不详的。

我认为，不录音是很大的损失，因为笔记毕竟会漏掉很多珍贵的内容。我再三向陈伯达说明，出于工作上的需要，还是录音为好。我向他保证，这些录音只是供我工作上用，不会外传。他终于同意了。

我把录音机取出来，放在他面前录音。

不过，后来他在谈及一些敏感问题时，常常会关照我一句："录音机停一下。"

我当然照办。他谈了一段话之后，又会关照："现在可以录了。"

我于是又摁下了录音机上的"REC"键。我很尊重他的意见，他也就乐于跟我谈话。

这样，我的采访变得顺利起来，不再尴尬。

不过，当第一次采访结束时，我希望给他拍些照片。他一听，直摇头，说他平时就不爱拍照，何况现在这种处境之中，更不必拍照。我却为失去为他拍照的机会感到极为可惜。我说，"随便拍拍"吧。他不表态，似乎就意味着默许。我就拿起照相机，拍了起来。他呢，木然坐着，毫无表情。我拍了几张之后，他就说："够了吧！"我也就遵命不拍了。

第五章　采写《"四人帮"兴亡》

此后，我又一次次采访他，在采访中，我们变得熟悉起来。即便是这样，我仍很注意，先是谈远的事，谈他愿意谈的事。到了后来，才渐渐进入一些敏感的话题，进入关于"文化大革命"的问题……

他穿着铁灰色的中山装，蓝色鸭绒裤。冬日，尽管屋里开着暖气，他仍戴着藏青色呢干部帽——他一直喜欢戴帽，为的是防止感冒。他头发稀疏，眉毛却又浓又长。他精神不错，有时与我一口气谈四小时也不觉倦。

后来，他变得十分有趣。比如，有一天我向他告别时，他忽然喊住我，说有两点补充。我站住了。他却怎么也想不起要作哪两点补充。才几秒钟以前的事，他忘了！他只得说，你翌日早上来，我再告诉你。可是，第二天清早我去到他家，他居然连昨日所说有两点补充这件事也忘了，说自己没讲过要作什么补充！可是，谈起往事，特别是童年时代、青少年时代的事，他的记忆屏幕显得异常清晰，就连当年郁达夫对他的诗改动了哪几个字都记得清清楚楚……

他托我回上海帮他查阅他平生的第一篇，也是唯一的一篇小说，我查到了。那天，我给他带去复印件，念了一遍，他显得非常高兴。那篇小说勾起他许多回忆，他很兴奋地和我谈着。

我见到苏联汉学家费德林的回忆录，其中有几段写及陈伯达跟随毛泽东访问苏联时的情况，我念给他听。他听得很仔细，一边听还一边插话，回忆当时情景。

他后来终于能配合我，让我为他拍照。有一回，我说："陈老，你能不能把帽子摘掉？"他居然破天荒摘下帽子让我拍照，甚至还拿起报纸，摆好"架势"让我拍。

在他去世前七天，正值中秋节。那天，陈伯达特别高兴，我拍到了一张他大笑的照片。

那天，他还用毛笔在宣纸上题诗赠我。想不到，这成了他一生的绝笔。

七天之后——1989年9月20日——85岁的陈伯达在吃中饭时突发心肌梗死死去。

我庆幸，在陈伯达人生的最后一年——从刑满到去世，我作为唯一的采访者，多次采访了他。

在我的《陈伯达传》开头，印着陈伯达在第一次接受我的采访时，对我说的一段话，算是全书的卷首语：

我是一个犯了大罪的人，在"文化大革命"中，我愚蠢至极，负罪很多。"文化大革命"是一个疯狂的年代，那时候我是一个发疯的人。

我的一生是一个悲剧，我是一个悲剧人物，希望人们从我的悲剧中吸取教训。

年已久远，我又衰老，老年人的记忆不好，而且又容易自己护短。如果说我的回忆能为大家提供一些史料，我就慢慢谈一些。不过，我要再三说明，人的记忆往往不可靠。你要把我的回忆跟别人的回忆加以核对，特别是要跟当时的记录、文章、档案核对。我的记忆如有欠实之处，请以当时的文字记载为准。

我是一个罪人。我的回忆，只是一个罪人的回忆。

古人云："能补过者，君子也。"但我不过是一个不足齿数的小小的"小人"之辈，我仍愿永远地批评自己，以求能够稍稍弥补我的罪过……

第五章 采写《"四人帮"兴亡》

姚文元获释与"法新社事件"

"四人帮"在1980年底被押上历史的被告席,曾成为中国荧屏上的"新闻人物"。判决之后,他们从人们的视野中消失了。然而,人们仍然关注着"四人帮"在大墙背后的动向。

江青在1981年1月被最高人民法院特别法庭判处死刑,缓期二年执行,剥夺政治权利终身;1983年1月改判无期徒刑,1984年5月4日保外就医。

江青在保外就医期间于1991年5月14日凌晨,在北京她的居住地自杀身亡,终年77岁。江青自杀,据说是因为"不愿忍受咽喉癌的痛苦折磨"。

江青是特意选择"文化大革命"的纲领性文件《五一六通知》25周年前夕自杀的——她倒是牢牢记住了"5月16日"这个"文化大革命"发动的日子。

1991年5月10日,江青突然撕掉她的回忆录手稿,这表明她的行动已经开始异常。

5月13日,江青在当天的《人民日报》上写了"历史上值得纪念的一天"。江青之所以认为这天值得纪念,是因为25年前她被提名为中央文化革命小组第一副组长。

5月14日凌晨,江青趁护士离开之际,用几条手帕结成一个绳圈,吊死在卫生间里。

5月18日,江青的遗体火化。

在江青自杀的第二年,王洪文在1992年8月3日因肝病死去,终年只有58岁。在"四人帮"之中,王洪文是最年轻的一个。据有关人士称,王洪文的资历浅,阅历不深,心理承受力差,所以在狱中终日心情抑郁,长吁短叹,日久积疾。

在"四人帮"中,心理承受力最强的要算张春桥。在整个审判过程中,他不吭一声,旁若无人。江青在法庭上大吵大闹,张春桥则自始至终一言不发。

张春桥并不在秦城监狱,他长期住在劳改医院。他可以看电视,也可以看报纸。他仍然保持着对政治的高度关心,看报纸极为认真、仔细。在中共十一届六中全会通过的《关于建国以来党的若干历史问题的决议》发表的时候,张春桥反反复复看了好多遍。

张春桥极少与监管人员说话。

据云,当他得知江青自杀的消息,那一天,他的脸一直阴沉着。

尽管张春桥的母亲宋蕙卿得知他倒台而在1977年4月1日自杀,尽管他的同伙江青也选择了自杀,但是,张春桥声称:"我是绝对不会自杀的!"

张春桥改刑后判的是无期徒刑,亦即终身监禁。

1996年10月6日,是逮捕"四人帮"20周年的纪念日。姚文元一下子就成了海外传媒所关注的新闻人物,因为姚文元被判处20年有期徒刑,正好刑满。

由于我写过《姚文元传》,于是,许多记者便打电话向我询问有关情况。

先是在5日傍晚,香港《明报》记者徐景辉打来长途电话,采访了一个多小时。

他问:"姚文元在10月6日会获释吗?"

我答:"理所当然。"

又问:"会回上海吗?"

我答:"有可能。"

还问:"他会完全自由吗?"

我答:"我只能以我所了解的陈伯达获释的情况告诉你:陈伯达刑满的当天,由公安部一位副部长主持,举行了一个小小的获释仪式。当时,陈伯达住院,仪式就在医院里举行。副部长讲了话,陈伯达也讲了话,还有接收单位负责人讲了话。所谓接收单位,也就是陈伯达出狱后分配工作的单位——此后由那个单位发给工资。这仪式不公开报道,但是有人摄像,有人拍照、录音。陈伯达获释后,在家安度晚年。不过,他毕竟曾任要职,曾是中共第四号人物,所以他家的'邻居'便是一位公安人员,以保证他的安全。没有得到允许,不许外人接触他。我得到允许,在陈伯达晚年多次采访了他。我想,姚文元这次获释,大体上会跟陈伯达差不多。"

此外,他详细询问了姚文元的经历,我逐一作了答复。

《明报》在6日报道了我的谈话。

接着,6日傍晚,日本《读卖新闻》记者中津先生从北京打来电话,也是采访关于姚文元的事,问了一些类似的问题。

7日下午3时许，我接到法国新闻社驻上海记者刘秀英小姐的电话，她很急，要求马上赶到我家采访姚文元情况。

我请她过来，先到我家附近的一家宾馆，她从那里来电话，然后我去接她。

她留着长长的披发，小个子，我一看，似乎面熟。她讲一口不很流利的普通话。她说，找我找得好苦：先是给上海作家协会打电话，他们不肯告诉电话号码；又打到上海文艺出版社，也不肯告诉；后来打到上海少年儿童出版社，才打听到我的电话号码。于是，她马上打电话过来。

我问她，是否认识《南华早报》的胡翠芬小姐？哦，她一下子就记起来，我们见过面！那是有一回，胡小姐在上海华亭宾馆顶层请我吃饭，她也在那里，正与香港朋友聚会。她在那里跟我见了一面。由于我是胡小姐的客人，她也就不便问，只跟我点了一下头，如此而已。然而，我记得她，所以一见面就感到面熟。

她说，胡小姐就住在她隔壁。早知道这样，向胡小姐问一下，不就找到我了吗？！

她来到我家，坐下后就开始采访，谈姚文元的一些情况。我的谈话，她用英文作记录。我拿出《姚文元传》给她看，她说她看不懂中文。大约只谈了二十来分钟，她就起身告辞。她说，马上要赶回去发稿。

回去后，她来了一个电话，问我姚文元妹妹的名字，我告诉她叫姚文华。

翌日（10月8日）早上，她又来电话，说是要再来我家，作一次详细采访。她说，昨天的电讯发出后，"老板"很高兴，嘱她再对我进行一次详细采访。

她这一回到我家没有"打的"，居然乘了一辆机动三轮车来，很使我吃惊。这种由残疾人开的车，人称"残的"，连上海人都不大坐。她告诉我，她在上海工作已经几年，所以很熟悉。

这一回，大约谈了一个小时，主要谈姚文元的生平。她问起前几年姚文元继承父亲姚蓬子遗产一事。我告诉她，姚蓬子在银行中有些存款，粉碎"四人帮"之后被冻结。后来，落实政策，由于姚蓬子已经去世，尽管姚文元当时尚在狱中，但仍享有继承权。她问，姚蓬子在银行里有多少钱，我说不清楚。

她又问起姚家的房子。我说，姚蓬子曾住在上海"林村"。是租的，还是买下来的，我不清楚。我去过那里，在上海展览馆附近。她问有多大，我说，每层一间，共三层，不大。

她离去时说，回去马上发稿，发表后会传真给我。

又过了一天，10月9日下午，法新社驻沪办公室给我传真10月8日香港《南华早报》发表的她写的报道。那是她第一次采访后写的，内容比较简单。

此后，不见传真她的第二次报道。

10月15日上午，我送亲戚去广州，从火车站回到家中已经10时多。我的老朋友、上海市公安局一处的一位科长给我来电话说，法新社报道，据《姚文元传》作者叶永烈说，姚文元分到姚蓬子的遗产——价值100万美元的位于上海市中心上海展览馆附近的住房。这一报道在有关部门内引起注意。姚文元的家属也得知这一消息，认为这样的报道使他们感到没有安全感，因为人们得知姚文元出狱后成了"百万富翁"。

这一情况使我感到意外，因为我并没有讲过姚家房子值100万美元之类的话。

我立即给法新社上海记者站去电话，刘秀英在办公室。我暂且不说我已经得知她的报道严重失实，只是说，我收到过一份简短的报道的传真，没有见到她的第二篇报道，能否传真给我。她似乎明白我的用意，答应下午2时传真给我。

下午，我到上海作家协会开会，刘秀英的传真是由我的妻子接收的。她发来传真时，主动向我的妻子说明，报道上有一句话有误：她在原稿上写着，叶先生说，姚家老屋值10万元人民币。但是，报道传真到香港，那里的编辑改成了100万美元。

我回家后，听了刘的电话录音，看了她的报道。这一回的报道，确实比上次详细得多，主要是写我谈姚文元的生平。其中，报道的初稿上，确实是写着叶先生说，姚家老屋值"100000 YUAN"，即10万元人民币。她还加了括号"（12948 DOLLARS）"，即相当于12948美元。

其实，这10万元人民币也不是我说的。第一，我写过长篇新著《商品房大战》，对于上海房地产的"行情"是熟悉的，姚家老屋绝不只值10万元人民币；第二，姚家老屋是租是买，不清楚，也就谈不上值多少钱。

10月16日上午，我给上海市公安局那位科长去电话，问他从什么途径得知这个消息，他说是从香港10月12日的《东方日报》上见到的报道。

我立即给刘秀英去电话，指出她的报道失实，造成极不好的影响。她起初仍是说香港编辑乱改所造成。后来，她终于承认，是她向上海的一位房地产界人士了解后，改为"100万美元"。为什么会说"100万美元"呢？因为她问"市中心一幢三层楼房大约值多少钱"，对方以为是三层花园洋房，便说大约100万美元。

我向她指出，这是一个严重的失实——因为报道中写的是"叶先生说"，而我根本没有这样说过。

我要求她立即更正。

起初，她强调法新社是通讯社，没有自己的报纸，没有办法更正。

我告诉她，据我所知，新华社也是通讯社，也没有自己的报纸，但是一旦报道发生失误，新华社会发出更正电讯的，那么登过原先电讯的报纸，就会登更正电讯。我希望她马上发一则更正电讯。

她说，更正电讯可以发，但是这样的更正电讯，报纸是否会采用她无法保证。最好叶先生能够提供姚文元家属的反映，由她再写一篇报道。

我坚持说，更正电讯应当立即发出。至于有关报纸登不登，是报社的事。作为法新社，必须更正这一消息。

她终于答应了。

据我分析，那"10万元人民币"是刘自己最初的估计。写出报道后，别人告诉她10万元估价太低了。于是，她改为"100万美元"发出。

姚家林村老屋我去过几次，是20世纪40年代的房子，三层，大约100平方米。这样的老房子，照我估计，在100万人民币上下。所以，刘说"10万元人民币"太低，而"100万美元"又太离谱。

不久，她发出法新社更正电讯，并传真给我，这才终于结束了这场小小的风波。

在1999年，姚文元68岁。

姚文元对自然辩证法颇有兴趣，写了一些论文。

姚文元还热心于记日记。姚文元的日记，有朝一日出版，不仅洋洋可观，而且极富历史价值。这是因为姚文元从15岁起，便在父亲姚蓬子的督促之下开始记日记。此后几十年，他一直坚持记日记。不论在他身处高位、日理万机之际，还是在他沦为阶下囚的日子。他被捕前的日记，作为"两案"的档案之一收藏于中央档案馆。将来，多卷本《姚文元日记》总会作为历史档案出版的。

2005年12月23日，圣诞节前夕，曾经被江青称为"无产阶级金棍子"的姚文元悄然离世。从此，"四人帮"画上了句号：

第一个离世的是江青。1991年，监外就医的江青自缢身亡，77岁。

第二个死去的是王洪文。1992年，王洪文因肝病而亡，57岁，是"四人帮"中最年轻而寿命最短的。

第三个故去的是张春桥。2005年4月，张春桥死于癌症。他是"四人帮"之中寿命最长的，终年88岁。

姚文元死于糖尿病，74岁。

| 第六章 |

采写万里传记

《改革开放大功臣——万里》缘起

写作《改革开放大功臣——万里》，是由《邓小平改变中国》一书引起的。

2012年9月，四川人民出版社、华夏出版社联合出版了我的《邓小平改变中国》一书。这本书实际上的出版者是新华文轩出版传媒股份有限公司北京出版中心。新华文轩公司是上市公司，一个庞大的出版集团。新华文轩出版传媒股份有限公司旗下有众多公司，四川人民出版社有限公司是其中之一。

至于华夏出版社加盟《邓小平改变中国》的联合出版，是因为华夏出版社是中国残疾人联合会旗下的出版社，而中国残疾人联合会名誉主席乃邓小平长子邓朴方。据告，邓朴方办公室对《邓小平改变中国》一书"反映正面"。

其实，早在2008年5月，新华文轩就出版了我的《邓小平改变中国》一书。2012年9月印行的，是该书的修订版。

新华文轩北京出版中心总经理杨政先生跟万里长子万伯翱很熟。万里乃是邓小平手下第一号的改革大将，万伯翱托杨政转达邀我写万里传之意。

我在《改革开放大功臣——万里》的后记中，曾简略地写及这本书的创作经过：

我第一次见到万里，是在1963年7月21日晚上。我作为北京大学的应届毕业生，前往人民大会堂，听周恩来总理为首都高校应届毕业生所作的一场报告。那场报告会的主持人，便是当时担任北京市常务副市长的万里。

我没有想到，在整整50年之后，为万里写了长篇传记《改革开放大功臣——万里》。

这本书的缘起，是听万里长子万伯翱讲述万里的精彩故事。

我跟"万老大"，最初于2005年10月在郑州召开的传记文学研讨会上结识。后来，2011年11月下旬，在北京出席中国作家协会第八次代表

第六章 采写万里传记

大会期间，我跟万伯翱多次相见。在聊天之中，他讲述的关于他父亲的故事吸引了我。

后来，我的《邓小平改变中国》一书，由新华文轩出版传媒股份有限公司北京出版中心出版。万伯翱通过新华文轩北京出版中心总经理杨政先生以及汤万星先生与我联系，建议我写作《邓小平改变中国》的姐妹篇万里传。于是，便有了这本《改革开放大功臣——万里》。

万伯翱与杨政是本书的两位策划人，给予了大力支持，并提供采访的方便。这样，我得以拜访万里委员长及其子女、多位秘书以及相关人士。由于诸多当事人接受采访，而且我熟悉相关历史背景，所以本书写作相当顺利。

由于本书涉及党和国家诸多重大事件，我写作本书，力求做到"两确"，即史观正确、史实准确。本书涉及毛泽东、周恩来、刘少奇、邓小平等内容，大都与中共中央文献研究室编著的《毛泽东传》《毛泽东年谱》《建国以来毛泽东文稿》《周恩来传》《周恩来年谱》《刘少奇年谱》《邓小平年谱》等核对，因而排除了诸多误传。万里的言论，主要引自人民出版社出版的《万里文选》。重要引文以及史实出处，均作页下注。

本书也非常重视相关当事人的口述。我进行了多方面的采访，如采访担任万里秘书八年的孟晓苏先生，就进行了两整天。凡重要的口述史料，均注明被采访者以及采访时间、地点。我在采访时除写详细笔记外，还同时录音。写作本书时，重要的口述史料，大都与被采访者的口述录音进行核对。

虽然曾经有过万里生平某一阶段的传记，但本书是迄今关于万里一生的全面性的唯一长篇传记。正因为如此，由于涉及万里漫长一生的诸多方面，讹误之处必定不少，望万里亲友、中共党史专家及广大读者予以指正，以便再版时加以修订。

在本书出版之际，谨向万里委员长以及他的子女们、多位秘书以及相关人士，向新华文轩北京出版中心总经理杨政、副总编辑汤万星表示深切的感谢。

最初我说"容我考虑"

最初是在 2012 年 4 月 6 日，新华文轩北京出版中心汤万星先生来电说，万里之子万伯翱希望我写《万里传》。

4 月 11 日，汤万星专程从北京来沪，商谈出版《邓小平改变中国》新版，同时商谈写作《万里传》一事。

我跟汤万星签订了《邓小平改变中国》修订版出版合同。但是对于写作《万里传》，我只是说容我考虑，没有答应下来。

我当时说"容我考虑"，考虑什么呢？

我曾经说过，我写作传记时，有选择传主的三原则：

一是知名度高而透明度差；

二是传主健在能够口述往事；

三是没有人写过。

我写陈伯达传，是我主动、千方百计在北京找到保外就医的陈伯达，因为陈伯达符合我的三原则。当时，关于陈伯达，除了千把字的官方公布的简历，没有更多的介绍，属于"知名度高而透明度差"；再说，陈伯达记忆力很好，能够清楚口述往事（尽管他的福建普通话难懂，但是我能听懂）；另外，关于陈伯达没有一本传记。

拿这三原则衡量万里：

万里知名度高，但是他并非透明度很差的人；

万里虽然健在，但是在离休之后是一位谨言慎行的老人。他离休 20 年，只在 1997 年 10 月 10 日，接受中央党史研究室的一次采访，谈农村经济改革的历程，此外他谢绝所有记者、作家的采访。

万里在家中，他跟子女也几乎不谈从政经历。

万里的三子万季飞曾这样说起他的父亲：

他在过去工作起来勤勤恳恳、兢兢业业、风风火火，而且很有魄力，思路也是很开阔的。凡是发现有违反有关规定的时候，或者是工作搞不上去的时候，我还看到他发火、发脾气。

他退休以后确实是过着一个普通人的生活，好像跟过去是两个人。

后来我说，你看，他在职的时候像一个演员一样，有声有色；一退下来以后，就像一个观众一样，安安静静地坐在那儿。他每天有自己的生活、爱好、兴趣，打网球、打桥牌，支持台上的工作，从来不发表任何议论。

好多朋友跟我说："你看，老人家过去做了这么多事情，你最了解他，得跟老人家谈谈他过去的经历，在战争时代，建设国家的时代，你要不了解一下多可惜呀？"我跟他谈，他从来不说，不见记者、不见媒体、不写回忆录，我就觉得这个老头好像过去什么事都没有发生过一样。他就是这么个人物，特别有自己的个性。就是对过去的历史、过去的关系，他也从来不议论。他到底对这些事情（有什么想法），好像都埋藏在心中了。我看也是个秘密了，我们真的不知道，这一点确实是很遗憾。

万里在儿子面前也"从来不说"自己的从政经历，更何况接受我的采访？

我查看了一下，关于万里的传记，虽说没有一本完整的，但是关于万里在安徽推动农村经济改革的过程已经有好多本书。另外，2011年11月下旬，在北京出席中国作家协会第八次代表大会期间，万伯翱曾经跟我说起，有一位吉林的作者采写"万里传"，已经写了多年，据说写得很认真，但是还没有写出来。

基于以上因素，我对于写作"万里传"，没有答应下来。

新华文轩北京出版中心是一家有效率、有能力、有实力的出版公司。我在2012年4月27日才把《邓小平改变中国》修订稿的电子文本发给他们。只用了一个月，他们就完成编辑工作，上报国家新闻出版总署并转中共中央文献研究室审读。如果是别的出版社，报审过程起码半年，通常一年，而新华文轩北京出版中心只花一个多月，就在2012年7月23日拿到《邓小平改变中国》的审查通过文件。再用一个月，到了2012年8月28日，《邓小平改变中国》就印好，正式出版。

2012年9月14日，我应邀前往杭州出席"西湖书市"，为《邓小平改变中国》签名售书，汤万星从北京赶至杭州，又一次谈写作《万里传》之事。他说，万伯翱想要一本我写的《陈伯达传》，我便托汤万星带往北京送给万伯翱。

汤万星向我转达两则手机短信。一则是杨政关于邓朴方办公室的短信——

对邓小平一书朴方办公室反映正面，内容真实客观，作者有政治家的头脑视野，下午再送40册，他们送高层领导。另，中纪委几个局领导又向我索书若干。

另一则是万伯翱给杨政的短信——

万伯翱短信：叶先生写万里传记我已在文代会上和他打过招呼——只有他写得好看能传下去呀！

2012年9月19日，汤万星从北京发来短信：

叶老师：我回来后一直在和万伯翱联系，他还是非常希望您能出手写"万里传记"。不过，万老好像是不能接受采访了，有中央常委求见都没能安排。但万伯翱表示可以安排短暂见面并合影。

我的回复是：

汤万星先生：关于万里传记，去京时跟伯翱见面后再定。

汤万星发来电子邮件：

叶老师：您的回复看到了，谢谢！另外，我的领导杨政总经理和万伯翱商量，关于写"万里传记"的事想请您来北京一趟，到时，万家会正式给您书面委托。您看什么时间合适，咱们先商量一下，然后万伯翱会正式邀请您。所以，在您方便之时请您告诉我们具体时间，我们好提前给您订好机票和酒店。
专此。祝
安好

汤万星
2012年9月19日

第六章 采写万里传记

万里其人

在"容我考虑"的那些日子里,我抽空看了关于万里的一些资料。

万里成功地指挥了"三大战役",名震华夏:

第一战役是为了迎接建国 10 周年,作为北京市常务副市长的他在 1958 年主持建设北京十大建筑。其中巍峨壮丽、气派宏伟的人民大会堂,是北京十大建筑之首,从 1958 年 10 月动工,1959 年 9 月建成,以 10 个多月的神速建成,受到毛泽东主席的称赞:"此人姓万名里,不只一日千里,而是一日万里!"人民大会堂至今仍是中国历届全国人民代表大会召开的地方,也是中华人民共和国党和国家领导人以及人民群众举行政治、外交活动的最重要的场所。

第二战役是他在"文化大革命"最艰难的岁月,随着邓小平的复出而复出,1975 年 1 月被邓小平"点将"出任铁道部部长。他大刀阔斧地整顿乱糟糟的铁路交通,排除派性,使铁路正点、通畅,真正成为国民经济的先行官,老百姓称赞说"安全正点万里行"。然而在 1976 年 2 月的"反击右倾翻案风"之中,他随着邓小平的倒台而下台,人称"万里一倒,火车乱跑",铁路交通重回混乱瘫痪之中。

第三战役是在粉碎"四人帮"之后,1977 年 6 月他受命出任中共安徽省委第一书记。他冲破重重"左"的阻力,锐意改革,敢于"冒天下之大不韪",在安徽率先实行联产承包责任制。他向邓小平汇报,得到邓小平的赞同。陈云也说,举双手赞成。安徽农民从此走上康庄之路,走上历史必由之路。"要吃米,找万里"这

万里

句民谣迅速传遍全国，安徽成为带动全国农村改革的火车头，成为中国改革大幕开启之地。

万里毕业于山东曲阜师范学校，最高学历是中专。然而把他这个"师范生"放在城市建设、铁路交通和农村改革这样三个截然不同的领导岗位上，他都做出了非同凡响的贡献。"三大战役"的胜利，最清楚地证明了万里是一个具有高度政治智慧和领导能力的高级干部。

万里排除万难，在中国坚决推行改革，成为邓小平的左膀右臂，成为中国著名的改革家，成为改革开放的大功臣。历史的浪潮，在1980年4月把万里推上国务院副总理的位置，他进入党和国家领导人行列。此后，在1988年，他当选全国人大常委会委员长，至1993年离休。

我注意到，作为中共高官，万里的政治品格是能经得起历史检验的：

一是改革，他是邓小平手下的改革闯将；

二是实干，他一直是埋头实干；

三是正直，他敢于坚持正义；

四是自律，他清廉而从无绯闻；

五是不恋权，离休之后"不在其位，不谋其政"。

最可贵的是，他主张民主，主张政治体制改革。尤其在海外，万里几乎没有负面评价。

他的五个子女（四子一女），社会评价也都不错。

另外，读了几本关于万里的书，大都只写其生平的某一阶段，并无一本全面的传记。

这样，我对新华文轩北京出版中心的回复是"关于万里传记，去京时跟伯翱见面后再定"。

2012年9月23日，我接到通知，要在10月9日赴京出席一个全国性会议。于是我决定利用这个机会，跟万伯翱见面。

就在我到达北京的翌日晚上，在新华文轩北京出版中心杨政、汤万星的安排下，我跟万里长子万伯翱、次子万仲翔见了面。

万里给孩子们取名，严格遵循《春秋命历序》中的"伯、仲、叔、季"命名：

长子生于1942年，取名万伯翱；

次子生于1943年，取名万仲翔；

女儿生于1945年，取名万叔鹏；

四子生于1948年，取名万季飞。

这四个孩子的名字合起来是"翱翔鹏飞"。如果与万里的名字联系在一起，那就是"鹏程万里，一飞冲天"。

1952年出生于重庆的小儿子，虽然可以按照"伯、仲、叔、季、孟"继续以"孟"命名，但是万里为他取名"幼远"。这"远"也是万里之意。不过由于万里总是喊他"小五"，后来又为他取名万晓武。

不过，万里在家里从不喊孩子的"大名"，而是依照"序列号"喊老大、老二、姑娘[1]、老四、小五。

万叔鹏这名字虽然符合万里的取名"规则"，但是显得有点男性化。万叔鹏长大之后，给自己取了一个女性化的名字，叫作万紫，万紫千红之意。

---

[1] 万里女儿万叔鹏告诉叶永烈，万里不喊她老三，而是喊姑娘。

采访"万老大"

我跟"老二"万仲翔是第一次见面,而跟"老大"万伯翱则是"第三次握手"——第一次,2005年10月在郑州;第二次,2011年11月在北京。

万伯翱是万里长子,人称"万老大"。他是一个很爽朗的人,有什么说什么,不拿腔作势,不藏着掖着。

那些天,我对万伯翱进行密集性的采访:10月11日下午,10月12日中午,10月15日上午……

2011年11月25日与万里长子万伯翱在北京饭店

在万家子女之中，老大万伯翱的人生道路受父亲的影响最为深刻。1962年9月万伯翱被父亲送往河南省西华县黄泛区农场劳动之后，曾经被周恩来总理称赞为"干部子弟下乡的典型"。

在"文化大革命"中，当万里被打倒，万伯翱从"红标兵"一下子变成了"黑标兵"。但是"人眼是秤"，万伯翱在农场勤勤恳恳劳动，农场众多职工看在眼里，给予充分的肯定。

万伯翱从1962年到1972年，从20岁到30岁，在河南省黄泛区农场整整劳动了10年。他在1972年进入河南师范大学（当时称河南师范学院）外语系学习。

大学毕业后，万伯翱被分配到郑州炮兵学院当了一名教员。后来万伯翱从郑州调往炮兵司令部科学研究所担任参谋，这样他终于回到北京。不久，他又调任武警北京总队第九支队任副支队长、政治委员。

万伯翱从小酷爱文学，他凭借着自己的努力，终于成为作家。他创作了电影《三个少女和她的影子》，电视剧《少林将军许世友》《侠女十三妹除暴》，还有以他自己为原型的电视剧《大西北人》及根据他的散文改编的电视剧《贺帅钓鱼》等。他先后出版了散文集《三十春秋》《四十春秋》《五十春秋》《六十春秋》《元戎百姓共垂竿》等。

1987年，万伯翱奉调至国家体育总局，任对外宣传处处长，后来成为《中国体育》杂志社副总编、总编兼社长。

作家苏叔阳把万伯翱称为"阳光男孩"，说他："坦荡、诚恳，没有架子。"

老作家曹禺则说："伯翱不像一般高干子弟那样剑拔弩张、张牙舞爪。当然，那些人可能更有本领，但我始终还是喜欢伯翱这种具有中国淳朴民风的类型。"

"万老大"讲述的最精彩的故事，是父亲万里送他下乡。

在人们的记忆中，上山下乡乃是"文化大革命"中的一场运动。那是在1968年12月，毛泽东发出了"知识青年到农村去，接受贫下中农的再教育，很有必要"的"最高指示"，上山下乡运动大规模展开。1968年当年在校的初中和高中生（1966、1967、1968年三届学生，后来被称为"老三届"），全部前往农村。最终，全国总共有2000万知识青年加入上山下乡运动。

然而在1962年那时候，知识青年下乡务农还寥若晨星。虽说万伯翱还不是中国知识青年下乡务农第一人，但他是高干子弟下乡务农第一人，这是确实的。正因为这样，万里提出让儿子离开首都到并无亲友的河南黄泛区农场，在当时是很不容易的。

万里不得不召开家庭会议，做家庭成员们的思想工作。

万伯翱回忆道："爸爸这么一说，当即遭到了全家人反对。奶奶哭，妈妈拿不定主意，弟弟妹妹们也舍不得我走。"

万里为什么要送子务农？万伯翱说：

    父亲对我说，没有共产党员不爱自己的子女，但要看怎么爱？是把你放在温室里，当花朵护着，还是把你放在革命实践中去？你不要忘记你是有牌号的，你的牌号就是共青团员。你下去后，要记住你就是一个普通劳动者，要在农村扎根一辈子，不要想着回来，不要想着做官，不要心存侥幸；而且，你还要做一个有文化的农民。

万伯翱迄今仍精心保存着父亲当时送给他的红色封面的笔记本。这个笔记本被万伯翱用来记录下乡的心得。

几乎不给人题词的万里，在长子的红色笔记本上写了8个字：

    一遇动摇
    立即坚持

万伯翱回忆初到黄泛区的日子：

    到了黄泛，才知道城乡差别有多大。我好像从天上到地下。原来在家里，虽然艰苦，好歹衣食无忧吧，好歹一个星期能洗一次澡吧。那儿虽然是国营农场，不会饿死人，但是生活条件极差。食堂的大勺子呼呼一抡，除了白菜萝卜，就是萝卜白菜，油荤很少，用水兑点白糖就是最好的东西了。连个自来水管都没有，用的全是井水，还是一个月洗一次澡。四五个知青挤在一间破草房里，点的是煤油灯。有一年破草屋被风刮倒了，差点没把我砸死。到了"文革"那会儿，住得就更差了，四五十人挤在一个大屋子，一个大通铺，四面透风，泥地，那是一个苹果仓库，那股子霉味，能把人熏得半死。

在父亲万里的鼓励和支持下，万伯翱在河南黄泛区农场工作了整整10年。此后，万伯翱进大学，当军官，进入体委，全凭自己的努力，不"沾"父亲的光。

第六章　采写万里传记

前往中南海拜访万里

2012年11月3日，星期六，我在万伯翱陪同下，前往中南海含和堂，拜访年已九十有六的万里。

我曾多次到过中南海。这一回去中南海，正值中共十八大前夕，以为进入中南海会管控很严，其实很顺利。那天，我们从西大门进入中南海。警卫们军装笔挺，戴白手套在站岗。由于事先办过报备手续，所以一看车号就予以放行，一路上通行无阻。

进西大门之后二三百米，我便看到著名的怀仁堂。怀仁堂原本是清朝所建的"仪鸾殿"，1949年9月，中国人民政治协商会议第一届全体会议在此召开，此后中央的许多重要会议，也在此召开。1976年10月6日拘捕"四人帮"中的张春桥、姚文元、王洪文，也在这里。

我在丰泽园的后院含和堂下了车，这里是万里居所。1980年4月16日第五届全国人民代表大会常委会第十四次会议决定任命万里为第五届国务院副总理。就在那个时候，万里迁入中南海含和堂居住，一住就是30多年，直至今日。

跟万里一起住在含和堂的，是他的三子万季飞和三媳王小岷。其他的子女，都住在中南海之外。万里家有个不成文的规矩，即每逢星期六，子女以及第三代（万里有四个孙女、一个外孙女）、第四代（老二万仲翔的孙子）都到含和堂团聚。正因为这样，万伯翱选择了星期六带我去含和堂。

含和堂是一幢建于清代的老四合院。含和，意即蕴藏祥和之气，如《淮南子·俶真训》所言："天含和而未降，地怀气而未扬。"除含和堂外，中南海还有一座含晖堂。

含和堂是丰泽园的后院。丰泽园是中南海著名建筑，坐北朝南，朱红大门正对着南海，从这里可看到南海中的瀛台小岛、新华门及整个南海的景色。丰泽园建于康熙年间，原是康熙以及后来的皇帝讲礼的地方。

我来到含和堂的时候，万伯翱的弟弟万仲翔已经到了那里。在万伯翱、万

543

仲翔兄弟以及万里秘书王燕兆的陪同下,我们沿着长廊走向南海。这里的长廊雕梁画栋,跟颐和园的长廊差不多。长廊一侧是一座屋顶铺满绿色琉璃瓦的宫殿,黑底横匾上有三个金色大字"春耦斋"。我看到春耦斋前的铜质铭牌上写着:"清高宗(乾隆帝),常在此息闲吟诗。"那里曾经作为会场,是中南海举行周末舞会的地方,毛泽东、周恩来等都曾在这里跳舞、休息。长廊的另一侧是静谷,那是当年的皇家园林,精致幽雅,毛泽东、朱德都喜欢在静谷散步。我在静谷看到奇特的"人"字柏,那是由两棵柏树相交形成"人"字,象征人要相互扶持。这样的奇树非常稀罕。

走过长廊,前面便是中南海的南海。那天飘着霏霏细雨,南海泛着淡淡的波光,南海之中的小岛瀛台处于朦胧之中,而那座连接瀛台的长桥则静卧清波之上,看上去如同一幅典雅的水墨画,与我之前阳光明媚时去南海所见清澈透明、碧树红柱的景象截然不同。

丰泽园总共三进,第二进是主体建筑颐年堂,这里曾是毛泽东召集中央领导人开小型会议的地方,许多重要决策在这里作出。

我来到丰泽园的第三进,即含和堂。含和堂是一个四合院,最初住过朱德。四合院的北屋,是毛泽东看电影的地方。1951年,毛泽东就是在这里看了电影《武训传》,决定进行"批判"的。我还参观了毛泽东的厨房——含和堂里的一间十几平方米的平房,这厨房至今仍在使用中。含和堂后来住过杨尚昆、叶子龙。毛远新也曾在这里西面尽头的一间平房里居住。1976年10月6日晚上,毛远新就是在这里被捕的。

含和堂旁边的房子上方挂着一块红底黑字的牌匾,上书"云多寿"三个大字。王燕兆说,这是慈禧太后所题。秘书室在侧屋里,侧屋的另一间房子则是医务室。医务室的柜子里放着万里的药品,地上放着急救器材。

走进含和堂,正屋是一个大客厅,有80平方米左右,是含和堂最大的一间房子。客厅旁边是万里的卧室,我看见万里的床旁安放着两张单人床。那是值班警卫的床,年已耄耋的万里夜里起床上洗手间,警卫战士要扶他一把。

据称,在担任国务院副总理时,每逢夏日,万里的卧室里是一张竹床,上面用四根竹竿架起一顶蚊帐。万里睡竹床,是因为那时候还没有冷空调,竹床凉快;至于蚊帐,则是因为中南海草木繁多,水面多,所以蚊子也多。

含和堂的侧屋是万里三子万季飞住着,南屋则是万里夫人边涛的卧室及小客厅。在边涛去世之后,仍保持当年的陈设。旁边是万里的藏书室。万里是一个爱读书之人,他的藏书颇丰。

我走进大客厅，鹤发霜眉的万里正坐在沙发上看电视。他脸色红润，膝上盖着一条红色薄毯，双脚穿着白色大头棉鞋。他的视力很好，沙发旁边的茶几上放着报纸、文件，他阅读时不戴老花眼镜。

老大万伯翱带着女儿扬扬和女婿来了；

老二万仲翔带着女儿真真和女婿以及小外孙子来了；

老三万叔鹏和丈夫谭志民来了。

老四万季飞因出席中共十八大预备会议没有来；

小五万晓武因出差美国没有来。

万伯翱拿着我的名片给"老爷子"看。"老爷子"朝我和我的夫人点点头，高兴地与我们一起合影。

万里曾说："在离休之后，下去的时间少了，接触实际少了，我的主要信息来源，一是国内报刊的公开报道，二是港台海外报刊，三是新华社和《人民日报》的大量参考材料，四是中央和一些部门的文件，五是同一些领导和朋友交谈中了解的情况。"他有时一看书报就是几个小时。

万里每晚必看中央电视台的新闻联播节目。此外，他比较喜欢看的是京剧节目。

在中南海访问万里（2012年11月3日）

万里的听力较差，尤其是年过九十之后。家人有什么事告诉他，通常是写在一块小白板上。

王燕兆带着我参观含和堂的一个又一个房间。万里家非常简朴，普通的布沙发，普通的木板床，普通的木柜。不见红木家具，不见按摩浴缸，也不见牛皮沙发。万伯翱说，当代几位大画家像李苦禅、蒋兆和、李可染的住房问题都是万里帮助解决的，但他从未向他们伸手要过一幅作品。他记得，当年父亲在家中挂的徐悲鸿和齐白石的画，都是木刻水印的仿制品而已。

我见到含和堂的墙壁已经斑驳剥落，但是万里老人安居若素。

其实，我所见到的含和堂，已经经过翻修。含和堂是清代的建筑。万里秘书孟晓苏告诉我，他1983年来到这里的时候，含和堂破旧不堪，许多墙壁开裂，已经成了危房。他建议万里，应该对含和堂进行翻修，万里一直不同意。万里说，能住就这么住吧，翻修要花国家好多钱。将就对付了几年。墙壁的裂缝越来越多，越来越大。万里卧室的东墙开裂特别厉害，冬天寒风穿过裂缝，直扑万里床头，万里感冒了，大病一场。这时孟晓苏又一次提出应该翻修含和堂，中南海房管部门也认定是危房，必须翻修。这样万里在含和堂住了七年之后，终于在1987年同意翻修。

万里当过城市建设部部长，他对于翻修古建筑在行。他提出两条要求：一是要求修旧如旧，保持含和堂古建筑风格；二是要尽量节约，经费不能超过50万元人民币。

在开始动工的时候，工人用榔头一砸，那墙像豆腐渣一般，一捅就破，一砸就碎，里面没有水泥，只有白灰，表明自从清朝建造以来还没有翻修过。两个工人只花了一个上午的时间，摧枯拉朽，就把含和堂所有的墙壁全敲掉了。

翻修之后的含和堂，外中内西，即外表上仍保持含和堂原有的中国古建筑风格，内部进行现代装修。含和堂原有大屋顶上所有的砖、瓦都小心翼翼地拆下来，再原封不动安装回去，既保持了中式外表，又节省了一大笔工程费用。原本含和堂的许多装饰线条是描金的。倘若用纯金粉重描，价格不菲，改用黄漆描上去，也省了一大笔钱。就这样，含和堂这次翻修，费用真的没有超过50万元人民币。

含和堂翻修之后，过去25个春秋，油漆已经斑驳，但万里说什么也不肯再装修。

第六章　采写万里传记

万里妹妹万云的回忆

在新华文轩北京出版中心的推动下，在万伯翱的热情支持下，我决定采写万里传记，书名最初用《改革家万里》，后来改为《中国改革第一将——万里》《改革开放大功臣——万里》。写《改革开放大功臣——万里》，并不是单纯记录万里的人生道路，而是借助他的人生，折射中国改革开放的历史。

我写人物传记，写纪实文学，向来注重第一手的采访。遗憾的是，离休之后的万里尽管有的是时间，但是他"不见记者、不见媒体、不写回忆录"。虽然我可以去中南海见他，但是他不谈自己的经历。

我曾经这样谈及钱学森和宋美龄：

> 我虽然多次见过钱学森，但是他跟我都是谈有关工作方面的问题。令我感到遗憾的是，钱学森反对在生前写传记并且极少接受媒体采访。他的这一态度并不始于他成为"两弹一星"元勋之后，而是早在1950年，他在美国加州理工学院就说过："人在临终前最好不要写书（传记），免得活着时就开始后悔。"我至今仍认为钱学森这种对待传记的态度是错误的。钱学森在晚年有的是时间，如果能够接受采访，为后世留下一部信史，其实也是很有意义的工作。我也曾经公开批评过活了106岁的宋美龄不愿写回忆录，认为她无端带走了一部中国现代史。须知，历史老人们头脑中的珍贵记忆，并不是他的"私有财产"，而是属于这个世界的。

在写作个人传记的问题上，万里跟钱学森、宋美龄一样，这是极其令人遗憾的。记得，我在采访陈伯达时，他曾经明确表示："公安部要提审我，我作为犯人，只得回答他们的提问。叶永烈要采访我，我可以不理他！"我深知，对于步入晚年的陈伯达而言，回忆那些不堪回首的岁月是痛苦的，所以他才会说"叶永烈要采访我，我可以不理他"。不过，我在完成对他的亲属、秘书、老朋友的采访之后进行对他的当面采访,"至诚则金石为开",陈伯达终于接受了我的采访。在采访中,我们彼此建立了很好的友谊,我为他在上海图书馆查到他早年的文稿,而他则用毛笔写了条幅赠我。由于陈伯达接受我的采访,《陈伯达传》一书不仅有许多鲜为人知的细节,而且富有史料价值。

我应钱学森之子钱永刚教授以及钱学森母校上海交通大学的出版社之邀,写长篇传记《钱学森》时,钱学森健在。由于钱学森早就表明不愿写传记,我无法采访钱学森本人,就依靠钱永刚教授提供的长长的采访名单,采访诸多钱学森的亲属、秘书、老朋友。

这一回,我所面临的情况跟写《钱学森》一书一样。我依照万伯翱提供的万里亲属、秘书、老朋友的名单,逐一进行采访。可惜的是万里夫人边涛已经去世。边涛与万里共患难,是万里的贤内助,知道许多情况。边涛自1993年起患老年痴呆症,于2003年病逝。

在北京,在万伯翱的陪同下,我采访了万里的妹妹万云。年已八旬的她一头银发,一件格子外衣,围着一条黄色纱巾,显得很精神。她背不弯,眼不花,口齿清楚,声音洪亮,不时哈哈大笑,一望而知是一个非常爽朗的人。她自称万家有"长寿基因"。

万云出生于1931年,比万里小15岁,而她的妹妹万玲则比她小1岁。她说,原本在她之上,还有一个哥哥,在出生10个月后因白喉早逝,所以万家是兄妹仨。她总是称万里为"老哥哥"。

2012年10月12日中午,在北京丰泽园饭店采访万里大妹万云

她记得，当日军侵略山东的时候，奶奶带着8岁的她和7岁的妹妹到根据地找万里。组织上派了地下交通员，推着一辆独轮车送她们到根据地。独轮车的一边坐着小脚的奶奶，另一边放着行李，她和妹妹跟在独轮车后面步行，就这样来到根据地。从那以后，就在根据地住下来。

受哥哥万里影响，万云在14岁时加入了中国共产党。后来她参加南下部队去到重庆。1952年夏，她忽然接到组织上的通知，要她到北京报到，然后赴苏联学习。

到了北京，万云得知她被派往莫斯科的苏联列宁共青团中央团校学习。这所团校是为培训苏联加盟共和国州以上团的领导干部而设立的，同时设有留学生部，除中国班外，还有蒙古、朝鲜、越南、民主德国、捷克、波兰、匈牙利、罗马尼亚、保加利亚等九国留学生班。中国新民主主义青年团[1]中央应苏联团中央邀请，从1950年冬到1957年秋止，派了6期共152名学员（含翻译11人）前往学习。学习期限为一年，即每年9月1日开学，翌年7月毕业。后来担任中国外交部部长、国务院副总理的钱其琛，曾在1954年赴苏联列宁共青团中央团校学习，万云说，"钱其琛比我晚一期"。

1953年7月，万云从苏联列宁共青团中央团校学习归来，被分配在中国新民主主义青年团中央工作。这时候，万云见到在北京担任中央人民政府建筑工程部副部长的"老哥哥"万里。万里劝她，在团中央机关工作，高高在上不好，应该到工农中去，与工农相结合，到基层工作更有利于她的思想改造。

万云听从了万里的劝告，主动要求调离中国新民主主义青年团中央，调到北京国棉二厂，先是担任党支部书记，后来担任厂工会主席。她在北京国棉二厂工作了4年，又调到北京国棉三厂，在那里工作了24年，后来担任厂党委副书记。所以万云对我说，她听从哥哥万里一席话，下基层一干就是28个春秋。

"文化大革命"后，北京市纺织局考虑到万云工作向来踏踏实实，表现很好，打算提升她为纺织局副局长。当时，北京市纺织局把这一情况报告万里。

谁知万里一听后，马上一口回绝，说："万云不够格。比她优秀的人多的是，还是先提拔别人吧，万云需要继续锻炼。"

北京市纺织局很尊重万里的意见，就照办了。

---

[1] 1957年5月，中国新民主主义青年团召开第三次全国代表大会，决定把团的名称改为中国共产主义青年团。

万云说，"老哥哥"万里一句话，她的提升就给否了。

后来，北京市总工会一位女性副主席退休，需要补上一位女性副主席，组织部门在物色人选时，觉得万云很合适。当时北京市纺织局的党委书记是胡耀邦夫人李昭，她当即表示支持。李昭知道上一回要提升万云时，被万里一句话就否定了，这次就不再事先征求万里的意见。想不到，这一回万云自己不愿去北京市总工会工作。万云说，我在基层工作了28年，我对北京国棉三厂工作很熟悉，还是让我在这里干到退休吧。经过组织上再三做工作，万云才去北京市总工会担任副主席，算是一个副局级干部。

万里次子万仲翔感叹说："人们常说'朝中有人好做官'，但在父亲这里就不灵。他这里是'朝中有人难做官'。"

万云在离休之后担任北京儿童福利院的名誉院长，做公益工作。她始终认为自己是一个普通的"义工"，专门帮助需要帮助的人。

第六章　采写万里传记

采访万里次子万仲翔

如果说，老大万伯翱显得大大咧咧，老二万仲翔则要细致缜密得多。老大万伯翱很早就离家下乡，而老二万仲翔在父母亲身边生活的时间长，在"文化大革命"初期万里遭到"监护"期间，便由老二万仲翔当家。

我在采访万仲翔之前，先是细读了他发表在《家庭》杂志上的《父亲万里》一文。他的文章中，某年某月某日，清清楚楚，而且还写及诸多细节。正因为这样，我在采访时，他的热心、细心给我留下深刻的印象。比如，我问起万里1953年1月5日从重庆调往北京工作之后，住过哪些地方。

钱学森家在北京只搬过一次，所以钱学森的儿子一说就清楚了。万里家东迁西搬，相当"复杂"，而万仲翔历数万家住过的地方，仿佛心中有一笔账：

刚到北京的时候，住在灯市口大街南侧金鱼胡同的和平宾馆；

万家在北京第一个住所是报房胡同的一座四合院；

住了没多久，迁往朝阳门新鲜胡同甲7号；

此后，万里一家迁往一箭之遥的演乐胡同乙39号一座四合院；

再住帽儿胡同13号，那里原是北洋军阀冯国璋的私邸；

万里担任北京市副市长的时候，住在裱褙胡同一座四合院；

"文化大革命"初红卫兵抄家之后，万里一家被赶出市中心，迁至永定门外的丁家坑，住在一幢5层的居民楼；

万里在"文化大革命"中复出之后，重新迁回北京市中心——北京后沟胡同2号；

后来又从后沟胡同2号迁往北京东城春雨胡同二巷的一座四合院；

1977年6月21日，万里任中共安徽省委第一书记兼任省军区政委，从北京飞往合肥上任，先是住在稻香楼宾馆"小南山"，然后住在合肥安徽省委大院西苑；

1980年3月，万里从合肥调回北京之后，先是暂时住在京西宾馆；

1980年4月，入住中南海含和堂。

万家这样的"迁移史"，对于别人也许无关紧要，而对于我来说，却是在下笔前必须做好的"功课"，因为描述万家的什么事情在什么地方发生，地点必须准确。

万仲翔从中国政法大学毕业后，曾在中国社会科学院法律研究所、中信公司法律部工作。可能是法律专业养成了他严谨的作风。

万仲翔在跟我的长谈中，讲述了两件"父亲从不护犊子"的事。

在2012年10月12日那天的采访中，我们从万里1989年5月访问美国的时候，万仲翔也在美国洛杉矶这件事谈起。

我问万仲翔，那时候你怎么会在美国洛杉矶。他回答说，"去探亲"。

我又问："探什么亲？"

万仲翔说："我女儿在洛杉矶。"

万仲翔的女儿怎么会在洛杉矶呢？

面对着我的一再追问，万仲翔这才不得不说起他的婚姻以及"父亲从不护犊子"的往事……

万仲翔的妻子，乃是名门之女蒋定粤。蒋定粤之父是抗日名将蒋光鼐。

在北京采访万里次子万仲翔（2012年10月10日）

1911年辛亥革命爆发时，蒋光鼐是孙中山近身警卫营营长。1932年1月28日，日军制造"一·二八"事变，进犯上海，蒋光鼐作为驻防上海的第十九路军最高指挥官率部坚决抗日，赢得全国人民的尊敬。1949年蒋光鼐出席中国人民政治协商会议第一届会议，毛泽东第一次见到蒋光鼐，连声说："久仰大名啊！久仰大名！"中华人民共和国成立后，蒋光鼐任纺织工业部部长。蒋光鼐是广东东莞人，女儿出生于广东，所以取名定粤。

蒋定粤在北京师大女附中读了六年中学，考入北京第二医学院，毕业后在北京朝阳医院当内科医生。

蒋定粤与万仲翔婚后，生一女儿。万里欣然为孙女命名为万真旗，意即"真正的红旗"。

1978年之后，中国恢复研究生招生制度，富有进取心的蒋定粤考取了研究生。就在这时，蒋定粤在美国的姐姐问她想不想到美国进修，蒋定粤高兴地答应了，就在1980年去了美国。

蒋定粤到了美国之后，想方设法找人为万仲翔办理经济担保，让万仲翔去美国留学。就在万仲翔准备去美国的时候，有人给中共中央总书记胡耀邦写信，反映有许多中共高干子女去了国外就不回来了，信中提到的诸多高干子女之中，有万里的二儿媳蒋定粤。胡耀邦在信上批示："各家孩子自己管。"

那时候，正值国门开启之初，对于高干子女去国外学习并不反对，但是对于定居外国（定居外国即意味着加入外国国籍，成为外国公民）则不允许。

万里有着"政法洁癖"。他看到印发的那封"检举信"以及胡耀邦的批示，便对万仲翔明确地说，只有三种选择：一是蒋定粤从美国回来；二是我把你开除党籍让你去美国；三是离婚。

当时，蒋定粤不愿回国，其中有她的历史的原因：蒋定粤是一位才女，虽然学医，但是受诗书之家的熏陶从小酷爱文学，尤爱写诗。他的父亲喜爱诗歌，母亲曾任上海《申报》副刊主编。"文化大革命"前，一批喜爱诗歌的青年知识精英组成了类似于诗社的文学沙龙，取名"太阳纵队"。蒋定粤是主要成员之一，这个文学沙龙的活动场所就在她家。

加入"太阳纵队"的还有著名作家张恨水之女张明明，著名诗人戴望舒之女戴咏絮，著名作家叶圣陶的孙子叶三午，著名画家、中华人民共和国国徽设计者之一张仃之子张郎郎，还有后来成为中国著名朦胧诗人的顾城，等等。

在"文化大革命"中，"太阳纵队"被打成反革命组织，她的父亲蒋光鼐将军因受周恩来总理保护幸免于难，而蒋定粤则被打成"反动学生"，受到残酷迫害，在农场劳改几年。她的哥哥蒋建国的耳朵被红卫兵打聋，医生诊断是耳膜穿孔。她的另一个哥哥蒋之翘喝洗相片的药水寻短见，但自杀未遂。她妹妹蒋定穗的脸被红卫兵用香烟烫，留下很黑很深的伤疤。这样的心灵之痛，促使蒋定粤到了美国之后便决心定居美国。既然蒋定粤不可能回国，万仲翔作为万里之子又不可能退党去美国，摆在万仲翔面前的只有第三条路——离婚。

万仲翔说，他是为了顾全大局，不得不与妻子蒋定粤离婚的。他们的离婚，不是出于感情问题，纯粹是政治因素。

其实，如果当时把这事缓一缓、冷一冷、拖一拖，也就可以保全这桩婚姻，因为他们彼此都深爱着对方，充其量就是万仲翔暂时不去美国留学，或者蒋定粤暂时先回国。但是，诚如万仲翔所言："父亲做事很极端，不留余地，常常使人感到有些绝情。这也许是他们那个时代的革命者的共同特点。"

在极其无奈之中，1984年万仲翔与蒋定粤彼此忍受着内心的巨大痛楚和煎熬，办了离婚手续。离婚之后，蒋定粤带着女儿万真旗去了美国。

到了1989年，蒋定粤为万仲翔办好前往美国探望女儿的手续，但是两人已经无法复婚，因为她已经另嫁。

万仲翔的婚姻悲剧，令人扼腕而叹！

万仲翔对我说，万里后来也觉得自己当时处理万仲翔的婚姻时性格太急，为此向他当面道歉。但是这桩本来不应破裂的婚姻，已经无法破镜重圆。

所幸我在北京中南海含和堂，见到万仲翔带领着如今跟他生活在一起的女儿万真旗、女婿以及外孙前去看望万里，总算让万里与万仲翔的心中都得到些许慰藉。

蒋定粤定居美国之后获得博士学位，成为美国加州中医学会会长、美国太平洋康复医学协会副主席。她曾经几度回国看望亲友。

万仲翔所说的另一桩"父亲从不护犊子"的故事，则如他亲口所述：

> 父亲当了政治局委员和书记处书记之后，对我们要求更严，所有孩子一律不许做生意。父亲从不护犊子，我们如果有违规犯法的事情，肯定是罪加一等，严加惩处。我当时在中信公司法律部当律师。有一次，父亲在中央的一份有关治安的简报上看到一则消息，说广东有一犯人交代，某年某月某日，在广东某宾馆，他给了赵紫阳的儿子、中顾委秘书长荣高棠的儿子及万里的二儿子每人5000美元。这本来是件无中生有的事，某年某月某日我根本不在广东，更不知道某宾馆在何处，当时我还不认识赵紫阳

和荣高棠的儿子，我也不认识这名案犯。

别人的两位家长可能问过儿子，知道根本没有此事，因此不加理睬。唯独我父亲，不找我核实，大笔一挥要求严查我，并加上"如情况属实一定严办"等词句。

我们单位领导很重视此事，由党委书记、部长唐克亲自挂帅主持严查，找我谈话了解情况，并进行了认真的调查，甚至把我的照片拿去和其他人的照片放在一起让犯罪分子指认谁是万老二。

他根本不认识我，也不知我叫什么名字。经过严格的调查取证后，终于洗清了我的罪名。单位将调查情况及结论材料上报中央，父亲得知后才没有对我再加追究。但他事后也不解释，不了了之。我终生感谢唐克部长实事求是的精神，没有使我蒙冤。

万里女儿谈父亲

万里有四子一女，出生于1945年的女儿处于"中心开花"的位置：上面有两个哥哥，下面有两个弟弟，她排行老三。

这唯一的女儿成了与父亲格外亲近的"小棉袄"。在家里，万里从来不叫女儿"老三"，而是亲切地喊她"姑娘"。

我通过万伯翱跟万叔鹏约采访的时间，她说她前些年跟父亲一起住在中南海含和堂，后来搬出去了，现在的家离北京市中心有点远，但是她每周有两天要去中南海值班（周一和周五），照料年迈的父亲。于是，就趁她星期五来中南海值班前采访她，而采访地点就约在北京饭店，这样她在结束采访之后可以就近去中南海含和堂值班。

在我看来，万叔鹏的性格像她的大姑妈万云一样的爽朗，快人快语。万叔

2012年11月2日，在北京饭店新楼采访万里女儿万叔鹏及万里长子万伯翱

鹏原本是学新闻的，毕业于北京广播学院（今中国传媒大学）。她的口齿清楚，而且她的回忆往往充满细节。

万叔鹏说，她在山东出生。小时候，父亲总是把她放在膝盖上，上下抖动着，让她高兴。部队里的领导也都喜欢她，把她抱来抱去。

在她童年的记忆里，父亲总是穿一身没有领章、没有帽徽的布军装。

从重庆到了北京，万叔鹏第一次在北京上华北小学，是父亲带她去的。华北小学是中共中央组织部在1949年9月组建的中央干部子弟学校，校址在西直门大街路北崇元观。那时候，干部还实行供给制，华北小学的条件也很差。万叔鹏一进去就不高兴，父亲问她，那么多干部子弟在这里都高高兴兴，你为什么不高兴？同学们都不怕苦，你为什么会怕苦？要从小养成吃苦耐劳的品格。那里的同学见到来了新伙伴，热情地带着万叔鹏到操场上去玩，万叔鹏也就渐渐融入这温暖的集体。

华北小学的学生全部住校，上一年级的万叔鹏也住校。但她特别地想家。每到周六傍晚，孩子们都竖起耳朵听广播，叫到谁的名字，就表示谁的家长来接了。万叔鹏的父母很忙，常常是两周接一次。没有听到广播里响起自己的名字，她非常失望。后来她慢慢懂事了，知道父母工作忙，也就不怪父母了。万家的孩子都这样从小就住校，独立生活，所以都不娇生惯养，都能吃苦耐劳。

作为高干子女，万叔鹏也有比别的孩子幸运之处，那就是往往有机会从小可以接触到中共领导人。

1960年元旦，北京饭店举行新年联欢会。15岁的万叔鹏正在上高中，万里带她去北京饭店，她见到了周恩来总理。万里让女儿唱了一曲《红梅赞》，受到周恩来的夸奖。

周恩来问万叔鹏："你会跳舞吗？"

万叔鹏说："不会。"

周恩来说："不会不要紧，我教你。"

这时，乐队奏起了那首"花篮的花儿香"（陕北民歌《南泥湾》），周恩来拉着万叔鹏跳了起来。当时，万叔鹏心里很紧张，周恩来对她说："跳舞就像走路一样，没关系，不要紧张。"周恩来一边跟万叔鹏跳舞，一边跟她聊天。周恩来的消息非常灵通，连当时北京第四中学学生俞正声向学校提意见这事他都知道。就这样，万叔鹏心里不再紧张，很愉快地跟周恩来总理跳了一曲舞。

万叔鹏说，有一回，父亲上天安门城楼时，带着晓武。毛泽东主席看见晓武，非常喜欢，还抱了抱晓武。

周恩来总理跟万叔鹏跳舞、毛泽东主席抱晓武,成为万家的佳话。

万叔鹏说,她最熟悉、接触最多的是邓小平。万家跟邓家有着非常亲密的关系,小时候,不论是在重庆还是在北京,她都跟邓小平的几个女儿在同一个干部子弟学校学习,彼此很熟悉。

万叔鹏见过邓小平很多次。1977年5月,邓小平刚刚解除软禁,有了行动自由,尚未公开亮相,便与万里一家同游中南海附近的北海公园。那天,除了万里夫妇和万叔鹏,万里次子万仲翔、三子万季飞也去了。那天,"邓老爷子"跟万里全家在北海公园漫步,显得非常开心。合影时,"邓老爷子"让万叔鹏站在他身边。

万叔鹏甚至还在邓家住过一段时间。那是在1978年,父亲万里去安徽之后一年,母亲也去了安徽。这时,万叔鹏的兄弟们都在外地,连老四季飞也从北京汽车制造厂参军去了安徽。"邓老爷子"担心万叔鹏在北京没有人照料,就把她接了过去。

万叔鹏回忆说,那时候,她住在邓家后面的一幢工作人员住的楼里。邓家全家聚会时,总是叫万叔鹏过去一起吃饭。那时候,邓家往往分两桌,一桌是大人,一桌是孩子。在晚上,她常去邓家看电影。有一次看电影《万水千山》,孩子们一边看,一边问"邓老爷子":"爸爸,长征的时候你在哪里?"邓小平用一口四川话回答说:"我,跟着走!"全家哈哈大笑。邓家这种"没大没小"的气氛,充满欢乐。

万叔鹏还记得,1984年8月,邓小平在北戴河过八十大寿,她跟随父亲去祝贺。那天天气特别晴朗,到了那里,他们就看见胡耀邦等已经在那里了。大厅里摆放着一张长桌,上方坐着邓小平,客人们坐在两边。万叔鹏跟邓小平家、彭真家、杨得志家的孩子在一起。那天的高潮是在生日蛋糕用小车推出来的时候,当时全场爆发热烈的掌声。生日蛋糕又高又大,是北京饭店特制的。邓小平连饮数杯白酒,举座动容。万叔鹏拿着请柬,请邓小平在上面签名留念。

那天万叔鹏住在北戴河。第二天上午,万叔鹏接到邓小平女儿邓楠的电话,叫她快去,说"老爷子"在写字呢。万叔鹏马上赶去。万叔鹏一进去,看到满屋都是邓家的亲友,其中有邓小平弟弟邓垦一家,唯有她是"外人"。邓小平正手持毛笔,给亲友们题字。邓楠把万叔鹏拉到邓小平跟前,说:"给老三也题个字吧!"邓小平点点头。邓楠问万叔鹏:"题什么呢?"万叔鹏回答:"就写'勤奋思考'吧。"万叔鹏认为自己的缺点是有点懒,遇事欠思索,所以期望"邓老爷子"能够题写"勤奋思考"来激励自己。邓小平真给万叔鹏写下"勤奋思考"这四个字。万叔鹏一直珍藏着邓小平的这一题字。

令万叔鹏刻骨铭心的是"文化大革命"。"文化大革命"开始之后,"揪出"彭真,万里就"靠边"了。起初,万里被撂在家里,每天除学习《人民日报》社论外,闲得发慌。万叔鹏第一次见到父亲这么"清闲",但是脸上整天没有笑容。突然,一天深夜,有人带着红卫兵把万里抓走,而万叔鹏也从革命干部子女一下子变成了"黑帮子女"。当时在北京广播学院上学的她也被造反派关押起来,学校里贴着"批判""打倒"她的标语。她给父亲写信,父亲在回信中说:"我相信你没有任何问题,因为我坚信,有什么样的父亲,就有什么样的女儿。"父亲这句话,给了她莫大的鼓舞。另外,她还记得,父亲与母亲互相向对方保证,无论怎样被打被斗,绝不自杀。父亲的坚强,支撑着全家度过最艰难的岁月。

万叔鹏从北京广播学院毕业之后,到文化部外事局工作。当父亲调往安徽担任省委第一书记之后,她曾经两度去安徽看望父母。

万叔鹏第一次去安徽的时候正值夏天,合肥格外的热。那时候没有空调,她看到父亲在夜里一边用扇子赶蚊子,一边在那里看文件、写批示。父亲很忙,无法陪她出去玩。有时候,父亲到农村考察,就带她一起去。她看到安徽农村的房子大都是土坯房子,农民衣衫褴褛,这才知道安徽的农村是那么的困苦。

万叔鹏第二次去安徽,带上了自己的女儿一起去。万里还是在考察农村时让女儿和外孙女同行。外孙女说,怎么老是让我到这样的地方?万里对外孙女说,这么几天,你就受不了啦?干脆,在女儿回北京时,让外孙女留了下来,让她从小就知道,中国还有那么多落后的农村,还有那么多贫穷的孩子。

后来,万里从安徽调回北京,任国务院副总理。

那时候,涌动着干部下海经商潮。万叔鹏也想下海,但边涛很严厉地说:"你们别看着人家发财就眼红,你们也别去做那些事情,你们只要保持住你爸爸清白的名声就行了。"

万叔鹏在文化部外事局工作,文化部部长黄镇是长征老干部,对她很好,让她去学英语。1982年文化部准备派她去新西兰工作。万里得知之后,就说:"凭她那点本事,怎么能出国工作?她的能力不够,不行!"由于父亲万里的反对,万叔鹏失去了公派新西兰工作的机会。

那时候,也涌动着出国潮。1989年3月,万叔鹏和丈夫谭志民前往美国。万叔鹏说:"当时,我们在国内压力挺大的,做事总怕给家里带来一些影响,好像总是靠家庭的背景生活着,所以干脆就出去了。到美国就简单了,人家又

559

不认识你是谁，全靠自己。"

万叔鹏说："刚到美国时我们很苦，我丈夫和女儿都给别人打工，丈夫搞建筑设计，女儿在宾州大学上学，生活的压力相当大。但我没想过退缩，我们家的孩子这点都很像我爸爸，都是山东人的性格。像我哥哥，他在农村一干就是10多年，吃了多少苦啊。"

万叔鹏说："就在这困难的时候，美国的一所大学找到我，他们提出，想请万里为学校题个词，他们愿意出4万美元的酬金。但我知道爸爸不会题字，所以我当面就拒绝了。4万美元呀，在当时是多大的数啊！要知道，那时候正是我们最穷的时候。但我不后悔，因为我知道，父亲不允许这样做。"

万里的毛笔字写得很漂亮。万叔鹏上小学的时候，万里就让女儿练毛笔字。他对"姑娘"开玩笑地说："你不练好字，将来连情书都写不好！"当时女儿还不明白什么叫情书呢。

万里的字虽好，但是他立下规矩不题字。他当全国人大常委会委员长，有人出价100万元人民币请他题字他也不题。可是他在视察大连之外的一处孤岛时，看到那里的战士生活非常艰苦却坚守岗位，却主动为他们题字。

万仲翔曾经这样谈及他的父亲与妹妹：

三妹叔鹏大学毕业后在北京某单位工作。她工作努力，认真负责，颇得领导赏识。单位领导想培养她入党，可能是由于"文化大革命"的创伤太深，她对政治不感兴趣，表现虽好，但也没有申请入党。有一次，单位领导进行家访拜会父亲，他们对父亲说："小万在单位表现不错，虽然还没有写入党申请书，但我们想将她作为发展对象培养她，让她早日入党。"

父亲听后，很平静地对他们说："不要培养，我们家多一个非党群众也好嘛！"

叔鹏的领导听后一脸茫然，不解其意。叔鹏的领导以后再也没有培养叔鹏，叔鹏始终没写入党申请书，父亲也始终没有过问。叔鹏直到退休也没有入党。

叔鹏后来问过父亲，怎么从来不问她关于入党的事。父亲对她说："参加革命入党要靠自觉，我问你干什么呢？"父亲当年是自觉参加革命，主动找党的，他不懂入党还需要人特别加以培养和提醒。

第六章 采写万里传记

走访万里的秘书们

我在采访中,很注重对秘书的采访。在我看来,秘书们对于传主的工作最为了解。

2012年11月6日,我在北京采访万里秘书许守和时,他拿出一帧万里和他的秘书们的合影。我数了一下,竟有十位之多。许守和告诉我,这十位秘书先后在万里身边工作。其实,万里的秘书不止这十位,只是有的已经去世,有的不在北京工作。在万里离休之后,前些年,这些秘书们差不多每年要到中南海含和堂跟万里聚会一次。

照片上的十位秘书之中,九位是男秘书,那唯一的女秘书叫宁玉环,是"文化大革命"前万里担任北京市常务副市长期间的秘书。那时候,担任万里秘书的还有陈向远和黄爱民。

采访万里秘书许守和

据许守和告诉我，他从1972年起担任万里秘书，直至1983年，在万里身边工作了11年之久。几乎跟他同期担任万里秘书的，还有一位，名叫于廉。于廉的独生女于丹如今很出名，有着"文化学者""学术超女"之誉，其实于丹的成功得益于父亲于廉的精心培养。于丹回忆说，她4岁开始学《论语》，启蒙老师便是她的父亲于廉。

于廉有很好的国学功底，他曾在无锡国学专修学校（沪校）学习。这所学校是由国学大师唐文治在1920年创建的，著名国学家钱穆（钱伟长的叔叔）、钱基博（钱锺书之父）等曾执教于此校。据于廉在无锡国专的同学范敬宜先生回忆："于廉不但才学出众，而且少年老成，谦恭沉稳，温厚可亲，是同学公认的楷模，大家对他敬如兄长。……1948年秋天，解放战争进入决战阶段，于廉和冯其庸都突然悄悄'失踪'，不知去向，直到新中国成立后，才听说他俩都是地下党员，于廉还是无锡国专地下党组织的负责人。"

1982年底，于廉离开万里身边调往中华书局，担任副总编辑。于廉已于2001年去世，不然我一定会去采访他。

许守和说，万里经常深入一线工作，很少坐办公室。他的工作精神非常令人佩服。他敢负责，敢作敢为，具有很强的领导能力。万里平易近人，待人亲切，所以许守和担任万里秘书11年，与万里一直相处愉快。只是万里工作起来没日没夜，秘书的工作担子也不轻松。

许守和说，万里讲话不用秘书起草，他通常是自己拟好提纲，上台去讲。万里讲话思路很清楚，把他的讲话记录整理出来就是一篇很好的文章。只有那些重要的报告才需要组织班子起草稿子，万里通常会很详细地跟起草小组说明自己的思路、观点、意见。

许守和还说，万里作风清廉，他到什么单位，办完事就走，从来不要人家招待。

许守和非常详细地回忆了在"文化大革命"后期万里担任北京市革命委员会副主任、担任铁道部部长的工作情况，又回忆了万里担任轻工业部第一副部长、中共安徽省委书记以及国务院副总理的工作情况。

在万里担任国务院副总理两年之后，原先的两位秘书于廉、许守和先后调离，新任万里秘书是张镜源和孟晓苏。

张镜源是一位经验丰富的老秘书，1947年加入中国共产党，先后担任中共中央华东局办公厅秘书以及陈毅、谭震林、叶飞、张彦的秘书。他从1982年至1985年担任万里秘书，此后担任国务院秘书长助理、副秘书长，中共中央国家机关工委常务副书记，国家行政学院副院长，1996年离休。

张镜源告诉我，1982年，万里就多次在讲话中提出："无农不稳，无工不富，无商不活，无科不兴。"张镜源说，这表明万里对于中国改革的思想是非常超前的。

张镜源回忆了万里担任国务院副总理之后忙碌的工作状况。他陪同万里奔走于全国各地，非常钦佩万里的实干精神。

值得一提的是，在万里离休之后，张镜源与张蒙纳、汪惠君及汪惠君的爱人等一起，从1997年至1998年花费两年时间编成《万里同志部分活动纪实（草稿）》3册、《万里同志文稿资料》15册，只是未公开出版，只打印了几本。其中《万里同志文稿资料》15册，收入万里450多篇文章及讲话、谈话记录稿。这两套资料性的文稿，对于深入研究万里甚为宝贵。

万里现在的秘书是王燕兆，我在中南海采访了他。

王燕兆身材壮硕，他告诉我，自从1985年来到万里身边工作，已经近30年了。他最初是做警卫，后来担任秘书。

王燕兆原名王公社。1985年夏，当时中央领导到北戴河集体办公，国务院副总理万里住在北戴河西山65号楼。

傍晚，在陪同万里去海边散步时，万里问这位新来的警卫："你叫什么名字？"他回答说："姓王，名叫公社。"这是因为他出生于1958年，当时人民

采访万里秘书张镜源

公社化运动正席卷全国，于是父亲给他取了这么一个有着时代印记的名字。

万里一听，皱起眉头说道："'公社'这个名字不好。人民公社搞'左'了、搞糟了。"他就说："那就请首长给我改个名字吧！"

万里问："那你是哪里人呢？"他回答："河北人。"万里说道："哦，河北，燕赵之地。韩愈有句名言'燕赵多慷慨悲歌之士'，那就叫'燕赵'吧。"万里思索了一下，又说："赵是地名，又是姓氏，还是取谐音征兆的'兆'，兼表吉祥之意吧。"

就这样，王公社改名王燕兆。

王燕兆很详细地向我介绍了万里离休之后的生活状况。

第六章 采写万里传记

"房地产博士"孟晓苏谈万里

跟张镜源相比，孟晓苏则是一位年轻的秘书。

孟晓苏是共和国的同龄人。他祖籍山东，因在父母南下途中出生于苏州而得名晓苏。在"文化大革命"中，他在北京汽车制造厂当了十年工人，1977年高考恢复时考入北京大学中文系新闻专业，毕业后在中共中央宣传部新闻局工作。1983年，34岁的他被中央办公厅选中担任万里秘书，从此他在万里身边工作了七年半之久，亦即从万里担任国务院副总理至担任全国人大常委会委员长期间。这一时期，正是万里处于政治生涯的巅峰时期，而孟晓苏又出身新闻专业，能够生动、形象地描述这一时期万里的重要工作。

尽管孟晓苏工作很忙，还是花费两整天的时间热情接受我的采访。孟晓苏能够如此详尽地谈万里，是因为我采访过他——在1997年11月由复旦大学出版社出版的我的《商品房大战》一书中，曾经专门写了一节《采访"房地产博士"孟晓苏》：

> 我在北京西城万寿路翠微里见到"中国房地产开发集团"总部颇具气派的大楼。
> 中国房地产开发集团，是当今中国最大的房地产开发企业。
> 只要用一句话，就可以勾画出这家企业的"最大"形象：
> 现在，中国大陆所开发的商品房，五分之一是这家企业所开发的！
> 在中国大陆已经和正在建设的住宅试点小区中，一半是这家企业所建设的！
> 这家企业，也是中国大陆第一家房地产公司。
> ……
> 我去采访中国房地产开发集团，不仅仅由于它是中国大陆最早、最大的房地产企业，而且还在于这家企业有一位具备战略眼光的总裁。

565

这位总裁叫孟晓苏。他是新中国的同龄人。

孟晓苏既是中国房地产开发集团总裁，又是中国房地产开发集团公司的总经理、法人代表。他还兼任中国房地产业协会副会长。

孟晓苏有过各方面的工作经历：他担任过国务院办公厅副局长，全国人大常委会办公厅秘书局副局长，中华人民共和国国家进出口商品检验局副局长。

孟晓苏的可贵在于钻研精神。

他本来并不从事房地产业工作。他原本是学中文的，在北京大学中文系学习了四年，于1982年1月毕业。毕业之后，他在中共中央宣传部工作了一年多。从1983年到1988年，他担任国务院副总理万里的秘书。在万里身边工作，孟晓苏深感学习经济理论的重要。所以，自1988年起，他一面在全国人大常委会担任办公厅秘书局副局长，一面在北京大学经济学院进修研究生，于1990年年底获硕士学位。

此后不久，孟晓苏调任国家进出口商品检验局副局长。

1992年5月，孟晓苏被调往中国房地产开发总公司担任总经理。这对于他来说，又来到了一个崭新的经济工作领域。

自从来到房地产界，他迅速发现，中国的房地产业没有理论。或者说，中国房地产业没有成熟、系统的理论。

没有理论指导的事业，是盲目的事业。

并不是房地产业本身没有理论。房地产业在许多发达国家，早已是成熟的产业，有着成熟的理论。然而，在中国大陆，房地产业是新兴的产业。

从1993年9月起，孟晓苏一面在中国房地产开发总公司担任总经理，一面在北京大学经济学院攻读博士学位。他在导师、著名经济学家厉以宁教授的指导下，以《现代化进程中房地产业理论与实践的比较研究》为题，写作了他的博士学位论文。

这样，孟晓苏开始深入钻研房地产理论。……

其中，他着重钻研了马克思的地租理论。

在写作这一博士论文期间，孟晓苏又作为访问学者和访问教授，前往美国麻省理工学院、伯克利大学、印第安纳大学等著名学府，对美国的房地产业理论进行广泛的了解。

……

1996年5月，孟晓苏获得博士学位，成了中国的"房地产博士"。

第六章 采写万里传记

所以，在我看来，孟晓苏不是一般的房地产业"老总"。他不仅是中国最大的房地产企业的总裁，不仅有着多方面的政府工作经验，而且是中国凤毛麟角般的房地产业学者。也就是说，他是学者型的房地产企业家。

……

那一回，我是把孟晓苏作为中国房地产博士进行采访的，这一回，我则是把孟晓苏作为万里秘书进行采访。孟晓苏的回忆，使《改革开放大功臣——万里》一书的内容大为丰富。

孟晓苏跟我谈及一个他成为万里秘书的鲜为人知的经历：

万里三子万季飞于1948年出生在山东阳谷县。高中毕业之后，正值"文革"岁月，万里被打倒，1969年1月万季飞到陕北安塞县（今延安安塞区）插队落户。两年后，到陕西汉中532工厂当工人。

1975年，万季飞调回到北京，在北京汽车制造厂工具分厂当工人。工具分厂是为汽车制造模具的工厂，万季飞被分配到二工段铣床小组当铣工，跟随文殿奎师傅学习"靠模铣"（又称"仿形铣"）。靠模铣床在当时算是很先进的铣床，是利用靠模样板外形控制铣刀走刀轨迹，让铣刀在毛坯上进行铣切。文殿奎带着他来到小组的时候，另外一位工友正在干活，用戴着手套的手跟他握了一下，算是认识了。这位工友自我介绍说，姓孟，名晓苏。

与孟晓苏交谈

孟晓苏，比万季飞小1岁。孟晓苏是在北京市八中初中毕业之后到北京汽车制造厂当工人的，最初的工作是抡大锤。他抡18磅重的大锤飞星走月，几年下来以致右胳膊足比左胳膊粗了一厘米。

文殿奎是铣工组组长。组里还有一位师傅，叫秦玉福。1975年12月，由文殿奎、秦玉福作为介绍人，孟晓苏加入中国共产党。

万季飞来到北京汽车制造厂的时候，尚未入党。他在北京汽车制造厂努力工作，于1977年10月加入中国共产党。

在1975年那样的岁月，孟晓苏就成为万季飞的好友，而且去过万里家，认识万里。

被工人们称为"小孟"的孟晓苏，在1977年恢复高考时，离开工作了十年的北京汽车制造厂，考入北京大学中文系新闻专业……

由于孟晓苏跟万季飞曾经是患难之交，而且万里也很早就认识这个年轻人，所以当万里在1983年需要增配秘书时，他就把正在中共中央宣传部工作的孟晓苏调到身边。

第六章　采写万里传记

安徽省原省长王郁昭的回忆

2012年11月4日，早上起床，从宾馆19楼看下去，一片白茫茫。北京初雪，风雪交加，气温剧降十摄氏度。

我仍按照原计划进行，在下午1时30分打的前往万寿路，采访安徽省原省长王郁昭。事先，万伯翱给他打了电话，他同意接受我的采访。

邓小平曾说："中国的改革是从农村开始的，农村的改革是从安徽开始的，万里是立了功的。"

细细琢磨邓小平的话，可以明白，为什么称万里为"改革开放大功臣"。正是万里在安徽用重磅炸弹炸开"两个凡是"的顽固堡垒，炸掉了中国的"人民公社"制度，炸掉了"农业学大寨"的旗帜，中国改革的洪流才从此一泻千里。

中国又一次实行"农村包围城市"，农村的改革推动了城市的改革，推动中国的全面改革。

采访安徽省原省长王郁昭

如果说安徽是一个支点，万里正是在安徽用包产到户这根撬棍撬动了中国的改革。

万里在担任中共安徽省委第一书记时，手下一员改革大将便是王郁昭。当时，王郁昭担任中共滁县地委书记、滁县地区革命委员会主任。

已经87岁的他，清楚回忆了万里在安徽进行农村改革的经过。采访在5时30分才结束。

王郁昭比万里小10岁，山东文登人氏。王郁昭于1946年加入中国共产党，后来作为南下干部来到安徽工作。王郁昭担任过安徽大学校长办公室主任、马列主义教研室主任，是一位具有相当理论水平的干部。

然而"文化大革命"一开始，在遭到多次批斗、关入"牛棚"之后，王郁昭这位"书生"竟然被"扫地出门"，全家被下放到安徽省北部的利辛县李集公社当农民。不过，也正因为当农民，这位马列主义理论家才对安徽农民的疾苦有了深刻的感性认识。

1970年3月，王郁昭调任中共安徽省全椒县委书记、全椒县革命委员会主任。县委书记的工作，使王郁昭对安徽农业体制的弊病有了清晰的了解。

王郁昭告诉我，他开始注意万里，是在1975年3月。那时万里是铁道部部长，在徐州抓捕"踢派"头头顾炳华，江苏轰动。这消息传到安徽省全椒县，王郁昭还特地去了趟徐州。当时的徐州市委副书记是安徽淮南人，告诉他万里是一个非常有魄力的人，敢捅顾炳华这样的马蜂窝。

1975年3月王郁昭调任中共安徽省滁县地委副书记、滁县地区革委会主任。

1977年6月21日，万里"空降"安徽，6月22日王郁昭赶往合肥，在中共安徽省委常委扩大会议上见到万里，听到万里振奋人心的关于整顿安徽的讲话。

在万里上任不久，王郁昭就赶紧把《关于落实党的农村经济政策的调查情况和今后意见》写出来，送往中共安徽省委。万里在第一时间作出批示，把王郁昭的报告批转安徽全省，王郁昭第一次感受到万里眼光的敏锐和工作的高效率。

王郁昭告诉我关于万里在安徽的许多故事。

其中之一，是王郁昭谈起陪同万里走访安徽农村的见闻。有一回，王郁昭陪同万里从安徽全椒县到滁县。万里的习惯是，他对什么地方有兴趣，随时叫停，下车走访。在路过山区时，万里叫停，走进一家农户，走向这家的灶头，揭开锅盖，看看吃的是什么。这家农户自从包产到户之后，生活还可以，家中很干净。万里跟农户聊天，问起他们生活有什么困难。女主人说，她纳鞋底买不到麻线。万里一听，马上关照王郁昭，赶紧让供销社进货呀！针头线脑，看上去是小事，老百姓的事再小也是大事！王郁昭听了很受感动，马上落实，请当地供销社进麻线。

第二天早餐之后，万里从滁县县城往东，前往来安县，王郁昭依旧陪同。

一路上，王郁昭说起当地一位农民做豆腐，生意很不错，县城很多饭馆向他订豆腐。他用豆渣、豆浆水喂猪，养了九头大肥猪。猪粪成了好肥料，包产到户的田里庄稼绿油油。万里听了说，这样的多种经营，综合利用，很值得提倡。

在路过上庄生产队时，万里叫停，步行入村，家家户户都锁着门，上工去了。只有一家敞着门，万里就进去了。这一家院子、房子都比较大，还有木匠在做木器。见到户主，方知是生产队队长的家。队长说，儿子在秋天要结婚，雇人在给儿子做家具，所以没有上工。万里在队长的院子里看见种了一大片大蒜，苗子一棵挨一棵，很密。

万里对队长说，大蒜太密了吧？

没想到，万里一句话，"勾"出队长一席话："我特地种得密的，这样到了现在（3月）我一间苗，拔下许多蒜苗，可以到市场上卖，这是第一笔收入；接着，蒜苗抽薹，我可以卖蒜薹，这是第二笔收入；到了秋天，我收大蒜，这是第三笔收入。虽然我院子里只有三分地，可是这么三次收入，我可以赚一两百元[1]呢！"

万里一听，连声夸队长真会打算，把这三分地也经营得这么好。

队长说，多亏包产到户，要不然，他才不会这样"挖空心思"呢！

万里告别队长之后，对王郁昭说，这个队长种大蒜，跟那个做豆腐又养猪又种地进行综合利用的农民一样，非常聪明、精明。看来，包产到户充分调动了农民的生产积极性。

王郁昭说，当时对于包产到户的争论非常激烈。他讲起了一个"钓鱼"的故事，给我的印象很深。

王郁昭回忆说，1979年1月3日，中共安徽省委召开省委工作会议，由万里作关于中共十一届三中全会传达报告时，主席台上坐着一位来自北京的老同志，经介绍得知是农林部[2]的副部长，名叫李友九。

---

[1] 当时的一两百元已属不少。

[2] 当时叫农林部。一个多月后，1979年2月23日，第五届全国人大常委会第六次会议决定撤销农林部，分设农业部和林业部，李友九任农业部副部长。

当天晚上，住在合肥的省军区招待所的王郁昭，突然接到省委工作会议会务组的电话，通知他去省委稻香楼宾馆"小南山"，李友九副部长要找他了解情况。"小南山"是稻香楼宾馆里的一幢独栋别墅，通常用来接待贵宾。晚上7时，中共安徽滁县地委书记王郁昭与地委办公室主任陆子修准时来到了"小南山"。

李友九显得很热情也很谦虚，说自己虽然在农林部工作，但是对安徽农村的情况不了解，听说滁县地委对于人民公社制度进行了诸多改革，改变了集体经济管理方式，愿闻其详。

王郁昭见到来自北京的领导如此虚怀若谷，也就侃侃而谈，把万里在安徽如何支持包产到户和盘托出。

李友九对于王郁昭的汇报显出特别的兴趣，他除让秘书详细记录外，自己也作笔记，并不时提问。李友九称赞王郁昭讲得非常好，使他"深受教育"。

王郁昭汇报到晚上10时半，就打算告辞。王郁昭告诉李友九，他住在省军区招待所，那里到晚上11时要关门的。李友九说，没关系，今晚你们就住在稻香楼宾馆。李友九让秘书跟会务组联系，安排王郁昭、陆子修住在稻香楼宾馆3号楼108室。

于是，王郁昭继续汇报，李友九不断给予赞扬，汇报竟然一直持续到凌晨1时！临别，李友九再三向王郁昭致谢。王郁昭呢，也被李友九这样细致倾听下情的态度所感动。

在李友九回北京之后，王郁昭从别人那里得知，李友九是包产到户坚决的反对派。

王郁昭这才明白，李友九找他详谈，为的是摸清安徽进行包产到户的情况，便于进行反击。李友九通过王郁昭的汇报，做一个认真的"倾听者"，掌握安徽进行包产到户的第一手资料，这倒也没有什么过分。

国务院农村发展研究中心原主任杜润生曾经回忆，李友九曾经与万里有过一次关于包产到户的面对面的激烈争论：

李友九：包产到户，没有统一经营，不符合社会主义所有制的性质，不宜普遍推广。

万里：包干到户，是群众要求，群众不过是为了吃饱肚子，为什么不可行？

李友九：它离开了社会主义方向，不是走共同富裕道路。

> 万里：社会主义和人民群众，你要什么？
> 李友九：我要社会主义！
> 万里：我要人民群众！

可以看得出，在面对面争论时，万里与李友九的情绪都很激动，所以话语的逻辑显得不那么严密。不过从这场对话中可以看出，李友九所坚持的是空洞的社会主义教条，而万里所考虑的是人民群众实实在在的要求。诚如杜润生所言："争论的语言、逻辑上虽然有不严密的地方，但是真理却在万里一边。失去群众支持的社会主义，不是真正的社会主义。"

由于李友九坚持反对包产到户，在历史的关键时刻站错了队。1981 年夏，李友九经过痛苦的反思之后，向中央写下了万言检讨书。

万里平常以个人名义发表的文章不多，他主要是在各种场合发表讲话。他的讲话，往往只有简单的提纲，有时甚至连提纲都没有。其中只有少数讲话有录音带。虽说他出口成章，这"章"在事隔多少年之后进行整理，却是难事。为此，中共中央办公厅向各地发文征集。很多曾经在万里领导之下工作过的干部，纷纷从自己的工作笔记中寻找万里讲话记录。其中贡献良多的是王郁昭，他记述的万里讲话最多、最完整，而且这些讲话正是万里在安徽推动农村经济改革时的重要讲话。

2005 年 6 月，安徽凤阳县小岗村欲建大包干纪念馆，第一件事就是请万里为纪念馆题写馆名。安徽省与万里办公室联系，万里没有答应；随后，安徽省又通过全国人大常委会办公厅联系，万里还是没有答应。最后只得请王郁昭出面。

王郁昭到了中南海含和堂，对万里说："这个题词你要写，你不写谁写？只能由你来写，别人写都不合适。"万里听了王郁昭的话，这才让秘书拿了一张白纸，再找了一块硬纸板垫在腿上，坐在沙发上，写了"大包干纪念馆"几个字。就这样，万里所写的"大包干纪念馆"馆名，成为富裕起来的小岗村农民永久的纪念。

万里对干部腐败深恶痛绝。据王郁昭回忆，有一次他去看望万里，谈及反腐败。万里说："现在的问题是反腐败部门本身也腐败！"万里此言，反映出他对党内腐败现象日益严重的忧心。

寻访万里故居

在州城镇镇长以及当地文史专家韩滋杓、张金桓两位老先生的陪同下，我走访了万里故居——万里的出生地。

韩滋杓向我提供的珍贵的档案资料——东平县政府于1951年6月1日颁发的《土地房产所有证》——表明，万里家位于东平县城关区（亦即州城古城）西卷棚街。

我来到万里故居。如今的万里故居，是在2010年3月依照1951年6月1日颁发的《土地房产所有证》标明的尺寸在原址恢复重建的，所以显得很新。大门上方挂着全国人大常委会原副委员长田纪云题写的"万里故居"四字匾额。

万里故居占地面积2200平方米，建筑面积430平方米。房屋坐北朝南，分为西院和东院，共有大小房屋17间。东院北面为菜园，房屋为砖木结构。

张金桓说，在万里的记忆中，老家院子有棵老槐树，菜园里有一口井。

在参观万里故居时，我看到了院子里的老槐树以及菜园里的井，这表明万里故居确实是在原址恢复重建的。

不过，万里的大妹万云告诉我，万里故居恢复重建之后，她去看过。她说，原先的房子没有现在全部用青砖砌成这么好、这么漂亮、这么结实。当年的房子是在底下有3层"坚脚石"，上面垒七层砖，再上面就是"杈子墙"了。所谓"杈子墙"，就是用麦秆和黄土和起来的泥土垒成的土墙。屋顶盖的不是青瓦，而是铺了芦苇箔，上面也是用麦秆和黄土和起来的泥土覆盖的。

我注意到，州城镇小巷里的一些老房子就是这个样子的。韩滋杓说，这种房子是州城一带典型的民居，叫作"海青屋"。

韩滋杓还告诉我，根据东平县档案记载，万里家在土改时划定的成分是中农，因为当时万家只有3亩9分地。

万里故居看上去很大，其实那是万家老宅，所住人口众多。其中西院为主院，共有房屋12间，堂屋5间，为万里祖母宫氏以及万里3个姑母及叔父万金城居住；东屋3间，为万里母亲牛氏居住。我为万里母亲牛氏的卧室拍了多张照片，因为万里就是在这间房子里降生的。

万里出生于1916年12月1日。据万里的大妹万云说，那时候农村里不大重视生日，只记得万里生于1916年12月。后来参加革命，出生要写年月日，好吧，那就写1916年12月1日。边涛的生日也是这样，她只记得出生于6月，那就写成6月1日。

在东平，万家不是大姓。在万里出生的时候，东平似乎只有他这一家姓万。这是因为万家并不是东平本地人，他们祖籍曹州，即今日山东菏泽。据韩滋杓提供给我的1997年4月7日访问陈玉华、陈宝全的记录，万家的原籍是山东省菏泽市曹县南李集乡苗堤圈村万家楼。据称，1983年3月25日，苗堤圈村万家楼曾经派人到东平州城续万家的家谱。

万家是从万里祖父那一代开始迁往东平安家的。万里的祖父名叫万凤林，又名万封林、万树棠。万凤林为何离开"花乡水邑"曹州，只身闯荡"梁山泊"东平呢？

万凤林的身世倒有几分梁山泊英雄的传奇色彩：万凤林人高马大，个子一米九，好汉一条。他年轻时血气方刚，在与一个当地恶少争斗之中将其打死，从此万凤林无法在曹州立身，被迫远走他乡。他只身奔赴新疆，后来又到了西藏。当时正值清朝政府招兵远征西藏，万凤林加入了清军。他由于作战勇敢，屡建奇功，不仅被赦免了杀人之死罪，而且被皇上封为五品武官。清朝的武官分为九品，依照朝服上不同的图案分别为：一品麒麟，二品狮，三品豹，四品虎，五品熊，六品彪，七品犀牛，八品犀牛，九品海马。五品武官不算小，有人说相当于今日的少将。

万凤林顶戴水晶，身穿熊图案朝服，衣锦荣归，做了"大人"，主管山东东昌府，下辖曲阜、汶上、宁阳。由于东平爆发匪患，1890年，47岁的万凤林被任命为步兵督头，率部前往东平剿匪。

在东平，万凤林一举为民除匪，深得民众拥戴。东平人送"万民伞""万民衣"给万凤林。万家精心保存了"万民伞""万民衣"。1938年8月，日军占领东平县，到万家"扒屋子"，这些传家宝失散。后来，万家只保存下一个万凤林用过的檀木算盘。

万凤林在只身逃亡的那些日子，他的结发之妻带着儿子万金铎留在曹州。在他40岁那年——1883年——发妻病故。万凤林在东平声望如日中天，且又单身，引起东平州城的大户人家宫家的关注。宫家愿将女儿嫁给万凤林——按照传统惯例，此女称作万宫氏。

1893年成亲时，万凤林50岁，万宫氏17岁，万凤林比万宫氏大了33岁。万宫氏亦即万里的奶奶。

韩滋杓还告知，由于万凤林当时客居东平，并无房屋，万里故居乃万宫氏的陪嫁嫁妆。万凤林与万宫氏婚后生有四男三女。四男即万金寿、万金章、万金山、万金城，三女即万金芳、万金兰、万金墀（后来改名万丹如）。

清宣统三年正月十一日子时，亦即1911年2月9日深夜，68岁的万凤林病逝，万家倒了顶梁柱，从此家道中落。

万宫氏虽然出身于富贵之家，却并不娇生惯养，能吃苦耐劳。35岁的万宫氏苦苦支撑，拉扯四男三女这七个子女长大成人。这四男三女相继成家之后，万家人口更加众多，经济日益困顿。

也正因为万家从官宦人家衰落到普通百姓，万家子女也就跟普通百姓共命运。在万家四男三女之中，出了两位中国共产党党员——万金章和万丹如先后入党，万金章还成为革命烈士。

万里的父亲万金山，是万宫氏所生的第三个儿子。万里的母亲万牛氏，是东平县新湖乡牛圈村人。牛圈村又叫牛家圈，与州城镇相毗邻，相隔只有七里地而已。

后来万牛氏随万里到了北京的时候，要报户口，不能再用万牛氏，才取了个名字叫牛惠芳。

万牛氏在19岁时生长子。那一年是龙年，万金山喜得"龙子"，为孩子取名万明礼。"明"，是万家排的辈分。"礼"，则是取义于《论语》"不学礼，无

1969年，刚获"解放"的万里和母亲在北京永定门外丁家坑居住处合影

以立"。明礼,则是"知书明礼"之意。东平离孔子老家曲阜很近,所以万家深受儒家学说影响,以儒家学说的核心词之一"礼"给长子命名。

万明礼,字秀峰。据称,这是因为父亲万金山的名字有个"山"字,他们又姓万,故以"万山秀峰"之义为儿子取字秀峰。

另据东平县关庙派出所1950年3月11日的户口簿记载,万明礼又名万靖亭。

万明礼后来参加革命时,自己改名,去掉"明"字,以"礼"的谐音"里"为名,改为万里,从此以万里之名传世。

万金山、万牛氏在万里之后,曾经又生一子,但在出生之后十个月不幸因患白喉而夭折。这样,万里成了独子。

万牛氏1931年生长女万秀云,1932年生次女万秀玲。二女参加革命之后,去掉"秀"字,万秀云改名万云,而万秀玲改名万玲。

在万里来到人世间的时候,万家不再是"家中有干活的,做饭的,门口有人站岗"。眼看万家一天不如一天,一年不如一年,万金山在家里待不住了。他大约是继承了父亲万凤林的基因,只身离家,闯天下去了。

万金山离家的那时候,万里才两岁。

万金山在外闯荡,最后还是走上父亲万凤林那条路——当兵。万金山去到山西,参加了阎锡山的部队。由于打仗勇敢,没几年工夫,万金山当上了营长。

万金山一身戎装,骑着高头大马,回到东平州城老家探亲。虽说万金山不及父亲万凤林当年作为五品武官衣锦还乡那样风光,但是毕竟给久别的妻子和儿子带来了喜悦。最使万里高兴的是,父亲送给他一个"音乐匣子"——手摇留声机。摇了一阵子手摇柄,上足了发条,放上黑色的圆盘(唱片),那留声机就会唱歌、唱戏。从那方匣子里传出的美妙歌声,使童年的万里如痴如醉。

父亲给小小年纪的万里留下的印象是"行星",只有在父亲休假时才从阎锡山的部队回到家中,那时候成了家中最欢乐的日子。父亲格外钟爱自己的独子。母亲和奶奶则是"恒星",一直在他身边细心地照料着自己。尤其是他的母亲,在家中最困难的时候,艰难地迈着那双小脚,给地主洗衣、打短工,到田里拾麦穗。

万里的母亲是一个性格刚毅的人。别看她文化程度不高,喜欢看戏的她却从戏文里悟出人生的哲理,并作为自己一生做人的准则。万里长子万伯翱至今仍记得奶奶常说的两句掷地有声的戏文:

冻死迎风站,饿死不弯腰。
有麝自来香,何必大风扬。

来到万里母校曲阜师范

万里在东平县上私塾、小学、初中，考上曲阜师范（中专，山东省立第二师范学校，简称"曲阜二师"）。在曲阜师范读书三年，对万里的一生产生了极其深刻的影响。

我从东平返回泰安，2012年11月10日从泰安前往曲阜，也是一个多小时车程。

曲阜是一座富有鲜明中国文化印记的城市——孔子故里。冒着瑟瑟秋雨，我来到曲阜。跟万里故乡东平州城相似，曲阜也有高高的城墙和城门。

深秋的曲阜，展现在我眼前的是四色交错：灰色的城墙，黄色的银杏，绿色的桧、柏、雪松，红色的孔庙。

孔子是曲阜的灵魂，孔庙是曲阜的核心。就在游人如过江之鲫的孔庙之侧，与孔庙仅一墙之隔，那里有一所学校，校门口挂着白底黑字的招牌，那字体一望而知出自郭沫若笔下："山东省曲阜师范学校"。

一进校门，街头的喧嚣转瞬消失，里面一片宁静，满目苍翠，真可谓闹中取静。在校园"头版头条"的位置，横放着一块高三米、长十米的硕大的石碑，上面镌刻着红色硬笔草书：

培养优秀的文化与道德的播种师

万里

1985年12月

万里极少题词。他破例为山东省曲阜师范学校题词，因为他对这所学校充满深厚、诚挚的感情——这是他的母校。1933年至1936年，他在这里度过了难忘的三个春秋。

在曲阜师范，校长宋思伟亲自介绍万里在曲阜师范学校学习以及入党的情况，带领我参观校园。刘振佳老师也向我详细介绍了万里在曲阜师范的情况。

处在"圣脉儒根"上的曲阜师范，从建校开始就倡导尊孔读经。每年曲阜举行祭孔大典时，曲阜师范全体学生必定盛装出席大典，并对至圣先师孔子像五鞠躬。照理，在孔子故里的曲阜师范学习，应当把万里"熏陶"成儒家弟子。然而完全出乎意料，与孔庙仅一墙之隔的曲阜师范，当时却盛行进步文化，而且有中共地下组织，引导万里走上红色之路。

万里非常喜欢读书。曲阜二师图书馆有着丰富的藏书，万里不断地向图书馆借书，把大量课余时间花费在阅读文学名著上。他当时爱读文学作品，尤其喜欢法国作家大仲马、雨果、莫泊桑的作品和俄罗斯作家托尔斯泰、车尔尼雪夫斯基的作品。其中，雨果的《悲惨世界》，还有雨果记述法国大革命的史诗作品《九三年》，都使万里深受感动。在中国作家之中，万里爱读鲁迅的杂文。透过鲁迅那匕首般锋利的笔，万里对中国严酷的社会现实有了认识。

万里组织了读书会，跟喜爱读书的同学交换书刊，谈论读书心得，谈论抗日局势。参加读书会的大都是进步青年。这样，万里通过读书会团结了一批志同道合、思想活跃的朋友。

1935年冬，万里已经进入了三年级。1935年12月9日，北平各高校学生在中共北平临时工作委员会的领导下，举行了声势浩大的抗日救国示威游行。

曲阜师范万里读书的教室

在黄敬、姚依林、郭明秋等共产党员的组织和指挥下，参加抗日救国请愿游行的 6000 余名爱国学生走上街头，这便是震撼全国的一二·九学生运动。

一石激起千层浪。全国各地的学生纷纷支持北平的学生运动。向来喜欢读报、关注时局的万里，从报纸上得知北平爆发一二·九学生运动，便组织曲阜师范学生响应。这样，万里成了曲阜师范学生中的核心人物——虽说他当时并非中共党员。而且，万里的表现也引起中共地下组织的注意。

万里在 1936 年春与毕业班的同学一起乘坐汽车前往离曲阜约 100 公里的济宁，参加为期五个月的乡村教育军训。同学们就住在南贾村西南一座寺庙里。

4 月中旬的一天，正在寺庙宿舍里的万里忽然听同学说有人来找他。万里应声出去，看见门外站着他的东平老乡董临仪。

董临仪突然出现在万里面前，万里不知何事。董临仪只是说，路过济宁，听说万里在这里参加乡村教育军训，就来看望。

董临仪同万里一起外出散步，在聊天之中发觉彼此很谈得来。

董临仪竟然就在南贾村住了下来。那几天，董临仪几乎每天都来看望万里，万里也去董临仪住处拜访。他们是同乡，又同为师范生，所以从教育、农村渐渐谈到抗日，谈到政局。

其实董临仪是有备而来的。

1934 年夏末，一位曾在"济南乡师"（山东省立第一乡村师范学校）念书的老同学来到东平梁山，住在董临仪家中，他叫赵健民。赵健民与董临仪同龄，政治上却要成熟得多。赵健民在 1932 年 11 月加入中国共产党。1934 年 5 月，赵健民出任中共济南市委书记。赵健民住在董临仪家的那些日子里，董临仪经赵健民介绍，加入了中国共产党。

1936 年，受赵健民指派，董临仪以中共山东省委巡视员身份在东平及鲁西南一带活动，发展党员。董临仪得知，万里在曲阜师范是学生中的活跃分子，在一二·九学生运动中表现很好，于是就专程到济宁南贾村这么偏僻的地方找万里谈话。

董临仪在与万里的彻夜长谈中确认万里思想进步，是一个值得发展入党的对象，便渐渐向万里透露了自己的政治身份。

董临仪终于直截了当地问万里，愿不愿意加入中国共产党。

万里似乎在与董临仪交谈中已经有了思想准备，他很干脆地回答，我愿意，就是不知道是否合格。董临仪告诉万里，经过组织上的考察，认为他符合入党条件。

就这样,在董临仪的住处,万里举起右手,举行入党宣誓。

宣誓毕,董临仪告诉万里,他已经是中共候补党员,候补期为半年。

那个不平常的夜晚,成为万里一生红色的起点。

对于万里来说,曲阜师范三年是难忘的:他不仅完成了师范学业,而且在毕业前夕加入了中国共产党。

完成《改革开放大功臣——万里》

在完成采访之后，回到上海，我趁热打铁，一口气写出《改革开放大功臣——万里》一书。

我在 2013 年 1 月 28 日的日记中写道：

> 写完《改革开放大功臣——万里》最后一章——第 26 章《红色家风》，写了《"执子之手，与子偕老"》《四世同堂的欢乐》《所谓"老同志讲话"》《"时刻牢记是人民的公仆"》。至夜，全部写完《改革开放大功臣——万里》。
>
> 从 2012 年 11 月 13 日动笔，至今日写完《改革开放大功臣——万里》，整整两个半月的时间，75 天，完成的电脑统计字数为 50 万字，排版字数将达 70 万字。按照电脑统计字数计算，每天平均约 6000 字。
>
> 这 75 天之中，我从早到晚，全力以赴，没有一天休息，一气呵成，如释重负。
>
> 目前尚需补写《后记》及《万里年表》。另外，还要对全书进行一次补充及修改，并配上照片。好在这些工作比较轻松。
>
> 能够在大病之后，如此高速完成重大写作任务，体力还算可以。

我在 2013 年 1 月 31 日把《改革开放大功臣——万里》照片配齐，刻好光盘，连同出版合同快递给新华文轩北京出版中心。

得知我完成《改革开放大功臣——万里》，新华文轩北京出版中心总经理杨政发来电子邮件——

> 叶老，果然大才，如此短时间，就给中国读者烹制出这样一道独特且精彩的阅读大餐，可喜可贺！从目录看内容极为扎实，可读性强，而且在中国改革进入深水区的今天，展示改革家政治家的责任与风貌极具现实意

义。我们对出版好发行好该书更具信心。辛苦了。

另，请教叶老，书名"中国改革第一将"的提法是否有出处？

杨政 2013-1-31

我在完成《改革开放大功臣——万里》的同时，还写完近万字的《关于万里生平若干问题的考证》一文，也发给了新华文轩北京出版中心。

《改革开放大功臣——万里》交稿之后不久，正值春节长假。

我在春节长假结束，于 2013 年 2 月 16 日致函新华文轩北京出版中心杨政：

> 建议在书稿插好图片、排版之后，送万家兄妹们审读（包括万季飞、王小岷）。得到他们认可之后，再报中共中央文献研究室审读。

杨政复函：

> 叶老好。邮件收到，一切按你意见办。我今天回京，旅途中陆续读了部分章节，回望历史，映射现实，内容丰富扎实且情感挚诚真实，实为一部杰作。只开篇从中段切入后，叙事的时间逻辑若再有些转承交代更佳，回京后再细细阅读。另陈云一书马上付印出版。

杨政 2013-2-16

新华文轩北京出版中心责任编辑汤万星在春节没有休息，完成了《改革开放大功臣——万里》的编辑工作。2013 年 2 月 19 日，打出《改革开放大功臣——万里》清样。2 月 20 日，《改革开放大功臣——万里》送万氏兄妹审看。

第一个看完《改革开放大功臣——万里》并给予充分肯定的是"老大"万伯翱。他在 2 月 28 日写道：

> 材料掌握翔实、准确，站得高，看得全面、深刻，评价传主准确、生动、有力，带感情！

万伯翱在肯定《改革开放大功臣——万里》的同时，也提出诸多宝贵的修改意见。

"老二"万仲翔春节时在美国关岛。他在 3 月 1 日回国之后，很仔细读了《改革开放大功臣——万里》，同样给予充分肯定。他在 3 月 12 日写出审读意见。

新华文轩北京出版中心把清样寄往当时正在深圳出差的万晓武。万晓武也肯定《改革开放大功臣——万里》，并提出补充两段，一是万里关于"渤海 2 号"海上石油钻井的沉没事件的处理，二是在万里第二次被打倒时李瑞环冒着政治风险经常"夜访"万里家。

万晓武在 3 月 12 日写出对于《改革开放大功臣——万里》的意见：

和二哥通了电话，我们都认为这是一本可读性非常高的书，内容翔实丰富。读者囊括了大部分年龄组，不用删减了。可以说是完美地叙述了父亲轰轰烈烈的大半生，减哪儿也舍不得。

我按照万家兄弟的意见，逐条进行了修改，并按照万晓武的意见，补写了《揭开"渤海 2 号"沉没的真相》《李瑞环夜访万里家》两节。

3 月 17 日晚，我完成《改革开放大功臣——万里》的修改、补充工作，并把修改稿发给了新华文轩北京出版中心。

新华文轩北京出版中心汤万星当即开始插入万里图片，排版，并于 4 月 1 日向国家新闻出版主管部门报送了《改革开放大功臣——万里》一书。